老中医

高满堂
李 洲 著

作家出版社

图书在版编目（CIP）数据

老中医 / 高满堂，李洲著. -- 北京：作家出版社，
2019.2（2019.2重印）

ISBN 978-7-5212-0329-5

Ⅰ. ①老… Ⅱ. ①高… ②李… Ⅲ. ①长篇小说 – 中国 –
当代 Ⅳ. ①I247.5

中国版本图书馆CIP数据核字（2019）第004973号

老中医

作　　者：高满堂　李　洲
责任编辑：韩　星
特约编辑：韩明人
封面设计：刘红刚
出版发行：作家出版社有限公司
社　　址：北京农展馆南里10号　　　　邮　　编：100125
电话传真：86-10-65067186（发行中心及邮购部）
　　　　　86-10-65004079（总编室）
E-mail:zuojia@zuojia.net.cn
http://www.zuojiachubanshe.com
印　　刷：中煤（北京）印务有限公司
成品尺寸：170×240
字　　数：450千
印　　张：25.75
版　　次：2019年2月第1版
印　　次：2019年2月第4次印刷
ISBN 978-7-5212-0329-5
定　　价：49.00元

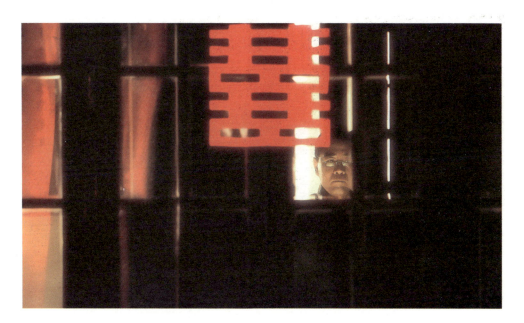

此情无计可消除，才下眉头，却上心头。新婚大喜之日，翁泉海思念亡妻，一脸愁容。

洞房花烛，原以为苦尽甘来，却冷清清地挨今夜。葆秀满腹委屈，有泪不敢垂。

孟河医派传人翁泉海亦医亦儒亦侠，他医术精湛，行事光明磊落，很快便扬名上海滩。

我本将心托明月，谁知明月照沟渠。葆秀一心一意地爱着翁泉海，却焐不热他的心，泪水如断线的珍珠滚落下来。

　　同行是冤家。赵闳堂在上海滩坐堂行医已久，却被"外来户"翁泉海盖过名头，心里羡慕嫉妒恨。

　　不打不成交。翁泉海以一片赤诚感动了赵闳堂，两人戏谑打闹，成了至交。

1929年初，南京政府通过"废止旧中医案"。危难时刻，翁泉海挺身而出，呼吁"中医以防文化侵略，中药以防经济侵略"。

清末民初，孟河医派像灿烂的明星照耀着当时的医坛。一些孟河名医迁往上海，开业授徒，蔚然成风。

得不到爱的滋养，葆秀的心花慢慢枯萎。她精神极度空虚，抽起大烟，成了瘾君子。

人生就像一味中药，只有在煎熬之中药效才会散发出来！葆秀一直默默地帮助丈夫，为翁家付出了很多。

人成各，今非昨，病魂常似秋千索。翁泉海走进了人生的秋天，他若有所思，满目萧然。

　　鬓霜如许心已改，试把金觥，旧曲重听，犹似当年醉里声。翁泉海在秋林中默哀，怀念爱人。

老中医

目录
CONTENTS

第一章

秋月锁寒窗

年过半百的中医翁泉海怎么也想不到，他来到上海行医没多久，竟然遭受了牢狱之灾。

事情源于一个寒雨绵绵的傍晚。翁泉海在自己的诊所给最后一名患者诊过病，正准备关门，一个穿着考究的男人急匆匆闯进来，喘着气说："翁大夫，我叫秦伯山，我弟病危，特请您前去诊治。"

翁泉海客气地说："秦先生，实在对不起，我刚到上海，现在只坐诊不出诊。"

秦伯山央求道："翁大夫，我知道您是江苏孟河来的名医，也知道您刚来上海不久，更知道你们孟河医派医规甚严。可是救人如救火，我弟弟要是能来，我也不会劳您大驾，他病得着实太重了，求您救救他啊！"他双膝跪倒，给翁泉海磕头。

翁泉海急忙伸手拉秦伯山，可是，秦伯山就是不起来，哀求说："您要是不去，我就跪死在您面前！"

翁泉海无奈，只好跟着秦伯山前去诊病。走进秦府，深宅大院，显得豪华气派。秦伯山引着翁泉海走进秦仲山的寝室，屋里弥漫着药味儿和不祥的气息。翁泉海在床前坐定，隔着幔帐给秦仲山切脉。秦仲山紧紧抓住翁泉海的手说："我有的是钱，只求这条命。如果你能治好我的病，我绝不亏待你。"翁泉海神情凝重，没有言语。

翁泉海诊过病来到客厅，对秦伯山和秦仲山的妻子说："恕我直言。病人脉若游丝，似豆转脉中，舌苔全无；面色萎黄，形体瘦弱，寒热往来，气弱难续，已病入膏肓，恐难支撑数日。早做准备吧。"

秦伯山恳求道："翁大夫，求您再想想办法，我们不怕花钱。"翁泉海摇摇头说："银子金贵，可碰上命了，就如尘土一般，我实在无回天之术。"

　　翁泉海走到门口，秦伯山一把拉住翁泉海的胳膊说："翁大夫，您既然来了，不能就这样走了啊，求您开个方子吧，也算给病人一点安慰。"翁泉海站住想了想，沉吟道："可以开个安慰方，但是我有话在先，用我的方子，不可同时用其他的方子。切记！"

　　然而，秦仲山当晚服了翁泉海开的药，天还没亮竟然死了！秦伯山、秦仲山兄弟俩感情深厚，弟弟死了，秦伯山悲恸欲绝。他认定弟弟是被翁泉海害死的，他要告倒翁泉海，不让他再害人。

　　秦伯山不心疼钱，不怕花银子，他一纸诉状，将翁泉海告上了法庭。这真是飞来横祸，翁泉海心想，难怪自己那些天右眼皮老是跳呢。秦仲山虽病入膏肓，但也不至于吃了他开的药当晚就一命呜呼，这里面一定有蹊跷。事已至此，只好兵来将挡，水来土掩！

　　被告人翁泉海涉嫌医疗事故一案开庭了。检察官和辩护律师针尖对麦芒——针锋相对展开激辩。检察官的起诉书称，死者姓秦名仲山，一年前病重，请数名大夫诊治，病情不见好转。后来，秦仲山之兄秦伯山请被告翁泉海诊治，秦仲山服用被告翁泉海的药，当夜毙命。所以说翁泉海开具的药方可能与秦仲山死亡有关。

　　辩护律师认为，检察官说被告翁泉海开具的药方可能与秦仲山死亡有关系，但法庭上要以事实为根据，不应该出现"可能"两个字。

　　检察官解释说，我们接到此案后，请上海中医学会对被告翁泉海开具的药方进行了鉴定，此药方并不致命，但是秦仲山确实是吃了被告翁泉海的药后当夜死亡，所以说这两者之间可能有因果关系。另外，被告翁泉海曾说过，秦仲山会数日之后死亡。检察官问翁泉海说这样的话，是诊断失误还是口误。翁泉海回答，诊断无误，也无口误。

　　检察官抓住这一点进行推论，被告翁泉海作为孟河名医，成名已久，他的专业性毋庸置疑，所以他的处方应该是准确的。可患者秦仲山当夜亡故，除了因服用他的药物所致，还有可能是他诊断失误，从而导致用药失误！目前，秦仲山已经死亡，诊断是否失误，无从考证，但诊断失误必会导致用药失误，即使药方不致命，可药不对症，也有可能致人死亡！

　　律师辩称，检察官的起诉书存在疑义，其推论也不能成立。因为既然上海中医学会对被告翁泉海开具的药方进行了鉴定，此药方并不致命，充分说明用药无误。秦仲山死亡必另有原因，跟被告翁泉海无关。此案存在诸多疑点，应该等调查清楚后再进行庭审。

法官认为律师的话有道理，便宣布休庭。

翁泉海暂时被拘押，偏巧他父亲带着葆秀和孙女翁晓嵘、翁晓杰来上海投亲，闻此噩耗，顿时就蒙了。安排好俩孙女，翁父和葆秀到看守所探望翁泉海。二人来到牢门外朝里面望去，见翁泉海正在给人犯切脉。

看守喊："翁泉海，你家人来看你了。"翁泉海望着父亲一愣："爸，请您稍等。"

他给人犯切过脉才起身走到牢门前问，"爸，您怎么来了？"

翁父说："我带着葆秀和俩孙女来看你啊，你怎么就摊上官司了？"翁泉海说："爸，儿子谨遵医道，诊断准确，铭记'十八反''十九畏'，处方合理干净，心里敞亮！此事定会水落石出，请您放心。"

听儿子言之凿凿，翁父心里有了底，感觉踏实了不少。

回到翁泉海诊所后院，葆秀急忙做饭，她手脚麻利，不一会儿，几个菜上了桌。可是，翁晓嵘、翁晓杰都不动筷子。葆秀催姐妹俩赶紧吃饭，不然就凉了。晓嵘、晓杰都说吃不进去。

翁父说："吃不进去也得吃，人靠一口气顶着，这口气是吃出来的！不管碰上什么难事，人都得站着，要是饿倒了饿病了，那就真被难住了，吃！"他拿起筷子大口吃起来。葆秀忙给姐妹俩夹菜。

28岁的葆秀是老姑娘了，她模样俏丽，心灵手巧，勤快能干，这么大了不是嫁不出去，而是等着她的心上人——翁泉海。翁泉海的结发妻子七年前去世，女儿晓嵘、晓杰还小，多亏葆秀悉心照料。葆秀内心把晓嵘、晓杰当成自己的女儿。现在，晓嵘已经16岁，晓杰也14岁了，可葆秀还把她俩当小闺女宠着、疼爱着。

饭后不久姐妹俩睡了，葆秀坐在旁边守着，怕进蚊子，不让开窗。她还说："风为百病之长，无孔不入，《内经·风论》中提到，'风者，善行而数变'；《内经·灵枢》中说'圣人避风，如避矢石焉'，就是说人躲避贼风应该像躲避箭矢一样谨慎……"翁晓杰笑道："秀姨，您又给我们上课了。"

葆秀拉上窗帘欲走，一阵嗡嗡嗡的蚊子声传来，她到处找蚊子。直到在自己胳膊上一巴掌拍死个蚊子，她才安心走出去，关上房门。

葆秀来到堂屋门外，见翁父坐在那里抽着烟袋锅，她走到近前说："伯父，时辰不早了，您早些睡吧。"翁父愁眉紧锁说："葆秀啊，我得还我儿子一个公道去，烦劳你照看好我那两个孙女。"

葆秀深情道："伯父您这说的是哪里话，我爸临走的时候，把我托付给您，这些年，您对我照顾如亲生女儿，我早把您当成自己的父亲，把晓嵘和晓杰当成自己的孩子，翁家的事就是我的事！既然官司还没了结，那就是还有疑义，咱们再等一等吧。"

葆秀安慰翁父说再等一等，可她自己却一刻也不想等，决心要探出事情的缘由，还翁泉海一个公道。她要先从死者秦仲山家下手。早晨，翁晓嵘发现秀姨不在家里，就急忙去告诉爷爷。翁父也不知道葆秀去哪里了，俩女孩子急得抹眼泪。翁父安慰俩孙女不必着急，葆秀那么大个人，不会跑丢，一定有重要的事要办，办完事她就会回来。

这会儿，头发蓬乱、衣服破旧的葆秀正在秦仲山家门外站定。女用人刚打开门，葆秀就上前打招呼："阿姨早，我看您这气色不大好，是不是刚刚病愈啊？"

女用人看着葆秀问："你怎么知道？"

葆秀说："您面色苍白如纸，这是病后气血亏虚啊，另外，您是不是四肢冰冷，全身乏力？"女用人忙问："这是什么病？"

葆秀微笑道："这是脾胃虚弱，运化失常，气血生化无源。我给您个调理的方子，您可以试试。这方子我用过，挺不错的。"女用人笑着说："那敢情好啊，看病得花钱，这就省了。"

葆秀求道："好心的阿姨，您给我弄点吃的好吗？"女用人抿嘴说："小事一桩，等着。"不一会儿，女用人拿来干粮，还有一碗水。

葆秀吃着干粮问："阿姨，这户人家得了什么病啊？"女用人说："命都没了，还管得什么病干什么！"葆秀笑着说："我要是赶上就好了，说不定我能治呢！"

女用人撇嘴："你别吹牛，我家老爷有的是钱，上海滩有名的大夫寻了个遍，泼出去的银子海了去了，可到底还是没治好。"葆秀央求道："阿姨，我是远道来的，初到上海滩，两眼一抹黑，求您给我指条路，能吃饱饭就行。我们也算有缘分，求您好人做到底，帮帮忙，我不忘大恩！"

女用人想了想说："我家老爷刚去世，家里乱糟糟的，正好缺人手，我帮你问问。"过了一会儿，女用人笑嘻嘻地出来说："好事让你摊上了，我家太太叫你。"

葆秀跟着女用人来到秦府大堂，秦仲山的妻子上下打量着葆秀，好一阵子才说："我家也就是临时缺把手，又看你可怜，要不，你跨不过秦家这一尺三寸高的门槛子。听说你懂点医术？看来还是个灵巧人儿，那你给我看看吧。"

葆秀忙摆手说："太太，我怎么敢给您看呢，您还是找大夫吧。"

秦妻气哼哼地说："找什么大夫，一个个张嘴华佗再世，闭嘴扁鹊重生，面儿上看都是满肚子学问，可一旦伸上手，草包肚子就露出来了，全是骗钱的。来，给我捏捏膀子。"葆秀忙走上前，不轻不重地给秦妻按摩肩膀。

秦妻继续说："我家老爷为了治病，请了多少有名的大夫，宁雪堂的吴雪初啊，堂医馆的赵闵堂啊，还有泉海堂的翁泉海！花了多少银子啊，可到头来人还是死了。都是废物啊！"秦妻活动着膀子，"舒坦！果然有两下子，从今往后，我这膀子归你了。"

葆秀在秦家安顿好之后，怕家里人挂念，就瞅个机会悄悄回来，把去秦仲山家打探的事告诉翁父。

翁父埋怨说："孩子，这么大的事，你怎么不提前跟我打声招呼呢？叫人多担心！"葆秀安慰道："伯父您尽管放心，我心里有底。您年纪大了，这些事得我们小辈来办，您就省省心吧。"

翁父望着葆秀感叹说："孩子，这些年你对翁家尽心尽力，对两个孩子就像她们亲妈一样。眼下，泉海碰上了要命的官司，你又不畏艰难……"

葆秀打断道："伯父，您不要再说了，如果当初没有您收留，我就会像一根草在风中飘着，能不能落地都两说，翁家的大恩，我一辈子都报答不了。这次我打探到那秦家请了不少大夫看病，事情到底出在哪儿，我一定要弄个水落石出！"

秦家请的大夫里面，赵闵堂算得上一号。秦仲山死后，赵闵堂心里便有些不安，好在翁泉海成了挡箭牌，他才可以置身事外。

这天，因为一件鸡毛蒜皮的事，赵闵堂的妻子又躺在地上闹起来，她闭着眼睛，手里握着咬了一半的大葱。一向惧内的赵闵堂看到老婆旧戏重演，赶紧关上诊所门，走到老婆跟前低头认错，好言相劝，求她赶紧起来，怕外人看到不好。

赵妻咬了一口大葱说："每回你都这么认错，可一到节骨眼上就忘了。儿子留洋在外，我连个帮手都没有，净受你欺负，不行，这回你得写个字据！"赵闵堂叹了口气说："一堆糟心事，你还添乱，嫌我这张老脸磨得不够薄吗？我早晚得被你折磨死！"

赵妻爬起身，话音如放鞭炮般叨叨开了："谁折磨谁啊？有本事你休了我！我早知道你天天晚上在被窝里咬牙切齿琢磨我。想当年你留洋没钱，要死要活要投海，不是我爹卖了二十垧地，外加六根老山参，凑齐了一千块大洋借给你，你会有今天？你爹那个老王八犊子还不上钱，就把你搭配给我，你七个不愿八个不意，不是你爹喝了毒药逼你，你身边早就云啊朵啊连成片了！我和你要了三年孩子你不给，我要投河，没办法你晚上关了灯还戴着墨镜口罩上炕，害得孩子这么大了还色盲！这一笔一笔我都给你记着！"

赵闵堂摇头叹道："你天天吃大葱，我不戴口罩能行吗？"赵妻质问："那戴墨镜干什么？"赵闵堂忍不住笑了："那天我不是闹火眼吗？这些陈年老糠晾了晒了多少年，你有完没完？"

赵妻也笑："牢记历史，早晚算账！不说这些了。我说当家的，那秦仲山死了，跟你有什么关系？也不是你一个人治的。人家也没抓你把柄，你担心什么？不是都让那倒霉蛋翁泉海一个人背了嘛。"赵闵堂皱眉道："话是这么说，可我确实出手了，一脚踩进稀泥里，不干净啊！这事已经上了法庭，弄得动静太大，就怕人家来个回马枪。不行，我得赶紧出去一趟！"

赵闵堂满腹心事地来到吴雪初的诊所，吴雪初正持针给一个患者刺血治疗。据他自己说，这是他吴家祖传几百年的疗法，十分有效。吴雪初这个人很有意思，但凡他给达官贵人看过病，他总要和人家合影留念，然后把照片放大，挂在诊室最醒目的地方，作为他炫耀的资本。

这会儿他见赵闵堂来，颇为高兴地说："闵堂，你看这墙上我跟患者的合影，比你上回来是不是又多了几人？这是财政局副局长娄万财，这是公安局副局长魏康年，这是盐业巨商宋金辉，这是富豪秦仲山，这人你认识。"

赵闵堂冷笑："秦仲山都死了，你还挂着跟他的合影干什么？看着不心慌吗？你切过他的脉啊！"吴雪初一愣，赶紧让徒弟小梁把那张照片摘掉了。赵闵堂继续说："雪初兄，秦仲山的案子还没落地，心就不落底儿啊，你说这案子会不会再翻了呢？翁泉海开的药方我从齐会长那打听到了，是安慰方，不会致命，除非他的方子和我们的方子一起服用，两方相克。如不是这样，秦仲山怎么会突然毙命呢？"

吴雪初看着赵闵堂说："咱俩都给他看过，他有什么病，你我还不清楚吗？他就不能是因病重而亡？"赵闵堂叹气说："他骑在鬼门关门槛子上，一脚门里一脚门外，早晚都得死，只是眼下他的死可能牵扯着你我！"

吴雪初沉默良久说："就算是这样，那也是他咎由自取，跟我们有什么瓜葛？"赵闵堂摇头："此言差矣！不管怎么说，我们都给秦仲山出过诊，也合开过方子，他也吃了咱们的药，当时在饭桌上，咱们可是拍着胸脯说这病能治好啊！"吴雪初一笑："那是你说的，什么神仙一把抓，手到病除。"

赵闵堂耐心诱导道："雪初兄啊，人家是花了大价钱，我可没忘了你呀，你也是赚了个钵满瓢足啊！咱俩可是一根绳拴着，谁也跑不掉。眼下秦仲山死了，这事还上了法庭，虽然罪状全落在了翁泉海身上，可只要官司还没了结，就可能会有变数。万一秦家继续追究下去，必定追究到你我头上，那你我就得陷进官司的泥沼之中。出庭打官司倒也罢了，要是传出去，那话头儿可就多了，对咱们行医十分不利。毕竟是出了人命，立牌子难，倒牌子只需一阵邪风啊！夜长梦多，只望这罪早点定，这官司早点了结。我想我们是不是应该去秦仲山家走动走动呢？知己知彼，才能有所准备。"吴雪初琢磨良久才说："在理！"

赵闵堂和吴雪初来到秦家正房堂屋坐定，葆秀提着茶壶走进来倒完茶站在一旁。赵闵堂望了葆秀一眼，对秦妻使了一个眼色。秦妻会意，让葆秀出去关上门，然后望着赵闵堂和吴雪初问："请问二位此番前来，有何贵干？可怜我家老爷，一辈子风风火火，身心劳累，赚得万贯家财，可到头来没享到福啊！"她说着以手掩面。赵闵堂急忙劝慰："夫人节哀。要说病这东西，难为人啊，病到深处，神仙也没招，何况我们已经尽力了。秦夫人，我有一事不明，能否请教？秦老爷好好的，怎么突然就走了呢？"

秦妻叹了口气说："那晚我家老爷身感不适，大哥听说江苏孟河来了个大夫叫翁泉海，据说此人医术高明，有些来头，就去请他。他来了后，说我家老爷命不久时，临走开了个方子，谁想喝完他的药，我家老爷当晚就走了。"赵闵堂试探着问："那我们开的药还有剩余吗？"秦妻答："还剩一服。"赵闵堂进一步试探："应该剩两服吧？难道那晚服了两种药？"

秦妻、赵闵堂、吴雪初三人互相望着。

秦妻忽然意识到事情蹊跷，就随机应变："那晚倒是煎了两服药，但是老爷只服了翁泉海的。"赵闵堂话里有话说："药这东西，讲究'十八反''十九畏'，还有单行、相须、相使、相畏、相杀、相恶、相反七情，切不可乱来。秦夫人，我和吴大夫此番前来，一是想给秦老爷上炷香，说说话；再就是我们也算熟人了，如果你有什么难处尽管说，我们能做到的，定会伸手相助。秦夫人，还望快刀斩乱麻，早些还逝者一个公道啊！"

吴雪初插言："人走了，官司来了，这官司不了，人就不安定啊！"秦妻连连点头："我明白。"

赵闵堂和吴雪初从秦家出来，边走边议。

赵闵堂说："怎么样？我就说肯定是把药喝乱了，否则怎么会突然死了呢？"

吴雪初说："可秦夫人说那晚秦仲山只喝了翁泉海的药啊！""这话能信吗？她讲当晚煎了两服药，不喝煎药干什么？煎了就可能喝了！我已经把话点透，秦夫人应该明白她男人是怎么死的了。""明白最好，这是他老秦家自己的官司，跟咱爷们无关。"

胆小多虑的赵闵堂长叹一口气提醒道："雪初兄，你怎么还不明白？这不只是老秦家自己的官司，也不只是翁泉海的官司，这是我们大家的官司！如果把事挑明了，警察不得来调查你我吗？上海中医学会不得审验咱俩的药方吗？咱俩不得陷进这官司吗？我们就算不背锅，也得抹一手锅灰啊！还是那句话，立牌子难，我们得擎住牌子，不能让它倒了！一旦有谣言传出，说咱们治死了人，谁还来看病啊！眼下秦夫人知道是自己错了，那她一定会想方设法保全自己，如果她自身难保，必定会狗急跳墙。嘴长在她身上，那可是刀子啊！再往前推一步，如果她改口说秦仲山是吃了咱俩开的药方死的，又或者说吃了两种药，并说提前问过咱俩，是咱俩让她这样做的，那怎么办？"

吴雪初瞪眼说："她敢！这不是冤枉人吗？"赵闵堂一笑："冤枉又怎么了，翁泉海不也冤枉着吗？死无对证，咱们也百口难辩。上法庭打官司，说不定得折腾到猴年马月，这都是可能发生的事，一旦摊上了，不死也得扒层皮啊！"

吴雪初说："闵堂，你这心思可真够细密的。眼下，秦夫人知道是自己惹的祸了，她为了保全自己，最好的出路就是尽快把官司了结。"赵闵堂一拍巴掌："对，雪初兄，你这算说到点子上了！"

赵闵堂和吴雪初走后，葆秀从女用人口中得知，在翁泉海之前，还有两个大夫给秦仲山诊过病，一个叫赵闵堂，一个叫吴雪初，都是上海有名望的中医。葆秀眼见他俩今天结伴来到秦家，跟秦妻闭门谈了很久，还给死者敬了香。这两人从秦家出来，神色不定地嘀咕着。看来这事情不简单。葆秀下了决心，不管黄浦江的水有多深，一定要弄个水落石出！

入夜，葆秀在客厅给秦妻按摩肩膀。按了好一阵子，秦妻说她瞌睡了，得去睡觉，说着起身走进卧室。葆秀把桌椅摆放好，熄了灯走出客厅，见秦妻卧室的灯熄了，就轻手轻脚地朝书房走去。她走到书房门外，发现上了锁。这时，一阵脚步声传来。葆秀迅速躲藏起来。秦妻走到书房门外，从腰间掏出钥匙打开门走进书房。她借着月光，在书柜上翻出一张纸和一包草药。她把那张纸揉成一团塞进草药包中走出来，轻轻锁上书房门。回到卧室不一会儿，她挎着包出来，轻轻掩上房门，又朝周围望了望，然后急急地出了院门远去。

秦妻挎包匆匆走着，葆秀跟在后面不远处。秦妻挎包来到黄浦江边，她朝周围望了望，然后从包里掏出那包草药扔进黄浦江，片刻转身走了。葆秀急急赶来，她纵身跳进黄浦江。幸好她会游泳，很快把那一包草药捞了上来。

葆秀赶紧回家，把那包草药让翁父看。翁父打开草药包，发现里面揉成团的处方，那药方被水泡了，字迹勉强还能辨别出来，可落款的姓名已经模糊不清，不知道是何人所开。

翁父和葆秀两人分析，那两位大夫先去秦家，而后秦妻把药方和草药扔进黄浦江，可能是不想让这些东西见天。这里面一定暗藏玄机，说不定秦仲山的死因可能跟这服药有关系。看来要先拿到翁泉海开的药方再说。

于是，葆秀再次来到看守所，她对翁泉海说："翁大哥，我知道你冤枉，我相信你，你要保重，千万别把身子熬坏了。我一定会把你拽出来！你把你那晚开的药方告诉我。"

翁泉海低声口述了药方，葆秀用心记下了。回到家里，葆秀把她默记的药方写下来请翁父看。翁父看着翁泉海的药方，又看着被水泡过的药方，断定这两服药相克！看来那晚秦仲山有可能吃了两服相克的药才死的。如果能证明事情确实是这样，翁泉海就是无罪的。那就要查明这服药是谁开的，但药方被水泡了，落款的姓名模糊不清，不知何人所开。联想到赵闵堂、吴雪初今天来秦家的事，葆秀觉得，此事一定和这俩人有关系。

葆秀决定先探个虚实。第二天，她来到赵闵堂的诊所，把一小包药放在桌子上说："大夫，我这有一包药，您看可以服用吗？"

赵闵堂抓起中药看着，忽然一把夺过中药。

葆秀笑道："药太多，只拿来一点而已。赵大夫，我想你该把天窗挑开了吧？这宝你还想继续憋着吗？"赵闵堂镇定地说："我不懂你在说什么，有病看病，没病让座，后面人多，都候着呢。"

等葆秀走出诊所，赵闵堂立刻让徒弟小龙停诊关门。他急忙来到吴雪初的诊所，一把抓住吴雪初的胳膊说："老哥哥，出大事了！官司来了！你还记得咱俩去老秦家，端茶倒水的那个女人吗？她今天来我诊所了，拿来一包咱俩给秦仲山开的药，想拿药套我的话啊！"吴雪初吃惊道："她是谁啊？套你话干什么？难不成她跟翁泉海……"

"她是谁我不清楚，我只知道她对那药感兴趣，想要弄个明白。雪初兄，这事可是越来越复杂了！"吴雪初问："那药怎么跑她手里去了？"赵闵堂急答："老哥哥，咱先不管那药是怎么跑到她手里的，就说她来找我，必定是为了翁泉海的事，她是想给翁泉海翻案啊！""她拿来药方了吗？""那倒没有。"

吴雪初说："药方上签了你我的姓名，她要是有药方在手，直接送到警察那即可，还需要找你来吗？"赵闵堂点头："理是这个理，可我总觉得心慌！"

吴雪初笑了："不必担心，她要是再去找你，你不接话茬，搪塞过去也就罢了。"他伸手指着墙上的合影："闵堂啊，我们有这帮老神仙护着，还有什么可怕的呢？"

葆秀回去告诉翁父，她当着赵闵堂的面拿出药来，他脸上没有惊慌之色，沉稳得很。可她走后，他立马停诊去见吴雪初，二人谈了很久，一定是谈这包药的事。给秦仲山诊病的有三个人，但是秦氏没提另外两人，而只让翁泉海背了整个黑锅，看来这里面有鬼。葆秀请翁父帮忙搞到赵闵堂和吴雪初的笔迹。这事不难，翁父分别去赵闵堂诊所和吴雪初诊所，让他俩给看病，然后拿回他们开的药方，就得到了他俩的笔迹。

葆秀和翁泉海的辩护律师到警察局，请求对被水浸泡的药方以及赵闵堂和吴雪初新开的药方进行笔迹鉴定。警察答应笔迹可以鉴定，大概需要五天。

吴雪初和警察局副局长魏康年熟悉，魏康年很快把翁泉海的辩护律师请求鉴定笔迹的事告诉了吴雪初。吴雪初急匆匆找到赵闵堂说："有人弄到了咱俩的笔迹，还弄到咱俩给秦仲山开的药方，一并送进了警察局！由于咱俩给秦仲山开具的药方被水浸泡过，署名不清，他们想进行笔迹鉴定。"赵闵堂问："谁跟你说的？"

吴雪初一笑："万根线能拉船，一人踏不倒地上草。一听说有我的大名，我墙上的老神仙就赶紧托梦给我了。可他们就算弄明白有三个大夫给秦仲山诊过病又如何？谁能证明那晚秦仲山服用了两种药呢？"

赵闵堂还是不放心，说道："雪初兄，我想他们已经知道秦仲山的死跟药物相克有关联，如果他们确定我们三人都给秦仲山诊过病，那下一步就会想办法确定那晚秦仲山是不是同时服用了两种药，至于他们用什么办法确定，我们不得而知。但是如果他们有办法查明真相，那秦氏如果不甘心一人担责，她就有可能往咱俩身上推。咱俩有口难辩，最后到底是个什么果儿，很难说啊！"

吴雪初听赵闵堂这么一说，也急了："本来我还没把这事放在眼里，可既然针扎眼睛了，那就得把针拔出来啊！"赵闵堂提醒说："老哥哥，拔针得小心，千万不能带血！"吴雪初点头："我手头有准儿。咱们分兵两路，各把一头吧。"

两人分手后，吴雪初直接找到警察局副局长魏康年，请他阻止笔迹鉴定。

魏康年满口答应，说这是小事一桩，不必担心。

赵闵堂再次来到秦家，与秦妻寒暄了几句后，很客气地说："秦夫人，上回端茶倒水的人哪儿去了？"秦妻气鼓鼓地说："谁知道哪儿去了，转眼就没影了，饿时来投，吃饱就走，还不如养条狗，狗临走还能汪汪两声呢。"

赵闵堂十分认真地说："你知道那人是谁吗？她就是要给翁泉海翻案的人！秦夫人，我和吴大夫给秦老爷开的药方哪儿去了？剩下的药哪儿去了？它落到那个人手里了，据说还是让水浸泡过的！秦夫人，咱们今天敞开窗户说亮话吧，翁泉海给秦老爷开的那服药是安慰方，没问题，可秦老爷吃完就去世了，这事奇怪啊！还是那句话，中药讲究'十八反''十九畏'，相生相克，配伍严谨，切不可乱吃。"

秦妻还嘴硬："什么'十八反''十九畏'，那晚我家老爷只吃了翁泉海的药。"赵闵堂摇头冷笑说："这样说来，只能是天意了，本来病这东西，就是魔高一尺，道高一丈，谁知道它的能耐有多大呢。秦夫人，官司的事尽快了结吧，否则夜长梦多，秦老爷闭不上眼啊！"

在秦家多方催促下，翁泉海涉嫌医疗事故罪一案再次开庭。翁泉海的辩护律师提出，被告有了新的证据。当时给秦仲山诊病的有三个大夫，其中有两个大夫合力开了药方，而当晚，秦仲山可能喝了两种药。现在已经找到了两个大夫合开的药方，并把证据交到警察局，由于证据被水浸泡过，字迹有些模糊，需要笔迹鉴定。既然新证据已经交到警察局，在新证据被查明之前，应该耐心等待。

检察官认为被告是有意拖延案件审理。辩护律师称，应该等待对被告有利的证据鉴定出来，才能公正判决，不会出现冤案。警察局说笔迹鉴定需要五天，已经过了三天，再加上今天和明天，后天就会有新的证据。

迫于压力，法官宣布三天后恢复开庭。

为了争取时间，葆秀和辩护律师到警察局问笔迹鉴定是否出来。警察说要鉴定的三张方子丢了，正在查找，想要的话，过几天等找到后再来。三天后要恢复开庭了，还能等到那时候吗？葆秀知道有人捣鬼，但是面对凶恶的警察无可奈何，只好和辩护律师走了。葆秀明白，这是有人暗中勾结，想把翁泉海关进大牢！不行，非得把这件事弄清楚不可！

葆秀找到卫生局的官员，官员爱理不理，把事情推给了法院。

三天后又开庭了。但是，被告方并没有拿来新的证据。法庭正要宣判，葆秀高喊冤枉！她请求法庭再给半天时间，就会拿来证据。法警上前拽住葆秀的胳膊，把她拖出法庭。

辩护律师向法庭请求，此证据确实非常重要，法庭公正，不允许出现冤假错案，所以，请再给半天时间，只要半天，这是最后的请求。法官宣布休庭。

事情万分紧急，葆秀万般无奈，决心告到南京国民政府，定要还翁大哥一个清白！她排队买票，不辞辛苦地赶到南京。葆秀登上市中心一座高楼的楼顶，手擎一杆大旗伫立着，白旗上面写了两个红色大字"冤枉"。满街的行人拥挤在一起，仰头望着，还有不少外国人，几个记者忙不迭地拍照。几个警察闻讯急忙跑过来，想上楼制止。

葆秀高声喊："都别上来，不然我就跳下去！闪开，别砸着你们！"

一位姓曹的政府工作人员高喊："有事下来说，千万别想不开！"葆秀声嘶力竭地喊着："冤枉啊！"

工作人员喊："有冤屈下来说！"葆秀叫道："该说的都说了，可没人管！我要用我这条命撞门，看这天下还有没有王法！"

工作人员耐心地说："下来说清楚，政府还你公道！我是市政府的曹国恩。"

葆秀喊："我的证据在警察局丢失了，你能帮我找回来吗？""能！""证据不足，法庭不能终审判决，我说的对不对？""对！""你管得了法庭吗？""你放心，我会跟法院沟通的！""沟通不行，我要你一句明白话！""证据不足，法院不能终审判决，我答应你！"

葆秀大喊："记者先生，乡亲们，你们可都听清楚了，政府官员曹国恩说他管我的冤屈，好，有这句话，我今天不死了。但是我把话说前头，腿长在我身上，如果政府口不应心，我还得死，我就死在这儿！"

第二章

脉脉不得语

夜晚，秋风送来些许寒意。

葆秀回到家里，端着一碗刚熬的百合莲子粥进卧室给翁父喝。翁父接过粥碗说："你去南京的事情上了报纸，记者也来过了。辛苦你了！孩子，老翁家欠你的！"葆秀忙说："伯父，您千万别这么说，咱们是一家人。我实在没办法才走这一步。"

俩人正说着，忽然有人敲门，原来是赵闵堂来了。葆秀请赵闵堂进客厅坐下问："赵大夫，请问此番前来，所为何事啊？"赵闵堂笑着说："当着明白人，不说糊涂话，我今天来，就是想帮你们的忙啊。"

葆秀也笑："这倒是件大好事，不妨讲来听听。"赵闵堂看着葆秀问："请问你是翁夫人吗？"葆秀回避道："有话直说吧。"赵闵堂沉默片刻道："翁泉海一案，确实冤枉，这里面到底是怎么回事，我想你我都清楚。"

葆秀冷笑一声："我不清楚，我只知道给秦仲山诊病的有三个大夫，可不明白为什么秦仲山死了，那两位大夫缩头不出，却只让翁泉海一人顶罪！"赵闵堂接着道："不错，确实有三个大夫给秦仲山诊病，可最终秦仲山死在翁泉海手里，那这事就很难说清楚了。"

葆秀锐利的目光紧盯着赵闵堂逼问："赵大夫，你今晚既然来了，那咱们就当面锣对面鼓地敲打一番，也让我明白明白。"赵闵堂甚是老辣，他迎着葆秀的目光，不紧不慢地说："锣鼓动静太大，再惊着人，就不好了。各退一步，海阔天空。你们不再追究，我保翁泉海摆脱牢狱之灾。你来上海的日子虽短，可见识的已经不少了，上海滩是个什么地方，什么风儿什么味儿，你也都闻摸个差不多了。说句大实话，我挺佩服你的，一副小骨头架子能在黄浦江里翻腾起这么大的浪花来，着实不容易。可再大的浪，也得靠风啊，要是风没了，就是再怎么翻腾，也就只是一时半会儿的事，转眼就风平浪静了。人这辈子，想活好，想活得顺心顺气，就得识时务，要活得聪明，为一时之气非要争个鱼死网破，不但自己不好过，别人也不好过，损人不利己的买卖，亏啊！"

葆秀正在琢磨赵闵堂这番话的意思，翁父忽然走进来说："讲得好！上海滩水深王八大，我算是见识到了。多谢贵人提醒，事情就这么办了！"赵闵堂问清老者是翁泉海的父亲，连忙站起躬身问候："还是老伯明事理！"

赵闵堂趁热打铁，急忙来到秦家，对秦妻说："秦夫人，我这可都是为你好啊，眼下这事已经闹大了，如果再继续闹下去，最终收摊的人是谁啊？这官司的来龙去脉，你心里清清楚楚，到底这锅谁来背，怎么个背法，你也清楚，得饶人处且饶人，还是讲和吧。"秦妻叹气说："话讲得轻巧，到了这般田地，'和'字该怎么写啊？"赵闵堂直言道："你可以说丈夫是心脏病突发去世。我打听过了，如果患者自身的原因导致死亡，亲属举报不实，不会追究刑事责任。"

秦妻和秦伯山商议良久，觉得此事也只有按赵闵堂说的办了。法庭接到南京有关方面的传话，正好顺水推舟。于是，被告人翁泉海涉嫌医疗事故一案，宣判如下：由于被告人翁泉海诊治秦仲山疾病所用药物，无法证明能够直接导致患者死亡。经死者家属证实，秦仲山既往患有心脏病史，本庭反复调查听证，判定秦仲山确系心脏病突发致死，与被告人翁泉海用药并无因果关系，故不构成医疗事故。被告人翁泉海无罪，当庭释放。

翁泉海郁郁寡欢地回到家里。葆秀特意为庆贺翁泉海平安归来做了一桌子菜，一家人围坐在桌前，都不动筷子，大家看着翁泉海。翁泉海呆若木鸡，一副痴呆呆的模样。晓嵘、晓杰都劝爸爸吃饭，可翁泉海充耳不闻，沉浸在自己的世界里。

翁父说："足足睡了三天，睡傻了？"

葆秀笑着说："刚睡醒，得缓缓神吧。"

翁泉海开口要酒，葆秀赶紧把酒拿来，倒满一杯。

翁泉海擎起酒杯说："爸，儿子让您受惊了，儿子对不住您，我自罚一杯。"翁父朗声说："一杯少了，得三杯！"

葆秀劝道："伯父，翁大哥刚回来，身子需要休养，别让他喝那么多。"

翁父笑了："真是一家人顾着一家人啊，好，就一杯吧。"

翁泉海一仰脖，将酒喝干。他对葆秀心怀感激，又倒了一杯酒敬葆秀："多谢你出手相救，我敬你。"

翁父觉得儿子这话说得太简单，有些轻飘飘，不满地说："这话讲得轻巧了。泉海啊，你知道为了你的事，葆秀都做了什么吗？她为了你，到秦家当奴仆，又跳进黄浦江里捞证据，还到南京高楼顶舍命喊冤！泉海，葆秀为了你，可是豁上命了！"

葆秀羞涩地一笑："伯父，那都是没招逼的，事情已经过去，不必再提。"

翁父正色道："怎能不提？这是翁家的大事，是我在祖宗面前能讲的亮堂事！"

翁泉海深深地望着葆秀说："多谢你舍命相救，大恩难报，翁某必报！我敬你。"

葆秀道："翁大哥，你身子要紧，不用喝，我心领了。"

一家人终于团圆了，开始过起温暖的小日子。看吧，翁泉海陪着父亲买菜从外面回来了。翁晓嵘和翁晓杰前面跑着，葆秀在后面追赶。干什么呢？是秀姨要给俩女孩子洗澡，可她们还没玩够，推说明天再洗。翁泉海的意思呢，孩子们都不小了，该洗自己就去洗，不必强求。她秀姨呢，坚持原则，说好了三天一洗澡，这是规矩，不能破。老爷爷呢，支持她秀姨，认为无规矩不成方圆，俩孙女必须听秀姨的，洗澡去！葆秀一手拽住晓嵘，一手拽住晓杰，拖着二人走了。老爷爷夸赞："这就是名门之后，好家教！"

葆秀对俩孩子照顾得真是无微不至。不说洗澡、洗衣、剪发这些琐事，葆秀都一一照管，还有大事更得葆秀操心呢！两个女孩子都不小了，青春少女生理上的麻烦事，父亲和爷爷能管得了吗？还不得她秀姨悉心关照指导！

家里的大小事情，老爷爷都明明白白，看在眼里，想在心里。他认定，这个家里是该有一个名正言顺的内当家了。这天早饭后，翁泉海正要往外走，翁父叫住他，当面郑重其事地把问题提出来了。

翁父对儿子讲，他此番带葆秀和两个孩子过来，一是看望儿子，二是孩子都长大了，得花心思好好调教调教。儿媳妇走得早，这几年，葆秀是又当爸又当妈，把两个孩子从头到脚，里里外外，照顾得妥妥帖帖，跟亲妈一样亲，两个孩子跟她也有很深的感情。翁父告诉儿子，孟河医派之所以能传承三百年，且枝繁叶茂，生生不息，除世代嫡传，师承授受之外，还采取了中医之间家族联姻的方式，互相渗透，亲情交融，博采众长。孟河世代医家各有专长，各有绝活，家家都有祖传秘方，就采用这种方式来延续各自的精华。本来孟河医派已经破了传男不传女的老规矩，但葆秀的父亲仍谨守祖训，传男不传女。可没办法，他就葆秀这一个宝贝女儿，因而临走时，把葆秀托付给了咱家，还把他葆家的医术秘方交给了我。他说他看着你长大，清楚你的为人，葆秀跟了你，他放心，能闭上眼。

翁泉海静静地听着，没有说话。葆秀对他的一片心日月可鉴，他岂能不知道，可他心里有一个坎儿，还迈不过去。

　　翁父深情地对儿子说，葆秀根正，葆家跟咱翁家是门当户对。再说葆秀是什么样的人，你也看清楚了，没有她，两个孩子能照看得这么好吗？没有她，你能摆脱牢狱之灾吗？为了你的事，她恨不得把命都豁上去，这一片心意，老天爷看得真亮。再说你媳妇也走七年了，你该成个家了。这么好的人，这么喜的事，你还犹豫什么啊？我带她过来，也就是走个过场，等你一句痛快话，然后你俩就赶紧成亲。

　　翁泉海低着头沉默了一会儿说："爸，事发突然，我一时转不过弯儿来。"

　　翁父盯着儿子说："这事你早就应该明白，还转什么弯儿啊！笔直的阳光大道，你就可劲朝前走吧！"

　　翁泉海望着父亲说："爸，您听我说，葆秀对翁家有恩，我全记在心里，这辈子都不会忘。只是我对她并无感情，再说我俩年岁相差太多，不合适，我不能耽误她啊，望您老人家理解。"

　　翁父急了："还讲什么感情啊，你跟你媳妇成婚那阵，不也是进了洞房才慢慢热乎起来的吗？再说年岁的事，人家葆秀都不在乎，你在乎什么？葆秀都说了，她就崇拜你这样的人，品行正，医术高，哪儿都挑不出毛病来。儿子，听爸一句话，葆秀是个好姑娘，能嫁给你，那是你的福气，你是捡了个大元宝啊！"

　　翁泉海央求道："爸，您就别为难我了。眼下我在上海还没站稳脚，也没心思考虑婚姻之事。"翁父想了一会儿："成婚和站脚不矛盾，要不这样，你先答应下来，等过个一年半载，你站稳当后再成婚。"

　　翁泉海忙摆手说："万万使不得，那不是耽误人家吗？爸，您让葆秀找个人嫁了吧。眼看要晌午了，我得去诊所。"说着他起身走了。翁父看着儿子的背影渐渐远去，他摇摇头长叹了一口气。尽管儿大不由爹，可他还是决定努力在家事中撮合儿子和葆秀。

　　这天，一家人正在吃晚饭，葆秀一个喷嚏接着一个喷嚏。翁父忙说："这是着凉了，泉海啊，你给她看看，再开服药。"葆秀笑道："伯父，我就是打几个喷嚏而已，一会儿喝点热水就好了。"

　　翁父催着让俩孙女吃饱了就回屋歇着去，然后大声说："有病就得赶紧看。泉海，这事就交给你了，我回屋躺会儿。"说着走进卧室，把独处的机会留给他俩。

　　翁泉海和葆秀坐在桌前，二人沉默着。呆坐了一会儿，葆秀起身收拾碗筷。

翁泉海这才说要给葆秀把脉。葆秀说不用把脉，她没病，端起碗筷欲走。这时翁父忽然大声咳嗽起来。

翁泉海知道这是父亲在暗示他，就站起身要端碗筷。葆秀说这是女人活儿，男人怎么能伸手，让翁泉海去歇着，她端着碗筷进了厨房。老父亲又大声咳嗽了。翁泉海只好跟着进厨房，伸手要帮葆秀洗碗筷。葆秀抬手扭身拦着翁泉海。翁泉海不好意思和葆秀撕扯，只好从厨房走出来。老父的咳嗽声又传来了。翁泉海回到厨房望着葆秀，搓着双手不知如何是好。

葆秀边洗碗边说："我真没病，睡一宿好觉就什么事都没有了。"可是，她话音刚落，又打了一个喷嚏。翁泉海一笑："还是看看吧。"葆秀也笑："真不用，你快回屋歇着吧。"

翁泉海转身欲走。老父的咳嗽声更响了，这可是在下命令，翁泉海左右为难。葆秀低头抿嘴暗笑，她不想再让翁泉海为难，就大声说："来，给我把把脉！"

翁泉海给葆秀切脉。俩人面对面坐着，葆秀大胆而深情地看着翁泉海。翁泉海惧怕葆秀那一双大眼中的两汪碧水，只是低着头切脉。

正所谓"盈盈一水间，脉脉不得语"。

秦仲山死亡的案子平安了结，尘埃落定。赵闽堂和吴雪初松了一口气，二人在一家饭馆包间内喝酒聊天。

吴雪初仰脖喝下一杯酒说："怎么样？我就说你这个人过于谨慎，本来可以无事，偏偏要找事，转了好几个圈，可到头来还是无事。你说这不是多此一举，胡折腾吗？"赵闽堂喝着酒说："雪初兄，这怎么叫胡折腾呢？不管做什么事，都得提前有个考量，这件事，要不是我瞻前顾后，运筹帷幄，提前把底子铺实了，把矛头摆正了；要不是你我二人分头行动，说不定会掀起万丈风浪来，咱俩也就被拍趴下了！不管怎么说，咱爷们是有惊无险！不过，这事到底没有捂住，就怕街面上风言风语，后患无穷啊！"

吴雪初边吃菜边说："谁爱讲什么讲什么，咱几十年的老根，深着呢，还能让小风给摇晃了？"赵闽堂夹起一块酱牛肉填进嘴里说："我这辈子行医，不求留名，只求安稳，可想安稳也不容易。一朝天子一朝臣，一朝天子一朝名，今天说是美名，明天可能就是丑名。所以说，还是今朝有酒今朝乐实在。就像老秦家这件事，留下脚印，弄好了是医术高超，弄不好就是庸医害人。"

吴雪初放下筷子说："对了，你一讲到这儿，我倒想起件事来，那个上蹿下跳叫葆秀的女人，着实有些吓人。大楼不矮，她说爬就爬上去，黄浦江水深，她说跳就跳进去，还搅了个风起浪涌！"赵闵堂点点头说："那个女人确实有些本事，要是没有她，也闹不成这样。所以说妇孺临阵，必有手段，不可轻视！雪初兄，你说那翁泉海是个什么人儿，什么味儿呢？"

吴雪初炫耀他的博学多识，叨叨开了："此人是江苏孟河来的，正门正派，功夫了得。那秦仲山患病日久，大骨枯槁，大肉陷下，五脏元气大伤，营卫循序失常，脉如游丝，似豆转脉中，舌苔全无，此乃阴阳离绝，阳气欲脱，回光返照之先兆。翁泉海不用大剂量补气的人参、黄芪，补阳的鹿茸、附子，而偏偏用补中益气汤这个平淡无奇的小方，以求补离散之阳，挽败绝之阴，清虚中之热，升下陷之气。此方不温不火，不轻不重，尺寸拿捏得十分精准，谁都挑不出一点毛病来。可见此人中医根底深厚，行医稳健。不像你赵闵堂，小腿儿飘轻，人家出的诊金丰厚，你便按捺不住，说什么神仙一把抓，手到病除，把自己逼上绝路……"

赵闵堂听到这里不乐意了："雪初兄，咱们说翁泉海，你怎么扯到我身上来了！再说我的药方怎么了？差哪儿了？要说有偏差，也是咱俩合力开的药方，一百大板，各受一半！"吴雪初笑道："你看你，闵堂，几句话怎么就急眼了！咱还讲翁泉海，如果不是你我药剂猛烈，说不定他这个平淡无奇的小方能四两拨千斤，起死回生。话说回来，我吴雪初还能怕他吗？咱不管他是哪儿来的，是什么门什么派，手高手低，那得在治病上见功夫！"

赵闵堂也笑了："这话提气，日子在后头呢。再说江苏孟河来的土包子，有何惧之，在我眼里，他就是个摇铃铛卖药丸唬人骗钱的铃医而已！"

说铃医，铃医就来了。饭馆门外传来一阵铃铛声，二十出头的铃医高小朴推着小推车，车上坐着六十多岁的老母亲，她戴着破帽子，摇着铜铃。

高小朴大声叫喊："神仙丸，专治疑难杂症，三丸躲过鬼门关；老君贴，腰酸背疼腿抽筋，贴哪儿哪儿舒坦！"铃医就是摇着铃铛走村串巷行医的江湖医生。

高小朴喊好一阵子了，也没人搭理，他有些泄气，老母亲让他喝口水。他抹了把汗停住车说："我不渴。娘，这不对劲儿啊！您的铃铛脆生，我的声音响亮，怎么就没人望一眼呢？"老母亲说："上海滩是大地方，这里的人眼皮沉，不比咱那乡间野路。要不咱们还是回老家吧。"高小朴不甘心地说："娘，咱走了那么远的道，鞋都磨破好几双了，要是说走就走，那不赔了？要走也得把鞋钱赚回来再走。"他说着继续推小车往前走。

且说赵闵堂与吴雪初从饭店分手回到家里，刚一进屋就被老婆骂了一顿，说他只顾自己喝酒作乐乱花钱，不管家里的事，儿子留洋在外要钱，还不赶紧给他寄去。赵闵堂刚开口解释几句，老婆就故技重施，竟然跑到门外撒泼，躺在地上，闭着眼睛，手里握着一根咬了一半的大葱。赵闵堂蹲在老婆跟前低声说："别闹了。你要是再不听话回屋，我可走了！"老婆闭眼不语。赵闵堂站起要走，老婆一把抓住他的裤腿不撒手。赵闵堂环顾周边一群看热闹的人，真是左右为难。

这时，小铃医高小朴推着老母亲边走边高声喊叫："神仙丸，专治疑难杂症，三丸躲过鬼门关；老君贴，腰酸背疼腿抽筋，贴哪儿哪儿舒坦……"前面不远处，有许多人在围着看什么，没人搭理小铃医。老母亲说："你赶紧前去看看，是不是有人病了？去搭把手。"

小铃医停住推车，挤进人群。人群内，赵闵堂蹲在老婆身边，佯作掐她的人中，低声道："夫人，别闹了好吗？一点琐事而已，你发这么大的脾气干什么，让人家看着多不好啊！"他老婆像是没听见，还是不动。

小铃医走过来问："先生，我可以给她看看吗？"赵闵堂说："看吧，一定要看仔细了，要是能把她的病治好，我多给赏钱。"

小铃医走到赵妻近前，蹲下身打量一下，给赵妻切脉。众人都好奇地望着小铃医。过了一会儿，小铃医站起身说："确实病了。要说这病碰上旁人，那就能难死人，可碰上我，小事一桩。"赵闵堂冷笑："看来我有福气啊，出门碰上神仙了，小神仙，伸伸手吧。"

小铃医从怀里掏出一个药丸让大家看："我这药丸，是祖传几百年的宝贝，用七七四十九味中草药制成，专治疑难杂症，对病入膏肓、命悬一线之人尤为有效。先生，请你取一碗尿水当药引子，让病人借着尿水把我这药丸子服下去，必定手到病除！"赵闵堂犹豫地望着他。小铃医大声喊："先生，您还愣什么呢，赶紧按我说的去做，如再拖延，恐无回天之术啊！"

赵闵堂忽然明白了，大声说："看来只能试试了，等我去取尿水！"赵妻猛地睁开眼睛，爬起来高声叫着："敢给老娘灌尿水，你好大的胆子！"她拍拍屁股急忙跑回家去。

小铃医笑了，他大声喊："娘，来点动静！"老母摇响铜铃，小铃医高声拖腔喊叫："神仙丸，专治疑难杂症，三丸躲过鬼门关；老君贴，腰酸背疼腿抽筋，贴哪哪舒坦……"

夕阳西下，霞光横飞。

小铃医和老母亲坐在道边啃着干粮。前面不远处的大饭店灯火通明，门外熙熙攘攘，不断有汽车驶来停在门外。门童在门口迎接客人。小铃医擎着酒壶喝着酒，梦呓般说着："娘，您说那房子亮堂堂的，里面是个什么样呢？一定有很多好吃的。咱娘儿俩要是能进去吃一顿就好了。"老母亲道："净说胡话，那是富贵地儿，门槛高，咱们穷人腿短，迈不进去。"

小铃医憧憬着说："那等我的腿长长了，就能背着您进去。咱们弄满桌好吃的，扒肘子、熏猪蹄、烧鸡、酱鸭、红烧大鲤鱼……娘，您想吃什么？说吧！"老母亲说："弄那么多吃的，咱娘儿俩吃不了啊！"

小铃医眯着眼说："吃不了就在那摆着，闻着也香啊！吃饱了咱们就不走了，就在那睡，睡醒了接着吃，吃了再睡，睡了再吃。娘，等我赚钱了，我一定请您好好吃顿肉……"

夜深了，灯红酒绿、熙熙攘攘中，小铃医和老母亲依偎在一块，就在大街边睡着了……

一个秋高气爽的好天气。小铃医摆场子诊病卖药，老母亲坐在一旁，摇着铜铃，地上摆着一布兜药丸。

小铃医高声喊："吃五谷，食杂粮，为嘛呢？活着呗，谁不想地老天荒！天上有玉皇，地下有阎王，咳嗽一声散了架，为嘛呢？泥巴捏的呗！南来的云，北来的风，神仙急着点油灯，为嘛呢？胆小呗……"不断有行人驻足围观。小铃医继续喊："中医讲的是'五行'，肝心脾肺肾，各属木火土金水。天食人以五气，地食人以五味，五气入鼻，藏于心肺，五味入口，藏于肠胃。五味入五脏，酸入肝，辛入肺，苦入心，咸入肾，甘入脾。水谷入口，津液各走其道，化为五液，心为汗，肺为涕，肝为泪，脾为涎，肾为唾。五脏各有所恶，心恶热，肺恶寒，肝恶风，脾恶湿，肾恶燥……"小铃医讲得唾沫星子横飞……

有行人过来看热闹。有人咳嗽了两声。

小铃医指着那人说："咳是咳，嗽是嗽，有声无痰谓之咳，有痰无声谓之嗽。《黄帝内经》说，五脏六腑皆令人咳，非独肺也。不怕吐痰多，就怕痰带血，白痰轻，黑痰重，痰中带血就要命……各位大爷大叔兄弟姐妹，来往的达官贵人各路神仙，小医我是横跳江河竖跳海，千山万水脚下踩，那为什么来到这大上海呢？因为这里人好水好风景好，既然这么好，那就得好上加好，得了病不叫好，治好病才叫好，我这不送灵丹妙药来了吗！"

小铃医嗓门洪亮，挺能白话，围观的人越聚越多。

小铃医从地上布兜里拿起一个药丸说："这是我家祖传几百年的秘方，用七七四十九味草药配成，里面没有牛黄、狗宝，也没有珍珠、人参，净是不值钱的药。我为什么先把底儿交了呢？因为我实在，为医之人，得诚实，诚实才能治大病。可您千万不要小看我这药，偏方能治大病，草药气死名医，咱这药不贵，一毛钱两丸，病重的两丸包好，病轻的一丸足够。"

围观者渐渐多了，有的交头接耳，但都不买药。

小铃医拿着药丸转着身子说："看来大家对我还是不信任，这样吧，我今天就当着大家的面，当着老天爷的面，赌咒发誓，我若昧着良心骗人，叫我抛山在外，屎不回家！"围观者相互窃窃私语，交流着看法。小铃医笑着说，"讲了半天，大家都没走，这是给我面子。为了感谢大家，我这药本来一毛钱两丸，赶上今天心情好，看大家又都是实诚人，我减价一半，一毛钱四丸，等卖过了十人，再卖一毛钱两丸。"

有人贪便宜，开始购买。看到有人买了，不少人也跟着买。有人问："已经有十个人买了，怎么还不涨价呢？"小铃医满脸笑意："初来贵地，看大家对我如此信任，非常感动，今天就卖一毛钱四丸，明天涨价！"听他这么一说，买药的更多了。

收了摊，在没人处，老母亲对小铃医说："你刚才说要抛山在外，死不回家。孩子，你怎么能发毒誓呢？这可是要招报应的！"小铃医一笑："娘，江湖上管拉屎叫抛山，另外，我说的是'屎'不回家，是拉屎的屎，不是死。'屎''死'话音近嘛。"

老母亲也笑了："哦，原来是这样。对了，孩子，你从哪儿弄来几百年的祖传秘方啊？这话讲得太大了，做人不能这样。"小铃医说："娘，我就怕带您出来，您一出来就教训我。管它几百年，能治好病就行呗。""那你的药能治好病吗？""这话怎么讲呢，不能都治好，也不能都治不好。娘，江湖上的事您不懂，就别打听了。"

翌日一大早，小铃医和老母亲就在大街上摆摊卖药。一个青年人走过来冷冷地看着他们，小铃医笑脸问道："先生，您买药吗？我这药是祖传几百年的秘方，包治百病，价钱便宜。"青年人突然说："我看你就是骗人的。跟我去警察局吧！"

小铃医随机应变，十分认真地说："先生你别急，我观你脸色晦暗，印堂发黑，百会阴气缠绕，恐怕命不久矣！"青年人瞪着眼睛说："你胡说什么？"

小铃医盯着青年人摇摇头叹息说："我说你活不了多久了，该吃吃，该喝喝，别亏着嘴。"青年人脸色突变，怒道："你不要吓唬人！"

小铃医一双大眼忽闪着说："我平白无故吓唬你干什么！请问，你是不是经常睡不着觉啊？"青年人眨巴眨巴眼说："没有啊，我睡得挺好的。""不对，你是不是总做梦啊？""那倒是，经常做梦。"

小铃医郑重地点点头："这就对了！你虽然眼睛闭上了，可在梦里，你的眼睛是睁开的，这就是说你根本没睡着。人能不睡觉吗？不睡觉那不就没命了吗？《黄帝内经》讲得清楚，阳气盛，则梦大火而燔焫。厥气客于心，则梦见丘山烟火；客于肺，则梦飞扬，见金铁之奇物。你心肺之气衰败明显，才会有如此之梦。长此下去，命不久矣！"

青年人紧皱眉头琢磨着，小铃医迅速从怀里掏出一贴膏药说："睡觉前将此膏药贴脑门上，包你睡得踏踏实实，一觉到天亮，什么梦都不做。"青年人还在犹豫。小铃医再加一把火："我该说的都说完了，想活想死，你自己看着办吧！"

青年人不再犹豫，他接过膏药，付了钱急匆匆离去。

小铃医忙了一天，多少也挣了几个钱。黄昏时分，娘儿俩收了摊子，来到一个小巷。小铃医买了半只酱鸭一壶酒，和老母亲找个有台阶的门前坐下。他撕着鸭肉给娘吃，拿起鸭骨，边喝酒边啃起来。

老母亲说："孩子，刚赚点钱，就花了个分文不剩，还能攒下钱吗？"小铃医津津有味地啃着鸭骨头，喝一口酒："娘，钱是活的，花出去再赚回来呗。咱都好一阵子不见油水，也得闻闻肉味儿了。""这酒也不能天天喝啊，喝多了脑袋不好使，还怎么给人家治病呢？""娘，这酒可是好东西，越喝脑袋越清醒，清醒了才能治好病，才能赚大钱。"

忽然间电闪雷鸣，转眼就下起雨来。小铃医和老母亲赶紧躲到人家房檐下。老母亲望着满天乌云："也不知道什么时候才能有个遮雨的棚啊？"小铃医擦着脸上的雨水："娘，您别着急，等把这一兜儿大药丸子全卖完了，咱就有棚了。"

娘儿俩正说着，豆大的雨滴夹杂着隆隆雷鸣猛地砸下来。母子二人只好在人家房檐下躲了一夜。

正午时分，小秋风慢悠悠地吹来，阳光柔和。

一家大饭店门口车来车往，达官贵人进进出出。小铃医走过来，站在不远处望着。门童接待着来往的客人。小铃医也要进去，门童伸手拦住他。

小铃医扬眉道："这不是饭店吗？我要进去吃饭！"门童上下打量着小铃医说："对不起，我们不接待衣帽不整的客人。"

小铃医理直气壮地说："吃饭跟衣帽有何关系？人不可貌相，海水不可斗量。"门童冷笑："说得没错，可我们馆子小，容不下你这种不可貌相的贵客。"

小铃医瞪眼道："看门的，你这是狗眼看人低，大爷兜里有的是银子，正犯愁花不出去呢！"门童笑着伸出右手："先生，我们这帮看门的也不容易，你是外来人吧？不懂这大上海的规矩。小费呢？拿来。""还没进去呢就得先花钱？""这是规矩。"

小铃医从怀里掏出两个药丸："拿着。祖传神仙丸，包治百病，一般人我不给，看你人不错，送了你。"门童接过药丸扔在地上："不掏钱没门！"小铃医捡起药丸说："行，大爷我还不进去了，换个地儿花银子去！"他使劲搡了门童一把，转身就跑。

小铃医跑到饭店后门外，回头看身后没人，这才站住。正巧饭店后门开了，两个人抬着一桶泔水走出来，他们把泔水桶放在地上，然后走进后门。小铃医走到泔水桶近前朝里面望，见桶里都是剩饭剩菜，还有一个大肘子。他急忙从泔水桶里捞出肘子，正高兴呢，那两个人出来了，抄起棍子朝小铃医走来。小铃医吓得拔腿就跑。

小铃医气喘吁吁地把肘子递给母亲。老母亲问肘子哪儿来的？小铃医说是买的。

老母亲知道儿子编瞎话，没钱了，上哪儿买去！小铃医只好说是捡的。

老母亲说："你怎么不说是天上掉下来的呢，说实话！"小铃医这才说："是那家饭店的。我看这么好的肘子扔了怪可惜的，就拿回来了。娘，我可找到好吃处了，从今往后，咱娘儿俩不愁肉吃了。您尝尝，可香？"

老母亲接过肘子，扬手扔了出去，掷地有声地说："古人说，有骨气的人，宁可饿死也不吃施舍来的吃喝，更何况是抢来的，偷来的。吃人家的剩饭剩菜，久了就不想办法忙生计了，就不想办法赚钱了，日子久了，还能活出个人样吗？那不得做一辈子的乞丐！孩子，我知道你孝顺，怕娘嘴亏着，可娘既然跟你出来，就什么都能放下，娘要看着你长成个人样，活出个动静来！"

小铃医牢记娘亲教诲，努力挣钱，总算在棚户区租了一间小黑屋。这天入夜，老母亲躺在床上，小铃医坐在门口，翻看一本破旧的《黄帝内经》和一沓药方。

老母亲问："那几张药方天天翻，翻出名堂了？"小铃医道："您不是说我爹讲过嘛，看不懂不怕，先背下来，等背熟了，自然就懂了。"

小黑屋没有窗户，闷热难耐。小铃医抹了一把头上的汗："秋老虎真够劲儿啊，娘，我给您扇扇风。"老母亲说："孩子，等咱娘儿俩有个带窗的房子就好了，南北通风，透亮。"

小铃医跪在老母亲近前说："娘，您放心，我一定会让您住上带窗的房子。"

老母亲说："你这是干什么，赶紧起来！"小铃医站起身给老母亲扇风。

老母亲看着儿子说："要不咱们还是回山东老家吧。"小铃医摇头说："我不回去，既然来了，不管深浅都得踩出脚印来，要不我得憋屈一辈子。我不能像我爹那样做一辈子铃医，一辈子受人欺辱！娘，等我赚了大钱，我一定买个三进的大院子，您住正房，我住东厢房，再雇几个老妈子照看您，咱们天天吃肉包子，一天三顿，就吃全是肉蛋蛋的包子，那种一咬一嘴油的。"老母亲点着头，笑得很开心。

小铃医继续做着发财梦："我再把您的腿病治好了，然后好好给您调理，让您活到九十九岁，不行，是活到一百九十九岁。"老母笑着说："那不成老妖精了！孩子，娘啥也不求，只求你能安安稳稳的，到时候娶个好媳妇，生一群大胖小子大胖闺女，娘和你爹就知足了……"小铃医点头说："事还真不少，等我琢磨琢磨。"

入夜，月光笼罩着庭院。两女孩子已经睡下了。翁父和儿子坐在院中聊天。

翁父看着正在收拾厨房的葆秀问："你和她的事，考虑得怎么样了？不用跟我打马虎眼，到底成不成？"翁泉海仰头望天，好一阵子才说："爸，孩子她妈虽然走了七年了，但我心里还是记挂着她，忘不了，放不下，所以……还是算了吧。"

翁父心平气和地劝说："泉海，我都答应人家了，把话也说满了抡圆了，人家听完我的话，眼睛都闭上了！眼下你一句话就给我撅回来，让你爸我怎么办？怎么跟葆秀他爸交代？再说葆秀确实是好姑娘，你这个家也需要个女人啊！"翁泉海以商量的口吻道："爸呀，婚姻是大事，不能强求啊！葆秀年轻，找什么样的人不行，您说是不？"

翁父语中带硬道："是的，她要是能看上旁人，我还跟你费哪门子劲！一句话，她就看好你了，人也来了，不走了！"他说完站起身走进厨房，对正忙着收拾碗筷的葆秀说："孩子，我都跟泉海说清楚了，他乐意。只是他刚来上海不久，腿脚还没踢蹬开，所以你俩的事得先等等，待日子安稳下来就赶紧完婚。"

第二天一早，翁父对葆秀说："孩子，我出来的时日也不短了，该回去了。现在就走。你帮我照看好泉海，照看好两个孩子……"葆秀说："伯父，这都是我分内的事，您尽管放心吧。"

老父亲不管不顾，固执地对翁泉海和葆秀的婚事要一锤定音。他一个人回老家，也不和翁泉海打招呼，这明明是对儿子有气。翁泉海觉得，为自己的事惹老人家生气，很是内疚。心中一直闷闷不乐。

而这几天葆秀真正当起了女主人。她到翁泉海的卧室，把他换下来的脏衣服包括短内裤，都收起来要去洗。

翁泉海望着葆秀说："我的衣服自己洗就行。这几年我都习惯了，会洗，不用麻烦你。"葆秀笑着说："一家人怎么说这话？你会洗是你的事，这不有我了吗？从今往后，你主外，我主内，你忙你的诊所，家里的事全归我管，用不着你伸手，这是规矩。"

翁泉海真是烦恼极了。由于受秦仲山死亡案子的影响，翁泉海诊所冷清了，很少有人光顾，即使有人来了，知道看病的大夫是翁泉海，也转身就走。翁泉海整天枯坐在诊室里，冷冷清清，无事可干，难免心烦意乱。因此，他想暂时出去清静清静，散散心。这天早饭后，翁泉海简单收拾了行装告诉葆秀，他要出去走走，可能需要一段日子才能回来。葆秀说："好吧，不用着急回来，家里有我呢，你就放心吧！"

翁泉海知道，宁波妙高台是一个游览散心的好去处。妙高台又名妙高峰、天柱峰，它背靠大山，中间凸起，东西南三面均是峭壁，云雾四合，周边古树茂密，翠竹蔽日，松涛盈耳，近峦远岗，仪态万千，美如仙境。宋代楼钥《妙高峰》诗云："一峰高出白云端，俯瞰东南千万山。试向岗头转圆石，不知何日到人间。"据说苏东坡曾在妙高台赏月。传说"梁红玉击鼓战金山"的故事也发生在妙高台。

翁泉海独自一人来到妙高台，正在欣赏美景，领略大自然的瑰丽，突然，雷声隆隆，瞬间倾盆大雨落下来。翁泉海在丛林中小跑着，实在跑不动了，就喘息着站住，朝周围张望，辨别着方向。然而，大雨下个不停，丛林中云遮雾罩，翁泉海迷失了方向。他不知道该如何是好，干脆站在一棵大树下不动。他浑身都湿透了，阴风吹过，禁不住瑟瑟发抖。

忽然，一个斗笠遮在翁泉海头上，他回头看，一个身披蓑衣的人正为他擎着斗笠。那人笑着："迷路了？我姓沙，叫我老沙头吧。走，跟着我。"老沙头把翁泉海领出丛林，又热情地陪他来到客栈。

第三章
医者仁心

　　翁泉海经大雨淋过，发烧了，他闭着眼睛躺在床上。老沙头端着一碗汤走进来让翁泉海喝，他伸手摸翁泉海的额头，说要去请大夫。翁泉海告诉他，自己就是大夫，眼下只不过受点凉而已，喝点红糖葱须姜汤就行。

　　老沙头赶紧去煎红糖葱须姜汤，煎好了端给翁泉海喝。翁泉海喝急了，突然咳嗽起来，汤喷在衣襟上。老沙头急忙伸手擦翁泉海衣襟上的汤渍。翁泉海看出来老沙头是个热心肠的好人，觉得应该找机会报答他。

　　过了两天，翁泉海的身体已无大碍。他准备回去，就告诉老沙头，家里的事情他挺挂念，想回去吧，身体尚未痊愈，他希望老沙头辛苦陪他一趟，好事做到底。老沙头很爽快地答应了。

　　老沙头一路上悉心照料着翁泉海回到上海，一进家门，翁泉海推开搀着他的老沙头笑道："到家了，小戏收场了。"老沙头这才明白："原来你的病好了！"翁泉海请老沙头进堂屋："不施小计，你也不跟我来啊！""先生，你既然到家，我就可以走了。"老沙头说着扭身要走。

　　翁泉海忙拉住老沙头："这怎么行，你是我的救命恩人啊，我得好好感谢你！"

　　老沙头微笑道："谁赶上这事，都得伸把手，不必客气，我走了。"翁泉海急了："不行，不行，你绝对不能走！"说着硬是把老沙头拽进屋里，按坐在椅子上。

　　翁泉海刚要去泡茶，葆秀立即去泡了茶端过来。翁泉海说："葆秀，我出门病倒，这可是我的救命恩人，得弄点好的答谢。"葆秀大大方方地笑着："放心吧，四盘大菜，八盘小菜，来个四平八稳。"

　　老沙头笑对翁泉海："要不我弄一盘菜，怎么样？"翁泉海摆手道："那怎么行，哪有客人伸手的？"

老沙头说："要是把我当客人，我抬腿就走。"葆秀满脸春色道："老话说得好，进了门就不是外人。翁大哥，既然老沙大哥想露一手，咱们就尝尝他的手艺。"

老沙头进厨房炖菜。翁泉海站在一旁看着问："老沙，你这做的是什么菜啊？"老沙头双手不停道："五花肉炖粉条，东北菜。"

老沙头做的五花肉炖粉条的确好吃，两女孩子边吃边夸赞。葆秀也说老沙大哥的厨艺精湛，有机会得学学。

当晚，翁泉海和老沙头坐在院中闲聊。老沙头问翁泉海，在上海忙诊所的事，怎么有闲心去妙高台游玩？翁泉海毫不隐瞒，尽把实情相告。

第二天早饭后，老沙头一心要走，翁泉海无论怎么说都留不住，只好送老沙头到门外。葆秀站在一旁。老沙头说："翁先生，我昨晚想了想，诊病不要钱，算是一条出路，也是积德啊！"翁泉海笑而不语。

老沙头在门外站住，拱手道："翁先生，多谢款待。"翁泉海说："救命之恩，如同再造，我得谢你啊！五花肉炖粉条真香，我没吃够，你还得再来。"老沙头笑道："吃够了就来不了了，所以不能总来。"

受那场官司的影响，赵闵堂的诊所也是冷冷清清，门可罗雀。这天，赵闵堂闲坐在诊室实在无聊，就走出来散心。他发现不远处的一家包子铺外排着长队，就走过去问一个排队的男人："先生，这包子铺的包子好吃？"那人说："头回买，谁知道呢。说是一天就卖一百屉，尝尝呗。"

赵闵堂忽然有了灵感，立即来个依葫芦画瓢。他写了一张告示，说是本诊所每日挂号限量二十个，让徒弟小龙把告示贴在门外。但还是没人上门。他改成每日限量十五个号，门前仍是冷落。限量改为十个号，十全十美啊，情况照旧。赵闵堂咬牙把每日限量改成五个号。

一个中年女人走到门前问："每天就挂五个号？"小龙忙笑脸相迎："对呀，找赵大夫看病的人太多，所以每天只能看五个号。不多了，要看得赶紧。"

女人进诊所请赵闵堂切脉。她问："大夫，我是今天第几个号啊？"赵闵堂专注切脉："第四个。我忙得脚打后脑勺，刚想歇一会儿，你就来了。"

过了一会儿，又一个女人进来请赵闵堂切脉。她说："听说一天只挂五个号，我赶紧跑来了。"赵闵堂头也不抬："没办法，全是找我出诊的，一去就没时间回来了。"女人问："我这是第几个号了？"赵闵堂答："第三个。"

女人立即抽回手："刚才我姐来了，她说她是第四个，我怎么是第三个了？

我说大夫，你是骗人吧？我看你就是靠限号的把戏来招揽病人！心术不正，你这种大夫我可信不着！"

女人走了。赵闵堂赶紧让小龙把告示揭了。

赵闵堂正为自己诊所不景气的事犯愁，听说翁泉海诊所患者多得房门都快挤破了！怎么回事呢？原来是看病倒搭诊费，这便宜谁不占！赵闵堂十分不满，就跑到吴雪初那里说："雪初兄，他姓翁的如此扰乱行规，有悖医德，是可忍，孰不可忍也！"吴雪初不感兴趣，认为还是各人自扫门前雪，多一事不如少一事。

可是，赵闵堂的妻子不干："因为那官司，咱的诊所一直不景气，都是那个姓翁的闹的，眼下，他又使出这种下三滥的法子，骑脖子上拉屎，这事不能完！"她要出头露脸，替丈夫出口恶气！

赵闵堂的妻子来到翁泉海诊所，看着翁泉海："请问你是翁大夫吗？"翁泉海点头。赵妻冷笑："看来没进错门，翁大夫，看病不要钱，还倒贴诊费，您真是菩萨转世啊！"

翁泉海奇怪地问："谁说看病不要钱？"赵妻怪笑："那门外不是有人给诊费吗？翁大夫，请问抓药花钱吗？"翁泉海皱眉："当然谁用花谁的钱。"

赵妻捏着嗓子喊："全是假的，我还以为碰上了真菩萨，原来是个满嘴溜滑的猪八戒，我呸！"她扭着屁股走了。

中午，翁泉海来到厨房，问正在炒菜的葆秀："那些人都是你找来的吧？你怎么能这样做呢？这是歪门邪道！是欺骗！是心术不正！有辱我孟河医名！"

葆秀不吭声，把菜倒进盘子里，端盘子走到正房堂屋门外。翁泉海拦住葆秀质问："你跟我说清楚，你为什么这样做？"

葆秀看着翁泉海说："其实我也不想这样做，可看诊所里连个外来的脚印儿都没有，怕你心里难受。那天老沙大哥临走不是说过嘛，'诊病不要钱，算是一条出路，也是积德'。我就这么做了。"翁泉海生气道："你这样做，我更难受！你回孟河吧，孩子我自己能照看。"

葆秀欲绕开翁泉海，翁泉海一挥手，失手把盘子打落在地，两人都愣住了。晓嵘和晓杰听见动静跑了过来，晓嵘喊："爸，您怎么了？秀姨忙里忙外，还给我们做好吃的，对我们可好了，您别气她！"晓杰尖着嗓子："我们都喜欢秀姨，您别欺负她！"葆秀忙说："没事，没事，菜我再去炒。"她从地上捡起盘子走进厨房切菜，随着切菜声，豆大的眼泪滴落下来。翁泉海不吭气，板着脸走进正房。

小铃医摇着铜铃在巷子里走着高声喊叫："神仙丸，专治疑难杂症，三丸躲过鬼门关；老君贴，腰酸背疼腿抽筋，贴哪儿哪儿舒坦……"

他发现有个孩子病恹恹地坐在一处民宅门口，就站在门外使劲摇起铃来。院子里走出个中年男人斥责道："大晌午的，你吵什么！"小铃医笑着说："你看你这嗓门，跟打雷似的，震得我耳朵生疼。我是看你家孩子可怜，要不我早走了。"

中年男人一愣问："你什么意思？"小铃医认真道："这孩子的病得治啊！"

"江湖郎中，耍的都是骗人的把戏，赶紧滚！""先生，我今儿个把话放这，这孩子的病也就我能治！"中年男人望着小铃医犹豫着。

小铃医说："这孩子是不是吃了不少药了？吃药是不是没见好啊？这孩子的病不在药上，在这宅子里。你家里有东西碍着他的病啊！"中年男人好奇地问："什么东西？"小铃医伸开双臂："活物，庹长。"中年男人越发奇怪了，追问道："到底是什么东西？在哪儿？"

小铃医故意转身欲走。中年男人不放心了，忙说："哎，说半截话是什么意思？你倒是讲清楚啊！"小铃医神秘地说："备好酒，我三天后再来。"

三天后，小铃医再到中年男人家，主人十分客气，果然备了酒。小铃医抱着酒坛喝着酒，看着不远处一口倒扣的大缸。他放下酒坛问："还有酒吗？"

中年男人变脸："你是来混酒喝的吗？"小铃医瞪大眼睛："怎么叫混酒喝呢！武二郎不喝透了，敢打老虎吗？我不喝透了，敢捉……庹长吗！"

一会儿，中年男人抱着酒坛和另外两个大汉走过来，小铃医接过酒坛。中年男人把院门关上，又上了锁，他提着顶门棍走到小铃医近前。另外两个大汉抱膀子望着小铃医。小铃医沉默片刻，抱着酒坛喝起来。他有点醉了，身子摇晃着朝那倒扣的大缸走去。他走到大缸近前，围着大缸慢慢走着，越走越快，嘴里不断叨咕着。他如旋风一般围着大缸旋转，突然站住身，趴在大缸上，低声咕哝："天灵灵，地灵灵，离地三尺有神灵，小鬼睁眼，天神在此！"他突然指着大缸，高声叫道："睁眼睁眼，勿动勿动，有屎憋住，有尿不急。定！"

中年男人和俩大汉望着小铃医，脸上露出惊恐之色。小铃医又趴在大缸上，低声叨咕："不老实？不听话？"突然大喊，"开天眼，罩！"他跳上大缸，金鸡独立，双手合十，嘴里念念有词。他跳下大缸，伏地听着。他起身，伸手拍了大缸三下，高声喊："抬缸！"

俩大汉走过来抬缸，小铃医也俯身帮助抬缸，还叮嘱着："慢点，慢点，别惊到了！"就在这一瞬间，眼明手快的小铃医，趁众人诚惶诚恐地抬缸之际，顺势把早就藏在袖筒里的一条蛇放进大缸里，谁都没有看见。

大缸被掀翻了，里面有一条蛇。

小铃医煞有介事地指着蛇说："这回明白了吧？庹长，就是那东西碍着你儿子的病。"中年男人信服了："我说我家孩子的病怎么吃什么药都不见好呢！那口老缸放在那儿有好多年了，那蛇一定也在里面待了好多年。要不是您，我们怎么也想不到是它在闹怪。您真是神仙啊！"说着恭敬地付了酬金。

小铃医舒心地笑道："神仙不敢当，也就是个半仙之体。我这酒没白喝吧？"中年男人连连点头："恩人，您这是在笑话我啊，您别急着走，我得好好请请您。"

小铃医轻轻摆手说："从医之人，不占患者便宜，我心领了。如果你能把那些大夫给孩子开的药方给我，也算感谢了。"中年男人诚心地说："这不算事，只是我还想求您把孩子的病治好，多少钱无妨。"小铃医说："孩子的病已经好了一半，我能做的也就到此了，你们还是另请高人吧。"

中年男人匆匆进屋拿来十多张药方，小铃医接过药方塞进怀中，摇晃着离去。

忙活了大半天，小铃医想到老娘还没吃饭，就买了烧鸡和一坛酒，回到租住的小黑屋里。他撕了一只鸡腿给娘吃："娘，您尽管放心，儿子赚了大钱，下个月的房租不愁了。"老母亲问："哪赚的这么多钱啊？""就是卖药赚的呗。""你那药要是好卖，早赚钱了，你给我说清楚，要不我不吃！"小铃医只好把捉蛇看病的事老实讲了。

老母亲不高兴了："孩子，这是骗人啊，这钱来路不正，咱不能要！"小铃医劝道："一文钱憋倒英雄汉，这话不假。娘，这钱咱先用着，等有钱了我再还回去不就行了。来，吃。"

老母亲教训道："我不吃，你赶紧把钱还了！你别以为我不清楚，你那药丸子也不是正路货。孩子，作孽早晚会得报应啊！"小铃医说："娘，钱已经花了一些，暂时还不上了。"老母亲无奈，闭上眼睛念起佛来。

几天后，小铃医又在街头卖药，他摇着铜铃，老母亲戴着一顶破帽子坐在旁边的小推车上。忽然，一个中年男人过来揪住小铃医："小子，你还想跑吗？骗人骗到爷爷头上来了，看我不打死你！"小铃医冷静道："慢着，你给我说清楚，我骗你什么了？""你那条蛇是哪儿来的？""不是你家大缸里的吗？"

中年男人吼道："我呸，你糊弄傻子吗？那大缸扣在那儿多少年了，一丝气都进不去，那蛇怎么活？再说了，那蛇身上溜干净，跟洗了澡一样，那么多年能不沾点灰土吗？"小铃医辩解着说："大哥，说话得讲证据，你说谁能证明那条蛇不是缸里的？要不是缸里的，它哪儿来的？"

中年男人气哼哼地架着胳膊说："少说废话，小子，今天我把话放这儿，要么还钱，要么给我磕十个响头，如若不然，我拆了你的骨头架子！"

老母亲大声说："不要打我儿子！儿子，还钱！"小铃医掏出钱道："大哥，我就这点钱了，要不，等我把药卖了再还您。"

男人上前按住小铃医要扒他的衣裳，小铃医挣扎撕扯着。老母亲喊："你们住手！来人啊！"男人走到老母亲近前，摘掉了她的破帽子。小铃医急了，猛地冲向男人，一把夺过破帽子高喊："我娘头怕风，要拿帽子，先把我的头拿走！""看这老太婆可怜，今天放你一马。"男人看到如此情景，愤愤地说完走了。

老母亲看着儿子说："孩子，你不能一辈子这样，如果不改，早晚会横尸街头啊！要是那样，娘得赶紧死在你前头！"

小铃医连忙跪在地上："娘，儿子不孝，让您受苦了！请您放心，儿子一定找个立得住站得稳的先生，拜他为师，从头立人！"

老母亲点着头，眼泪流淌下来。

为了不让老娘伤心，小铃医决心要拜师。

他要拜的第一位是中医魏三味，可魏三味不收。小铃医往门里挤，一个膀子在门里，一个膀子在门外。魏三味说："小伙子，我不收铃医，收了有辱门风。"

小铃医争辩道："李时珍的祖父就是铃医，他祖父有辱门风了吗？康熙年间的林含铃就是铃医出身，他开了'长安堂'药材铺，按师传秘方精心炮制了'眼药散'和'食积伤脾散'，疗效甚佳，广为流传。他不但没有辱没门风，还给师父脸上贴金了呢。"魏三味说："你懂得不少，但不可同日而语。"

小铃医接着说："《苏沈良方》里曾记载，大文人欧阳修得病，久治不愈，他夫人说铃医有药，三文一帖，疗效好。欧阳修不信。后来他夫人偷偷给他吃了铃医的药，把欧阳修的病治好了！"魏三味笑道："久远之事，谁知道真假。"

小铃医继续说："《夷坚丙志》的韩太尉一文中也提到，韩太尉得病，御医诊后说治不了。正巧铃医路过，用针灸之法，救了他的命！"魏三味摇头："小说而已，有编造欺人之嫌。"

小铃医仍不死心："先生，如果您能收我为徒，待我学成本事，一定报答您的大恩！"魏三味厉声道："你要是再纠缠下去，我可要叫警察了！"

小铃医无奈地收回身了，门关上了。

小铃医要拜的第二位是中医霍春亭。霍春亭走着，小铃医跟在一旁。

霍春亭问："你学过医吗？"小铃医答："岂止是学过，我这就给您来一段。"

霍春亭上了黄包车："有空你去我诊所找我吧，环浦路76号。"黄包车跑着，小铃医跟黄包车跑着说："我现在就有空。"

霍春亭坐在黄包车上问："脉何以知气血脏腑之诊也？"（出自《伤寒杂病论》）小铃医跑着答："脉乃气血先见，气血有盛衰，脏腑有偏胜。气血俱盛，脉阴阳俱盛；气血俱衰，脉阴阳俱衰。气独盛者，则脉强；血独盛者，则脉滑；气偏衰者，则脉微；血偏衰者，则脉涩；气血和者，则脉缓；气血平者，则脉平；气血乱者，则脉乱；气血脱者，则脉绝；阳迫气血，则脉数；阴阻气血，则脉迟……"

霍春亭再问："上工治未病，何也？"（出自《金匮要略》）小铃医跑着答："夫治未病者，见肝之病，知肝传脾，当先实脾，四季脾旺不受邪，即勿补之。中工不晓相传，见肝之病，不解实脾，惟治肝也……""那阴阳呢？"（出自《内经·素问》）"阴阳者，天地之道也，万物之纲纪，变化之父母，生杀之本始，神明之府也。治病必求于本。故积阳为天，积阴为地。阴静阳躁，阳生阴长，阳杀阴藏，阳化气，阴成形……"

霍春亭喊："可以了。"小铃医说："先生，我还能背，您慢慢听。算了，干脆我给您拉车吧。"他拦住黄包车，抓起车把拉着朝前跑。车夫追赶着喊："你赶紧停下，这是我的活儿！"小铃医说："我替你把腿跑了，钱算你的，上哪儿找这便宜买卖去，你就偷着乐吧，前面带路！"

车夫跑到前面带路。小铃医拉车跑着背诵《内经·灵枢》："天之在我者德也；地之在我者气也。德流气薄而生者也。故生之来谓之精；两精相搏谓之神；随神往来者谓之魂；并精而出入者谓之魄；所以任物者谓之心；心有所忆谓之意；意之所存谓之志；因志而存变谓之思；因思而远慕谓之虑；因虑而处物谓之智。"

霍春亭问："你不渴吗？"小铃医答："不渴。""不累吗？""不累。""会诊病吗？""会一点儿。"

霍春亭说："会一点儿不行，所以说明朝大学问家王守仁提出的'知行合一'是大道理，只知不行，抬不起腿来；行而不知，腿是抬起来了，可稍不留神，就会崴了脚脖子。"小铃医说："您说得太对了，我现在就怕崴脚脖子。"

到诊所了，小铃医停住黄包车。霍春亭下车交了车费。

一个患者赶过来，他鼻孔用棉花塞着："霍大夫，我吃了您的药，这鼻子又出血了，止不住啊！""屋里说话。"霍春亭说着打开诊所门。

小铃医说："止鼻血简单，把头发烧成灰，吹鼻中即可止血。"

患者问："此方好用？"小铃医说："头发灰也叫血余炭，好用极了。"

霍春亭和患者走进诊所。小铃医也要跟着进诊所，霍春亭关上诊所门说："你懂得太多了，我教不了你！"

接连遭遇挫折，小铃医有些失魂落魄。他垂头丧气地回到租住屋里，坐在床上沉默不语。

老母亲问："儿子，你明白为什么人家不收你为徒吗？"小铃医摇头说："心眼小呗。娘，是不是您儿子我的学问太大了点啊？"

老母亲教训道："呸，你学问大怎么没开诊所，没坐堂行医呢？孩子，拜师不但得诚心，得厚道，还要少言寡语，多听多看！"小铃医点头说："娘，我记住了。"

小铃医要拜的第三位是中医陆瘦竹。

陆瘦竹问："为什么学医啊？"小铃医说："喜欢。""将来有什么打算呢？""有口饭吃就行。"

陆瘦竹说："小伙子，我陆瘦竹从不轻易收徒，你要实在想混口饭吃，那就在这干点杂活吧。"小铃医点头："只要能填饱肚子，让我干啥都行。"

陆瘦竹笑道："我看你挺老实的，是个憨厚人，这样，你先帮我三姨太带带孩子吧。不愿意干可以走，不留。我把话讲在前头，干活没工钱，干好了有赏钱，明白吗？"小铃医忙说："我愿意！我明白！"

那三姨太够难伺候的，她要小铃医倒尿壶！小铃医说："三姨太，先生没说让我给你倒尿壶啊！"三姨太瞪眼说："你是来伺候我的，我让你干什么，你就得干什么！""干别的行，尿壶我不管。""你敢顶嘴，晌午饭别吃了！""我都干半天活了，凭什么不给我饭吃？""我说不给吃就不给！"

小孩子哭了，三姨太跑到床前抱起孩子哄着。她让小铃医趴地上给小孩骑一会儿。小铃医摇头说："先生说让我干杂活，没说让我给孩子当马骑。"三姨太喊："好，晚饭也别吃了，赏钱也没了！"小铃医只好趴在地上。三姨太把小孩放在小铃医背上。小孩嘎嘎笑着。三姨太朝小铃医屁股踢了一脚喊："驾！"小铃医猛地站起身，小孩摔在地上。三姨太赶紧抱起孩子放在床上，倒拿着鸡毛掸子，抽打小铃医。小铃医挨了几下，就跑到陆瘦竹面前诉苦。

陆瘦竹问："你为什么不听三姨太的话？你把道理给我摆明白了，我不但不责罚你，还给你赏钱。"小铃医理直气壮地说："先生，我老母亲重病在身，不能行走，她每天爬着自己倒尿壶，我欲伸手，老母亲都会呵斥。我小时候，我爹给我当马骑，我很高兴，骑着我爹满院跑，夜里听到我爹的呻吟声，后来老母亲告诉我，说我爹因胃下垂而疼痛难忍。先生，能给人当马骑的，唯有老父；能给人倒尿壶的，唯有老母亲。我老父、老母亲没享受到的，我不能施与旁人，请先生见谅！"小铃医盯着陆瘦竹继续说，"三姨太说不给当马骑，就不给我饭吃，不给我赏钱。我没有饭吃，我娘就没有饭吃，我没有赏钱，我娘就会饿肚子。"

陆瘦竹看着小铃医想了一会儿问："那你伺候我如何？"小铃医点头："可以，只是还是那句话，我老父、老母亲没享受到的，恐怕先生也享受不到。"

陆瘦竹点点头："心气好高啊，不过……你还算有孝心，留下吧。"

这天，赵闵堂又来找吴雪初。吴雪初笑问："又有什么新鲜事啊？"赵闵堂说："雪初兄，我听说有个孕妇胎死腹中，医院妇产科治了十来天，没排出死胎，他们又怕手术过不了感染关，愁得没招了。听说找了很多中医，没人敢接，怕背黑锅。上回那个官司虽然跟咱俩无关，可也溅了一身泥点子，想洗干净不容易。眼下，这可是个好机会。"

吴雪初笑道："闵堂，妇科是你所长，看来你动心思了。有把握？"赵闵堂说："我自己当然没把握，可如果你能伸把手，我心里就有底了。"

吴雪初摇头："富贵险中求，话是这么讲，可咱爷们也不是穷得揭不开锅了，万万不能把已经得到的东西再赔进去。"

赵闵堂回家把吴雪初的意思对老婆讲了。老婆倒是有心："自打那个官司后，咱们诊所的患者很少，这可是个翻身的好机会。妇科是你的专长，你试都不敢试，难道要让翁泉海抢了先？这事在上海中医界的动静不会小，要不你先接下来，亮个响，如见势不妙，就赶紧撤。"

赵闵堂觉得老婆说的在理，决定出马了。他给那个孕妇切过脉，赶紧回到诊所，找出几本医书翻看，希望有所收获。入夜，月朗星稀，赵闵堂背着手，在院里缓缓地来回走着，琢磨着。夜深了，赵闵堂躺在床上也在思考。赵妻的鼾声传来。赵闵堂忽然来了灵感，急忙起身下床。

老婆问："你去哪儿呀？"赵闵堂答："开个方子。""你的方子好用吗？""好不好用，试试就知道了。"

赵妻打着哈欠说："这事还真是悬啊，要不就算了吧。"赵闵堂穿着鞋说："算不算全是你说的算，再说这都上了高头大马了，全上海中医界都听见动静了，我能说下就下吗？就算下，也得有个下马石啊。"

天刚亮，赵闵堂就来到自家药房，拿着小戥子称药、配药，顾不得吃早饭就忙着煎药。他坐在灶台旁，摇着扇子，不时擦脸上的汗。小龙过来要替他，他说："你能行还拜我为师干什么？小龙啊，千万不要小看这煎药的功夫，文火武火，汤浓汤淡，先煎后下，时辰长短，都有讲究。李时珍说，凡服汤药，虽品物专精，修治如法，而煎者鲁莽造次，水火不良，火候失度，则药亦无功……"

药煎好了，赵闵堂和小龙火速送给孕妇服用，他俩就坐在客厅内等待。几个小时过去了，孕妇的丈夫忽然跑进客厅喊："赵大夫，赶紧进屋看看吧。"赵闵堂进卧室给孕妇切过脉，面露喜色道："好！有动静了，宫缩启动。"他让小龙赶紧请记者来。

记者一进门就问："赵大夫，您说孕妇二十四小时之内定会排出死胎？"赵闵堂笑道："要是没有把握，我怎敢劳驾你们呢？"摄影记者忙给拍照。

记者问："赵大夫，我听说孕妇的病着实难治，上海中医界的大夫大都不敢接手，您为什么敢呢？"赵闵堂侃侃而谈："你说的没错，此病治愈甚难，可病高一尺，医高一丈，我这人就不信邪，不信天下没有我治不了的病！不不不，是天下没有大夫治不了的病，那个'我'字一定要改掉。虽然我医术精湛，但学无止境，得谦虚啊！从医者，以治病救人为第一要务，更何况我还对妇科有极为深入的研究。远的不说，就说在这上海滩，碰上这种病，我不伸手，谁还能伸手呢？"临走前，赵闵堂让孕妇的丈夫尽管放心，静候佳音。

第二天一早，记者采访赵闵堂的文章就出现在报纸上。葆秀拿着报纸给翁泉海看："翁大哥你看这报纸上说，上海名医赵闵堂接诊胎死腹中之孕妇，用药稳健，效果良好，死胎即将排出。那赵闵堂的胆子真不小，人命关天的病他都敢接！"翁泉海说："为医者治病救人，什么病都应该接，岂能知难而退，就从这件事上看，赵闵堂是个人物。"

翁泉海决定去拜访赵闵堂。他来到赵闵堂诊所见到赵闵堂，诚心诚意地说："赵大夫，我是来请教的。听说你冒着极大的风险接诊了胎死腹中的孕妇，效果良好。所以翁某非常佩服。此番前来，我想请教，孕妇是什么症状，你用的是什么方子呢？"

赵闵堂哈哈大笑："快刀切肉，平顺爽滑，可最后一刀硌到骨头了。孕妇是什么症状，你有手有眼，自己去拿捏呀？怎么，拿捏不到，跑到我这儿套底儿来啦？还有，我用什么方治病，能告诉你吗？"

翁泉海说："赵大夫，你用的是祖传秘方？如果是祖传秘方，我可以不问，若是普通的方子，就没必要藏着掖着，望你能不吝赐教。"赵闵堂看着翁泉海讥讽道："哦，我明白了，你是想拜我为师吗？"翁泉海无语离开。

葆秀知道翁泉海被拒绝心里窝火，就安慰道："翁大哥，其实这也不算什么，要怪就怪那个赵闵堂心地狭窄，有眼无珠，咱不和他一般见识！"翁泉海说："为医者，治病救人本是寻常之事，大医精诚，医术要精，心要诚，我就不信我这一颗诚心，暖不了……"

葆秀道："是金子早晚得亮，我信得过你。"她摸着角落里的古琴："对了，翁大哥，你琴弹得好，有空给我弹弹呗？"翁泉海摇头："早已生疏，弹不成曲儿了。"

然而，赵闵堂许诺的二十四小时就要到了，孕妇的死胎仍未排出。孕妇丈夫心急如焚，急忙去请赵闵堂。赵闵堂带着小龙匆匆赶来，客厅内挤满了孕妇的家人，那个记者也在。

孕妇丈夫着急道："赵大夫，还得多久能排出死胎啊？"赵闵堂故作镇定地说："不要急，二十四小时还没有到呢！""还非得等二十四小时吗？""我也不是神仙，哪能算得分毫不差，你放心吧，我说能排出来就能排出来，你得沉住气啊！"孕妇丈夫叹了口气走进卧室。

赵闵堂眨巴眨巴眼，悄声告诉小龙："一会儿我要说什么事，然后人家问你是不是那样说的，你只管说是。切记！切记！"

落地钟的钟摆不知疲倦地摆动着。二十四小时已经到了，孕妇仍未排出死胎。赵闵堂给孕妇切脉后回到客厅，紧皱眉头道："奇怪了，不对啊。先生，尊夫人昨晚宫缩剧烈，本应排出死胎，可为什么没排出来呢？昨晚尊夫人临睡前，服药了吗？"孕妇丈夫答："服了啊。""分几次服的？""一次啊。""不是告诉你分三次服用吗？服用间隔为半个时辰。""你说了吗？"

赵闵堂叹了口气，转脸问小龙："小龙，我昨天是不是跟他说，尊夫人临睡前要服药，此药分三次服用，服用间隔为半个时辰？"小龙连连点头："对，对，您是这么说过。"

赵闵堂说："先生，您听听，假的真不了，真的假不了，有人证啊。药这东西，煎煮讲究多，服用也讲究多，可谓差之毫厘，谬以千里啊！治病最讲究时机，机不可失，时不再来，时机过了，那就是满盘皆输啊！"孕妇丈夫急忙问："你的意思是说治不了了？"赵闵堂不快地说："这是什么话，治不了我能来吗？你得再给我点时间啊！"

赵闵堂已经束手无策，他愁眉不展地去见吴雪初："雪初兄，赶紧帮我想想法子吧。"吴雪初说："闵堂啊，我早就说了，咱爷们犯不着去冒风险，你就是不听。眼下你一脚踩进稀泥里，拔出来能擦干净是你的本事，擦不干净只能怪老天爷不开眼。"

赵闵堂恳求说："雪初兄，你就别再埋怨了，快去帮我看看还能不能治！"吴雪初摇头："妇科是你的专长，我不如你，去了也白去。要不你去找齐会长吧，让他找中医学会的同仁们商讨商讨。"

赵闵堂顿足道："要能商讨明白，早有人冒头了，还能等到此时吗！"吴雪初说："要不你就拖，拖到最后逼急了，他们就去找西医动手术了。这是他们着急找西医，不是你治不好，打个时间差而已。唯有此法了，你看着办吧。"

记者的文章又见报了："上海中医赵闵堂接诊胎死腹中之孕妇，疗效不佳，孕妇危在旦夕……"

翁泉海看到了报纸，他执意要去孕妇家看看。

葆秀皱着眉头劝道："翁大哥，我也同情那个孕妇，可这是全上海中医头上顶的难字，你一个人能扛得动吗？眼下这是个烂摊子，就算你能治好，人家也会说是前人栽树后人乘凉，也不全是你的功劳。"

翁泉海说："凡大医治病，必当安神定志，无欲无求，先发大慈恻隐之心，誓愿普救含灵之苦。岂能有贪功图报之心！"

翁泉海想，还是应该先去见赵闵堂，具体了解一下孕妇的情况，好心中有底。他来到赵家没有进屋，就被赵妻一番恶语挡了回去。赵闵堂知道了，把老婆埋怨几句，赶紧去见翁泉海。

第四章
妙手回春

赵闵堂见到翁泉海，很客气地问："不知道翁大夫找我有什么事啊？"翁泉海实心实意地说："赵大夫，我找你，就是想打听打听那个孕妇的病情。人命关天，愿尽绵薄之力。"

赵闵堂心中大喜，但不露声色道："翁大夫，你来自江苏孟河，乃名医之后，定是医术高超，另外，你还有一颗济世救人之心，赵某佩服！"

翁泉海摆手一笑："赵大夫你过奖了，中医源远流长两千年，著作浩如烟海，医理精深如渊，学术流派众多，名师代有辈出，不到花甲，焉敢妄言懂得中医呢？"

赵闵堂竖起拇指："真是谦卑之人啊，我是佩服得五体投地！翁大夫，中医界需要的就是你这样的人，我想你一定可以治愈此病，来个满堂彩啊！"他把那个孕妇的病情如实告诉了翁泉海。

回家的路上，赵闵堂高兴得不禁笑出声来。他想，世界之大，无奇不有，有躲刀的，有挨刀的，怎么还有想挡刀的呢？全上海的中西医都犯难的病，他翁泉海能行吗？他是想出名想疯了！他诊所生意不好，就是想借此事出风头。等着看吧，管叫他搬石头砸自己的脚！

当晚，翁泉海一会儿看书，一会儿在药方纸上写着。他反复写，反复勾掉。夜深了，翁泉海靠在椅子上昏睡着。地上到处是废弃的药方。葆秀悄悄走进来，从衣架上拿起一件衣服，披在翁泉海身上。

第二天一早，翁泉海提着三包中药来到那孕妇家外敲门，孕妇丈夫开门看到翁泉海，立刻关上门。翁泉海不肯罢休，他回来煎药。葆秀在一旁给翁泉海扇着扇子。翁泉海脸上的汗水不断流下来。煎好药，翁泉海把药罐放在孕妇家门外，药罐封条上写着："请放心服用，泉海堂翁泉海。"翁泉海敲门后躲开。孕妇丈夫出来，抱起药罐看了看，把药罐放在门外关上门。

翁泉海无奈，抱着药罐回来了。晓杰看到爸爸，说想买一件新衣裳。翁泉海没吭气。晓杰高声叫："爸，您听见我说话了吗？"翁泉海烦极了，大声吼道："吵什么！"翁晓杰委屈地哭了。

翁晓嵘替妹妹讲理："爸，您凭什么跟我妹妹发火？！自打我姐俩到了这儿，您早出晚归不着家，回来就冷着个脸，我们姐俩让您费心了吗？我们让您给我们买过任何东西吗？晓杰想买件新衣裳，过分吗？您不给买也就算了，凭什么发火？凭什么骂她！我娘要是活着，这事我姐俩犯不着跟您讲！"

葆秀忙息事宁人："晓嵘，怎么跟你爸说话呢！明天秀姨陪你俩买去，走，回屋。"葆秀一手拉着晓嵘一手拉着晓杰走进东厢房。

当天下午，葆秀抱着药罐来到孕妇家门外，正好孕妇丈夫出来。葆秀说："我家先生是大夫，他听说您夫人得了重病，精心配制了药方，煎好了药，希望能治愈尊夫人的病。"孕妇丈夫迟疑地问："你家先生是谁啊？"

葆秀说："是泉海堂的翁泉海大夫。""翁泉海？我可不敢用他的药！"孕妇丈夫说着就要关门。葆秀喊："您等等！"她抱起药罐喝了两口说，您看，我没病都敢喝，这药吃不坏。您让夫人试试不行吗？"孕妇丈夫接过药罐进去了。

第二天一早，翁泉海刚进诊室坐下，孕妇丈夫就闯进来拽住他的衣服叫嚷："好你个翁泉海，我夫人吃了你的药，肚子疼得比以前更厉害，都疼昏过去了，送进医院才抢救过来！你就等着进警察局吧！"

翁泉海愣住了。他知道，一定是葆秀给孕妇服了他昨天煎的药。他思考了一会儿，重新开了药方，赶紧配药煎药，急忙抱着药罐去医院。

医院里，医生告诉孕妇丈夫，实在不行就手术，虽然有风险，但还有一线生机，如果拖得太久，那必死无疑。另外，家属要有两手准备，万一手术不成功，还是提前把后事准备准备。孕妇丈夫抹了一把眼泪答应了。

孕妇躺在病床上，她的丈夫紧紧握住她的手。孕妇说："老爷，你放心，我不会有事的。"孕妇丈夫点着头，他扭过脸去擦掉眼泪。

这时，翁泉海抱着药罐站在门口说："先生您好！我这次换了一味药，应该能帮尊夫人排出死胎。先生，既然做手术，有可能过不了感染关，那还不如先试试中药呢，万一好用了，不就是大喜事吗？我有七分把握，如果不见效，再手术不迟。"

医院的医生也赞成服中药试试。孕妇丈夫这才接过药罐给孕妇喂汤药。不久，病房里传来孕妇的呻吟声，声音越来越大，紧接着就是嚎叫声……

病房门突然开了，孕妇丈夫冲出来，一下子跪在翁泉海面前："翁大夫，是我瞎了眼，您的大恩大德我世代相报！您说吧，我该怎样报答您？"翁泉海长出一口气道："报答就不必了。您能给我一碗阳春面吗？我饿得实在走不动了。"

翁泉海出名了，他的诊室内站满了人。

记者挤进来问："您就是帮那个孕妇排出死胎的翁泉海大夫吗？"翁泉海迟愣片刻问道："正是翁某，孕妇情况如何？"

记者说："孕妇已经能吃饭了！翁大夫，请您讲讲治病的经过吧，开的什么方？用的什么药？"翁泉海道："其实这病不是我一个人治好的，还有赵闵堂赵大夫的功劳，他帮了不少忙，没有他前面的诊治，就不会有后来的结果。"

记者的文章上了报，文章只是集中写翁泉海，并未涉及赵闵堂。赵闵堂看着报纸自言自语："我用的是古开骨散，翁泉海也是用的此药方，只是光收缩子宫，未必能达到效果，还需要活血、破气，引血下行。他又加了一味川牛膝。《神农本草经》里讲，川牛膝'逐血气，堕胎'。川芎也具有行气活血的作用，但是药力不够，需要与川牛膝配伍。"

老婆在一旁数叨："事后英雄汉，算什么本事！当初人家问你药方，你还掖着藏着，看人家，都把药方亮出来了！"赵闵堂说："那不是因为他治好病了吗？他要是治不好，敢亮药方吗？他才叫事后英雄汉！"

老婆说："不管怎么讲，那个姓翁的亮堂了！"赵闵堂愤愤不平道："人这一辈子，霹雳闪电，谁没个亮堂的时候？难就难在这光得总亮着，那才叫本事。等我亮了，那就灭不了！话再说回来，是我告诉翁泉海孕妇的病症，又说了用的什么药，可到头来他吃独食，没提我一个字，太不讲究了！这笔账记下，日子长着呢，早晚算清楚。"

话音刚落，翁泉海来了，他笑道："赵大夫，你好！"赵闵堂酸里酸气地说："这不是大名鼎鼎的翁大夫吗，别来无恙乎？"

翁泉海诚恳地说："赵大夫，请问你今晚有空吗？我想请你喝酒。我能治好那个孕妇的病，多亏你帮忙，我应该谢你。"赵闵堂怪声怪调道："哟，这我可没想到，你还记得啊？"

翁泉海实话实说："翁某不是忘恩负义之人。赵大夫，当那个孕妇顺利排出死胎后，记者来采访我。我说孕妇能排出死胎，是赵闵堂赵大夫查明病症在先，也开了不错的药方，我只是根据赵大夫的诊断和药方，调了几味药而已。患者痊愈有赵大夫的功劳。可记者文章见报后，只字未提你，我深感过意不去。而报文又不能重写，这也是我为难之处，望你见谅。我所言字字为真，可见天地。"

赵闵堂问："你来就是为这点事吗？"翁泉海答："再就是想请你喝酒。""芝麻大的小事，何足挂齿。翁大夫，你不用介怀。""赵大夫的心胸如此开阔，翁某佩服。""日子长着呢，不差一顿酒，咱们慢慢处。"

翁泉海走了，赵闵堂并不领情，咕哝着说："马后炮，糊弄谁呢？走着瞧吧！"

这几天诊所患者特别多，多亏伙计来了帮忙，他又是安排患者排队，又是唱药方。翁泉海想摸摸他的底，就让他写几个字看看。来了写的字歪歪扭扭。

翁泉海站在一旁望着，摇了摇头说："学中医有四句话，一手好字，二会双簧，三指切脉，四季衣裳。为什么要把'一手好字'放在最前面呢？因为大凡名医都很重视处方书写的工整，追求书法上的功夫。字是一张方子的门面，是一个大夫文化底蕴和学识才华的外露。所以很多病家见医之前，常常先看你的方子，就是看你的字，以此揣度大夫之学问深浅，医术高低。一个中医的功底，首先看字，一手好字，能看出一个大夫的心境来。如果药方上是一手好字，患者赏心悦目，会对你尊重信任，觉得你是认真的，十分病就去了一分。可如果药方上的字龙飞凤舞，张牙舞爪，患者看不懂，那心情能好吗？久之他还愿意再来吗？不来还是小事，怕就怕因字写得不好，药师错配药，贻误人命！"

来了说："先生，我知道我这字写得不好，可我一定抓紧练，使劲练！"翁泉海问："你学过医吗？"来了答："学过一点点。""跟谁学的？""我拜了好几个先生，可……可他们都不收我。""为什么不收你？"

来了沉默着，他的眼圈红了。翁泉海一笑："好了，不说了。你叫什么？"来了说："我叫于运来，人家都叫我来了。"

翁泉海让来了先回去练字，等练一段日子再来。

入夜，葆秀端着汤碗走进书房，她把汤碗放在桌子上说："这是我从我爸那儿学的方子，翁大哥，你最近太累，得补补。"翁泉海看着葆秀问："你也懂医？""知道一点。""令尊不是只传男不传女吗？""天天泡药罐子里，就算尝不到，也能闻个味儿吧，再说这几年，伯父也教我不少。"

翁泉海有意试试她："那你给我讲讲养生之道吧。"葆秀略一思索，款款道来："《黄帝内经·素问》开篇《上古天真论篇第一》讲的就是上古之人度百岁而不衰的养生秘诀：'上古之人，其知道者，法于阴阳，和于术数，食饮有节，起居有常，不妄作劳，故能形与神俱，而尽终其天年，度百岁乃去'。《黄帝内经·素问生气通天论篇第三》讲了，平衡阴阳是养生的大法：'凡阴阳之要，阳密乃固，两者不和，若春无秋，若冬无夏。因而和之，是谓圣度。故阳强不能密，阴气乃绝。阴平阳秘，精神乃治，阴阳离决，精气乃绝……'"

翁泉海点头："背得挺熟。"葆秀莞尔一笑："怎能跟你比。来，尝尝，看味道怎么样？"翁泉海喝了一口汤，称赞不错。

葆秀挺有趣地说："翁大哥，我跟你说件有意思的事。你知道那个叫来了的为什么躺诊所门口地上睡觉吗？他说他躺地上是为了防小贼，小贼一进来，肯定第一脚先踩到他。我说为什么人家都不收他为徒呢，原来他脑袋里少根筋啊！可这傻人最实诚，一眼能看到底，一针能扎出血，也最好交。"

翁泉海笑了笑："其实那人挺可爱的，只是并非学医之料。"葆秀说："翁大哥，你初来上海，身单力孤，眼下患者这么多，身边着实缺个跑堂。那个来了虽然傻点，但也腿脚灵便啊。他在门外候着呢。"葆秀喊来了。

来了进来就喊："恩师在上，请受徒儿一拜！"他刚要跪倒，被翁泉海一把拉住："来了，我没说要收你为徒，你先干点擦抹桌案、收拾诊所的杂活。我把话说在前面，你干活，我不亏你工钱，也叫你吃饱饭，但如果说学医，恐怕你不是这块料。所以，如果你愿意在这待着，那没话说，如果不愿意待，说一声就可以走。"来了忙说："恩师，我伺候您一辈子。"

翁泉海道："刚说完，我还没收你为徒。另外，梦不能做得太深，太深了弄假成真；话不能说得太满，太满了难以圆通。日久见心，慢慢来吧。"

来了问他能不能唱方。翁泉海告诉他，有活要干活，没活可以唱方。

第二天早饭后，来了打开诊所门，众患者蜂拥进来。因为没有排队，大伙争先恐后，眼看要打起来。泉子站在众人当中高声说："都别吵了，听我说几句。大家都挤在一块，你说你先来的，他说他先来的，就是把天说破了，也分不出个先后来，这样乱下去，谁也落不着消停。都是为治病来的，万一动手再伤到谁，就会病上加病，更不好治了。所以大家还是排好队，一个一个来，天还早，先一步后一步，快一步慢一步，也就差一步，不耽误治病。"众患者觉得此话有理，开始排队。

翁泉海忙着诊病写药方。来了大声唱药方："大生、熟地各三钱，粉陈皮一钱五分……"翁泉海喊："什么！"来了忙纠正："啊，是粉丹皮一钱五分！"

翁泉海继续写药方。来了唱药方："抱茯神三钱，淮山药三钱，炙远志一钱，炒枣仁三钱，潼蒺藜三钱，生石斛四钱……"

翁泉海吼道："闭嘴！"来了愣住了，片刻才说："我看错了，是生石膏四钱。"翁泉海不让来了唱药方，让他去烧水。

正午，患者都走了。翁泉海坐在桌前翻看着一沓药方。来了走过来给翁泉海倒水："先生，外面没人了。"翁泉海抬头看着来了说："你还是趁年轻去学点别的手艺吧，你不是学医的料。字写得不行，唱药方还唱错，你让我怎么教你？"

来了抹眼泪哀求："先生，我下回肯定不唱错，您就留下我吧。"

翁泉海没说话。

中秋节到了，陆瘦竹在饭馆包间内宴请五个徒弟。他举起酒杯吟诗："中庭地白树栖鸦，冷露无声湿桂花。今夜月明人尽望，不知秋思落谁家。中秋佳节，你们能陪在师父身旁，为师非常欣慰，我敬大家一杯。"

小铃医等众徒弟纷纷举起酒杯："多谢师父！祝师父体健安康，长命百岁！"

陆瘦竹开心地笑着："哈哈，百岁不敢当，活到九十九吧。酒菜管够，不要客气，吃不饱喝不好可不怪我。"

众徒弟吃起来。小铃医把一大块东坡肉夹进碗里。

陆瘦竹说："看没看到？小朴最长眼色，知道这东坡肉最香。一人一块，不要抢。"可是，他看小铃医吃着菜，碗里的东坡肉一直没吃，就问，"小朴，你上来就把肉夹进碗里，怎么不吃啊？"小铃医答："师父，我想拿回去给我娘吃，我娘最喜欢吃红烧肉了。"

陆瘦竹问："你平日子不给她买肉吃吗？"小铃医说："等我有钱了，我一定让我娘天天吃上肉。"陆瘦竹点点头，夹起一块东坡肉放进小铃医碗里。小铃医眼含泪水站起身鞠躬叩谢："多谢师父。"

陆瘦竹对众徒弟说："百善孝为先，你们得多跟小朴学啊！"

这天，一个男患者来瞧病，躺在陆瘦竹诊室，患者家属坐在旁边。陆瘦竹说："先生，我这里缺了一味药，马上就能买来，请您稍等。"患者家属不想等："陆大夫，你把药方开了，我自己抓药就行了。"陆瘦竹摇头："这是秘方，方不出门，汤不出门，药渣也不出门，望您体谅。"

陆瘦竹让小铃医去取药，小铃医跑步到药房取药后又跑步往回送药。回来路上，他忽然想起早上走得匆忙，给老母亲倒了一碗白开水放在桌上，而没放在枕边。老母亲腿有病，不能下床，他怕老母亲伸手够不到，一天喝不到水，更怕她伸手够水跌下床。他越想越担心，就跑回家了。这就耽误了送药的时间。

却说这边患者家属等得不耐烦，发了脾气："我说陆大夫，要是因为药耽搁了时辰，害得我父亲有个三长两短，我可要砸了你的铺子！"

小铃医满头大汗跑进来。陆瘦竹接过药包，不问青红皂白，抬手抽了小铃医一个嘴巴："命比天大，你不知道吗？滚！"小铃医欲解释："师父，您听我说，我……"陆瘦竹一挥手说："不必说了，你另寻高就吧。"

小铃医手里拎着酒坛，孤零零地坐在黄浦江边。他望着静静流淌的江水，借酒浇愁。傍晚，小铃医回到小黑屋内。

老母亲坐在床上问："儿子，累坏了吧？"小铃医说："娘，走，我带您下馆子去。"老母亲说："下馆子干什么，多贵啊。你这是喝了多少啊？去学徒，怎么能喝酒呢？"

小铃医坐在床边不语。老母亲追问到底出了什么事。小铃医不敢隐瞒，只好如实相告。老母亲宽慰道："没事，孩子，咱还能再找师父。睡吧。"

小铃医躺在床上睡着了，忽然，他被雨声惊醒，睁眼一看，老母亲不在身边。他急忙跑出去找。雨滴飘落着，四周一片黢黑。小铃医四处张望，高声叫喊，跑着寻找着。不远处，一个黑影蜷缩在泥地上。小铃医跑到近前，原来是老母亲！

小铃医搂住老母亲喊："娘，您这是干什么呀！"老母亲浑身颤抖着："孩子，你让娘走！娘不能连累你。""您往哪儿走？""孩子，娘对不住你，娘要找你爹去。"

小铃医说："娘，您……您在说什么啊！"老母亲说："没有娘，你就不会挨你师父那一巴掌！就不会被人家赶出来！没有娘，你就能静下心来，专心学医！都是娘拖累了你！孩子，娘的腿好不了了，下不了地，什么都干不了，就是挨到死，也是一个白吃饱。有娘在，咱娘儿俩都活不好；没娘在，你就能活好，就能出息着！"

小铃医搂住老母亲，泪水和雨水一并流淌下来："娘，您别说了，您的话都不对，一个字都不对，儿子不赞成！您是我娘，生我养我，别说您腿不好下不了地，就是您一动不能动，我也该养您。我爹说过，一个对父母都不孝的人怎么能爱别人，怎么能成一个好中医！娘，您放心，儿子会再求名医，苦学本事，将来一定开堂坐诊，一定能从黄浦江里钻出头来，好好喘上一口大气，冒个大泡！"

老母亲流泪了。小铃医抹掉老母亲的泪水，背起老母亲，雨水朦胧了二人的身影……

高小朴没办法，又干起了铃医的营生。他推着小推车，老母亲坐在推车上，摇着小铜铃。

有个行人站住问："小伙子，你妈得的是什么病啊？"小铃医答："我娘腿不好。"

那人好心地说："堂医馆的赵闵堂赵大夫擅长骨科，去找他看看吧。"老母亲告诉儿子："赵闵堂，这名儿熟啊，你爹唠叨过，听你爹说有他一号。他是河北的大夫啊。"

既然如此，小铃医就推着老母亲来到赵闵堂诊所外，背起老母亲走进诊所。徒弟小龙问："您好，什么病？"小铃医说："三个手指头就能切明白的事，还用问吗？"小龙一笑："先生，我不是大夫，赵大夫是我师父。"小铃医也笑："那你不早说，小猫包虎皮，愣装山大王！"

赵闵堂来了，他给老太太切脉看舌后说："脉沉涩，舌淡苔白。一定是股骨头坏死，这病最容易被当成关节病治！与股骨头坏死关系最为密切的是肝、脾、肾三脏。肾为先天之本，主骨生髓，肾精充足则骨髓满，骨髓满则筋骨坚。反之则髓枯骨萎。肝主筋又主藏血，与肾同在下焦，乙癸同源，两藏荣衰与共，人动则血运于诸经，人静则血归于肝。脾胃为后天之本，气血生化之源，脾胃运化正常，则水谷腐熟，化气生血，以行营卫，若脾失健运，胃失和降，气血生化无源，则筋骨肌肉皆无后天之充养。这都是造成缺血性股骨头坏死的重要原因。明天来取药吧。你带个碗，自己来就行，不用背老人家过来，怪累的。"

第二天，小铃医去取了药，把药碗递给老母亲。老母亲问："看明白用的是什么药了吗？"小铃医说："他不给方子。"

老母亲说："要是鼻子好使，闻汤也能闻出个八九不离十，你爹当年就是这样学的医。"小铃医闻着药汤琢磨着："娘，我只能闻出两味药来。"

隔天，小铃医拿着药碗来到赵闵堂诊所，他躬身施礼："赵大夫，我娘自打喝了您的药，腿疼减轻了不少，我替我娘感谢您。"赵闵堂笑了："意料之中的事，不值一提。这么讲吧，你娘的病，对于一般大夫来讲，那是天大的病，可对于我来讲，小事一桩。"

小铃医忙说："赵大夫，不瞒您说，我家境贫寒，没什么钱。您能不能把药方给我，然后我自己抓药，自己煎药，这也省了煎药的钱。"赵闵堂发了善心说："不给你药方，自有不给的道理。还有，我只收了你的诊费和药费，煎药没算钱。这样吧，药钱从今往后算个半价，诊费就免了。"小铃医笑了笑，再次鞠躬施礼："多谢赵大夫。"

老婆不满意了："诊费不要，煎药钱不要，药钱还算个半价，这样下去，日子还咋过啊？"赵闵堂站在鸟笼子前逗着鸟说："我也不是对每个病人都这样，你吵吵什么！他背着娘来，破衣烂衫，一看就是苦命人，算了吧，穷富不差这点。"

老婆说："儿子来信说钱快花光了，要钱呢。咱儿子留洋，单枪匹马，又人生地不熟，得吃多少苦啊，花点钱算什么！"赵闵堂随意应着："是啊，花点钱是不算什么，你拿吧。"

老婆喊起来："这话你也说得出口，我是女人，我拿什么？要拿，也是你这个当老子的拿！男人赚不到钱，推到女人身上，算什么本事！当年你迎娶我的时候，怎么跟我爸妈说的？我记得清楚，让我穿金戴银、好吃好喝暖和一辈子！"

赵闵堂回嘴道："你金首饰还少吗？你那衣柜里的衣服都快把衣柜挤破了，再说你看你吃得那身架，快赶上我俩了！"老婆一听这话，眼睛往上一翻就要倒地。赵闵堂一把搀住老婆，好言好语哄着："又来了，夫人，你听我说，诊所不景气，那是暂时的，我赵闵堂在上海滩也有一号，等踩上好时气就能翻身。"

老婆这才屁股一扭，食指一戳赵闵堂脑门子："我就等你的好时气了！"

翁泉海诊所外患者们排着长队。泉子站在队旁，拿着一位患者的药方念叨着："清炙草五分，银柴胡一钱五分，广陈皮一钱，全当归三钱，怀牛膝……"患者问："你前前后后念好几遍了，干什么呢？"泉子说："我看这方子开得怎么样。""毛病！"患者一把夺过药方走了。

夕阳西下，诊所要关门了。泉子坐在门外的石墩上啃着饼子。翁泉海扫了泉子一眼，走进诊所拿来一杯水，递给泉子。泉子起身望着翁泉海，使劲把干粮咽了下去。

翁泉海问："小伙子，我这已经关门了，你怎么还不走啊？"泉子嗫嚅着说："先生，我想跟您学医，但是我知道您是名医，门槛高着呢，我迈不进去。门里进不去，我在门外待着心也踏实。还有，先生，我……我还想看看大家都得了什么病，再看您给开了什么方子。"

翁泉海点头："看来你是个诚实人，那你问清楚了吗？"泉子苦笑："他们大都藏着掖着，不肯跟我讲。"翁泉海说："傻孩子，病是隐晦的事，人家怎么能随便跟你讲呢！回家吧。"

翁泉海忙到很晚，直到俩女孩子都睡了，他才有空吃饭。葆秀早做好饭菜等着，见翁泉海来到饭桌旁，就忙着给他盛饭，翁泉海要自己盛。翁泉海的手和葆秀的手都抓着碗，二人扯来扯去。葆秀笑着："不就是盛碗饭嘛，抢什么啊！"翁泉海松开手坐下，葆秀盛好饭，把碗筷放到翁泉海面前。

翁泉海问："你不再吃点？"葆秀说："我都吃过了，你赶紧吃吧。先喝汤，后吃饭。诊所太忙了，《黄帝内经》说'久坐伤肉'，你每天老那么坐着，得多活动活动。"

翁泉海喝着汤："你懂得还不少。"葆秀抿嘴笑："没你懂得多。不过'五劳所伤'还是知道的，久视伤血，久卧伤气，久坐伤肉，久立伤骨，久行伤筋嘛。"

翁泉海岔开话题："对了，也不知道老沙哪儿去了，一晃走了有段日子。他那东北菜做得不错，五花肉炖粉条，真香。"葆秀问："怎么，我做的菜不好吃？"

翁泉海忙说："你别多心，我没说你做的不好吃，是老沙做的挺好吃。"

葆秀回嘴："那就是说我做的不好吃了呗，这就叫远的香近的臭。"翁泉海敷衍道："近的不臭，都香。你不用等我了，去睡吧，碗筷我自己能刷。"

可是，葆秀就是不走，坐在旁边看翁泉海吃饭。翁泉海吃过饭，要收拾碗筷盘子去洗，葆秀争着要洗。葆秀伸手夺，翁泉海躲闪着。葆秀说："你能不能给我？非把孩子吵醒吗？"翁泉海只好把碗筷和盘子递给葆秀。

这天，翁泉海正在坐诊，老沙头从外走进来，笑着坐在翁泉海面前伸出手。翁泉海笑而不言，低头给老沙头切脉，他看过舌头才说："脉沉涩，舌边尖红，边有瘀点瘀斑，这是气滞胸胁，膈下瘀阻的症状，你有胸肋骨损伤，宜当行气止痛，开胸利膈，服用柴胡疏肝散加膈下逐瘀汤可愈。"

老沙头一本正经地问："诊费多少，药费多少？"翁泉海戏说："给我来一锅五花肉炖粉条，诊费和药费就都免了。"二人哈哈大笑。

老沙头在厨房炖肉。翁泉海走进来说："真香啊！"老沙头说："肉熟了，粉条还没烂，得再等一会儿。"翁泉海掀开锅盖，夹起一块五花肉塞进嘴里，烫得眼泪都流出来了："老沙啊，你这肉炖得好，我就是吃一辈子也吃不够。"

老沙头笑："那我没事就来给你炖肉吃。"

翁泉海看着老沙头："说正经的，老沙，你此番前来，就是为了找我诊病吗？"老沙头说："对，胸口难受，想找你给看看。""还有其他的事要办吗？""没别的事了。"

翁泉海笑道："好，太好了！这样，你就在我这住下得了。有吃有喝，想住多久住多久。"老沙头说："翁大夫，这太麻烦你了。"

翁泉海爽朗地笑着："这有什么麻烦的！有我一口吃的，就有你一口吃，不就是多张嘴嘛。再说了，你上回走得急，咱老哥俩没聊够。老沙，你可是自己把自己的后路封死，找不到口了，事情就这么定了。还有，治你这病，用的是秘方，秘方懂吗？拿不走啊！所以，你要想治好病，就得留在我这儿，死心吧。"

桌上摆着五花肉炖粉条、小鸡炖蘑菇等几盘东北菜。翁泉海、翁晓嵘、翁晓杰坐在桌前。翁泉海请老沙头坐在他身边，老沙头谦让道："翁大夫，你们吃吧，我找个地方随便吃点就行，我不能上桌。我上回来是客人，能上桌；这回来，是有求于你，所以不能上桌。"翁泉海生气道："这是什么道理？你不上桌，我就不吃了！"

老沙头实心实意地说："翁大夫，真的，这是我祖上的规矩，我得守规矩，请你见谅。你们尽管吃你们的，别管我，这样我心里也踏实。"他走到厨房去了。翁泉海无奈地摇摇头。

入夜，老沙头坐在院里抽着烟袋锅。翁泉海端着一碗药过来让老沙头喝。老沙头喝完后说："翁大夫，谢谢你。"翁泉海说："老沙呀，你能不能别叫我翁大夫？我比你大，你叫我大哥。在家里，咱们就是兄弟，不要客气。"老沙头爽快地喊："好，大哥。"

翁泉海笑了："嗯，听着舒服多了。老沙，你一个人，无家无业，四处漂泊，要是不嫌弃，病好了就留我这吧。"老沙头说："大哥，那就太麻烦你了。""还是那句话，多一张嘴而已，我养得起。""我有胳膊有腿，不用养。"

翁泉海点头："那是。你就帮我忙活忙活吧，正好我缺人手。"老沙头恳切地说："行，大哥，我有口饭吃就行，别无他求，也省得我东家屋檐坐一夜西家柴房蹲一宿了。"翁泉海一拍手："这话才敞亮，高兴。西厢房就留给你了！"

这天，来了把一个大红请柬放在桌上说："先生，那个得胃病的楚先生儿子结婚，请您今天中午出席婚宴。"翁泉海诊务甚忙，着实难以抽身，就让老站在门外的泉子跑一趟，给他带上喜钱，让他吃完饭再回来。

来了说："那他要是把喜钱偷跑了怎么办？"翁泉海笑道："钱不多，真要是偷跑了，就算给他的工钱，毕竟他也帮咱们忙了好几天。"

饭后，泉子回来说喜钱送到了，但他没有吃酒席，自己买了两个烧饼吃。翁泉海笑了笑："你送喜钱不吃酒席，也太实诚了吧！"

泉子又站在门口指挥患者排队。不远处，一辆黑色轿车驶来停住了，一位衣着考究的先生下了车，走到诊所前望着。泉子问："先生，您要看病吗？请您排队。"那先生拨开泉子，径直走进诊室。

那位先生走到翁泉海近前低声道："翁大夫，我姓卢。我家老先生想请您出诊。"翁泉海客气着："先生，我这里诊务繁忙，着实抽不开身。请见谅。"

"诊金您随便开。""这不是钱的事，我真的抽不开身，恕难从命。"

卢先生冷语道："好大的排场！"翁泉海解释着："这不是排场的事。孙思邈说过，若有疾厄来求救者，不得问其贵贱贫富，长幼妍媸，怨亲善友，华夷愚智，普同一等，皆如至亲之想。"（出自《大医精诚》）

卢先生沉默不语。这时，一个重病患者被人抬进来。翁泉海忙起身走到患者近前，卢先生看到这种情况，只好说："翁大夫，您先忙，我改日再来。"他急忙坐上黑色轿车走了。

晚饭后，老沙头说："大哥，我觉得今天姓卢的那人挺奇怪啊！"翁泉海点头："我看出来了，那人不光奇怪，而且来者不善。"

老沙头说："看这来头，这个故事恐怕挺长。"翁泉海感慨道："做中医这行，上至天文地理，下至五谷杂粮，人有三六九等，事分红白喜丧，都得懂都得伺候着，一个不周全，神仙也能撕破脸，小鬼儿也能上你的床啊！"

老沙头接道："是的，打掉牙得往肚子里咽，第二天还得强颜欢笑喜开张。"翁泉海说："管他呢！是福不是祸，是祸躲不过。睡觉去喽！"

第五章

神秘大佬

第二天一早，卢先生又来了，他从怀里掏出两根金条放在桌子上："翁大夫，这是一半诊金，等您去了，还有另一半。只是一份心意而已，望翁大夫不要见怪。"翁泉海客气地说："先生，我诊所诊务繁忙，确实没有空闲。另外，诊金过高，我担当不起。"

卢先生说："翁大夫，算上这一回，我已经来两回了，况且我家老先生指名点姓要请您，您总不能一点面子不给吧？这上海滩的地面儿看着挺大，其实也不大，抬头不见低头见，说碰上那就能碰上啊。"翁泉海知道此事躲不过去，只好说："请前面带路。"

卢先生交代说："翁大夫爽快。只是有几句话得提前嘱咐您，一是只能隔着幔帐诊病，他不能说话；二是您怎么去怎么回，得听我们安排；三是此事对任何人不能提起，包括我家老先生的病情。否则我们保证不了您今后的安全。"

翁泉海摇头道："这哪是看病，这是看虎啊！卢先生，这病我看不了。望闻问切，四诊合参，您只给了我一个切字，我就是一个普通的大夫，不是江湖郎中和那些所谓的神医大师，我没那些本事。这样吧，您别耽误事了，另请高明吧。"

卢先生笑道："话都讲到这份上了，您还让我去哪儿另请高明啊？再说要是能另请高明，我也没必要来求您不是？"翁泉海坚持道："卢先生，我最后说一遍，这病我治不了，请不要强人所难。"

卢先生冷笑着把两根金条塞进怀里走了。不一会儿，一个大高个从外面快步走了过来。老沙头上前欲阻拦大高个，被大高个撞了个趔趄。

葆秀高声喊："你是谁呀？私闯民宅是犯法的！"

大高个望着翁泉海，从怀里缓缓掏出一个证件递过去。翁泉海接过证件看着。

大高个强硬地说："一、只能隔着幔帐诊病；二、您怎么去怎么回，全听我们安排；三、此事对任何人不能说，包括他的病情，否则我们保证不了您的安全。翁大夫，您听明白了吗？"

翁泉海递过证件说："先生，我行医这么多年，头一回这么看病。"大高个冷笑着说："翁大夫，难为您了。可这是他的决定，我们也没有办法。话都讲完了，您也听完了，一句话，去也得去，不去也得去，没得商量！"

葆秀叫着："你们要干什么？有这么请大夫的吗？人家不去，还能逼着去吗？还有没有王法了！"翁泉海低声吼道："葆秀，你闭嘴，回屋去！"

大高个进一步夯实道："翁大夫，我家老先生得了病后，变得连我们都不敢认他了，脾气暴躁，反复无常，皱皱眉，就什么事都可能发生。如果您不去，摊上什么事我说不准，只是恐怕我和卢先生都活不成。所以，我们就算抬，也得把您抬过去！"

翁泉海无奈地说："请稍等。"他转身朝卧室走去。

葆秀跟着问："翁大哥，他们都是什么人啊？那上面写的什么啊？"翁泉海边走边说："不管什么人，都是人，没事。看个病而已，放心吧。我去换件衣裳。"

葆秀担心道："可得病的不是平常人。那能是谁呢？"翁泉海说："别琢磨了，人算不如天算。你想，他在幔帐里藏着，还不说话，那一定是我听见他说话，看见他就能认出来的人，你想会是什么人？"

葆秀嘱咐："翁大哥，你不能掺和他们的事啊！"翁泉海说："只要得病，不管是谁，在我眼里都是病人！"

葆秀、老沙头和大高个站在院内，老沙头提着诊箱。翁泉海走出来，葆秀、老沙头都要陪着去，可是大高个只允许翁泉海一个人去。

翁泉海让老沙通知来了和泉子今天停诊，然后朝院门走去。大高个要求走后门，翁泉海冷笑："看来你们把我家前前后后，研究了个仔细啊！"大高个不动声色："请您不要见怪，我们也是实在没有办法，这样对你我都好。"

一辆黑色轿车停在后门外，卢先生坐在副驾驶位。大高个打开后车门，翁泉海刚要上车，大高个迅速给翁泉海搜身后才让上，然后大高个也上了车。

黑色轿车在街道上行驶着。翁泉海问道："请问我们要去哪儿啊？已经转了两圈半了。"大高个说："翁大夫，请您不要见怪，我们也是实在没有办法，这样对你我都好。"

翁泉海说："我想方便一下。"

大高个并不停车，只是告诉说，快到了。

翁泉海喊："转来转去，已经第四圈了，你们到底要干什么？我要下车！我真的憋不住了！"卢先生说："翁大夫，请您再忍耐一下。如果您实在憋不住，那就在车上方便吧。"大高个也说："请您不要见怪，我们也是实在没有办法。"

黑色轿车突然停住了，卢先生递过一个眼罩："翁大夫，实在抱歉，您得戴上这个。"翁泉海严词拒绝。大高个接过眼罩，要给翁泉海戴上。翁泉海躲闪着，他要开车门，但是车门锁了，打不开。

大高个说："翁大夫，该说的话我们都说完了，这眼罩，您戴也得戴，不戴也得戴。"翁泉海怒道："士可杀不可辱，你们这是想要我的命吗？"

众人沉默着。卢先生商量道："翁大夫，用帽子遮挡眼睛可以吗？这是我们能尽到的最大努力了。"

翁泉海只好同意，他戴着大檐帽子走着，卢先生在前面引路，大高个提着诊箱跟在后面。三人进了一座大宅院，急忙上楼，来到一个房间的门外。卢先生敲开门，领翁泉海进去。大高个从外面关上屋门。

卢先生摘掉翁泉海的大檐帽子，引他走进卧室。眼前是一个幔帐，看不见里面的情景，两个便衣守护在幔帐两旁。屋里坐满了人，看着都不是一般的人，大伙脸色阴沉地望着翁泉海。二姨太哭哭啼啼，有人低声劝着。翁泉海走到幔帐前，卢先生搬过一把椅子，请翁泉海坐在椅子上。

一只胳膊从幔帐里缓缓伸出来。翁泉海望着胳膊，他从诊箱里拿出脉枕，闭上眼睛，开始切脉。屋里所有的人都死死盯着翁泉海。良久，翁泉海睁开眼睛，轻轻拍了拍那只手，那只手缓缓收回幔帐里。

翁泉海离开幔帐。屋里所有的人都围拢在翁泉海身边，小声询问病情。

大儿子低声问："什么病？"二儿子悄声道："重不重？"三儿子小声说："好治吗？"

翁泉海平静地说："我需要看看患者。中医讲究望闻问切，我需要看面色，观舌苔。"卢先生摇了摇头说："翁大夫，外面请！"

翁泉海跟着卢先生来到客厅，后面跟着一群人。

翁泉海落座后，卢先生说："翁大夫，请直言吧。"翁泉海慎重地说："患者脉沉细而迟，应为脾肾阳虚，常常导致精神萎靡，阳气不振，有四肢冰冷、周身乏力、嗜睡等症状。这种病可以慢慢调理，照方抓药按时服药即可。"

二儿子问："您看准了吗？"翁泉海冷言道："不让我看，我上哪儿看去？"

大儿子接上："那就是看不准了？"翁泉海回敬："不准敢乱说吗？"

三儿子刨根："那就是一半时没问题？"翁泉海一笑："你怎么说话呢？人好好的，没什么大病，用不着兴师动众！"

小铃医请小龙在一个小饭店喝酒。小龙问："高小朴，你这是什么意思？为什么找我喝酒啊？你不说清楚我可不喝。"小铃医倒了两杯酒："兄弟，都怪我有眼不识泰山，话讲重了，多有得罪，望你大人大量啊！"

小龙皱眉道："你说什么呢？我听不懂。"小铃医端起酒杯笑着："我刚去诊所那天，你在那坐堂，我说你小猫包虎皮，装山大王。兄弟，都怪我眼瞎，对不住了。这杯酒我先干为敬，算赔个不是。"他仰脖喝了酒。小龙摆手说："也不是什么大事，算了。"

小铃医看着小龙问："兄弟，看来你没原谅我啊？"小龙无奈地把酒喝了说："好了，酒也喝了，我走了。"

小铃医一把按住小龙："兄弟，你这是干什么！怎么，瞧不起我？我这酒不好？看我这菜不够档次？"小龙忙摆手："都不是。我……我还有事。"

小铃医这才说："兄弟，实不相瞒，我也是学医的，我们都是一个老祖宗，是一家人。那些《内经》《伤寒》《金匮》《温病》《本经》《汤头》啊，什么阴阳五行，五脏六腑，六淫七情，四诊八纲啊……我也略晓一二。"小龙说："那你可以坐堂行医了啊！"

小铃医摇头："还差着火候，正炖着呢。兄弟，我行走江湖多年，眼睛毒啊，不揉沙子，看人最准。一打眼，我就知道你是个厚道人，是个好人，所以想和你多亲多近。如果你不嫌弃，那咱俩从此称兄道弟，你比我小，你就是我弟，我是你哥。咱兄弟俩互相扶持，互相帮助，有朝一日，我坐堂行医，一定善待老弟你！"

他又倒了两杯酒，擎起酒杯："喝了这杯酒，咱俩就是兄弟了。"

小龙犹豫了一下，二人干杯。

小铃医沉默片刻说："老弟，我刚才说了，我也是学医的，医药不分家，学医必须要懂药，你说是不？我有一事不明，想请教老弟。你说赵大夫给我娘开的方子，怎么那么好用啊，里面有几味药啊？"小龙说："那是秘方，我也不清楚。"

小铃医一笑："原来是秘方啊，我说怎么那么好用呢！老弟，你能帮大哥弄清楚那方里到底有哪几味药吗？"小龙忙摇头说："这事我可做不了，就算我知道也不能说，说了就是背叛师门，欺师灭祖啊！"

小铃医继续试探道："老弟，我说我看人准，一点都没错，你果然厚道。大哥有你这样的弟弟，真是三生有幸啊！可要说什么背叛师门，欺师灭祖，太严重了。不就是个药方吗？他是你师父，从师父那学本事，没毛病啊！再说了，你还信不过大哥我吗？我的嘴最严了，你要是把药方告诉我，还是那句话，有朝一日，我开堂坐诊，肯定不忘老弟你啊！到时候，咱兄弟搭着膀子闯天下，一定能闯出一片天地来。"小龙沉默着，他在心里反复掂量着这话。小铃医再加一把火，"老弟，大哥把心都掏给你了，就这点事，你看着办。多个朋友多条路，谁都有吃饱的时候，谁都有挨饿的时候，挨饿的时候有朋友，那就饿不着。"

小龙为难道："你说的我都明白，只是我师父可不是糊涂人，他脑后勺都长着眼睛呢。"小铃医商量着说："事在人为，能行，大哥感谢你，不行，大哥也不埋怨你。往后你有事，尽管说话，大哥能做的，不说二话，不能做的，大哥给你想办法，咱们全在事儿上见，你看行吗？好了，不说了，有信没信，你给大哥我回一个，就算尽了兄弟情谊，来，喝酒！"

这顿酒喝完后，小铃医又来到赵闵堂诊所给老母亲取药。赵闵堂问："你娘的腿不疼了吧？"小铃医躬身道："不怎么疼了。""我估摸也该不疼了。""多谢赵大夫。""治病救人，应该的。"

小铃医问："赵大夫，您医术这么好，怎么来就诊的人这么少呢？"赵闵堂有些不悦地说："少还不好？我还盼着一个人都不来呢，你也最好别来。如果天下人都不得病，那才是为医者之幸事啊。"

小龙端着煎好的药走过来。他望着小铃医，微微点了点头。小铃医接过药碗向赵闵堂告辞。不一会儿，小铃医和小龙相聚在小饭馆里。

小铃医忙说："老弟，你可来了，赶紧坐，想吃什么，尽管跟哥哥说。"小龙为难道："你不用客气，我说句话就走。那药方我探不出来。我上回就跟你讲过，我师父他满身的眼睛，我不敢。"小铃医不死心地说："配药讲究君臣佐使，君药臣药，探出哪个都行啊。"

两人正在嘀嘀咕咕地说话，赵闵堂悄悄出现在两人身后，他咳嗽了一声。小龙扭过头去，吓了一跳，猛地站起身。赵闵堂站在桌前冷笑："不听为师的话吗？小龙，你不知道你师父比旁人多长只眼睛吗？你俩那小眼神碰了碰，我就知道要碰出事儿了，果然，一抓一个准儿。"小龙低头道："师父，我错了，我什么都不知道，也什么都没说。"

小铃医忙打圆场："赵大夫，这一切都是我让小龙干的，但小龙他是个本分人，没有做对不起您的事，所以请您不要责怪小龙。一人做事一人当，天经地义。"

赵闵堂一笑："还挺讲义气。"他转脸望着小龙，"愣着干什么，回去思过！"

小龙忐忑不安地走了。赵闵堂和小铃医沉默相对。饭馆伙计走过来问："二位先生，请问你们吃点什么？"赵闵堂说："伙计，找个僻静屋，弄四盘好菜，一壶好酒，有人请客，不怕花钱。"

不一会儿，包间内的桌上就摆好了四个菜，有酱鸭、酱牛肉、花生米等，还有一壶酒。赵闵堂自斟自饮。小铃医倒一杯酒喝了，接着连喝三杯。

赵闵堂望着小铃医："别光喝呀，讲讲为什么要探我的秘方？"小铃医只好说："赵大夫，实不相瞒，我也是大夫。"

赵闵堂打量着小铃医说："你要说你是大夫，那也顶多是个铃医。"小铃医点头："赵大夫，您说的没错，我就是铃医。"

赵闵堂笑了："我说我怎么看你有些眼熟呢，你不就是那个……尿水就大药丸！好小子，你是满脑子阴招损招啊！"

小铃医迟愣片刻也笑了："啊，我想起来了，原来是您啊！赵大夫，我们铃医走街串巷，就靠卖药丸子卖膏药为生，卖不出去就赚不到钱，没钱就没吃没喝。我没吃没喝不要紧，可我不能让我娘饿着渴着。我娘说我不能一辈子这样，我也知道我不能一辈子这样，我盼着念着有朝一日能像您一样坐堂行医。可就因为我是铃医出身，大多数大夫都不肯教我，所以我除了自己找书本研究，就只能靠搜集药方来学医了。"

赵闵堂摇头："不管怎么说，你探取我的秘方，不地道。"小铃医说："我知道这样做不地道，是偷，是窃，可我除了这样做，没有其他的法子了。赵大夫，我为学医动了歪心，是我的错，我认，您要打要骂，我受着。"

赵闵堂意味深长地说："打骂不急。你不是铃医吗，先给我讲讲铃医的事儿，我听听。闲着没事，讲讲吧。"

小铃医略一思索，就站起身表演起来："一皮老闷闷不乐，软货走了过来，说相好的，倦了？皮老就是郎中，软货就是卖膏药的，倦了就是病了。皮老说打桩，弹式用上了，闷着了，还挨了一棒子。就是说给人治病，药丸吃上了，病没治好，挨了打。软货说南街头空子多，拖汗卖了不少，砖也弄了几块。空子是外行人，拖汗是假药，砖是大洋，意思就是外行人多，假药卖了不少，钱赚了不少。皮老说分我半个场子？软货说我皮子，你弹式，和气生财，破洞呗。就是说我卖膏药，你卖药丸，最后一块分钱。铃医行走江湖，哪儿人多在哪儿摆摊卖药，说学逗唱都得会点，三拳两脚，也都是常见的把式。只要能把药卖出去，把钱赚到手，就算卸胳膊卸腿，也不在话下。"

赵闵堂好奇地问："你能卸胳膊卸腿？"

小铃医左手拽右胳膊，猛地一使劲，掉了。赵闵堂晃了晃小铃医的右胳膊说："赶紧安上。"小铃医把右胳膊安上了。

赵闵堂问："不疼吗？"小铃医说："刚开始疼，日子久了就不疼了。"赵闵堂关切道："总这么卸来卸去，松了可就安不上了。"小铃医摇头："没办法，为了吃口饭呗。"

赵闵堂望着小铃医，似乎在思索什么。

小铃医试探着说："赵大夫，自打您给我娘治腿，我对您的医术非常佩服，如果您不嫌弃，能不能收我为徒呢？"赵闵堂站起身："我还有急事要办，得走了。你娘的腿病太重，不疼就算不错了，要想完全好起来是不可能的，所以往后你就不要再去找我了。"他说完走了。

小铃医提起酒壶，把酒喝光，又把酱牛肉和花生米塞进兜里。他从包间走出来，望一眼伙计，低头朝门口走。

伙计问："先生，您吃好了？"小铃医只好站住身嗫嚅着说："伙计，实在不好意思，我忘带钱了，得回去拿。要不你跟我去拿，我也省得来回跑了。"伙计笑着："先生，酒菜钱已经结完，那人结的，他没跟您说？"

秋风萧瑟。小铃医推着老母亲在街上走着，老母亲摇着小铜铃。大雨忽然下起来，小铃医推着老母亲跑到屋檐下避雨。

小铃医脱下老母亲给他做的新鞋子。老母亲说："穿上啊！管它新旧，鞋就是穿的，不穿还叫鞋吗？赶紧穿上，穿烂了娘再给你做。"小铃医只好穿上鞋。

这时，小龙忽然擎着伞跑过来，把小铃医娘儿俩接到赵闵堂家。

赵闵堂吩咐小龙给老人家熬姜汤祛寒气，然后看着小铃医说："大雨天的，带你老母亲乱跑什么！老人家的身子本来就弱，要是再淋病可就是大事了。"小铃医说："我也想让我娘待在屋里，可她就是不听，非要跟我出来。"

赵闵堂微笑道："你娘跟你出来，就是挂念你呗。家有一老，如有一宝。小子，有娘在，有娘挂念，你有福啊！"小铃医笑了笑："您说的是。赵大夫，您找我有事？"

赵闵堂说："也没什么事，大雨天的，随便聊聊。对了，上回你说你们铃医会的东西不少，我倒想仔细听听。"小铃医一笑："就那么点事，没什么可说的。"

赵闳堂正色道："非也。清代医学家赵学敏曾著有《串雅》一书，里面整理了走方医的从医经验和大量的民间秘方。我知道，你们铃医都身怀绝技，几乎每人都有一技之长，正如赵学敏所说的'操技最神，奏效甚捷'。不是吗？"

小铃医想了想，笑道："赵大夫，既然您爱听，那我就给您讲讲，先讲'拴桩'吧。'拴桩'就是想个法子，让围观的人都挪不动腿，散不了场。"他站起身，表演起来，"人各有命，命在哪儿？全在脸上。这脸上，挂着福寿禄三相。小兄弟我不敢吹牛，这牛要是吹上天了，我不也跟着上天了，万一把牛吹爆了，那我掉下来，小命还能保得住吗？可话说回来，讲再多也是空口无凭，要想大家信得着，我得来上一段。来段什么呢？诶，有了，在场的各位，你们中间有两个人不对劲，这俩人是一男一女，还没站在一块，为什么没站在一块呢？怕有人看见呗。要说他俩啊，不是一家人，却上了一张床，这叫什么，大家都明白吧？那么有人说了，空口无凭，你倒说说是哪两位啊？这我可不敢，说了，他们脸红脖子粗，再上来捅我两刀，那我不得把命扔这儿！不过这俩人既然被我说中了，他们一定心发慌，腿发麻，急着躲起来。也好，等他俩走了，我再指给你们看。我这话讲完，在场的人谁还敢走啊？谁走谁掉坑里。另外呢，大家更不想走了，都等着看热闹呢！"

赵闳堂哈哈大笑，拍着巴掌喊："精彩！"

小铃医继续说："铃医摆摊卖药的招式很多，攥弄晴，圆黏子，桴黏晴条子，归包口儿，催晴，杵门子，还有霹雳子。这些招式一环套一环地用下来，药也就卖得差不多了。虽然这些招式不怎么光彩，可铃医也是能治病的，我想赵大夫您一定清楚。"

赵闳堂点头道："铃医治病，讲究用药简单，使用方便，疗效奇特，总结为四个字，简、廉、便、验。"小铃医惊奇了："看来您对铃医颇有研究啊！"

赵闳堂抿嘴笑着："没吃过猪肉，还没看过猪跑吗？可跟你这个晴过猪头的比，我所知甚少，所以是活到老学到老。"小铃医再一次觍着脸说："赵大夫，我行走江湖多年，头回见到您这样有如此胸怀的人。赵大夫，我再求您一回，能不能……"

赵闳堂摆手一笑："不用讲了。回去洗个澡，换件干净衣裳，明天来诊所吧。"

小铃医惊喜中似乎不大明白："赵大夫，您的意思是说……"

赵闳堂正色道："叫师父！"小铃医迅疾扑通跪在地上喊："师父在上，受小徒一拜！"赵闵堂说："吓我一跳，赶紧起来。"

赵妻走进来问："这是干什么呢？收徒了？"赵闵堂说："收个小徒，叫师娘！"小铃医望着赵妻喊："师娘好！"

赵妻眨巴眨巴眼望着小铃医："你……你不就是那天让我喝尿的人吗？怎么跑这来了？这种人可不能收！"

赵闵堂很认真地说："夫人，你认错人了。天下长得像的人太多了，不足为奇。"赵妻围着小铃医转了三圈，打量着："收了他，这不又多了一张嘴吗？"

赵闵堂看着老婆说："这孩子机灵，早晚能成器，到时候徒弟养师父，不亏。"小铃医机灵地应答："师父，师娘，等我学成之后，一定报大恩！"

新收了徒弟，是好事，可赵闵堂的诊所还是冷冷清清，门可罗雀。小铃医说："师父，弟子有一事不解，请您指教。您医术高超，名声在外，为什么前来就诊的人这么少呢？"

赵闵堂不动声色地说："有眼无珠呗。酒香不怕巷子深，没什么可急的。"

小铃医说："师父，我倒是有个办法，不知道能不能行。"他小声说，"神龟疗法……"赵闵堂听后笑着点点头。

这一招果然灵验。赵闵堂的诊所外挤满了人，都探头往诊所里望。小铃医挡在门前。诊室内，一个男患者躺在床上，他袒露着胸口和肚子，一只小乌龟在患者身上慢慢地爬。赵闵堂和小龙站在一旁。小乌龟爬着爬着不动了。赵闵堂说是此处有疾，标记下来。小龙拿着笔，在乌龟停留处画了一个圈。小乌龟继续爬行。

记者挤在门口要采访用龟探病是怎么回事。赵闵堂就让小朴讲。

小铃医煞有介事地说："那我就讲讲，这……自古以来，龟乃吉祥之物。有话讲，'千年王八万年龟'，龟的寿命最长，活得久了，必然见多识广，当然也就能力非凡，所以古人常用龟壳来占卜凶吉，称为龟卜。患者的病，我通过望闻问切……不不不，是我师父通过望闻问切，已经知晓，再借神龟的一臂之力，那更是锦上添花。"

记者问："这龟怎么会懂医呢？"小铃医说："我们这龟是经过特殊训练的，换句话讲，它是在药材堆里熏出来的，以药为床，以药为食，它虽然不会讲话，但也习得《黄帝内经》《伤寒杂病论》《金匮要略》《神农本草经》等中医真经，深谙阴阳表里寒热虚实之道。此龟非平常之龟，它乃医龟，也可以说是神龟。"

小铃医对挤在门口的人说："各位先生太太小姐，实在对不起，你们得多等一会儿。神龟累了，得歇一会儿"。一个患者问："你们这就一只神龟啊？如果还有，我们买回家自己就能诊病，用不着在这等着。"

小铃医受到启发，忽然来了灵感。诊所关门后，赵闵堂说："你小子的脑袋就是灵，我没看错你。"小铃医笑道："多谢师父夸奖。师父，我还有一招。外面很多人想买咱们的龟，我看不如咱们就卖龟吧。对他们来说是神龟，对咱们来说，那不就是一只小动物嘛，要是卖出去，价钱可是咱们说的算啊！"

赵闵堂是有底线的人，这些江湖小技耍耍也就罢了，不能当真，便摆手道："不可，不可，现在这动静已经闹得不小了，我是紧压着，以防动静太大。不管怎么讲，我也是名门正派，走此下策，是事出有因，但着实脸上无光。等再热闹热闹，人气上来，咱们就赶紧收手，不能这么干了。"

这天，翁泉海正给一个患者切脉，卢先生走进来说："翁大夫，您好！我想请您出诊。自从我家老先生服了您的药后，病情已见起色，请您再去看看。"翁泉海说："我这里诊务甚忙，你也看到了。天下患者普同一等，凡事讲究个先来后到，希望先生理解。"

卢先生走了出去。翁泉海给下一位患者看病写药方。来了唱药方，不知道怎么回事，来了今天唱药方竟然唱错两次。翁泉海忍无可忍，把来了叫到诊所里屋说："你收拾收拾，走吧。"来了跪在地上求着："您别赶我走啊！"

翁泉海朝诊室走去。这会儿，卢先生、大高个、泉子、老沙头都站在诊室里。翁泉海叫下一位患者，泉子告诉他人都走光了。

卢先生笑着："翁大夫，我们可以走了吗？"翁泉海不动声色："卢先生，你家老先生吃过我上回开的那副药，应该痊愈了。"

卢先生真能说："翁大夫，我想您还是去一趟吧。我家老先生信的就是您，如果您不去，他会很失望的。他一失望，脾气就不好，我们受不了不要紧，只是什么事都可能发生。真到了那个时候，我们就是历史的罪人，您也脱不了干系。为了国家，为了民族大业，您还是去吧。"

大高个把烟头用两指掐灭了说："翁大夫，我说得简单点，今天您非去不可！"卢先生望着大高个说："你怎么能跟翁大夫这么说话呢？"

翁泉海无奈道："但愿我能做出对国家、对民族有益的事。"

翁泉海又到了那位神秘人物的卧室。卢先生让翁泉海摘掉墨镜。眼前是上次那个挂幔帐的床，幔帐外两侧站着两个便衣，其他人都不在。翁泉海坐在床前椅子上，从诊箱里拿出脉枕。两只手从幔帐里伸出来，拍起了巴掌。

卢先生忙说："翁大夫，我家老先生这是欢迎您！上回的药服用后疗效甚佳。"

翁泉海闭目切脉，他突然睁开眼睛，面露惊色，但又马上恢复了常态。卢先生看出来了："翁大夫，但说无妨。"翁泉海十分慎重地说："患者的病情很严重！"卢先生警惕地审视着翁泉海，幔帐外的那只手竖起拇指。

翁泉海问："我能否看一眼患者？"幔帐外那只手的拇指依然竖着。卢先生摇头："翁大夫，请您先回避一下。"

翁泉海走出卧室，大高个引他在另一房间等候。不久，卢先生走进来关上房门说："翁大夫，实在抱歉，您不能面见我家老先生，这是我们事先约定好的。"翁泉海认真地说："患者病情如此严重，仅靠切脉是不行的，需望闻问切，并且我看到患者伸出拇指表示赞同，为何又不让望诊呢？"

卢先生说："不能见自有不能见的缘由。翁大夫，我们实在有难处，还是请您开方吧。"翁泉海面色凝重地说："脉微欲绝，如虾游水中，应为肝积之病。患此病者，会面黄如蜡，骨瘦如柴，腹胀如鼓，叩之如皮囊裹水，右胁痛不可耐。患者病情危重，需抓紧救治，不能再耽搁了！"

黑色轿车送翁泉海回来，来了跑过来伸手接诊箱。翁泉海的手紧握诊箱把手，二人拉锯着；翁泉松开手，来了抱过诊箱。翁泉海走进后门，来了跟着走进去。

翁泉海走进后院堂屋坐下，葆秀走进来问："翁大哥，那人到底得了什么病啊？能治吗？"翁泉海皱眉说："你就别管了。"

葆秀急切道："这是咱家的事，我能不管吗？你赶紧说，急死我了！"翁泉海只好说："我两次出诊，诊的是一个人，可却是两种截然不同的脉象，得的是两种病，前者能生，后者能死。"

葆秀也觉奇怪，问道："这才几天，一个人怎么会出现两种脉象？翁大哥，我总觉着这事儿蹊跷，说不定有大灾大难等着你。这病咱不能看了，你赶紧出去躲躲吧。"

翁泉海摇头："要是能躲，我早就躲了。再说只要人活着，在哪儿都会碰上棘手的事，要是碰上就跑，天下之大，还能跑到哪儿里去呢？葆秀啊，我求你一件事，你帮我把那两个孩子带走吧。"

葆秀说："翁大哥，我带孩子来投奔你，既然来了，就不能走，要走也是一块走，否则我怎么跟翁家交代？还有，孩子你放心，她们也牵着我的命。"

翁泉海望着葆秀，眼睛有些湿润："既然这样，对孩子什么都不要讲，你也不要太担心，说不定已经没事了。"

葆秀点了点头说："但愿如此吧。我听来了说你要赶他走？"翁泉海摇头："朽木不可雕，孺子不可教。"葆秀劝说道："木头雕不了，砍成个木墩还能当凳子坐呢，尺有所短寸有所长，就看怎么衡量了。"

晚上，翁泉海把来了叫到书房，让他随便写个字。来了写了一个"藥"。翁泉海也写了个"藥"。他让来了照他写的再写一遍。来了又写一遍。翁泉海说："比刚才的好多了。练字要认真，要持之以恒。坚持这两点，假以时日，必能练就一手好字。我讲句见底的话，你这辈子不要想得太远，我可以教你医术，只要你认真学习，将来能做个小医，走街串巷，给人治个小病小疾，这样就能填饱肚子。至于坐堂行医，你就不要想了。"

第二天一早，有人送来一封信，翁泉海看过后立即烧了。葆秀忙问："是他们的信吗？写了什么？赶紧告诉我，要不这门你出不去！"翁泉海说："他们叫我出诊，并让我换个地方等。"

葆秀担心地说："诊病是亮堂事，他们想请你就来家请，偷偷摸摸的保准不是好事！"翁泉海安慰道："事出必有因，你就别管了，我看去也无妨。"

葆秀极不放心地说："翁大哥，自打你上回说起那两只手的事，我是越想越害怕。你还是别去了，干脆出去躲躲吧，再来人我答对。"翁泉海很无奈地说："人家既然能找到我，就不会让我躲起来。再说我躲了，你们怎么办？"

葆秀说："这是大上海，讲王法，难不成他们还敢……"翁泉海宽慰着："我只是个大夫，有病来求，能治则治，不能治就不治，谁也挑不出毛病，放心吧。"

翁泉海提着诊箱，按信上所说在街上走着。他身后不远处一个男人跟着。翁泉海走，那男的悄悄跟上；翁泉海站住，那男人躲在隐蔽处偷窥。翁泉海发现了，就提着诊箱回家。

葆秀急问："翁大哥，出什么事了？你要是不说，我找他们去！"翁泉海说："你上哪儿找去？"葆秀说："我就在门口骂，骂他们个狗血喷头，骂他们个七窍生烟，不信他们不出来！然后我就跟他们讲讲道理。我就问问他们，我家先生只是个大夫，也就有给人治病的本事，别的都不会，你们为难他干什么？要是再敢为难他，别的不讲，我这就过不去！"

翁泉海望着葆秀笑了："人家都是舞刀弄枪的祖宗，你能按得住吗？葆秀啊，我知道你对两个孩子好，也知道这些年，你为俩孩子操了不少心，我打心里感谢你。我这些年在外闯荡，多少攒下点钱，都在卧室衣柜顶上，你拿到那些钱，就带孩子们回老家吧。我就是把话说在前面，其实仔细想想，也没什么大事，不就是诊病嘛，有一说一，有二说二，谁也挑不出毛病来，也不会为难我。再说这也是老本行的事，心里有底，手头有准儿。好了，我走了。"

翁泉海提诊箱欲走。葆秀动情地说："翁大哥！天越来越冷了，你这个当爸的，得给孩子们买过冬的衣裳了。"翁泉海没吭声，提诊箱走了出去。

第六章
局中局　戏中戏

翁泉海提诊箱走出诊所，老沙头递给他一封信："大哥，刚来的。"翁泉海接过信展开看。老沙头说："大哥，我陪你去吧！"翁泉海拍了拍老沙头的肩膀说："在家炖肉，等我回来。"

翁泉海提诊箱从院子后门出来，朝周围望着。有人躲在暗处发指令："对，后门出，左转；直走，遇道口右转；直走，再遇第一个道口；别转，继续直走，看到聚善茶庄了？进茶庄，后门出，有车等。黄包车来了，上车，不要说话！"

车夫拉下车前篷帘，拉着车七拐八拐跑进一条小巷。一辆黑色汽车从后面驶来，黄包车贴墙边停住。汽车驶到黄包车近前停下，两个壮汉把翁泉海架进汽车。汽车里，翁泉海被黑布蒙上了眼睛，不知道汽车驶向何处。

车停了，翁泉海被拉下车，眼罩被扯下。他揉了揉眼睛四望。这是一片树林，近前站着四个拿枪的蒙面人。

蒙面人头领走到翁泉海面前说："翁大夫，您好。知道为什么请您到这来吗？"翁泉海冷笑道："这也算请吗？""翁大夫受苦了，请见谅。""你们要干什么？"

蒙面人头领说："我们知道今天您要去给那个老东西看病，所以就想此办法，把您请到这儿来。"翁泉海问："你的意思是说我不能给他诊病了？"

蒙面人头领说："诊病倒是可以，只是要看您怎么个诊法了。您知道吗？那个老东西表面上满嘴仁义道德，其实绝非善类。他倚仗权势，贪污腐败，祸国殃民，必除之而后快。我们这样做，也算是为民除害，为国除害。"翁泉海反问："我只是一个大夫，手无缚鸡之力，跟我说这些何意？"

蒙面人头领从翁泉海的诊箱里掏出脉枕，扯开一道缝，然后把一个小盒塞进脉枕里说："这个东西我们已经定时，您给他切脉后放在床边即可。有劳翁大夫了，事成之后，必重金酬谢，可如果……"

翁泉海壮着胆子说："先生，我再重申一遍，我只是一个大夫，从不关心政治，你说的那些跟我无关。另外，给患者诊病是我分内之事，救人不害人，也是医德医道，翁某恕难从命。"

蒙面人头领软硬兼施："翁大夫，可能我还没讲清楚，事成之后，我们不但重金酬谢，还会帮您和您的家人远走他乡。至于重金是多少，给您一句见底的话，够您一家人吃上三辈子。这回您心里有底了吧？可如果您不听我们的话，那您一家人明天能不能张开嘴吃上饭，都两说啊！"

翁泉海不再惧怕，质问道："你威胁我？"蒙面人头领冷笑一声："我们求您还来不及，怎么会威胁您呢？我们这是在沟通，是商量。好了，时间紧迫，抓紧定夺吧！"

翁泉海不言不语。周围死一般寂静，空气似乎凝滞了。过了好一阵子，蒙面人头领开口道："看来是碰上个油盐不进的木头脑袋，可惜了。行动吧！"

另外三个蒙面人举起枪，对准翁泉海。突然，枪声响了，三个蒙面人中枪倒地。蒙面人头领大惊，他举枪还击，飞奔而去。

原来是卢先生和大高个带人赶到，及时救了翁泉海。大高个率领几个人追赶蒙面人头领。

卢先生安慰道："翁大夫，对不起，让您受惊了。您不用怕，有我们在，谁也不敢动您一根头发。"翁泉海板着面孔说："我们走吧。"

卢先生望着翁泉海："翁大夫，您难道不想知道他们都是些什么人吗？"翁泉海摇头："他们是什么人，跟我无关。"卢先生点了点头。

大高个没有追到蒙面人头领，他返回来说："此地不宜久留，赶紧走。"卢先生说："翁大夫请。"翁泉海没动。卢先生奇怪道，"翁大夫，您还有事？"

翁泉海拿出脉枕，从里面掏出那个小盒交给卢先生："我是大夫，也是一介草民，从来不问政治，更不参与任何党派与帮派之争，唯能治病救人，尽医者之本分。"卢先生接过小盒看着，然后点了点头："翁大夫果然如此，老先生没看错人啊！"

卢先生请翁泉海上了车。一路疾驰，各怀心事，谁都不说话。

汽车在一处深宅大院门前停下，卢先生陪着戴墨镜的翁泉海进了院门，只见三姨太和四姨太正在打架，众人劝架，乱作一团。卢先生冷着脸站住，不动声色地看着众人。他们见状，顿时沉寂下来。

卢先生带着翁泉海走进客厅，用人过来端茶倒水。

此时，大少爷和二少爷正在各自的房间内调兵遣将。大少爷的随从报告："18军派来的六十个人全在外面，都已经子弹上膛刀出鞘，就等大少爷您一句话。18军军长杜大头说了，等事成之后，保您如日中天，呼风唤雨。"大少爷说："话好听，心不能急，得沉住气，万不能露出半点马脚。等老爷子断了气，他们要是不服从我的号令，就把屋里的人全部解决掉……不不不，老爷子断气不行，得等大夫诊断确定后，才能动手！"

二少爷的随从报告："16军来信了，说部队已经就位，全权听您指挥。16军军长可是白纸黑字写得清楚，他们立的是您啊，有枪炮做靠山，您还担心什么呢？"二少爷说："老大和老三肯定都动了心思，可老三没兵没人，就指望他妈给他撑腰，此人不足为虑。老大不得不防，他肯定不能袖手旁观。"

且说卢先生带着翁泉海走到卧室前，他不急于进去，而是问："翁大夫，刚才您看见什么了？"翁泉海说："两眼一抹黑，什么都看不到。"

卢先生笑了笑推开房门，翁泉海从大个子手中接过诊箱走进去。大高个站在门外警卫，关紧房门。

卢先生给翁泉海摘掉墨镜，卧室内站满了人，二姨太捂着嘴小声抽泣。一个打字员坐在打字机前。床前幔帐紧闭。门开了，那群在院里争吵的人也走进屋子。众人一起盯着翁泉海。

卢先生说："既然人都来了，我先讲两句。这位就是翁泉海大夫，他给老先生诊了两回，下面请翁大夫讲讲上两回的诊断详情。"

翁泉海不紧不慢地说："我第一次给患者诊治，患者脉沉细而迟，应为脾肾阳虚，精神萎靡，阳气不振，四肢冰冷，周身乏力且嗜睡等。而第二次诊治，患者脉微欲绝，如虾游水中，应为肝积之病。其人面黄如蜡，骨瘦如柴，腹胀如鼓，叩之如皮囊裹水，右胁痛不可耐……"

打字员打着字，将翁泉海说的话都打了下来。卢先生拿着病情报告和笔递给翁泉海说："翁大夫，请您签个字吧。"翁泉海在病情报告上签字。卢先生把签好字的病情报告递给众人看。众人接过病情报告，逐一传阅。

翁泉海问："可以诊病了吗？"卢先生点头说："翁大夫，请。"

翁泉海来到床前坐下，拿出脉枕。一只手在幔帐外，翁泉海面无表情地闭上眼睛切脉。众人紧张地盯着翁泉海。

过了一会儿，卢先生问："翁大夫，请问您诊完了吗？"翁泉海睁开眼睛，他把那只手轻轻放回幔帐内，然后缓缓站起身。

三姨太问："翁大夫，我家老爷的病怎么样了？"翁泉海琢磨着不语。四姨太问："不说话是什么意思，药不见效？"

翁泉海刚要说话，大少爷极不友善地质问："卢秘书，我爸病得这么重，为什么不请西医？要是耽误了病情，我拿你是问！"二少爷接上："大哥，你这话我不爱听，请中医怎么了？皇帝老子都看中医呢！"大少爷说："可就算请中医，那也得请个名头响当当的啊，他算个什么东西！"卢先生从怀里掏出一封信："这是老先生的亲笔信，他有话在先，说只请翁泉海翁大夫医病。"

二少爷冷笑："大哥，我就纳闷了，你可是老大啊，请什么大夫你提前不过问吗？"大少爷反唇相讥："我说老二，要说咱兄弟几个，顶数你会拍马屁。咱爸好的时候，你是围着咱爸身前身后，转得跟陀螺一样；眼下咱爸病了，你人哪儿去了？连个影儿都见不到！"

二少爷毫不示弱："你倒是能看到影儿，可连请了哪个大夫都不清楚，你这影儿有什么用啊？"三少爷劝说："大哥、二哥，你俩别吵了，咱爸病着呢！"

大少爷奸笑："老三，你别装好人，你心里琢磨的是什么，我清清楚楚！"二少爷跟上："老三最爱吃鸡心眼儿，他满肠子都是心眼儿啊！"三少爷假装委屈地说："你俩还冲我来了，我爱吃鸡心眼儿怎么了？翁大夫，您说说，吃心眼儿长心眼儿吗？"

卢先生忙说："你们都少讲两句，听翁大夫讲讲吧。"翁泉海环顾四周，轻声道："老先生他……已经走了。"

屋里死一般寂静。片刻，三姨太喊："你大点声再说一遍！"翁泉海只好高声说："老先生已经走了！"

四姨太瞪大眼睛问："你确定吗？"翁泉海沉重地说："命比天大，不敢妄言。"

屋里众人争先恐后地拥到床前，跪到幔帐外，捶胸顿足，号啕大哭。

卢先生请翁泉海开死亡证明。翁泉海走到桌前，提笔写起来。

大少爷忽然高声说："我是我爸的大儿子，眼下我爸走了，我就是老大，是家里的主心骨，你们都得听我的。我看得赶紧成立治丧委员会，谁写悼词，谁请我爸生前好友，谁定制寿衣，谁定制棺材，那都得一一起草，按部就班，绝不能乱了规矩。"二少爷站直了说："大哥，这事你就不用操心了，咱爸早就跟我讲过，说到了这一天，由我全权负责他的后事。"

大少爷冷笑："你凭什么负责！空口无凭，拿证据来！"二少爷反问："那你凭什么负责？""因为我是老大！"

二少爷不留情面："老大一年到头不着家，在外面拈花惹草抽大烟，等老爷子不行了，你倒是蹬上了风火轮，比谁来得都快，来了就一副当家人的模样，小猫挂老虎头，你糊弄谁啊？"

大少爷毫不相让："我说老二，你现在说这些有什么用？有本事，你投胎早一步啊，早一步你不就是老大了？你不就说的算了？"

三姨太忽然从怀里掏出一张纸："这是老爷的'遗嘱'，上面写着他仙逝之后，由老三全权负责家事！"

大少爷接过"遗嘱"看，二少爷也凑上前望着。大少爷说："假的！"二少爷喊："骗人的！"四姨太抢过"遗嘱"瞅着说："老爷生前最疼我，他怎么可能给你写这东西呢？三姨太，看来你是早有预谋啊，够歹毒的！"

三少爷发话说："我妈都把'遗嘱'拿出来了，你们瞪眼说是假的，你们对得起我爸的在天之灵吗？！"大少爷说："如果这'遗嘱'是真的，那我爸走得蹊跷！我爸病了，三姨太手里有了我爸的'遗嘱'，然后卢秘书就三番五次请翁大夫来诊病，然后我爸就死了，这难道不值得怀疑吗？"

卢先生质问："大少爷，我已经把老先生的亲笔信给你看了，我想你不会不熟悉老先生的笔迹吧？"

二少爷冷笑："他能认得老爷子的字吗？他就认得老爷子的钱！"大少爷拧着脖子说："总之我觉得此事蹊跷，所以药方需要鉴定！"

翁泉海平静地说："药方当然可以鉴定。"大少爷歪搅胡缠说："如果药方没问题，那就要查是谁抓的药？是谁煎的药？是谁给我爸喝的药？说不定这里面藏着一个大大的阴谋！"

卢先生郑重地说："大少爷说得没错，这里面确实有阴谋。今天在翁大夫来的路上，就有人劫持了翁大夫，他们还想用这盒定时炸药要了老先生的命！"卢先生说着从兜里掏出炸药盒。众人吓得纷纷后退。

门开了，一群卫兵持枪拥进来。

老夫人拄着拐杖颤颤巍巍地走进来说："四个蒙面人，死了三个，还有一个在逃。但是我相信只要在这上海地面儿上，他就无处可逃，等抓到他，必会水落石出。让我痛心的是，你们当中，竟然有人会为'篡位'下此毒手！有人会为家财，争个脸红脖子粗，六亲不认！老爷尸骨未寒，你们在他床前吵闹，就不怕惊着他吗？他看到你们这副模样，能闭上眼吗？"

翁泉海问："卢先生，我可以走了吗？"大少爷堵住房门说："事情还没弄清楚，有些事情还需要你作证，你不能走！"

翁泉海义正辞严道："我只是个大夫，一生远离政治，无党无派，病事我已尽心尽力，人事你们去做吧。战事不停，国家疲弱，老百姓盼着能过上好日子，寄希望于你们，可是今天我看见，我们没有希望了，你们就放我这个黎民百姓出去透口气吧！"

老夫人威严地说："不许为难翁大夫！你们统统出去，我有话和翁大夫说。"

一帮人迅速散去。

大少爷回到自己房间，随从问大少爷："咱们何时动手啊？"大少爷来回走着："有人要刺杀老爷子，不把这事弄清楚，怎能轻易动手？那人是谁呢？如果是老二、老三的话，他们的人失手了，他们还敢留在屋里吗？难不成是丁大个子？他的人去追蒙面人，追来追去，让蒙面人跑了。刚才他可是一直在门外，没进屋！"

二少爷在自己房间里对亲信说："到底是谁在咱们之前动手了，难道是我大哥？那他炸死老爷子之后，必会有其他准备啊！能不能是老三呢？要真是丁大个子做了手脚，那他前面计划失败，一定会留有后手。怕就怕螳螂捕蝉黄雀在后，所以先不能动兵，静观其变，看那丁大个子还有什么手段！"

老爷卧室里，老夫人走到翁泉海近前说："翁大夫，你赶紧逃吧，他们要下手了！"翁泉海问："他们为什么要对我下手？此事跟我何干？"

老夫人说："因为你是知情人。动静闹得太大了，他们怕有辱门风，丢人现眼。"翁泉海看着老夫人问："我走得了吗？可就算我能走，也得亮亮堂堂、干干净净地走出去。如果走不出去，临死前看看这样的光景，也算没白活，此生足矣。"

老夫人正色道："翁大夫，你说的是什么呀，这都什么时候了，你还说玩笑话？"翁泉海冷笑："全因这出戏好看啊，锵锵锵上场，生旦净末丑，一个不少，唱念做打，各有各的彩儿，什么戏也没这出戏来得真。一场大戏，讲究起承转合，起有了，承有了，还缺转合，好看的全在后面。"

老夫人真诚地说："翁大夫，我家老爷对你的为人为医十分赞赏，他会保你平安无事。但是，你对谁也不要再提及此事。后面那场大戏你就不要看了，别脏了你的眼！他自从得了这病，就想着这出戏，天天看《孙子兵法》，看'三国'，他还说什么也瞒不过你翁泉海翁大夫的眼睛，但你一直不说，他很佩服你。"

翁泉海一笑："我不说，是因为没什么可说的。黎民百姓，求的就是一个安稳。国家好，才能日子好，日子好了才能有一口安稳饭啊！"

幔帐里传来一声咳嗽。翁泉海望去，幔帐里伸出一只手，竖起了拇指。

门开了，翁泉海戴着墨镜提诊箱走出卧室。有人高喊："翁大夫要跑了！"

大少爷、二少爷、三少爷和几个姨太太等人都跑出来，堵住翁泉海去路。

老夫人从卧室走出来高喊："都给我让开！我还没死呢！让翁大夫走！都进屋去！"

众人纷纷给翁泉海让开路，然后鱼贯进屋。

床前的幔帐缓缓升起，老爷端坐在床上，语音苍凉地说："开会！"

众人一片惊呼，紧接着齐刷刷地跪倒在地。

翁泉海平安归来，老沙头特意做了小鸡炖蘑菇，说是吃鸡吉祥。

一家人乐呵呵吃完饭，葆秀收拾利落，给翁泉海端来一杯茶，问他此行的故事。翁泉海沉吟着说："幔帐里第一次伸手的不是老先生，那是给众人看的，他装作没什么大病，也是试试我的医术；第二次伸手的老先生，因病痛难忍，不看不行了。我给他诊完后，说了病情的危重性，老先生知道自己时日不多了；而今天第三只手，是一个死人的手，幔帐里放了一个死人。老先生是想看他死后，会是一个什么情形。当我确认老先生已死，并写了死亡证明后，在场的众人到底憋不住了，唱了一场大戏。老先生亲眼所见这场戏的始末，看明白了每个人的嘴脸。只有从死人堆里滚出来的人，才能有如此手段。"

葆秀听得目瞪口呆，深宅大院里藏着这么可怕的故事，今后还是少去为妙。

翁泉海又恢复了正常的生活。这天，他出诊和老沙头回来，一个叫"斧子"的青年人突然跑过来喊："先生，您好。我……我有本事，会使斧子。我想拜您为师，跟您学医。"

翁泉海说："赶紧把斧子收起来。小伙子，对不起，我不随便收徒。我这儿不需要斧子。"斧子说："砍柴要用斧子，钉钉子要用斧子，保护您也要用斧子。"

"可是我不需要保护。"翁泉海说罢走进诊所。

事有凑巧。两天以后的晚上，月光笼罩，寒风刮着。翁泉海独自走在一个小巷内，两个蒙面人突然窜出来，一前一后挡住翁泉海。翁泉海说："你们要钱我身上有一些，可以给；要命我只有一条，不能给。"

高个蒙面人说要钱，翁泉海冷静地从怀里掏出钱递过去。高个蒙面人嫌钱少，矮个蒙面说他盯好几天了，肯定有钱。高个蒙面人拔出刀要给翁泉海放血。

翁泉海只得高声喊叫："来人啊！""来了！"没想到斧子竟然跑了过来，他边跑边从腰间抽出斧子，跑到蒙面人近前抡起斧子，边练边叨着："削脑袋，剁爪子，挑脚筋，开膛破肚掏个心……"两个蒙面人愣住了。

斧子收住招式，高声叫道："武家祖传三板斧，遇妖杀妖，遇鬼杀鬼，小蛮贼，纳命来！"他说着抡斧子朝高个蒙面人砍去。两个蒙面人吓得撒腿就跑。

斧子喊："跑什么啊？来来来，我们大战三百回合！"

翁泉海望着斧子说："小伙子，谢谢你！"斧子一笑："路见不平，拔斧相助，不用谢。"

翁泉海走了，他回头望去，斧子跟在后面不远处。翁泉海站住身，斧子也站住身；翁泉海走了几步，斧子也跟着走了几步。

翁泉海朝斧子招手："你过来。小伙子，我认识你，我知道你要拜我为师，可我真的不随便收徒弟，请你谅解。"斧子点头："翁先生，我明白。"

翁泉海转身往前走，斧子还是跟着走。翁泉海又站住身问："小伙子，你总跟着我干什么呀？"斧子说："我怕您再碰上那俩人。"翁泉海说："这里已是灯火通明，到处是人，你放心吧。"

翁泉海走到自家院门前，扭头望去，斧子站在不远处，他看到翁泉海发现了他，赶紧躲到隐蔽处。翁泉海心里一热，喊："小伙子，明天去泉海堂找我吧！"

小铃医自从拜赵闵堂为师，生活有了改善。他给老母亲买肘子、买鸭，还买了新衣裳和新鞋。老母亲说："你得用心好好学。学艺这东西，不但得听师父教，还得自己偷着学。"小铃医从怀里掏出一个小本说："学的全在这上面呢。白天他开方子，我就偷偷记下来，趁着没人再记本上。"

这天，众患者围在门外，小铃医堵着门口正高声喊叫着："心急吃不了热豆腐，慢慢来！"忽然一只乌龟飞过来，正打在小铃医头上。患者小齐挤过来，一把抓住小铃医的领子喊："小骗子，你骗到爷爷头上了，我打死你！"

赵闵堂说："别打架，有话说清楚！小龙，拉架！"小龙上前抱住小齐。小齐叫着："你们卖假神龟骗钱，我砸了你这堂医馆的招牌！我问过好几个大夫了，都说是骗人的把戏！"

赵闵堂说："等等！事出有因，容我弄清楚好吗？"小齐说："可以，我今天就在这等着，看你有何话说！"

赵闵堂把小铃医叫进里屋问："到底是怎么回事？"小铃医嗫嚅着说："师父，我这不是看有人想买龟吗？我就卖了几只。其实我也不想卖，是他们非要买……我错了，再也不卖了。"

赵闵堂怒斥道："好吃的你都吃完了，拉泡臭屎你就想结账啊？人家都打上门来，要砸我堂医馆的招牌啊！你赶紧把卖龟的钱还人家！"小铃医说："师父，那些钱都花得差不多了……师父，眼下只有您出面解释才行。"

赵闵堂只好来到诊室对众人说："各位先生，要说我的龟不是神龟，我不认。为什么呢？因为古书上写得清楚啊，你们可以追根寻源。万事万物必有根，没根怎么能传下来呢？这么讲吧，说龙，那就是有人见过龙形，说凤，就是有人见过凤影，没见过，就是做梦也梦不出来啊。所以说，神龟能探病，那也是有渊源有根的。你们可以不信，但是服用了我的方子，不敢说立竿见影，手到病除，你们的病是不是有所好转呢？病好了，那就行了呗。算了算了，一场误会，来来来，我再给你们好好看看。"

众人不再说什么。唯有小齐喊："此事蹊跷，我一定得弄个明白！"

小齐来到翁泉海诊所问："翁大夫，我今天来，就是想问您一句，龟到底能不能探病？"翁泉海答："不能。"

小齐说："翁大夫，我们几个人买了堂医馆赵闵堂的神龟，都被他骗了，他不退钱不认错，还说神龟探病是有依据的。我们不懂医术，想请您去当面作证。"

翁泉海让他再去找别的大夫问问。小齐说，别的大夫都不愿去。翁泉海说应该去找上海中医学会。小齐说："去了，可中医学会的会长说他们可以进行药方鉴定和学术交流，神龟探病的事不归他们管。"

翁泉海只好说："既然赵大夫有根有据，我也得翻翻书查证查证，请给我点时间，容我三思。"翁泉海考虑半夜，觉得为了上海的中医健康发展，还是应该对赵闵堂进行善意的规劝。

第二天上午，翁泉海来到赵闵堂诊所，让赵闵堂把小龙和小铃医支开，推心置腹地说："赵大夫，你也是名医，在上海滩有一号，靠医术亮门面不好吗？为何非要动邪念呢？"

赵闵堂说："猫走猫道，狗走狗道，各道有各道的理。我惹到你了吗？你犯得着隔着几条街伸手抓挠我吗？"

翁泉海诚心诚意地说："你是没惹到我，可惹到了理，惹到了医理，惹到了天理，如果辩理，我想你手中的理字太轻了。中医药之所以能传承几千年，你我之所以能在上海滩开诊所谋生计，就是靠我们有真才实学，靠望闻问切，四诊八纲，理法方药。离开这些，脚底板还能扎实吗？脊梁骨还能挺直吗？胸口还能稳住一口气吗？趁早收手，还有挽回的余地，否则终会酿成大错，追悔不及啊！"

翁泉海走了，赵闵堂望着他的背影说："日子长着呢，就看到头来谁能留住这张脸。"

翁父想儿子和孙女，又来上海了。他见到俩孙女就问："你们的秀姨对你们好不好？"俩孙女异口同声说："很好。"翁父又问："如果让秀姨给你们当妈，你们愿意吗？"两个姐妹相互看着，谁都不说话。翁父故意说："不愿意就算了。"晓嵘和晓杰急忙齐声喊："愿意！"翁父笑了："愿意就好，算你俩有福气。"

于是，翁父也不和儿子打招呼，开始布置新房。

翁泉海从外面回来，见正房堂屋满屋贴着大红喜字，好生奇怪。翁父见了儿子，开口一说就是一大串："这屋里喜庆不？喜字真是好东西，看着就高兴，贴哪儿哪儿亮堂，好啊。你俩孤男寡女，在一个院里过小半年，也该有个说法了。泉海啊，我此番就为这个喜字而来，你俩的事该有个了结了，我看就抓紧办了吧。另外，这院子太小了，得换个宽敞的，要不过年我孙子一出来，跑不开。一句话，马上换房，赶紧成婚！我已经把你在老家给我置的养老新宅卖了，钱我带来了，你再添点吧。"

翁泉海顿足道："爸，婚姻大事，怎么能说办就办，这也太仓促了。"翁父说："你都第二茬了，还仓促什么！就这样了，你要是不答应，我就不回去，还不吃不喝，把命也留给你！"

翁泉海说："爸，您别火，这事也不光我说的算，孩子们也得答应啊！"这时，俩闺女走进来齐声说："我爸配秀姨，才子配佳人。爸，恭喜您有情人终成眷属！"

孝顺，既要孝，又要顺。翁泉海是孝子，老爹的话不敢不听，再说他对葆秀也是有感情的。

婚礼在翁泉海的新家举行。洞房花烛之夜，葆秀一身大红衣裳坐在床上。翁泉海走了进来，葆秀低下头。

翁泉海径直上床躺下说："乏得很，我先睡了。"说着裹被子翻身睡去。葆秀吹灭了蜡烛躺下，过了好一阵子她说："我肚子疼。"翁泉海爬起问："肚子怎么个疼法？"他给葆秀切脉后说："没毛病啊？"

葆秀咕哝着："没毛病怎么会疼呢？肚子疼还硬得很。快给我看看！"她说着，拉翁泉海的手放在她的肚子上。翁泉海说："是挺硬的。"葆秀憋着气说："好疼啊！"翁泉海说："你不要动，我运气发功，肚子一会就软了。"

葆秀憋不住气，肚子软了。翁泉海说："软了，病好了，睡吧。"他又裹着被子翻身睡去。葆秀一把扯过被子，也翻身睡去。二人把被子扯来扯去，最后背靠背睡了。

结婚才三天，葆秀就要给翁泉海做棉衣。翁泉海围着桌子转着，葆秀拿着尺子跟在后面说："量量长短肥瘦，不疼不痒的，你躲什么？"翁泉海说："棉衣街上有的卖，你非自己做干什么？"

葆秀说："街上卖的是街上的，我做的是我做的，能一样吗？买的没做的贴身，也没做的暖和。快过年了，我得抓紧买布料买棉花去，你就别啰唆了。"翁泉海说："不是我啰唆，是你啰唆。"

葆秀说："我好心好意给你做新衣裳，你看你，鼻子不是鼻子，脸不是脸的！"

翁泉海好一会才说："葆秀，这不是咱老家，是上海大地面儿，穿衣打扮跟咱老家不一样，你明白吗？"

葆秀说："哦，我明白了，你是嫌我做的衣服土气，对不对？"翁泉海摇头说："随便你怎么想吧，我的衣服不用你管。"葆秀生气了："不管就不管，上赶着不是买卖，我还嫌累呢！"

初冬上午，颇有些寒意。

温先生的秘书走进诊所问吴雪初："您就是吴雪初吴大夫？"吴雪初点头："正是。"秘书说："吴大夫，我想请您出诊。"小梁说："先生，吴大夫可不是说出诊就能出诊的。"

秘书笑了笑，从怀里掏出一张银票，放在桌子上问："请问可以出诊了吗？"

吴雪初扫了一眼银票笑着说："盛情难却啊！"

秘书带着吴雪初和小梁走进温家洋楼客厅，对坐在沙发上的温先生说："先生，大夫来了。"温先生背对着门说："报个名吧。"

吴雪初颇为不满地说："我诊病，从来都是旁人自报家门，这还问起我来了？简直是对我的侮辱！"温先生冷语道："吴大夫，你把自己摆得太高了吧？"

吴雪初望着温先生的背影："先生，我可不敢把自己摆高了，都是朋友们抬的。卫生局副局长王文广，财政局副局长娄万财，警察局副局长魏康年，港务局副局长郑家明，盐业巨商宋金辉，钢铁大亨韩春林，也不多，能讲个三天三夜吧。"

戴着墨镜的温先生说："那就烦劳你给我看看吧。"

温先生把手放在脉枕上，吴雪初切脉，问道："先生贵姓啊？"温先生反问："用得着报名吗？""开方用。""姓温。""在哪儿高就啊？""开方用？""我就是问问。""问多了。"

吴雪初要看看舌苔，温先生伸出舌头。吴雪初说："温先生，你颈椎不好，鼻腔不通，睡眠也不好，胃脘痛，但不严重。"温先生站起身朝外走。吴雪初问："温先生，你怎么走了？"温先生走着说："吴大夫，你的朋友不是很多吗？不是能讲三天三夜吗？那你就留下来慢慢讲吧。"

温先生走出去。门关上。吴雪初出不去，心里慌作一团，不知哪里得罪了这位温爷。

赵闵堂刚一回来，小龙就告诉师父，吴雪初大夫被关起来了！在师父去访友这段日子里，有个温先生得了病，他遍请上海中医给他治病，可到头来，打跑了一个中医，吓傻了一个中医，吴大夫进了他家的门，就再也没出来。小梁来了好几趟，想请师父救吴大夫。

赵闵堂心想，那吴雪初是什么人？他都奈何不了的人，找我又有什么用呢？看来得病的那个人是手大脚大，能遮住天啊！

赵闵堂不提救人的事，对小龙说："我头痛心慌，哪儿都不舒坦，坐不住。可能是乏累了，回去好好睡一觉，估计明天就好了。"

赵闵堂刚要走，小铃医从外面进来问："师父，您什么时候回来的？"赵闵堂说："刚回来，你老母亲怎么样了？用不用我伸伸手？"小铃医说："好多了。不劳师父，小病我能治。"

就在这时，温先生的秘书从外走进来说："您就是赵闵堂大夫？赵大夫，我家老爷病了，想请您出诊，如能手到病除，必重礼酬谢！"小龙说："先生，今天赵大夫不出诊，诊所要关门了。您要就诊，明天再来吧。"

秘书点头："好，我明天再来。"赵闵堂说："先生，我这儿诊务繁忙，您先挂个预约号吧。"秘书说："行，我家老爷姓温。"

姓温的明天要来，赵闵堂害怕了，他怕自己会和吴雪初一样被关起来。老婆让他赶紧连夜跑。

赵闵堂愁眉不展地说："跑倒不难，难就难在怎么回来啊？什么时候回来啊？万一他这病一年半载好不了，我还能一直躲着吗？吴雪初都治不好的病，我去了，胜算也不大，弄不好也是有去无回。"老婆说："依我看，躲一时是一时，说不定就有人接手把他治好了呢。"赵闵堂觉得老婆的话在理，决定当晚就走。

赵闵堂摸黑提着行李箱走出屋，老婆跟在后面，二人悄悄往前门走。谁知刚一开门，小铃医竟然站在门外。

赵闵堂说："阴魂不散啊！你来干什么？"小铃医说："师父，我本来想找您，又怕打扰您休息，正犹豫呢，就碰上您了。"

赵闵堂皱眉道："找我什么事啊？"小铃医说："师父，您明天打算出诊吗？我觉得这是个千载难逢的好机会。这么讲吧，旁人能治好的病，咱们也能治，那不算本事，旁人治不好的病，咱们能治好，那才叫厉害啊！"

赵闵堂说："讲得轻巧，难治的病，谁碰上都难，怎么能保证肯定治好？"小铃医说："能不能治好都得试试，万一治好了呢？"

赵闵堂摇头："可万一治不好呢？"小铃医说："不还有我吗？师父，这可是既出名又赚钱的好机会，一定得接住，千万不能让它掉地上！您医术高明，我又行走江湖多年，学得很多奇方异术，您治您的，我暗中辅助，咱师徒俩一唱一和，进可攻，退可守，保证万无一失。富贵险中求，机不可失，时不再来啊！"

赵闵堂深深吸了一口气。

第七章
疑心生暗鬼

第二天上午，小铃医打开诊所的门，端来一杯茶放在桌子上，请师父端坐接诊。可是，赵闵堂心中还是忐忑不安："小朴啊，我看姓温的病咱接不了。"

小铃医说："师父，您担心什么呢？咱们诊所冷清，我又闹出了上回那件糊涂事，更是雪上加霜。我心里难受啊，就盼着能治愈此病，闹出个大动静来，让别人好好掂量掂量咱们堂医馆招牌的分量。您只管尽心诊治，如真兜不住底了，出事我担着，绝不连累您。"

说话间，温先生的秘书来了，赵闵堂和小铃医跟着秘书来到温家客厅。温先生坐在沙发上，背对着门口。赵闵堂所遇到的情况，和吴雪初遇到的一模一样。

小铃医说："温先生，我能说句话吗？"

温先生点头："但说无妨。"

小铃医说："《黄帝内经·素问》中云，色味当五脏，白当肺、辛；赤当心、苦；青当肝、酸；黄当脾、甘；黑当肾、咸。故白当皮，赤当脉，青当筋，黄当肉，黑当骨……凡相五色之奇脉，面青目赤，面赤目白，面青目黑，面黑目白，面赤目青，皆死也；面黄目青，面黄目赤，面黄目白，面黄目黑者，皆不死也。您属于不死之相。既然不死，那就有救，您可放下心来。"

温先生问："那我到底得了什么病啊？"

小铃医说："要说这病，说大不大，说小不小，用药准了，药到病除，用错药了，也有性命之忧啊。病这东西，是怎么染上的呢？中医把人当作一个整体，讲的是正气存内，邪不可干，邪之所凑，其气必虚。正气咱就不讲了，咱就讲讲邪气，为什么叫邪气呢？邪气就是病气，就是妖气，就是疫疠之气。所以，我们明知道您身藏邪气，却不能跟您明讲，就是怕您听清楚了，心里产生负担，那样就会让邪气深陷，更难祛除了。"

温先生冷笑："邪气还怕讲吗？讲了它就能长翅膀吗？你尽管讲来，它要是敢扎膀子，我就把它的膀子打碎了！"他说着拔出手枪。

赵闵堂和小铃医都愣住了。温先生说："赵大夫，你装腔作势诊了半天，讲的全是皮毛，你不讲，我也都清楚。还有，小伙子，你这嘴是真能说啊，引经据典，背得挺熟，可到头来全是废话！庸医害人，留下必是祸患！"他用手枪对准小铃医。

小铃医吓坏了，他高声喊："温先生，您让我再说一句话！我家有老母亲，她年岁大了，腿又不好，下不来床，我死不要紧，我死我老母就没人照看了，她也得死啊！我不求别的，我这条命先放在您这，等我老母走后，等我披麻戴孝烧完头七，您再要我的命，那时我不但不埋怨您，还会感谢您！"他说得眼泪汪汪。

温先生的枪指向赵闵堂："赵大夫，你有老母吗？"赵闵堂哆嗦着："我……我有！只是……只是现在没有了。"

温先生收起枪："小伙子，回家照看你老母吧。至于赵大夫，你就别走了。"

小铃医气喘吁吁跑回师父家，向师娘汇报了事情的经过。赵妻听说丈夫被姓温的扣留，提着鸡毛掸子追打小铃医。小铃医见状不妙，边跑边喊："师娘，我没想到会出这事，你打死我也救不了师父！"师娘气呼呼说："你师父对你不薄，如今他摊上事，你可不能不管！你师父的命在你身上了，自己琢磨去吧！"

小铃医和小龙商量着怎么救师父。琢磨了半天，小龙忽然有了主意："曾经有个孕妇胎死腹中，咱师父出诊，没能治愈，倒是让泉海堂的翁泉海给治好了。我觉得他有些本事，说不定他能治好那人的病。"小铃医一拍大腿说："那好，我冒死也要再去见姓温的一回，去推荐翁泉海！"

事不迟疑，小铃医拔腿又去了一趟温府，求见温先生。温先生冷冷地看着小铃医，他居然凭借着三寸不烂之舌说动了温先生。

温先生的秘书果然来见翁泉海，客气地说："我家老爷有疾在身，想请您前去诊治。"翁泉海问："您家老爷为何不来就诊？""他事务繁忙，无暇前来就诊。""非常抱歉，我这里也诊务繁忙，无暇抽身。"

秘书说："我家老爷从来不光顾诊所，都是坐等大夫上门。"翁泉海说："我只坐诊，不出诊。""据我了解，你曾经出诊过。""那是患者重病不能走动。"

秘书从怀里掏出银票说："可以走了吗？"翁泉海一笑："再说一遍，我只坐诊，不出诊。"

秘书碰了钉子，向温先生禀报："那人不识抬举，得给他点颜色看看。要不我把他抓来？"温先生摆手说："人家讲的不无道理，如果强人所难，那我们就是不讲道理。拿钱请不动的人，着实有趣啊！"

温先生想，刘备都能三顾茅庐，他身患疾病登门求医已很正常。于是，温先生戴着墨镜坐上汽车来就诊。翁泉海客客气气请温先生就座，给温先生切脉后说了他的诊断。

温先生说："你诊出来的病，旁的大夫也诊出来了。闻名不如见面，原来也是个徒有虚名之人。"翁泉海问："先生，您哪里不舒服？""哪里不舒服，你看不出来吗？""中医诊病，讲究望闻问切，我问，您应该如实回答。"

温先生笑了笑："好，就按你所说的病症开药吧。"翁泉海提笔开了药方，递给温先生，他接过来看了看问："怎么都是些便宜的草药呢？"翁泉海说："药不分贵贱，能治病就是良药。"

温先生摇头说："一分钱一分货，草鞋上不了金銮殿，贵重药材必然有贵重的道理。"翁泉海一笑，又开了方子。温先生望着药方问："黄马褂一件，石狮子一对，这是中药别名吗？"

翁泉海认真地说："此为真物，并非他药之别称。您不是要用贵重药材吗？黄马褂为皇家之物，千金难买，可谓贵也；石狮子一对，重逾万斤，可谓重也。"温先生被揶揄了一番，竟然没有动怒，而是起身走了。

当晚，翁泉海坐在桌前看书，葆秀端着一盆水走进来说："天冷，泡泡脚暖和暖和。"翁泉海头也不抬地说："往后你不用做这些事，我冷暖自知。"

葆秀说："你知是你知，我知是我知，咱俩不冲突。"翁泉海说："我再看会儿书，你不用等我，早些睡吧。"

葆秀站着不走，问道："我听说今天诊所不太平？你跟我讲讲，那人到底怎么回事？"翁泉海说："有人是身病，有人是心病，身病能致心病，心病也能致身病，所以不管是身病还是心病，都是病，得治。可我能医身病，不能医心病，只能尽力而为。葆秀，跟你商量个事。我最近睡眠不好，咱俩在一个屋，你一动，我就醒，睡不踏实，我想去西屋睡。"

葆秀说："那我不动了。"翁泉海说："睡觉怎么可能不动。""还是我去西屋。""不，西屋我收拾好了。"葆秀冷笑："那好，省得我收拾。"说着走了出去。

翌日，温先生的秘书又来了，一脸焦虑地说："我家老爷突发急症起不来，请您出诊。"翁泉海摇摇头说："据我所知，他没有得起不来的病。"

秘书威胁道："翁大夫，我家老爷给您的面子已经够大了。我想您还是跟我走吧，要不这后面的事可大着呢，说不定就是人命关天啊！"

翁泉海是拖家带口的人，他看出来了，温先生不是等闲之人，得罪不起，只好前往。

来到温家洋楼客厅内，戴着墨镜的温先生让秘书出去关上门，然后对翁泉海说："翁大夫，不瞒你说，我脖子后面长了一个肉包。西医要割掉，而我不想动刀，所以找了很多中医。他们大都是贪名图利之辈，没病说病，想在我这捞一笔。这样的大夫贻害世人啊，所以都被我给收拾了。有人说你医术精湛，我找到了你。"

翁泉海问："那人是谁？"温先生说："堂医馆的赵闼堂。翁大夫，经过几番考验，你还算个耿直人，所以我请你给想想办法。"翁泉海问："现在我可以看了吗？"温先生低下头让翁泉海检查。

翁泉海仔细检查了温先生脖后的肉包说："此病不重，可治。"温先生长出一口气："你有这话我就放心了，至于怎么治，全由你做主，不过我不想动刀。"

翁泉海说："这个肉包需要活血化瘀，软坚散结，把破血丹、箭肿消、透骨草这三味药碾成粉末，热水调匀包敷在上，持续半月即可消散。"温先生不大相信地问："如此简单？"翁泉海说："不敢妄言。先生，我有一句话，不知道该讲不该讲？"温先生点头说："但讲无妨。"

翁泉海说："您求医心切，我很理解，但是您用这样的方式考验人，着实不妥。因为您隐瞒病情在先。您的颈部长了肉包，而那个肉包还没有引起身体内部的变化，就像您身上不小心划破了，如果没引起其他病症，大夫是无法通过望闻问切做出诊断的。就这一点而言，我觉得您不应该为难他们。"

半个月之后，温先生的秘书再次请翁泉海来复诊。翁泉海仔细检查后说："肉包已经消散，无须再敷药了。"温先生笑问："翁大夫，他们给你诊金了吗？"翁泉海说："给了，一分不少。"

温先生走到桌前，拉开抽屉，抽屉里有十多根金条。温先生说："随便拿吧。"翁泉海不为所动，笑问："先生，我可以走了吗？"温先生敬佩之心油然而生，他摘掉墨镜，紧握翁泉海的手摇了摇。

翁泉海前脚一出门，温先生就命人放了赵闼堂。

赵闼堂回到家里，老婆和徒弟们都是喜出望外。老婆望着赵闼堂问："怎么还胖了？"赵闼堂一笑："整天除了吃就是睡，跟养猪一样，能不长肉吗？"

赵妻也笑："我还担心他们为难你呢。怎么把你放了？"赵闼堂："谁知道呢？怕我吃得多呗。"小龙说："是高小朴去找那个温先生，说翁泉海能治他的病。"

　　赵闵堂点头说："原来是这么回事。可就算翁泉海去了，跟把我放出来有什么关系？"老婆说："是不是翁泉海给你讲了好话？要不就是翁泉海治好了那人的病，那人一高兴，就把你放了。"

　　赵闵堂摇着头说："真是人走时气马走膘，兔子走时气，枪都打不着。那姓翁的尽赶上好事，老天爷偏心眼儿啊！"

　　温先生接着又放了吴雪初，徒弟小梁来接师父。吴雪初要和温先生合影，温先生笑着摆摆手上了汽车。但吴雪初还是让小梁抢镜头，隔车窗与温先生"合影"留念。

　　吴雪初让徒弟去洗了照片，把他和温先生的合影挂在诊所墙上。可是照片上温先生的脸有些模糊，吴雪初却说："有个影儿就行，又多了一根线，船更稳了！"

　　这时，赵闵堂走进来说："我来兴师问罪了！雪初兄，是不是你把我兜进去的？"吴雪初尴尬道："咱俩是兄弟嘛，打仗亲兄弟，不找你找谁啊？人家出的诊金那么高，我得不到，第一个就想到你。你脑瓜最灵，我本以为你能把这事解了，谁想你也被圈进去了。再说，你要不动心思，人家能捆你去吗？"

　　赵闵堂说："都是你占理，到头来让那姓翁的捡了便宜。那温先生怎么就信得着他，跟他讲了实情？要是跟我讲，我也能把他脖子上的包给消了。"吴雪初说："人嘛，猫一天狗一天，心思多着呢，琢磨不明白。算了，既然咱兄弟俩都平安无事，那就是天大的喜事，今晚老哥做东，请你喝酒。"

　　温先生为了酬谢翁泉海，诚心诚意请翁泉海到一个高级酒楼喝酒。翁泉海也不客气，索性酒兴大开。

　　温先生说："翁大夫，你这人真有意思，钱不多拿，酒不少喝。"翁泉海笑道："酒是情分，钱是本分，不一样啊！"

　　温先生点了点头："从今往后，我这百十多斤就全交给你了。"翁泉海说："活一百岁太难，温先生，您可不要太贪心。"

　　温先生哈哈大笑："你这人太有趣了，我跟你聊不够。"翁泉海也笑："日子长着呢。有的是机会聊。"

　　翁泉海尽兴而归，他喝醉了，躺在床上迷迷糊糊闭着眼睛。葆秀端着水盆走了进来说："怎么喝这么多酒啊！"她浸湿毛巾给翁泉海擦脸。翁泉海嘟哝着说："什么东西啊？热乎乎的！"葆秀说："别乱动，马上擦完了。"

　　烛光下，梳妆台前，葆秀的头发湿漉漉的，她擦着头发，往脖子上扑着香粉。

翁泉海一把握住葆秀的手，闭着眼睛说："床好软，味好香，舒坦啊！"

葆秀上了床。翁泉海一把搂住葆秀。葆秀推开翁泉海的胳膊。翁泉海又搂住葆秀。葆秀又推翁泉海的胳膊。翁泉海紧紧地搂着葆秀不松手。

葆秀说："清醒的时候你不来，喝醉了你倒又搂又抱的，翁泉海，你到底是糊涂还是明白啊？"翁泉海迷迷糊糊地说："什么糊涂明白啊？睡觉呗！"

葆秀问："你得跟我讲明白，这觉睡的是什么名堂？"翁泉海咕哝着："什么明白名堂啊？睡觉。"

葆秀猛地推开翁泉海："咱俩结婚是你情我愿，谁也没逼谁，可进了一家门，你为什么又这样对我？"翁泉海酒醒了，他起身下床，披上外衣走出去。葆秀望着翁泉海的背影，眼泪流淌下来。

早晨，葆秀在厨房熬粥。翁泉海走进来说："葆秀啊，我昨晚喝醉了，我……我打扰你休息了。"葆秀笑着："你要是再敢来这一出，我把你熬粥里！"翁泉海连声说："不敢了，再也不敢了！"说着走出去。葆秀使劲搅着粥勺。

春风染绿了树叶。乌篷船在黄浦江荡漾着。

小铃医正看报纸，赵闵堂走来。小铃医放下报纸说："师父，报上说有个外国药厂不干了，打算撤出中国。您说药厂撤了，那药还能带走吗？要是能低价收了，再高价卖出去，是不是能赚不少钱啊？"赵闵堂说："咱们是大夫，做买卖的事咱们不懂。"

小铃医说："师父，做买卖的事我懂啊，您别忘了，我是卖大药丸子起家的。"赵闵堂说："你这么大本事就去干吧，祝你一根扁担挑两头，金山银山搬回家。"

小铃医似乎胸有成竹地说："我自己哪能干得了。这第一呢，收药得有本钱；这第二呢，那是洋人的药厂，得有熟人能跟洋人搭上话，这事才好办，争取以最低价格收药；这第三呢，就是找销路，不管中药西药，能治好病就是好药，销路肯定不成问题。咱俩把以上三点弄妥实了，包赚。"

赵闵堂问："你的意思是说如果干这买卖，我负责掏本钱，我负责找熟人，我负责找销路，是吗？那你干什么？"

小铃医笑道："我出头啊。师父，您是有脸面的人，能出这个头吗？可我没事啊，谁也不认识我是谁，您说是不？"赵闵堂说："容我三思。"

赵闵堂思索了半夜，第二天一早就对小铃医说："你说的那个买卖，我觉得可以试试。但有一个非常重要的问题，得提前讲清楚。如果这生意做成赚了钱，咱师徒俩怎么个分法？"小铃医说："师父您说的算。您肯定不会亏待我。"

赵闵堂点头："那我就讲一讲。你说要干成这买卖需要三个条件，你只负责抛头露面，三个条件归我管。这样就该一分钱分四份，我三你一。"

小铃医笑着摇头："您这么算就不对了。师父，您负责那三件事都是一把就能办完的事。而我呢，得从头跟到尾，每一步都得盯着，进货，看货，出货，稍有差错，就会满盘皆输啊！"赵闵堂也笑："我的本钱押在里面，不也是从头押到尾吗？万一赔了也是赔我的，我担风险啊！"

师徒俩讨价还价半天，最后以小铃医三师父七成交。赵闵堂把门关上，立即拿纸笔写了合约。

这日，四十出头的范长友请翁泉海诊病。翁泉海切脉后把药方递给范长友说："你的病不重，只要照方抓药，按时服用，必会痊愈。方子里有一味重要的药叫龙涎香，很名贵，你一定要去诚聚堂药房买。"

范长友回到家，妻子看着药方说："开了这么名贵的药，还指定药房去买，大夫肯定跟那药房有牵扯。"

范长友靠在沙发上说："我明白，不就是想从我身上再扒层皮嘛。"妻子问："到底按他的方子抓药吗？"范长友说："人家大夫说了，只要按方服药，用不了多久，我这精神头就回来了。"

范长友来到诚聚堂药房，问了龙涎香的价格，觉得实在太贵，就走出来，想换个药房问问，货比三家嘛。他刚走不远，一个中年男人走了过来低声说："先生，您要抓药吗？需要什么药，我那里有，保证价格公道。他们是大门面，药价肯定贵，我的便宜，而且保证是真货。"范长友觉得此人面相淳厚，话也在理，就说想买龙涎香。

那人让范长友稍候，不一会就拿来一块"龙涎香"。他还说要是买这一整块当然贵，要是买磨成粉的就便宜多了。范长友就买了"龙涎香粉"。

可是，范长友服了几服药却不见任何疗效。他就来找到翁泉海，要求退还诊费和药费。翁泉海不明白，请范长友把话说清楚。

范长友把他服药后的情况讲了，还掏出药方拍在桌子上。翁泉海查看药方，再给范长友切脉后说："药方没问题。"范长友冷笑："药不见效，还说药方没问题，你这是铁嘴钢牙死咬啊！"

翁泉海说："我的药方确实没问题，如有疑义，可以找别的大夫鉴定。"范长友气哼哼地说："那我的病怎么没治好呢？"说着转身走了。

望着范长友的背影，翁泉海心里很不舒服，他怀疑是药材出了问题，决定到范长友家一探究竟。

回到家里，范长友躺在沙发上生闷气。翁泉海一路打听着找来了，范长友忙坐起身，吃惊地望着翁泉海，心想这个姓翁的怎么还找上门来了。翁泉海说："范先生您好，我想看看您抓的药。"

范长友让老婆拿来药递给翁泉海。翁泉海查看药材，他望着闻着，过了一会儿才说："范先生，这里面没有龙涎香。"范长友说："怎么没有？把剩下那点龙涎香拿来！"

范妻拿来一小包龙涎香，翁泉海接过打开望着闻着说："范先生，这不是龙涎香，是琥珀。龙涎香点燃后火苗是蓝色的，有特殊香味，并且比较持久；而琥珀燃烧后冒黑烟，是松脂香味。您是在诚聚堂药房买的吗？"

范长友望着翁泉海尴尬地笑着说："我身子虚，眼睛都虚花了，哈哈！"

翁泉海是多聪明的人啊，一下就猜到他的心思，诚恳地让他按方抓药，吃完一个疗程再看效果。

几天后，范长友提着礼盒来见翁泉海，赔礼道歉说："翁大夫，着实对不起，我错怪您了。自打服了您的药，我这身子一天好过一天，浑身上下舒坦极了。一点礼物，聊表谢意，望您不要推辞。"翁泉海笑着说："好，多谢了。"

晚上，范长友办完几件事回到家里，妻子说："刚才翁大夫派人来，说你的东西落在诊所，特意给你送回来。还说，诊金已付清，足够了。"范长友望着桌子上的礼盒点点头说："此人可交。"

范长友为酬谢翁泉海，特意在酒店请他。翁泉海看着桌上丰盛的酒菜说："就我们二人，无须点这么多菜，太破费了。"范长友说："谁说只有我们二人？"

话音刚落，穿着一身合体旗袍的岳小婉走了进来。范长友站起来招呼："说到就到，小婉啊，这边坐。我来介绍一下，这是我的好朋友，上海昆曲名角岳小婉；这也是我的好朋友，翁泉海翁大夫。"

翁泉海立刻想到一个月之前初次见到岳小婉的情景。

那天晚上，翁泉海在饭馆里要了一碗阳春面吃着，一阵剧烈的咳嗽声传来。他顺声音望去，只见一位年轻女子坐在旁边一张桌前咳嗽。那女子面容姣好，剧烈的咳嗽令她面色通红，气喘不止。不知道为什么，一向对女子目不斜视的翁泉海，竟然对这个女子产生了怜悯之心。他当然不知道此女子就是上海昆曲名角岳小婉，但他的悲悯情怀油然而生，禁不住走上前去，从兜里掏出手绢递给那女子。女子一手捂着嘴，一手接过手绢擦抹。

翁泉海望着女子："小姐，你需要看大夫了。"女子轻声细语，恰似燕啭莺啼："多谢先生。只是多年落下的病根，难以除掉。"

翁泉海说："我给你个方子，枇杷叶六十钱，火烤后，用湿毛巾擦干净，把毛去净，加古巴糖，翻炒后，加水两碗，煎汤服用，连续服用二十天应该可愈。"

女子道声再会，然后起身款款离去。

翁泉海想不到，月余之后，二人竟然在这里相见。他和岳小婉互相望着，二人不由得会心一笑。

翁泉海问："小姐，您的咳嗽好些了吗？"岳小婉答："我听了您的话，回去按方煎药，服用后已经治好我的老病根。我想找您表达谢意，可苦于找不到您，没想今天遇到了。"翁泉海笑了："我也没想到，您是上海的昆曲名角啊！"

范长友奇怪了，问道："这到底是怎么回事啊，都把我闹糊涂了，赶紧给我讲讲。"

翁泉海笑着将事情的原委讲了一遍，不禁感叹世界真小，缘分真巧。

夜深了，翁泉海微醺着从酒馆回来。葆秀从卧室出来，问他这么晚才回来，跟谁喝酒去了。翁泉海不愿细说，只说是朋友。葆秀要给他泡杯葛花蜂蜜水解酒。翁泉海说不用，让她赶紧去睡。说完走进书房。

翁泉海站在琴旁发了好一阵子，他擦去琴上的灰尘，轻抚琴弦。翁泉海开始弹琴，琴声如行云流水。葆秀端着水杯走到书房门外，琴声传来，她静静地听着，良久，她自己喝了蜂蜜水，转身走了。悠扬的琴声在夜空中飘荡着……

一天，有个叫乔大川的病人被五花大绑抬进赵闵堂诊室，他的嘴被堵住，呜呜叫着。

乔大川家属说："他也不知道得了什么病，发起病来就大喊大叫，说死期就在眼前，还咬人。您赶紧给看看吧！"

赵闵堂给乔大川切脉后说："脉弦滑数，素体阳盛，情志不畅，郁怒伤肝，气郁化火，上扰神明，发为狂症，治以疏肝解郁，镇惊安神之法，抬里屋去吧。"家属把乔大川抬进里屋。

赵闵堂让小龙在里屋把香燃上，让小朴去备茶。一切齐备。乔大川坐在椅子上，小铃医、小龙、乔大川家属站在一旁。

赵闵堂让病人家属都出去，特意安排小铃医和小龙出去把住门，不叫谁也不准进来。屋门关上了。赵闵堂走到乔大川近前，望着乔大川。

乔大川惊慌地盯着赵闵堂，不知道他想干什么。

　　赵闵堂说："不着急，静静心，慢慢来。"说完，他坐在一旁闭上了眼睛。

　　香烟弥漫，屋里静悄悄的。过了一会儿，赵闵堂睁开眼睛问乔大川："心平气和了？"乔大川点了点头。

　　赵闵堂拔掉乔大川的堵嘴布，乔大川大口喘气。赵闵堂问："心里舒服多了吧？"乔大川又点点头。赵闵堂说："这就对了，心静下来，病就好一半了。"

　　乔大川求着说："能把我的绑绳解开吗？勒得我难受，解开我就更放松了。我已经静下来了，你尽管放心吧，再说屋外有那么多人呢。"

　　赵闵堂解开乔大川的绑绳，还请他喝茶，问他："你干的是哪一行啊？最近有烦心事？话是开心锁，有什么心事只管讲出来。"乔大川想了一会说："赵大夫，我感觉我快死了。我天天被许多鬼魂围困着，白天心慌，站也不是坐也不是，晚上躺床上，闭上眼睛就是鬼，睡不着觉。""你之前碰上过鬼？""没有。""你之前梦见过鬼？""没梦见过。""书里画的见过？""没见过。"

　　赵闵堂开导着说："那你讲的鬼魂从何而来呢？屋里没别人，只管放心讲，你知我知，天知地知而已。你还不放心，我去把门锁上。"

　　乔大川眨巴着眼看着赵闵堂小声说："赵大夫，不瞒你说，我曾经是砍头的，也就是人们说的刽子手。就因为干那行，我刀下的脑袋可不少啊！有些人该死，砍了也不解恨，可有些人被屈含冤，我明知道也不得不砍。本来这些事我不想说，也不愿想，可我把持不住，一闭眼就想起来，想起来就做噩梦！"

　　赵闵堂喝了一口茶："你真是有福气，碰上我了。要说这全上海，也就我能治你的病，就算你去了旁人那里，最终也得跑到我这儿来。你这是心病导致狂症，得先治心病，心病就得心药医，什么是心药呢？首先，你得敞开胸怀，把过去的事都大胆讲出来，不能憋着，否则越憋病得越厉害。你讲完了我再讲，然后服用我的祖传秘方，养心安神，保你睡得踏实，不日病愈。"

　　乔大川抱着脑袋想了一会说："那我就随便讲讲吧。你不要怕。记得那一年，有个人犯了死罪，我来操刀。那人跪在地上，伸着脖子，斜眼瞄着我。我说你看我干什么？那人说：'我是被冤枉的，因怨气太重，死后无法转世投胎，必成厉鬼，飘荡人间。我得看清楚是谁要了我的命，然后我就半夜敲他家的门，上他家的床，天天陪他睡觉。'我说你冤不冤枉那是官的事，我只负责行刑，你不要找我麻烦。那人还是斜眼瞄着我。我说要不这样，我保证给你来个痛快，绝不补刀，让你走得舒坦一点，这也算我能为你做的事了。那人说：'看来你是个好人，好吧，我就放过你。'那人说完把眼睛闭上了。三声追魂炮响过，我手起刀落，人头落地，刀不沾血，真是利索。只见人头在地上滚了三滚，人脸朝上停住了。"

赵闵堂忽然心慌气短，忙说："打住！不要讲了，人死没事了。"

乔大川突然眼露凶光，压低声音说："不，发生了一件你绝对想不到的事，只见那人的眼睛突然睁开，两束寒光朝我射来，他盯着我，嘴角慢慢露出笑容……"

乔大川突然站起身，高声喊叫："他看见我了！他在屋里！他就在我面前！"接着，他抄起茶碗砸赵闵堂。

赵闵堂闪身躲过。乔大川又把茶壶抛向赵闵堂。赵闵堂又躲开，茶壶摔碎了。

乔大川扑向赵闵堂。赵闵堂朝门口跑，高声喊："来人……"他的脖子被乔大川用胳膊锁住，发不出声音。

乔大川吼着喊："你个死鬼说话不算数！让你缠着我！我勒死你！勒死你我就好过了！"赵闵堂一口咬在乔大川胳膊上。乔大川疼痛难忍，松开胳膊。赵闵堂跑到门前，打开门栓。乔大川又上来扑倒赵闵堂，赵闵堂高叫："救命啊！来人啊！"一伙人冲进来，按倒乔大川，用绳子绑了。

乔大川家属说："赵大夫，实在对不起，让您受惊了。"赵闵堂尴尬地一笑："这算什么，狂症都这样，见得多了。再说我是大夫，能怕他吗？"

乔大川家属问："赵大夫，您看这病还能治吗？"赵闵堂硬着脖子说："当然能，不但能治，还得治好。我给他开个养心安神的方子，回家睡前服用。"

当夜，赵闵堂躺在床上揉着脖子。老婆抹着眼泪说："老东西，你要是死了，我咋办？"赵闵堂说："你别哭，我死不了。"

老婆说："要是没人救你，你早被勒死了！往后诊病你小心点，别吓唬我了。当家的，那人是杀人的祖宗，咱治不了，别治了。"赵闵堂用袖子抹着老婆的眼泪说："勒得值啊，把我这心都勒热乎了。"

没过几天，乔大川又来了！赵闵堂告诉小铃医就说师父不在，可乔大川说不急，坐在诊室不走，他闭着眼睛打鼾。好一阵子，乔大川睁开眼睛问："还没回来呢？"小铃医说："先生，要不您明天再来吧。"

乔大川一笑："不急。你们这有吃的吗？赶紧给我弄点吃的，我都快饿死了。"小龙说："先生，我们这是诊所，不提供吃喝。"

乔大川说："你给我买两屉包子去，回来给钱。"小铃医说："包子味儿太大，这里吃不合适，要吃包子就出去吃。"乔大川闭上眼睛说："懒得动啊。"

小铃医把情况向师傅禀告了。赵闵堂只得让小铃医给他买两屉包子。乔大川狼吞虎咽地吃着包子，还要喝水。伺候了乔大川吃喝，小铃医说："我师父估计回不来了，您还是明天再来吧。"

乔大川站起身，伸了个懒腰又坐下说："在你们诊所待着，心里就格外踏实，踏实了就犯困，我再眯一会儿。"他又闭上了眼睛。

赵闳堂决定出去躲一躲。他走出诊所，快步上了一辆黄包车说："沿着街往前走！"忽然，另一个黄包车跑过来，两车并排跑着。赵闳堂扭头，看到乔大川坐在旁边车上。

赵闳堂让车夫快点跑，旁边的黄包车也快；赵闳堂让车夫慢点跑，旁边的黄包车也慢。两辆黄包车并排而行。

乔大川望着赵闳堂笑了："呦，这不是赵大夫吗？"赵闳堂只好说："是乔先生啊？幸会幸会。"

赵闳堂坐黄包车回到家里，刚一坐下，外面传来敲门声。赵闳堂打开院门，乔大川站在院门外笑道："赵大夫，我琢磨了半天，觉得还是得跟你讲讲。"赵闳堂忙说："我还有事，明天再讲吧。"说着就要关门。

乔大川挡着门说："要是能等到明天，我还找你干什么？今天不讲完，晚上睡不安稳啊。"赵闳堂说："你的病症不是一天两天能治好的，需要慢慢调理。"

乔大川恭维道："赵大夫，你真是个谦虚的人啊。自打我服了你给我开的方子，这病立马就好了。白天没有鬼，晚上也没有鬼，这觉睡得，那叫一个踏实。为表谢意，我想请你喝酒。"

赵闳堂摆手说："治病救人，医之本分，喝酒吃饭的事就免了。"乔大川说："那可不行，这顿饭我非请不可，你不会不给我这个面子吧？"赵闳堂无奈，只好说："酒就不喝了，你在我家坐一会儿，咱们聊聊天。"

乔大川同意了。

第八章

心病药难医

乔大川坐在椅子上打量屋里的陈设，赵妻抱着小狗走进来。赵闵堂说："我介绍一下，这是乔先生，这是我夫人。"乔大川起身躬身施礼道："赵夫人好。"赵妻说："不必客气，请坐，我去泡茶。"说着给赵闵堂使眼色。

赵闵堂沉默片刻说："乔先生，我出去方便下，请稍等。"说着走进厨房，老婆埋怨："怎么把那个杀人活祖宗弄家里来了！"赵闵堂说："不是我弄来的，是他自己来的。"

老婆催促道："那也不能让他进来，万一他犯病了，咱俩能弄住吗？你赶紧想办法把他送走！"赵闵堂解释说："人家是来感谢的，身上带着礼金。刚才在院门口，他把手伸怀里本要拿出来，我怕街坊四邻看见，就让他进来了。放心，我跟他聊一会儿，就把他打发走。"他说完急匆匆走进正房堂屋。

乔大川客气地说："赵大夫，你这医术是真高，妙手回春，起死回生，手到病除，真乃华佗再世啊！"赵闵堂一笑："过奖了，我哪能跟华佗比。话说回来，你这病不是一般人能治的，也就是碰上我了。"

乔大川拍手叫道："你说得太对了，我得把你给我治好病的事讲个四巷八街，讲个三天三夜，让他们都开开眼。你说我这人虽然干的是要命的活儿，可也是个老实人，心存善念，那个人为什么临死前非得看我一眼呢？"赵闵堂劝道："乔先生，不管怎么讲，那都是过去的事了，多思无益。"

乔大川皱眉抱怨说："可是我想不明白，你说那人跟我无冤无仇，他临刑前说不看我，都讲得好好的，他为什么说话不算话？眼睛本来是闭上的，可脑袋掉了，眼睛又睁开了，还非得盯着我，他安的是什么心呢？"赵闵堂说："看就看一眼呗，也不少块肉，再说你也管不着人家的眼睛。"

乔大川瞪眼说："怎么不少块肉？被他看了二十多斤五花肉去！"赵闵堂烦了，问道："肉掉了不怕，还能长回来，乔先生，你还有别的事吗？"赵妻端着茶壶茶碗走进来，倒了两杯茶。乔大川彬彬有礼地道谢，赵妻忐忑着走出去。

乔大川说："你说脑袋掉了，跟心也分了家，这眼睛怎么能睁开呢？你放心，我在家试过了，想这事我不犯病。"他又把手伸进怀里说，"胸口怎么这么痒，长虱子了？赵大夫，我今天来，一是感谢你，再就是我想把刚才我讲的那事弄明白，弄明白我就走。"

赵闳堂的厌恶之情溢于言表，说道："乔先生，你说的那事，我没遇见过，所以也讲不明白。一个死人，你琢磨他干什么？再说都死了好几年了。我还有事，改天再聊！"

乔大川乜斜着眼说："他掉了脑袋后，脑袋里还惦记着我！他是不想让我好好活啊！这是恶鬼啊！"他猛地起身喊，"我要杀鬼！"然后奔向厨房，猛地夺过赵妻正切菜的菜刀。

赵妻一声惊呼，跑出厨房。赵闳堂站在院中，拉着老婆跑进正房堂屋，猛地关上门。赵闳堂透过门缝朝外看。院子里，乔大川提菜刀到处转，一只老母鸡走过来。乔大川抓住鸡高叫："我看你往哪里跑！拿命来！"他一刀剁了鸡头。

这血腥的场面把夫妻俩吓得半死，蹲下身体，捂着眼不敢再瞧。

过好一阵子，没动静了，赵闳堂起身观瞧，乔大川已不见了。赵闳堂缓缓神说："夫人别怕，他走了。"

几天后，乔大川又来了，很虔诚的样子来对赵闳堂说："赵大夫，我是给你认错的。那天我把不住手，回到家才明白过来，后悔啊！我诚心诚意地跟你认错。这是鸡的钱，我赔。我现在谁也不信，就信你，我一看到你心里就踏实。我是不是还得服点药啊？"

赵闳堂心里突突直跳，生怕惹恼了乔大川，忙给他开方子。

然而，天刚刚才黑，赵闳堂和老婆正在吃饭，乔大川却又来了。他在门外喊："赵大夫在家吗？"赵闳堂对老婆说："跟他讲我不在家！赶紧把他打发走！隔着院门说话，别开门！"

夫妻俩起身到院里，大吃了一惊，乔大川竟然坐在墙头上。

乔大川笑呵呵地说："我敲门没人答应，上墙头一看，屋里亮灯呢。不好意思，打扰了。"

赵闳堂只好问："这么晚了，你有事吗？"乔大川诉苦说："赵大夫，我想找你聊聊天。我睡不着啊，聊完才睡得香。"

赵妻不客气道："你这人怎么回事？大晚上的上我家来闹，你要是再不走，我可要叫警察了！"乔大川叹了口气："看来你们没原谅我啊，鸡钱也还了，杀鸡之仇还能不共戴天吗？赵大夫，我最后找你一回，咱们就坐一会儿，行吗？"

赵闵堂无奈，只好让乔大川下来进屋坐一会儿。乔大川跳下来说："赵大夫，你真是活神仙。我在家待着，一点困意没有，在你这一坐上眼皮就抬不起来了。"赵闵堂生气道："你难道还想睡我这不成？我该休息了。"

乔大川忙说："不不，做事不能过格，我走了。"他走到房门口又站住："赵大夫，你说脑袋掉了，那脑袋上的眼睛是不是就瞎了？看不见人了？看不见，我还担心什么呢？"赵闵堂说："是啊，没什么可担心的，回家睡觉吧。"

乔大川脑筋又转回去，纳闷地说："可是赵大夫，他既然能睁开眼睛，就是说他眼睛是受控制的，控制他眼睛的东西是什么？那个东西能不能看见我呢？"赵闵堂说："保准看不见，赶紧回家吧！"

赵闵堂送乔大川出去，突然那条小狗蹿出来朝乔大川叫着。赵妻赶紧走了过来要抱小狗。乔大川站住转过身，突然眼冒凶光大喊："别动！就是这双眼睛！我可逮到你了，拿命来！"他从腰间抽出刀追赶小狗。

赵闵堂拽住老婆赶紧跑进正房堂屋关上门，院里传来狗的惨叫声。

乔大川在院里大声说："我刚才干什么了？是我把你的狗杀了吗？赵大夫，你说一定能治好我的病，我这辈子只能指望你了，你救救我吧，我活不好，你也活不好啊！"赵闵堂喊道："我治不好你的病，你别缠我了！"

咦？怎么没人答言？赵闵堂透过门缝朝外望，乔大川没影了。他轻轻打开房门朝外望，鸟笼子的门开着，乔大川手里紧握着他的鸟。

赵闵堂怒火冲天地喊："恶鬼！你敢动我的宝贝！"他抄起顶门棍跑出去，在院里胡乱舞起来，舞了一会儿收手望着乔大川。乔大川一把夺过棍子抢起来，棍子还没落，赵闵堂已倒在地上。乔大川扔下棍子走了。

无奈之下，赵闵堂决定主动出击。第二天一早，他来到乔大川家。乔大川见到赵闵堂，十分客气地问："这不是赵大夫吗？我正好也有事找你呢，那狗和鸟……"赵闵堂说："乔先生，我知道有个大夫医术精湛，最擅长治你的病，你不妨找他看看。那个大夫叫翁泉海。"

乔大川听了满心欢喜，他果然来找翁泉海了。

乔大川很主动地自我介绍："我叫乔大川，慕名而来。"他老老实实地讲了自己的病情。翁泉海给乔大川切脉后说："乔先生，世上没有鬼，都是古来的神话，你讲的有关鬼怪的事，都是你心里产生的幻觉。只要你振奋精神，就会战胜幻觉，病自然就好了。我给您开一副养心安神的方子，是朱砂三钱水飞，去掉水上浮着的外衣，把朱砂放在猪心里，用猪心再加夜交藤九钱蒸熟，您服用后心静神安，就能睡好觉，觉睡足精神就振奋，百邪不侵。"

乔大川问："这是什么方子，怎么还弄上猪心了？"翁泉海解释道："天竺大医者耆婆云：天下物类皆是灵药，万物之中，无一物而非药者。斯乃大医也。万物皆能为药，重在大夫如何运用。"

乔大川还是有疑虑，他拿着翁泉海开的方子来找赵闵堂。他不解地问："赵大夫，为什么翁大夫跟你开的药方不一样呢？"赵闵堂说："一医一药，不足为奇。你一定要听翁大夫的话，照方按时服药，不要再来找我了。翁大夫医术高明，但是心眼儿小，他要是知道你来找我，心里不舒展，当然不会用心给你治病。"乔大川点头说："放心，我不会让他知道。"

几天后，乔大川忽然来找翁泉海，他把药方拍在桌子上，瞪着眼说："翁大夫，猪心我吃了一箩筐，打嗝都是猪心味儿，可晚上仍做噩梦，怎么回事？"翁泉海解释："病千奇百怪，不可能总是药到病除。如果这个方子不对症，我再给您换个方子。"

乔大川火了："翁大夫，你这不是逗我玩吗？我可不是好惹的！"说着从腰间拔出刀。斧子提着斧头跑过来，站在乔大川近前。乔大川擎刀盯着斧子，斧子怒目圆睁，舞起斧子："削脑袋，剁爪子，挑脚筋，开膛破肚掏个心……"

乔大川笑了，他猛地把刀扎在桌子上："翁大夫，咱们接着聊吧，聊不清楚，不是你死就是我死！"斧子舞着斧头脱手了，斧头擦着乔大川的头发飞过去，斧子的左手接住斧头。乔大川摸摸头，被斧刃削断的头发散落下来，他胆怯地倒退几步，望着斧子。

翁泉海让斧子退下说："抱歉，让您受惊了。"他拔出刀递给乔大川。乔大川把刀塞进腰间。翁泉海问："您为什么携刀在身呢？"乔大川说："为了杀鬼。"

翁泉海劝慰道："您久病之后，气血失和，心主血藏神，肝藏血舍魂，心神失养，魂不守舍。这样，我再给您开个方子，调和气血。此方又可以养心安神，镇惊定志。"乔大川只得点头。

晚上，斧子坐在后院磨斧子。翁泉海走过来望着斧子问："你不怕死吗？"斧子说："怕，可有您在我就不怕。我不能让您受欺负。"翁泉海心里一热，说道："我知道你为我好，可是在上海滩切不可鲁莽行事。往后我不发话，你不能动斧子，明白吗？"斧子点头说："先生，我记住了。"

诊所的事情多难，翁泉海都能对付，然而两个女儿的事情却让他头疼。

晓嵘、晓杰在学校惹事，杨老师来告状："翁晓杰书念得还是不错的，只是脾气太大，听不得管教。学问的事，我教训她两句，她不但不服管教，还捉弄我，把我的帽子挂在树上，里面养了两只小鸟，拉了我一帽子鸟屎。还有翁晓嵘，她姐俩一唱一和，一个使障眼法，一个偷帽子，配合得天衣无缝。"葆秀忙说："杨老师，对不起，是我没管教好。您消消气，等我问问孩子，到底是怎么回事。您的帽子被她们弄脏了，我得赔。"杨老师摆手："帽子不值钱，算了。"

这时，翁泉海回来了，他和杨老师热情招呼后分别坐下。

杨老师说："翁大夫，你两位千金的事我刚才跟尊夫人都讲了，这……"葆秀忙接上："是都讲完了。杨老师关心咱家晓嵘和晓杰，特意来讲那俩孩子念书的事。杨老师还说咱家晓嵘和晓杰脑瓜灵，书念得好着呢。杨老师，您说是不？"

杨老师见葆秀打埋伏，不想多说，便起身告辞："时辰不早，我得走了。"

晓嵘、晓杰正在东厢房写作业，翁泉海走进来翻了翻书然后问："听说你俩书念得不错？老师教得怎么样？要是教得不好，我再给你们找好老师。"

晓杰心直口快："爸，既然您问了，我就说说，那个杨老师总欺负我。他上课提问，我都答出来了，他说知之为知之，不知为不知，不能不懂装懂。其实我也就错了一半，他为什么说我不懂装懂？就这点事，他讲一遍就行了呗，前后讲了好几遍，同学们都笑话我。"

翁泉海作生气状："这老师竟然欺负我女儿，我得找他问问去！"晓杰笑着说："爸，您不用去，我已经把他收拾了。您是没看着，那杨老师发现自己的帽子变成了鸟窝，鼻子都气歪了。真笑死人。"

翁泉海笑着走到晓杰近前："真行啊，这招都能想出来，谁教的？"晓杰很得意："我假装跟杨老师请教，我姐偷走他的帽子，这叫'调虎离山'。等杨老师搬梯子上树拿帽子，我把梯子撤了，这叫'上屋抽梯'。都是《三十六计》里面的。"

翁泉海收起笑容，猛抽晓杰一个耳光。晓嵘上前护住晓杰。翁泉海气愤地说："你帮着她欺负老师，当姐的没有姐样，更该打！"说着又抢起巴掌。

葆秀跑过来抱住翁泉海的胳膊喊："别打孩子啊，有事回屋说！"晓嵘挺着脖子说："要打就打双，打！"翁泉海更气了："你还敢犟嘴，我打死你！"

翁泉海推开葆秀，一巴掌朝晓嵘打来，葆秀猛地推开晓嵘，巴掌抽在葆秀脸上。葆秀说："好了好了，两个巴掌成双成对了，回屋吧。"翁泉海转身走出去。葆秀摸着晓杰的脸，"让妈看看。"晓杰摇摇头哭了。

翁泉海气呼呼地坐在桌前翻着书，葆秀进来把门关上问："打完人就没动静了？我挨这一巴掌怎么算啊？"翁泉海尴尬道："我没想抽你。"

葆秀说："可还是抽我脸上了，巴掌印还在呢。"翁泉海合上书说："那你就抽我一巴掌。"

葆秀盯着翁泉海问："抽轻了我亏，抽重了你亏，你让我怎么抽啊？"翁泉海反问："那你说怎么办？"葆秀说："怎么办我不管，你万一把孩子打坏怎么办？"

翁泉海说："我的孩子我不能打？打坏了我养她们一辈子，也不能让她们骄横跋扈，不讲道理！欺负人还振振有词，这还了得吗？"

葆秀讲着道理："晓嵘和晓杰都叫我妈，她们是不是我的孩子？孩子当然会犯错，要是她们哪里做得不得体，可以跟她们讲道理。你上来就是一巴掌，能把她们吓住，但是她们心里不服，还会继续犯错。能天天打她们吗？"翁泉海阴着脸说："我小时候没少挨我爸的巴掌，照样长大成人。孩子不打不成人！"

葆秀动情地说："俩孩子挺可怜的，打小没了妈，又背井离乡来到这人生地不熟的上海滩。她俩经历的你我都没经历过，滋味一定很不好受。姐俩你靠着我，我靠着你，也挺难的，还是孩子，不懂事啊……"说着眼里沁出两汪水。

翁泉海鼻子一酸说："她俩吃了吗？劝她俩吃点饭吧。"葆秀问："你不去啊？"翁泉海摇头说："我去不就是服软认错了吗？这事坚决不能服软。泡点盐水，敷眼睛消肿，明天好上学。"葆秀说："这不用你惦记，你欠我一巴掌，记账了！"

赵闵堂出外联系生意回来，小铃医忙着奉上热茶问："师父您受累了，赶紧喝口水。联系上了？"赵闵堂一脸喜滋滋说："你师父出马，能空手而回吗？搭话的人找到了，那人留过洋，洋文好，可以帮忙联系做翻译。我的一个朋友的朋友是药商，他说如果药价便宜可以收。谈价的事你得上心，想办法把价压下来，价越低赚得越多。不管药价高低，收药得先拿钱，钱从哪儿拿呢？"

小铃医问："师父，您手里没钱吗？"赵闵堂说："这是大买卖，我那点钱是杯水车薪。总之没本钱就买不了面和肉，何谈肉包子啊！"

小铃医说："师父，其实您也不是没钱，就看您想不想拿。您不是有房子嘛。"

赵闵堂瞪眼说："要是把房子搭进去，我一家老小怎么办？闹不好得倾家荡产！"

小铃医笑了："师父您别发愁,没本钱不要紧,我就来个空手套白狼!您借我一身像样的衣裳呗,我想先去跟洋人见个面。"

赵闵堂对小铃医那套江湖上坑蒙拐骗的把戏将信将疑,但架不住利益的诱惑,还是放手让他去试试。

小铃医一身讲究的长袍马褂,戴着礼帽,手里拎着文明棍,和贾先生来到外国药厂办公室。洋人罗伯特和贾先生握手问好。贾先生用英语介绍:"罗伯特先生,这位就是高小朴先生。"

罗伯特伸出手:"高先生您好。"高小朴决定用洋人的见面礼,热情地张开双臂,罗伯特迟愣片刻,也张开双臂,二人拥抱后落座。

罗伯特问:"高先生,我听说您要收购我药厂的药?"贾先生立即翻译。

高小朴颇有气魄地说:"罗伯特先生,既然我们都是生意人,那就亲近得多,说话也不用绕弯子,您说是吗?"罗伯特说:"我喜欢直率的人。高先生,我有二百箱药,您打算怎么收?"

高小朴说:"生意就是买卖,讲究货真价实,还要有一颗诚心。我此番前来,就是诚心收药。我知道您的药厂要撤出中国,如果我收了您的药,您既省了运费,又省了心,还能赚钱,一举三得啊!"罗伯特说:"高先生,我的药厂确实要撤走,我的药也计划带走。既然您诚心想收,如果价格合适,我可以考虑。"

高小朴接道:"价钱不是问题。既然做生意,都是想赚点钱。您赚了,我也赚了,才是好生意。"罗伯特说:"高先生,既然您这么有诚意,我可以按出厂价百分之八十的价钱卖给您。"

高小朴摇头说:"八成的价太高,罗伯特先生,我可担着一分钱都赚不到的风险呢。"罗伯特想了想说:"百分之七十。"高小朴伸出五指。

罗伯特喊:"百分之五十?太低了!"高小朴似乎胸有成竹地说:"罗伯特先生,您总得让我赚点吧。您这些药的成本我还不清楚吗?有钱大家赚,不能太贪心。"

罗伯特有点动心了:"您打算怎么付钱?"高小朴说:"当然希望一次性付清,省得麻烦。"罗伯特点头说:"这倒是我喜欢的方式。"

高小朴补充道:"只是我说的是三成价才会这样。"罗伯特跳起来叫道:"你说什么?百分之三十!我的上帝,我为付出的宝贵时间感到惋惜!再会!"

高小朴坐着没动,话语滔滔不绝:"罗伯特先生,您该好好算一算,二百箱药运出仓库,运上轮船,运费已经占了一成药价,再远渡重洋,运费又占了三至四成的药价，而等您到家，运到仓库，还得租仓库，雇人看仓库。这样算，还剩几成啊？还有，您不怕药在船上受潮吗？时间可不短啊，万一受潮了，您的药就一分钱都不值了。"他站起身，"罗伯特先生，我来收药，这事对您好，对我也好，等我们成交后，更是好上加好，我们也因此成了朋友。如果您今后再来上海，我必定盛情款待；如果您再有这样的买卖，我们还可以做。做生意不能总盯着眼前这点蝇头小利，钱得慢慢赚，重要的是赚得稳。我讲完了。贾先生，我们走吧。"高小朴拄着文明棍朝外走去。

罗伯特望着高小朴的背影，忽然喊："高先生，百分之四十可以吗？"高小朴站住身说："不差一成了，朋友嘛。"罗伯特望着高小朴："好，但是我要全款。"高小朴笑了，他张开双臂去拥抱罗伯特。

这出戏演完，小铃医和贾先生开始演下一出戏。高小朴依旧身着讲究的长袍马褂，戴着礼帽，手持文明棍，胳膊搭在贾先生肩上。贾先生搀着他走进彭家药房。高小朴轻声问伙计："彭老板在吗？跟彭老板说，药来了。"

彭老板很快走过来。高小朴问："您是彭老板？"彭老板点头："正是彭某，请问您是……"贾先生忙说："这是我家高小朴高老板。药，洋人，收药。"他从怀里掏出一张药单，递给彭老板，"药名都在上面。"

彭老板接过药单："哦，我想起来了，您有药要卖。"高小朴轻声道："屋里说话？"贾先生扶高小朴和彭老板进里屋。高小朴使个眼色，贾先生走出去。

彭老板问："高先生，您这是病了？"高小朴轻声道："扔了半条命，生不如死啊！"他紧皱眉头，捂着胃，作痛苦状，"彭老板，为了药价，我可是豁上命了。那洋人真不好对付，跟野牛一样。我请他喝酒，他哪是喝酒啊，是灌酒。喝酒前我琢磨，既然上了桌，酒就不能白喝，得喝个明白。怎么个明白法呢？我说十杯老花雕，一杯是一成的价，到底那药卖几成，酒上论。洋人说十杯不行，十坛，喝一坛减一成价。这步棋把我将住了。可既然已经踩上刀刃了，我能下来吗？这就喝开了。我一坛接一坛啊，到头来喝了个五迷三道底朝天。自打那天喝完酒，我躺下就没再起来，睡了三天三夜，等起来了，恍如隔世啊，胃里就像塞进一只小手，不停地挠啊挠啊……"

彭老板说："高先生，您真是辛苦了。"高小朴说："为了赚点钱，不容易啊！"他拱手抱拳，抬高声音，"彭老板，恭喜啊，这买卖您赚大了！我喝了四坛，六成的价，一次付清。"

彭老板犹豫着说："六成，有点高了吧？"高小朴作痛苦状说："六成还高？彭老板，这可是我豁上命砍下来的价啊！"

　　彭老板还价道："高先生，就不能再砍两刀？"高小朴摇头说："彭老板，您难道想让我再喝一回？那还不如直接要了我的命呢！多好的赚钱道啊，机不可失，时不再来。我听说您收药，才舍了这半条命。眼下您嫌价高了，没事，我这人从来不为难人，遭了罪我忍得住，吃了苦我咽得下。再说，好东西还缺买家吗？您不要，有的是人抢！"

　　彭老板说："那好，您还是卖给别人吧。"高小朴心里一沉，他站起身说："彭老板，告辞。"然后朝外颤颤巍巍地走去。

　　回去后，小铃医把他演的两场戏绘声绘色地讲给赵闵堂，赵闵堂哈哈大笑："小朴啊，你脑子里都装了些什么啊？什么招你都能想出来！"小铃医说："没本钱逼的呗，本来是空手套白狼的溜光大道，没想到还碰上坎儿了。"

　　赵闵堂说："实在不行就算了。"小铃医坚持说："都看到肉馅了，馋虫也被勾出来，不能说算就算了。"

　　赵闵堂说："人家嫌价高不买，你能怎么样？要不你让让价，咱们少赚点儿。"小铃医说："不行，我一分钱都不让，等我再想想办法。"

　　小铃医果然想出了办法，就是让小龙帮着再演一场戏。小铃医想的是小龙可靠；赵闵堂想的是给不给小龙一份钱。小铃医说："师父，这小事以后再议，先说大事吧。三环套月的功夫，我不信他姓彭的不进套。"

　　小龙开始演戏了。他走进彭家药店问："掌柜的在吗？"彭老板说："有话请讲。"小龙说："先生，我姓于，有事想跟您打听打听。还是屋里讲吧。"

　　彭老板说："有话就在这说吧，我忙着呢。"小龙从怀里掏出一张药单，展开放在柜台上："先生，我能从一个洋人那弄出这些药来，价钱公道，您收不？二百箱，七成的价，包您有赚头。"

　　彭老板问："您怎么找到我了？"小龙一笑："干我们这行的，眼睛里全是你们这些衣食父母啊，谁家的买卖大，谁家的买卖小，我们一清二楚。先生，您放心，我的药来路正，经得起推敲，七成的价，便宜啊！"彭老板思索一会儿说："于先生，我们素不相识，我不可能收陌生人的药，您还是去找旁人问问吧。"

　　小龙说："我也就是随便问问，不收就算了，一回生两回熟，等再碰到便宜事，我再来找您。"他收起药单走了。

　　这天，乔大川来找翁泉海兴师问罪："你不是名医吗？不是医术高超吗？怎么就治不了我的病呢？"翁泉海说："先生，不管我是不是名医，医术是否高超，我只能说我不是神仙，不可能医好任何病。""那就是医不好了？""中医讲究因时施治，因地施治，因人施治，您得容我三思。"

乔大川大喊："我看你就是没用心，我怀疑你有意拖延，骗我的钱！我来两回，开了两个方子，没一个好用的，你不是骗钱是干什么？"

斧子走到诊室门外，乔大川望着斧子问："怎么，你还想来那招？今天我既然把脑袋带进来了，就没打算带出去，来，朝脖子砍！"翁泉海说："您这是心病，还得心药医，我给您开的药只能起到辅助作用。"

乔大川说："我不管，你是大夫，我花了钱，你就得给我治病，还得把病治好！"翁泉海说："如果您以这种心态对待自己的病情，您就是要了我的命，我也没办法。"

乔大川笑了："没办法？我帮你想想办法。三天后你要是想不出好办法，那可就热闹了！"他走了。

夜晚，老沙头坐在院里抽烟袋锅。翁泉海走过来坐在老沙头身旁："老沙，今天的事你怎么看？"老沙头说："我能看明白什么？有句话说得好，宁可得罪一堆好人，不能得罪一个坏人。那人既然放下话，什么事都可能干出来，得防！"

翁泉海说："我也不想得罪他。难道他还告我不成？我用心诊病，开良心方，用良心药，就算他告我，我怕什么！"老沙头说："他那种粗人，怎么会告你，就怕有更扎心的事啊！"

翁泉海思来想去，决心让葆秀带两个孩子躲一躲。葆秀说应该赶紧去报官。翁泉海说："那人虽然口出不逊，但还没有做什么，我们没有理由报官。还是带两个孩子走。"葆秀坚持要走全家一块走。

翁泉海说："就算走了我还得回来，躲一时躲不了一世。"葆秀说："那就不回来了。孩子们都大了，也都懂事，眼下你身处危难之中，不告诉她们，万一你出点什么事，她们日后会恨我一辈子，我可承受不起。要是告诉她们，她们会丢下你走吗？都是一家人，有福一块享，有难就得一起担着。"

翁泉海最后决定，让葆秀明天带孩子去旅馆住。葆秀答应了。

第二天一早，翁泉海走到老沙头屋外敲门："老沙，吃早饭了！"没人答言。

翁泉海推开门，屋里空无一人。问葆秀，她也不知道老沙头干什么去了。

第三天上午，翁泉海诊所外挂着"停诊"的牌子。翁泉海坐在桌前，来了、泉子、斧子站在一旁。

翁泉海嘱咐大伙，乔大川来了大家要冷静，如果他做出冲动之事，可以制止，但不要伤害他。因为他是病人，言行举止非他真心所想。

　　这时，葆秀走了进来。翁泉海问："不去陪着孩子，回来干啥？"葆秀说："闲着没事，过来看看。俩孩子在旅馆里，都安顿好了。"翁泉海催她赶紧回，她坚持多待一会儿，待够了就走。

　　乔大川大咧咧来了，他望着屋内众人说："看来我这是'单刀赴会'啊！翁大夫，三日已到，您是否想出治好我病的药方啊？"翁泉海说："乔先生，我只会医身病，不会医心病。我的药可以帮您减轻症状，但病根还得靠您自己除去。"

　　乔大川凶相毕露，威胁道："看来你是个不要命的人，你不要命，你女儿也不要命吗？你两个女儿在我手里！"葆秀一下跳起来。嚷道："乔大川，上海可是讲王法的地方，你就不怕牢狱之灾吗？那两个孩子要是少了一根毛发，我这条命就抵你的命！"

　　乔大川说："我一条命抵你们三条命，谁赚谁赔，你可要算清楚！"翁泉海问："乔先生，你到底想干什么？"

　　乔大川摇头晃脑说："翁大夫，只要你能治好我的病，我保证那两个孩子平安无事。你要是治不好我的病，那话可就两说了，黄浦江里面躺着多少冤魂，谁能数得清！"斧子从腰间拔出斧子高喊："你休得猖狂，我这就要了你的命！"乔大川冷笑："我回不去，那俩孩子就回不来，你动我试试！"翁泉海让斧子退下。

　　老沙头忽然走进来对乔大川说："乔先生，你听我讲两句吧。你家里是不是养了满屋子的神仙啊？昨天，你是不是还新买了三个钟馗啊？还有，一到晚上，你是不是在神仙堆儿里睡觉啊？你睡觉的时候，我怕你睡不踏实，就躺在你身边陪你，咱俩还聊了半宿呢。你就像小猫一样躲在我怀里，我搂着你睡。可你磨牙放屁打呼噜，毛病一堆，吵得我睡不着。"他从兜里掏出一个佛像玉佩："你睡觉挂腰上，也不嫌硌得慌。"乔大川摸着腰间，猛地站起身。老沙头笑着："你别害怕，我只是翁大夫诊所打杂的。"他转身望着翁泉海，"先生，晓嵘和晓杰已经回家了，得多谢乔先生，他怕孩子饿着，买了肉包子。"

第九章

对台戏

翁泉海思来想去，决定到乔大川家里看看，病根或许就藏在那里呢。

乔大川家屋里香气缭绕，供奉着钟馗等各路神仙塑像。翁泉海问："乔先生，你想把病治好吗？"乔大川说："想，我被病折磨够了！"

翁泉海开始砸神像，老沙头也砸起神像来。乔大川高叫："你们干什么！住手！"翁泉海说："世间如果有那么多鬼，各路神仙都得累死！乔大川，你是个厉害人，可你敢拿刀跟铁佛比划吗？"

乔大川说："铁佛我听说过，是个厉害杀手，我不敢惹他。"翁泉海说："你敢欺负我，是不是恃强凌弱？你以前杀人太多，心里阴影重重，又无法摆脱，才会出现鬼怪缠身的幻觉。于是你睡不好，精气神衰弱到极点，以致崩溃。"

乔大川痛苦地问："你说的这些我都懂，我的病还能不能治好？"翁泉海说："白天劳作耗尽体力，晚上才能安心入睡。另外，睡前要服用我开的镇惊养心安神方。"

乔大川望向老沙头说："他晚上来找我，我哪能睡得好？"老沙头笑了："乔先生，我可是一片好心，如果我动了坏心思，黄浦江里早就多了一具尸首。再说了，你磨牙放屁打呼噜，要是陪你睡久了，我就该得你这病了。"乔大川点头说："那我就放心了。"

从乔大川家出来，翁泉海问老沙头："你这么干怎么不跟我打声招呼呢？那是杀人的祖宗，多危险啊！"老沙头笑道："我不是怕你担心嘛。""你怎么想到这招了？""我觉得此人怪异，就想看他到底是什么人儿。再说人还怕鬼吗？"

翁泉海被这话点醒，站住说："讲得好！你提醒了我，为医者，眼睛不能只盯着病，也得盯着人，病在人身上，良方医得了病，医不了人，人才是根啊！"

半月后，乔大川跑进诊所高喊："翁大夫，我的病好了！"翁泉海说："不要急，喝口水再讲。"乔大川坐下说："我听您的话，白天使劲干活，把劲儿都用完，用不完我就举石锁，直到累得站不起来为止。睡前服用您的药，一觉就能睡到天亮，什么妖魔鬼怪都梦不到了。此前我糊涂，惊扰到您，我给您磕头赔罪吧。"

翁泉海阻止道："男儿膝下有黄金，头不能随便磕。我是大夫，干这活是应该的。您能痊愈，我很高兴。"乔大川说："那我不跪，但是这头不能省。"他说着以头撞桌面。翁泉海用手挡住桌面，乔大川的头撞在翁泉海手上。

乔大川说："翁大夫，您真是好人。要说这事，还得感谢一个人。有个大夫叫赵闵堂，您认识吗？就是他让我找您的。"翁泉海一笑："那您得去感谢赵闵堂大夫，我能给您治好病，是借了他的力。"

乔大川站起身："您说得对，我这就去。"翁泉海让来了把那两盒点心拿来，对乔大川说："您把这两盒点心拿给赵大夫。他能叫您来找我，就是信得过我，我也得感谢他。千万不要跟他讲这礼物是从我这拿的，否则他该不收了。"

乔大川提着两盒点心来看赵闵堂。赵闵堂笑着说："来就来了，客气什么。"乔大川真诚地说："赵大夫，小小礼物，不成敬意，望收下。"他躬身施礼，"赵大夫，多谢您给我治病，多谢您给我引荐那么好的翁大夫。大恩大德，我无法感谢，只能在心里记一辈子。"

赵闵堂很高兴地说："我就说世上没有我治不好的病。病有千种，药有万方，中医讲究慢功夫。有的药今天吃明天见效；有的药今年吃明年才能见效。这都很平常。治病急不得，只要能治好病，就是良医良药。"

乔大川点头说："您讲得太对了。翁大夫说，他能治好我的病，也是借了您的力，赵大夫，您真是高啊！"赵闵堂愣了一下，忙说："是啊，他讲得没错，这……你跟他说了是我让你找他的？"

乔大川道："说了。我病的时候，您不让我说，是怕翁大夫不会用心给我治病。眼下我的病好了，说也无妨，您说是不？"

乔大川走后，赵闵堂就琢磨开了，这个翁泉海真不是一般人啊。他提着乔大川送的两盒点心回到堂屋对老婆说，要把点心送给翁泉海。老婆夺过点心盒子不让送。赵闵堂耐心讲道理："翁泉海已经知道是我把乔大川推给他的，他得知后，反说治好病是借了我的力。这话听起来顺耳，可仔细咂巴咂巴，两个味儿，一是说他翁泉海不贪功，做人大气；二是说他医术高超，我治不好的病，他治好了。现在这事已经见了天，我要是闷不作声，传出去我还有脸吗？

我去了，一是人家夸我，我不能装听不见，我得让他们看看我赵闵堂的大气；二是我得当面把这话风定下来，不是我治不好乔大川的病，是我快治好了他的病，被翁泉海赶上了，确实是我们二人合力治好的。"

老婆听明白了，但还是舍不得地说："点心还没尝到味就送走了，我尝一块再送。"

赵闵堂夺过点心说："尝一块还能送出去吗？等我赚了大钱，给你买个点心铺子。"

赵闵堂提着两盒点心来看翁泉海，翁泉海问："赵大夫这是何意？"赵闵堂说："翁大夫，我赵闵堂是个明白人，懂得人情往来。"

翁泉海笑了："哦，原来是这样啊。你这两盒点心，每一盒里有鸡仔饼两块，豆沙卷两块，蟹壳黄两块，葱油桃酥四块，绿豆糕四块。"

赵闵堂奇怪地打开点心盒子一看，尴尬地笑道："翁大夫，你给人切脉切得准，给点心盒切也切得准，真是高人！"翁泉海说："赵大夫，你也是高人啊，我这点雕虫小技都被你看出来了。"

赵闵堂拉长着脸把在翁泉海那丢丑的事告诉老婆，老婆撇着嘴说："叫你别去，你非要去，还说去长脸，到头来是丢人现眼，还不如给我吃了呢！"赵闵堂瞪眼："你早吃不就没这事了？我也是为了给咱家省钱。就怪那乔大川，他给我送礼，怎么能拿着翁泉海的礼送呢？他傻了吗？"

这件事撂在一边，尽管心里不舒服，但送走了乔大川这个瘟神，赵闵堂还是觉得很庆幸。

小铃医高小朴是那种死缠烂打的人，他一旦惦记上谁，不达目的决不罢休。他身着讲究的长袍马褂，戴着礼帽，挂着文明棍再次走进彭家药店，板着脸说："彭老板，您是不是把我卖药的事跟别人讲了？"彭老板摇头说："我没讲。"

高小朴皱眉说："怪了，我从洋人那以六成的价钱收了药，等再去的时候，他不卖了，原来有个姓于的出了七成价，这不是搅我的局吗？"

彭老板说："我确实没跟任何人讲。再说我也不知道您从哪个洋人那弄的药。"高小朴点头说："也是，对不住，冤枉您了。转眼抬到了七成价，看来那药真是好东西，不讲了，告辞。"

彭老板问："高先生，敢问您手里还有药吗？"高小朴说："到手还没焐热乎就被抢光了，哪还有。怎么，您想收？"彭老板说："如果还按六成的价，收一点也行。"

高小朴埋怨说:"您怎么不早说?要是早一步,我都留给您多好。"彭老板叹道:"这就是运气,老天爷说的算。"

高小朴挺热心地说:"也不能这么说,凡事讲究个心诚,心诚则灵。如果您决定要收,我就再使把劲。只是如果价谈下来了,您可得收,要不我这半条命就白搭了。"彭老板拍板说:"六成价,我收!"

高小朴说:"写个字据?我这人从来不为难人,只讲究情义二字,等信儿吧。"彭老板立马写字据。

两天后,高小朴原样打扮,捂着胃进来。彭老板搀着他坐在椅子上,关切地问:"你这是喝了多少啊?"高小朴呻吟着说:"四坛老花雕。""那就是六成价了?""要是我把剩下的这半条命也豁上,说不定能拿五成价。"彭老板拱手说:"高先生,彭某万分感激,等事成之后,必有重谢!"

高小朴摆手:"都是朋友,情义最重啊!洋人说二百箱药,一口价的买卖,一手交钱,一手交货。"高小朴掏出手绢,捂上嘴呕吐起来。他展开手绢,上面有血迹。彭老板感叹道:"这罪遭的,二百箱就二百箱!"

小铃医回来把他的成果向赵闵堂汇报,他坐在椅子上跷着二郎腿,喝着茶,洋洋得意地笑着。赵闵堂高兴得笑着说:"三成收,六成卖,赚三成,不错。可仔细想,贾翻译得分半成,小龙得分半成,剩下的二成咱俩七三开,也不多啊。"

小铃医不同意给小龙分那么多,赵闵堂说:"我当初就不想带小龙进来,你非让他踩上一脚,踩上就留下脚印,必须把脚印擦干净啊。"

小铃医笑对赵闵堂:"师父,这买卖能谈下来,咱们还不花一分钱,我可是掏空了脑袋跑细了腿啊。如果我想不出这么好的道道,可是一分钱都砸不到咱头上。师父,您手指缝松点,也让我见见亮?"

赵闵堂琢磨着,小铃医赶紧加把火:"钱没到手,再怎么忙活,也是望山跑死马啊!"赵闵堂转而笑了:"小朴啊,你别看师父我没出门,可心里清楚得很,你劳苦功高,我都看在眼里,你不说我也想给你抬抬价。咱俩六四分,怎么样?"

小铃医赶紧站起身去拿纸笔,赵闵堂愣住了。

高小朴高兴得太早了,他和贾先生再次见到罗伯特,那洋人说他的药不卖了。

高小朴生气地说:"罗伯特先生,这笔买卖咱们可是提前说好的,贾先生可以作证,您不能说变卦就变卦!"罗伯特面无表情地说:"您说得没错,我们确实已经谈好了，但那只是口头约定，没有落在纸上，我可以随时收回承诺。药是我的，我有权决定卖与不卖，如果您觉得我欺骗您，可以起诉啊！"

高小朴望着贾先生说："这人怎么说话不算数啊？一张大脸说翻就翻，一掉腔的工夫，前面的话全成屁了！"贾先生说："洋人跟咱们处事方式不一样，跟他们做买卖费劲，要不就算了吧。"

高小朴不甘心地说："说算就算了？"贾先生说："您还想怎么样？打官司没证据，揍他一顿也没用。如果当时让他写个字据就好了。"

高小朴和贾先生在大街上走着，两人各怀心事。贾先生站住说："高先生，我已经尽力了。咱们认识了，也算朋友，往后再有赚钱的道，别忘了喊兄弟一声。"高小朴说："不管怎么说，你帮了我的忙，往后有好事忘不了你，虱子掉锅里我也给你留条腿。"

贾先生走了，高小朴站在街头，敲着文明棍琢磨着怎么跟师傅交代。他走到一家西餐厅外，发现罗伯特走出来上了汽车远去。转眼间，贾先生也从西餐厅走出来，他朝周围望了望走了。一股热血涌上高小朴的头顶，他立刻悄悄跟上贾先生。

贾先生在小巷里走着，他疑惑身后有脚步声，回头一望，高小朴就在跟前。他扭头就跑，可是脚脖子被文明棍带弯的那一头钩住，一下摔倒在地。高小朴猛扑上去，用腰带捆住他双手，把他带到一处荒废的破房子里。

高小朴生了一堆火，蹲在火堆旁用刀削一根木棍。贾先生胆怯地问："你到底要干什么？！"高小朴不动声色地说："火点上了，烤肉呗，等我削好了，串上肉就能烤。""肉呢？""你身上不全是肉吗？肥的、瘦的，还有五花肉。"

贾先生颤声道："上海是讲王法的地方，杀人得偿命！"高小朴冷笑："谁说我要杀人？我只是烤肉而已。""我不是吓大的！""我陪神仙唠过嗑，还和小鬼睡过觉，哪块肉好呢？"

高小朴的刀顺着贾先生的脖子、胸口移下来，落在贾先生的裆部："这块肉不错，先烤个'蛋蛋'吧。"贾先生哀求道："高先生，咱们有话好说。"

"你还说什么？我讲了三成价，你拿四成价翻我老底，兄弟，你不讲究啊！有话烤完再说吧。"高小朴的刀缓缓扎了下去。贾先生声泪俱下地说："手下留情，我就说一句话。我对不住你，那二百箱药我要一百五十箱，五十箱归你。"

高小朴说："好事成双，还是俩'蛋'一块烤了吧，这东西大补。"贾先生哀告："你就是把我全烤了，我也拿不出那二百箱。收药的是上海黑道的大哥，我就算答应你，也得把命扔他手里！老底都交给你了，最多给你五十箱，如果你不满意，我横竖也都是死，你下手吧。"

高小朴琢磨一会儿，站起身走到火堆旁。他把左手小指伸出来，用刀缓缓切下来，顿时鲜血流淌。贾先生吓得一闭眼。高小朴把切下的小指塞进嘴里嚼着，嘴角淌着血："黑道大哥敢干这事吗？少他娘拿黑道大哥吓唬我，我是他大哥！兄弟，我这人讲情义，不管怎么说，你也帮过我的忙，我不能把你为难死了，这样，我就要一百箱，说一不二！"

贾先生连忙点头："我答应，只是那洋人还能不能按三成价卖给你，就看你的了。"高小朴放了贾先生慢慢走着，他从嘴里吐出一截断指捏了捏，那是胶皮的。他把断指扔了。

小铃医回来告诉赵闵堂："那个姓贾的跟黑道扯上了。想不到他吃里扒外，他可是您找的人。"赵闵堂担心道："我也是通过旁人引荐的。小朴啊，你来的日子短，上海滩鱼龙混杂，刀刀见血。我看这事就算了吧，万一钱赚不成再溅一身血就亏大了。"

小铃医埋怨道："师父，您胆子怎么这么小啊？咱们这是见得亮的买卖，有什么可怕的！就算有麻烦，也是我的麻烦，跟您无关！"赵闵堂有些感动："我……我不是担心你嘛。"

小铃医说："我想请那洋人喝顿酒，您得给我拿点钱。肉包子摆嘴边了，拼了命也得咬上一口。"

高小朴果然请了罗伯特，旁边坐着翻译。酒桌上，高小朴抱着坛子倒了三杯花雕酒，他举起酒杯说："罗伯特先生，我先敬您三杯酒，以表诚意。"罗伯特指着酒坛子："高先生，希望美味能促成我们之间的愉快合作。只是这杯子太小，我没有在里面看到您的诚意，还是换成它吧。我知道您是为药价而来，您喝一坛酒，我减去百分之十的药价，可以吗？"

高小朴笑了："罗伯特先生，您这不是拿我寻开心吗？咱们不是早就说好了三成价嘛。"罗伯特耸肩摊手："那是以前的事，现在我的药不愁销路，如果您不同意就算了。"

高小朴要求先写个字据。罗伯特同意了。十坛花雕酒摆在地上，高小朴俯身抱起一坛酒就喝。他喝光一坛又抱起一坛喝，一坛接一坛地喝。罗伯特叼着烟斗望着，笑容渐渐消失了。四个空酒坛摆在桌上。高小朴趴在桌上。

罗伯特忙说："百分之六十的价钱，成交。"高小朴喊："等等！"又抱起酒坛喝起来。他连喝两坛酒，靠着墙坐在地上。

罗伯特惊叹道："高先生，您的酒量太可怕了！好吧，百分之四十的价钱，成交。"他起身朝外走去，高小朴抓着他的裤腿，颤颤巍巍地抱起一坛酒又要喝。他说："高先生，您不用再喝了，我答应百分之三十的价钱出货，您要是再喝，出了人命我不负责。"

夏日的黄浦江，一片郁郁葱葱中，江水静静地流淌。乌篷船随波荡漾。

黄昏的热气还没有消散，诊所关门了。赵闵堂有些疲倦地活动着脖子。小铃医走到他身后给他按摩肩膀："师父，我想跟您商量个事。那药钱都来两个月了，我那份在哪儿呢？"赵闵堂说："当然在我这儿。""师父，我想租个好点的房子……""租房是给别人送钱，你能租一辈子房吗？把钱攒下来，等攒够就能买房。""买房太贵了，一时半会儿攒不够。我的钱不能总放您那儿，得让我瞅一眼吧。"

赵闵堂不高兴地说："信不过你师父我吗？你的钱就是你的钱，为师一分都不会动。这样做是为你好，迟早你会明白。"

小龙走进来说："师父，翁泉海开讲堂了！人是黑压压一大片。要不您也开讲堂吧。"赵闵堂问："他那人头费是多少？"小龙道："听说免费。"

赵闵堂笑了："免费？不赚钱他受那累干什么，傻了吗？"小铃医说："也许是为了招揽人呢？"赵闵堂摇头说："下三滥的法子，我丢不起那人！"

翁泉海的讲堂开在院子里。院墙上，树上都是人。翁泉海面前挤满了人，有人坐在地上，有人站着，大家静静地听。泉子、斧子站在一旁，老沙头站在房檐下抽着烟袋锅。来了搬椅子让翁泉海坐着讲，他让拿走。葆秀端着茶碗过来让他喝，他一摆手。

翁泉海站着高声讲："我行医三十载，对中医学有一点小小的体会，可谓名医好做，大医难当。为医者，必当厚德精术，良药善医，医德求厚，医术求精。道无术不行，术无道不久。所谓道，指医道而言，中华文明五千年，中医理论至深至要，医学著作浩如烟海，大道至简，悟在天成；所谓术，指医术而言，既要勤求古训，博采众方，又要去粗取精，去伪存真。术不能走歧途。很多古传的医书是名著，需要我们后辈躬下身来，仔细地研究体会，但是我们也不能盲目地推崇古籍，应取其精华，去其糟粕。比如有古籍记载说'治女子漏下之症，需取鹊巢，烧成灰研成粉，服用可愈'。鹊巢何以能治病呢？据说是因为鹊巢悬于高处而不坠。更有甚者，说一年的鹊巢不行，年头越久的鹊巢越好，因为多年悬于高处而不坠的鹊巢，更加坚固。如果这样讲来，那悬于高处的石头不是也可以用来入药了？岂不比鹊巢更加坚固？"

青春少女小铜锣高声喊："讲得好！"她的嗓门实在太大，震得身旁的人都捂住耳朵。

翁泉海继续讲："还有一本古籍记载说，把蜘蛛网放在身上，可以让人心灵手巧，这又有何依据呢？据说蜘蛛网细密有致，非心灵手巧者不能编织，所以佩戴蜘蛛网，人就会变得聪明了。又有古籍说有人眼力不好，看不远。有医开方，说把蝙蝠的血滴进眼睛里可治愈，这就是吃什么补什么的谬论。有人为了长命，天天吃绢丝，说绢丝长，服后命就长；有人气虚，就靠吃气来补；有人说自己心眼少，就靠吃鸡心来补；吃肝补肝，吃肾补肾，吃脑补脑，林林总总，这是多么可笑啊……"讲堂结束了，人们陆续散去。

晚上，来了、泉子、斧子站成一排，听翁泉海讲为人之道："来了，知道我为什么让你把椅子搬走吗？你替我着想，谢谢你。但院里院外那么多人，多数都站着，我坐下就是对他们不尊重。泉子，知道我为什么不喝水吗？烈日炎炎，大家都没喝水，我喝了就是对他们不尊重。斧子，我刚才说的你听明白了吗？我讲课，你盯着旁人干什么？"

斧子说："先生，我当时紧盯着那些人，就怕有坏人做歹事，所以您说的那些事，我没看见。"

翁泉海让他们三人都出去。葆秀站着没动。翁泉海望着葆秀："你干什么呢？"

葆秀说："等你训教呢。"

翁泉海问："你听明白了？"

葆秀说："我听明白了，要互相尊重！"

翁泉海又问："这三个孩子，一个傻，一个憨，一个舞刀弄斧一根筋，还都要拜我为师，我要是收了他们，该如何调教？"葆秀说："不管怎么讲，这三人都实诚，没坏心眼儿。人啊，心眼儿最重要，如果心眼儿坏了，就算再聪明再有灵性也是彻头彻尾的坏人。上海滩装了多少死猫烂狗狼眼兔子头，你能摊上这么几个好孩子也是福分，怎么还埋怨？"

翁泉海笑道："你怎么还教训起我来了？"葆秀抿嘴一笑："我可不敢。"

翁泉海的老父也不打招呼就来上海，他还悄悄旁听了儿子开的大讲堂。晚饭后，他走进厨房问正洗碗的葆秀："泉海对你怎么样？"葆秀说："对我可好了。"

老父走进书房，翁泉海请老父坐。老父说："我不敢坐。你都敢批评圣贤了，我哪敢在你面前坐，我得等你训教啊！"翁泉海说："爸，我讲的没错啊。"

老父说："有没有错让旁人说去，你出这个头干什么？出头的橡子先烂。别人烂不烂我不管，我翁家的人不能烂！"翁泉海说："我不讲，旁人不讲，那谁还讲？难道让错误的东西流传下去贻害世人吗？爸，旁的事我听您的，这事我有自己的主见，望您理解。"

老父说："你就不怕那些老古董群起而攻吗？他们的嘴能戳死人！"翁泉海说："爸，我既然敢讲就不怕，我有一个诚字做靠山。《中庸》云，'唯天下至诚，为能尽其性。能尽其性，则能尽人之性。能尽人之性，则能尽物之性。能尽物之性，则可以赞天地之化育。'有这个诚字，我就算见了老祖宗腿也不软，气也不虚，我想他们也不会因此怪罪我。"

葆秀端着茶壶走进来说："泉海，咱爸大老远来，多乏呀，你别把着咱爸使劲聊。爸，您坐，我给您倒茶。"

父子俩都坐了。葆秀倒茶端给老父一杯，又端给翁泉海一杯。她掏出汗巾给翁泉海擦汗，翁泉海想躲闪，看到葆秀使眼色，才不躲了。老父扫了二人一眼，闷头喝茶。

老父走进西厢房问："谁住这儿啊？"翁泉海说："我有时候住这。""你住这干什么？""有时候诊务忙，回来得太晚，又怕扰着葆秀，就在这屋睡了。"

老父说："哦，正好，我住这儿，省得收拾了。"翁泉海笑着说："您怎么能睡这，您睡正房，我和葆秀搬过来。"

老父说："不用讲究，你要是有孝心，赶紧给我生个大胖孙子。"翁泉海一笑："生男生女哪有准。""生多就有准了，早晚能踩上'双黄蛋'。""爸，咱去堂屋聊。"老父躺在床上说："我累了，想眯会儿，你忙去吧。"

翁泉海走到正房堂屋外推门，门被反锁了。他轻轻敲门，没人答言。他走到卧室窗外，看到卧室没点灯，敲敲窗框，没有动静。他转身欲走，窗户开了，葆秀站在窗口打着哈欠："谁啊？"翁泉海低声说："葆秀，是我，开门。""你要干什么？""小点声，开门，我进屋。""进屋干什么？""进屋睡觉。""你进屋睡觉跟我说什么？""你不开门，我怎么进屋啊？""这也不是你屋，你进来干什么？"

葆秀要关窗户，翁泉海挡着说："葆秀，你别闹了，快开门，有话屋里说。"葆秀说："我懒得去开门，要进你就从这窗户进来吧。"

老父从西厢房走出来问："泉海，你在干什么？"翁泉海说："这窗户松动了，我看看是哪坏了。"老父说："黑灯瞎火的修什么窗户，赶紧进屋睡觉，明天再弄。"翁泉海答应着，等老父进了西厢房，他赶紧从窗户爬进去随手关上。

葆秀躺在床上背对着翁泉海。翁泉海走到屋门口要开门，门上了锁。他犹豫片刻，坐在床边欲脱鞋上床。葆秀一脚把他从床上踹下来。

翁泉海捂着腰问："你踹我干什么！"葆秀坐起："你当我是什么人啊，这床是说上就上说下就下的吗？""那你把门锁打开。""我这屋门是说进就进说出就出的吗？你又把我当成什么了？"

翁泉海赌气走到窗前，葆秀说："我这窗也是说进就进说出就出的？翁泉海，我算看明白了，你没把我当成人！"翁泉海忙说："你这是什么话，冤枉人啊，我……好了好了，睡觉吧。"

葆秀问："没说清楚，这床你怎么上？这觉你怎么睡？咱俩睡一块算什么？"

翁泉海央求说："你就别为难我了，好吗？"

"我为难你了？你让我活得不人不鬼的，是你为难我！"葆秀倒下蒙上被子。翁泉海问："我能上床吗？"

葆秀让开半边床的空。翁泉海这才脱鞋上床。

第二天，翁泉海和老沙头准备出诊，"小铜锣"跑过来问："翁大夫，您什么时候再开讲啊？"翁泉海说："我打算一个礼拜抽出一上午。姑娘，你的嗓门怎么这么大呀？"

小铜锣笑着说："天生的，我刚出生的时候，开嗓就把我妈的耳朵震破了，她耳鸣了好几天，所以人家都叫我小铜锣。"翁泉海也笑："这个名好，名如其人。"

小铜锣说："翁大夫，我特别喜欢医学，也看了不少医书，可就是看不太明白，您要是有空，我能不能请教您啊？"翁泉海说："我讲学的时候你来吧。""我可以去看您诊病吗？""当然可以。"

于是，翁泉海诊病的时候，小铜锣就用脆亮的声音唱药方。来了说："小铜锣你小点声，先生耳朵受不了。"翁泉海说："小点声干什么，要的就是这个脆生。"小铜锣开心地笑了。

翁泉海这边动静弄得大，人气很旺，小铃医劝赵闵堂也开讲堂："师父，我觉得翁大夫能讲，您也能讲，讲好了，咱这诊所不就来人多了嘛。您一定讲的比他好。首先，您留过洋，学问比他强。另外您这张嘴厉害，我这嘴就挺厉害，可碰到您立马笨了三分。就像我说我要拿钱租房，您非要给我攒着不给我，我怎么都说不过您。您舌头底下像安了弹簧，我在您面前就是一个木鱼儿。"

赵闵堂说："转来转去，又跑这上面来了。你是钻钱眼儿里了吗？"小铃医笑道："我没钻钱眼儿里，我就是想钻也没钱眼儿可钻。"

　　赵闵堂："小朴，我这都是为你好，你要是非抓着这事不放，我们师徒情谊就值那点钱吗？"小铃医忙说："师父，我们师徒情谊深厚，怎么能拿钱衡量呢？我的钱放您那最放心不过，一辈子不念想。那讲堂还开吗？讲堂开好了，诊所就能多赚钱，您肯定也不会亏待我。"

　　赵闵堂说："讲堂倒是可以开，只是要开就要开得响亮。"小铃医说："师父，要是能开得响亮，您可不能忘了我。您只管开堂讲课，我有办法把人都拉来。"

　　赵闵堂果然开讲堂了。他家院外不少人朝院里望着。院内聚集了不少人。

　　赵闵堂坐在桌前开讲："中医所言诊脉，就是通过寸关尺之脉象，来观察人体气血的盛衰，精气的盈亏，津液的润枯，从而帮助诊断疾病，以便对症下药。常见的脉象有浮脉、沉脉、迟脉、数脉、虚脉、实脉、滑脉、涩脉、洪脉、细脉、弦脉等。这些大家可能也都听说过。但是，有一种特殊的脉象，你们未必知道。"

　　他端起茶碗喝茶，环视四周，放下茶碗继续讲："这种脉叫太极脉，此脉法能够预知一个人的命运和运气，以脉象的轻清重浊而诊断出此人的富贵贫贱，祸福寿夭。这种'太极脉'有出处。有本古籍叫《太素脉诀》，书中说，'太素脉者，以轻清重浊为命论，轻清为阳，为富贵；重浊为阴，为贫贱。男子以肝木部为主，以决功名高下，女子以肺金兑位为主，以决福德'。"

　　一位中年听众说："赵大夫，您光靠一张嘴谁信哪！"小铃医请他过来试试。那人走过来坐在桌前。赵闵堂给他切脉后，对小铃医耳语几句。

　　小铃医高声说（《太素脉决》）："火脉之中见土来，其人喜庆足文才，更加洪滑时时应，外出求财必定回。"

　　那人说："多谢赵大夫。不敢再让您把了，要是把我外出求了多少财给把出来，不是遭贼惦记？我服气了。"

　　一个年轻听众也要试试，赵闵堂给他切脉后又在小铃医耳边低语。小铃医高声说："肾脉纯阳妻位正，纯阴不用任媒人，阴中见阳因妻富，阳内生阴有外情！"

　　那年轻人哈哈大笑："讲得好，我夫人乃旺夫相，这都是真的！"

　　赵闵堂坐在桌前越讲越起劲："治病赚钱，天经地义，大夫付出了辛苦，诊金不能少……"

　　磨斧子声传来。赵闵堂顺声音望去，见斧子坐在角落里磨斧子。赵闵堂不讲，斧子也不磨了。

赵闵堂接着讲："……诊金不能少，大夫也是人，也得吃饭，难道要富了患者穷了大夫？"

磨斧子声又传来了。小龙走到斧子近前说："兄弟，我们这讲学呢，你要是磨斧子，换个地儿磨吧。"他说着伸手拍斧子的肩膀，斧子挥舞起斧子喊："我让你胡说！削脑袋，剁爪子，挑脚筋，开膛破肚掏个心……"

小龙吓得倒退几步。听众都看着斧子，纷纷议论，没人再听讲。赵闵堂无奈，只好不再讲，让大伙散了。

第十章

悬丝诊脉

为斧子的事，赵闳堂来找翁泉海，抱怨说："翁大夫，咱俩是同行，可门不对门，屋不相邻，谁也碍不着谁，您没必要大老远地给我送把斧子。怎么，您讲学可以，我就不能讲吗？听谁讲学的人多，全凭本事，用得着使下三滥的手段吗？"翁泉海不明白地问："赵大夫，您说我给您送了一把斧子？"

赵闳堂冷笑："翁大夫，我真没想到，您的医术不错，戏也演得这么好，满心思的鸡肠子狗肚子，一丝一毫都挂不上您的脸。行，您真是唱念做打，样样精通啊！"翁泉海皱眉说："您说了半天，我还是如堕五里雾中，请您说清楚一点。"

赵闳堂摇头："算了，既然您装干净人，我就没什么可说的了，再有下一回，我就报官把他抓起来！"赵闳堂走了。

翁泉海忽然想到了斧子，就问他是不是到赵闳堂那里捣乱了。

斧子只好说："我听说那个赵闳堂出言不逊，您讲什么，他就跟您唱反调，他这样做，我心里不舒坦，就想去吓唬吓唬他。"翁泉海教训道："不舒坦是你自己的事，你可以跟我讲，我会帮你化解。每个人都有嘴，都可以说话，你能堵住一个人的嘴，还能堵住天下所有人的嘴吗？人生在世，要想不被轻视，不被说道，就要拿出真本事来，以德服人，以技服人。"

斧子低着头不吭声。翁泉海问："你知错吗？"斧子说："错了一半。我去吓唬他，没错；没跟您打招呼，错了。"

翁泉海说："你去吓唬他也不对。"斧子不服气地说："受欺负就得还击，否则就得永远受欺负。先生，我觉得您的胆子太小了。"

翁泉海望着斧子问："我再问一遍，你错没错？"斧子坚持说："错了一半。"翁泉海气极了，怒道："那你走吧，我教不了你。"

斧子要走，葆秀拦住他说："你别走，我给你做主！"

翁泉海心烦地坐在书房桌前翻书。葆秀进来夺过翁泉海手里的书放在一旁说："别人欺负你，有人替你出头，这叫情谊。你不但不感谢，还骂开了。人家给你一巴掌，要是旁边连个吭声的人都没有，你就满意了？"翁泉海说："人家没给我一巴掌。""你讲什么，他对着干，这不叫扇巴掌？你还等人家坐你头上拉屎吗？"

"这是我的事，不用你来说道！"

葆秀生气道："好，既然你说这话，我赶紧去烧三炷香，盼着人家加把劲再扇你几巴掌，把你打个鼻青脸肿，我们都哈哈笑。"翁泉海赌气说："那也不用你管，你给我出去！"

葆秀往外走，翁泉海让她关门。老父走进来说："别关，关门我就进不来了。有话好好说呗，别火啊！"翁泉海站起身说："爸，您坐。我觉得我没做错，可是他们不认错。"

老父说："不管什么事，心得摆前面，只要是一片好心，那就行了，还分什么对和错。斧子那孩子不错，我挺喜欢的，留着吧。"

赵闵堂自从开了讲堂，来看病的人明显多起来，诊金自然也多了。他给小铃医和小龙分些钱，让他们喝点小酒解乏。小铃医高兴道："师父，自打您讲学，咱们诊所多热闹，您看这诊金箱多压手，您还得再加把劲，接着讲。"

赵闵堂摇头说："我在这边讲，有人在那边练斧子，让我怎么讲？"小龙说："咱已经找翁泉海了，他还能再派人来搅闹吗？要是敢再来，咱们就报官，把他抓起来！"赵闵堂笑道："就怕再碰上乔大川那样的滚刀肉。算了，不讲了。"

赵闵堂和小铃医从诊所出来，斧子走过来说："赵大夫，我想把事给你讲清楚。我去你讲堂搅闹，不是翁先生派的，是我自己想去的，跟翁先生无关。"赵闵堂冷笑："你是翁泉海的人，闹出事你当然会替你主人挡着。"

斧子急了："你不要血口喷人，我可以跟老天爷发誓，如有半句假话，我不得好死！"赵闵堂说："我要是还不信呢？要不给我磕个头吧。"

斧子瞪眼看着赵闵堂。赵闵堂一笑："算了，开个玩笑而已，回去跟你家翁大夫说，往后少来这套！"赵闵堂转身刚要走，斧子单腿缓缓跪下了。这时，一只脚伸过来，斧子的膝盖落在脚背上。翁泉海伸手扶起斧子说："赵大夫，我泉海堂的人搅闹您的讲堂，我有不可推卸的责任。您有气，可以撒在我头上，要打要骂，您随便来，我受着就是。赵大夫，我先给您道歉，并承诺今后一定严加管束，不会再发生类似的事。对于这件事给您带来的不便，我深感歉意，对不起！"他躬身施礼。

赵闵堂忙说："翁大夫，您真是言重了，此等小事何需大礼，我赵闵堂也不是心路狭小之人，算了算了。"翁泉海直起身说："赵大夫果然心胸宽广，翁某佩服。我还想跟您商量一件事，请您到我那讲学，可以吗？"

赵闵堂一愣，不知道翁泉海葫芦里卖的什么药。

老父腿放在翁泉海腿上，翁泉海给老父按摩，老父觉得请赵闵堂讲学不合适。翁泉海说："爸，我觉得为医者，应博采众长，和众医家互相学习，多看，多听，多思，这也正秉承了我孟河医家之传统。赵闵堂的妇科和神经科均为祖传，我希望他能来讲一讲。如果大家都喜欢听，并且成效显著，往后逐一邀请上海众医家前来讲学，大家畅所欲言，分享所得，扬长补短，这何尝不是一件好事呢？"老父还是提醒儿子一定要谨言慎行。

来了拿着赵闵堂派人送来的信交给翁泉海。信中说要他讲学可以，但是得到他那讲。翁父不赞成："去他那儿？我看他是蹬鼻子上脸！他来你这讲学，是交流；你去他那里是听他讲学，是求教！"

翁泉海笑道："可求教又何妨？我开讲堂的目的已经说清楚了，只要能达到这个目的，其他事都无妨。"老父摇摇头不再说话。

赵家院外锣鼓喧天，人群拥挤着，院内也挤满了人。响器班子吹吹打打，院中的桌子上摆着茶水和水果。翁泉海站在一旁，来了、泉子、斧子、小铜锣站在他身后。老沙头在角落里抽烟袋锅。

小铜锣说："又是锣又是鼓的，动静可够大的。"来了说："动静再大也没你嗓门大。你可别亮嗓门，这要是把全院人的耳朵都震聋了，那还怎么听讲？"泉子说："小铜锣的嗓门比那锣鼓声小多了。"小铜锣说："泉子哥，这话你可得收回去，我要是亮开嗓门，那锣鼓就成哑巴了。"

正房堂屋的门开了，小铃医和小龙走出来，二人一左一右分开门帘。赵闵堂从屋里走到桌前，坐在椅子上跷起二郎腿。小龙打开伞给赵闵堂遮阳。赵闵堂喝着小铃医倒的茶。

小铃医让响器班子收声后大声说："热烈欢迎堂医馆的赵闵堂大夫开堂讲学！"赵闵堂向翁泉海点了点头。

翁泉海走到院中高声说："我是泉海堂的翁泉海，我身后坐的这位是堂医馆的赵闵堂大夫。赵大夫曾留过洋，博学多才，医术精湛，他能百忙之中抽出时间来给我们讲学，实属难得。下面有请赵大夫。"

赵闵堂清了清嗓子说："翁大夫客气了，但是他说得确实没错。我赵家世代为医，向上可追溯五百年，向下到了我这儿。我赵家不能说是名医辈出，但也个个响亮，医好多少疑难杂症，救过多少人，数不过来。前两天，翁大夫请我，说让我给大家讲学。我不是个喜欢抛头露面的人，可是翁大夫三顾堂医馆，我着实盛情难却啊。

"医道高深，不是一句两句能讲明白的，就讲讲我曾经治愈的病例。那是二十年前，有家小姐成亲的头天晚上，突然双目失明。其家人请了当地三个名医诊治，那时我还年轻，听说这件事也去看热闹。经过诊断，有名医说此乃肝经湿热上蒸所致失明，有名医说此乃少阳经气不利所致失明，还有名医说此乃阳明经受阻所致失明。三个名医争执不下。我那时不知道从哪儿来了一股冲劲，大声说你们别吵了，有本事把病治好再说！我因此捅了马蜂窝，那三个名医全冲我来，说哪儿来的野小子，跑这扎楞膀子。我二话没讲，上前伸手搭在那小姐的脉上，随后说，此脉左关弦滑，右寸浮数，皆因此女体态略丰，常嗜食肥甘之品，蕴湿化热，湿热熏蒸肝胆，且平素在闺中少动，肺气不足。因新婚劳作，感受外风。肝开窍于目，肝经湿热，肺经风热，故白睛遮覆黑珠，可见双目失明之症。以仲圣茵陈蒿汤为基础，守住经方，师出有名。加《世医得效方》之白僵蚕散，注重效药，其病可立愈。小姐家人问你开的方子能治病吗？我说如果诊治有误，可取我项上人头！小姐家人又找那三个名医，他们不敢赌咒发誓，蔫头耷脑了。从那以后，我是名震四方！"

赵闵堂说得半真半假，翁泉海暗中皱着眉头，听众一愣一愣的。

这天赵闵堂出去办事，只有小铃医和小龙在诊室里。有个患者家属来请赵大夫出诊，等了一会儿不耐烦，就掏出一张银票放在桌子上，算是预约挂号，还留下地址。小龙死脑筋，说赵大夫没回来不能答应出诊。患者家属生气地把银票塞进兜里走了。

小铃医觉得有钱不赚太傻，就跑出去追上患者家属，答应赵大夫回来就出诊，把银票拿回来了。

赵闵堂一回来，小铃医就掏出银票放在桌子上说："师父，有人要请您出诊，这是诊金。"赵闵堂埋怨小铃医胆子太大，不该随便答应人家出诊。

小铃医说："师父，我打听清楚了，那人没啥大病，就是腿疼。您最擅长此病啊！这诊金可不少，一定是非富即贵之人。"赵闵堂看着银票笑了。

赵闵堂带小铃医出诊了。女患者躺在床上，赵闵堂给患者切脉后说："病情我已经清楚了，请容我三思。"说着给小铃医使个眼色，二人走出去。赵闵堂低声告诉小铃医："你不是说她腿病吗？她病体甚重，用药稍有差池，她就得一命归天！这病敢接吗？这钱敢要吗？高小朴啊，你可害死我了！"

小铃医忙说："师父您别急，听我说一句。不治难病，难成大名，这说不定就是个好机会，一旦治好了，是一个大雷天下响，上海滩也得晃三晃，名利双收啊！病这东西，奇着呢，我就碰上过将死之人，转眼就生龙活虎了。"

赵闵堂带小铃医来到客厅对患者家属说："这病我没有十成的把握，还望您另请高明，以免误事。小朴，把诊金退了。"

患者家属没接银票，霸气地说："赵大夫，您可是上海滩有名有姓的中医，我也是慕名请您，既然接了诊金也来了，那就是能治病。眼下却出尔反尔，您拿我当什么了？我决不答应！拿了诊金就得治病，天经地义，没得讲。治好了重金酬谢，可要是治不好，赵大夫，您在上海滩有名有姓，我在上海滩也有名有姓，咱们就名对名姓对姓撞一撞，看谁撞得过谁！"

赵闵堂和小铃医回到诊所。小铃医宽慰师父不用多虑，那人面儿上看杀气腾腾，说不定也就是嘴上的功夫。赵闵堂觉得那人不是善良之辈，他长叹道："我这辈子怎么碰上你了呢，可把我害惨了！"

赵妻这会儿倒是明理了，说道："人家高小朴也是一片好心，不都是为了你这堂医馆的招牌嘛。其实这事到底是好是坏，也两说。不管怎么说，这是一个难病，谁碰上都挠头。可既然躲不掉，那就得想办法，乌鸡钻进凤凰窝，出来谁也认不得！"赵闵堂点头。

恰在这时，又出了一件让赵闵堂窝心的事。上海中医学会要出《上海中医惊奇医案》一书，和赵闵堂差不多的中医都入了围，唯独没有他！

赵闵堂琢磨了好一阵子，忽然站起来说："《上海中医惊奇医案》，不就是要'惊奇'二字吗？好，那我就晴天响雷，来个惊天奇治！"

翁父要回老家了，葆秀跟着回去。她对晓嵘和晓杰说："我回去给你们外公、外婆上完坟就回来。你俩要按时吃饭，按时睡觉，听你爸的话，知道吗？"她望着翁泉海，"你也跟我交代给孩子的一样，按时吃饭，按时睡觉。"

翁泉海说："这还用你交代？"翁父笑道："怎么不用交代？我想被交代还没人交代呢，你就偷着乐吧！"

晚上，暑热刚退，有人敲门后从门缝给翁泉海塞进一封信，开门却不见人。

翁泉海看过信，从其中的隐语里知道写信人是谁，就带着来了和小铜锣急忙出诊。

他们走进一条小巷，巷内空无一人。三人来到一个不起眼的小门前。有个中年女人开门。翁泉海让来了在外面等着，小铜锣跟着进去。中年女人引翁泉海和小铜锣进来朝里走。又一个小门开了，他们走进小门，进入破旧的楼道，楼道尽头，有一个门上着锁。中年女人掏钥匙开门后，让翁泉海和小铜锣进去。

屋里有昏黄暗淡的灯光。床上挂着幔帐。翁泉海缓缓撩开幔帐。躺在床上的岳小婉缓缓地说："翁大夫，您终于来了。"

翁泉海看到岳小婉手上布满淤青，他放下幔帐给岳小婉切脉、写药方。幔帐里的岳小婉问："翁大夫，我还能活吗？"翁泉海宽慰道："您伤得不轻，但都在皮里肉外，没伤到脏器，只要按时服药，好好调理，不久就会痊愈。"岳小婉请求把药煎好送过来。翁泉海答应了，药方一式两份，他给岳小婉留下一份。

翁泉海站起身要走。岳小婉说："难道您就没有什么想问我的吗？"翁泉海道："如果您想说就会说了，如果您不想说，我问了也是白问。"岳小婉道："果然没请错人。翁大夫，求您不要跟任何人说我在这儿。"

早上，药煎好以后，翁泉海让来了陪小铜锣给岳小婉送去。毕竟女孩子去方便一些。小铜锣抱着药罐子按原路走来，她走到岳小婉所住门口敲门，没人应声。

她推门进去，两个壮汉上来捂住她的嘴，药罐子掉在地上摔碎了。

来了在门外等了好久，不见小铜锣出来，就推门进去，他还没看明白，就被人捂住嘴绑了起来。

已经快中午了，来了和小铜锣还没有回来，翁泉海很不放心，就带着泉子、斧子来到岳小婉住的房门外。房门没有上锁。翁泉海敲门，没人答言，他推开门，屋里空无一人。他带着泉子和斧子走进去。后面传来关门声。翁泉海回头望，一个黑衣人堵住门口说："是翁大夫吗？里面请。"

翁泉海、泉子、斧子三人走进屋内。床上挂着幔帐，床边椅子上坐着一个穿戴富贵的男青年，他身边站着两个彪形大汉。来了和小铜锣坐在角落里，他们被捆绑着，堵着嘴。另外两个黑衣人站在里屋门口。

翁泉海说："先生，您绑的是我诊所的人，是我派他们来送药的。如果哪里得罪了您，请您见谅。如果您有不满意的地方，可以跟我说，不要为难他们。"

男青年冷笑："我不把他们按住，你能来吗？"

翁泉海说："我现在来了，请您把他们放了吧。"男青年拿着翁泉海开的药方大声说："翁泉海，你好大的胆子！敢给她治病，不怕惹祸上身吗？"

翁泉海说："先生，我是大夫，治病救人，天经地义，这是为医之道。"男青年愤恨道："我送她金子、银子，她连看都不看一眼，这是为什么？直到今天我才明白。上海大夫多了，她为什么偏偏只找你诊病？还有，她藏得这么隐蔽，怎么只有你知道她在哪儿？看来你俩有私情啊！"

翁泉海正色道："先生，请您不要妄言。"男青年乜斜着眼说："肯定有私情！否则她怎么就不接受我呢？""我们有事说事，有理讲理，不能无中生有侮辱人！"

"我就说了，不爱听？不爱听你堵我的嘴啊！"

斧子哼哼起来。两个彪形大汉朝斧子走来。斧子从腰间猛地拔出斧子练起来："削脑袋，剁爪子，挑脚筋，开膛破肚掏个心……"

两个彪形大汉也从腰间抽出斧子朝斧子走来。翁泉海跑到斧子近前护住他。两个彪形大汉擎着斧子就要落下，小铜锣吐掉堵嘴布，高声尖叫。尖叫声吓得众人都愣住了。

男青年揉了揉耳朵："这是什么动静？可够响亮的！"小铜锣又要喊，男青年说，"别喊了，都给我住手！"他走到翁泉海跟前，"翁大夫，我真没想到你还有点胆量。咱们往日无冤近日无仇，我没必要砍了你。"他指着床，"知道我为什么打她吗？全因为她不长眼睛！上海滩什么女人我得不到，可她偏偏跟我对着干，我打小没受过这气啊！"

翁泉海说："先生，既然您的女人那么多，也不差她一个。感情这东西，从来都是你情我愿，要是有一方不愿意，就算在一块也是各怀心思，有意思吗？"男青年望着翁泉海问："你俩到底是怎么回事？"

翁泉海说："我给她诊过病，她此番找我前来，应该是信任我的医术。先生，她受了这么重的伤，您该出的气也出了，您就算要了她的命又有何用？取人一命，噩梦终生；放人一命，再造三生。再说，您还年轻！"

男青年望着翁泉海，又扫了一眼床，喊道："走！"

泉子急忙给来了和小铜锣松绑。翁泉海拉开幔帐。岳小婉面带血痕，被堵着嘴，她泪眼婆娑地望着翁泉海。

赵闵堂决心要爆出个冷门，来个一鸣惊人，他要表演悬丝诊脉！悬丝诊脉只是在传奇小说和戏曲里有，真的有谁见过？赵闵堂带着小龙走进女患者家客厅，还通知了记者。

赵闵堂对患者家属说："记者先生听说我要悬丝诊脉，非来采访不可。再说此等大事，一定要有见证人，这样对你对我都好。都准备妥当了？"患者家属点了点头。

患者卧室内，床前挡着屏风，三根红线从屏风里伸出来，赵闵堂坐在屏风外，手里握着红线的另一头。小龙站在记者身旁。记者擎着照相机。

赵闵堂说："右手腕的寸关尺三部脉，一定要拴准。"患者家属喊："里面听见了吗？"女用人从屏风后走出来说："老爷，我拴好了。"患者家属说："赵大夫，可以开始诊脉了。"

赵闵堂抻着三根红线说："这悬丝诊脉是我赵家祖传的绝技。据说唐朝贞观年间，药王孙思邈曾用此技给皇后诊病。但往事久远，已成传说，今天，我就来个眼见为实，且看我功力如何。"他抻动三根红线，眼睛的余光望向女用人。女用人摇了摇头，她轻轻摸着自己的腿。

赵闵堂问："当真拴在手腕上了？"女用人答："拴上了。"

赵闵堂站起身："如此无礼，我走了！我说拴在手腕上，她却拴在腿上，这不是在戏弄我吗？""赵大夫，请您稍等。"患者家属急忙走到屏风后。

赵闵堂眼睛的余光望向女用人。小龙挡住记者的视线。女用人佯装俯下身，四肢着地，模仿床的样子。记者推着小龙说："你让开，别挡着我啊。"

患者家属从屏风内走出来。赵闵堂抻着三根红线说："四个腿的东西，硬邦邦啊。"患者家斥责女用人："你拴个东西都拴不对吗？晚饭别吃了！"

"老爷，对不起。"女用人说着赶紧走到屏风后。

屏风内，女患者躺在床上。女用人走到床前，解开拴在床腿上的红线。屏风外，赵闵堂坐在椅子上，他手里抻着三根红线。女用人又走出来了。

患者家属问："这回拴好了？"女用人点头："拴好了。"患者家属请赵大夫开始诊脉。赵闵堂抻动三根红线，他眼睛的余光再次望向女用人，女用人没有任何表情。赵闵堂站起身说："这病没法看了。"

患者家属走到屏风后，小龙迅速挡住记者视线。女用人蜷缩着两条胳膊，伸着舌头装狗状。赵闵堂高声说："先生，您不用忙活了，拿狗腿试我，这是对我的羞辱！既然你们不信任我，那最好不过，另请高明吧。"赵闵堂欲走。

患者家属从屏风后走出来赔着笑脸："赵大夫，这不是跟您开个玩笑嘛，您大人大量。今天我算看到真神了，心服口服，外加佩服。"他让女用人赶紧准备。

女用人再次走到屏风后。赵闵堂坐在椅子上。患者家属把三根红线递给他。女用人从屏风后走出来说："准备好了。"赵闵堂眼睛的余光望向女用人。女用人微微点了点头。赵闵堂闭上眼睛，抻动红线。好一阵子，赵闵堂说：

"可以了。"他写了一张药方递给患者家属。

患者家属问："赵大夫，这方子能治好病吗？"赵闵堂笑道："不敢说立竿见影，只能说是药到病除。"患者家属问："立竿见影和药到病除有区别吗？"赵闵堂说："做人嘛，得谦虚一点。"

赵闵堂悬丝诊脉的绝技上了报纸。小铃医拿着报纸问："师父，您还会悬丝诊脉的绝技？"赵闵堂品着茶说："这算什么，雕虫小技而已。""师父，这么好的机会，您怎么不带我去开开眼呢？""往后有的是机会，不急。"

小铃医说："师父，我在江湖上闯了这么多年，也见过不少奇医神技，可跟您这一手比，那都是小孩把戏啊！师父，您是不出手则已，一出手就是大动静，太厉害了！师父，要不您给我讲讲吧，这悬丝诊脉是怎么诊出来的？"赵闵堂笑道："就是那点事，有什么好讲的，往后有空，我再仔细给你讲。"

小铃医感到非常奇怪，他又故技重演，请小龙到酒馆喝酒。

小铃医启动他的三寸不烂之舌，把小龙夸得迷三倒四，推杯换盏，灌得小龙晕乎得不知东西南北。小龙那哪禁得住小铃医的攻势，终于道出了赵闵堂悬丝诊脉的实情。

原来赵闵堂预先安排小龙去那女患者家，拿钱买通了那家的女用人，让她跟主人说，赵闵堂赵大夫要施展悬丝诊脉的绝技，让主人不要轻信，一定要先试试赵大夫的功力。怎么试呢？就是先把三根线拴在家里的狗腿上，等大夫说破之后再拴患者手腕上。

可是，事情不巧，当时女用人抱着狗往狗腿上拴线，狗挣脱钻进床底下不出来，女用人情急之下，就把线拴在床腿上。后来把狗逮住，又拴狗腿上了。因为提前说好是先拴狗再拴人，要是省了拴狗腿这一步，那就打乱了算盘要露馅。

第十一章

昆曲诉衷情

赵闵堂悬丝诊脉的事情上了报纸，他觉得这下子可出了名，高兴得在家里手舞足蹈，唱着《定军山》："这一封书信来得巧，天助黄忠成功劳。站立在营门传营号，大小儿郎听根苗：头通鼓，战饭造；二通鼓，紧战袍；三通鼓，刀出鞘；四通鼓，把兵交。上前个个俱有赏，退后难免吃一刀……"

老婆撇着嘴呲儿他："这就嘚瑟得满地掉毛了？"赵闵堂笑着说："八仙过海显神通，十方英雄斗输赢，狭路相逢勇者胜，悬丝诊脉留美名。我这手悬丝诊脉那是一绝，谁能比得上？我这大名想不进书里都难啊！"

吴雪初闻讯也前来拜访，夸道："闵堂，你真是不鸣则已，一鸣惊人啊，一个悬丝诊脉，震得黄浦江都起浪了！"赵闵堂笑道："谁没个压箱底的绝活呢！"

吴雪初把手放在脉枕上说："来，找根绳，也给我拴上。"赵闵堂摆手说："雪初兄，你就不要跟我开玩笑了。""没开玩笑，我是真想开开眼啊！""我正琢磨方子，有患者急用。这样，等抽空再说。"

吴雪初刚走，那女患者家属来了，怒气冲冲说："赵大夫，我夫人服了你的药，差点把命丢了，多亏有人及时相救，才把命抢回来！今天我来，咱俩就当面锣对面鼓地讲清楚，要是讲不清楚，我就告你，一定把你关进大牢！"

赵闵堂脸色变了："先生，您这么说，我没法回答您。这样，您把您抓的药给我看看。另外，您就算要告我，也得有证据吧。"

赵闵堂随患者家属来到客厅，桌子上放着他开的药。他看了一会儿，拿起两只没有腿的知了叹口气说："都跟你们讲明白了，怎么就不听话呢？出事了也不能全怪在我头上啊！我讲过，这服药需要原配知了一对做药引，抓到原配知了后，洗净用文火焙干，和药一并服用。可这不是原配知了啊！"

患者家属说："怎么不是原配？我亲手抓的。"赵闵堂说："如果母知了有前夫，那跟后来的公知了就不是原配，药效肯定会受到影响。"

患者家属瞪眼说："你不要狡辩，这就是原配知了。"赵闵堂说："我看清楚了，这两只知了不但不是原配，母知了还是怀孕的知了，它的前夫抛弃了它，它又嫁给了新丈夫，两人正恩爱着，就被你捉到了。"

患者家属冷笑："这医学上的事，我讲不过你，但是我一定会找人论证，如果你骗我，我肯定会把你塞进大牢！"赵闵堂说："欲加之罪，何患无辞，这是明摆着的事，自有公论。"

从患者家出来，小铃医问："师父，您怎么看出那两只知了不是原配的？"

赵闵堂说："切了脉呗。""那知了的手脚都没了，哪有脉？""要切心。""切心？可知了已经死了啊。""你该学的东西多了，慢慢学，早晚能明白。"

赵闵堂发愁了，就去吴雪初那里讨主意。

吴雪初说："眼下这形势你得搞清楚，患者家属肯定会找上海中医学会论证，中医学会当然是齐会长说的算，他安排谁出面谁论证，都是一句话的事。所以，你得朝齐会长使劲。"

赵闵堂摇头："齐会长我找过了，他转来转去就是不给个准信儿。"吴雪初问："是不是礼少了？成败在此一举，你千万小心。对了，你那悬丝诊脉到底是怎么诊出来的？"

赵闵堂说："那事先放一放再说吧。有个人我拿捏不准，就是翁泉海，我怕他半路插一脚。他爱管闲事，我拿龟探病的时候，他就来提醒过我，满嘴仁义道德。"吴雪初想了想说："你还是先摸清他的路数为好。我记得有一回吃饭，摆局那人有个朋友叫范长友，姓范的说他的病被翁泉海治好了，他跟翁泉海成了至交，那人可以搭个桥。"

赵闵堂果然托关系请范长友找翁泉海说情。范长友倒是个热心肠的人，真的来到翁泉海的诊所说："泉海，我有件事，想跟你打个招呼。堂医馆的赵闵堂大夫摊上点事，患者家属想到中医学会搞药方论证，要是有人找你论证，你就推脱，如果推脱不了，你就睁一只眼闭一只眼，让事过去就行了。"

翁泉海一笑："是他呀。前段日子听说他搞了个悬丝诊脉，神乎其神。你怎么认识他？"范长友说："是人托人，我也不认识他。你别掺和这事。我跟人家打包票，你倒是答应不答应啊？"翁泉海微微一笑："我明白，放心吧。"

上海中医学会请了翁泉海、赵闵堂、吴雪初、齐会长、陆瘦竹、魏三味等中医进行药方论证。记者也来了。

齐会长说："各位同仁，这是堂医馆的赵闵堂大夫开的药方，这是患者家属照方抓的药，这是他抓的两只知了，据说是原配。大家都来掌掌眼吧。"

众医生都过来了,有人看药方,有人查药,有人查原配知了。过了一会儿,齐会长问:"都看清楚了吗?谈谈吧。"

吴雪初说:"我先讲吧。我看了药方和药材,都没问题。"陆瘦竹说:"此药方配伍得当,君臣佐使,清清楚楚。"魏三味说:"众味药相须相使,不反不畏,不杀不恶。"

患者家属问:"知了能入药吗?"吴雪初说:"当然可以,《本草纲目》虫部第四十一卷就有相关论述。"患者家属追问:"知了必须要原配的吗?"

吴雪初巧妙回避:"这就因病而异了。"患者家属环顾四周问:"各位大夫,我想确定这两只知了是不是原配的。"

众中医不语。齐会长只好说:"翁大夫,你讲两句吧。"

翁泉海拿起知了看了一会儿又放下说:"不管这两只知了是不是原配,首先,知了是可以入药的;其次,用药必显药性,但不能说显药性就一定能治好病。在用药的过程中,因病势轻重缓急,病情千变万化,药不见效也属平常之事,这需要主治大夫根据病情变化,不断调配药方,使病情得到改善,大医治病也不过十去六七。但是,患者家属因大夫没治好病而迁怒于大夫,并要以命相抵,以后哪个大夫还敢治病啊!"

患者家属似乎明白了:"那就是说,这跟两只知了是否原配无关?"翁泉海不语。齐会长赶紧圆场说:"先生,如今患者已经转危为安,就是万幸,应该高兴才对。既然你来到我们中医学会,我们就得为患者负责。我们会研究患者的病情,尽各位大夫之力,争取早日治愈此病。"

患者家属这才点头说:"有你会长这话,我就宽心多了。"

散会了。赵闵堂快步前行。翁泉海赶上去说:"赵大夫,请留步。"赵闵堂站住:"翁大夫,今天您真是言之凿凿,字字珠玑,赵某佩服,有劳了。"

翁泉海一笑:"实话实说而已。赵大夫,恕翁某斗胆讲一句,为医者,需厚德精术,求真,求诚,求正,求善,方能实至名归。"赵闵堂说:"翁大夫,您是在给我讲学吗?""出于肺腑之言。""原来是自言自语啊,告辞。"

回到家,赵闵堂生气地把中医学会进行药方论证的事对老婆讲说一遍。老婆说:"看来人家翁泉海还是替你说话了。"赵闵堂一拍桌子吼道:"屁啊!他讲了一堆,言外之意就是那病能不能治好,跟知了是否原配无关,这不是打我的脸吗?他要是不讲话,我就能把原配知了的事咬死。这回好,记者也在场,说不定把这事捅到报纸上。好不容易长了一层脸皮,又叫他给扒下来了!"

老婆劝慰道:"这大难病让中医学会背了,你应该高兴,不必生气了啊!"

不久，翁泉海去那个面馆吃阳春面，和岳小婉在那里又见了一面。岳小婉告诉翁泉海，她的伤全好了。她说："翁大夫，当时我躲起来不敢出门，因为信任您，才找您给我诊治。没想到让您受了惊吓，对不起。我应该感谢您，我请您吃饭吧。"翁泉海说："岳小姐，您千万不要客气，那是大夫该做的。"

翁泉海知道，范长友和岳小婉是朋友。那次范长友做东，请了翁泉海、岳小婉，还有做货运生意的段世林在一家高级酒楼聚会。

酒桌上，岳小婉绘声绘色地讲老中医治病的故事："有个人找老中医治病，说我喜欢中医，但是中医的药太难吃了，我一看那煎好的药汤就恶心，吃不下去。老中医笑了，说这还不简单，你喝药的时候，别看药汤不就行了！

"还有个患者跟大夫说，我太痛苦了，你赶紧给我治治吧。大夫问你哪儿不舒服啊？患者说我梦里总看见成群的鬼蹲在我家的院墙上，每天晚上都是这样，我该怎么办呢？大夫说这事简单啊，你在院墙上洒点油，鬼就站不住了。患者说那鬼要是踩得稳呢？大夫说把院墙扒了，鬼保准站不住了。"

众人哈哈大笑。

范长友说："无风不起浪，世上肯定有这样的庸医。翁大夫，你说是不？"翁泉海笑道："眼见为实，耳听为虚，笑话而已，姑妄听之吧。"范长友点头说："翁大夫说话滴水不漏啊，来，咱们干一杯！"

翁泉海看着段世林问："段先生，您的酒量不错啊，是不是偶尔头痛呢？"段世林说："是的，不过疼一会儿就好了，无妨。"翁泉海劝道："段先生，您应该戒酒了。"

岳小婉站起来说："在座各位，我要为恩人翁大夫献上一曲。"她唱起了《牡丹亭》，唱得缠绵悱恻，十分动情。翁泉海望着岳小婉，他的手指在桌上弹着……

聚会散了，岳小婉坚持要送翁泉海回去。二人坐在汽车后座上。

岳小婉热情地说："翁大夫，等我复出登台，您一定要来捧场啊！"翁泉海谦虚道："多谢邀请，只是我对昆曲没有研究，也听不大懂。"

岳小婉一笑："可刚才我唱的时候注意到您了，您不仅懂昆曲，还会弹琴，您的手指一直在动，没有二十年的操琴功夫才怪呢，我说的对不对？"翁泉海只好说："早年弹着玩的，多少年没动了。"

岳小婉问："学中医要学诊脉，我听说那都是在琴弦上练的，真如所闻？"翁泉海反问："您会弹琴吗？""当然会。""那您可以诊脉了。"

汽车在翁家院前停住。翁泉海从车里走出来，朝车内摆了摆手。岳小婉透过车窗，望着翁泉海的背影，好一会儿才让车夫开车。

翁泉海回到家里，进了书房，他关上房门，坐在琴旁开始轻抚琴弦……

早晨，翁泉海从西厢房出来，走进厨房，他看见葆秀正在忙着做饭，就问："你什么时候回来的？"葆秀低着头说："昨天。"翁泉海看着葆秀："怎么一点动静都没有？"葆秀斜一眼翁泉海："你说呢？""我回来你知道吗？""我也不是聋子。""怎么不招呼我一声？""你弹琴弹得入迷，我插上一嘴多扫兴！"

翁泉海有些尴尬地说："回来就好。"葆秀笑道："琴弹得不错，油盐酱醋，一味不少。什么时候给我弹一曲啊？""生疏了，等练好再说吧。"

岳小婉还是要宴请翁泉海，她让女用人给翁泉海送来一封邀请信。翁泉海看后说："承蒙厚爱，只是我这里诊务甚忙，着实抽不开身，吃饭喝酒的事就算了，请见谅。"

第二天，翁泉海和葆秀刚要出去买菜，岳小婉的女用人走过来问翁泉海："翁大夫，您今天不开诊吗？"翁泉海说："今天休息。"

女用人低声说："我家小姐突发急病，请您出诊。"翁泉海犹豫着。葆秀问："还轻声轻气的，什么事啊？"翁泉海只好说："有人得了急病，找我出诊。"

葆秀忙说："这可是大事，赶紧去吧。"她问女用人："得病的是男的还是女的？"女用人说："是我家小姐。"

葆秀一笑："女的呀，那我跟你去。"翁泉海摆手说："你忙你的，我让老沙跟我去。""那也行。诊完病早点回来，我给你做好吃的。"葆秀挎着菜篮子走了。

翁泉海坐在卧室床前给岳小婉切脉。岳小婉靠在床上闭着眼睛。切过脉，翁泉海把脉枕放进诊箱说："岳小姐，您没病。"

岳小婉说："翁大夫，我此番请您过来，只是想报答您的救命之恩。"翁泉海说："岳小姐，诊费、药费都已经付清，您不欠我的。"

岳小婉真诚地说："除了诊费和药费，您还帮我摆脱了他们的纠缠，没有您出手相救，可能此时我已经躺在棺材里了。所以，您的恩情我还没有报答。我过些天就要复出登台，想把那出戏先唱给您听。"

翁泉海说："即便如此，您也不能开这种玩笑。""不这样请不来您。翁大夫，请您稍等，我去上妆。"岳小婉说着下了床。

翁泉海忙说："不必上妆，清唱一段即可。"岳小婉坚持道："您是我的救命恩人，岂能轻率？这是我对您的尊重，请不要推辞。"

客厅里，岳小婉身着戏服，光彩照人，唱着《牡丹亭》。翁泉海坐在一旁，神情专注地欣赏着。他被卓绝的艺术魅力所吸引，情不自禁地走到琴旁弹奏起来。琴声中，岳小婉的演唱更加妩媚动人……

老沙头靠在客厅外的墙上站着睡着了，翁泉海提着诊箱走出来。岳小婉穿着戏服相随低声说："翁大夫，您能用琴为昆曲伴奏，且行云流水，功底没有几十年风雨无阻是不可能的。知音难觅啊！"翁泉海一笑："这两年忙于诊务，也就淡了。岳小姐请回，往后不要这样做了。"

翁泉海走到门口喊："老沙，我们走了。"老沙头猛地睁开眼睛，他接过诊箱说："大哥，我没想睡觉，可一不小心睡着了。"

翁泉海笑道："没想到你还有站着睡的本事。"老沙头叨叨着说："在东北练出来的。在冰天雪地里，躺着睡久了就会被冻成冰坨坨。靠树眯一会儿，万一睡着，站不稳就醒了。再说，你在里面忙，我要是坐下呼呼大睡，多没规矩啊！"

翁泉海回到家就进书房，岳小婉那委婉动听的唱腔还在他的耳边缭绕。他不由自主地坐在琴旁，开始轻抚琴弦。

葆秀进来问："回来也没个动静，那人得了什么病啊？"翁泉海说："头疼得厉害。""头疼就请你出诊？可以去诊所啊！""都疼昏过去了，怎么去诊所？"

葆秀点头："哦，那也是……你弹琴呢？给我弹一曲吧，我听得懂。"翁泉海倾情地弹奏起来。

这日，翁泉海收到岳小婉的邀请信，信中说她五天后登台演出，请翁大夫届时捧场。翁泉海悄悄把信烧了。岳小婉请不动翁泉海，她坐着汽车来了。她径直走进诊室，坐在桌前，把手放在脉枕上。

翁泉海给岳小婉切脉，过了一会儿，他说："从脉象上看，您没病。"岳小婉盯着翁泉海："请您再仔细看看吧。""您哪里不舒服？""心里不舒服。""是怎么个不舒服法？""就是不舒服。"

葆秀走过来说："女人的病女人最懂，还是我来吧。"葆秀伸手给岳小婉切脉，她盯着岳小婉说，"确实有病，而且病得不轻。"岳小婉问："怎么治呢？"

葆秀说："心烦气躁，回去喝凉开水，能喝多少喝多少，喝透亮喝凉快就舒服了。"她转身摸着翁泉海的衣扣，"呦，你这扣子松了，等回家我给你缝上。"

岳小婉起身走了。葆秀说："好漂亮的一个人儿啊，简直是上海滩半个红太阳！"翁泉海问："你怎么来了？"葆秀笑道："我要是不来，你能打发走这个难缠的人儿吗？今天晓杰过生日，晚上早点回。"

黄昏，翁泉海和老沙头走在街上。老沙头说："大哥，今天晓杰过生日，我琢磨要做三个菜：红烧鸡翅，酱香鸭掌，清炖鱼头汤。红烧鸡翅是展翅高飞，酱香鸭掌是力争上游，清炖鱼头汤是独占鳌头。"翁泉海笑道："老沙，你在吃上真有研究，我发现你说话是越来越有味道了。"

一辆汽车驶来停住，岳小婉从车里走出来。老沙头说要买瓶酱油，提着诊箱快步走了。岳小婉走到翁泉海近前说："翁大夫，今天贸然造访，惊着您了，十分抱歉。今后我不会再来打扰。"说罢上车远去。

晚上，晓杰的生日过得很热闹。饭后，俩孩子回自己卧室，葆秀在厨房刷洗碗筷，轻微的琴声从书房传来。葆秀走到书房窗外关紧窗户。琴声中断了……

翁泉海坐在桌前写药方，小铜锣轻声轻气地唱方。翁泉海问："小铜锣，你嗓子坏了？怎么没动静了？"小铜锣说："怕动静太大，震了您的耳朵。"

翁泉海说："我就喜欢你这大嗓门，放开唱！"小铜锣犹豫片刻，还是轻声唱起来。翁泉海无奈地摇了摇头。

葆秀站在床前叠衣服，翁泉海走过来问："葆秀，那小铜锣怎么没动静了？谁说她了？"葆秀说："我说的，让她小点声。""你管人家嗓门大小干什么？""震得我心慌，都快震出病来了。"

泉子挺关心小铜锣，他发现小铜锣没吃饭，就问她咋回事。小铜锣眼圈红了，她犹豫一会才说："师母说我嗓门大，震得她心慌。"泉子笑道："哦，是这事啊，铜锣，我不怕你嗓门大，嗓门大好啊，亮堂。"

小铜锣问："真的吗？"泉子说："当然是真的。铜锣你看，现在人都出去了，你不用压着嗓子。"

小铜锣轻声问："那万一有人回来呢？"泉子一拍胸脯："有我呢！我去把门，你放开嗓子喊两声，喊完就不憋闷了。要是来人了，我立马给你报信。"

泉子出去把门，小铜锣开始背诵《汤头歌诀》："四君子汤，四君子汤中和义，参术茯苓甘草比，益以夏陈名六君，祛痰补气阳虚饵……"

葆秀走过来，她站住身，躲在隐蔽处望着泉子。小铜锣高声地背诵《汤头歌诀》。葆秀走到小铜锣面前，小铜锣吓得立即住口。葆秀笑着说："背诵得真好，继续背吧。"小铜锣尴尬地笑了。

赵闵堂带小铃医出诊。路上，小铃医说："师父，我那屋里蚊子太多，想换个好一点的房子。"赵闵堂边走边说："又来了，你怎么信不过你师父我呢？"

小铃医紧跟师父说："我不是信不过您，我是急需用钱啊！"赵闽堂说："急什么，我跟你讲过多少遍了，租房子永远是给别人送钱，只有买房子才是给自己花钱。你怎么就想不明白呢？"

小铃医讪笑："我总不能让我娘天天被蚊子叮一身包吧？"赵闽堂说："我给你个驱蚊的方子，艾叶一钱，藿香叶一钱，浮萍叶一钱，茉莉花一钱，丁香花三钱，雄黄一钱，安息香一分，冰片二分，全部纳入香囊中，随身佩戴，每七日更换，蚊子保准望风而逃。"

这时，一个女人突然从巷子里朝赵闽堂跑来。赵闽堂吓得愣住了。两个男人跟着跑出来，他们一左一右抓住女人，女人突然倒在地上。

女人的丈夫望着赵闽堂问："你是大夫吗？"赵闽堂沉默不语，小铃医说："不是大夫能拿诊箱吗？"女人丈夫喊："大夫，快点给看看啊！"

赵闽堂瞪了小铃医一眼，走到女人近前。女人闭着眼睛，满嘴黑灰。女人丈夫说："我夫人得病后，就爱吃炉灶里烧焦的土，人哪有吃土的，这是中邪了吗？"

赵闽堂给女人切脉后说："脉沉细而涩，舌边有瘀点，得的是月家痨，又称干耳病，干血痨。这是产后百脉空虚，腠理不固，营卫不和，加之产时失血过多，阴血亏损，瘀血内阻之病。此病以气滞血瘀或气血双亏为多见。得病后胞中积块僵硬，固定不移，疼痛拒按，面色晦暗，肌肤甲错，月经量多或经期延后，口干不欲饮。患者多表现为崩漏之症，崩时如跨田阙，漏时如屋漏雨，淋漓不断，这样失血下去，迟早会要命啊！"

女人丈夫连连点头："对对对，说的都对，这是碰上高人了。大夫，求您赶紧救救她吧！"赵闽堂得意道："先生，你们真是好运气，这病啊，你找遍全上海，也没几个大夫能治得了！"

女人丈夫忙说："您说的太对了，我找了好多大夫，花了不少钱，可都没治好。大夫，我全指望您了，您赶紧出手吧！"赵闽堂说："此病需活血散结，破瘀行气消块，养血补血。"

女人丈夫问："那她为什么爱吃灶土呢？"赵闽堂一挥手说："得这种病的人就好这口儿，别说了，赶紧抬回去吧！"

妇科是赵闽堂的专长，他果然治好了那女人的病。病人的丈夫十分感激，就给赵闽堂送了一块金匾，上书：大医济世。小铃医和小龙兴高采烈地把金匾挂在诊所正对门口的墙上，引得许多人来围观。

赵闽堂诊所自从有了那块匾，患者竟然多起来。

有患者问："赵大夫治好重病的事是真的吗？"小铃医说："鎏金大匾在那儿挂着呢，还能有假？"另一患者问："我听说他会悬丝诊脉，也是真的？"小铃医笑着说："那一手露得绝啊，三根线掐住寸关尺三脉，脉动线动，病症全通过三根线到我师父心里。"众人纷纷夸赞赵大夫是神医。

小铃医越说越神："还有更厉害的呢！有个人得了狂症，见鸡杀鸡，见狗杀狗，谁也降不住。他到我师父这，我师父看都没看一眼，就说了一句话，进屋吧。等两人进屋门就关上了。没半炷香的工夫，我师父和那个人出来了，二人搂着膀子说笑。诸位听着，你们只要把诊金交足了，那是躺着进去，站着出来！"

患者多了，赵闵堂开始摆起架子。有人请他出诊，步行他不会去；就是患者家属叫来黄包车，座位也得软乎才行。一个卖包子的家属得了急病来请赵闵堂，因为没有车，诊金又不丰厚，赵闵堂随意一个托词，拒绝出诊。徐老板来看病，答应有酒喝，有戏看，赵闵堂喜笑颜开，精心诊治。陈老板派来汽车，请赵闵堂出诊，赵闵堂欢天喜地，立马上车出诊。

赵闵堂的作为连他的老婆都看不过去了。

这天，赵闵堂靠在摇椅上，跷着二郎腿，嘴里哼哼着。老婆从外面走进来问："看你舒坦的，用不用奴婢给您捏捏肩？"她走到赵闵堂身后，双手按在他的肩膀上，她的手缓缓移到赵闵堂的脖子上，突然掐住赵闵堂的脖子。

赵闵堂吓坏了，高叫："你干什么！你赶紧松手，要断气了！"老婆松开手："看把你显摆的，天底下都装不下你了！"

赵闵堂摸着脖子说："不是我显摆，是事本来就亮堂。那姓翁的还训教我，我这就让他看看，什么叫真才实学！什么叫医术高深！"

老婆撇嘴："自打你治好那女人的病，个头也长了，嗓门也高了，眼皮也沉了，走道手背在身后，腿挪两步晃两晃。吩咐小龙和小朴，全靠眼神，话都少说了。赵闵堂，我告诉你，你就是飞到天上去，老娘我也把你拽回来，拽不回来，我就骑着你脖子飞。你这辈子就是我的人，跑不了！刷碗筷去！"

有个矿场起了霍乱，据说病势还没有得到完全控制，死了人。翁泉海听到这个消息，心急如焚，急着要去看看。

葆秀说："霍乱是沾上就要命的病啊！"翁泉海说："没事，我会小心的。""是人家请你去的？""不请就不能去吗？""去几天啊？""把病治好就回来，家里拜托你了。"

翁泉海带着老沙头、来了和斧子来到矿上。矿场空地上，矿工们排着长队，端着碗领汤药。一个矿工端着药碗颤颤巍巍地走到石头旁，坐下喝药，他突然倒在地上死了。一个矿工端着汤药捂着肚子走过来。

翁泉海问："你用药多久了？"矿工答："大半个月了，喝完倒是舒坦点，可还是上吐下泻，肚子一阵一阵的疼。"

翁泉海端着汤药碗望着闻着，然后把药碗还给矿工。他带着老沙头等人走到大锅前问盛药人："先生，请问这些药是谁开的？"盛药人不耐烦："当然是大夫开的。乱打听什么？上一边去！"

不远处，管事摇摇晃晃地走过来。

翁泉海说："先生，我知道您是矿场的管事，我想打听一下，这里治霍乱病的大夫都是哪里请来的？"管事打了个酒嗝说："哪里的都有，大都是近道来的。"

翁泉海说："先生，我想看看治霍乱病的药方，可以吗？"管事皱眉说："药方有什么可看的，你是不是没事闲的啊？"说着朝前走去。

翁泉海跟着说："我是大夫，看到这么多人病倒，想尽一份力。矿工病重，没气力干活，产量会受影响，如果让他们早些痊愈，对你们是百利而无一弊啊！"管事边走边说："天下患病的人多了，你去治呗，跑这来掺和什么！"

翁泉海拦住管事恳切地说："先生，我只是想看看药方，要求过分吗？如果您不答应，我可以再找上面的人问。"管事站住，不耐烦地说："你这人真够烦的，好了，跟我走吧。"

管事从办公桌抽屉里拿出药方给翁泉海看。翁泉海仔细看后说："管事先生，此方诸药配伍没错，但是药量不足，导致矿工们的病迟迟不见好转。"

管事不耐烦了："睁眼说瞎话，这个药方可是好几个大夫合起来开的，怎么会药量不足呢？你真是出口张狂，自不量力，我看你就是走街串巷的江湖郎中！你们赶紧走吧，别烦我了。"他一把夺过翁泉海手里的药方单，塞进抽屉里，然后靠在椅子上，抱着膀子闭上眼睛。

矿场茶楼雅间内，四个中医在打麻将，翁泉海主动做了自我介绍。

这几个中医听后胡言乱语。"翁泉海，上海来的，你们认识吗？""不认识。""来头不小啊！""好像有这么一号，只是听说是兽医。"翁泉海说："各位同仁，你们听没听说过翁某不重要，重要的是我们都是行医之人，碰到病就要尽心尽力把病治好。"

胖中医说："怎么，你说我们没尽心？"翁泉海说："各位开具的药方我看过了，药配伍没错，只是剂量不足，不能迅速治愈患者。如果病情因此拖延太久，会让更多的人受害，甚至丢了性命。如各位同仁不信翁某所言，请按翁某所开具的剂量煎药，一试便知。"

胖中医哂笑道："你到底是不是大夫啊？药这东西，能说加大剂量就加大剂量吗？万一吃死人谁负责啊？"翁泉海说："我负责。"高个中医说："果然是兽医，用药剂量就是大啊！"几个打麻将的中医大笑。

翁泉海说："你们的药已经用过半个多月了，可矿工们的病情并没有明显好转，且有人因病送命，这难道不值得考究吗？"胖中医说："姓翁的，你凭什么在这大呼小叫啊？"高个中医说："一个兽医跑这咋呼什么？赶紧滚吧！"

斧子推门走进来，上前把麻将桌掀翻了，那几个人大惊。斧子高声喊："谁要是敢对翁大夫无礼，我这把斧子可不认人！"

翁泉海赶紧带着老沙头和斧子来到屋外说："我们来治病，不是来打架的，要是因为打架耽搁了治病，我们还不如不来。来了、斧子，我和老沙还有事，你俩先回客栈吧。"

第十二章
世情薄　疫情恶

翁泉海和老沙头再来到矿场管事办公室，那管事靠在椅子上睡着，鼾声阵阵，他活动着身子想找个舒服的姿势，差点从椅子上摔倒。翁泉海上前扶住管事。

管事睁眼问："你们怎么还没走啊？"翁泉海说："走了，又回来了。先生，那药方的剂量确实不足，需要加量才能迅速见效。"

管事摇头说："我都跟你讲清楚了嘛，药方是几个大夫反复商讨出来的，怎么会剂量不足呢？再说，你一张嘴顶得上人家好几张嘴吗？"翁泉海耐心地说："先生，如果药方剂量充足，服用半月有余，矿工们的病情应该有了很大好转。可目前他们依旧上吐下泻，还不断有人送命！我请您立刻加大药方剂量，迅速控制病情。"管事推托说，事关重大，他得上报。

两天后，翁泉海和老沙头又来到矿场管事办公室催问。管事说："上面没回信，你催我也没用！"翁泉海说："管事先生，要不您先把药剂量加足，等矿工们的病好了，您也是大功一件啊！"管事摇头说："可要是吃出毛病呢？人命关天，我可不敢做主。"

翁泉海和老沙头出了办公室，二人坐在路边石头上。

翁泉海看着老沙头说："那个管事是在有意拖着咱们，你说他为什么这样做？"老沙头说："药剂量不足，一天的剂量如果分两天用，那几个大夫不但可以多收一天的出诊费，还在这有吃有喝。"

翁泉海皱眉："可这对管事有什么好处呢？难道他收了他们的钱？如真是这样，可是图财害命！他们于心何忍啊？不行，我还得找他。"

翁泉海再见管事，直接说："我知道此事责任重大，要不这样，我写封信，签上我的名，您帮我转交给总管，可以吗？"管事只好答应。

翁泉海很快写好信送来，管事拿着信看："字写得不错啊，行了，信就放我这吧。"他把信塞进抽屉里。

晚上,翁泉海和老沙头他们在客栈客房内商量事情,窗外突然传来声响。斧子拉开窗帘,鲜血顺着窗户淌下来。翁泉海他们走出来看,一只鲜血淋淋的死兔子躺在地上。翁泉海故意高声说:"把兔子炖上,今晚撑个饱!"

一晃三天过去了,管事那里还没有信儿。心急如焚的翁泉海决定自己支锅煎药!他让来了去矿上的药房抓药,让斧子去买一口大锅,他和老沙去弄柴火。

第二天,矿场空地上,一口大锅支起来。柴火熊熊燃烧,锅内药汤翻滚,热气腾腾。来了搅动着药汤,斧子扇着火,翁泉海、老沙头站在大锅前。

不远处,众矿工都往翁泉海这边看。来了和斧子走到众矿工近前。来了大声说:"各位兄弟,上海泉海堂的翁泉海大夫已经把药煎好了,此药专治霍乱病,大家快去我们那边取药,一会抢没了,可就喝不着了!"

矿上盛药人走过来喊:"这药是随便送的吗?吃坏了算谁的?赶紧滚蛋!"

斧子上前推开盛药人。两个打手过来要干架。

翁泉海赶紧跑过来望着盛药人拱手说:"兄弟,我是上海泉海堂的大夫,叫翁泉海。我既然是大夫就可以治病。患者就医,找什么样的大夫,是他们自己的选择,你们没权力干涉。"

盛药人冷笑:"好,那我就看看,谁去喝你的药。"他走到众矿工近前说,"都听好了,矿上非常重视大家的病情,特意请了好几个名中医合力给大家开了药方。你们如果信得着,就喝我们的药,如果信不着,就喝他的药,全凭自愿。话说回来,要是喝他的药喝死了,可别找矿上的麻烦!"

翁泉海高声说:"矿工兄弟们,你们服矿上的药已经半月有余,是什么疗效你们自己清楚。如果你们信得着我,可以试试我的药。我的药是自己花钱煎的,就是为了治好你们的病,我不收你们一分钱的费用!"

一个矿工拄着木棍颤颤巍巍地走到翁泉海近前:"大夫,我这条命看来保不住了,临死前,我是死马当活马医,我喝你的药。"

接着,又有几个矿工前来盛药。然而,那几个矿工喝了翁泉海的药竟然无效!他们的家属来质问翁泉海。

翁泉海大声说:"矿工兄弟们,请你们再给我一点点时间,容我弄清楚这到底是怎么回事。我今天把话放这儿,如果治不好你们的病,我绝不会走,不但不会走,我的命也得留在这儿!"

翁泉海回到客栈客房内,把来了从矿上药房买的那包药拿出来望闻拿捏。

老沙头说："能不能是药材出了毛病呢？"翁泉海点头："你说的有道理！"

翁泉海火速来到上海诚聚堂药房，请崔掌柜辨别从矿上药房买的那包药。崔掌柜经过望闻拿捏，告诉翁泉海，这包药里的藿香梗是枯树枝。不法药商把形似藿香梗的枯树枝放在藿香里熏染，枯树枝就有了藿香味，此法能以假乱真。

翁泉海回到矿上和老沙头分析：大夫用药剂量不足，是为了多赚出诊费，药商卖假药，是为了多赚药材钱，他们各有所图。如果矿场管事清楚这些事却闭眼装看不见，那管事、大夫和药商就是一根绳上的蚂蚱，他们三家联起手来，可是一张风雨不透的大网。翁泉海决心要揭开这害人的黑幕！

翁泉海让斧子到矿场药房按那些中医的药方买一服药，拿回来一看藿香梗果然是假的。来了出去调查后回来说："药材有矿上人护运，等煎完后，药渣子被立刻运走，全倒进一个大坑里，迅速烧毁了。"

翁泉海点头："果然如此，看来那个管事对此事心知肚明。来了，你和斧子迅速回上海，买二十捆藿香梗来，要整支的，千万不要切碎！"

夜晚，丛万春、管事以及四个中医和三个药商在矿场饭馆雅间内聚会。

管事说："人命关天，要是死多了事就大了，我担待不起啊！那个姓翁的写了一封信让我上报总管，我把信烧了，这都是为了你们。"丛万春擎起酒杯说："管事先生，您真是我们的衣食父母啊，我们是感激涕零，兄弟几个，一块儿敬管事大人。"三个药商和四个中医站起给管事敬酒。

丛万春稳住管事说："我们也不想闹出人命来，本打算重新调配药方治病，可那姓翁的来了，还自己支上摊儿，他要是把病治好了，那就是打咱们的脸，您往上也无法交差啊！"胖中医说："就算把病治好，也得是我们治的，不能让那姓翁的占到便宜。"

丛万春说："管事先生，只要那姓翁的不插手，这病何时治好，都在咱们手里掐着呢，也就是您一句话的事。"管事担心道："那姓翁的又回来了，回来后就没动静。我心总有些不落底儿啊！"

丛万春说："他回来又能怎么样？咱们的药煎完就销毁了，他拿不到证据。就算他花钱煎药，自打上回那事，谁还敢喝他的药？"管事皱眉道："我想不明白，他从上海赶来，就为了跑这里治病？还自己花钱煎药，他图什么呢？"

胖中医说："图名图利呗。他要是把病治好，名就来了，那么多矿工，一传十十传百，他的大名就被传讲出去了。治好一个矿工，众矿工都会去喝他的药，到时他说收钱就收钱，谁还能不给？他是躺着都能赚大钱。一举双得的买卖，前面赔点又算得了什么呢！"

黑脸药商点头："有道理。那姓翁的心怀叵测，为了自己要坏咱们大家的好事，此人留不得，留下必是祸患。"

管事担心："我总觉得姓翁的不是平常之辈，有耐心，胆子还不小，怕就怕他闹出咱们想不到的乱子啊！"丛万春说："管事先生，您无须多虑，客栈里有我们的人，都盯着他呢，稍有风吹草动，我们就会提前知道。正所谓知己知彼，百战百胜。"他朝黑脸药商使了个眼色。

黑脸药商掏出五个信封，放在管事和四个大夫面前。

来了和斧子从上海运来二十捆藿香梗。斧子把藿香梗放在客房里，都靠墙堆好。夜深了，客房里空无一人，十捆藿香梗堆在墙边。房门缓缓打开，两个陌生人抱着假藿香梗走进来，把真藿香梗抱走了。

第二天一早，翁泉海他们又开始把大锅架在柴火上熬汤药了。几捆藿香梗堆在一旁。翁泉海和老沙头站在大锅前。管事带着两个警察走过来说："他用的药材是假的！"警察走到翁泉海面前："你是翁泉海吗？有人举报你的药材是假的，我们要没收你的药材，你得跟我们走一趟。"

翁泉海笑道："说我的药材是假的，得有证据。"管事说："药商和大夫马上就来，一看便知！"

丛万春带着三个药商和四个大夫来了。管事让他们辨别药材的真假。药商和大夫俯身查验几捆藿香梗，又从大锅里舀出药材查验。

药商和大夫查验后互相望着。丛万春紧皱眉头。几个人不得不承认，藿香梗和锅里的药材都是真的。

警察问："管事先生，你不是说药材作假吗？这是怎么回事？"管事煞有介事道："我得找那个举报的知情人再问问，这不是冤枉人吗！"

翁泉海拿来一包中药说："警察先生，这包药是我从矿场药房买的，里面的藿香梗是假的，我怀疑矿场药房卖的是假药材。如果您不信，可以随我前去查看。"

众人来到矿场药房。一包中药摆在柜台上。翁泉海、管事、丛万春、警察、药商、大夫等众人站在一旁。掌柜望闻拿捏后说："这药里的藿香梗确实是假的。"

翁泉海说："掌柜的，这药是从你这买的，没错吧？"

掌柜说："印章清楚，确实出自我的药房。只是你以此来证实我的药房卖假藿香梗，我不认。药你已经买走了，出了我的门就有可能做手脚。警察先生，我怀疑他是有意栽赃嫁祸！"

翁泉海笑了："光天化日，朗朗乾坤，假货横行，贼喊捉贼，真是天大的笑话！掌柜的，你这店里有藿香梗吗？可以拿给我看看吗？"

掌柜抱来一捆藿香梗，放在柜台上："都掌掌眼吧，看看我这藿香梗到底是真是假！"丛万春等众药商和大夫查验藿香梗。翁泉海说："不用看了，这藿香梗是真的。因为这是我买的藿香梗！"

掌柜笑了："你栽赃嫁祸不成，反而说这藿香梗是你买的，怎么证明呢？"

翁泉海说："很简单，这藿香梗上有标记！警察先生，我昨天从外地买来藿香梗，怕被人调换，特意在每捆藿香梗的一支上面刻了翁字。没想到，它还是被人换成了枯树枝。可能有人不解，既然已经调换了，为何我手里还有真藿香梗呢？因为我把一半藿香梗放在明处，另一半藿香梗放在暗处。警察先生，矿场受霍乱之灾，矿工们被病折磨，甚至死于非命。可矿上某些人为一己私欲，有意让药材剂量不足，贻误病情，更有甚者，用假药材治病，赚黑心钱。他们互相勾结，戕害人命，天理不容，王法不容！"

管事、丛万春等众药商和大夫说不出话来。

警察说："此事甚大，我们需要仔细调查。"翁泉海说："案情调查多久，最后是个什么结果，这跟我无关。我是个大夫，只关心病症。眼下，矿工们重疾在身，病情已经耽搁许久，我想应该迅速煎药，祛除霍乱之灾，这才是重中之重的事。管事先生，您说对吗？"管事忙说："对对，赶紧煎药！"

大锅架在柴火上，热气腾腾，众矿工排着长队等候盛药。不远处，翁泉海、老沙头坐在石头上望着。

老沙头说："大哥，咱们该回去了吧？"翁泉海摇头说："病还未除，不能走。"

"大哥，我明白你的心思。你这一棒子砸碎了他们的饭碗，他们能善罢甘休吗？万一拼上命，再想走就来不及了。""不祛除此病我绝不走，就算他们起了杀心，我也奉陪到底！"

富贵人家苗先生派汽车来请赵闵堂出诊，赵闵堂高兴地带着小铃医上了车。来到苗家客厅，赵闵堂坐在沙发上，跷着二郎腿喝茶，茶几上摆着茶点和水果。

苗先生请赵闵堂上楼。赵闵堂不慌不忙地把茶喝光，然后站起上楼，小铃医提诊箱跟着。楼上卧室的床上躺着一个老者。赵闵堂给老者切脉，过了一会儿，他站起说："病症已尽知，我回去开方子。"

老者问："大夫，我得的什么病啊？"赵闵堂说："小病，该吃吃该喝喝，千万不能因为病了就不吃不喝，到头来是得不偿失。"

来到客厅，苗先生问："赵大夫，我爸说他躺着腰疼，趴着就不疼了，您有何缓解之法？"赵闵堂说："那就趴着呗。""可也不能总趴着呀？""站着疼不？不疼就站着。""哪能总站着呀。""站一会儿趴一会儿，不就行了？"

走到门口，苗先生拿出个盒子，里面是一块闪闪发光的金表："赵大夫，这是我一点心意，请笑纳。"小铃医喜笑颜开地接过金表说："多谢您了。"

赵闵堂不动声色地说："小朴，把礼物还人家。"小铃医把金表塞给苗先生。苗先生问："赵大夫，您这是何意？"赵闵堂说："此礼太贵重，赵某承受不起。"

苗先生笑道："赵大夫言重了，这不算什么，等老父病愈之后，还有重谢。"

赵闵堂说："那就等病愈之后再说吧。小朴，我们走。"

苗先生带赵闵堂和小铃医走到汽车前，要让车夫送他们回去。临别，苗先生和赵闵堂握手后也跟小铃医握手，他手一抖，手腕上的金表滑到小铃医手腕上。

赵闵堂回到诊所，立即吩咐小龙停诊，并让小龙回家休息。小龙高兴地走了。

赵闵堂拿起一本书翻看。

小铃医问："师父，那人得了什么病啊？"赵闵堂头也不抬地说："奇病。""能治好吗？""我又不是神仙，怎么知道治不治得好。"

小铃医又问："那就是难治了？"赵闵堂说："知道我为什么不让你收那块金表吗？怕就怕无功受禄，再来个寝食不安。"

小铃医犹豫着伸出左手，他手腕上戴着金表。赵闵堂瞪眼："你怎么把表拿回来了？"小铃医说："我也不想拿，可它自己跑我手腕上了。"

赵闵堂说："胡扯！我不让你收，你怎么不还给他？"小铃医巧辩道："师父，我也弄不清楚到底该不该收啊！有时候，您也是说不让收，等收了礼后，您也没说什么。前段日子您给陈老板他老母诊病，临走陈老板送您一块水头好的和田玉雕，当时您说不收，等我抱回来后，您抱着玉雕稀罕得不得了。"

赵闵堂摇头赌气道："这……你可气死我了！高小朴啊，你是回回给我下绊子，这事我不管了，是还表还是去治病，你自己决定吧！"

半天过去，赵闵堂问小铃医："东西还回去了？"小铃医讪笑道："师父，我去还了，可人家不要，说一点心意，不算什么。还说您要是不喜欢，就给我戴。"

赵闵堂冷笑："你戴表就得治病，你治得了吗？我可是不管！"小铃医说："师父，是您亲自去给病人把脉，您不管谁管？您现在可是名声在外，要说这病您治不了，有失颜面啊！"

赵闵堂说："有失颜面也不能逞能耐，要是惹出大祸来，那就不是颜面的事，堂医馆的招牌都得被人砸了，我也好不了！"小铃医眨巴眨巴眼，有了鬼点子，他说："师父，其实这病可以换个治法。"他贴着赵闵堂的耳朵悄声说出了他的主意。赵闵堂含笑点头。

苗先生来到赵闵堂诊所，询问药方是否开好。赵闵堂说："此病不难，只需一味奇物做药引。一根老虎须子足矣。"苗先生皱眉问："老虎须子？这东西哪里有卖呢？非此物不可吗？"

赵闵堂道："要是能替换，我早就替换了。先生，您老父的病我已知晓，要我来治，我只能用此物做药引。如果没有此物，我也无能为力，您可以另请高明。"苗先生想了想说："赵大夫，多谢您了，我再找别的大夫问问吧，告辞。"

赵闵堂说："苗先生，那块表……""无妨，喜欢就留下，不喜欢就扔了吧。"苗先生说罢，头也不回地走了。

小铃医站在一旁低声说："师父放心，那东西他弄不到。"赵闵堂瞪一眼小铃医："还说，都是你惹的祸！"

晚上，赵闵堂靠在躺椅上，欣赏着手腕上的金表，老婆走过来，一把抓住赵闵堂的手腕："呦，这是哪来的金表啊？"赵闵堂得意道："人家敬佩我医术精湛，赏的呗。"说着摘下金表递给老婆，"千万拿稳了。"

老婆掂量着金表："真压手啊，这是纯金的吗？我咬咬试试。"赵闵堂喊："你咬它干什么！咬上牙印怎么办？赶紧给我。"

老婆爱不释手地说："这大金表太亮堂了，得值多少钱啊？当家的，要不咱们把它卖了吧。""妇人之见，你赶紧给我！"赵闵堂上前夺金表。二人争来夺去，金表掉在地上，表蒙子摔破了。

赵闵堂和小铃医都想不到，苗先生竟然搞到了一根老虎须子。那老虎须子放在一个精致的小木盒里。苗先生说："赵大夫，奇物已到，请开药方吧。"赵闵堂笑了笑，瞪了小铃医一眼，提笔开药方。

苗先生拿着药方走了。赵闵堂盯着小铃医问："你不是说老虎须子弄不到吗？他怎么就弄到了？我就说那不是平常人家，非富即贵，人家什么弄不来，这上海滩神着呢！"小铃医哭丧着脸说："师父，您现在就算骂死我也没用。要不我把表还回去吧，还了就不欠他的，就算治不了，他也挑不出咱的毛病来。"

赵闵堂问："还？他不是不要吗？"小铃医说："他不要咱也还，我也把表套他手腕上。"

赵闵堂挠头："那金表……你又出馊主意！现在去还表，那不就是说我治不了吗？我能丢得起人吗？再说他能弄到老虎须子，肯定是托了不少关系花了不少钱，钱花出去了病没治好，他不还得埋怨我吗？"

小铃医点头道："您说的也有理。要不这样吧，咱们先等一等，病这东西，千奇百怪，说不定什么药就治了什么病，我的大药丸子不也治好过病吗？万一您的药好用了呢？"赵闵堂叹气："我这一天天的，被你把心堵得都没缝了，你到底是我的徒弟还是我的仇人啊！"

十几天过去，苗先生又来了："赵大夫，您说我老父患了奇病重病，需要奇药医，此奇药就是一根老虎须子。我为了弄到那根老虎须子，花了多少钱不说，听说还死了两个猎户。好，这也不讲了，我老父服了药，病却迟迟不见好转，您说这是怎么回事呢？"

赵闵堂扫了身旁的小铃医一眼。小铃医忙说："苗先生，病这东西，谁也不敢说一定能治好，就算您去找别的大夫，也没人敢拍着胸脯打包票。只要大夫尽力了，那就是尽了医道，对得起患者。再说了，您老父得了奇病重病，这药也刚吃了十日有余，哪能说好就好呢？您得耐心点啊！"

苗先生追问："那你们说，我老父的病什么时候能治好？"小铃医又搅动三寸不烂之舌："病有千种，药有万性，治病这东西，不光讲究药，还得讲究四时阴阳。《黄帝内经》中说，夫四时阴阳者，万物之根本也。所以圣人春夏养阳，秋冬养阴，以从其根；故与万物沉浮于生长之门。逆其根，则伐其本，坏其真矣。故阴阳四时者，万物之终始也……"

苗先生喊道："你闭嘴！说这些有什么用？我就问我老父的病什么时候能治好？！"赵闵堂迟愣一下说："我又不是神仙，怎么知道什么时候能治好呢？再说这病难治啊。我想到个好方子，可以给您老父服用，定会有效。"

"好吧，我再信你一次。"苗先生拿着药方走了。

赵闵堂愁眉不展地回到家里，老婆看到他的样子呲儿他："呦，咋不在躺椅上摇光景了？"赵闵堂摇头："你还说风凉话，要不是你把表蒙子摔破了，我能落得这般田地吗？现在想还都还不回去了。"

老婆赶紧过来给男人捏肩膀，说道："当家的，那高小朴讲的也不是没有道理，有病乱投医，说不定哪服药就把病治了。你该咋治咋治，要是能治好就不用讲了，要是治不好，他真要闹上门来，我能让你受屈儿吗？我这张嘴也是啃过杠子头的！"见男人不说话，她摇着男人的肩膀哕声道，"当家的，你说那块金表既然已经摔碎了，留着也没啥用，不如给我打个金镏子吧。"

赵闵堂忙说："你可别打那金表的主意，万一人家反悔了管我要，我还得还人家呢。"

没几日，苗先生又来了，这次是来者不善，他后面跟着两个男人，手里拿着绳子。

赵闵堂急忙从桌前站起赔笑："苗先生，我们有话好说。"苗先生怒目圆睁说："还有什么可说的，我老父喝了你的药，是越喝病得越重，你这哪是治病，是要命啊！我今天来，就是要捆你见官！把他给我捆起来！"

两个男人上前欲捆赵闵堂。赵闵堂高喊："小龙！小朴！"小龙跑上前来，被一个男人一脚踹了个跟头。赵闵堂又高叫："高小朴，你在哪儿呢！"

小铃医大声回应："师父，我来了！"他挺胸抬头，不慌不忙地走过来。苗先生说："来得正好，把他也一块绑了！"

小铃医正色道："慢着，我有话说。先生，我不知道您是哪路神仙，可既然您是为治病的事来的，那咱们的疙瘩就得在病上解。就算你们把我们捆到警察局，警察也得问问，您也得占住理，要是没理，警察也不能无缘无故抓我们不是？"

苗先生从兜里掏出老虎须子："你们说用老虎须子能治好病，我花钱卖命弄来了，可到头来没治好，这理不在我这吗？"

小铃医说："您把老虎须子给我看看。"苗先生冷笑："你想毁掉证据吗？"

小铃医说："那好，您拿着我看。"他凑到老虎须子近前望着问："先生，您确定是这根吗？"苗先生说："就这一根，不是它还能是什么？"

小铃医神奇地说："可如果这根老虎须子是假的呢？我曾走南闯北，跟老虎睡过觉，吃完饭就拿老虎须子剔牙，我对这东西最熟悉不过了，什么形什么味，我是清清楚楚。"

苗先生说："假的？你还想反咬一口，好，等到了地方，我看你还说什么！"

小铃医乜斜着眼："先生，官司当头，我可不敢妄言。您可以拿着这根老虎须子去找人查验，如果这是真的老虎须子，那杀剐存留，您随便来。"

苗先生不服地说："这根老虎须子被煎了这么久，味都煎没了，又煎没了一截，能查验出来吗？"

小铃医从怀里掏出一小截老虎须子说："您看这一小截是您的吗？"他说着，把两截老虎须子接到一起，"上回您把它拿来，我特意留了一点，我想这样就可以查验明白了。"

苗先生张口结舌，半天才说："算了，我老父的病不用你们治了。"苗先生带着他的人走了。

赵闵堂指点着小铃医说："想不到你小子还留一手！"小铃医笑着说："这都是师父您教导得好啊！其实，我早就知道，那人弄不来老虎须子。"

赵闵堂回到家里，老婆哭丧着脸说："我拿那块表去打金镏子，人家说那是镀金的，不是纯金的！"

赵闵堂一愣，又一笑："镀金就镀金的，扔了吧。"老婆还有气："你不是说那是气派人家，送你的肯定是金表吗？"

赵闵堂说："不管镀金还是纯金，反正就是金表啊！"老婆摇头："跟你一天天整不明白！"

赵闵堂若有所思地说："可有一件事我明白了，那个高小朴会留后手，此人得防啊！"

第十三章
欲说还休

翁泉海带着他的人坐在马车上回上海，刚出矿场不远，呼哨声突然响起，路边树丛里蹿出几个蒙面人。

斧子从马车上跳下来高声喊："你们要干什么?!"翁泉海让斧子退后，他下马车走到斧子身前。

蒙面人首领问："哪个是翁泉海?"翁泉海说："我就是。""翁泉海，你这是要走吗?""霍乱病灾已经根除，我该走了。"

蒙面人首领指点着翁泉海："说走就走，天下哪有这么便宜的事！翁泉海，我跟你讲，你们中医不是讲究挑着三根指头走天下吗？有人要买你三根手指，如果你把手指头留下，你们都可以走，如果你舍不得，你们一个都走不了，每人都得留下三指！我听说你们当中有个横人，可你再横有什么用？双拳难敌四手，好汉架不住人多！"

老沙头说："天光大亮，你们还敢动粗不成？要是动静闹大了，你们一个也跑不了！"蒙面人首领哈哈大笑："荒郊野外，你们就是喊破嗓子，也没人来。别废话了，翁泉海，赶紧的吧！"他拽出刀扔在翁泉海脚前。

斧子猛地拔出斧子高喊："你敢要我家先生的手指头，我就砍了你的脑袋！"蒙面人首领叫道："兄弟们，先把这小子的脑袋给我砍下来！"众蒙面人擎刀朝斧子走来。

翁泉海大声说："斧子、老沙、来了，你们快走！"老沙头跑到路边拾起一根棍子横在胸前。来了捡起翁泉海脚前的刀。

翁泉海问："是不是我给了你们三指，你们就能放我们走？"蒙面人首领说："买主就付了你三根手指头的钱。"翁泉海伸手去夺来了手里的刀，来了抱紧刀不松手，老沙头从后面抱住翁泉海。斧子大吼一声，边练斧子边喊："削脑袋，剁爪子，挑脚筋，开膛破肚掏个心……蛮贼草寇，你们纳命来！"

蒙面人头领突然高喊："快撤！"

众蒙面人急忙奔逃，消失在路边树丛中。斧子收住招式说："咦？怎么说跑就跑，还没大战三百合呢！"

翁泉海回头望去。路上，一大群矿工赶来送行，他们嘴里大声喊："恩人……"翁泉海眼含热泪，向矿工挥舞着臂膀，然后和老沙头他们几个人迅速坐上马车走了……

矿场的事情已经过去，丛万春和四个药商在茶楼雅间聚会。

石姓药商说："那个翁泉海就是命大，否则他这辈子的饭碗就砸了！"胖药商说："现在讲这些有什么用，有本事你到他家里砸锅去。"丛万春摇头说："都老实点吧，愁事还嫌不多吗？"

高个药商说："本来是赚了点钱，给管事分点，给大夫分点，到头来，还得给自己花点，忙活了半天，还赔了！"丛万春说："能给自己花上钱也是好运气，这叫花钱免灾保平安。如果当真被关进牢里，那想花钱都花不上了。"

黑脸药商说："这话有理。那管事算彻底凉快，我看他这辈子是出不来了。"石姓药商说："这事讲到底，都是那个翁泉海搅和的，要是没有他，咱们能赔吗？根在他身上！"

从矿场回来后，翁泉海决定给几个小伙计一个名分，收他们为徒。

来了、泉子、斧子、小铜锣在翁家院内站成一排，等着举行拜师仪式。

来了说："拜师是大事，得好好张罗张罗。斧子，今天拜师，你这身衣裳还摞着补丁呢，也太寒酸了，换件去吧。"斧子说："拜师跟穿衣裳有什么关系？心诚就行呗。"

来了说："要论资排辈，我可是大师兄，师父不在，你们得听我的。"小铜锣说："要是不对的也听，那不就是分不清香臭了吗？"

泉子笑道："铜锣说得对。"来了不高兴："泉子，我发现你总向着小铜锣说话，怎么，你不会是……"

泉子说："小铜锣是咱们的小师妹，多照顾照顾也是应该的啊！斧子，你说是不？"斧子说："铜锣，往后谁欺负你，跟我说，我替你出气。"泉子接腔道："用你出气干什么？铜锣有难事跟我说就行。"

来了说："我是大师兄，有事还得跟我说。我来了能耐不大，可也有一把力气，能帮忙的肯定帮忙。""你们都是我的好大哥，好师兄，这辈子能碰上师父，碰上你们，我……"小铜锣说着哽咽了。

鼓掌声传来。四个人转身看，翁泉海站在他们身后。

翁泉海高兴地说："你们刚才说的话我都听到了，讲得很好。同门师兄弟，就得互相关照，拧成一股绳，这样才能取长补短，共同成长。拜师难，同门师兄弟相处更难，如果你们不能拥有一颗互相包容的心，早晚会土崩瓦解，各奔东西，留下我一个师父，岂不痛哉！"

来了说："先生，您放心，我们会拧成一股绳的。"翁泉海大声说："叫师父！"来了问："在……在这拜师？"翁泉海说："去哪儿拜啊？繁文缛节，不要也罢。"

来了猛地跪在地上，泉子、斧子、小铜锣也急忙跪下。来了高声喊："师父在上，受小徒一拜！"泉子、斧子、小铜锣也高声喊："师父在上，受小徒一拜！"

翁泉海说："好了，都起来吧。今天晚饭都进屋吃，好酒好菜。"

来了问："师父，这……这就拜完了？您不讲几句？"翁泉海说："该讲的话我刚才不是讲完了吗，一辈子还长，道理多着呢，讲一件做一件吧。"

小铜锣说："我们还没敬茶呢。"泉子掏出拜师帖："师父，这是我的拜师帖。"来了、斧子、小铜锣也都掏出拜师帖。

翁泉海郑重地说："拜师帖你们自己留着，闲暇时多看看，不仅写在纸上，还要牢记于心。良药善医，厚德精术，医道和医术并行，道无术不行，术无道不久，谨遵医道，精修医术，大道至简，悟在天成。不求医尽天下之病，只求无愧天下之心。"

夜晚，岳小婉正在戏台上唱《西厢记》，突然旧疾发作，摔倒在地，台下观众一片哗然。演出无法继续，岳小婉只好卧病在床，请大夫来家里诊治。但是，请了好几个大夫，喝了十多服药，病情就是不见好转。女用人说："我看那翁大夫是个高人，说不定他能快点把你的病治好。"岳小婉轻声道："不要请他，上海大夫多着呢。"

秋月斜挂，从书房传出琴声。葆秀敲门对翁泉海说："这么晚还不睡啊？你这一到晚上就弹琴，吵得我睡不着。"翁泉海说："好，我不弹了。"葆秀问："我看报纸上说昆曲名伶岳小婉病倒在台上了？怎么说倒就倒了，你说能是什么病啊？"翁泉海摇头说："我哪知道。"

翁泉海内心对岳小婉的病放心不下，就想通过范长友沟通一下。他正要去找范长友，凑巧范长友自己来了，他说刚从外地办事回来，正巧路过这儿，就想进来看看老朋友。

喝茶闲聊之后，翁泉海说："长友，我看报上说，岳小婉病倒在台上了？你知道吗？"范长友吃惊道："她病了？我不知道。她得了什么病啊？我和小婉可是老交情，我得去望一眼啊。"

范长友来看望岳小婉，女用人带着他走进卧室，床上挂着幔帐。岳小婉说："范大哥，多谢您来探望，只是我有所不便，请见谅。"范长友说："都是自家人，不用客气，你到底得了什么病啊？"

女用人说："大夫说是气虚厥。服药了还没见明显好转。"

范长友建议找翁大夫看看。岳小婉说："这点小病，用不着劳烦翁大夫。"

范长友心想，难道两人有什么过节？他问岳小婉，她矢口否认。范长友便私下里做主，去找翁泉海给岳小婉看病。

翁泉海听范长友说岳小婉的病是气虚厥，就说："气虚厥最早见于《赤水玄珠·厥证门》，书中记载，得此病的人昏倒后会大汗淋漓，全身冰凉，要迅速用手死掐人中穴不放，直至苏醒。此病甚危，如果耽搁久了，必有性命之忧。"

范长友急了，说道："那得赶紧治啊！你治这病有把握吗？"翁泉海说："没亲手诊治，怎么会知道呢？中医讲究的就是一病一治，一人一方。同样是气虚厥，一人吃的药好用，换个人吃就未必好用了。"

范长友说："看来还得你出手。可那岳小婉就是太客气，她说小病用不着你，可这病也不小啊，你还是快去吧！"

傍晚，女用人对岳小婉说："要不我还是去找翁大夫吧？"岳小婉摇头说："不能再麻烦翁大夫了，上回贸然造访，他脸上已有不悦之色。我就是死了，也不用他来诊治！"

女用人望着岳小婉，犹豫着说："小姐，翁大夫就在外面候着呢！"岳小婉低头不语，女用人赶紧请翁泉海进来。

岳小婉从幔帐内伸出玉臂，翁泉海仔细切脉后说："脉沉细小，属气厥脉。岳小姐，您的病很重，但可治。药为秘方，我需回去煎制，等煎好后，我会给您送来。岳小姐，命金贵，千万不能轻了它。"

幔帐内，岳小婉闭着眼睛笑了，眼泪涌出来……

翁泉海回来就急忙煎药，煎好已经很晚了。天上有稀疏的几颗星星。翁泉海抱着药罐坐黄包车去给岳小婉送药。不远处，葆秀也坐一辆黄包车，跟在翁泉海的车后。

岳小婉喝完翁泉海送来的药，让女用人去洗药碗。翁泉海隔着幔帐说："岳小姐，翁某告辞了。"

　　幔帐内，岳小婉说："这确实是您亲手煎的药。用了多少心，我能品得出来。我是个孤儿，有幸被师父捡到，带进戏班子，跟师父学艺，为师母洗刷缝补，也算能吃上一口半饱的饭。可没想到师父渐起色心，师母把我打出家门。我一路唱，一路哭，有人看，没人留，眼望江水多少次，可又不想把薄命交给天。幸亏遇到好心人，让我站在戏台上，粉墨登场扮旁人，妆颜退尽留自己，众星捧月唱繁华，星退月留冷寒清。可让我深感温暖的是，有人在我危难之时伸出手，有人在我病重之时为我开方送药，这样的人就是我的恩人，也是我要挂在心里一辈子不能忘记的人。"

　　翁泉海静静地听完岳小婉的话，才轻声说："岳小姐，时辰不早了，您歇息吧，明天诊务繁忙，我会派人给您送药来。"

　　幔帐内，岳小婉轻语低吟："生怕离怀别苦，多少事，欲说还休。新来瘦，非干病酒，不是悲秋。休休，这回去也，千万遍《阳关》，也则难留……"

　　见没人答言，岳小婉撩开幔帐，翁泉海已经走了。

　　夜已深，万籁俱寂。葆秀心里难受，独自喝着酒，她把酒喝光，走到西厢房外。西厢房里透出灯光。她抬起脚欲踹门，却又收回脚，转身欲走。

　　门开了，翁泉海从屋里走出来问："葆秀，你找我？"葆秀背对着翁泉海问："我找你干什么？"

　　"哦，那我去方便了。"翁泉海关上房门，从葆秀身边走过，"你喝酒了？"葆秀说："不喝睡不着。"

　　翁泉海说："等我给你开个安神的方子。"葆秀说："最好用药狠点，要不怕不顶用。""你先回去睡吧，明天再说。""我想回老家待一段日子。""想回就回吧。""我又不想走了。"

　　翁泉海问："怎么一会儿走一会儿不走的？"葆秀说："大上海光景多，我得多看看，走了就看不到了。"翁泉海摇头说："净是没头没脑的话，听不明白。"葆秀大声说："我不空出地方，谁也进不来！"

　　翁泉海知道葆秀是啥意思，可他装糊涂。虽然岳小婉牵着他的心，他却不能跟着心走。

　　感情这东西，就像淤泥里的莲藕，藕断了，丝还连着。

　　翁泉海坐在诊室给患者看病，泉子交给他一封信。他打开看，里面是岳小婉写的信和一张戏票。他展开信看：翁大夫，您好，在您的精心诊治下，我已病愈，再次感谢您。近日我会登台连演三天，望您拨冗捧场。

　　翁泉海把信和戏票烧了。

第一场戏岳小婉看到包厢里无翁泉海,就让女用人再送第二场的戏票。翁泉海接到装有第二场戏票的信封,立即把信封塞进抽屉里。

这时候,范长友和段世林来了。范长友说:"泉海啊,你赶紧给看看吧,段老板病得不行了!"翁泉海赶紧让段世林躺在病床上给他切脉。范长友问:"泉海,段老板周身浮肿,肚大如鼓,还吐了点血,是什么病啊?"

翁泉海说:"段老板,记得半年前我跟您说过,让您戒酒,您没戒吗?那次堂会上,我观段先生面色红如猪肝,两目红赤,眼胞皮红而无神,这是酒已伤肝的表象,如不戒酒,则肝伤必重,甚至会有性命之忧。段先生,您尽可放心,此病还可治。但是您得答应我,病愈后不要再喝酒了。"段世林点点头说:"我答应,我保证戒酒。"

第二场戏翁泉海还是没有来看,岳小婉就让女用人去送第三场戏的票。戏开演了,乐器声响起。岳小婉演唱中看向包厢,那里没有翁泉海。

演出结束,岳小婉谢幕下台,观众纷纷站起,看台角落里,一个须髯老者依旧坐着。岳小婉穿着戏装走过来,她眼尖,发现那个须髯老者是翁泉海,就一把抓住翁泉海的须髯扯了下来。

翁泉海捂着下巴笑道:"轻点。"岳小婉笑了:"您到底是来了!我唱了三天,每天都朝为您留的包厢望啊,都快把包厢望穿了!"

翁泉海说:"我也听了三天,真是好戏,一天比一天唱得好。只是昨天你的嗓子还有一点沙哑,今天更严重了。不过你处理得十分巧妙,外行人听不出来。"

岳小婉笑问:"您不是不懂戏吗?"翁泉海说:"可我懂医啊,听得出您为了唱好戏,累着嗓子。"他从怀里掏出药方,递给岳小婉:"一天一服,连服七天,嗓子就透亮了。"

岳小婉邀请翁泉海一起吃夜宵,翁泉海婉拒,急匆匆走了。

夜深了,寒风刮着。葆秀端着一壶热水走过来,翁泉海刚好来到西厢房门外。

葆秀问:"这么晚才回来啊?天冷,喝杯热水吧。"翁泉海口中冒着寒气说:"我不渴,你睡吧。"

葆秀突然指着翁泉海的下巴问:"你这里怎么红了一片啊?我看看。"翁泉海躲闪着:"没事、没事,我累了,得赶紧睡了。"他急忙进屋关上房门,还没有坐下,就听见茶壶摔碎的声音。他打开门问:"你怎么了?"葆秀说:"没拿稳,壶摔碎了。"

葆秀走进卧室，关上房门，靠在门前，热泪流淌下来……

这日，翁泉海在街上走着，岳小婉的女用人抱着一个大纸盒跑过来说："翁大夫，这是刚上市的法国大衣，小姐让我转交给您。"说着把大纸盒塞给翁泉海。翁泉海要把大纸盒还给女用人，女用人不接。

翁泉海抱着大纸盒，来到岳小婉家房门外敲门，没人答言。

门缝里伸出一张纸条：天寒风疾，唯盼一衣暖身，望勿推辞。

翁泉海迟愣一会儿，把大纸盒放在门口地上走了。第二天上午，翁泉海来到诊室，就看到那个大纸盒放在桌上。傍晚，翁泉海抱着大纸盒来敲岳小婉家的门。岳小婉开门请翁泉海进屋。

翁泉海说："岳小姐，我就不进去了，这件大衣……"岳小婉情真意切地说："我知道您是来找我算账的。您给我治咳嗽病，开了方子，我没给您诊金。我受伤后，您给我煎药送药，出诊费我没给，车马费也欠着呢。还有，我得了气虚厥症，您又给我煎药送药，出诊费我又欠下了。我嗓子哑了，您开了方子，诊金还没付。翁大夫，这一笔笔算下来，我欠您不少钱啊！既然您非要跟我算清楚，那咱们就好好算一算。需要我拿算盘吗？"

翁泉海尴尬地笑笑，抱着大纸盒走了。岳小婉望着翁泉海的背影笑了。

晚上，翁泉海在西厢房内穿着法国大衣站在镜子前。敲门声传来，翁泉海打开门。葆秀站在门口说："吃饭了。呦，这大衣真漂亮啊，洋货吗？"翁泉海点了点头。

葆秀说："你等等。"她很快拿来一条灰黑色围巾，"围上这个，就更帅气了。我这也是洋的，英国毛线，我织的。来，围上试试。"她说着就给翁泉海围上围巾，把翁泉海拽到镜子前笑着说："真是人靠衣装马靠鞍啊，你穿上这大衣，年轻了五岁，再配上我这围巾，足足年轻二十岁啊！"

翁泉海说："这围巾太厚了。"葆秀说："厚点好啊，暖和。"翁泉海苦笑着摘掉围巾，刚要脱大衣，葆秀说："别脱啊，穿着吃呗。""哪有穿大衣吃饭的。""有了就得穿，不穿就亏了。再说家里谁看啊，你就是光着，别人也管不着。"

翁泉海硬要脱大衣，葆秀不让脱，二人撕扯，大衣的肩膀部扯开线了。翁泉海埋怨："你看……你这是干什么啊！"葆秀说："不就是开了几针线嘛，衣裳是线缝的，哪有不坏的，等我给你缝上，保准比原来的漂亮。"

葆秀饭也不吃了，坐在床上缝着法国大衣。她缝着缝着，把线扯断了。她拿起剪子想剪法国大衣，犹豫了半天，还是把剪子放下。

葆秀拳打法国大衣……

葆秀用法国大衣捂着脸哭了……

这种情感的煎熬对她是一种无法忍受的折磨。

1929 年 2 月 23 日，民国政府卫生部公布了《规定旧医登记案原则》，这在全国中医界引起了震动。

赵闵堂、吴雪初、陆瘦竹、魏三味、霍春亭等几个中医在茶楼闲聊。

陆瘦竹指着报纸说："旧医登记限至民国十九年为止；禁止成立旧医学校；取缔新闻杂志等非科学医之宣传品及登报介绍旧医等事由……这是要干什么？要灭我中医！灭学之惨，甚于亡国啊！"

魏三味说："想废止中医，何止是开个会就能废止的？中医中药历史悠久，是全国百姓的身子骨，要是中医倒了，全国百姓的身子骨就全倒了！"

霍春亭说："现在全上海的西医也不过几百名，这么点西医，能治多少病啊？不还得靠我们中医吗？"

陆瘦竹丧气地说道："说这些有什么用？眼下议决案通过，中医的饭碗端不住了，估计过不了几年，全国医界就是西医的天下，中医的饭碗没了。"

几个人都认，绝不能让这个议决案实施，得把它推翻。最好是大家集体抗议。

可是，谁带头呢？

魏三味说："赵大夫，你怎么不说话？要不你带个头？"赵闵堂连忙摆手说："我何德何能啊？再说我这一年来身体欠佳，实难承此重任。"

霍春亭说："吴大夫满墙的朋友，认识的人多，有号召力，还是让吴大夫带个头吧。"吴雪初连连摇头说："老了，老了，耳朵不灵喽！"他回家就让小梁把墙上的照片都摘了塞进柜子里。

翁泉海诊所里也聚集了几个中医，在议论《规定旧医登记案原则》。

一个说："此次中央卫生委员会各委员都是西医，根本没我们中医的位子，他们是有意这样做。"

另一个说："那些西医对于我们中医中药没有丝毫研究，凭什么让他们说的算！"

还有一个说："卫生部长也说过，'医无新旧，学无中西，要以实事求是能合真理为依归'。可眼下，他们公然要废止中医中药，其党同伐异之心显然可见。"

几个中医一致认为翁泉海医德和为人堪称楷模，希望他出头振臂高呼，带着大家推翻这个议决案。

翁泉海说："各位同仁，你们的心情我很理解，但这件事太大也太重，先不说我有没有这个本事，就算我有，我一个人的力量也微不足道，如沧海一粟，惊不起风浪。我想这件事还是应该找中医药团体来带头解决。"

可是，大家都知道，各个中医药团体倒是有动静，也都愤愤不平，只是有意推辞不敢出头。那些名望大的不是有事外出就是病了，总之都有借口。大家找上翁泉海的门来，也是觉得他有这个本事和魄力。

翁泉海考虑再三说："这是天大的事，不出动静则已，一出动静，必会惊起狂风暴雨千层浪。此事还应三思而后行，在没有缜密的计划和安排之前，不能妄动。我觉得应该召集全国中医团体的代表到上海开个大会，研究一下具体的抗争方案，把声势造足了，把动静闹大了，先给他们来个下马威，敲敲他们的心。"众中医都连连点头称是。

翁泉海要带头抗议废止中医案的事，很快传开了。

赵闵堂回家就对老婆说："那是天大的事，大夫能管得了吗？翁泉海想出风头想疯了，是蚂蚁搬大象腿！"老婆说："可万一要把这事做成，他可真就不得了，能上天入地啊！"

赵闵堂冷笑："能不能上天不知道，入地倒是没问题，阎王爷那报个名，就歇着了。"老婆倒吸一口冷气："这事能掉脑袋？让你说得怪吓人。你可别掺和！"

翁泉海回家，征求老沙头对废止中医案的看法。老沙头说："这是国家大事，我确实不知道该怎么说，那是官的事。"翁泉海对老沙头，又像是对自己说："有人说旧医一日不除，民众思想一日不变，新医事业一日不能向上，卫生行政一日不能进展。我不明白，欲发展新医，为何非要把旧医踩在脚下呢？难道就不能共生共存吗？凭什么把西医称为新医，把中医称为旧医？分了新旧，这一杆秤就不公道了。如果数千年来，中医中药确实没有作为，不用官说，老百姓早就不干了，它怎还能流传至今呢？"

老沙头说："大哥，大道理我不懂，但你说怎么办就怎么办，我全听你的。"

岳小婉听说这事，非常担心，她借看病之名来到诊所，问翁泉海："翁大夫，听说您要带头抗议废止中医案的事？"翁泉海反问："您怎么听说了？"

岳小婉面色凝重地说："我也不止认识您一个大夫，人家都说您打算出头了。风高浪急，一只小船经不起风浪，稍有疏忽，必会船翻人亡。"

翁泉海一笑："可风浪里不只有一只小船，也可能是千千万万只小船，小船们捆绑在一起，还怕风浪吗？"岳小婉说："可一把火上来，一损俱损啊。"翁泉海说："那就得看他们能不能借到东风了。"

岳小婉无奈地走了。

翁泉海经过慎重考虑，决心破釜沉舟，拼命一搏。为此，先得免除后顾之忧。

夜深了，他敲了敲葆秀卧室的门问："葆秀，你睡了吗？"葆秀说："门没锁，进来吧。"翁泉海推开门，看到葆秀躺在床上，盖着被子，就有点犹豫。

葆秀说："有事就说呗，我听着呢。"翁泉海站在门内嗫嚅着说："葆秀……"葆秀说："咱俩可是合法夫妻，你说话用得着离我那么远吗？"

翁泉海走进来，葆秀坐起身说："怎么？坐都不敢坐？看这脸色，是大事？"翁泉海坐在床头说："没什么大事，我看孩子们好久没回老家了，要不你带她们回老家去看看吧。"

葆秀冷笑："嗬，你这是赶我走，还想赶孩子走。怎么，怕我耽搁你的好事？说吧，要我们走多少日子，是三五个月还是一年半载？还是一辈子别回来啊？"

翁泉海正色道："别开玩笑，道不近，回去就不要急着回来，多待些日子。"葆秀怒气上冲："我看你就是不想让我们回来了。翁泉海，你别以为我是个好拍捏的软包子，我忍你好久了，今晚咱俩就说道说道！有话全倒出来，不用绕弯子！"

翁泉海问："葆秀，你全知道了？"葆秀说："我也不是聋子、瞎子，怎么不知道？"

翁泉海说："既然你都知道，那我就直说，这件事我已经决定了。"葆秀泪眼婆娑地望着翁泉海无语。翁泉海劝慰道："你别这样，我不会有事的。"葆秀哽咽着："你会有什么事，要有事也是我有事！"

翁泉海问："你……你有什么事啊？"

葆秀的怒火点燃了，义正辞严地说："翁泉海，你尽管放心，我死不了，不但死不了，我这辈子都是那俩孩子的妈！你要是觉得那俩孩子别了你的脚，那我养那俩孩子，保证坏不了你的好事！还有，不管怎么说，咱俩也是夫妻，你想做的事，我得伸把手，我得把你扶上高头大马，再敲锣打鼓，好好送你一程！"

翁泉海点头："我真没想到你的心这么大，我谢谢你，只是敲锣打鼓就算了。"

葆秀泪流满面地望着翁泉海，她忽然抢起枕头抛过去："没良心的，你给我滚！"翁泉海接住枕头问："你干什么？我这不是为我自己，我是为了全国的中医中药啊！"

葆秀愣住了，她用衣袖抹去脸上的泪水颤声道："你怎么早不说清楚啊！"

翁泉海摇头叹气："谁知道你老往歪处想啊！"

葆秀说："泉海，那是国家大事，你算什么啊，能管得了吗？再说老百姓找中医用中药都习惯了，一时半会儿改不了胃口，你就用心治你的病，过安稳日子多好。"翁泉海说："巢毁卵破，到了那时，我想过安稳日子能过得了吗？"

葆秀说："全国也不是只有你一个大夫，让他们去想办法呗！你这小脑袋顶不动大帽子。"翁泉海说："顶不动也得试试，总得有人来顶啊！"

葆秀力劝："枪打出头鸟，你不怕吗？"

翁泉海坚定地说："怕就能躲吗？葆秀，我已经决定，绝不更改！拜托了。"

葆秀深情地看着翁泉海说："你交给我的事，我会拿命顶着！"

第十四章
金陵请愿

赵闵堂一到诊室，小铃医就忙着给他倒茶："师父，我听说翁泉海大夫正带头出面抗议废止中医议决案，街面上都传开了。真没想到，那翁泉海的胆子这么大，这是多大的事啊，他哪来的底气呢？"

正说着，吴雪初来了，关切地问："闵堂，你不是身体有恙吗，怎么还来坐诊啊？"赵闵堂笑道："强挺着呗，再说你耳朵不好，不也强挺着吗？雪初兄，你就不要玩笑了，到来所为何事啊？"

吴雪初告诉他，翁泉海他们要举行全沪中医药团体联席会议。听说神州医药总会、中华医药联合会、上海中医学会都参加。大会当天，要求上海全市中医中药界休业半天，以示声援。他打算届时休业半天，声援大会，问赵闵堂是否参与这事。赵闵堂说他也休业半天。

但是，赵闵堂回到家里又犹豫了。停业半天少赚诊金是肯定的，停业声援大会，态度就明朗了，是和官方顶风对着干。上海中医药行当全加上才多少人？万一敌强我弱，一击即溃，我这小诊所的顶梁柱细，经不住大风啊。可要是不停业，别人都停业了，岂不被人笑话？赵闵堂不知道该咋办了。

全沪中医药团体联席会议当天，上海中医药界有一千多家停诊，药店老板及职工也有几百人参加会议，把上海仁济堂施诊大厅挤得水泄不通。会议上，众中医誓言要把中央卫生会议议决案反对到底，并决定3月17日在上海召开全国医药团体代表大会，议定具体抗争方法。

赵闵堂没有参加会议，让小铃医去凑了个数。

小铃医开会回来很是激动，他对赵闵堂说："师父，我这回真开眼了，那会开得好热闹，我进不去，就在门外，动静也震耳朵啊，大厅里挤满了人，连天井中也全是人。翁泉海讲话说，国脉所关，民命所系，中央卫生会议既无中医药人员参加，该议决案效力不能及于中医药。师父，这话说得太对了，凭什么开废止中医的会，不让中医参加呢？还要把中医改名为'旧医'，让西医叫'新医'，这是什么道理！"

赵闵堂说："你听得挺仔细啊，话都背下来了？你没讲两句？小朴啊，我看你是块好料子，早晚也能跟翁泉海一样，站在台上吼上一嗓子。"小铃医笑道："师父您又取笑我！"

饭桌上，赵闵堂两口子也在议论这事。老婆劝他不能太小心，那翁泉海说冒头就冒头，全上海谁不知道他的大名，这就叫一个大雷天下响。机会难得，还是得多少掺和一下，就算不带头，也得留个名。该参会也参会，去了就算不吭声，总比缺名少姓强。枪打出头鸟，带头的挨刀。这是一盘什么菜，里面有多少肉，得想清楚。赵闵堂觉得老婆说的不无道理，他心里暗自琢磨不吭声。

上海中医学会会议室的桌上堆了许多信函，苏、浙、皖、赣、鄂、湘、鲁、粤、贵、川、晋、豫、闽、辽等15省都有复电，说决定派代表参加大会。上海总商会、商联会、中华国货维持会、各地旅沪同乡会也都说一致拥护中医中药。

再加上神州医药总会、中华医药联合会、上海中医学会、上海医报工会等37个团体，这声势够大。

另外，还有一些没参加上次会议的中医也提出要参会，有陆瘦竹、魏三味、吴雪初、赵闵堂，等等。当初找他们，他们以各种缘由推辞，现在看到声势了，又要来参会。众中医商量一下，觉得这是全国中医的事，不管是谁，只要想为中医界出份力，都该欢迎。再说这几个都是上海有名望的中医，他们想参会，应该欢迎。大家的目的是推翻议决案，为此，需要汇流成河，聚积所有人的力量。

开会了。上海总商会大厅内，讲台上方"全国医药团体代表大会"的横幅十分醒目，左右悬挂着巨大的对联："提倡中医以防文化侵略；提倡中药以防经济侵略"。

四面墙壁贴着很多标语。"拥护中医药，就是保持我国的国粹""取缔中医药，就是致病民的死命""反对卫生部取缔中医的议决案""拥护今日举行之全国医药团体代表大会"……几百人坐在大厅内，热闹非凡。翁泉海、赵闵堂、吴雪初、齐会长、魏三味、陆瘦竹、霍春亭等众中医都在座。

翁泉海上台发言："各位同仁，我翁泉海是上海一名普通的中医，在各位前辈和同仁面前，我位卑言轻，着实不能担此重任。但有幸得各位同仁抬举，我才斗胆站在这里，深感荣幸的同时，更倍感泰山之重。全国中医药全体之团结，与此次之全国代表大会，为空前未有之首举。一石激起千层浪，而千层浪又能汇聚在一起，实乃我中医药之幸事。我中医药界，受人摧残，至于如此，实堪痛心。今日为我们代表大会开幕之第一日，我中医药界同仁，应以今日为纪念日，亦即'三一七'为我们今后永久之纪念日！

"我国数十万中医为全国百姓的医疗保健而奔波忙碌，而全国西医不过几千人，并多数集中在城市，无数县乡村，甚至连一个西医都没有。百姓一旦得病，依仗何人？中卫会议案如果实行，病者势将坐以待毙！且药材农工商人全体失业，影响国计民生不堪设想。废止中医，就是视百姓生死而不顾！置国计民生而不顾！

"此次少数西医操纵中央卫生委员会，借其参政之势力，私营逞威，摧残中医，既加以恶名曰'旧'，又设种种苛法，禁止登记，禁止学校，取缔新闻杂志及登报介绍，使我中医前不得继往，后不得开来，虽欲改进，其道无由，嬴政焚坑，尚不至此，是可忍，孰不可忍！"

众人高呼："提倡中医中药就是保全中国文化经济！""全国中医药界团结起来！""中国医药万岁！"

中医代表纷纷上台演讲……

此次到会的代表来自全国15个省，243个县，4个市，共计281人。会议收到提案193件，成立了"全国医药团体总联合会"，主张派代表赶赴南京，向国民党三中全会及国民政府请愿，不达撤销废止旧医案之目的誓不返乡。

经过大会讨论，要选出五个代表赴南京请愿，已经敲定四人，还差一人。有人提到赵闵堂，说他留过洋，见识广，又口齿伶俐，善于表达，可肩负此重任。翁泉海为此事找到赵闵堂，希望他参加。

赵闵堂推托道："翁大夫，我何尝不想为我国的中医中药做点事啊，只是我身体有恙，已经半年有余了，一旦不舒服起来，脑门冒汗，眼冒金星，腿脚无力，需即刻卧床，更讲不出半句话来。因此难扛此重任，万一半路病倒，耽误了大事，那就罪该万死了。"他说着紧皱眉头，面露痛苦状。翁泉海说："正好全国的同仁们大都还没走，可以给你看看。"

赵闵堂说："我自己的病还用旁人诊治吗？不瞒你说，此病我心知肚明，只是还在治疗当中，再有半年，必会病愈。"翁泉海说："我们去南京请愿，只需几日而已。"

但是赵闵堂还是百般凑理由推诿。翁泉海只好告辞，另寻他人。

老婆对赵闵堂的推诿很是不满，指点着他的脑门子说："这是多好的机会啊，过了这个村就没有这个店了！要是成了，说不定还得写进书里，子孙万代都记着你的大名！你怕什么？上海也是大地方，要是政府有意见，早就动手了，还能让你们把会安安稳稳开完吗？"赵闵堂听着老婆的话挺入耳，还是不吭声。

翁泉海回到上海中医学会会议室，告诉另外三个中医代表，赵闵堂身体不适，不能去南京请愿，是否再想办法。他从包里拿出请愿书说："我们去南京的请愿书，我已经初拟好了，题目为《呈为请求排除中国医药发展之障碍，以提高国际上文化地位事》，此请愿书递交国民党第三次代表大会及民国行政院。另一份题目为《呈为请求明令却回废止中医之议案，并于下届卫生委员会加入中医，以维国本，而定民心事》，此请愿书递交卫生部。各位看看，望多提建议。"

三个中医代表聚精会神地看请愿书。

这时候，赵闵堂来了，他清了清嗓子大声说："各位同仁，我此番前来，就是想和你们一起去南京请愿。我身体有恙，是自己的事，不能因为自己的小事，耽误了国家的大事，耽误了中医药界的事。孰大孰小，我赵闵堂还是分得清的。"

翁泉海高兴地说："讲得好，我们需要的就是赵大夫这种执着的精神。欢迎你的加入，只是一旦决定下来，就不能更改了。"赵闵堂郑重地说："我赵闵堂说话掷地有声，决不更改！"

翁泉海环顾众人说："好，现在人全了，我们开个小组会议。2月23日举行的中央卫生委员会议上，被邀的卫生委员全是西医。他们说，中国卫生行政最大的障碍就是中医中药，如果不把中医中药取消，不能算是革命。日本能强大，全靠明治维新，明治维新能够一新民间的面貌，就是废除汉医汉药，所以卫生会议要负起全责拟订议案，交由政府执行，才算完成革命大业。卫生会议有这些西医专家，再加上汪精卫一派的中央委员，更是如虎添翼，他们认为废止中医案一经通过，只要交政府执行，便可以安然达到目的。而我们在此时逆流而上，可谓是乱石穿空，惊涛拍岸，卷起千堆雪，溅起的浪花到底能不能掷地有声，还是未知。此番去南京请愿，任重道远，前途未卜，大家心里要有所准备。"

几个代表一一表态："我们既然已经决定前往，就是义无反顾，就算血洒南京城，也在所不惜！""我已把后事安顿好了，现在是一身轻松。""能有机会为我国的中医中药尽一份微薄之力，我们的荣幸，一条命算什么？人固有一死，或重于泰山，或轻于鸿毛，如重比泰山，虽死无憾！"

赵闵堂最后说："各位说的有些严重了吧，不就是请愿嘛，怎么还生生死死的？咱们已经召开了全国医药代表大会，会开得不是挺顺利吗？也没人反对啊？"

翁泉海说："赵大夫，我们是把丑话说在前面，因为事有千变。志坚未必事成，但志不坚事必不成。我们需要众志成城的信心和义无反顾的决心。"

赵闵堂连连称是。

为表示对赴南京请愿代表团的支持，岳小婉等戏剧演员进行义演。散戏后，岳小婉请翁泉海上汽车，要送他回家。

翁泉海说："岳小姐，多谢您的盛情款待，翁某代表赴南京请愿代表团再次感谢您。"岳小婉说："翁大夫，您就不要客气了，你们做的是大事，是利国利民的好事，我们文艺界帮不上别的忙，唯有尽绵薄之力，为你们壮行，望能早日凯旋归来。"她说着拿出一个布包，"这是用细钢丝织成的背心，可防刀防弹。此行任重道远，还是有备无患为好，望不要推辞。"

翁泉海接过布包说："岳小姐一番心意，翁某无以为报，只有铭记在心。"岳小婉说："如果您想报答，那就安安稳稳地回来，再为我抚琴一曲。"

回到家里，翁泉海来到老沙头屋内说："老沙，咱俩认识一年多了，日子过得真快，你哥哥我这人毛病不少，上了急劲，话没轻重，拿不准尺寸，要是哪句伤到你了，望不要挂怀。"老沙头摆手说："哪有的事！"

翁泉海继续说："我知道你是老北风磨出来的人，皮糙肉筋道，平常事进不了你的心。老沙啊，你救过我，是我的恩人，我当初留你，是想感谢你，可日子久了，我都忘了要感谢你的事了。你就像我的兄弟，在你面前，我是想说什么说什么，想做什么做什么，连个吃相都没有，倒是轻松自在……老沙，我这辈子能有你这样的兄弟，值当了。老沙，哥哥我走了，如能平安回来，你可得给我炖上一锅好吃的……"

老沙头低着头，轻微的鼾声传来。翁泉海扶老沙头躺在床上，给他脱鞋盖被子，熄灯走出去。老沙头闭着眼睛装睡，眼泪从眼角缓缓涌出来……

第二天上午，来了、泉子、斧子、小铜锣站成一排，翁泉海对他们说："来了和泉子跟我时间最长，斧子来的晚点，小铜锣最晚。可不管早来晚来，你们都是我的好学生，今天为师把这几本书分别赠送给你们。来了，这本《黄帝内经》送你，学医而不读《灵枢》《素问》，则不明经络，无以知治病之由。

《伤寒论》和《金匮要略》送给泉子和斧子，不读《伤寒论》《金匮要略》，无以知立方之法，而无从施治。《本草纲目》送给小铜锣，不读此书，无以知药之性，得药之性，再尽人之性，则可去疾除病。你们可以各自专心研究自己手里的书，然后再互换所学，交流心得，以求齐步前行，持之以恒必成器。为师希望你们在今后的路上，能互相辅佐，成为一辈子的师兄弟，千万不要因贪名求利而反目成仇。"

来了问："师父，您今天怎么说起这些来了？"泉子说："是啊，师父，有您在，我们跟您学就行了。"小铜锣说："师父，是不是我们哪做错了，您要把我们逐出师门啊？"斧子说："师父，我不走，您就是打死我，我也不走！"

翁泉海笑道："你们说什么呢？这是我给你们留的作业，我去南京，你们在家看书，等我回来，是要考问的。"几个学徒这才放心地笑了。

赵闯堂虽然答应去南京请愿，但心里总是忐忑不安，就来到吴雪初那里。

吴雪初奇怪："闯堂，你不是要出发了吗？怎么有空跑我这来了？"赵闯堂一笑："那是明天的事，不急。雪初兄，你不得请我喝顿壮行酒啊？"

吴雪初说："当然，明天你这一走，不知道何年何月再能请你了。我听说废止中医的事，是汪精卫在后面坐镇，听说他杀人不眨眼啊！此次你们南京之行就是跟他对着干，他能善罢甘休吗？说不定使出什么手段来。"赵闯堂说："难道他还敢当着全国人的面，砍了我们的头不成？"

吴雪初说："他们会明着来吗？明枪易躲，暗箭难防。闯堂啊，你这人是真琢磨不透，嘴上说听我的，可转头就变了，一声不吭钻进网里被套住了，我还能把网破了救你不成？我只是把话讲到底儿，说不定你们去了，不但什么事都没有，还载誉而归呢！算了，晚上咱老兄老弟好好喝一口，给你好好壮行。"

赵闯堂站起身说："雪初兄，壮行就算了，我今晚得回家吃，要不我家那母老虎不答应，告辞了。"

回到家里，赵闯堂把吴雪初说的意思学给老婆听。老婆说："我说你得小心点，你就是不听，这回好，万一他们起了杀心，你们五个就是挨刀的小羊羔！"赵闯堂皱眉说："你不是说机会难得，要是成功了，大名还能写进书里吗？"

两口子互相埋怨，最后，还是老婆的馊主意，让赵闯堂装病。

赵妻来到翁泉海家说："翁大夫，闯堂他突发重病，躺床上起不来了！"翁泉海急忙来到赵家，给赵闯堂切脉："赵大夫，你能听见我说话吗？"赵闯堂闭着眼睛，有气无力地说："翁大夫，我一点力气都没有，感觉快死了。"

翁泉海说："赵大夫，你的病虽重，但不致命，我给你开个方子。""多谢费心，我的病自己清楚，旁人的药我信不过。我一心想去南京，为咱中医药界尽点微薄之力，可……唉，我对不住你们，心里有愧啊！"赵闵堂挤出一滴眼泪。

翁泉海安慰道："千万别这么说，事由天定，我等尽力而为就好。明天就要出发了，还有很多事要办，告辞了。"

翁泉海走后，赵妻进来喊："起来吧，都看不见人影了，我才关的门。当家的，你这戏演得不错啊，眼泪都挤出来了，还不多不少，一滴正好。"

要出发了，葆秀帮翁泉海在镜子前穿法国大衣，她俯身用袖子给翁泉海擦皮鞋。翁泉海躲闪着。葆秀按住翁泉海的鞋擦着说："鞋是男人的门面，穿的差点没事，鞋得干净。"

车来了。翁泉海深情地说："葆秀，家里的事……"葆秀摆手："别说了，我都明白，走！"她说着提起行李箱。晓嵘、晓杰、老沙头、来了、泉子、斧子、小铜锣站在院里。来了接过葆秀手里的行李箱。晓嵘和晓杰分左右两侧抱住翁泉海的胳膊。几个学徒争着要跟师父去。

翁泉海说："都不用去，这几天你们在家好好待着，都歇歇，不要惹是生非，等我回来。"说完朝院门走去，葆秀望着翁泉海的背影，突然高声喊："等等！"翁泉海转身望着葆秀。葆秀望着翁泉海，摆了摆手，眼泪突然涌出来。

岳小婉坐汽车回家，她刚下车，就遇上提着包裹站在门外的葆秀。葆秀说："您是岳小婉小姐吗？岳小姐，我给您切过脉，上回我给您开的方子，用得怎么样啊？"岳小婉皱眉问："什么方子？我记不清了。"

葆秀笑道："喝凉开水啊，能喝多少喝多少，喝透亮了，喝凉快了，就舒坦。"岳小婉点头一笑："哦，我想起来了，可我到家就舒服了，用不着喝那东西。"

葆秀说："往后要是再不舒坦，就不用去诊所找大夫了，在家喝凉开水，保准您喝完身轻气爽。""多谢指教。"岳小婉欲走。

葆秀大声问："岳小姐，用不用我再给您把把脉？"岳小婉琢磨片刻，含笑道："请吧。"

葆秀跟着岳小婉来到客厅。二人坐下。

岳小婉问："您想喝点什么，咖啡还是洋酒呢？"葆秀说："有汤吗？泉海最爱喝汤了，山药牛尾汤，莲藕龙骨汤，萝卜鱼丸汤，番茄牛肉汤，猪骨黄豆苦瓜汤，冬瓜薏仁鲫鱼汤，枸杞山药炖鸡汤，南瓜百合银耳汤……就因为他爱喝汤，我也跟着喝习惯了。您说的什么啡啊什么酒啊，我和泉海都喝不出滋味来。"岳小婉说："对不起，我这里没有汤。"

"没有汤就不喝了，还是白开水来得凉快。"葆秀说着打开包裹，拿出一件法国大衣，"岳小姐，您到底是经过大世面的人，好眼力，买的这件法国大衣真漂亮。可不巧的是，我也买了和这件一模一样的大衣，并且比您买得早。泉海喜欢得不得了，穿上就不想脱下来。我跟泉海说，不能总可着一件穿，早晚得穿坏。可谁想您是雪中送炭，又送来一件。我说泉海啊，你换这件穿穿。泉海说一件衣服穿久都穿得贴身了，换了新的生得慌。我怎么劝他都不肯换下来，也只能由他去。对了，他这回出门，穿的还是我给他买的那件。既然多了件一模一样的，他又不穿，放家里也没用，还占地方，我想还是还给您吧。"

岳小婉一直笑着听葆秀说。

葆秀看着岳小婉说："岳小姐，我知道你们唱戏的最会打扮了，我想求您教教我，怎么给泉海也打扮打扮。他还有两个女儿，一个个出落得可水灵了，也得好好打扮打扮。"岳小婉说："打扮的事好说，有空您就来，我一定倾囊相授。"

葆秀继续讲："对了，还有一件重中之重的大事，怎么说呢？我一个人照看泉海，又照看两个女儿，着实有些忙不过来，您要是有空，帮我照看照看他的两个女儿如何？教她们唱唱戏，也练成一副巧嗓子。"岳小婉说："没问题，有空带她们过来吧。"

葆秀说："岳小姐您真是爽快人，只是这事我一个人做不了主，得等泉海回来定夺，万一他不喜欢让女儿学唱戏呢。"岳小婉说："那就等你们商量好再说吧。"

葆秀笑了笑："岳小姐，我知道您是个忙人，打扰了这么久，真是不好意思，有空到我家吃饭。"岳小婉说："您太客气了。"葆秀说："是您客气，冷热都惦记着。好了，不打扰了。"

葆秀走了，岳小婉送到门外，她望着葆秀的背影，摇着头笑了笑。

上海火车站，三十多人的军乐队在站台奏军乐。站台上挤满了中医界、中药界等一千多前来欢送的人，他们手里挥舞着旗帜、标语。齐会长、吴雪初、陆瘦竹、魏三味、霍春亭等众人都在人群中。

翁泉海望着欢送的人群，不禁热泪盈眶。记者给五名中医代表合影。站台隐蔽处，赵闵堂装扮成弓腰老者，拄着拐杖，戴着大檐帽子和口罩。

　　火车缓缓开出上海车站，五个中医代表坐在座位上看报纸。过道另一侧，那个"老者"还是戴着大檐帽子和口罩，闭眼坐在座位上，身旁放着拐杖。

　　赵代表问："翁大夫，我们到了南京后，先去哪个部门请愿呢？"翁泉海说："我想应该先去国民政府。"

　　钱代表问："用不用先拜访几位中医界的元老，请他们出来露露脸呢？"孙代表说："这倒是个好想法，只是有些老中医，是自扫门前雪，不问天下事，咱们能请得动他们吗？"

　　李代表说："有名望的老中医们大都有很高的社会地位和广泛的社会关系，我们要想把事做大做响，最好有他们的支持。"

　　翁泉海说："中央卫生会议上，《规定旧医登记案原则》已经通过，外国的药商准备了巨额款项支持这个提案；相比之下，我们势单力孤，如想成功推翻此案，只能靠全国人民和同业的鼎力支持。任何有可能帮助我们的人或者团体，我们都应该把他们召集过来。"

　　过道另一侧，那个"老者"斜扫了翁泉海一眼。翁泉海去方便，在过道上被伸出来的拐杖绊了一下，客气地说："先生，麻烦您把拐杖收起来。""老者"收回拐杖，闭上了眼睛。

　　火车奔驰着。"真热啊！"翁泉海说着脱掉法国大衣，他望着"老者"，"老先生，您不热吗？""老者"不语。赵代表说："看起来年岁不小了，耳背。"

　　翁泉海道："还别说，有些人真就分不出冷暖来，冷了他的时候，他是上蹦下跳，使劲往上贴；热了他的时候，他却跑得远远的，生怕旁人害他。这种人就算活了百年也是活不明白，白活。"

　　火车停靠在南京站，乘客纷纷下车。"老者"拄着拐杖也下了车。站台的地上铺着黄色的呢毡，上面站着上千欢迎的人，还有乐队。翁泉海等五个中医代表下了车。乐队奏乐，掌声雷动。南京的中医药界人士上前跟翁泉海等人握手。记者纷纷拍照。

　　翁泉海高声说："多谢各位同仁前来迎接，翁某代表全国中医药五人请愿代表团谢谢各位了。我们此次南京之行，肩负着全国中医中药兴亡的重任，也知任重道远，前途未卜。但我们身后，有全国八十三万中医，二十余万家中药铺，有如此强大的后盾做靠山，我们还有什么可怕的呢？我们这样做了，无愧几千年的中医传承，无愧老祖宗对我们的期望，无愧全国人民对我们的支持！"

　　晚上，赵闵堂闭着眼睛躺在旅馆的床上，一会儿，他又坐起拿着桌上的报纸，看关于欢迎五位代表的新闻，他觉得那五个人真的很风光，而自己却扮成"老者"，窝囊啊！他犹豫半天，也想加入代表的行列，就走出来，到翁泉海和代表住的房间门外欲敲门，他迟疑了一会儿，感觉这样太不合适，就收手回到自己住的客房。

这时候，翁泉海和另外四个代表正议论着，请愿书呈交上去了，怎么还没回信啊？几个人心中都没有底。中医李代表觉得有点不舒服，他站起身走了几步，突然倒在地上。

翁泉海众人抬着李代表从屋里走出来，走廊内，那位"老者"拄着拐杖拿着报纸走来，他望着生病的李代表出神。

收音机的新闻节目报道了"中医药五人代表团已经抵达南京，受到当地中医中药界热烈欢迎"的消息。岳小婉全神贯注地听着。她一次次往翁泉海所住旅馆客房内打电话，无人接听，终于等到翁泉海进屋，才接了电话。

翁泉海说："喂，您好！"岳小婉听到翁泉海的声音，拿着电话默不作声，眼泪禁不住流下来。翁泉海对着话筒喊："您是哪位？不说话我可挂了。"

岳小婉这才大声说："翁大夫，我是岳小婉。我在南京有朋友，知道你的住处。我给您打了十多个电话，您就是不接，可急死我了！"

翁泉海说："岳小姐，我这一路是马不停蹄，一直在外面奔波啊！告诉您个好消息，我们的请愿书已经呈交上去了，回话说中国医药有悠久的历史，伟大的效力，为全国民众所托命，不能废止，当尽力援助，并望医药两界共同努力。还说政府行政，不能违背民众之需要，中卫会议决案，不能实行！中医中药，应改进提倡，择其精华之处，可补世界医药之不足……岳小姐，您怎么不说话啊？"

岳小婉问："您穿上那件细钢丝背心了吗？"翁泉海说："我……穿上了。"
"那您敲敲它，让我听听声音。""这……好。"

翁泉海轻轻放下电话，从行李箱里掏出细钢丝背心，再轻轻拿起电话，手拍细钢丝背心喊："岳小姐，您听着。"岳小婉说："我知道您没穿，翁大夫，还是穿上吧。"

翁泉海笑道："岳小姐，您不必担心，我们身后有千千万万只手托着、护着。"岳小婉大声说："穿上！"翁泉海回应："好，我这就穿。"他这才穿上细钢丝背心。

岳小婉叮嘱："翁大夫，这个背心您要日夜穿在身上，绝不能脱掉！越到最后关头，越不能疏忽大意，您明白吗？"翁泉海说："我明白了。"

　　岳小婉还是不放心，深情地说："翁大夫，您一定要保全自己，回来听我为您准备的戏。您答应我！"翁泉海说："好，我答应您！"电话挂断了。翁泉海轻轻地抚摸着细钢丝背心，久久不能平静。

第十五章

名利乱人心

翁泉海和三个中医代表在南京的街道上漫步。

钱代表说:"先前赵大夫病了,眼下李大夫也病倒了,这第五个人真是邪门,谁来谁病。"孙代表说:"又剩下我们四人了,大家都照看好身体吧。"

翁泉海站住说:"各位同仁,我们五个人从上海出来,如今病倒一个,但士气不能丢,且更要信心百倍,就算只剩一人,也要破釜沉舟,用尽全部心力,扛起中医中药的大旗,誓把中央卫生会议之议决案推翻到底!"

"讲得好!"赵闵堂从后面赶上来喊。孙代表问:"赵大夫,你不是病了吗?怎么来了?"赵闵堂激动地说:"我身在上海,心系金陵,真是坐卧不宁,寝食不安。我连服几服强身壮骨提神之秘方,特此赶来!"

钱代表问:"你的身体能禁得住?"赵闵堂出口豪言壮语:"宁可站着死,不愿跪着生,就算把我这条命扔在金陵城,我也不后悔!"他望着众人,"你们看我干什么?不欢迎我吗?"

翁泉海笑道:"讲得不错,你要保重贵体啊!"赵闵堂望着众人,尴尬地笑了。

晚上,翁泉海到旅馆外小树林内散步,缓步而行。一个蒙面人手持尖刀突然冒出来喊:"站住!别嚷嚷,否则要你的命!"

翁泉海扭头就跑。蒙面人上前一刀,扎在翁泉海的后背上。翁泉海拼命跑着,蒙面人在后面紧紧追赶。翁泉海一个趔趄摔倒在地,蒙面人赶上来,提刀就刺。突然,一块飞石打在蒙面人身上,蒙面人愣了一下。紧接着,又有几块石头飞过来,一块石头正打在蒙面人头上,血冒了出来。蒙面人捂着头四处张望,翁泉海趁机跑了。

一棵大树后,葆秀靠在树上,张大嘴轻声喘着,手里拿着一块石头。蒙面人捂着头,拿着刀,小心翼翼地寻找着。树后,葆秀急促地喘息,她偷偷露出头，发现蒙面人站在一旁，吓得惊声尖叫。突然，又有几块石头飞来，打在蒙面人身上、头上。蒙面人吓了一跳，撒腿跑了。

翁泉海跑进客房关上门，靠在门上大口喘气。他摸着后背，后背衣服被刀划破，细钢丝背心露出来。

赵闵堂和另外三个中医代表看到翁泉海被刺，都很紧张。钱代表说："那人是不是抢劫的啊？"孙代表说："不一定就是抢劫。可是，咱们来南京请愿，是全国都知道的事，就算惹了他们不高兴，也不至于明目张胆地起杀心吧？"

翁泉海安慰大家说："我想就是抢劫。大家要小心谨慎，晚上不要单独出行，尽量待在屋里，其他的不必多虑，总之大家要注意安全。我们安安稳稳地从上海出来，也得安安稳稳地回到上海，这也是我们对家人的交代。"

这时，葆秀走过来，坐在宾馆外不远处，望着宾馆大门出神。夜幕笼罩着四周，葆秀嚼着饼子，身旁放着一根棍子。夜风袭来，葆秀抱紧了胳膊。这时，一个人走过来，站在宾馆门口朝里面望着。那人点燃一根烟抽着，过一会儿走了。

葆秀坐着刚要打盹，耳边传来动静，她抬起头看，一个陌生人站在近前望着她笑。葆秀急忙站起问："你是谁？要干什么！"陌生人说："姑娘，大半夜你一个人蹲在这，是没地儿去了吗？我那管吃管住，不花一分钱，跟我走吧。"

葆秀警惕地说："你管得着吗？我不去，你赶紧走！"陌生人说："好事摆在眼前，你还油盐不进了，脑子坏了？"

葆秀喊："你给我滚！""烈性，我就喜欢你这样的，跟哥走。"陌生人伸手拉葆秀。葆秀欲抄棍子，棍子被陌生人踩住了。葆秀拳打陌生人，但被陌生人紧紧搂住，被堵上了嘴。

忽然一块石头飞过来，正打在陌生人头上。陌生人捂着头四处张望。葆秀抄起棍子朝陌生人打来，陌生人跑了。葆秀追打陌生人。葆秀跑着跑着站住了，拄着棍子喘着高声说："哪里来的好汉，出来露个面吧！"没人答言，她又喊："不出来就算了，多谢搭救！"

隐蔽处，老沙头坐在一棵树下抽着烟袋锅。

竟然有人行刺，赵闵堂害怕了，他故技重演又装病。他眯着眼睛，在走廊里伸手摸着，来到翁泉海房间外敲门。翁泉海从赵闵堂身后走了过来问："赵大夫，你找我？你的眼睛怎么了？"赵闵堂眯着眼睛说："翁大夫，我眼睛肿胀疼痛，流泪不止，什么也看不清了。出来的时候眼睛就不怎么舒服，到底是来病了。越怕出乱子越出乱子，可急死我了。"

翁泉海说："我在眼病上不是内行，我们去问问那几个大夫，看看他们谁能看明白。"赵闵堂说："我这是老病根，别的药不好用，只有我家里的秘方才能治愈，我眼睛坏了，要是拖延久了，说不定就得瞎了。本来我想跟你们一路抗争到底，可眼睛坏了还能干什么啊？既然帮不上忙了，也不能拖后腿，我看我还是先回去吧，翁大夫，对不住了。"

翁泉海琢磨片刻说："眼睛坏了也不耽误说话，只要能说就行。赵大夫，你今晚搬我屋里住吧。你眼睛看不清东西，得有个人照应啊。"

赵闵堂百般推辞，说睡觉不老实，磨牙打呼噜，偶尔还梦游。翁泉海坚持把赵闵堂的行李箱提进来，赵闵堂没办法点了点头坐在床头上。他想了一会儿，趁翁泉海出去方便的机会，从行李箱翻出个药丸塞进嘴里。

翁泉海进屋，赵闵堂眯着眼睛，张着嘴，指着嗓子。翁泉海说："眼睛和嗓子都坏了，这可怎么办，看来请愿的事，你是参与不了啦。"赵闵堂叹了口气，脸上露出无奈状。翁泉海说："赵大夫，你先不要急，这样，我给你开个方子，明早就去抓药，说不定服用后就见效了。"赵闵堂点头。

夜深了，翁泉海和赵闵堂躺在床上都没睡着。翁泉海说："赵大夫，说句心里话，我真应该感谢你。自从我到了上海，赶上的糟心事是一件接着一件，可最终都化险为夷了，这里面有你的功劳啊。就说那秦仲山的案子，你出手我才得以洗脱罪名。后来孕妇胎死腹中的事，你是倾囊相授，否则我治不好她的病。温先生颈上长了肉包，乔大川得了狂症，也都是你举荐的我。没有你帮忙，就没有我今天所取得的这点名望，你是我的贵人啊。"

赵闵堂不知道如何接茬，他感觉翁泉海话里话外藏着锋芒。

翁泉海继续说："赵大夫，我这个人性子直，口无遮拦，又固执己见，规规矩矩条条框框必会遵守，不敢跨出门槛半步。对于你神龟探病和原配知了做药引的事，我是有什么说什么，说完就忘了，如有冒犯之处，请你不要介怀。可不管干哪一行，都得守个道字，文有文道，官有官道，医有医道。正所谓，道无术不行，术无道不久，破邪念，精医术，守道前行，洁身正骨，才能济世传家啊。"

赵闵堂听得心烦，翻过身去，背对着翁泉海，睁着眼假装打呼噜。

全国中医药请愿代表团此行有了成果。卫生部正式批示：中央卫生委员会之议决案，本部正在审核，将来如何实施，自当以本部正式公文为准则。至于中央卫生委员会委员人选，本部以深明公共卫生学识及具有经验者为标准，无中西医之分别也，仰即知照，此批。

主席批谕：谕据呈教育部将中医学校改为传习所，卫生部将中医院改为医室，又禁止中医参用西械西药，使中国医药事业无由进展，殊违总理保持固有智能发扬光大之遗训，应交行政院分饬各部将前项布告与命令撤销……国民政府文官处……至此，中央卫生会议之议决案不能实施，3月17日被命名为"国医节"……

请愿代表团返回上海，可谓凯旋而归。翁泉海等五个人刚下火车，军乐立即响起，齐会长、陆瘦竹、魏三味、霍春亭等百十人拥了过来，记者忙着拍照，众人握手寒暄。

齐会长问："赵大夫，你怎么也去了？"赵闵堂神气地说："逢国家大事，我虽体病卧床，但不能坐视不管，我强打精神，日夜兼程赶赴南京，尽微薄之力。"

葆秀从另一个车门下来，她朝翁泉海这边望了一眼后远去。不久，老沙头也下了车，低着头走了。

记者请代表合影，赵闵堂站在翁泉海身边笑着，嘴咧得最大。记者请代表讲一讲整个南京请愿的经过。

翁泉海说："我们已经初拟了一份《全国医药请愿团报告结果》，请您在报上刊用。事情都已写清楚，无须再讲。"

赵闵堂忙走上前说："写的能有说的生动吗？还是得讲，凡事得趁热打铁。"

记者一听，赶紧过来找赵闵堂采访。

赵闵堂眉开眼笑，口若悬河地讲起来："我们这此去南京请愿，真是七灾八难啊！要说这南京请愿的经过，就是讲个三天三夜也讲不完。可谁听你讲三天三夜啊，那咱们就捞干的来。那一日，上海车站彩旗飘，锣鼓喧天乐飞扬，万众送别满眼泪，壮士扼腕不复还……火车飞驰如闪电，代表心切忍煎熬……日夜更替金陵到，雷鸣掌声齐欢迎，彩旗当美酒，口号做佳肴，一鼓作气赶奔到卫生、教育两个部，推开国民政府的大门。呈上请愿书，松了半口气，可说时迟，那时快，一个蒙面劫匪出现了，他瞪着眼，拿着刀，凶神恶煞的一张脸……翁大夫，好样的，他面无惧色，微微一笑，勒紧腰带，昂首挺胸，伸手抬腿，大喝一声，转眼就跑没了影儿……"

翁泉海一笑："碰上劫匪，不跑还等什么？赵大夫，你还是讲讲自己吧。"

晚上，上海中医学会在饭店大包房宴请五位代表，接着岳小婉和几个演员要为翁泉海等五个中医代表唱戏。

齐会长讲话："各位同仁，岳小婉小姐主动请缨，要给你们唱大戏接风洗尘。她为你们走之前壮行，回来了接风，这说明文艺界也支持我们中医中药界……"

演出开始了，岳小婉的唱腔委婉动听，听者如醉如痴。散戏后，岳小婉送翁泉海回家。俩人坐在车后座上，翁泉海低着头，闭着眼睛。

岳小婉关切地问："翁大夫，您没事吧？其实您无须喝那么多酒。"翁泉海有些醉了，絮絮叨叨："没事，就是头有些晕。人家满心诚意敬酒，能不喝吗？不喝那不是打人家的脸吗？岳小姐，我得感谢您啊，要是没有这件细钢丝背心，我还真就得挨上一刀，真是有惊无险啊。这件背心是好东西，我就不客气了，留下了。还有这件法国大衣，明眼人一看，就知道是件好东西，他们还夸奖着来。只是往后您不要再客气了……"

岳小婉犹豫一下说："翁大夫，我想跟您道歉。我没想到这件法国大衣会引起您夫人不悦，对不起。她已经把那件大衣还给我了。"

翁泉海似乎有点清醒了，他望着自己身上的大衣。

岳小婉继续说："翁大夫，您夫人是个爽快人，她有什么说什么，心直口快，挺好的。对了，她还邀请我去您家吃饭呢，还想让您的两个女儿跟我学唱戏……"

翁泉海闭上眼睛不说话，心里五味杂陈。

葆秀回到家里，晓嵘问："妈，您这么快就回来了？"葆秀说："回老家办点事，办完就赶紧回来了。你老沙叔呢？"晓嵘说："您走那天，他说老家来人，陪喝酒去了。"

葆秀进厨房忙乎半天，做了一桌子菜，还有一壶酒。她坐在桌前等着翁泉海回来。已经很晚了，老沙头才搀着翁泉海从外面进来，来了提着行李箱，泉子、斧子、小铜锣跟在后面。

翁泉海浑身醉态地说："不用搀，我能走。"俩闺女急忙从东厢房跑出来。晓杰说："爸，我们都等您小半夜了，您去哪儿喝酒了？"

翁泉海嘟囔着说："小孩别管大人的事，盐水鸭在箱子里，拿走。"说着摇摇晃晃地进了堂屋。他看到葆秀坐在桌前，桌上摆着酒菜，就朝葆秀笑了笑，扶着桌子坐在椅子上。他倒了两杯酒，一杯放在葆秀面前，一杯放在自己面前，他举起酒杯说："来，干一杯。大家接风洗尘，盛情难却，我也不好回来。"他突然一头趴在桌上睡着了。葆秀独自把酒喝了。

　　小铃医一直惦记他存在师父那里的钱，那是他冒着生命危险挣来的，数目可不小。他知道师父去了南京，就想趁机把那钱拿回来，就拿自己应得的那一份。

　　夜里，小铃医翻墙跳进师父家院内，轻手轻脚地走到正房堂屋卧室窗外，推了推窗没有推开。他走到卧室门外，轻轻推开门钻进去。师母走进来发现小铃医，俩人都被吓呆了。师母惊声尖叫。小铃医说："师母别怕，我是小朴啊！"

　　师母瞪着眼说："你要干什么？！我看你是想偷东西，你要是不说实话，我这就叫警察把你抓起来！"小铃医只好说："那次我和师父倒卖西药的钱就由师父收起来了，他说他给我攒着，等攒够了给我买房子，可他老说就是不兑现。我这不是急了吗，就想来看看那钱还在不在。"

　　师母吃惊地望着小铃医问："钱？你说的都是真的？"小铃医哭丧着脸："师母，连我师父都怕您，我哪敢骗您啊！"

　　深夜，闵堂一到家就对老婆说："夫人，这回我可露脸了，你就等着看明天的报纸吧，头版头条，那都得是我啊！"老婆笑着说："看来你这腿是真没白跑。"

　　赵闵堂眉开眼笑："这叫什么？叫有福之人不用忙，无福之人跑断肠。虽然前前后后忙活得不轻，可值啊！从今往后，全国上下，谁能不认得我赵闵堂的大名？我赵闵堂必会名留史册，千古追忆！"

　　老婆突然变脸吼道："还等千古干什么，我现在就想追杀你！钱呢？外国药厂，西药！天杀的，你还背着我弄小金库了，还想找小老婆吗？！"

　　赵闵堂急忙觍着脸说："夫人啊，这事说来话长，你等我好好歇息一晚，明天再跟你细细讲来好吗？"老婆说："一句话的事，还等明天干啥，钱在哪儿呢？"

　　赵闵堂憋气不吭。老婆顺手抓起鸡毛掸子，赵闵堂转身跑到院子里。老婆追出来，赵闵堂爬到房顶上。

　　老婆拿着鸡毛掸子喊："你给我下来！有账不怕算，你下来咱俩慢慢算，我保证不打你。"赵闵堂问："这事非得今晚讲清楚不可吗？"老婆说："对，今晚不掰扯明白，咱俩就谁也别睡觉，看谁能熬过谁！"

　　赵闵堂坐在房顶说："母老虎啊，你吃我的喝我的，长了一身五花肉，我嫌弃你了吗？你天天大葱大蒜外加臭豆腐不离嘴，我说道什么了吗？你动不动就大喊大叫，提着鸡毛掸子追得我满屋跑，我埋怨过你吗？我对你够不够好？"

　　老婆挥舞着鸡毛掸子仰着脸说："你说这些有啥用？要不是你爹欠我爹一千大洋，把你搭配给我，就凭我这长相，啥样的找不着，能跟你吗？赵闵堂，你赶紧把那一千大洋连本带利全还我，然后咱俩一刀把这房子劈两半，我找我的小白脸子，你找你的狐狸精，咱俩来个门对门地过，看谁过得热闹！"

赵闷堂说："母老虎，我被你欺压了这么多年，不能再忍辱负重了，我得唱场大戏！你不是不让我睡觉吗？咱俩就熬一熬，看谁把谁熬趴下！"

赵妻变了笑脸，柔声道："当家的，我怎么舍得打你呢，就是吓唬吓唬你，吓唬完就没事了。你下来，咱俩躺床上，我搂着你慢慢唠，唠困了就睡，行吗？"赵闷堂说："少拿蜜罐罐骗我，搂着我？你是恨不得勒死我！"

老婆说："不就为了点钱的事嘛，有啥大不了的？那钱我不要了。怎么说你也是亮堂人了，出门在外，用钱的地方多着呢，老爷们手紧，会被人家笑话。赶紧下来吧，我去给你烧洗澡水。"

两口子躺在床上。老婆说："来，我搂你睡。"赵闷堂说："不用搂了，我睡得着。""好几天没见到人，想得慌，搂一会儿能咋的！"老婆说着搂住赵闷堂。赵闷堂说："轻点啊，脖子酸。"

老婆柔声柔气地说："当家的，你说咱俩老夫老妻多少年了，你还不知道我是什么人吗？我是刀子嘴豆腐心啊！"赵闷堂哼唧着说："夫人，我旅途劳顿，上眼皮都抬不起来了，你就让我睡吧。"

老婆撒娇说："你睡你的，不耽搁咱俩唠嗑。当家的，其实我都明白，你就算有了小金库，那也是舍不得花，都给我和咱儿子攒着呢。可我就是想不通，你为啥不跟我说一声呢？"赵闷堂说："我是想拿钱赚钱，赚多了给你个惊喜。""你咋拿钱赚钱啊？""看来不讲清楚，你是不让我睡好觉，好，我这就跟你讲，等讲完了，你放我安心睡觉。"

赵闷堂第二天一早就去了诊所，要看报纸。小龙拿来报纸说："报上登了您和翁大夫他们去南京请愿的经过。各家报纸的内容差不多，主要写的都是翁大夫。"赵闷堂生气了："同为代表，干的都是一样的事，怎么脸的尺寸不一样呢？记者的眼睛都瞎了！"

恰巧小铃医走进来，赵闷堂立刻拿小铃医出气："好你个小朴！趁我不在家干的好事！"小铃医当然知道赵闷堂说的意思，急忙赔笑："师父，我是真不知道您去了南京啊，我好心好意去看望您，可一时心急，误解了师母的意思，就把咱俩的那事全倒出来了。"

赵闷堂瞪眼说："你知道后果吗？我差点把命扔在你师母手里！这事是你引起的，你得负责，从你那里面扣点钱吧。"小铃医哀求说："师父，我那点钱不扛扣，您手下留情啊！"

赵闵堂说："我给你留情，谁给我留情啊？忙乎了半天，到头来全进了你师母的口袋，小朴啊，我可被你害苦了！"小铃医说："师父，不管钱在您口袋里还是在师母口袋里，那不都是您家里的钱吗？"

赵闵堂笑道："照你这么说，那钱不管在你口袋里还是在我口袋里，不都是咱师徒的钱吗？你还总惦记干什么！"小铃医哭丧着脸说："到底是师父，我再伶牙俐齿也说不过您啊！"

翁泉海带头去南京请愿，凯旋而归，这就出了名，很多朋友宴请他，有些还是头面人物，翁泉海不得不应酬，于是天天喝酒喝得晕晕乎乎。

葆秀说他："天天喝大酒，你还要不要命了？做大夫的，哪有天天喝大酒的，就你这迷糊样，还能诊病吗？"翁泉海说："朋友盛情，却之不恭。我都年过半百了，还用你训教我？"葆秀说："我不是训教你，是劝你。""不用劝，我全明白。""你要是再这样下去，我就跟咱爸说，让他老人家评评理。"

这天，王先生来看病，翁泉海刚写好药方，泉子就说请他出诊的汽车到了。翁泉海把药方单递给王先生，告诉他药方上有一味药叫附子，要煎一个时辰，切记！这时老沙头走进来，翁泉海就让老沙头跟他去出诊。

老沙头听说给王先生的药方中有"附子"，又看一眼桌上展开的诊病记录本，愣了一下，就推托说肚子疼，不能跟他出诊。

翁泉海带着来了匆匆上车走了。老沙头急忙来到诚聚堂药房，看到王先生站在柜台前排队等候抓药。他上前自我介绍说是泉海堂翁大夫诊所的，让王先生这药先别抓，等明天让翁大夫再给好好诊诊，翁大夫不会再收钱。王先生很奇怪，不听老沙头的，买好几服中药走了。老沙头紧跟着王先生。王先生上了黄包车，老沙头跟着黄包车跑。

王先生来到自家院门外。老沙头气喘吁吁跑来高声喊："王先生，您等等！您会煎药吗？这药得煎足一个时辰，时辰不足，不能尽其药性。一定要煎足一个时辰，只能多不能少。"老沙头要替王先生煎药。王先生谢绝了。

夜幕降临，老沙头回来了。还没等葆秀问，老沙头就说他去看东北来的老乡，已经酒足饭饱。这时候，喝醉的翁泉海过来，踉踉跄跄走了几步险些摔倒。老沙头上前搀住翁泉海进了西厢房，安排他睡下。

日上三竿了，翁泉海睡眼惺忪地从屋里走出来，饭也不吃就去诊所。他坐下拿出诊病记录本翻开看，忽然吃惊地瞪大眼愣住了。他急忙对来了说："有个患者叫王实秋，今年37岁，警察局有备案，你去查查，就说泉海堂的翁泉海翁大夫有事找他。如果查到这个人，务必查清他的住址，然后回来速报我知！"

看到翁泉海满面愁容，葆秀关切地问："到底碰上什么难事了？满脸拧成的疙瘩，比去南京请愿时还大，碰上大事，你就不能跟我说说吗？"

翁泉海只好说："有个患者到我这诊病，我给他开了方子，方子上有二钱附子，附子有毒，不煎足一个时辰，会要人命啊！当时跟他说清楚没有，我也记不得……"葆秀说："药方上你为什么不写清楚啊？"

翁泉海叹气说："我当时忘写了，后来……葆秀啊，我要摊上大官司了。"葆秀问："这是哪天的事啊？""昨天下午三时左右。"

葆秀分析道："昨天三时左右，你开完方子后，他有时间去抓药，抓完药后昨晚煎药，服药，要是有动静的话，那今天……没动静，就是没吃坏呗。"翁泉海说："可要是他昨天没去抓药，今天抓的呢？我叫来了去警察局查那个人的住址，得知上海有一百多个叫王实秋的人，可没有37岁的。""你没去诚聚堂问问？他抓没抓药，那里清楚。""不行，他要是没按医嘱，去别的药房抓药怎么办？"

翁泉海和葆秀急忙到诚聚堂药房去查问。掌柜的查出，确实有个叫王实秋的人前天下午来抓药。那人抓完药后，钱没带够，让柜上派人跟他回家拿钱，他说他住在王家庄。

翁泉海和葆秀坐黄包车来到王家庄，找到王先生家，敲门没人答言。葆秀蹲在一旁，看到院门外角落里有一个烟叶袋，她捡起烟叶袋，见烟叶袋上绣了个"沙"字。她寻思着，这难道是老沙头的东西？怎么会失落在这里？

俩人等了大半天，直到黄昏时分，一个中年人才来开门。原来他是王实秋的大舅哥，是他让王实秋去找翁泉海诊病的。他说，王实秋抓完药就回乡下了。

翁泉海紧张地问："那药他吃了吗？"王先生大舅哥说："他临走前煎了，吃过了。您给开的方子，那肯定好啊，翁大夫，我们信得过您。"他还把王实秋家的住址告诉翁泉海。

人命关天，拖不得，翁泉海十分担心，已经很晚了，他让葆秀先回家，自己要去找王实秋。夜幕中，翁泉海快步来到王实秋所住的村子。一家宅院门外，一个披麻戴孝的中年女人站在门口。翁泉海的心骤然猛跳，他走上前说："您好，请问这是……"中年女人低头躬身道："先生请进。"

翁泉海跟中年女人走进院内，院里的人都披麻戴孝，掩面哭泣。一副棺材摆在院里。翁泉海问："请问这是王……"中年女人说："我家王先生刚走，望你小点声，不要惊着他的在天之灵。"

翁泉海紧张地说："请问他是怎么走的？"中年女人抽泣着："他生病后，去上海找了个有名有姓的大夫，给开了方子，可服药后病情更重，说走就走了……"翁泉海惊得半晌无语。

翁泉海拖着沉重的步子回到家里，把他看到的情况告诉葆秀，神情沮丧地说："我这个跟头栽定了，这回人证物证俱全，神仙也逃不掉。没想到我翁泉海落得如此下场，贻误人命，万劫不复，愧对家人，愧对祖宗，愧对医道，更愧对天地众生。你带着两个孩子回老家后，跟我爸说一声，就说我没脸见他老人家，没脸见祖宗，我自愿宗谱除名。"

葆秀宽慰道："他们也可能想不到是因药送命。"翁泉海摇头："就算他们想不到，我也得让他们知道！明天我就去警察局认罪，望一命偿一命，以慰逝者在天之灵，也留我心中半点安宁。"

翁泉海把来了、泉子、斧子、小铜锣叫到西厢房内沉痛地说："为师不能再教你们了，你们都走吧。"几个学徒都不明白到底出了什么事，为什么突然赶他们走。翁泉海抱了抱来了、泉子、斧子，又拍了拍小铜锣的肩膀。他强忍泪水说："你们都没错，你们都是我的好学生……为师有难言之隐，望你们谅解，好了，我意已决，都走吧。"

几个学徒都表示坚决不走。翁泉海望着面前的四个人说："无须再多言，你们跟着我没有半点好处，为师对不住你们了！走，都给我走！"翁泉海打开房门，拽住来了和泉子，把他俩推了出去，拽着小铜锣的胳膊，把小铜锣也推出去，他拽斧子没拽动。

斧子喊着："师父，您有两条命，一条是您自己的，一条是我的，要是碰上要命的事，我这条命得走在您前头！"斧子转身走出去。

翁泉海关上房门，眼泪涌出来。来了、泉子、小铜锣站在西厢房门外。斧子坐在一旁，闷头磨着斧子。翁泉海走进老沙头屋内，倒了两杯水说："老沙，咱兄弟俩以水代酒，干了这杯，就各奔东西吧。"老沙头说："大哥，你说什么呢，我听不懂。""说来话长，也不想说，老沙啊，咱兄弟俩该分开了。""大哥，你是要赶我走吗？"

翁泉海说："不是赶你走，是我们都得走。"老沙头笑道："那我就放心了。跟你待了快两年，有吃有穿，冬天冻不着，夏天蚊子叮不着，我可是享老福了。既然托了你的福，就得跟着你，你去哪儿我去哪儿，跟着你肯定没亏吃。"老沙头说着，从床底下搬出一坛酒。

翁泉海说："不喝酒了，就喝这杯水吧。""水哪行，不够劲儿啊，来，少喝一口。"老沙头把杯里的水倒了，然后倒上酒。二人坐在床上喝开了。

三杯酒下肚，翁泉海无限感慨道："我奔波半生，扎根这上海滩，开了个小诊所，还摊上官司，差点进大牢。后来碰上的事，真可说是黄浦江上起大风，一浪高过一浪。我本无心为功名奔劳，只求能谨遵医道，精修医术，治病救人。可世态非我所想，患者奔名而去，无名患者不来，他们宁可为有名之庸医费尽财力，甚至是丢了性命，也不会看无名之良医一眼。因此，我也逐渐为名而求，可名是好东西，也是坏东西，尺寸都在分毫之间，稍有拿捏不准，必会乱人心志，甚者深陷泥淖，回头无望。

"治愈几个难病后，声名鹊起。但我谨守初心，求名不求利，为医病费尽心力，也算无愧医道二字。直至我赴南京请愿，名利蜂拥而至，一时间灯红酒绿，莺歌燕舞，推杯换盏，夜夜不休……喝了大酒，来了面子，也出了不少丑，可最要命的，是心乱了，脑子糊涂了……

"《黄帝内经》中云，夫道者，上知天文，下知地理，中知人事，可以长久。我曾通读百家医著，潜心专研，化为己用，自以为可治天下之病，却忘记了治自己之病。到头来，我身染重病，却无药可治，这才是最可悲之处啊！人这辈子，只能朝前走，没有回头路，走错了就是错了，就得认错，认输，认命！"

老沙头说："大哥，你今天是怎么了？我都被你弄糊涂了。"翁泉海说："喝上酒话就多，没完没了招人烦。不喝了，我走了。"

翁泉海站起身，身子晃了晃，有些醉了。他走到门前，扶着门。老沙头上前拉住翁泉海说："这酒虫子刚被勾出来，你不能走。"

翁泉海猛地推开老沙头走出去，他摇摇晃晃地要走出院门，门上了锁。他使劲推着院门高声喊："开门！我要出去！警察局！"葆秀说："你喝醉了，等酒醒了再去吧。"翁泉海转身走到院墙前，欲爬上院墙，爬不上去摔倒了，他倒在地上呼呼大睡……

仲春，阳光正艳。翁泉海从正房堂屋走出来。来了在扫院子。斧子在磨斧子。小铜锣和泉子在拧床单。四个学徒都看着师父。

来了说："师父，您醒了？"翁泉海问："我睡了多久？"

来了说："师父，您睡了小三天。那个叫王实秋的来诊所找您，他说药吃完了，疗效不错，问是不是还接着吃。"

翁泉海吃惊地睁大眼睛，他不明白，王实秋不是死了吗？这到底是怎么回事？翁泉海记得，那天找到他家时，亲眼看到他家高搭灵棚，亲人披麻戴孝。而且，那人家确实姓王，只是没提王实秋的名。难道是忙中出错，走错门了？

第十六章
"血战"西洋参

葆秀走进厨房问："今晚韭菜炒鸡蛋啊？"老沙头说："嗯，韭菜切碎炒鸡蛋，既能温阳补肾，益肝和胃，又能行气散血，给我大哥好好补补。"葆秀把鸡蛋敲进碗里搅着："还说你不懂医，这懂的还不少呢。"

老沙头一笑："鸟随鸾凤飞腾远，跟我大哥待久了，就是傻子也能品出点儿味儿来。"葆秀搅着鸡蛋说："老沙，我看你再有几年，也能坐堂行医了。"

老沙头摇头说："这可不敢说，我这人笨啊，就是学一辈子也当不了大夫。我就明白点吃喝的事，诊病的事太难，学不明白。"

葆秀问："老沙，你以前在东北到底靠什么为生啊？"老沙头说："还能靠啥，就靠两条腿呗，只要腿勤快，就能弄到吃的，有吃的就饿不死。"

葆秀从兜里掏出烟叶袋放在台案上，盯着老沙头笑。

老沙头看到自己的烟叶袋，好一阵子才说："嫂子，附子有毒，需要煎一个时辰的事，我是在东北的时候听说的，谁想这回碰上了。所以说多学点东西没错，说不定什么时候能用上。"葆秀问："那你为什么不跟你大哥直说呢？"

老沙头说："我大哥也是个要面儿的人，我寻思私底下把这事办了，也就大事化小，小事化了啦。"

葆秀又问："泉海本来想去警察局说明实情，可跟你喝顿酒，大醉了三天，然后那个王实秋就来了，这一锅热汤算揭了盖儿。老沙，这事都碰得挺巧的啊？"

老沙头想了想，终于如实相告。那天，王实秋谢绝了老沙头要帮着煎药的好意，老沙头并没有走，而是跟着王实秋进了院子，看着他煎药，并且坚持这药必须煎足一个时辰，仔细讲了其中的道理。另外，他还让王实秋去找翁大夫再诊，病这东西，多诊几次，肯定有好处。老沙头走了，不小心将烟叶袋掉在了地上。

再说喝酒的事。当时，翁泉海要以水代酒，老沙头把杯里的水倒掉，背对着翁泉海偷偷把一点药末撒进杯里，然后倒上酒，转过身把这杯酒递给翁泉海。翁泉海喝了有药的酒，这才"大醉了三天"。

葆秀听了老沙头的解释，真情实意地说："老沙，我谢谢你！"老沙头一笑："都是一家人，有什么可谢的，再说我也没啥本事，帮不上什么大忙，赶上事能伸把手，我也高兴。"

葆秀点了点头说："你放心，我什么都没听见。什么都不知道。"

岳小婉邀请翁泉海晚饭后到雅居茶楼，说有要事相告。

翁泉海急匆匆来到茶楼，见到岳小婉就问："岳小姐找我所为何事啊？"

岳小婉嫣然一笑："翁大夫，我们已经如此熟悉，您叫我小婉即可。我往后也叫您翁大哥。翁大哥，我最近对医术很感兴趣，但是又不知从何学起，您能不能给我指点一二呢？"

翁泉海问："小婉，你怎么想起学中医了呢？"岳小婉说："因为喜欢啊。"

翁泉海点头说："喜欢就好，我给你推荐几本书，你回去先看着，如有不懂的地方，可以随时到诊所找我。"岳小婉问："那样方便吗？""学习嘛，没什么不方便的。""可是时间久了，我怕嫂子她……"

翁泉海被戳到痛处，好半天无语。

岳小婉盯着翁泉海问："翁大哥，嫂子看起来很年轻啊，她是你老家的人？"翁泉海点点头，却把话题岔开说："想学中医，要先看几本书，如《黄帝内经》《难经》《伤寒杂病论》《神农本草经》等……"

岳小婉又把话题拉回来问："翁大哥，我感觉你跟嫂子有些隔阂，不方便跟我讲吗？"

翁泉海犹豫半天，还是把他和葆秀的前前后后如实讲了。岳小婉静静地听着，直到翁泉海讲完。两人沉默好久，屋里的空气似乎凝固了。

好一阵子，岳小婉才说："翁大哥，既然你和她的婚姻是被强迫的，你为什么还要坚持呢？你这样做，对她不公平，对你自己也不公平。"翁泉海说："她对我翁家有恩啊！"岳小婉说："这是两件事，不能混为一谈，否则，你们都不快乐。"

翁泉海无言以对，他忽然看着岳小婉问："你为什么不成家呢？"岳小婉含情脉脉地看着翁泉海说："因为我喜欢的人已经成家了。""天下好男人多着呢。""可是我看不上。"

翁泉海言不及义道："我想一定是你的要求太高。"

岳小婉火热的目光直视翁泉海说:"是挺高的,那个人一定要有学识,有才华,有勇气,敢做天下人不敢做的事。他虽然儒雅,但是刚正;他的肩膀不够宽厚,但能替我担风险。他的腰杆是笔直的,他的心胸是开阔的,他的医德和医术,都是让人敬佩的。"

翁泉海又把话题岔开了,说道:"小婉,我看我们下次就从《黄帝内经》讲起吧。"

岳小婉要请翁泉海吃夜宵,翁泉海说太晚了。二人约定,下次开讲还在这雅居茶楼。

和岳小婉在茶楼的情感交流,深深触动了翁泉海的心结,他决定把自己内心真实的想法告诉葆秀。

夜晚,一弯月牙儿斜挂西天,几片薄云缓缓飘动。秋风微拂,颇含凉意。黄浦江静静地流淌,江水倒映着灯火。

葆秀伸手挽住翁泉海的胳膊走过来,她笑道:"吃完饭到江边走走,真舒坦啊!"翁泉海躲闪着,从心里抗拒这种亲昵。"怕什么,这里也没人,再说了,咱是一家的,别人看到又能怎么样!"葆秀把翁泉海的胳膊搂得更紧了。

翁泉海抽出胳膊说:"你先松开,我跟你说点事。"葆秀望着翁泉海,说道:"我说你怎么破天荒地找我出来,看来是有家里不方便说的大事。你倒是说啊!"

翁泉海好半天才说:"葆秀啊,我觉得我们都应该好好想一想了。"

葆秀迟愣片刻说:"我觉得也是,这样过日子不行。"

翁泉海诧异地问:"你也觉得这样不行?"

葆秀当然知道翁泉海要说什么,但她就是不说破,故意绕开话题说:"当然不行,晓嵘和晓杰越来越大了,哪能跟你那几个徒弟都挤在一个院里,这男男女女的,成何体统。我看啊,咱们还得弄个大套院,来了他们住在前院,晓嵘、晓杰她俩住后院,得分开。"

翁泉海摇头说:"我说的不是这事。"葆秀不忍心捅破窗户纸,捅破了怎么收拾,她还没有心理准备,故作亲切地说:"那我知道了,你是说咱爸想要孙子的事吧?这事好办啊,你尽管搬回来住,我知道你脸小,出去了不好意思回来。没事,我给你台阶下,咱俩抓点紧,给咱爸生个大孙子,他老人家一高兴,保准能活到一百岁。"

翁泉海皱眉说:"我说的也不是这事。"

"还有比这事更大的事吗?那你说的肯定是小事了,小事就不用找我商量了，你自己看着办吧。"葆秀颤声说完，径直朝前走去。她边走边高声喊着："风凉啊！真风凉啊！"

回到家里，葆秀独自一个人在堂屋喝酒，她一杯接一杯地喝着，干脆抱起酒坛喝起来。酒喝完了，葆秀摇摇晃晃地走进卧室，一头扑倒在床上，低声哭起来……

早晨，晓嵘和晓杰发现妈妈不见了，就大喊大叫起来。老沙头劝姐妹俩先上学去，等放学回来再说。

晓嵘说："老沙叔，我妈无缘无故地走了，我哪有心思上学？我妈为什么走啊？这到底是怎么回事啊？"晓杰说："我爸连门都不敢开，肯定是他欺负我妈，把我妈气走了！姐，你让开，我撞进去！"

老沙头忙阻拦说："你俩别闹了，哪有自家人撞自家门的。"

晓杰把老沙头推到一旁。晓嵘后退几步，然后朝门撞去，门开了，她撞在翁泉海身上。

翁泉海冷着脸问："你们要干什么，想把家拆了吗？都给我上学去！"晓嵘质问："爸，我妈为什么不吭气走了？"

翁泉海说："她临时有事，回老家了。"晓杰喊着："您胡说！我妈怎么会不跟我俩说一声就走呢？肯定是您把她气走了！"晓嵘又问："爸，我妈到底怎么了？您是不是欺负她了？"

翁泉海说："大人的事，孩子少管。"晓嵘不依不饶地说："这是我妈的事，我还不能管不能问了吗？"

翁泉海挥着手说："你俩快上学去，有话等放学回来再说。"

晓杰望着翁泉海，眼泪涌出来："爸，我就这一个妈了，我要找我妈……"晓嵘搂着妹妹，已是泪流满面。

翁泉海望着俩闺女，心里也觉得酸楚，颤声道："晓嵘、晓杰，爸答应你们，一定把你妈找回来。"

日子过得真快，转眼就到了秋末。

上海的中药市场上出现了大批进口洋参，想以价格优势压倒中华人参。一些药商议论此事，十分忧虑，却不知道该如何应对。

丛万春认为，得找有名望并且支持中华参的人，他振臂一呼，然后大家跟着响应，集体为中华参说话，等把声势造起来，这事就好办了。

有人提出，推翻废止中医案的时候，就是翁泉海出头，先把声势造足了，然后派几个代表去南京请愿，最后到底把那个议决案推翻了。那么大的山都推倒，洋参这小山头又算得了什么！最好请翁泉海出头。

提起找翁泉海，丛万春低头不语。但是，几个药商都觉得丛万春路子最广，希望他先去拜访翁泉海，如果翁泉海答应，这事就好办了。

丛万春想起矿场上的旧事，怕翁泉海记仇，连忙推辞。但是，不管怎么推辞，几个药商一定要让他想办法。他知道范长友和翁泉海交情不错，就请范长友找翁泉海，试探一下他的意思。于是，范长友就拉上段世林请翁泉海在饭店小聚。

范长友说："泉海啊，段老板托我请你多少回了，可就是插不上空。"段世林说："翁大夫，不管我请了多少回，您到底是来了，今天高兴啊，来，咱们以水代酒。翁大夫，您劝我戒酒，又治好了我的病，我感谢您，从今往后，咱们就是好兄弟，有事您只管招呼。"

范长友吃了几口菜，放下筷子叹口气说："这上海滩快成洋货的天下了，我们自家的东西越来越不好做。听说最近洋参想靠压价挤倒咱们中华参，野心昭昭，实在太气人。泉海啊，这事你怎么看？"翁泉海说："我当然支持咱们中华参了。我是大夫，用药就用咱们中华参。"

范长友就势跟上道："泉海啊，你可是上海滩鼎鼎有名的人物，你要是能为中华参说句话，中华参可就有靠山了，有了靠山，腿脚就稳当，倒不了啊。"

翁泉海摇头："长友，你高看我了，我哪有那么大的本事。"

范长友笑道："你要没本事，谁还敢说有？泉海啊，你只要招呼一声，大家的心就拢在一块儿了，你再帮着出出主意，大家一块使劲儿，还怕那些洋商？"

翁泉海问："长友，你也不是做中华参生意的，怎么惦记起这事来了？"

范长友慷慨陈词道："不惦记不行啊，真要是洋参挤倒咱们中华参，洋商们就更嚣张了，往后咱们本地的买卖商户，免不了都得受他们欺压。泉海，中华参是药材，你是行医的，医药不分家，你就眼看着中华参被洋参挤倒？"

翁泉海摆手说："生意事我是外行，这事我实在无能为力。"

范长友回复丛万春，说已经找翁泉海试探过了，他无意参与此事，他要是不想干的事，九头牛都拉不动。

丛万春说："我知道你俩交情深厚，您就再去劝说劝说，万一他盛情难却，答应了呢！"范长友摇头说："我就是再劝，他也不会答应，要是逼急了，弄不好我俩这朋友都没法做了。"

丛万春进一步试探着说："范老板，只要翁大夫能出面，酬金不是问题，您只管提，我决无二话。"范长友正色道："看来您真不清楚翁泉海是什么人，我要是把酬金拿过去，他非跟我翻脸不可。算了，您还是另寻他人吧。"

这天，翁泉海又来到雅居茶楼给岳小婉辅导《黄帝内经》。

岳小婉说："《黄帝内经》讲，'是故圣人不治已病治未病；不治已乱治未乱，此之谓也。夫病已成而后药之，乱已成而后治之，譬犹渴而穿井，斗而铸锥，不亦晚乎？'这是什么意思呢？"

翁泉海说："这句话的意思是，高明的大夫不是等到病已经发生再去诊治，而是在病发生之前诊治，如同不等到乱事已经发生再去治理，而是在它发生之前治理。已经病了，再去治疗，已经出了乱事，再去治理，就如同渴了才想到去挖井，战乱发生了再去制造兵器，那不是太晚了吗？"

岳小婉称赞道："我记得有一回在酒桌上，有个商人叫段世林，你说他病了，他还不信，等后来他就真的病了。翁大哥，你就是书里面说的圣人。"

翁泉海忙摆手说："不敢当。医道高深，由博而简，由杂而精，由繁而专，勤于一艺，临床参悟一辈子，都未必能达于上工圣手。等我尚有一口气之时，问老祖宗一句话，我一辈子摸打滚爬，是否摸到中医的门槛了？如果老祖宗说摸到了，那我这口气就能出得酣畅淋漓了。还有疑问吗？"

岳小婉岔开道："翁大哥，你打算什么时候回孟河呢？一日夫妻百日恩，我知道你放不下她。其实嫂子那人挺好的，屋里屋外都是过日子的好手，如果能过下去，你们还是过下去吧。"

翁泉海推心置腹地说："小婉，你那天说的话，我回去想了很久。葆秀确实是个好女人，这些年她对我，对孩子，对翁家，都是尽心尽力，无微不至。说句老实话，她不欠我的，而我欠她的。可感情的事不能勉强，越勉强，日子越难过。正如你所说，这样对我对她都不公平，我不快乐，她也不快乐，与其这样，不如分开。我之所以还没回去找她，是因为临时赶上一件事，我还没有做决定。最近，洋参压低价格，想把我们中华人参挤出市场，有药商托范长友找到我，希望我能助他们一臂之力。"

岳小婉劝道："这是商人之间的买卖事，是利益之争，跟你有什么关系啊？"

翁泉海有些激动地说："我刚开始也是这样想的。可自从听说这事，我就忘不了，越琢磨越觉得这事的味儿不正。如果我们的中华参不如洋参，那也罢了，可我们的中华参经过几千年考究，治了多少病救了多少人啊！要是说倒就倒了，着实让人寒心。再说它不是自生自灭，是被人家不择手段挤压倒的，我觉得不公平。"

岳小婉深情地说："翁大哥，我知道依你的性子，肯定不会坐视不管。可那些洋商们不好对付，你要是出头，成败都是你的事，成了皆大欢喜，可要是败了，所有责任都得你来背，你背得动吗？"

翁泉海说："你的话有道理。但是我不能只顾自己。我得站出来。"

丛万春告诉几个药商，翁泉海同意参与和洋参较量的事情。下一步就是大家去见翁泉海，当面商量对策。几个药商想让丛万春一包到底。丛万春坚决不干。最后议定，还是大家一起去见翁泉海。

丛万春和范长友约好，请翁泉海在一个有名的酒楼见面。范长友和翁泉海如约而至，众药商站起身相迎。

丛万春说："各位老板，这位是范长友范老板，这位就是翁泉海翁大夫。"范长友说："丛老板，你屋里戴墨镜为何意？"翁泉海望了丛万春一眼。

丛万春忙说："眼睛偶得小疾，无妨。"翁泉海要给他看看，丛万春说不急，还是先商讨大事。

大家坐定，众药商不知道如何开口，都沉默着。

丛万春打破尴尬开口道："翁大夫，事您都清楚了，我们这些做中华参生意的被洋参逼到绝路了，大家想求您给指条明路，您说怎么办，我们就怎么办，我们信得过您。"

翁泉海说："多谢各位的信任。本来这是生意事，跟我无关，我也不懂。另外，为医者不近商事也是医规医训。可我今天为什么来了呢？因为这已经不仅仅是生意之事，是我们本土药材兴亡的事，更是一口气的事。如果洋参和我们的中华人参都属正当经营，那优劣喜好选择是百姓的事，我们不应该干预。但是如果采用不正当竞争手段，妄图抢占我们的市场，欲把我们赶尽杀绝，那我们决不答应，务必奋起反抗！洋参降价了，我们怎么办？我想应该以其人之道还治其人之身，首先应该召集上海经营中华参的药商和药铺，来个联合行动，中华参联合降价，压制洋参。"

众药商互相望着，关系到切身利益，说都舍不得割肉。

范长友说："大伙怎么都不说话啊？这主意成不成？丛老板，你说说。"

丛万春点头："这倒是个主意，召集上海药商和药铺联合行动不难，只是我们如果降价，洋参也可能再次降价跟进……"翁泉海说："如果他们跟进，我们就再降价。"

丛万春犹豫着说："翁大夫，您的意思是说要打价格战？"翁泉海反问："如若不然，还有更好的办法吗？"

范长友问："丛老板，洋参不怕降价，咱们中华参还怕吗？咱们中华参没这个底气吗？"丛万春解释道："不是没底气，只是老黄牛撞大洋马，万一没撞过人家，必会损失惨重，有些小药商说不定就得因此破产……"

翁泉海给大家鼓劲说："大兵压境，没有置之死地而后生的决心，这场仗又怎么打得赢呢？当初推翻废止中医案，我们也是背水一战，抱着壮士一去不复还的决心才马到功成。如果在价格战中我们中华参挺住了，那洋参必会如热锅上的蚂蚁，急求逃生，而此时正是收购的好机会，我们低价收洋参，然后再按原价卖出，或许还可以把中华参降价出售所产生的损失补回来。"

范长友拍手道："好！一箭双雕的买卖，泉海，你可以啊！"

翁泉海提醒道："这事说起来简单，做起来还要靠众志成城的决心和耐心。提前筹足资金，大量购进中华参，保证货源充足。另外，眼看就要入冬，到了进补的好时节，这件事要做就得抓紧。"

众药商认真听翁泉海讲话，但是都沉默不语。

范长友说："又都不说话了，这是你们自己的事，该表态得表态啊！"

翁泉海继续鼓劲："我知道这样做风险很大，各位需要有充分的思想准备。但是如果不这样做，我们的中华参就彻底倒了。不管为中药还是为己事，我们都不能坐以待毙。如果大家能同心合力拧成一股绳，用我们的全部力量跟洋商赌一把，在我们自己的土地上，难道还怕站不稳吗？"

最后，经过商议，大家同意按翁泉海说的办，中华参跟洋参顶上了！

于是上海各家中药房的门上都挂着"吉林参七折出售"的牌子。然而，洋参也不甘示弱，各家西药店的门上都挂着"洋参六折出售"的牌子。各家中药房联合行动，吉林参五折出售。于是，人们开始抢购中华参。

中华参卖得火，药商委托丛万春把两个红包交给范长友和翁泉海。

范长友笑着说："怎么样，翁大夫不是一般人吧？"丛万春高兴地说："果然是人中之杰，不但懂医，还懂商。他这一招使出来，洋商们顶了一顶，就瘪茄子了。现在中华参大卖，虽然利薄，但走量大，背来背去，也算不错。"

范长友告诉丛万春，他这份可以收下，但翁大夫的那份送不出去，应该丛万春亲手送过去。丛万春说："事没成的时候，他不收是心没底，眼下事成了，他收了也是理所应当。范老板，不管他收不收，我们都得把心意表达过去。"

范长友答应帮人帮到底。于是，他来到翁泉海诊所，把一个信封压在一本书下说："丛老板有事找你，可又不便打扰，托我捎信来，至于是什么事，信里写清楚了。泉海，你忙你的，我还有事，告辞。"

范长友走了。翁泉海从书下拿起信封捏了捏，然后塞进抽屉里。

但是，价格战并没有结束，洋参四折出售，人们争相购买洋参。丛万春找范长友讨主意。范长友说："既然上了马，就得骑到底，半道下来，不是白忙活了？翁大夫早就说过，就是赔本也得干到底，中华参撞洋参，总得分出个胜负来。对了，上回您托我送的那封信，翁大夫收了。"

药商们一起商议对策。几个人觉得，三成的价出力赔钱，不能再干。

丛万春打气道："当初咱们决定保中华参的时候，不都已经说清楚了吗？本来就是有可能赔钱的买卖，你们不也都答应要撑到底吗？翁泉海也说了，只要咱们能抻住，即使先赔了，后面也能赚回来。"

有人提出，赚回来是后话，我们就算把价钱压到三成，洋参要是压到二成，难道我们还能一成价卖吗？

丛万春认为洋参不可能把价压到二成，真那样得赔死。有人担心，洋商要是决心拼个鱼死网破，怎么办？还有人对翁泉海出言不逊，认为他张嘴闭嘴说得轻巧，到头来出血的是药商。

丛万春考虑再三说："各位兄弟，咱们既然已经走到这一步，就应该再抻一把，就把价压到三成，万一洋商们受不了，咱们可就大获全胜，千山万水，可能就差这一步了！"

有几个药商要打退堂鼓，说"小家小业的，着实不抗折腾"，说"资金着实周转不开"等等。

丛万春十分生气，一股热血上涌，他大声说："不用讲了，我都明白，还有谁想退出去？谁想在此时退出去，我丛万春绝不阻拦。我丛万春是商人不假，唯利是图，以赚钱为根本，不赚钱的买卖我不干。可眼前这事，已经不仅仅是买卖事了，正如翁泉海所说，这是一口气的事！人活一口气，没气了还怎么活？我今天把话放这儿，我肯定跟洋商们斗到底，就算赔个本朝天，我也认了！"

于是价格战继续进行。吉林参三折出售。洋参二折出售。人们排队购买洋参。

傍晚两个药商搀着丛万春来找翁泉海，说他胸闷气短，喘不上气来。翁泉海给丛万春切脉。丛万春轻声说："翁大夫，洋参压到二成价，我们抻不住。我们输了。"

岳小婉坐在雅居茶楼看中医书，等候翁泉海来讲课。翁泉海匆匆赶来，岳小婉问："翁大哥，怎么来得这么晚啊？"翁泉海说："一个药商为洋参打压中华参的事急病了，来找我看。"他坐下问，"《黄帝内经》哪里看不懂，我给你讲讲。"

岳小婉说："翁大哥，洋参和中华参打架，打的是钱，谁的钱多谁能赢。"翁泉海点头："拼的就是钱，可除了钱，还有一口气，咱们中国人的骨气。输钱不怕，不能输了气，我们泱泱大国，万千同胞，难道打不过几个远道而来的洋人？我不服这口气！这事你就别管了。"

岳小婉问："怎么，你的事我不能管了？"翁泉海说："不是不能管，是你没必要为此事劳心。"岳小婉说："就因为你劳心，我才劳心。跟我说说，你打算怎么出这口气？"

翁泉海站起走着说："洋参压到二成价，中华参要想打赢这场仗，就还得压价。一成价对于众药商来说损失惨重，我看压到二成价即可。"

岳小婉问："同是二成价，那就是比谁抻得久，说到底还是拼钱。咱们的药商有那么多钱吗？能抻得住吗？"

翁泉海说："他们能不能抻得住我不清楚，但我既然置身事中，给他们出谋划策，他们也按照我说的在做，那我就得负责到底。我打算把我家的房契押上，尽点微薄之力。"岳小婉吃惊道："翁大哥，你疯了吗？！"

翁泉海慷慨激昂地边走边说："我清醒得很。如果我们中华参被洋参打倒，洋人会说，偌大的中国，人多有什么用，都是软柿子，我们骑他们脖子上，把他们的脊梁压弯，他们也认了。这回打倒中华参，我们再抢他们其他的东西，早晚把他们抢干净！真要是这样，我翁泉海还留这点家业干什么？我宁可全押上，跟他们赌个底儿朝天！"

翁泉海坐岳小婉的车回到家里，看到正房堂屋的门开了，急忙走进来喊："葆秀，你回来了？"屋里没有人，他走进卧室看，也没有人；他推开书房的门，还是没有人。突然，传来关门声，翁泉海扭头望去，只见老父提着烟袋锅，已经坐在正房堂屋的椅子上。

翁泉海走到老父面前问："爸，您来了！什么时候到的？"老父抽了一口烟袋锅，缓缓地问："葆秀为何走了？你欺负她了？"

翁泉海说："我没欺负她。"老父说："她回去后一言不发，你说没欺负她，怪事。你俩结婚这么久，身子都没毛病，她肚子总不见动静，怎么回事啊？"

翁泉海岔开道："爸，您旅途劳顿，先歇着，明天我再跟您细说。"老父摇头说："你现在就跟我说清楚，要不我睡不着觉。"

翁泉海犹豫了好一阵子才说："爸，葆秀是个好女人，从里到外没得挑，可我实在跟她建立不起来夫妻感情，我不想勉强。我之所以没跟她同房，也是为她好。爸，我希望您能理解我。"

老父说："可不管同没同房，你俩已经是夫妻了，就算离了婚，让她今后怎么过啊？"翁泉海说："她可以再找一个。"

老父语重心长地说："说得简单，说找就能找到吗？葆秀岁数不小了！泉海啊，你都是年过半百的人了，还讲什么合适不合适，勉强不勉强啊！把日子过红火就行了。再说，葆秀对你、对孩子、对翁家，都挑不出毛病来！"

翁泉海说："爸，就因为她对我、对孩子、对翁家都好，所以我当初听您的，跟她成了家。可在一块儿久了，我越来越感觉，感情的事不能拿这些好来束缚。如果两个人不合适，这些好就变成了重担，变成了绳索，越压越重，越勒越紧，直到喘不过气来。"

老父很不理解，一口锅吃饭，一张床睡觉，怎么就没感情呢？他闷头抽着烟袋锅。

翁泉海继续说："爸，此事我已经想了很久，并且已经做决定。"老父长叹："我也是快入土的人了，管不了你的事了，可就算要离婚，你也得去把她找回来。"

翁泉海说："我本打算回去找她，可最近有点急事，走不开。"他老老实实地把参与力挺中华参大战洋参的事讲了，并且也讲了把房契押上的打算。

老父一听，立马火冒三丈，举起烟袋锅就要打翁泉海。翁泉海打开堂屋门跑出来，快步钻进西厢房。

老沙头从窗外看到这一幕，就到西厢房安慰翁泉海说："只要老父在，儿子多大也是儿子，儿子挨老子打不丢人。我爹要是活着，天天打我，我也乐意。"

翁泉海叹气道："老沙，我想把房契押上，为中华参加把劲儿。可他老人家说我只是个大夫，跟药材生意没关系，犯得着倾家荡产出头吗！我知道他老人家为我好，可这事我非干不可，他就算打死我，我也要干到底！"

老沙头笑着说："大哥，你干的大事我帮不上忙，真到了倾家荡产那一天，你跟我去东北吧，咱们山里打狍子，江里舀大鱼，吃口饭不难。"

翁泉海也笑："我才不打狍子舀鱼呢，多累啊，我就往炕头上一躺，等你给我炖肉吃！"

第十七章

全是朱砂惹的祸

这天，丛万春把几个药商约到一家茶楼，翁泉海也身在其中。

翁泉海把自家的房契放在桌子上说："我知道中华参和洋参的这场大仗已经到了紧要关头。洋参压到二成价，我们中华参要想不前功尽弃，至少也得压到二成价。现在的形势是一根绳子拴两头，谁也拽不动谁，要拼的只能是气力。气力就是钱！我知道，你们已经投入不少钱，这些钱进去了，能不能再拿出来都两说。可我们既然已经走到这一步，如果退了，前面亏的钱就彻底亏了。往前再迈一步，又得往里面砸钱，要是亏了，就亏得更多。这正是大家犹豫不决的关键所在。我想说，洋参敢降到二成价，就是说洋商们已经破釜沉舟，要把我们逼到刀刃上，看我们敢不敢光脚板儿在刀刃上走。各位老板，洋商们远离家门，到我们的地面儿都敢破釜沉舟，我们在自己家里有什么不敢背水一战呢？我吞不下这口气，我想，只要是中国人，都吞不下这口气！"

丛万春和众药商望着翁泉海，深受鼓舞。情况的确如此，这就跟打仗一样，到了关键时刻，狭路相逢勇者胜。

"我只是一个大夫，经济能力有限，只能拿出我家的房契，为你们站脚助威，望能推着诸位在刀刃上走一步，说不定就这一时半刻的工夫，会乾坤倒转，成就推山倒海之功。"翁泉海从怀里掏出一个信封，"丛老板，我这里还有点钱，望您收下。"

丛万春接过信封，知道这就是他上次送出去的红包，心里一热，激动地说："各位同仁，翁大夫作为局外人，都能拿出房契来支持我们，我们作为局内人，还有什么不敢豁上的呢？！我也把房契地契压上，跟洋商们斗到底！"

众药商被感动了，都表示回去筹钱，中华参二折出售！

洋参到底没打过中华参，后来，众药商低价收购洋参，又按市场价卖出，这样一来，药商不但打赢了仗，还赚了一笔。

翁泉海出头带领药商奋战，中华参战胜了洋参，获得了上海中医中药界的广泛赞誉，并被推选为上海中医学会的副会长。

翁泉海想利用空闲时间回老家把葆秀接回来，翁晓嵘、翁晓杰、老沙头、来了、泉子、斧子、小铜锣全都出来相送。众人刚一出门，一对中年夫妇背着个孩子找翁泉海看急诊。

翁泉海将他们迎进门，伸三指掐住孩子的手腕切脉后说："脉象逆乱，既不是风热又不是风寒，并且舌尖红，中部白苔，不管脉象还是舌象，都非常奇异。"

孩子父亲着急道："翁大夫，您说的这些我听不懂，您就说怎么治吧。"小孩突然抽搐起来。翁泉海说："赶紧进屋！"

进屋后，孩子父亲说："我儿子到底得了什么病啊？不就是发烧吗？赶紧开方子退烧吧！"翁泉海询问孩子发病的经过。其父说就是突然发烧了，吃的跟家里人的都一样。

翁泉海又给孩子切脉后说："对不起，此病怪异，我查不到病根，无从下手，我治不了。你们赶紧另投高明，以免耽误了孩子的病情。"

这时，老沙头端着茶水走进来，把茶碗放在小孩身旁，倒了一杯茶。小孩盯着茶水倒进茶碗里，突然面露苦笑，脖子后仰，痉挛抽搐，又犯病了！

翁泉海明白了，问道："这孩子被狗咬过？"孩子点了点头。

其父亲问："你怎么不跟我讲？"孩子说："不敢讲。我去包子铺偷包子，被狗咬了，我怕说了您打我。"

翁泉海检查了孩子的小腿说："先生，这孩子被狗咬过，现在又高烧不退，综合他的病症来看，是得了狂犬病。"

翁泉海把孩子父亲领到西厢房内告诉他，孩子的病拖得太久，已经无药可治。

孩子父亲突然跪在地上，抱住翁泉海的腿说："翁大夫，求您救救我儿子，他是我的命啊，他不能……"说着哭了。

翁泉海忽然听到小铜锣喊师父，急忙和孩子父亲跑出来。孩子抽搐着，啃咬自己的手指，手被咬出了血。老沙头、泉子、斧子按住孩子。翁泉海叫大家都小心，别被他咬到。

孩子父亲又给翁泉海跪下了："翁大夫，我唐老四是拉黄包车的，没什么钱，有个老宅子，就是把祖宅卖了，也得留我儿子的命啊！"孩子母亲也跪下了。

翁泉海摇头说："此病已入膏肓，实在无法医治！"

唐老四跑进厨房拿了把菜刀架在脖子上说："翁大夫，我是死是活，就等您一句话！"翁泉海说："我真的没有办法，您就是逼死我也没用啊！"

唐老四说："好，那您先见点血！"说着就要动刀抹脖子。翁泉海忙喊："等等，我给孩子开方子！"

死马当作活马医，翁泉海万般无奈给孩子看了药方，让他们按方抓药，是否管用，只能听天由命了。唐老四夫妇千恩万谢，拿着方子，领着儿子走了。

岳小婉听说翁泉海给那患狂犬病孩子开方的事，很是担心，就约他到雅居茶楼，说是请他讲课解惑。

见到翁泉海，岳小婉直言道："翁大哥，那孩子危在旦夕，稍有不慎，就会惹祸上身，甚至会身败名裂，你不该给那孩子开方啊！"

翁泉海说："治病救人，救危难于水火，天经地义。再说我能做的也就是让孩子在临走之前舒服一点，否则他就得把自己的手吃了，活遭罪啊！"

岳小婉凄婉地一笑："翁大哥，你这菩萨心肠不适合当大夫啊！"她转变话题，"嗳，你不是要回孟河老家吗？"翁泉海说："我本来打算今天回的，可临走赶上这事，只能后天走了。"

赵闵堂听说那个患狂犬病的孩子死了，在屋里走着，叹了三叹："烦心啊！翁泉海干的全是露脸的事，又刚当了上海中医学会副会长，真是前途似锦，可怎么就偏偏碰上这事呢？那孩子本来就不治，他为什么还要治呢？难道他自恃医术精湛，想来个神仙一把抓？"

小铃医说："师父，我记得您开讲堂的时候说过，逢疑难杂症，为医者不能治也得治，万一治好了呢？不能见死不救。我听得清楚，还记在本子上了。"

赵闵堂皱眉说："你挺聪明个人，怎么糊涂了？文无定法，得活学活用。翁泉海用药在先，孩子服药身亡，这药和命有可能牵着啊！"小铃医问："师父，您是说那孩子因药而死？"

赵闵堂："也不能一锤子敲死。可人命关天，万一是因药而死，主治大夫就难辞其咎，这事死者家属不能蒙在鼓里。你去跟那小孩父母知会一声，该验尸得验尸。"小铃医犹豫着说："师父，这样做不好吧？"赵闵堂瞪眼说："怎么不好？这是医德、医道！"

小铃医来到唐老四家破宅院门口，抬起手要敲门，但犹豫半天转身走了。

石姓药商听说翁泉海给死去的小孩曾经开过药方，觉得报矿场之仇的机会来了，就拿钱买通唐老四，让他先去翁泉海那里大闹，然后去法院告他。

于是，数十辆黄包车聚集在翁泉海诊所门外，把诊所堵了个水泄不通。唐老四走进诊所，一把抓住翁泉海的衣领子喊："我儿子死在你手里，你得偿命！"

老沙头和斧子闻讯跑过来保护翁泉海，被众车夫团团围住。

翁泉海说："唐先生，您儿子故去，我深表惋惜。可他的病本来就已经耽误了，来我这的时候，确实已经无药可治。是您苦求于我，为了能让孩子临走前舒服一点，我开的是镇惊安神的方子，用药谨慎，孩子是因病故去。"

唐老四说："尸检结果出来了，我儿子是中毒死的！我要你偿命！"翁泉海说："冤有头债有主，谁的锅谁背，跑不掉。您要是认定是我害死了您儿子，那您可以告我去，要是把我告倒了，我的命我亲手送您！"

夜晚，翁泉海心烦意乱，老沙头拉着他到黄浦江边散心。

老沙头说："大哥，我信得过你，你开的方子保准不会要命，这事一定有岔头，就算见了官司，咱们也不怕。你看他们一家人可怜，诊费都没收，他们不但不感激，掉过脸来就闹，什么人啊！"

翁泉海说："是非自有明断，公道自在人心，我有这个底气。那孩子死了，做父母的悲痛欲绝，即使做出糊涂事，我们也该理解。只是我作为大夫，无力治好孩子的病，眼看他丢了性命，这个坎儿我过不来啊！"

老沙头安慰道："做大夫的，总不能把所有的病都治好吧？"

翁泉海说："我知道我不可能医尽天下之病，可即使知道，心里还是有所不甘。老沙啊，你别看我做了几件露脸的事，别看旁人把我捧得那么高，还让我当上中医学会的副会长，可那些东西都是虚的，在'医'字面前，我顶多是个小学童，还得学啊！"

唐老四在石姓药商的怂恿下，利令智昏，决定把事情闹大。于是，他在翁泉海诊所外挂上白布黑字的横幅："取我儿性命者，泉海堂翁泉海！"

有个记者跑来拍照，几个徒弟要把横幅扯了，翁泉海制止说："扯了还能挂上，再说扯了就是怕人看见，就是心虚。浊者自浊，清者自清，无须理会。"

记者前来采访，翁泉海说："我没什么可说的。"记者问："那您就是承认了？"翁泉海说："随他去吧。"

记者被翁泉海的态度激怒了，添油加醋炮制了一篇文章，在报纸上刊登了出来。

赵闵堂看到报纸笑道："记者真有本事，抓到点事就能做出大文章，词儿拿捏得尺寸正好。"老婆说："这回你出气了吧？他那副会长还能当吗？"

赵闵堂一脸笑模样地说："他名声在外，缺不了钱，该掏就得掏点啊。换成我，我是没脸当了，多丢人啊。今晚烫壶酒，喝点。"

翁泉海和岳小婉又聚在雅居茶楼。岳小婉说："翁大哥，这事是越闹越大了，你得赶紧想想对策。"翁泉海坦然道："大夫诊病，只要诊断无误，药方无误，患者因病亡故，跟大夫无关，无须对策。"

岳小婉道："话是这么说，那就由他们闹下去？"翁泉海说："失子之痛，气郁胸口，总得发泄出来，否则就得憋病。让他们闹吧，闹够了闹累了就消停了。"

岳小婉劝翁泉海回老家暂避一避。翁泉海认为，没这事可以走，有了这事决不能走，走就是认了。

岳小婉望着翁泉海说："去南京请愿，帮着中华参打洋参，你硬得很，是绝不受欺负的人；到了这件事上，你又软得很，等着被欺负。翁大哥，我真弄不懂你到底是个什么人啊！"翁泉海指着中医书问："哪儿不懂，我给你讲讲。"

唐老四状告翁泉海害人性命，警察把翁泉海带走了。

赵闵堂听说翁泉海进了牢房，良心发现，颇感内疚地说："那唐老四闹腾半天，把翁泉海弄上报纸，气也出了，就行了呗，怎么还告上了？真没想到能动官司啊！"老婆宽他的心，劝道："放心吧，那姓翁的没事，死者家属也就是白折腾一回。大夫治病，谁能保证都能治好啊，再说那病本来就不治嘛。"

赵闵堂说："这事不对劲儿啊！那孩子七岁，服用朱砂一分，药量没问题，怎么会中毒死了呢？"老婆说："死的死了，进去的进去了，你还操这心干什么？"

赵闵堂说："就因为进去了，我这心才慌得很啊！那牢狱之中命如草芥，什么事都可能发生，有可能要了翁泉海的命啊！"

翁泉海涉嫌医疗事故一案开庭了。法院外，岳小婉坐在车里，朝法院门望着。葆秀走到车前望着岳小婉，然后挺胸抬头，大摇大摆地朝法院走去。

此案的焦点是，翁泉海说他开的药方属镇惊安神，剂量适当，绝不致死。检察官说上海中医学会开了证明，死者唐春生七岁，朱砂一分属正常药量，狂犬病极凶险，染病者随时可能死亡。但尸检结果唐春生服用朱砂过量，中毒而死。因此翁泉海有责。曲法官接受了石姓药商的贿赂，答应对翁泉海"依法定罪"。

赵闵堂颇感内疚，让小铃医带他去唐老四家走一趟，他说："人家孩子死了，心里肯定不好受，我去看望看望。为医者，心得善，看到的病得治，听到的病也得治，这是医道。"他又想到，他曾经让小铃医去过唐老四家一次，怕人家认出来，就让小铃医戴着低檐帽子把脸遮上点。

来到唐老四家，赵闵堂说："唐先生，我是大夫，我听说您儿子不幸早逝，特来看望您。孩子走了，做父母的心里肯定难受，我给你们抓了点舒心解郁的药，吃了有好处。"

小铃医把药递给唐老四。这时石姓药商来了，他看到赵闵堂和小铃医，转身悄悄走了。

赵闵堂让小铃医跟孩子他妈去厨房煎药，他对唐老四说："唐先生，我听说您儿子是服药中毒身亡，可惜可叹啊！"

唐老四说："我也没想到那么有名气的大夫，居然会把我儿子毒死，我要是不告倒他，不把他关进大牢里，他还得仗着虚名骗多少人啊！"

赵闵堂试探着问："庸医当道，害人至深。唐先生，这么重的病，只看一个大夫哪行，应该多找几个大夫看看啊！"

唐老四长叹一口气："我们虽然没找别的大夫，可也寻了其他的门路，求了江湖人，到头来还是救不了我儿子的命。"

小铃医一直在厨房侧耳听着，他急忙走出来问："唐先生，您说的江湖人是画符的吧？什么时候请来的江湖人呢？"

唐老四说："孩子临走的那天晚上。当时也喝药了。"

二人从唐老四家出来，赵闵堂埋怨着："小朴啊，我聊正事呢，你插什么话啊？你看你那一句话，把人家眼泪都弄出来了！师父说话，徒弟乱插嘴，还有点规矩吗？！"

小铃医问："师父，一分朱砂肯定不会中毒要命，您没想想那孩子怎么会因朱砂中毒死了呢？"赵闵堂说："怎么没想，可就算一分朱砂不要命，那孩子毕竟因朱砂中毒而死，事实清楚啊！"

小铃医提醒道："师父，这会不会跟那个江湖人有关啊？我走江湖的时候，见过那些江湖术士的能耐，他们靠写符烧符驱邪驱病。那符上的咒语通常都是用朱砂写的。写完烧掉，有些人还把符灰就水喝了。"

赵闵堂恍然大悟说："你怎么不早说？朱砂最忌火煅，《本草经疏》中记载，'若经火及一切烹炼，则毒等砒硇，服之必毙'。"

赵闵堂转身回到唐老四家询问，唐老四说："那符上确实写了红字，然后烧成灰给我儿子喝了。"赵闵堂问："唐先生，您知道那红字是用什么写的吗？如果是用朱砂写的呢？您还能找到那个江湖人吗？"

唐老四领着赵闵堂去见了江湖术士，那江湖术士亲口说，他确实用朱砂写的符。赵闵堂这才确认，翁泉海是冤枉的。

唐老四两口子也知道冤枉了翁大夫，老婆主张赶紧给翁大夫作证。唐老四说："咱收了人家姓石的钱，答应要把这官司追究到底，再说没有人家，咱儿子能走得厚厚实实吗？"老婆心善，说道："也不能窝着心思害人啊！他们给的钱还剩点，咱先还回去，花掉的钱咱再想办法，就是借也得还干净。"

这时候，石姓药商又来了，他从怀里掏出一个信封放在桌子上说："好人做到底，拿着吧。"

老婆悄悄地拉了一把男人的衣袖，唐老四惶恐地说："先生，您的好意我们心领了，这钱我们不能再要。您先前给我们的钱，我们也会如数还给您。不瞒您说，我们想给翁大夫作证去。先生，既然这事已经弄清楚了，我们就不能再冤枉翁大夫。"

石姓药先利诱，后威逼说："唐先生，你糊涂啊！孩子已经死了，你们家又这么穷，如果你们能追究到底，等了了官司，我会给你们足够的钱，拿着那些钱，你们可以回老家买房置地，愿意生就再生一个，不管怎么说，都能过上安稳日子，这是多好的事啊，总比在这勒紧裤腰带，吃糠咽菜强吧？

"再说，你已经走到这一步了，还有回头路吗？你在警察那录了口供，翁泉海也被抓了进去，还打上了官司。你现在要是改了口，那就是诬告陷害！法院能答应吗？你们是要摊官司的！知道摊上官司是什么后果吗？你们夫妻二人可就见不着了，是妻离子散，家破人亡啊！所以，何去何从，你们自己掂量，是走阳光大道还是掉烂泥坑里，可得琢磨清楚了！"

曲法官接受了石姓药商的贿赂，硬是一审判了翁泉海三年徒刑。法院工作人员让翁泉海在判决书上签字。翁泉海咬破手指，签上"冤枉"。

赵闵堂听说翁泉海被判刑，急忙找到唐老四，质问他明知道翁泉海冤枉，为什么不跟法院说清楚？这是诬陷人！是犯罪！

唐老四竟然改口说："我又去问了那个江湖人，他说他那天不是用朱砂写的符，是用京墨写的。那天晚上屋里黑乎乎的，我也没看清楚。"

赵闵堂开导他说："唐先生，你背负丧子之痛，我非常理解，也非常同情，可你不能昧着良心害无辜之人啊！"

唐老四昧着良心，拿了姓石的钱，死不改口。

葆秀和律师研究对策。律师认为，这只是一审判决，还可以上诉，但是要想摆脱官司，一定要有新的证据。应该先上诉，二审法院可能会维持原判，也可能会改判，再就是他们觉得此案事实不清，证据不足，也可能会发回重审。

但是说到底，如果想要翁泉海摆脱官司，就必须拿到有利的证据。

赵闵堂主动找到翁泉海的辩护律师，把他了解到的情况告诉律师。

辩护律师很兴奋，忙问："您有人证物证吗？"赵闵堂摇头说："咒符已经烧了，我上哪儿弄物证去啊，再说那唐老四已经改口，死不承认。"

辩护律师叹气说："没有人证物证，空口无凭，即使上诉，这官司也打不赢。"

葆秀不肯轻易妥协，她极力私下活动活动，收效甚微。她突然想到岳小婉交际广，就去找岳小婉讨主意。

岳小婉很客气地说："嫂子，我这里没有汤，喝咖啡还是喝茶呢？"葆秀笑了笑："不用劳烦，我不渴。""来了就是客，喝不喝都得摆上。"岳小婉提起茶壶，给葆秀倒了一杯茶。

葆秀说："岳小姐，我今天来是跟你道歉的。我上回来，有些话讲得不怎么中听，你千万不要往心里去。其实我……怎么说呢，女人嘛，心眼儿都小，要是哪句话伤到你了，你大人大量，千万别跟我计较。"

岳小婉笑道："我都忘了你说过什么了。""不管忘没忘，我给你鞠一躬，算赔罪了。"葆秀欲鞠躬。岳小婉急忙拦住说："你千万别这样，我可受不起，我们有话坐下慢慢说，行吗？"

葆秀笑着问："那你原谅我了？岳小姐，你这人太好了，长得漂亮，心还宽绰，往后有难处你尽管说话，我能帮上忙的，一定帮忙，绝不说二话。"岳小婉看着葆秀说："嫂子，你这一进门又是道歉又是夸我，有事你就直说吧。"

葆秀想了一会儿才说："岳小姐，你也知道，泉海摊上官司了，一审判了三年。说句掏心话，我绝不相信泉海会用药失误，这里面必有隐情。你是有门路的人，望你能帮帮他。岳小姐，我知道你喜欢泉海，也知道泉海心里有你。如果你能把泉海救出来，就算你能帮上忙，让此案重审，那我……我就成全你们。大亮天的，老天爷没睡觉，睁眼看着呢，我说的都是真心话，不怕他听见。如果你需要我立字据的话，我现在就照办。"

岳小婉真诚地说："嫂子，你说得没错，我确实喜欢翁大哥，可喜欢归喜欢，他心里装着谁，他说了算。还有，翁大哥对我有救命之恩，就算你不说，我也会想办法护着他，我不会让他被屈含冤的！"

葆秀和翁泉海的辩护律师找到唐老四。辩护律师问："唐先生，符上到底写的是红色字还是黑色字？"唐老四一口咬定是黑色字。辩护律师追问："画符大都是红色字，你曾经说过，那天看到符上写的是红色字。"

唐老四低着头说:"我再说一遍,那天晚上屋里黑乎乎的,哪能看清楚啊。再说那个江湖人也说了,用的确实是京墨!"葆秀说:"灯下三尺有神灵,那晚可都看得清楚,谁要是敢说假话,冤枉人,早晚得报应!"

辩护律师想让唐老四出庭作证,在法庭上陈述之前和之后说过的话。唐老四坚决不干。

葆秀再次找到岳小婉说:"岳小姐,我已经找了孩子他爸妈,也找了那个画符的,可他们就是咬牙不承认,但不管他们承认不承认,这话前话后不对劲啊!岳小姐,二审可不能再冤枉泉海了。"

岳小婉分析道:"嫂子,你说他们有意隐瞒实情,图的是什么呢?要是图钱,他们直接要就行了,没必要把翁大哥关进大牢吧?要说那个画符的怕受官司连累,可孩子父母也没有必要护着他啊?我想只有两个可能,一是孩子父母和画符人说的都是真话,那晚确实没用朱砂。再就是,翁大哥可能有仇家。"

葆秀点头:"他这些年没少折腾,肯定得罪了不少人,不说要命的仇吧,就是眼红的仇也少不了啊……你说有人在背后做手脚?"

岳小婉说:"我想就算有人背后指使,也是指使孩子父母,所以这官司的根在孩子父母身上,我们还得在他们身上想办法。二审法院方面,我已经托人了,再加上你说的这些疑点,他们必会把此案发回重审,这样的话,我们还有时间。"

官司发回重审,唐老四两口子心里十分担忧。老婆说:"保准是他们发现里面有不对劲儿的地方,我看这事瞒不住了,咱们还是赶紧把实情提前交代了吧。咱们自己交代,总比让人家逼着交代强。咱们让好人背黑锅,害了人家,就算咱们过上安稳日子,得难受一辈子啊!孩他爸,咱们不能这样啊,老天爷会报应咱的!再说翁大夫是个好人,他看咱们诚心认错,应该不会为难咱们,到时咱们求求他,让他给咱们说两句好话,说不定咱们摊不上官司。"

唐老四被老婆说动了,一拍大腿说:"也罢,人要是憋屈着活,还不如死了呢,把底交了!"

石姓药商关切着案情的进展,关键时刻,他担心唐老四反复,就暗中盯着他的一举一动。这天,他跑来找唐老四,唐老四将自己的决定告诉他,他摇头说:"可怜之人必有可恨之处,糊涂,糊涂啊!你们以为说了实情,翁泉海就会调过脸来替你们开脱罪责?笑话!翁泉海那一块响亮的大招牌立得多难啊,转眼被你们砸个稀巴烂,他都恨死你们了,恨不得扒你们的皮,抽你们的筋，吃你们的肉，喝你们的血！唐先生，你醒醒吧，这条船你上来就下不去了，就算你非得往下跳，也得呛个半死。听我的，稳稳当当坐你的船，我保你们吃香的喝辣的睡好觉做美梦。人活一辈子，图的不就是这些吗？我可以全给你！试问天下还有这么好的事吗？你可得珍惜，一念之差，可能就是生不如死啊！"

唐老四重重叹了口气，心乱如麻。

岳小婉和葆秀来到唐老四家。岳小婉在堂屋和唐老四说话；葆秀在厨房和孩子的妈说话。

岳小婉说："唐先生，我知道您心里难过，这事放谁家谁受得了啊！人要是悲伤过度，往往头也糊涂了，做出点心不甘情不愿的事也能理解。我还知道您家里困难，有难处尽管说，我能帮忙的一定帮忙。对了，我看您夫人是个勤快人，如果不介意的话，我可以给她找个富贵人家，帮着缝缝补补，洗洗涮涮，也能赚个好钱。"

厨房里，葆秀擦着灶台说："这油渍都腻住了，再不擦干净以后更难擦。你赶紧弄点醋，稍微热一下，醋去油渍，最好用了。大姐，我看您这相貌，是本分人啊，保准揣的是一副菩萨心肠。我知道您心里苦，可再苦，这日子也得过啊！只要心里踏实，那就能睡好觉，睡好觉了就有劲，有劲了就有奔头，有了奔头，日子还愁过不好吗？谁都有家，谁都想过安稳日子，可不能为了自己的安稳日子，害得旁人妻离子散啊！大姐，您求好日子不容易，我求好日子也不容易，我求您给我交个底，那符上到底是不是红色字？大姐，我这家能不能过下去，全指望您了，您就把底交给我吧！"

孩子妈擦着灶台，眼泪涌出来说："红字。"

岳小婉对唐老四说："有句老话，叫要想人不知，除非己莫为。做了亏心事，不说自己心里能不能熬得住，就是旁人也都看得清楚啊！谁心里都有一面镜子，都能照见人。人活一辈子，不求能念着谁的好，只求不害人，也算是个圆满的人，否则就是吃尽穿绝，也抬不起头来，天天让人戳脊梁骨，还是活的日子吗？"

唐老四嗫嚅着说："岳小姐，您说的这些我都懂，只是……"

葆秀走过来说："只是您怕摊官司！对吧？唐先生，只要您能说出实情，我保您一家人平安无事。我问过律师了，那晚屋里昏暗，您有可能看不清那符上到底是红色字还是黑色字，所以您就算告错了，也不是有意诬陷，而是错告，错告不负法律责任。翁大夫是个厚道人，他也会为你们说话，绝不会责怪你们的。"

孩子妈也走过来说："孩他爸，咱们招了吧，要不这辈子就做不成人了！"

岳小婉说："希望唐先生能出庭作证。"唐老四郑重地点头："好，作证。"

又开庭了，石姓药商出现在旁听席。辩护律师和检察官正在辩论，丛万春要求出庭作证。石姓药商皱起了眉头，心说，关你什么事，跑来做好人。

丛万春说："几年前，有个矿场染上霍乱病，翁泉海去矿场诊治霍乱，当时矿场有药商卖假药材，翁泉海打假，得罪了药商，因此结下仇恨。此次翁泉海摊上官司，据我了解，是当年结仇的药商有意陷害他，想借此机会报当年之仇。我虽没有人证物证，可我也是当年矿场的药商之一，知道这仇恨是如何结下来的。本来当年我也被翁泉海所害，怀恨在心，可通过之后的一些事，我见识到了翁泉海的为人和胆识，非常佩服，所以今日为他作证。前几天，我听说有药商暗地里给死者家属钱，让他们告翁泉海！"

曲法官说，丛万春的证词既无人证又无物证，法庭不予采信。他急于宣判："唐春生因服用朱砂过量中毒身亡，而被告翁泉海正是为唐春生开具朱砂的大夫。经过本院再次审理，本案一审判决无不当之处。"他敲响法槌，"我宣判……"

葆秀闯进来大喊："有证人作证，不能宣判！"法警进来说："法官先生，有证人要作证。"

曲法官原想驳回，可见众人都盯着他，还有记者在下面照相，琢磨片刻说："宣证人！"

唐老四战战兢兢地走进法庭，大气都不敢出。翁泉海、石姓药商各怀心思地看着唐老四，谁都知道，他的证词起着决定性作用。

曲法官神情肃穆地问："证人，此案事实清楚，你不必再多费口舌。我就问你，当晚那符上是红色字还是黑色字？"

唐老四忐忑不安地看着法官，揣摩着他话里的意思。石姓药商咳嗽了一声，唐老四禁不住哆嗦了一下，用眼睛的余光偷偷看了一眼他。

曲法官重重地敲响法槌，吓得唐老四腿软心颤，他冷冷地说："证人，你要是再不说话，请离开法庭！"

唐老四结结巴巴地说："我……我说……"

辩护律师见唐老四惊慌失措，担心他说错话，向曲法官提出休庭。曲法官严词拒绝："请求无效！"

曲法官命令法警将唐老四带出法庭，翁泉海暗中叹气，失望地闭上了眼睛。律师也是一脸无奈，石姓药商的嘴角露出了一丝笑容。

法警上前拉着唐老四的胳膊往外走，走到法庭大门口时，唐老四突然站住，回头大声喊："是红色字，用朱砂写的红字！"

翁泉海最终被无罪释放，来了、泉子、斧子、小铜锣站在院里候着。翁泉海朝众徒弟笑了笑，小铜锣突然高喊："师父回来了！"

翁泉海看着晓嵘问："都好吧？"晓嵘大声说："有我妈在，想不好都不行！""好就行。"翁泉海点头含笑朝正房堂屋走，来了说："师父，师母在厨房。"

翁泉海走到厨房门口，打开门，蒸汽涌出来，弥漫中，葆秀站在灶台前，锅里的水沸腾着。翁泉海望着葆秀，真诚地说："葆秀，你受累了！"葆秀一边忙着一边说："人情过往的话就免了，假惺惺的没意思。"

翁泉海道："怎么是假惺惺呢，我这心可诚了！"葆秀看着翁泉海说："那你把心掏出来，让我看看。""那我不是死了？""你不是不怕死吗？"

翁泉海无言以对。葆秀缓和了语气说："我是怕俩孩子过不好年才回来。进屋把脏衣裳都脱了，热水烧好了，赶紧洗个澡。"

第十八章
小试牛刀抖机灵

岳小婉约翁泉海在一家大酒店聚会，说有贵客前来。翁泉海问："小婉，我们等的贵客是谁啊？"岳小婉说："翁大哥别急，人来了你就知道了。""看来是个有分量的人。""分量重着呢。"

说话间门开了，葆秀站在门外，翁泉海愣住了。葆秀看到翁泉海在座，转身欲走，岳小婉跑上前，一把挽住葆秀的胳膊说："嫂子，请进。"她挽着葆秀走进来。

岳小婉把葆秀按坐在翁泉海身旁的椅子上说："嫂子，你坐这儿。"她坐在葆秀身旁。翁泉海和葆秀满脸尴尬，哪有点夫妻样。

岳小婉举起酒杯说："今天，我给翁大哥接风洗尘，人到全了，我们喝一杯！"

"多谢，多谢。"翁泉海举起酒杯。葆秀犹豫一下，也举起酒杯说："岳小姐，劳烦了。"岳小婉说："翁大夫是我大哥，你又是我嫂子，一家人，应该的。"三人干杯，一饮而尽。

岳小婉说："翁大哥，你能摆脱牢狱之灾，多亏嫂子忙前忙后，你得敬嫂子一杯酒。"翁泉海点头说："得敬。"

葆秀说："泉海，岳小姐为了你的事倾尽全力，她不但托人找二审法院陈述实情，让他们把此案发回重审，还……"

岳小婉摆手说："嫂子，我可没那么大的本事，只是此案确实疑点重重，我托人捎句话而已，至于发回重审，那是二审法院的决定。"

葆秀说："捎话也是帮忙，要是捎不上话，可能就判了。泉海，岳小姐还跟我去了孩子父母家，低三下四，巧言相劝，最终孩子父母才说出实情啊！"

岳小婉解释说："翁大哥，我就去了一次，而嫂子去了好几次，要说那孩子父母能说出实情，都是嫂子的一片诚心感动了他们。"

葆秀说："我去再多次，人家也没答应说出实情，还是岳小姐你有本事。

泉海，你得敬岳小姐。"岳小婉说："不，得敬嫂子。"葆秀说："不行，敬岳小姐。"俩女子你来我往，客气得有些生分。她们为了自己的事情抛头露面，四处求人央告，这份情谊着实可贵，翁泉海心里一阵感动。

翁泉海不想多说："我谢谢你们二位了，咱们吃饭吧。"

"动筷前，先把正事办了吧。"葆秀说着从包里掏出一张纸，递到翁泉海面前，"签字吧，签完了，我们就安下心来，好好喝顿酒。"

岳小婉面有难色地说："嫂子，你这是干什么？今天是接风酒，是喜酒啊！"

葆秀郑重地说："岳小姐，咱俩之间的事我已经说完了。我就是个普通女人，没见过什么大世面，可说话算数，既然说了就得做。还有，我明白泉海的心思，也明白你的心思，我打心眼儿里觉得你们才是一对，你们在一块，才能叫情投意合。岳小姐，你说得没错，今天是喜酒，我这正是喜上添喜啊！"

岳小婉赶紧站起来说："嫂子，你千万不要这样说，我帮翁大哥，是因为翁大哥对我有救命之恩，他对我好，我得报答他。至于感情的事，这段日子我也考虑过，我觉得嫂子你满身闪亮，为翁大哥能豁上命去，就这一点来说，我不如你，我觉得你们才是一家人。嫂子，你赶紧把那东西收回去，我们喝顿喜庆酒。"

葆秀坚持说："不行，我今天必须话复前言，我是实心实意成全你们，泉海，你把字签了吧，我绝不后悔。"岳小婉大声说："不能签，签了我也不答应！"

葆秀看着岳小婉问："你不答应，泉海怎么办？"岳小婉纳闷地说："嫂子，你是他夫人，怎么问起我来了？"

葆秀说："可是我不想要他了！"岳小婉说："那我也不要！"

翁泉海什么话也不说，只是抱起酒坛子灌着酒。唉，何以解忧，唯有杜康！

翁泉海心里苦，有话说不出，他喝醉了。

岳小婉的车子将翁泉海夫妇送回家，挥手作别，望着翁泉海跟跄的背影，她流下了眼泪。戏词里唱得好"有情人终成眷属"，可现实却是"听得道一声去也，松了金钏，遥望见十里长亭，减了玉肌"。

翁泉海摇摇晃晃推开堂屋卧室门走进去，葆秀躺在床上问："你要干什么？"翁泉海说："睡觉呗。""回你屋睡去。"

翁泉海嘟囔着说："这是什么话，咱俩可是夫妻啊！哎哟，你推我干什么？"葆秀说："我用不着你可怜，猫一天狗一天的，谁知道哪天是个人儿？翁泉海，你那屋门槛高，我这屋门槛也不低，什么时候咱俩屋的门槛一边齐了再说。"

翁泉海说："我晕，床这么大，我躺一会儿不行吗？"葆秀不吭声，翻身面朝里。翁泉海躺在床边上，很快打起了呼噜。

外面下着雪，挺冷，诊室里没有患者。赵闵堂对着小铃医唠叨："挺简单个事，可转来转去，到头来是仇家背后作梗，真是只有想不到的，没有做不到的。"

正说着，翁泉海来了。赵闵堂用手支住头叫唤："哎哟，头怎么这么疼啊，疼死人了。"翁泉海问："赵大夫，您这是病了？"赵闵堂埋着头，摆了摆手说："翁大夫来了，我身体有恙，有话改天再说吧。头疼啊！"

翁泉海站着说："赵大夫，我此番前来，是想跟你道谢。我听说，是你发现那符是用朱砂画的。我能摆脱牢狱之灾，有你很大的功劳，翁某无以为谢，只能牢记在心，望日后有机会报答。听说你为了我的事，又是找那孩子父母，又是找那个江湖术士，跑前跑后费了不少心。你宅心仁厚，侠肝义胆，翁某佩服！"

赵闵堂笑道："都是过去的事，不必客气。翁大夫，咱们都是行医之人，都是岐黄子孙，互相帮忙是应该的，再说，你本来就是被冤枉的。眼下，你的官司已经了结，无须再挂怀，只是吃一堑长一智，往后得处处小心啊！我知道你骨头架子结实，可再结实也抗不了上海滩万丈风浪。滔滔黄浦江，十里洋场，岂是孟河能比的？你要是再这样折腾下去，到头来尸首都找不到啊！"翁泉海一脸客气，垂手恭听。

赵闵堂见状，心里得意起来，话里有点训诫的意思，他接着说："翁大夫，你来上海滩的时日也不短了，应该拿捏出点味道来，挺着腰杆乱碰乱闯，伤的可是自己。所以遇事要多打听，多请教，光靠一身蛮力可不行，早晚得呛个半死，要是呛得缓不过气来，那就是神仙也救不了你！"

翁泉海说："赵大夫，你说的话发自肺腑，句句在理，可我打小就这副秉性，恐怕改不了。赵大夫，望日后能多跟你请教学习。"

既然人家身体有恙，翁泉海也不好多留，便拱拱手告辞。

赵闵堂望着翁泉海远去的背影自语说："一难接着一难，还不知悔改，早晚他得吃大亏！"

小铃医看到翁泉海走了，才悄声对赵闵堂说："师父，我想跟您说件事。其实我没去那孩子家说翁泉海用药不当的事。您不也觉得不该那样做嘛。"

赵闵堂吃惊地望着小铃医怒道："什么？你……徒弟不听师父的，那就是跟师父不一条心，不一条心还能在一个屋待着吗？"小铃医赔笑道："师父，您看您说的，我这不也是为您着想嘛。再说现在看来，我做得没错啊！"

赵闵堂气哼哼地说："你是没做错，你哪儿都对，可我不舒坦。你赶紧收拾收拾走吧，我这小诊所装不下你这个大神仙。走，晚走一步棒子伺候！"

小铃医哀求说："师父，您先消消气，我知道您这是气话，您不会不要我吧？"赵闵堂斩钉截铁道："不要了！"小铃医也不含糊，说道："那您把钱还我吧。"

赵闵堂愣了一下笑了："又是钱的事。高小朴，我们师徒这么久，你从我身上学的东西可不少，这些东西还不值那点钱了？"小铃医冷着脸说："这是两回事。本来那钱就是我的，是我留着给我娘换带窗的房子的。"

赵闵堂点头说："我知道你是个孝顺人，嗯……你去烧壶水，给我泡杯茶。"小铃医问："师父，您不赶我走了？"

赵闵堂很温柔地说："就像你说的，都是气话，气消了，也就完事了。"小铃医还是不让步，说道："师父，您把钱还我吧，我娘冻了一冬，她那老寒腿越来越重了。""马上开春了。天越来越暖和了。""师父，您是不是把我的钱弄没了？"

赵闵堂瞪眼说："尽胡说，怎么会弄没呢。"小铃医说："我明白了，您本来不想要我，可为了钱，您不得不要我。今天您得说清楚，我的钱到底哪里去了？"

赵闵堂尽量笑着说："你看你，翻脸不认人。我们师徒多久了？师徒如父子，难道一点情谊都没有了吗？这几年，我可是掏心掏肺地教你啊！"小铃医实话实说："要说从医术上，我确实跟您学了不少，我感谢您。可要说从医德医道上，从做人上讲……算了，不说了，您赶紧把钱还我吧。"

赵闵堂生气了，质问道："我医德医道怎么了？我做人怎么了？今天你得跟我说清楚！"小铃医针锋相对说："那您也得把钱的事跟我说清楚。我的钱到底在哪儿呢？我不想买房子了，您把钱还我吧。"

让赵闵堂拿出这笔钱，跟割他的肉一样，他又软了，以商量的口吻说："你今天是非要不可吗？给你钱你就走，断了师徒情谊，是吗？我不赶你走还不行吗？"小铃医这回决定再不让步，斩钉截铁地说："要不是钱拴着，您早把我赶走了！现在您不赶我走，也得把钱给我！"

赵闵堂想了一会儿，只好交底说："小朴啊，我也是为了你好，想让你的钱变得越来越多，所以我把你的钱借出去了，收的是三分利啊！"小铃医说：

"您把我的钱借出去，怎么不跟我说一声？钱借出去，就不是自己的了，说没就没了啊！"

赵闵堂安抚道："也不是没了，是借钱那人不知道去哪儿了，我正找他呢，等找到他，你的钱连本带利就都回来了。再说，我的钱也借出去了啊！"小铃医绝望了："我不管您的钱借没借出去，可我的钱没了！我这些年跌打滚爬，掏尽脑袋，险些丢了命，好不容易赚了点钱，让您给弄没了，您害死我了！"

赵闵堂安慰着说："小朴，你别激动，万一找到那人，钱不就回来了？再说钱乃身外之物，没了还能赚，可我们师徒情谊……"小铃医两眼冒火地盯着赵闵堂。赵闵堂惊恐地倒退几步问："怎么，你还想打我不成？"

小铃医牙关紧咬，一跺脚转身走了。

事情到了这个地步，赵闵堂只好对老婆交了底。老婆一听，立马火冒三丈："好你个赵闵堂，悄不声地赚了钱，也不跟我说，要不是高小朴说漏嘴，说不定你就得瞒我一辈子！你说借了人能赚更多，还说赚了钱全给我，还说给我买个小汽车，拉着我街上风光去。眼下你又说钱没了，我到底该信还是不该信呢？"

赵闵堂伸手指天起誓："我这可是大实话，苍天可鉴！"赵妻瞪眼说："不管天见不见的，我是没见着！你这从头到尾是糊弄我呢，你就是想把钱自己匿下啊！"

赵闵堂顿足道："冤枉死人了，我有借据，等我给你拿来！"借据拿来了，老婆看着借据说："这一张白纸有啥用啊？那钱到底能不能找回来？"

赵闵堂哭丧着脸说："我尽力找呗。夫人，你急我更急啊，这段日子我出恭都不通畅了。"老婆问："你跟高小朴就算掰了？"

赵闵堂摇头说："他头也不回地走了，就是掰了呗。那人在江湖上混了多年，野性，说不定一气之下会来搅闹，咱们得防着点。也就几天的事，等他把满肚子气泄差不多，也就没事了。"老婆说："这事说到底，是咱欠小朴的。"

小铃医喝醉了，手里托着油纸包，摇摇晃晃进了家，把油纸包放在老母亲身旁说："娘，您饿坏了吧，赶紧吃。"老母亲说："一身酒气，怎么喝这么多酒啊？"

"娘，您就别管我了，只要您活着，我就死不了。"小铃医打开油纸包，拿起一个包子给老母亲吃。老母亲不放心，抓着小铃医的手问："儿子，你跟娘说说，到底出什么事了？"

小铃医好一阵子才说："我和赵闵堂……他嫉妒翁泉海，要给翁泉海使绊子，我没按他说的做，他就不舒坦了。其实他也知道那样做不对，我是帮他，可他不但不领情，还把我赶出来了。"

老母亲点头道："儿子，你能辨清是非，不害人，这一点做得好，娘赞成你。至于你师父那，我想是因为你没跟他一条心，他一时心窄，上了火气。你明天去跟他赔张笑脸，说两句好话，他气消了，也就没事了。"

小铃医说："我不想跟他学了。他的心眼儿太小，跟他学成不了大气候。"老母亲劝说："想当初你拜了好多师父，就他收留了你，他对你有恩。"

小铃医道："就因为有恩，我才没找他算账，要是换成旁人，我就是泼了命，也得跟他说道说道！"

老母亲靠在床头，紧抓着小铃医的手开导说："孩子，你长大了，能擎得住事了，娘高兴啊！钱是什么东西，有它没它咱娘儿俩一样活。要是为钱把自己这辈子搭进去，不值当。不管赵闵堂他心大心小，不管他是不是黑了你的钱，他对你有恩。你不想跟他学，就好聚好散，另寻门路，绝不能为了点钱把恩情忘了。人活一辈子，你把人字立住了，所有人都会把你当人看，你要是立不住这个人字，就算再有钱，再有名气，人家也只是面上笑脸相迎，背地里不把你当人看。"

小铃医泪流满面地说："娘，我满心思以为能给您换个带窗的房子，可现在看来都是梦……"老母亲说："娘身子骨好着呢，不急，咱一步一个脚印慢慢来，老天爷那杆秤公平，只要咱做到了，斤两早晚找回来。"

小铃医抹了把眼泪说："娘，这两年来，我的医术也长进了不少，我打算开堂坐诊。真才实学，绝不骗人！"老母亲点了点头说："这才是你爹的好儿子。"

冬天走得很快，春天却是姗姗而来。

小铃医在一个偏僻小巷里租了一间破房子，充满希望地开堂坐诊了。一块破木板上写着"朴诚堂"。墙上挂着一副对联，上联是"妙手回春春常在"，下联是"杏林春暖暖人间"，横批是"小医精诚"。

小铃医端坐在一张破桌子前。几个小孩围着小铃医奔跑玩耍。一个小孩跑到墙根前脱裤子尿尿。小铃医猛站起喊："你要干什么！出去尿去！都给我出去！"众小孩都跑出去了。

不一会儿，刚才撒尿的孩子由妈妈领着走进来。孩他妈指着小铃医问："刚才你是不是骂我儿子了？"小铃医说："他在我诊所尿尿，我不过说他两句。"

孩子母亲大声吵着说："我儿子才多大，懂什么啊？憋急了尿泡尿还不行吗？你挺大个人，跟孩子计较什么呀？看你把我儿子吓的，回家就号，嗓子都号哑了，你说这事怎么办吧？！"

小铃医说："我就说他一句，没骂他。"孩他妈怒吼："刚还说骂他两句，又变成一句了，你这嘴是吃屎了吗？"

小铃医回嘴："你怎么骂人啊？"孩他妈盛气凌人："骂你怎么了？人家大夫都是善心肠，能欺负孩子吗？赶紧跟我儿子道歉，否则，我饶不了你！"

小铃医也不示弱地说："都是江湖上混的，谁怕谁啊！有能耐尽管来！"这时，孩子他爸提着铁镐走进来喊："谁欺负我儿子了！小子，你怎么个意思？"

小铃医一看来了个横的，赶紧息事宁人说："好了好了，我道歉，孩子，叔叔不该骂你，你别生叔叔的气了。"孩他爸说："不得给买点吃的哄哄啊？"

"大哥，我这还没开张，没赚到钱，我给孩子买块糖吃吧。"小铃医说着从兜里掏出钱递上。孩子他爸接过钱说："算你识相，儿子，买糖吃去。"

过了一会儿，进来个衣衫褴褛老头说："小伙子，你是大夫？我是拾荒的，没啥钱，贵了我可看不起。"小铃医和气地说："没事，有钱您就给点，没钱先看病，有钱了再说。"

老头问："诊病还能欠账？"小铃医笑道："别人欠不了，我这能欠，来，我给您把把脉。"小铃医凝神静气给老头切脉。老头说："今天没白进来，碰上好大夫了。"

小铃医把药方递给老头说："是些小毛病，照方抓药按时服，三服药下来，保您舒坦极了。"老头接过药方揣进怀里问："欠着诊金呢，不用写个欠条吗？""不用，等有钱再说吧。""就不怕我不还钱？"

小铃医摆手说："有那点钱，我肥不了；没那点钱，我也瘦不了。不怕。"老头挺高兴："小伙子，你年纪轻轻的，心挺大啊！"

小铃医说："老先生，您走街串巷见的人多，要是信得过我，就帮我跟旁人多美言几句。"老头很热心地说："好办。我听说富贵弄堂有个老万头，一辈子不看大夫不吃药，得病就撑着，撑来撑去躺下起不来了。家人请大夫去了，都被他骂出来。小伙子，你要是能给他看上病，钱一定少不了。"

葆秀也是名医之后，得过父亲的真传。她跟翁泉海的感情一直别别扭扭，疙里疙瘩的，心里便跟他赌上了气。于是，她自己开了一间诊所"秀春堂"，坐堂接诊。

这天，一个中年人进来说："大夫，您忙着呢？'秀春堂'，秀外慧中，杏林春暖，好名字啊，新开张的诊所？就您一个大夫？"

葆秀说："我一个人忙得过来。"中年人说："一看您就是医术高明的大夫。"

葆秀一笑："也不能说医术高超，看看平常病而已。"中年人也笑："那就是说准了呗，我还能看得出来，咱俩合呀。我是说咱俩做生意合，合财。"

葆秀问："先生，您到底要说什么？"中年人说："大夫，我姓何，是做药材生意的，您要是买药材尽管找我，保准给您好价钱，您这来了患者，尽管介绍到仙人来药铺买药，药价二八开，二归您。我是一番好意，钱大家一块赚……"

葆秀不耐烦了，说道："何先生，您不诊病就请出去吧，请！""店里一个人都没有，火气还挺大，真是好心喂了驴肝肺！"何先生嘟囔着走了。

没有患者来，葆秀就坐在桌前看书。翁泉海心里惦记着老婆，笑呵呵走进来说："喂！来患者了，不欢迎吗？"葆秀头也不抬地说："少说风凉话。"

翁泉海环顾着屋子问："开诊所，不挂牌子，人家怎么知道你这是诊所啊？"葆秀抬起头说："谁说没挂牌子？"她快步从诊所走出来抬头看，门前的牌匾没了，被人给摘走，心里一阵气恼，这分明是在拆台捣乱嘛。

翁泉海笑着说："不早了，回家吃饭吧。孩子们都等你呢。"葆秀说："不用等，我这有饭。"

翁泉海知道葆秀脾气倔，一时半会儿劝不过来，便背着手走了。

"秀春堂"牌匾的事很怪，葆秀挂了两次，丢了两次。怎么回事啊？葆秀想了半天，想出了一个主意。

这天，"秀春堂"的牌匾又挂上了。葆秀坐在桌前正看书，一阵铃铛声传来。铃铛拴着细线，细线的另一头伸向屋外拴着牌匾。葆秀从诊所跑出来，看到何先生转身欲走，她上前抓住何先生的衣服质问："你为何偷我牌匾？"何先生说："谁偷你牌匾了？你别冤枉人！"

葆秀说："你手上的黑油哪儿来的？牌匾背面我涂了黑油，你摸的！好多人都来看热闹，你跑不了，等警察来了，咱们好好说道说道！"何先生慌了，赔罪道："大夫，我看你不跟我合作，就心窄做错了事。我诚心认错，赔你钱行吗？"

葆秀问："保证往后不再干背后捅刀子的事了？"何先生说："不干了。够意思，从今往后，这条街上没人敢惹你！"

葆秀在自己诊所过着苦日子，她倒一碗水，拿起饼咬一口，把饼撕碎泡在水里，然后捞出来吃。她看到来了提着篮子进来，赶紧把碗藏在隐蔽处。

"师母，我给您送吃的来了。"来了说完把篮子放在桌上。葆秀问："谁让你送的？"

来了笑道："师父呗，他怕您饿着。您看，这有一只酱鸭，还有肉饼，热乎着呢。"葆秀一挥手说："赶紧拿走，我有吃的。""师母，我都拿来了，您就留下吧。""我让你拿走就拿走，听话。"

来了可怜巴巴地说："师母，这是师父让我拿来的，我要是再拿回去，就是办事不力，得挨骂。"葆秀怒道："他要是敢骂你，你来找我。你就是放这儿，我也得扔了喂狗。"

来了说："师母，师父他惦记您啊！"葆秀把篮子塞给来了说："你回去跟他讲，我这好吃好喝，用不着他惦记，他把自己惦记好就行了。"

富贵弄堂的老万头病越拖越重，家属慕名请翁泉海登门看病，却被老万头骂出来。家属十分抱歉地说："他这些年生病就是不请大夫不吃药，病越积越多，也越来越重。给他找了很多大夫，都被他赶走了，我看您是名医，以为他能信您，想不到……"

翁泉海说："天雨虽宽，不润无根之草；医术再好，难度无缘之人。您再劝劝他，如果他答应了我再来。"

小铃医记住拾荒老头的话，不请自来，叩门要给老万头看病。

家属提醒说："大夫，我家老爷子脾气不好，他……"小铃医一笑："我听说了，他得病不找大夫，找来的也都被他赶走。我就是想看看他是怎么把我赶走的。"

家属再提醒："大夫，他要是说了什么过头的话，你可千万别介意。"小铃医微笑道："怕了不来，来了就不怕。"

家属陪小铃医走进卧室，穿着讲究的老万头躺在床上闭着眼睛。

家属小心地说："老爷子，大夫来了。"老万头大声说："你们想要我的命吗？给我滚出去！"小铃医不慌不忙走到床前说："老先生，您睁眼看看我是谁。您看我这长相，鼻如悬胆，目若朗星，是不是非平常之辈啊？"

老万头睁开眼望着小铃医笑了："你长得确实不错，请坐。"小铃医坐在床边说："看，我就说老先生肯定会喜欢我。"

"你说得没错，我可喜欢你了。"老万头突然踹了小铃医一脚。小铃医站起身问："您踹我干什么？""我还想揍你呢！""我没招惹您，为何揍我？""尖嘴猴腮，青面獠牙，你就是要命的小鬼。滚！"

小铃医拖腔摇头晃脑道："《扁鹊仓公列传》曰，病有六不治，骄恣不论于理，一不治也；轻身重财，二不治也；衣食不能适，三不治也；阴阳并，脏气不定，四不治也；形羸不能服药，五不治也；信巫不信医，六不治也。您就属于骄恣不论于理，即便华佗转世、扁鹊再生也不会给您治，您死定了！"

家属不高兴地说："大夫，你怎么说话呢？！"小铃医说："我是实话实说。"

老万头喊："小崽子，敢跟我说这话，你是不想活了！"小铃医正色道："老先生，是您自己不想活了！"老万头怒目圆睁道："我就是不想活了，你管得着吗？赶紧给我滚！"

小铃医笑道："我才不滚呢，我得迈着八字步，一步三晃，不慌不忙，稳稳当当地走出去。对了，想活命找我，我保您长命百岁。"

老万头气得连放了好几个响屁。小铃医问："这是欢迎我吗？""送你的追魂炮，滚！"老万头又放了一个屁。

小铃医瞪眼看着老万头说："动静不错，听这屁是本地人，有本事您再来两个。"老万头大叫："我……气死我了……"

家属赶紧拽着小铃医走到院子里说："高大夫，哪有像你这样治病的，病没治好，还得把病人气出个好歹来！没见过你这样的大夫，你走吧。"

奇怪的是，才过了一天，老万头家属竟然主动请小铃医去看病。

小铃医故意拿捏着说："不去。"家属说："高大夫，我家老爷子是老小孩，您大人大量，别跟他计较。您放心，诊金双倍给。"

小铃医说："诊金双倍就算了，您得把珍藏多年的好酒搬出来，我要边喝边诊病。"家属满口答应。

这回小铃医神气了，他坐在桌前喝着酒，咂巴咂巴嘴说："酒味不错！"老万头坐靠在床上说："毛病不少啊！"

小铃医笑道："您那叫脾气，我这叫毛病，都差不多。老先生，怎么又想起我来了？"老万头说："气完我你就想跑，没门！""原来是不解气，想再气气我啊，我告诉您，也没门。"

老万头笑了："跟谁学的啊？看来是个能说会道的庸医。"小铃医反问："您怎么看出我是庸医呢？"

老万头说："我活得比你久，看得比你多。"小铃医说大话："老先生，您这眼睛不灵喽，得治啊。我是天上事知一半，地上事知一半，人间事都明白。"

老万头冷笑："吹牛不犯官司，你就可劲吹吧。"小铃医趁机说："要不我给您看看，看您是个什么命。"

老万头点头："好啊，我正想把你这牛皮扒下来呢。"小铃医坐在床前给老万头切脉。过了一会儿，他面带微笑，念念有词："一生富贵，偶有小坎，灾难已过，诸事顺利，子女孝顺，福命佳运。"

老万头哈哈大笑，笑得眼泪都出来了，他又开始放屁，一个接着一个。笑够了，老万头说："你赶紧走吧！"小铃医说："酒还没喝透亮，不能走。"

老万头问："你不嫌臭吗？"小铃医说："做大夫的，哪能遇到香饽饽。再说这酒好啊，正是闻着臭，喝着香，挺好的。""你赶紧把酒拿出去喝！""咱爷俩再聊一会儿，不急。"

老万头打小铃医一巴掌："走，赶紧走！"小铃医正色道："好，您打我一巴掌，这笔账算欠下了，欠账不要紧，能还就行。您得让我看看舌苔，看完舌苔，就当还了这一巴掌。"老万头乖乖伸出舌头。

小铃医正经道："脉沉弦而细，舌苔白，中部黄腻，放屁不止是肝胃不和，浊气下降所致，需舒肝理气，调和脾胃，矢气自然而止。老先生，您再打我一巴掌呗。"老万头望着小铃医说："我为何听你的？"小铃医说："您先打了再说，您不打我不走。"

老万头有点不知所措地说："你少跟我来滚刀肉的架势！"小铃医故意激他说："我这块肉就滚您这菜板上了，有胆子您剁我两刀试试！"

老万头朝小铃医就是一拳。小铃医站起身说："又欠账了。记着，平胃散加小柴胡汤，喝了咱俩就算两清。""你……"老万头又开始放屁了。

三天过去，家属又来请小铃医。

小铃医见到老万头就问："您又找我干什么？备酒了吗？"老万头真诚地说："少不了你酒喝。我的放屁病被你治好了，看来你的医术还不错，有点真才实学。"

小铃医笑了："小事一桩，手到擒来。"

老万头推心置腹道："我打算让你给我继续诊病，只是诊病前，我得说一句，你的眼没看准人啊！"他用太监腔调说，"我是服侍万岁爷的命啊！"小铃医忙安慰："那也是富贵命。"

老万头长叹一声："打小不富贵，富贵不进宫，丢了命根子，没富贵几天，万岁爷歇了。这些年，仰仗朋友救济，勉强度日罢了，我想你一定是看我穿绸裹缎，才说我是富贵命。服侍万岁爷的人，谁没几件好衣裳啊，撑门面罢了。"他看着小铃医，"做大夫要老实诊病，不要干卜卦算命的买卖，那不是一路啊！"

小铃医点头："老先生，我受教了。"老万头说："其实我明白，你是想借机会给我切脉诊病，你小子的脑瓜灵着呢。"

翁泉海听说小铃医治好了老万头的病，特来小铃医诊所看望。

小铃医看到翁泉海来了，急忙站起身问候："翁大夫您好！"翁泉海朝小铃医摆了摆手说："坐，不要客气。"他环视着屋子，"朴诚堂，好名字。言简意赅，直抒胸臆，最好不过。"

小铃医说："我随便起的，没想那么多。翁大夫，我这里没有茶水，招待不周，请您见谅。"翁泉海说："无妨。我知道你叫高小朴，是赵闵堂大夫的徒弟。我此番前来，是想找你请教。"

小铃医连连摆手说："翁大夫，您可是吓坏我了，我岂敢在您面前舞大刀啊！"

翁泉海诚挚地说："中医博大精深，在它面前，我们都是学生，请教不为过。我想请教，你是如何让万先生接受诊治的。"

小铃医只好如实相告："万先生倔强，病了不肯接受诊治，是信不过医，也信不过药。我想既然请那么多大夫去诊治都被他赶出来，好言劝说应该没用，不如来个反其道而治之，我气他一气，说不定就把他的犟劲顺过来了。没想到，这招见效了。翁大夫，其实我也是误打误撞，赶巧而已。"

翁泉海点着头说："讲得好，根据患者的性格习惯、脾气秉性来制订医治方案，因人施治，乃中医治病之大法。你有灵气。我得走了，冒昧打扰，请见谅。"小铃医说："翁大夫您太客气了，您是什么身份，我请您都请不来呢。"

翁泉海欲走。小铃医说："翁大夫，您有旧疾？您的肩颈脉络不通？"他说着，把手搭在翁泉海肩头揉捏起来。翁泉海大声说："舒服！"

第十九章
恶魔在人间

赵闵堂从医多年，还是头一次遇到这么怪的事。

这天，一个穿着富贵的年轻女人来看病，向赵闵堂诉说道："赵大夫，我结婚一年多，怎么也怀不上孩子，我听说在妇科上您是专家，所以特来拜访。"

赵闵堂信心满满地说："来找我就对了。你这种病我看得多了，知道人家叫我什么吗？送子观音！"他给女人切脉，三指在女人的手腕上摸索寻找着，渐渐皱起眉头说，"我腹中绞痛，请稍等。"

赵闵堂走到内屋对老婆说："我碰上怪事了！来个女人，她怀不上孩子，我给她切脉，可她无脉啊！我以妇科见长，要说是连脉都没摸着，传出去不得被人家笑话死！这边我先稳住，你赶紧去请吴雪初。"

吴雪初来了就给那女人切脉，他正切、斜切、反切后笑了笑说："这病说难不难，说不难也不轻快，我会把病症跟赵大夫说清楚，由他定夺。"吴雪初说完之后走了。

赵闵堂的老婆主张把那女人打发走算了，赵闵堂却说："你告诉她我病了，让她改日再来，一定要说她的病我能治！"

夜晚，赵闵堂站在书架前翻书，翻了一本又一本，还是不得要领。第二天，那女人又来了。赵闵堂再给她切脉，切了好久还是摸不到脉，只好糊弄道："您的病不轻，我需要好好琢磨琢磨，您先回去，三天后再来。"

那女人走后，赵闵堂的老婆不以为然地说："你说治不了还不躲，想干啥？"赵闵堂颇为认真道："躲过今天，能躲过明天吗？碰上病就得想办法治，怎能瞻前顾后，自虑吉凶，护惜性命，知难而退呢？"

老婆笑道："当家的，你咋变了？越来越有男人味儿了，真招人稀罕，我都想啃你一口！要不去问问高小朴？他在江湖上混了多年，见得多。"

赵闵堂摇头说："师父请教徒弟，那不更打脸？就算他能弄明白，能帮我吗?"老婆说:"试试呗,万一他帮了呢? 你要是放不下脸面我去。"

赵妻提一坛酒来到小铃医诊所,嬉笑着说:"小朴,这是你师父珍藏十年陈的花雕,他让我拿来,庆贺你新诊所开张啊!"小铃医笑了笑:"太阳从西边出来了,难得一见。"

赵妻话语好热乎:"小朴啊,自打你走了以后,你师父今儿个头疼,明儿个腿疼,没一天舒坦的。诊所的事,他谁都不放心,就连我也不放心。他晚上睡觉,冷不丁就能冒出小朴二字来,我知道他是又梦到你了。"小铃医摇头说:"在梦里也不放过我,他这心可够小的。"

赵妻忙解释说:"不是不放过你,是想你啊! 你师父那人你还不清楚,他是刀子嘴豆腐心,说完就完了,不挂心啊!"小铃医问:"您来肯定有事吧?"

赵妻笑道:"本来我不想说,既然你问到了,我就说说吧。你师父那来了个女患者,说是不生孩子。本来这病你师父最拿手,可那女人没脉,你师父满身本事使不出来。小朴啊,我知道你见的事多,有能耐,你说这没脉是咋回事呢?"

小铃医琢磨一会儿说:"我哪知道没脉是怎么回事? 哎,吃饱了就犯困,我得眯一会儿。"说着闭上了眼睛。等他睁开眼,赵妻走了,一坛酒留在桌子上。

三日到了,赵闵堂要去诊室坐诊,老婆说:"当家的,你还是别去了,咱没必要砸了自己的招牌。就说病得起不来了,那女人也怪不得你。"赵闵堂认真地说:"大夫也不是神仙,碰上医不了的病是常事。要是明知道医不了还自逞俊快,邀射名誉,如此贻误病情,还有医德吗?"

老婆笑道:"我说当家的,你这段日子到底怎么了? 这口气让你拔的,吃错药了?"赵闵堂说:"你才吃错药了呢。这话是药王孙思邈说的,放之四海而皆准!"他忽然站住,"听人劝,吃饱饭。仔细琢磨,你说的也有道理。我这招牌不厚实,不禁砸,你告诉小龙,就说我有急事出门,那女人来了就把她打发走。"

那女人来到,听说大夫有急事出门了,冷笑道:"你们不用在我面前唱戏了,我来了三回,赵大夫不是生病就是出门,这不逗我玩吗? 我也是经人介绍,奔着赵大夫的大名来的,没想到,他对外称名中医、妇科专家,原来也就这点本事,真是叫人笑掉大牙!"

赵妻解释道:"这话您可不能乱说,谁还不能有个天灾病痛啊,谁还不能有个急三火四的事啊,做人嘴上得留德。"

那女人挑破缘由说:"明摆着的事,怎么是乱说呢,他推三阻四的,就是因为找不到我的脉。自己能耐不行，还找来别的大夫，那大夫也是无能之辈，真是矮子结交矬子。我明知他徒有虚名又来，就想看看他这出戏怎么个唱法，生旦净末丑，丑角也有好戏啊！"

小铃医忽然走过来大声说："休要羞辱我师父！我师父是上海有名的妇科专家，你这点小病，用不着我师父伸手，他的徒弟我就行。"

那女人含笑把手放在脉枕上。小铃医切脉，正切、斜切、反切，然后让女人把手翻过来，手心朝下再切。女人吃惊地看着小铃医。小铃医微微一笑，开了药方说："照方抓药，三服可见分晓。"

赵闳堂回来后，听说那女人的脉在手背上的食指和中指之间，十分惊奇地说："天下之大，无奇不有，脉怎么能跑到手背上去呢？"老婆说："多亏小朴来救场。我靦着脸低三下四求人家，不是为了你吗！小朴叫你师父了，他说，'我师父是上海有名的妇科专家，你这点小病，用不着我师父伸手！'那孩子真不错，有情有义，借这个档，把你俩这结解了吧。"

赵闳堂听了老婆的话，在饭店请小铃医。俩人对面而坐，赵闳堂要倒酒，小铃医连忙夺过酒壶倒了两杯酒。二人干杯。

赵闳堂说："小朴啊，今天这顿饭，我不只是请你，也不只是谢你，我还想请教你。"小铃医摆手说："不敢当，都是您教得好。手背上有脉，是我娘告诉我的，她说我爹曾碰上过如此怪异的脉象。已经说清楚了，我可以走了吗？"

赵闳堂说："我们之间就一杯酒的分量吗？来，放开了喝！"小铃医说："那好，换大碗吧。"俩人端着酒碗喝，很快有了醉意。

小铃医笑问："怎么样？是不是用碗喝酒过瘾啊？"赵闳堂咕哝着说："那是，武二郎就是大碗喝酒大块吃肉，才打得了老虎。"

小铃医眯着眼说："我抱坛子喝酒，还降服了西药厂那个洋人罗伯特呢！"赵闳堂还不迷糊，岔开话题说："光顾着喝酒，都忘吃菜了，吃菜吃菜。"

小铃医打开话匣子，放开了说："钱都没了还怕提吗？本来我是没着没落的人，带着老母亲在这上海滩闯荡，卖大药丸和狗皮膏药，卖出去了，混口半饱的饭，卖不出去，就饿着肚子。幸亏您收留了我，不光让我跟我娘吃饱了饭，还教了我不少本事。从这些来看，要说您对我好不好，我只能说一个字，好！这两年，咱师徒俩是转着脑筋琢磨，您琢磨名，我琢磨钱，神龟探病弄鬼神，倒卖西药赚外钱，开讲堂斗对门课，真假虎须险脱身，假大金表害苦人……这些事惹得咱师徒俩是一会儿红脸，一会儿白脸。当时我挨了骂，心有过不去的坎，可现在回头看来，这多有意思啊，半夜梦到，都能嘎嘎笑醒！"

赵闵堂点头笑："让你这么一说，还真挺有意思的，你说你怎么琢磨出这么多道道呢？"

小铃医仰头把酒干了说："我一个巴掌拍不响，得有您那巴掌迎合着，才能拍出动静啊！不就是钱吗，算什么？我娘说了，'赵大夫对你有恩，就是把你逐出师门，也要好聚好散，记得恩情，要是翻脸不认人，狼心狗肺，那就不是人了！'我娘说得对，我是人，就得像人一样活着，有钱当然好，没钱我照样活！"

赵闵堂醉意渐浓，感慨地说："小朴啊，我赵闵堂把话放这儿，欠你的钱一定会还给你！"小铃医摇摇头说："别提钱，那东西伤人伤心伤情谊，不是好东西。明摆着，就是您不给我钱，您招呼一声，我不也来了？够意思不？"

赵闵堂瓮声瓮气道："够意思……"小铃医大笑："够意思就喝个痛快！"

这顿酒喝完，师徒俩心结解开，醉醺醺各回各家。

次日，小铃医坐在诊室里正啃着烧饼，看见门外停了一辆黄包车，他赶紧把烧饼塞进嘴里。黄包车夫戴着低檐帽子进来，随手把门关上，低声问："大夫，你什么病都能治？"小铃医笑道："敢说什么病都能治的，那是神仙。"

车夫问："我这病你能治吗？"小铃医反问："你什么病啊？"

车夫说："就那个病呗，病在下面呢。我也不知道怎么弄的，得了这种病，愁死人了。我媳妇对我不错，我不忍心把病传给她，可做夫妻的，能不那什么吗？我越不那什么，她就非催我那什么不可，可催我我也不能那什么啊！"

小铃医皱眉道："先生，您说的那什么是什么啊？"车夫解释道："还能是什么，夫妻床上那点事呗。我不那什么久了，我媳妇大吵大闹，急了就要跟我离婚，你说我怎么办啊？呦，你这脸怎么红了？"

小铃医坦承道："先生，我还没媳妇呢，您说的那些我不懂！"车夫说："原来是个生瓜蛋子，没事，不懂不要紧，能治就行，你能治吗？"

小铃医说："那得看看啊！"车夫老实解开裤子。小铃医看后皱眉道："好了，穿上吧。您找过别的大夫吗？"车夫说："你也知道，这病见不了亮。我倒是找过几个人，可看着都不像大夫，也就你最有大夫样了。"

小铃医笑了："算您好眼力，我可是师出名门。"车夫赶紧说："我不管你出自哪个门，只要能治好我的病，钱不少给。"

小铃医很快给车夫开了药方，并告诉他，七天以后再来。

一个礼拜过去，那车夫又来了。他先关上门，然后掏出一沓钱说："大夫，你真是妙手回春啊，我这病经你手一调理，好了。这是诊金。可是你这药给别人用，为何就不见效呢？"

小铃医解释道："不是一样的病，当然不见效了。中医讲的是'同病异治，异病同治'，就算得了一样的病，大夫也是因个人的体质差异，病症的轻重缓急，遣方用药也不尽相同。"

车夫挺高兴地说："看来我找你是找对人了。不瞒你说，我媳妇也得病了。"小铃医问："先生，您不是没跟您媳妇那什么吗？"

车夫一笑说："都是人嘛，天天凑一块，没忍住。我媳妇在外面呢，叫她进来？有病就得治，你是大夫，随便看，我不在乎。"

车夫的年轻漂亮媳妇从外走进来，小铃医见了有点不知所措。他给小媳妇切脉后，看了舌苔，思索一会儿，谨慎地开了药方。

没过两天，车夫又把他嫂子带来了说："大夫，我嫂子也得了那个病，可能我大哥他……算了，不说了，干脆您也给她治治吧。"说着掏出丰厚的诊金。车夫嫂子也是个年轻漂亮的女人。小铃医切脉后又开了方子。

想不到，第二天车夫又带来一个轻漂亮的女人，说这是他妹妹，也得了那病。小铃医顿生疑心，觉得里面有文章，问道："先生，您病了，然后您媳妇病了，接着您嫂子病了，这又您妹妹病了，您的病染给您媳妇也就算了，怎么能染给您嫂子和您妹妹呢，这……这不合常理啊！"

车夫瞪眼说："我嫂子是我大哥染上的，我妹妹是我妹夫染上的，这怎么不合常理了？"小铃医问："您大哥和妹夫在哪儿呢？让他们来啊！"

车夫不耐烦了，说道："这……你管呢，你就先把我妹妹治好得了。诊金不少你的。"

小铃医摇摇头说："先生，这不光是治病的事！"

车夫来火了："怎么不是治病的事？大夫就是治病的，有病你就得治，谁得的病，怎么得的，跟你有什么关系？你管得着吗？"小铃医解释道："我是不该管，可为医者，治病也得防病，您不能把您的病染给别人，这么做不道德。"

车夫盯着小铃医问："你就说到底治还是不治？"小铃医反问："先生，您是不是跟窑子有牵连啊？您要是为他们干事，明说好了，不必这样。"

车夫问："废话少说，一根金条可以吗？"小铃医迟愣片刻笑了："您是拉黄包车的，哪来的金条啊，玩笑话。"

车夫说："捡的不行吗？"小铃医正色道："捡的我也不要。我看你就是窑子的皮条客，专害良家妇女。先生，你也有母亲姐妹，干这滥行当，于心何忍啊！你妹妹的病我治不了，另请高明吧。"车夫点点头转身走了。

　　没两天，黄包车车夫又来了，客客气气地说："高大夫，有人请您出诊，我来接您。"

　　小铃医皱眉说："怎么又是你啊，我不去！"车夫拉住小铃医的胳膊，凶相毕露地威胁道："今天你去也得去，不去也得去！"他掀起衣襟让小铃医看他腰间的枪，"上车！"小铃医随车夫来到一处深宅大院，院里房屋雕梁画栋，富丽堂皇。二人走进一间大客厅，屋里陈设讲究，一套高级警察服很醒目地挂着。

　　车夫摘掉低檐帽子，坐在沙发上说："愣什么呢，坐呀！我知道你好奇，可好奇多了不是好事，惹祸上身。我的病被你治好了，医术上我信得过你。你这人看起来也不错，就是有点小性子。小性子不怕，你专门治病，我专门治小性子，咱俩合拍。实不相瞒，我的对手正在抓我的把柄，要置我于死地。此事本来只有我知，可我瞒不了你，只能让你也明白明白，都是好兄弟，你替我分担点。话再拉回来，知道的事多不是好事，你要是把这事漏出去，命就保不住了，你明白吗？"

　　小铃医机灵地回应道："我什么都没听见，什么都不知道，也什么都不明白。"车夫说："你是跑不掉的，来，咱们谈谈条件吧。"

　　小铃医说："你到底想让我干什么？不就是你妹妹的病吗？我治就是了。"车夫说："不光她的病，不多，没几个了。"小铃医倒是痛快，说道："好吧，那你把她们都找来，我一次看完。"

　　车夫厉声道："混账，这种病能一块儿看吗？就算一块儿看，你不是说也不能开同一个方子吗？按我说的，一个一个看，看完开了方子，你就赶紧拿钱走人，从今往后你不会再看到我。但是，我还得叮嘱你一句，此事你知我知，要是漏出去，出口肯定在你身上，什么后果，你应该清楚！"

　　小铃医被人引到郊外某民宅内，给一个躺在床上的年轻女孩切脉。屋里很简陋，只有一张床和一个柜子。

　　小铃医说："你的病已经好得差不多了，但脾胃还有些毛病，需要调理，我再给你开个方子。"女孩问："我身上的疤痕能祛除吗？"小铃医说："想祛除甚难，但是可以敷药，让疤痕淡一点。"

　　女孩说："你为什么不问问我为何满身伤疤呢？"小铃医摇头说："你不说，我不方便问。""你想知道吗？""我不想知道。"

　　小铃医站起朝外走，又站住问："你能说吗？为何在这里？为何染上这种病？门窗都上了锁，外面还有人看着，我想你是被逼迫留在这的。"

女孩的眼泪涌出来："如果我告诉你，你能救我出去吗？"小铃医说："你要是被迫的，我应该救你。""你就不怕惹祸上身吗？""做大夫的，不能见死不救。"

女孩望着小铃医，急忙吐露真实情况，她悲切地说："大夫，找你来的那个人是警察局里的高官，恶毒凶狠，贪财好色。我为父亲打官司，被他欺骗至此，长期遭受他的蹂躏。后来他酒后乱语，我才知道遭他蹂躏的还有很多年轻女孩。他以为我们都不认识，其实我们已经悄悄联系上了。他把脏病传给了我们，原本不想给我们治，一起赶走。后来我们暗中串通，都不走，他才想办法花钱给我们治病。眼下你治好了我们的病，他就有可能杀你灭口啊！因为他正要升官，有人跟他争，抓他的把柄。你知道他做的坏事，他能轻易放过你吗？今天应该是你最后一次来我这，估计此时外面有人正等着杀你呢！"

小铃医问："你为何要跟我说这些？"女孩说："你没抛下我不管，你说不能见死不救，我也不忍心见死不救。眼下只有一条路，就是咱俩一起逃走。"

小铃医担心道："你逃出去后，能去哪儿呢？他是警察，肯定会到处找你。我本来就不是本地人，可以远走他乡。"女孩问："我可以跟你一块儿走吗？"

小铃医点点头。他透过门缝朝外看，见一个陌生人站在门外盯着这里，就说："我还没想好办法，再说这屋里也没有应手的家伙什。"女孩说："办法我早已想好，就看你敢不敢了。"

小铃医说："等着死不如拼命活！"女孩说了她的办法，小铃医点头认可。

门外的陌生人掏出一支烟刚要点燃，屋里来呼救声。小铃医大喊："救命啊！"陌生人掏钥匙打开门跑进屋，见女孩披头散发，抓着小铃医又打又挠。陌生人上前拉开女孩，女孩抱住陌生人又打又挠。小铃医躲到陌生人身后，深吸一口气，猛地从后面勒住陌生人的脖子。两人扭打在一起，倒在地上搏斗着。女孩惊恐地望着二人不知所措。小铃医躺在地上，脖子被陌生人掐住，他紧紧攥着陌生人的手望着女孩，张嘴说不出话。女孩突然跑出去，抱着一块石头进来，猛砸陌生人的头。陌生人的手松开了，小铃医大口喘气。女孩拉起小铃医朝外跑，他们刚跑到门口，枪声响了，女孩中枪倒地。"快走！"女孩喘息着把小铃医推出去，然后急忙关上门。

小铃医刚跑几步，听到屋里又传来枪声，他拼命跑着。满脸是血的陌生人走出来，对着小铃医开枪。小铃医背后中枪，跟跄着跑进一个小巷，扶着墙大口喘气，扭头看，后面无人，他继续摇摇晃晃朝前跑。

小铃医跑到赵闵堂家院外，吃力地爬上院墙，一松手跌落到院内。赵妻听到响声，跑过来一看是小铃医，吓得浑身发抖。小铃医喊道："师母，救我……"赵妻急忙把小铃医领到西屋，赶紧出来关上门。

这时，院门外传来脚步声，赵妻心怦怦乱跳，她抄起顶门棍。"是我，开门！"赵闵堂进来问，"你拿棍子干什么？"老婆示意不要说话，她赶紧关上院门，插上门栓，小声说："小朴来了，在西屋趴着呢，满身是血，受了枪伤！"

赵闵堂愣住了："你怎么知道是枪伤？"老婆说："东北胡子多，开枪杀人是常事，我见过。"赵闵堂说："我去看看。"

老婆说："你糊涂了吗？在这上海滩，惹啥祸能招来枪伤，你就不想想？"

赵闵堂犹豫着说："小朴帮过我，如今能跑咱家来，一定是走投无路，我不能见死不救啊！"老婆说："当家的，这事可见血了，插上手可能就拔不出来，你没回来前，我就一直琢磨，你就当没回来过，啥都不知道，我去给他包扎一下，然后让他赶紧跑，另投别处。"赵闵堂没有吱声，走向堂屋。

翁泉海正在书房看书，窗外传来声响，他出来一看，发现是小铃医躺在窗外。小铃医呻吟着说："翁大夫，我被恶人打伤，救救我……"

翁泉海赶紧把小铃医搀到西屋，让他趴在床上。这时候，老沙头、来了、泉子、斧子、晓嵘、晓杰都听到动静来到西屋。

小铃医有气无力地说："那恶人残害良家妇女，被我碰上，我想救人没救成，侥幸跑了，我救的那个女孩被打死了。"翁泉海问："你为何跑我这儿来？"小铃医说："走投无路。"翁泉海说："血已经干了，需要用水沾湿了才能拿掉纱布，你再忍忍，不要急。"他让来了去打一盆温水，让泉子拿诊箱。

外面传来急促的敲门声。小铃医说："一定是那恶人来了，他们想要我的命。翁大夫，我能不能活全指望您了。"晓嵘说："爸，他是为做好事受伤的，多可怜，得救他啊！"

翁泉海看着小铃医："孩子，你是个机灵人，我见识过你的能耐，能否躲过这一劫，就看你的功力了。其他的人赶快走开！"

老沙头打开院门，两个黑衣人走进来。高个黑衣人说："有人看见那人进来了，人在哪儿呢？"老沙头带着两个黑衣人走进西厢房。

小铃医趴在床上，嘴里冒血沫子，气若游丝，如死了一般。翁泉海对黑衣人说："请问他是不是你们要找的人啊？这人中枪，快不行了。"

高个黑衣人的手凑近小铃医的鼻孔试试，朝胖黑衣人点点头，然后问："他真的快死了吗？"翁泉海说："我是大夫，人命关天，岂敢妄语。你们要是找他，那就赶紧抬走，千万别死在我这，免得晦气。"

高个黑衣人说："不是还没死吗，你怕什么？"翁泉海说："他快死了啊！"

胖黑衣人说："死在你家里确实不好，走，抬外面去。"翁泉海说："人之将死，不管犯什么错，也该了了。我是大夫，怎么忍心看着病人死在街上。算了，就让他在这儿，等死了再抬走吧。"

"也好，我等着他死。"胖黑衣人说着坐在椅子上。

时间好像过得特别慢。小铃医趴在床上，翁泉海试探着小铃医的鼻息，又摸着小铃医的脉，然后说："此人已死。"

俩黑衣人先后上前检查后，相互点了点头，转身要走。翁泉海说："死人不能留我这儿啊，抬走吧。"胖黑衣人说："大黑天的往哪里抬？都死你这儿了，也不差这半夜，天亮再说吧。"

晓嵘透过窗户看到老沙头带两个黑衣人走出院门，她急忙跑出去看究竟。

老沙头告诉翁泉海，黑衣人走了。翁泉海望着小铃医说："你的本事果然不小。"小铃医没动静。翁泉海拍了拍小铃医的肩膀，小铃医还没动静。晓嵘失声道："他死了吗？"翁泉海伸手指戳了一下小铃医后背的伤口。小铃医一皱眉说："轻点，疼！"晓嵘笑了。

翁泉海说："你这一手练得不错，跟赵大夫学的？"小铃医说："他哪里会这个，我跟江湖人学的，打不过就跑，跑不过就装死。"

翁泉海说："孩子，我可以帮你把伤治好，但是之后的事，我就管不了了。"

小铃医趴在床上，翁泉海给他取子弹敷药包扎伤口。小铃医对翁泉海讲了事情的经过，然后爬起身穿上衣服说："翁大夫，我再次感谢您，话不多说，都记心里，不能再连累您了。我伤好后就联合那几个女人把恶人告倒！我还得赶紧回去找我娘，要不她得急死。"翁泉海说："先留住你的命吧，你活好了，你娘才能活好。已经派人安排好你娘。外面可能还有眼睛，你再待一天，等过了今天再走。另外，换到东厢房去吧。"

天刚亮，昨夜的那两个黑衣人就来收尸。翁泉海埋怨着："你们怎么才来啊？今早天没亮，我就花钱叫人把他抬走了，总不能让一个死人在我家熬到天亮吧？"

胖黑衣人说："你为何不等我们来呢？我们临走的时候，不是说天亮会来吗？"翁泉海说："我记得你们说的是天亮再说吧，这话的意思就是不一定来了，要是你们不来，那我这怎么办？让他臭屋里吗？本来这事就晦气，昨夜里你们来了，我让你们抬走，你们就是不答应，非留我这。为这事，我觉都睡不着了，干脆自己动手，就当花钱免灾。再说，这事跟我有什么关系？我这本来是挺干净个地方，现在弄了个乌七八糟，我找谁讲理去！"

俩黑衣人相互点了点头走了。翁泉海急忙让老沙头拿酒来。

天亮不久，小铃医和晓嵘站在东厢房窗内，看见俩黑衣人和"车夫"过来，三人走进堂屋。小铃医低声说："那个车夫就是坏人！"

"车夫"进来坐在桌前，摆摆手让俩黑衣人出去，然后说："大上午喝小酒，翁大夫好心情啊！"翁海泉："一宿没睡觉，喝点酒压压惊。"

"车夫"问："翁大夫，那人到底哪里去了？""花钱请杠子班抬出去扔了。一个死人，我和他非亲非故，凭什么留一个臭尸在我屋里挺到天亮？"翁泉海说着，倒一杯酒干了。"您找的是哪个杠子班啊？""街上临时找到的。""可我的人在您门口守了一夜。""天亮前拉走的，您的人打盹了吧？"

"车夫"冷笑："没在屋里？""信不着就搜搜吧。可话说回来，要是搜了个鸡飞狗跳，没揪出一根头发来，我也是不饶人的。"翁泉海又倒一杯酒干了。

"车夫"盯着翁泉海："都说抬走了，还搜什么啊？再说您是什么人，那可是有头有脸的，您说话我信得着。"他突然拔出枪对准翁泉海，"可我这把枪不认脸面啊！"

小铃医在东厢房窗内看到这种情况，就要往外走。晓嵘抱住小铃医的胳膊说："不能去！你要是出去，我爸就说不清了！再等一会儿。"

翁泉海看着"车夫"说："您擎着枪不累吗？喝口酒吧，或许喝口酒咱俩还有话说。"他倒了一杯酒放在"车夫"近面前。"车夫"放下枪，端酒杯喝酒。

俩人相对喝着酒。"车夫"笑问："翁大夫，怎么不说话啊？你不是有话跟我说吗？"翁泉海笑着低声道："酒都喝了，还有何话可说？"

"车夫"大惊："你下毒了？你不用吓唬我，我见过的世面多了。你是在开玩笑吧？"翁泉海正色道："我对待患者从不开玩笑，但常和自己开玩笑。人哪有没病的，就算身体没病，也会有心病，用不用我给你看看？"

"车夫"又拿起枪对准翁泉海："一壶酒，你我都喝了。我明白了，你提前喝了解药？"翁泉海哈哈大笑。

"车夫"的声音变柔和了："翁大夫，你给我解药，我马上就走，咱俩没账算。"翁泉海说："我说您病了您还不信，您是警察吗？怎么疑神疑鬼，别害怕，我跟您开玩笑呢，喝酒喝酒。"

"车夫"刚要放下枪，又举起来说："那你为何说'酒都喝了，还有何话可说'这句话？为何喝了酒，就没话说了？"翁泉海解释道："我请您喝酒，您把酒喝了，不就没话说了吗？平平常常一句话而已。我喝酒不喜欢说话，您要想说就说。算了，就当开个玩笑。”

“车夫”狐疑道：“你为何跟我开这种玩笑？”翁泉海说：“您来我这找人，人不在我这儿，您又非管我要人不可，我怎么办？您已经坐这了，我们总得聊点什么吧？权当开玩笑了，行吗？”

“车夫”瞪眼道：“赶紧把解药给我，否则我现在就要你的命！”“好了，好了，您千万别生气，我给你弄碗药来。”翁泉海起身走出去。“车夫”放下枪。

一会儿，翁泉海把一碗水放在桌上。“车夫”急忙把水喝了，举起枪说：“好了，我这就宰了你！”

翁泉海仰天大笑。“车夫”问：“你给我喝的是假解药？我说得没错吧？”翁泉海笑道：“先生，您可以走了，我受不了了。”

“车夫”还是疑神疑鬼：“我的事要是传出去，我好不了，你一家人也都好不了！还有，我要是被你毒死了，你们一家人还是好不了！”

翁泉海说：“请问您说的是什么事啊？我只是一个大夫，有患者来求诊，我只问病，不问其他事，其他的事跟我无关，我也管不了。”

“车夫”收了枪朝外走，他走到门口，又转回身问：“我没事吧？”翁泉海笑道：“那是一碗干净水，喝了清五脏，通六腑，去污气，还能有什么事啊？”

“车夫”带着他的人走了。小铃医问：“翁大夫，他为什么走了？我不明白这其中的缘由。”翁泉海说：“只有心怀鬼胎者才会上当，他一进来目光狐疑散漫，凶狠中透着惊恐，所谓色厉内荏，杯弓蛇影，就是这个道理。”

小铃医说：“我一定要告倒他，要不他还得祸祸多少女人啊！”翁泉海说：“你自身难保，还告谁啊？你老母我已经安排好了，正在城外等你，赶紧远走他乡，不要回来了。”

小铃医跪在地上，给翁泉海磕了个头，然后起身朝外走去。他来到城外，来了、泉子、斧子站在一个小推车旁，小铃医的老母坐在推车上。

看到儿子走过来，老母热泪纵横。小铃医给老母擦泪。老母说：“翁大夫给我们拿了钱。”小铃医点了点头，推着车一步一步走了……

小铃医推着老母在郊外又过起了铃医的日子。养好伤，小铃医对老母说：“娘，我还想回去。我的半条命已经浸泡在黄浦江里了，我想拜翁泉海为师。”

老母说：“他救过你的命，你俩也算有缘分，可能会收留你。这事先放放，就是回去，也得等这阵邪风刮过去再说。”

第二十章

中医西医"打擂台"

这天，翁晓嵘拿着报纸进来说："爸，那个坏警察被抓了！会不会是高小朴告的呢？要是他告的，就是说他没离开上海！"翁泉海随意说道："他离没离开上海跟你有什么关系？"

翁晓嵘迟愣一下说："跟您说不明白。嗯，对了，我要和晓杰去把妈妈接回来。"翁泉海点头说："好，快去吧，就看你俩的本事了。"翁晓杰信心满满地说："看我的吧，她不回家，我就哭，非把她的心哭软了不可！"

姐妹俩走进诊所，居然发现葆秀躺在地上昏迷不醒。翁晓杰哭着喊："妈，您这是怎么了，救人啊！"

翁晓嵘赶紧跑回家叫人，大家七手八脚地把葆秀抬回去。

葆秀躺在床上，翁泉海给她切脉。晓嵘和晓杰站在床边。葆秀微微睁开眼睛，欲抽回手，但手被翁泉海按住了。

晓嵘问："爸，我妈怎么了？"翁泉海说："吃得太好，腻住了。晓嵘、晓杰，你俩在这陪你妈。"他说着来到厨房。

老沙头正在厨房忙着，翁泉海说："葆秀是饿晕了，吃点好的就能缓过来。"老沙头说："吃好的简单，我炖只鸡好好补补。"

翁泉海说："先不能吃那东西，我给她下碗面条，汤宽点，面软点，热热乎乎，吃上就好了。"老沙头说："还是我做吧，你陪嫂子去。"俩人正说着，晓嵘跑过来喊："爸，我妈又要走了！"

翁泉海跑出来，看到葆秀正朝院门走，急忙挡住她说："你别闹了！"葆秀说："你让开！""你能不能听我的，别走了？""不能，你管不着我！"

翁泉海说："你开诊所我没管你，你都饿倒了，我怎么能不管你？饭都吃不上，你还忙什么啊？"葆秀说："你刚来上海的时候不也一样吗？"

翁泉海说："可我没饿晕过啊！回来就别走了，孩子们舍不得你。"葆秀看着翁泉海问："你能舍得吗？"翁泉海愣了一下说："父女同心。"

"屁话！"葆秀硬朝外走，翁泉海又挡住她说："吃完饭再走行吗？我给你下碗肉丝鸡蛋面。""你自己吃吧。"葆秀推开翁泉海。翁泉海大声说："你这是置的什么气啊！""就置肩膀头不一般齐的气！"葆秀边说边走。

晓嵘和晓杰跑去堵住大门口。晓嵘给晓杰使眼色，示意快哭。晓杰使劲想哭却哭不出来。"你俩别跟着闹腾了，越闹越乱。"葆秀说着打开院门走了。

翁泉海无奈地对老沙头说："葆秀该回家不回家，怎么办呀？"老沙头说："大哥，既然你说到这了，有件事我得跟你说一声。前两天，东北老乡来了，我喝酒喝到后半夜才回来，那晚我正好路过嫂子诊所，看她还开诊呢。"

翁泉海奇怪："她开诊到后半夜干什么？"老沙头说："可能是为了招揽主顾吧。还真别说，那晚就有一个。"

翁泉海担心道："大半夜的，哪有几个好人出来，来的不是急症就是惹祸伤着的，鱼龙混杂，多危险！"老沙头说："也是，要不你跟她说说去？万一碰上不三不四的人可咋整！"

天上闪烁着几颗星星，诊所内透出灯光，葆秀看着书打了个哈欠。敲门声传来，葆秀打开门看，屋外没人。她走出诊所，环顾四周，没有发现什么，就进屋关上门，刚要坐下，敲门声又传来。她再次打开门，屋外还是没人。她觉得是有人捣乱，就关上门蹲下身等候。敲门声再次传来，她起身猛地打开门，一个人影扭头就走。她跑出来，看那背影匆匆远去，就高声喊："少跟我装神弄鬼，姑奶奶干的就是降妖伏魔的活儿！"其实，那个黑影就是一脸无奈的翁泉海。

这天夜里事情真多，葆秀担心出事，一进屋后就关门上栓，倒了一杯水要喝。门忽然开了，一个蒙面人用尖刀拨开门栓走进来，他关门上栓低声说："别声张，否则要你的命！把灯关了！钱在哪儿呢？"

葆秀关了灯说："先生，我大半夜开诊，图的是吃口饱饭，你大半夜出来，也为了吃口饱饭，钱一人一半，你看行吗？"蒙面人说："少废话，快拿钱！"

葆秀打开抽屉拿出钱递给蒙面人。蒙面人接过钱说："就这点？你糊弄傻子呢？"葆秀说："真的就这些，不信你去翻。""不给你放点血，你不老实啊！"蒙面人说着举刀要刺葆秀。

窗户突然被撞开，斧子从窗口跳进来大喊："削脑袋，剁爪子，挑脚筋，开膛破肚掏个心！"蒙面人吓得要跑，斧子摔倒蒙面人，擒住他的胳膊喊："师母，拿绳子！"

这事被人传出去，小报记者知道后，跑来采访拍照。葆秀虽不想抛头露面，可她的事迹还是上了报纸，报上还有葆秀的照片。翁泉海翻看报纸，见到了那篇报道，摇头说："尽干操心事!""操谁的心了?"葆秀微笑着款款走来。

翁泉海说："你别折腾了行吗?"葆秀说："往后别叫人看着我，我用不着。""要不是叫人看着你，你还有命来跟我说话吗?""没命就不来了，省得你烦!"

翁泉海摇头叹道："唉，帮你还帮出毛病了?"葆秀扬眉一笑："那我得谢谢你呗?"说着扭身走了。

这时，小铜锣来找师父，说家里给介绍了个男人，让她去见见。翁泉海嘱咐道："相亲第一眼很重要，你去了……收着点嗓门。"小铜锣谢过师父就往外走。正好泉子在扫院子，小铜锣走到他身边低声说："泉子哥，我要去相亲了。"

泉子听了一愣，心情很不好，就猛扫着院子发泄，弄得灰尘四起。来了走过来说："你轻点扫，呛死人了! 怎么一脸苦瓜相?"泉子吼着说："你管得着吗? 走开!"来了碰了一鼻子灰，悻悻地走开了。

小铜锣和沈文山在一家茶楼见面。沈文山给小铜锣倒了一杯茶，挺关切地说："请喝茶。热，慢点喝。"他先自我介绍，"我叫沈文山，今年26岁，开了间裁缝店。"小铜锣低声说："我叫裘慧香。沈先生，你是自己裁剪吗?"

沈文山点头："是，跟师父学成手艺后就自己干了。裘小姐，听说你是学医的?"小铜锣尽量压低声音说："我正跟师父学呢，还没出徒。"沈文山说："裘小姐，你能不能给我看看?"

小铜锣很痛快地答应了。她给沈文山仔细切过脉，说出了他的症状，然后问道："我说得准不准?"沈文山连连点头夸赞："太准了，我这点小病都被你给揪出来了。"

小铜锣微笑道："中医讲'有诸内必形诸外，观其外可知其内'。我这点本事也就是皮毛。"沈文山伸出拇指说："隔行如隔山，在我眼里，你就是大医啊!"

小铜锣谦虚着："可不能这么说，学医之路，由博而简，由杂而精，由繁而专，勤于一艺，临床参悟，积数年才可达上工圣手。"沈文山连忙接上："你说得太好了，做裁缝也一样，只要肯钻研，就能成为好裁缝。"

小铜锣笑道："沈先生，时辰不早，我得回去了。"沈文山说："这时间过得真快，等有空我再跟你请教中医。"

小铜锣说："下回你给我讲讲裁剪的学问，我也挺喜欢缝缝补补。"沈文山说："没问题，那咱们……明天见?"

沈文山打开门，小铜锣朝外走，不小心被门槛绊了个趔趄，她禁不住惊声尖叫。沈文山吃惊地捂住耳朵说："哎哟，我的耳朵！"

泉子喜欢小铜锣，自从她出门去相亲，他就魂不守舍。他看到小铜锣从远处走来，急忙走上前说："我买了几块点心，可好吃了，你尝尝。"小铜锣摇摇头，很伤心地说："泉子哥，我把沈先生的耳朵震坏，人家不理我了。"泉子忍不住笑了一下。"你还取笑我，不理你了！"小铜锣说着撅嘴走了。

泉子的听力忽然不行了。翁泉海给泉子检查耳朵后说："你这耳病很重，估计不能完全治愈，今后听力会受影响。你是怎么弄的？"

泉子笑着说："没事，能听见点动静就行。师父，不瞒您说，我挺喜欢小铜锣，耳朵不灵，就不怕她的大嗓门了。"

泉子瞅个空专门对小铜锣表白说："告诉你个好消息，我不怕你的大嗓门了。别人都受不了你的大嗓门，就我不怕，你看咱俩……是不是挺合适的？"

小铜锣好像不太明白，翁泉海走过来说："铜锣，你听我说一句。泉子的耳朵坏了，他是为你弄伤了耳朵啊！泉子对你是真心真意的，他虽然憨了点，可实诚，是个过日子的人。婚姻之事不能强求，师父也不能给你做主。你仔细琢磨琢磨，要是觉得行，师父为你俩高兴。"

小铜锣低着头，眼泪滴落下来……

天上浓云密布，秋风萧瑟。小铃医抬头望天，等待着立刻下一场不大不小的秋雨。如果下雨，他有一个大胆的计划，需要老母亲配合行动。老母亲表示，为儿子，让她干什么都愿意。

此时，罗氏小便不通，在翁泉海诊所求医。翁泉海给罗氏切脉后说："脉象寸弦而尺涩，小便不通，下肢浮肿虽为下焦症状，《内经》曰：'三焦者，决渎之官，水道出焉。'上焦不宣，则下焦不通，以肺为水之上源，不能通调水道，下输膀胱也。疏其源则流自洁，开其上而下自通，如提壶揭盖。"他拿起桌上的茶壶，"一指按住壶盖，则滴水不漏，去其指则壶水尽漏，无余水矣，治此病正是如此。"

罗氏着急道："翁大夫，您说的我不懂，我都快被尿憋死了！"

翁泉海写药方，小铜锣高声唱药方。小铜锣的唱方声中，小铃医推着老母亲站在屋檐下等雨。天上乌云翻滚，雷声隆隆，下雨了。小铃医背起老母亲，冒雨来到翁泉海诊所。

翁泉海望着小铃医一双泥泞的赤脚问："你怎么没穿鞋啊？""我娘给我做

了双新鞋，我怕被雨水弄脏了，舍不得穿。"小铃医说着掏出新鞋。

翁泉海让他母子坐下喝茶，问道："你们怎么没离开上海啊？"老母亲说："翁大夫，上回您救了我儿子，我还没来得及感谢您，我腿脚不好，不能走路，今天小朴背我来，就是想当面谢您。"

翁泉海说："高小朴做了一件好事，我赶上了，帮忙也是人之常情，不必言谢。"老母亲说："不谢就没人味儿了，小朴，扶我起来。"翁泉海拦住小铃医说："谢意我收到了，千万不要劳烦。"

老母亲说："翁大夫，您是个高人，心透亮，不管什么人，在您面前打个晃儿，什么胎子，什么秉性，看皮透肉，拨筋见骨，您是一清二楚。您一定看得出来，高小朴混迹江湖多年，沾了满身坏毛病。可他这些年一心学医，不放不弃，心是诚的；他千里万里，背着我来到这上海滩，苦肯吃的；他敲了数位名医的门，虽然不能登堂入室，可韧劲是有的。他满心想的是拜个名师，学点真本事，不求名扬天下，只求能治病医人。老天爷开眼，让他在危难之时遇见了您，您还救了他的命，这难道不是缘分吗？我知道，您这门槛高啊，一般人迈不进来。翁大夫，我家小朴能结识您是他的福气，也是老天爷赏了他的脸。既然老天爷赏脸了，那您也赏赏脸吧，我家小朴不求能成为您的徒弟，只求能在您这打打杂，不给饭吃都行，您看这样行吗？"

翁泉海一摆手说："千万不要这样，老人家，您的话我听清楚了，也知道您句句真诚，言之凿凿，可我这里人手足够了，望您不要为难我。"

这时，罗氏丈夫背着罗氏走过来说："都一个时辰过去，还没尿出来，怎么回事啊？"翁泉海说："先生，您夫人的病甚重，急不得，容我再调调方子，保准能见效。"

罗氏丈夫埋怨着说："要调怎么不早调？你们这些名头响亮的大夫，最怕的就是治不好病砸了招牌，面子比治病还重要！你治不好可以直说，治不好装能耐梗，就气人了！上海中医界的翘楚，也不过如此！"说着背上罗氏走了。

小铃医看到这种情况，好像不经意的样子，扫了一眼诊疗登记册，记住了罗氏家的住址。他辞别了翁泉海，背着老母亲回到小黑屋，急忙来到罗氏家，毛遂自荐，说他可以解小便不通之痛。

罗氏丈夫说："我在翁泉海诊所看到你了，你是他徒弟？师父不顶用，徒弟能好使吗？"小铃医解释道："我师父能治好您夫人的病，只是他很谨慎，想琢磨出更好的办法，这是对患者负责。赶紧的吧，还等尿把人憋死吗？"他切脉后开了方子，嘱咐赶紧煎了服用。

第二天，罗氏丈夫来到诊所，对翁泉海赔笑道："真是名师出高徒啊，您徒弟高小朴一伸手，我夫人就把尿排出来了，翁大夫，我多有不敬之处，请您见谅。"

翁泉海说："您弄错了，他不是我徒弟。"罗氏丈夫认真地说："他明明亲口说的，怎么会弄错呢？他要不是您徒弟，能帮您做事吗？我给他诊金，他不要，说得给您。翁大夫，我夫人的病还得您来治，我就信得过您了。"

翁泉海让来了请小铃医过来问："你用的是黑白二丑吗？"小铃医说："我当年在江湖上听说过黑白二丑能通屎尿，就想试试，没想到尿就排出来了。"

翁泉海点了点头："治她的病，全是你的功劳，来了，把罗先生的诊金拿给他。"小铃医忙说："翁大夫，您救过我的命，我还没报答您。这方子您也知道，我就是碰巧赶上了，您千万不要客气。如果您给我钱，我拿什么给您？"他猛地跪在翁泉海面前，"翁大夫，如果您非要感谢我，那就求您收下我，带我走一条正路！这条路我找得好苦啊！我保证听您的话，不走歪门邪道，不装神弄鬼，老实做人，诚实行医，翁大夫，求您收下我吧！"

翁晓嵘走进来说："爸，您已经有四个徒弟了，不差再收一个，您要是不收他，让他母子二人投奔哪里啊？""好了好了，高小朴，你起来。"翁泉海扶起小铃医说，"我可以留下你，也可以不计较你的过去，只是我不会轻易收徒，换句话说，需要时日。"小铃医说："翁大夫，我全明白，如果口不应心，我自己走。"

回去后，突然下起大雨。外面下大雨，屋里下小雨。小铃医坐在床上，头顶一个盆，雨水从屋顶不断滴进盆里。老母亲躺在床上。小铃医放下盆跪在老母亲面前："儿子对不起您，让您受苦了。"老母亲说："咱娘儿俩什么苦没受过，眼下能有个带棚的屋子挺好。这雨也不是天天下，不下雨就不漏了。"

小铃医说："娘，您越说我越难受，都怪儿子不争气啊！"老母亲安慰道："我儿子要是不争气，能被翁泉海翁大夫相中吗？他能相中你，你就不是一般人，将来必有出息。孩子，你走的路越来越正了，越来越好了，娘高兴啊！你只管大步朝前走，不要牵挂娘，娘能给你当一块脚下的石头，铺实了垫稳了，让你走得平平安安，这就是娘一辈子的心愿。就是娘躺进棺材里，你要是摔个跟头，娘也会在棺材里惊起喊你。只是有一件事我不放心，你不该用那种手段求师。本来我想阻拦，可又心疼你。孩子，千万不要聪明反被聪明误啊！"老母亲剧烈咳嗽起来，她往嘴上摸了一把，手掌上沾了血迹。

这时，翁泉海、翁晓嵘、老沙头忽然来到小铃医居住的棚屋。小铃医的老母亲迅速在破褥子上擦了擦手，硬撑着身子要坐起来。小铃医扶起老母亲。老母亲说："翁大夫，劳烦您了。"

翁晓嵘捂住鼻子环视屋子。翁泉海望着破烂的被褥，坐在床上给小铃医的老母亲切脉，看见她手掌上的血迹。好一阵子，翁泉海微微点了点头："您不要担心，我回诊所给您煎点药，吃了就好了。"老母亲说："翁大夫，我想跟您单独说几句话。"

小铃医、翁晓嵘和老沙头走出去关上门。

老母亲翻身趴在床上说："翁大夫，我腿不好，跪不下。"

翁泉海忙扶起她说："老人家，您千万不要这样。"老母亲热泪纵横道："翁大夫，我怕抓不住我儿子的手了，您抓着，可千万别撒手啊！"

翁泉海安慰着："老人家，您言重了，只要小朴走得正，我一定会善待他，帮您把他培养成人。"老母亲双手作揖道："多谢翁大夫，我放心了。"

翁泉海从屋里走出来说："小朴啊，你在家照看你妈，等我煎好药后，叫人给你送来。"翁晓嵘说："这屋没窗，憋闷，潮气还重，好人都得待病。爸，咱家不是闲着一间屋子吗？干脆让他们搬过去算了。"翁泉海表示赞成。

高小朴问："那屋子有窗户吗？一个月多少钱？"翁泉海笑道："空着也是空着，不用钱。那屋南北通透两扇大窗。"小铃医高兴道："太好了！我娘就盼着能住上带窗的屋子，翁大夫，我们明天就搬过去行吗？"翁泉海说："还等明天干什么，现在就搬！"

高小朴背着老母亲来到翁家那间空屋，翁晓嵘问："小朴哥，你看怎么样？"高小朴环视屋子，把老母亲放在床上说："太好了，没得挑！"

翁晓嵘热情地说："小朴哥，你们还没吃饭吧，我去厨房给你们弄点吃的。"说着走了。老母亲的眼睛一直没离开翁晓嵘，禁不住夸赞："这闺女，眉眼多喜庆啊！儿子，咱总算住进有窗的房子了！我知足了……"她缓缓闭上了眼睛。

高小朴看到情况不对，赶紧给老母亲切脉，然而老母亲已经没有脉象。他抱着老母亲大哭："娘啊娘！您才住进有窗的房子，怎么就扔下儿子走了啊！"

娘去世了，高小朴悲痛欲绝，夜晚到一个小酒馆里喝闷酒。其他的顾客都走了，只有高小朴一个人还抱着一坛酒喝。翁晓嵘走过来说："小朴哥，饭馆要打烊了，回去吧。"高小朴闷着头不说话。

翁晓嵘欲拿走酒坛，高小朴紧紧抱着不松手。翁晓嵘说："都喝两坛子了，不要再喝了，你要是心里闷，就跟我说说吧。人死不能复生，你把苦闷说出来，心里就能松快一点。"

高小朴咕哝着说："跟你说有什么用，说了我娘能活过来吗？没什么可说的，你赶紧走吧，太晚了。"

翁晓嵘劝道："你妈走了，我妈不也走了吗？你妈陪你这么多年，而我妈……她就是个影儿。"高小朴伤心道："可你还有爹，我什么都没有了，就剩我一个人儿了！"说着抱着酒坛又喝起来。翁晓嵘猛地夺过酒坛抱着喝起来，她放下酒坛，抹了一把嘴说："你爽快点，有话全都讲出来！"

"我答应我娘，说我不能像我爹那样做一辈子铃医，受人一辈子欺辱，我一定要出人头地，一定要让她住上带窗的房子，一定要让她顿顿吃上肉包子。就为这些，我把我娘推到大上海。我拜师学艺，摸爬滚打，是一步一坎……"高小朴喝了一口酒。翁晓嵘也喝了一口酒。

"有个小孩在我诊所尿尿，我呵斥他两句，他家人反倒让我给他赔不是，我听话啊，给小孩认错了，因为我得活着，我得保住我的胳膊腿，我不能有一丝闪失，否则我娘谁照看！我曾跟我娘说，等我赚大钱了，我带她去大馆子吃好的，可我娘还没等我赚到钱，就先走了。这些年来，我娘跟着我没住上好的，没吃上好的，没穿上暖的，可她一句埋怨都没有。多亏翁大夫让我娘住上带窗的房子，帮我了却一个心愿，可我娘她没享福就走了！老天爷，你是在捉弄我吗？"高小朴的眼泪流淌下来，他抱着酒坛借酒浇悲。

翁晓嵘真情安慰道："小朴哥，你娘虽然走了，可你还有我们，我们是一家人。"高小朴望着翁晓嵘激动地说："你这话可暖心窝啊！就为这句话，我也得好好活着，我要让我娘看到，我长成了人样，活出了动静！"

鞭炮齐鸣，锣鼓喧天，浦慈医院举行开业典礼。之后，医院院长安东尼在一家大酒楼宴请上海著名的中西医大夫。宴会开始，安东尼院长把在座的客人一一做了介绍。日本西医浦田寿山出言不逊，认为中医和西医比相距万里，中医能治病吗？中医不中意。

翁泉海立即反驳道："浦田先生，你的中国话说得不错，算是中国通，又是大夫，你应该对中医有所了解，怎么会说出中医不中意的话呢？如果你是玩笑话，那只能说你太诙谐了。"浦田认真道："不是开玩笑，我说得千真万确。"

翁泉海毫不客气地说："如此说来，那西医应该是戏医——唱戏的戏。"

安东尼院长赶紧打圆场说："各位大夫，我敬大家一杯，来，干杯！"

浦田拿起酒杯走到翁泉海面前："翁先生，我这杯酒不是敬你的，是向你发起挑战，我们就在这个新开张的医院里摆下擂台，治病赌输赢，看看到底是中医不中意，还是西医是戏医，如何？当然，如果你害怕，就不用比了，算我开个玩笑。"翁泉海举杯撞在浦田酒杯上说："浦田先生，咱们擂台上见！"

院长安东尼当然高兴，医院刚开张，就弄了个中西医擂台赛，这事肯定会引起全上海乃至全国的轰动，他医院的名气自然就打出去了。

面对浦田的张狂，赵闵堂十分生气，他佩服翁泉海，认为翁泉海把三山五岳都背身上了，分量太重。赢了，名垂千古；输了，遗臭万年。能不能守住中医这块招牌，就看他的了。赵闵堂认定，这不是翁泉海一个人的事，而是关乎中医兴亡的大事，中医界的同仁能出手帮一把就要帮一把。

葆秀埋怨翁泉海不该没和家里人商量就拍板这么大的事情。翁泉海也觉当时头脑一热应承下来，确实考虑不周。但事已至此，只能义无反顾，全力以赴。

浦慈医院院内悬挂着"中西医擂台赛"的横幅，翁泉海、浦田寿山、院长安东尼站在横幅下，众中医和数名洋人西医站在一旁。院长宣布比赛规则：此次擂台赛，西医代表是浦田寿山，中医代表是翁泉海。经过商定，选择的病种是伤寒病，治疗期限为 20 天，浦田只能采用西医疗法，翁泉海只能采用中医疗法。评定标准为病人恢复健康或朝健康方向发展的治疗效果，理化数据以化验结果为凭。院长为本次擂台赛的裁判，对擂台赛进行全程监督，保证裁判的公平公正。

日本军方对这次擂台很看中，派来日本特务头子安藤插手此事，安藤找到浦田，对他说："我们已经获悉你要和中国中医举行擂台赛的事，对此非常重视。基于我们大日本帝国的对华战略，此次擂台赛，你只能胜利，不能失败。"浦田不以为然地说："我此次跟中医比试，其初衷只为医术交流，不为国事。再说我只是一名西医而已。"安藤强调说："可你是日本人，你出战就是代表大日本帝国，所以你必须赢，否则，你要以生命向天皇谢罪！"

吴雪初和赵闵堂议论擂台赛的事，两人都有些担心。

吴雪初说："伤寒病不管对于中医还是西医，都甚难治愈，短时间内难分高下。这样也好，说不定打个平手，这事也就算过去了。"

赵闵堂说："雪初兄，我可是又懂中医又懂西医。中医所说的伤寒在《难经》里有五种，有中风，有伤寒，有湿温，有热病，有温病。而浦田选的伤寒病就是受到伤寒杆菌感染引起的消化道传染病，跟《难经》说的不完全一样。

虽然西医治此病的疗效并不确切，但是病因清楚，有针对性治疗药物，总比中医治疗先进些。浦田选此病种摆打擂，西医赢的机会高得多。"

吴雪初皱着眉头，唉声叹气。

岳小婉更是特别关心擂台赛的事，她约翁泉海到雅居茶楼，询问赛事的安排："翁大哥，我演出回来看报纸才知道，您要和西医比试！我对您的医术当然信任，可据我了解，浦田寿山也很厉害，他钻研西医多年，在日本名气很大。"

翁泉海故意岔开话题，问岳小婉学习中医还有什么问题要问。岳小婉则说："翁大哥，我知道此事已成定局，非比不可，只是您千万不要疏忽大意啊！"

翁泉海面色凝重地说："我知道此次擂台赛的分量。这本来只是我和浦田寿山的事，可经过报纸宣扬，就变成中医界和西医界的事，往大了说，我代表我国几千年传承下来的中医中药，甚至是代表了我们国家的尊严。所以，我必会全力以赴。能否赢得比赛，说心里话，我也没底。但是，即使心里没底，我也不能让旁人看出来。让中医界看出来，必会士气大落，未战先败；让西医界看出来，会引起不必要的嘲讽，反而鼓舞他们的士气。正可谓谋事在人，成事在天。"

翁泉海的病人是保罗，他对翁泉海说："翁大夫，我知道您在中国大名鼎鼎，也听说过神奇的中国医术，我早就想领教你们中医的神奇，今天终于如愿以偿，我非常愿意接受您的医治。"

翁泉海说："保罗先生，多谢您对我的信任，您对我的信任就是对中医的信任，我会尽力把您的病治好，不会让您失望的。"他通过翻译向保罗讲了治疗方案，"中医治伤寒，是以寒温并用、醇正和缓之法。您脉象沉迟而细，舌苔白腻，病症是持续发热无汗，疲劳无力，胸闷呕吐，腹痛而洞泄，皮疹，肝脾肿大等，为伤寒两感，太阳少阴两伤。太阳为寒水之经，本阴标阳，标阳郁遏，阳不通行，故发热恶寒而无汗；少阴为水火之脏，本热标寒，寒入少阴，阴盛火衰，完谷不化，故腹痛而洞泄……嗯，您可能听不懂。没关系，我已经把您的病史和饮食起居习惯了解清楚，又通过望闻问切，辨虚实寒热，审阴阳五行，理气血脏腑，弄清楚了您的病情。只要谨遵医嘱服药，保证不出二十日，您病情会大为好转。"

保罗笑着点头说："这病一直折磨我，您如能治好我的病，我愿意做您的使者，向我的家人和朋友，甚至向世界的人讲述您的故事。"

浦田的病人是秋野，他躺在病床上问："浦田先生，您觉得我病得重吗？"

浦田说："秋野先生，您尽管放心，我会全力治好您的病。"秋野笑了："浦田先生，我非常信任您，我想西医一定会战胜中医的。"

经过一段时间的治疗，秋野似乎恢复得不错，他抱着一盒寿司大吃，还手舞足蹈地唱日本歌……

保罗躺在床上闭着眼睛，精神不佳，喝的药竟然吐了出来……

院长笑着对浦田说："看来大事已成定局，我是不是应该提前恭喜您啊？"

浦田不动声色地说："我应该恭喜您，您医院新开张，就搞了中西医擂台赛，引起全上海乃至全中国的轰动，再加上西医必胜，往后您可要发大财了。"

翁泉海在家忙着翻阅经典中医书，连饭都顾不得吃，

葆秀拿着给翁泉海洗好的两件衣裳进来，劝道："忙也不能不吃饭啊！怎么，治得不顺利？"翁泉海说："仲景云，少阴病，始得之，反发热，脉沉者，麻黄附子细辛汤主之。此病与此吻合，挟阴挟食，显然无疑，且病势非轻。宜温经达邪，和中消滞。我配制了麻黄附子细辛汤加藿朴夏苓汤，服用后，见些疗效，可还没有治愈之兆。""那个浦田治得怎么样？""据说还不错。"

葆秀安慰道："治病千万不能急。方不在多，心契则灵；症不在难，意会则明。跑先跑后，只要没到达终点，就分不出输赢来。"翁泉海皱眉说："可是此方的方药配伍，我做了精心研究，应见显著成效啊！"

葆秀说："给别人治病，愁得不吃不喝，到头来自己先病了，病还怎么治？先把肚子填饱，然后再琢磨。不饿也得吃，听话！走啊！"翁泉海笑着说："话不在多，心暖则灵。好，吃饭去！"

齐会长听说翁泉海遇到难处了，特意告诉他，可以召集中医学会的同仁们一块商量，集思广益，一定会想出更好的诊治方案。

翁泉海说："您的好意我心领了，但这是一对一比试，我不能受助旁人。"齐会长说："这本是你们二人之战，可你们又分别是中西医两派，难免变成中西医之战。不管谁出手帮忙，只要打赢这场仗就行，说不定浦田也找人帮忙了呢。"

翁泉海固执道："不管他是否借旁人之手，但比试约定，这是我们二人之战。我赢也好输也罢，整个诊治过程都要堂堂正正，干干净净，不揉一粒沙子，更不能从旁人嘴里跳出一句闲话来。否则，我赢了人家也不服气。"

齐会长提醒说："泉海，你就不怕输了吗？此战要是输了，影响之大之严

重，你不会不清楚吧？"

　　翁泉海倾情诉说："此战的重要性我清清楚楚，我知道我输得起，中医输不起。我代表不了中医，如今大家却把中医这座大山压在我肩上。既然压上了我就扛住它，一步步朝前走，不管成败我都尽全力把每个脚印踩稳，不出半点差错。我赢得要干净，输得也要干净，否则我对不起千古圣贤，对不起中医！"

第二十一章
胜　局

　　赵闵堂十分关心擂台赛事，他拿着报纸来找吴雪初，忧心忡忡地说："报上说那个浦田诊治的患者能吃能喝，又是唱又是跳的，而翁泉海诊治的患者还躺着。我看这一仗咱们中医要输啊！"

　　吴雪初冷笑："输了也没办法，谁让他大包大揽呢。他不让别人插手，算计的就是赢了比赛，一个人夺功劳。大名大利近在眼前，冲昏了头呗。你看这几年他折腾的，上天入地，哪都装不下他了。"

　　赵闵堂说："先不管他折腾不折腾，眼前这可是全上海乃至全国中医界的大事，万一中医输了，咱们的日子还能好过吗？"

　　吴雪初不以为然地说："你看墙上挂照片的这些人，都是我的老朋友，信得过我，他们有大病小病求医肯定来求我啊，靠这些人我也活得宽绰。"

　　"又来了，雪初兄，中医要是败给西医，谁还找中医治病啊？你墙上这些人不都得去找西医吗？看病这事，谁名气大找谁，跟情谊没关系。大势所趋，人随势走，你一己之力，能奈何吗？"赵闵堂低头看着报纸，忽然发现问题，"雪初兄，报上记者拍的照片不对劲儿啊！你看，拍翁泉海的患者近在眼前，而拍浦田的患者隔着门窗，那记者为何不进屋拍呢？"

　　吴雪初笑道："这还不简单，浦田不让进屋呗，或记者嫌麻烦，不想进屋。"

　　高小朴看报也发现问题，提醒说："先生，这事不对劲儿，您千万小心啊！"翁泉海看了报纸说："你挺细心。只是此事无根无据，不要对外讲，我自有主意。"

　　翁泉海当着院长的面问浦田："我可以探望秋野先生吗？"浦田狡狯地说："为何要探望他？如果你想跟我请教，我可以把我的治疗方案无偿告诉你。"

　　翁泉海直视浦田问："难道秋野先生不敢见人？"浦田目光游移地说："笑话，他怎么不敢见人？只是擂台赛协议上，没有探望对方患者这一条。"

翁泉海意识到浦田的狡诈，就告辞去见齐会长。齐会长也很奇怪地说："这是公开的比试，他为何不让探望？"

翁泉海说："我想一是他怕出现意外，再就是秋野是真有病吗？他不让我探望秋野，并且秋野治疗效果非常显著，我不得不产生怀疑。"齐会长问："你们在筛选患者之前，没做过检查吗？""都是院长一手安排的，我只看过秋野的医学检查报告，没见过本人。""这么说，我也觉得此事甚为可疑。如果秋野没病，此战你必输无疑！"

翁泉海叹气说："怪我太轻信人了。"齐会长说："我们中医学会可以出面，请求探望你们双方的患者。这是学会的行为，属于医学研究，跟你们个人无关。我们可以找记者同去，就更挑不出毛病了。"

出于公平公正的原则，作为赛事裁判的安东尼院长接受了齐会长的提议。

翁泉海、浦田、齐会长、安东尼院长以及记者来到保罗床前。

安东尼院长说："保罗先生的病情确实有了好转，但跟秋野先生比，他的病情好转得似慢了一些。"齐会长说："院长先生，我们去探望秋野先生吧。"

安东尼院长带着翁泉海、浦田、齐会长以及记者走到秋野病房门外。病房门上了锁。

记者采访浦田："请问您为何不让我们探望秋野先生呢？"浦田说："因为擂台赛胜负未分，我怕你们把致病细菌带进病房。我知道因为秋野的病情好转得很快，某些人的心慌了。好，你们既然想看，我可以让你们进去，只是看完之后，可不可以提前结束比赛呢？"

齐会长和安东尼院长商议后认为，此时牵涉到赛事规则的改动，要认真研究后再定。

翁泉海疑虑重重，回家把情况对葆秀讲了。葆秀道："这么说，一是秋野确实没病，是浦田为了赢得比赛，做了手脚；再就是秋野有病，这是浦田设下的圈套，他故弄玄虚，让你怀疑他，然后去医院一探究竟，而他不让你探望，就会让你更加怀疑，他用提前结束比赛来威胁你，你若答应就输了。"

翁泉海说："从眼前局势看，秋野康复迅速，如不出意外，西医必赢，浦田没理由用这个办法诱我上钩啊？秋野若重病在身，他怎么能装得跟常人一样？"

葆秀说："离比赛期限不远了，如果秋野确实没病，你已经输了！你必须把此事向院长提出来。"

翁泉海郑重向安东尼院长提出了他的疑问。

安东尼院长问道："翁先生，您是对我不信任吗？您凭什么怀疑秋野先生没病呢？"翁泉海说："因为秋野先生被看管得太严密了。"

浦田说："我是怕出现意外，影响比赛！翁大夫，如果秋野确实有病，你就提前认输吗？"翁泉海说："认输。难道你不想提前赢得胜利吗？"

浦田犹豫了一下："好，我同意你进病房探望秋野先生，只是你必须提前留下凭证！院长先生，我需要你召集中西医两界共睹此事，并且还要找记者报道。"

翁泉海说："这样做甚好！"

浦慈医院院内，翁泉海、浦田寿山、安东尼院长站在"中西医擂台赛"的横幅下。赵闵堂、齐会长等中医和数名洋人西医站在一旁，数名中外记者在场。

安东尼院长当众宣布，翁泉海质疑此次擂台赛的公正性，他想对浦田寿山的患者秋野进行身体检查，如果秋野身患伤寒病，翁泉海决定提前结束此次擂台赛，承认西医浦田寿山获胜。

安东尼院长拿出翁泉海签字的凭证展示给众人，他说："下面，有请秋野先生。"

几位中医纷纷议论，认为翁泉海不该这样做，中医要输了！要倒了！

赵闵堂说："什么中医倒了！翁泉海不疯不傻，他既然这样做，就有做的道理，再说谁任命翁泉海代表中医了？"

一个护士跑过来说："院长先生，秋野先生没在病房里，找不到人了！"

浦田故作镇定地说："病还没治好，人怎么会找不到呢？"安东尼院长急了："赶紧去找，一定要把秋野先生找回来！"

大伙说什么的都有，场面有些乱了。

翁泉海说："我有充足的耐心恭候秋野先生的到来。只是我有一事不明，秋野先生所住的病房上了锁，他怎么会跑出去呢？浦田先生，他病房的钥匙不是在你手里吗？不是只有你才能进入吗？"

浦田脸色灰白地说："翁先生，你这话是什么意思，难道你说是我放走了秋野先生？"翁泉海冷笑："不敢，我只是心存疑虑，请教罢了。"

记者说："院长先生，我前两天来贵医院采访，秋野先生所住病房的门确实上了锁。您当时说除了浦田先生，任何人不允许进入病房，如今秋野先生不在病房，又下落不明。请院长先生就这件事给我们一个解释。"另一个记者问道："院长先生，请您解释一下，这是否说明贵医院对患者看护上有所疏漏呢？"

安东尼院长急忙说："大家少安毋躁，我一定会给大家解释清楚。"

经过双方商议，这次比赛作废，二人另选病员，重新开始比赛。

齐会长甚为不满："光天化日之下，浦田拿无病之人充当患者，手段之卑劣令人发指！"翁泉海说："他们说秋野跑了，我们就当真的跑了，无须介怀。"

齐会长说："这是公开比赛，事关中西医的名誉和脸面，怎容得弄虚作假！"翁泉海说："我们没证据证明他们作假，此事只能作罢。如今重新开始，也是好事。""泉海，你可以借这个机会，全身而退。""事出有因，要退也得他先退。"

齐会长问："非要跟他较这个劲吗？"

翁泉海慷慨陈词道："不是较劲，是维护中医之信心。我若主动退出比赛，就是胆怯了，这个坎我过不去。这段时间，我曾多次扪心自问，中华医学传承两千年，理法方药齐备，临证经验广博，名医代有辈出，底蕴丰厚，底气十足，我为何要胆怯？我应该有充足的信心对待这场比赛。不管医术高低，如果没有信心，那还如何行医？更何谈发展！中华医学之信心，是历代医家靠着一方一药，一病一患，一点一滴垒起来的。我不求能添砖加瓦，只求再添一石一沙足矣！"

齐会长赞叹道："泉海，你有如此胸怀，难得啊！眼下你们双方要重新选择伤寒患者，你千万要提前检查对方患者，确认是否患病，一定要万分小心啊！"

秋野无端逃走，安东尼院长颇为担心地说："浦田先生，那些记者说不定会写出什么来，要是说我的医院看护不严，疏于管理，我这医院的生意可就完蛋了！"浦田说："院长先生，我是在帮您啊，如果没有我，您这医院的名气能在短时间内尽人皆知吗？会受到那么多记者的关注吗？"

安东尼院长摇头说："现在有可能是负面消息啊！"浦田说："有所得必有所失。上海是中医的天下，您的西医院一开业，就能在上海占有一席之地，这就不错了，您还埋怨什么呢？只要我们西医胜利了，就说明西医比中医强大，所有上海人，乃至全中国人都会另眼看待西医，您的生意还愁不好啊？您现在应该做的是如何确保我取得胜利。"

安藤十分关心赛事，他来找浦田，询问道："浦田君，你差一点失败了。我们要的是必胜，不能有一丝失败的可能性！"浦田解释说："我和翁泉海比试，只是医术交流，不应代表西医和中医，更不应该跟国家利益牵扯在一起，我希望你们理解和宽容。"

安藤郑重其事地说："你们这场擂台赛已经引起全中国的注意，也引起我们大日本帝国的重视。在别人眼里，这是一场中西医谁强谁弱的比赛，它可能决定着中西医在这块古老土地上的生存和发展。你是日本人，你参赛不但代表西医，更代表我们大日本帝国，你的胜利就是我们国家的胜利！这一点毋庸置疑！我们不管你如何获胜，只要求你必须获胜，否则，何去何从，你自己应该清楚。"

双方经过一段时间的准备，比赛重新开始，翁泉海的患者是丹尼尔，浦田的患者是哈维。经过数天的治疗，双方的疗效已经有明显区别，丹尼尔痊愈的可能性更大一些。

安藤得知情况，有点着急地说："浦田君，我听说那个中医诊治的患者病情好转很快，而你的患者病情迟迟未见好转，这是真的吗？"

浦田高声道："才过九天，胜负未分，目前的一切都是假象。你们不要再逼我了，让我安静安静可以吗？"

安藤语气缓和道："我没有逼你，而是鼓励你，如果你有难处，可以跟我说，我会帮助你的。当然，你能凭自己的本事获胜，那是最好不过了。"浦田闷声道："我一定会获胜，无须你们担忧。不会失败！绝不可能失败！"

葆秀时刻关心翁泉海的赛事，晚饭后就回来询问情况。

翁泉海说："丹尼尔的病速见疗效，是一天好过一天。"葆秀笑道："看来我应该恭喜你了。""你打算怎么恭喜啊？搬回来住吧。""搬回来给你洗衣做饭啊？""不用，我给你洗衣做饭，我伺候你还不行吗？"

葆秀说："少跟我来这套，要我回来可以，八抬大轿不能少，响器班子不能少，千响的大挂鞭不能少。"翁泉海说："我看这动静还是小了点，应该去把大炮搬来，放它一百炮，让整个上海滩都听见动静。人家说这么大动静，什么喜事啊？我就说，夫人回府，喜庆！"

葆秀说："我看行，就这么办了。不过还是赶紧把丹尼尔的病治好吧，别再像傻子一样被人骗了！"

夜晚，老沙头和高小朴在诊所前厅议论赛事，翁晓嵘来看爸爸。老沙头说："你爸在药房忙呢，别打扰他了。你先回去吧，小朴啊，你送晓嵘回去。"

翁晓嵘说不用送，可是，高小朴不放心，还是觉得应该送她。二人走着，保持很远的距离。翁晓嵘有意朝高小朴靠拢过来，他又拉开了距离。

翁晓嵘说："小朴哥，你离我这么远干什么？说话不亮开嗓门你都听不见。"高小朴问："哦，你说什么了？"

翁晓嵘站住说："你过来点。"高小朴走到翁晓嵘跟前问："什么事？""都说完了，没事了。木头脑袋。"翁晓嵘说着朝前走去。高小朴跟上问："木头脑袋？说谁呢？""我说前面那人呢。""前面没人啊。"

翁晓嵘猛地站住高声喊："人在这儿呢！"高小朴吓了一跳，翁晓嵘哈哈大笑。

"你再这样我可走了。说走就走。"高小朴朝前走，走着走着回头一看，翁晓嵘不见了。他高声喊："翁晓嵘！翁晓嵘！"见没人答言，高小朴走了。隐蔽处，翁晓嵘探出头来，望着高小朴的背影若有所思。

一个陌生人突然从后面抱住翁晓嵘，捂住她的嘴。翁晓嵘吓坏了，她甩开陌生人的手，高声呼喊："救命啊！"陌生人又捂住翁晓嵘的嘴，翁晓嵘奋力挣扎着。突然一拳飞来，打在陌生人脸上，是高小朴。

高小朴扯过翁晓嵘的手拼命奔跑。二人跑进一个死胡同，陌生人赶来堵住去路，从腰间缓缓拔出尖刀。高小朴挡在翁晓嵘身前，翁晓嵘吓得抱着高小朴的胳膊。

陌生人说："小兔崽子，你敢打我，哪只手打的，我今天非剁了它不可！"高小朴说："兄弟，你不要跟我说横话，咱们都是江湖上混的，有理得讲理，做事得敞亮，你欺负一个女人，算什么本事！"

陌生人说："你少跟我放屁，这个女人今天我要定了，你不给就留下打我的那只手！"高小朴琢磨片刻说："我卸条胳膊给你行吗？"陌生人说："行！"

高小朴推开翁晓嵘，把自己的胳膊架在墙上，反关节用力，关节断裂的声音传来。翁晓嵘惊呆了，高小朴放下胳膊，甩了甩断臂。陌生人面无表情。高小朴的另一只手拉着翁晓嵘走到陌生人近前说："兄弟，我这条膀子废了，留着也没什么用，还占地方，烦劳你把刀借我，我把膀子剔下来，连骨带肉全送你，是炖是烤全随你，行吗？"陌生人拿刀的手在颤抖。

"不要就算了，我回去自己剔！"高小朴拉着翁晓嵘走了，陌生人不敢再追。

高小朴拉着翁晓嵘往前走，翁晓嵘流着眼泪说："小朴哥，都怪我不好，我对不起你！"高小朴无所谓的样子说："不就是一条膀子吗，有它没它一样活。"

翁晓嵘说："我就是想跟你开个玩笑，谁想会出这事！"高小朴问："你以后还胡闹不了？"翁晓嵘说："不胡闹了。"

高小朴笑着把胳膊又安上了，然后晃了晃说："往后不要再胡闹，我这膀子不能总卸来卸去的，说不定哪回卸下来就安不上了。"翁晓嵘问："小朴哥，你疼不疼啊？"高小朴笑着说："你把膀子卸下来就知道了。"

丹尼尔的病情不断好转，能吃饭，能下地走动，可不知怎么回事，突然又发烧了，而且腹泻严重，没力气站起来，还恶心，肚子疼。丹尼尔躺在病床上捂着肚子说："我感觉我快要死了！"翁泉海给他切脉："丹尼尔先生，您要有信心，我一定会治愈您的病。"

丹尼尔甩开翁泉海的手抱怨说："难道在我死掉之前吗？我要求西医治疗！我不能成为比赛的牺牲品！"

翁泉海说："丹尼尔先生，我们中国的中医中药已经走过了几千年，它治愈了无数人的病，我想这当中也一定会包括您。如果您能安下心让我诊治，我绝不会让您失望的，传承几千年的中医中药也绝不会让您失望的！"

丹尼尔沉默良久，缓缓伸出了手。

赵闵堂一直关心赛事，听说丹尼尔病情有了起色，却突发变故，他怀疑这里面必有原因。看来这场中西医的比试不是那么干净。他觉得，论医术，翁泉海不比浦田差，论心机，翁泉海跟浦田差远了。

夜晚，赵闵堂来到浦慈医院丹尼尔病房外，看见一个保安站在门前。他从病房门前走过，偷眼望去，见病房门窗挡着白布帘。他朝走廊尽头缓缓走，又缓缓走回来，看见护士拿着水杯走进丹尼尔病房，他快步从医院走廊出来，走到楼前，仰头朝上望，看到二楼丹尼尔病房的窗户内透出灯光。他试图爬上二楼，爬到一半不慎摔下来，腿摔伤了。赵闵堂想，真是老了，有些事就得高小朴那样又年轻又机灵的人来干。

高小朴听了赵闵堂的话，决定立即行动。夜晚，高小朴从外面爬到二楼，扒着窗台朝病房里望，见丹尼尔靠在床上，拿着水杯喝水，喝完把水杯递给护士。护士拿着水杯去水房。高小朴扒着窗台到水房窗外，见护士正在刷洗杯子，她刷洗得很仔细，洗完闻了闻杯子又刷洗一遍。

高小朴怀疑那护士的水杯可能有问题。第二天夜晚，他从窗户进入水房，关闭水阀，切断水源。护士给丹尼尔喝完水，拿着杯子去水房洗，没水了，她进护士办公室放下水杯，拿起暖壶要倒水。高小朴闯进来，一头趴在桌上，把水杯压在身下喊："大夫，我难受啊！"他一只手敲着头，另一只手从裤兜里掏出个水杯，把桌上那个水杯换了。

护士说："您要诊病请去找大夫。"高小朴把水杯塞进裤兜，捂着头走了。

高小朴匆匆往回走，翁晓嵘追过来问："出去散步了？"高小朴一笑："晓嵘，你这是去哪里了？"翁晓嵘说："你去哪儿我就去哪儿呗。你裤兜里是什么东西？拿出来我看看。"高小朴从裤兜里掏出水杯。翁晓嵘一把夺过来。

高小朴喊："小心点，别摔碎了！"翁晓嵘生气道："你从那个医院里偷个水杯出来？"高小朴辩解："不是偷的，是……是拿的。"

翁晓嵘说："还拿的？就是偷的！你大晚上跑出来，我一猜你就没干好事，果然如此。高小朴，我真是看错人了！""晓嵘，我真没偷，我……我跟你说不明白，快把水杯还我！"高小朴上前夺水杯。

翁晓嵘随手把水杯扔了。水杯摔碎了。

高小朴着急地高喊："你干什么呀！"翁晓嵘说："还跟我急了，你凭什么急啊！偷人家东西，我回去跟我爸说！你要是肯悔改，跟我道声歉，我就不跟我爸说了。"高小朴俯身捡着水杯碎片，小心托在手上急忙走了。

高小朴把水杯碎片交给翁泉海，讲述了他的怀疑和"偷"水杯的经过。翁泉海拿着水杯碎片，用手指在杯底抹了一下，闻着手指。好一阵子才对高小朴说："小朴，你辛苦了。只是做这事之前该跟我说一声。你的心太细了，如果能用于医学研究，将来必成大器。这杯子里有芒硝，扔了吧。"

高小朴吃惊道："芒硝？怪不得丹尼尔腹泻不止呢！那水杯是证据啊，您怎么给扔了？"

翁泉海说："水杯在我们手里，即使拿出来，也不足以作为证据，相反还会被人诟病，我们有口难言。现在，治伤寒且解芒硝之毒，双管齐下才是正路。"

第二天一早，高小朴刚出门，翁晓嵘就拦着他说："小朴哥，我错怪你了，对不起，你该早跟我说清楚。"高小朴笑问："你为什么不告我一状？"

翁晓嵘说："我信得过你，可是你信不过我。"高小朴说："我不是信不过你，是这事没必要跟你说。"

翁晓嵘气哼哼地说："你觉得什么事有必要跟我说？你根本就没把我当回事！"高小朴笑道："不是跟我道歉来了吗？怎么教训起我了？"

"你就是个木头！"翁晓嵘扭身走了。

这天，安东尼院长希望西医赢，他提醒浦田说："丹尼尔的腹泻止住了，他的病情正迅速好转，可他怎么会不腹泻了呢？这难道不奇怪吗？"浦田故意说："他为什么要腹泻呢？"

安东尼院长直截了当说："您不是给他吃了芒硝吗？"

浦田暴跳如雷地说："胡说！我什么时候给他吃芒硝了？在这次擂台赛中，我没给任何人吃过芒硝，并且，我的患者也在迅速康复之中！"

安东尼院长笑道："可是，目前哈维先生没有丹尼尔先生康复得迅速。我不是怀疑，是就事论事，浦田先生，您一定要赢得比赛啊！"

浦田铁青着脸说:"院长先生,胜利是属于西医的,这一点毋庸置疑!"

安藤一直关注着事情的进程,他到医院问浦田:"浦田君,还有三天就要结束比赛了,你还有胜利的把握吗?"浦田说:"当然有把握,因为还没到最后一刻。""我了解你们的一切!你是在痴人说梦!""安藤君,你给我的压力太大了,以至于我不能安心比赛。"

安藤说:"这是懦夫的话,浦田君,你太让我失望了!"浦田咬牙道:"安藤君,我说此战必胜,因为我的医术和我的生命给了我强大的自信!"

安藤点头说:"好,只有对生命足够珍惜,才会不惜一切代价去争取胜利。"

比赛到了最紧要关头,鉴于前一次的教训,葆秀担心浦田可能还会不择手段搞鬼,她建议把丹尼尔接到家里来,以保万无一失。翁泉海觉得此事不妥,浦田也不会同意。葆秀建议派人进医院护理,翁泉海也不赞成。葆秀生气地说翁泉海太傻,扭身走了。

不出葆秀所料,果然出事了。

这天晚上,丹尼尔靠在病床上看书,外面传来敲窗户的声音。丹尼尔走到窗前,拉开窗帘朝外看,窗外没人。他刚转身,又传来敲窗声。他打开窗探头朝外看,一个黑衣人站在二楼窗外用绳子突然套住丹尼尔的脖子使劲往下拉。

葆秀跑过来高声喊:"你要干什么?松手!"黑衣人猛地从二楼跳下来,丹尼尔被绳索拽出来。高小朴和老沙头跑过来,二人接住丹尼尔,三人摔倒在地。黑衣人迅速消失在夜色中。

第二天,翁泉海就丹尼尔被袭击一事质问安东尼院长:"自从擂台赛开始以后,秋野先生跑了,现在丹尼尔先生又被偷袭,差点丢了性命,这不能不说是医院的安全和看护出了严重问题!"安东尼说:"翁先生,我一定会全力调查此事,尽快给您一个交代。"

翁泉海说:"院长先生,最让我疑惑的是,为什么丹尼尔先生会被偷袭呢?浦田先生,你说呢?"浦田面无表情地说:"我怎么会知道?可能是抢劫吧。"

翁泉海冷笑:"有人要抢劫一个患者?太可笑了!我看是有人想要丹尼尔先生的命!这是谋杀!"院长说:"翁先生,我已报警,等抓到歹徒就全清楚了。"

翁泉海说:"院长先生,我对你们医院的安全已经失去信任,我请求派我的人进入医院看护丹尼尔先生。"安东尼院长说:"我这儿没有问题,此事需要浦田先生同意。"浦田无奈道:"我当然同意。"

安东尼院长看翁泉海走了,就盯着浦田问:"这到底是怎么回事啊?难道不是你干的？"浦田拧着眉毛说："我想我可以用诬告陷害的罪名起诉你了。"

安东尼院长双手一摊叹息说："上帝呀，我医院的名誉算彻底毁掉了，您救救我吧！"

翁泉海回到家里对老沙头说："老沙，你去医院，为何不跟我招呼一声？"老沙头一本正经道："我出来方便，看小朴大黑天往外跑，就琢磨，这小子半夜三更出去干什么？我得跟着看看，这一跟就赶上了。"高小朴说："老沙叔，我是看您出去了才跟出去的啊！"

翁泉海问："葆秀，你怎么跑医院去了？"葆秀说："我半夜睡不着，寻思出门走走，一转眼，来了俩人，像老沙和小朴，我寻思，这大黑天的，他俩去哪儿啊？索性就跟着走了。还审什么呀？你得了便宜就不要卖乖了。"

翁泉海说："我知道你们都是为我好，没有你们，这场比赛我必输无疑，多谢了！老沙，小朴，还有两天时间，你俩辛苦一下，帮我看护丹尼尔。"

在多名中医、西医和中外记者的见证下，安东尼院长宣布"中西医擂台赛"落下帷幕。比赛结果如下：伤寒患者者丹尼尔先生经过翁泉海先生的中医治疗，已经基本恢复健康，能下地走动，饮食正常，但皮疹还没有完全消失，偶尔伴有胸闷气短等症状。哈维先生经过浦田寿山先生的西医治疗，还不能走路，伴有肺水肿、腹泻等症状，皮疹已经消失。综上所述，这场中西医擂台赛，翁泉海先生和浦田寿山先生各有千秋，但翁泉海先生略胜一筹，翁泉海先生获胜。

翁泉海现场发表讲话："各位同仁，你们好。我自幼研习中医，对西医知之甚少，但是通过这次比赛，我对西医有了更多的了解。中西医的出现都对人类的健康做出了巨大的贡献，中医不能包治百病，西医也不能包治百病，中西医各有所长。西医治在局部，是重在病之标，中医治病求因，是重在病之本，只有标本兼顾，才能彻底治愈疾病。所以，中西医不是死对头，更不能非此即彼，应该相互包容并发挥各自优势，互相学习，取长补短，成为朋友，共同与疾病作斗争！可由于中西方文化差异，认识有别，造成了一些误解。我坚信事实会证明，中医和西医都有强大生命力，它们永远不会衰亡。此擂台赛，我诊治的丹尼尔先生和浦田先生诊治的哈维先生都还有疾在身，尚需继续治疗。只有中西医结合，才能让他们完全康复，所以我想这场比赛没有胜负，应该是平手吧。"

人群中爆发出热烈的掌声。

赵闵堂因伤没有去现场，他拄着拐在院里慢走，翁泉海前来拜访。赵闵堂走进堂屋，翁泉海跟在后面。赵闵堂佯装没站稳，翁泉海扶住他坐在椅子上，拱手施礼道："赵大夫，翁某多谢了！高小朴跟我说，你发现报纸上的端倪，又察觉丹尼尔先生病情反复，可能是有人再次背后作梗。然后你找到他，跟他说了实情。你为了我的事，摔伤了腿……"

赵闵堂说："高小朴满嘴胡话，我怎么可能去找他，明明就是街上碰到了，我随口寒暄几句而已。再说，那不是为你，是为中医！"翁泉海掏出药方说："对，是为中医，你摔伤了腿，我着实过意不去，我给你配个方子，不知好不好用。"

赵闵堂接过药方一皱眉问："这有用吗？"翁泉海谦恭道："赵大夫，我知道你在骨科上研究颇深，我这是班门弄斧了。有一事不明，想请教。丹尼尔先生的病情直转急下，你为何能察觉到是有人做了手脚呢？"

赵闵堂一笑："那得看心诚不诚了。唉，天天拄拐，胳膊酸啊！"翁泉海站起给赵闵堂按摩胳膊。赵闵堂闭着眼睛："这小手，不厚不薄，不硬不软，舒坦，真舒坦……哎哟，疼！"

翁泉海说："你忍住，捏完更舒坦。赵大夫，我的心诚不？嬉笑怒骂做豪杰之事，翁某佩服啊！"赵闵堂说："我算什么豪杰，你才是豪杰啊！"

翁泉海再次施礼说："赵大夫，翁某多谢了，他日一定报答。你安心疗养，告辞了。"赵闵堂说："上海滩不是孟河，孙猴子会使筋斗云，也飞不出五指山，你留点心吧。"

"谨记教诲，可江山易改，秉性难移啊！"翁泉海说着走了。

赵闵堂看着翁泉海的背影说："我看你是死不悔改！"他拿起翁泉海的药方看后高声喊，"夫人，给我照这方子抓药去！"

第二十二章
情难断　毒难戒

擂台赛圆满结束，翁泉海雇了一辆车，带着俩女儿来接葆秀回家，姐妹俩一人架着葆秀的一只胳膊把她硬往车里推，葆秀也就顺水推舟地回家了。

翁泉海心情愉快，想着应该和葆秀改善一下关系。当天晚饭后，葆秀在厨房洗碗，翁泉海看没有其他人，就笑嘻嘻地拉着葆秀进了书房。葆秀挣扎着说："别拉拉扯扯的，快松开！"翁泉海松开葆秀关上门。

葆秀问："你要干什么？"翁泉海坐在古琴前说："你不是爱听我弹琴吗？只要你想听，我天天给你弹，何时弹，你说了算。只是你得天天在家听我弹，好吗？"

葆秀盯着翁泉海说："那你弹吧，我听着。就弹《蝶恋花》。"翁泉海调整情绪，开始凝神倾情弹奏。葆秀站在那里一动不动地听着，她注视着翁泉海在琴弦上舞动的十指，不禁心潮起伏。一曲终了，翁泉海接着弹起《雨打芭蕉》。葆秀听着优雅的琴声，禁不住泪如雨下。她悄悄从书房走出来，书房里的琴声继续……

为祝贺翁泉海擂台赛获胜，岳小婉在雅居茶楼请他小聚。

岳小婉说："翁大哥，你和嫂子何时有空，我请你俩听戏。我说过，你比赛赢了，我给你唱一台大戏。"翁泉海谦虚道："我也没赢，平手而已。别的病不说，在伤寒病上，中西医各有所长，只有中西医联合治疗，才能把伤寒病根治。"

岳小婉很热情地说："我已把话说在前面了，得话复前言。你回去问问嫂子，她说什么时候想听，我就什么时候唱。"

翁泉海点头说："行，等我回去问问再说。小婉，我这两天正琢磨，想搞个讲堂，请西医讲课，我这想法怎么样？"岳小婉提醒："请西医讲课？翁大哥，作为上海中医学会的副会长，你带头这样做，少不了闲话。"

翁泉海沉吟着说:"我也有些担忧。我对西医了解甚少,通过这次中西医的比试,我发现西医确实有所长,应该让中国民众对西医有更深刻的认识。患者看重的是把病治好,不管中医还是西医,能治好病就是良医。如果我们为了保全自家的医术,而盲目排斥外来的医术,数年后我们就会技不如人。所以我请西医讲课,是在帮我们自己。倘若前怕狼后怕虎,医学何以进步,何以发展?"

岳小婉说:"我知道说服不了你,我认识几个不错的西医,给你引荐下?"

翁泉海高兴道:"太好了,我正愁没门路呢,赶紧带我去拜访。"

在岳小婉的引荐下,翁泉海和德国医生斯蒂芬见面会晤,交谈之后,感觉大有收获。第一堂西医课,翁泉海决定请斯蒂芬开讲。

这天,翁泉海和西医斯蒂芬站在院中,翻译站在一旁,台下挤满了人。翁泉海高声说:"大家好,这位是德国西医斯蒂芬先生,我请他来,是想让他讲讲西医。我们中医有几千年的历史,大家对中医已经非常熟悉,可对西医所知甚少。今天,就让斯蒂芬先生带我们了解西医的不同之处。"

斯蒂芬说:"大家好,我是斯蒂芬,很高兴能有机会和翁先生进行学术交流。我来中国只有不到一年时间,就对神奇的中医产生了浓厚的兴趣,当然,这里面也包含着疑惑。我听说中医主要靠自身的感觉器官对患者进行望闻问切,来进行诊断;而我们西医诊病,主要是借助听诊器和各种医疗仪器,根据检验指标来确定诊断。我曾无法相信不借助于任何医疗仪器的诊断会是准确的,可中医在过去的几千年里,治愈了无数的患者,这又是不争的事实,所以,我不得不信服。世界之大,无奇不有,我们应该接受事实,崇尚真理,而不是盲目排斥。"

翁泉海点点头说:"斯蒂芬先生果然开明,现在,我们就以这位'发热、咳嗽'的患者为例,讲讲中西医不同的诊断及治疗方法。"

一个患者走到翁泉海面前。

翁泉海说:"患者以发热、咳嗽为主症,声音窒,舌苔中部黄厚而腻,寸脉坚,为'寒包火',病因病机为肺俞郁热,复感风寒之邪。当以散表寒清里热为治则,解其寒而热自散,方剂选用医圣张仲景的麻杏甘石汤加减,方用麻黄为君,能宣肺而泄邪热,取'火郁发之'之义。但其性温,故配伍辛甘大寒之石膏为臣药,而且用量倍于麻黄,使宣肺而不助热,清肺而不留邪,肺气肃降有权,喘急可平,是相制为用。杏仁降肺气,用为佐药,助麻黄、石膏清肺平喘。炙甘草既能益气和中,又与石膏合而生津止渴,更能调和于寒温宣降之间,所以是佐使药。全方药虽四味,配伍严谨,是深得配伍变通灵活之妙,所以清泄肺热，疗效可靠。西医怎么治疗呢？请斯蒂芬先生为我们讲解。"

斯蒂芬说："对于肺炎，我们分为细菌性感染或者病毒性感染，造成了肺部的炎症，所以西医的治疗原则是抗炎抗病毒。"

翁泉海说："中医重视病人个体差异。虽然同是肺炎患者，可能病程长短不同，病人高矮胖瘦不同，生活地域不同，中医会进行不同的治疗，而不是千篇一律地按照医疗仪器和实验室结果治疗肺炎。热盛者，当以祛邪为主，气虚者，当以扶正为先。邪热去而正气不伤，补气而不闭门留寇。这些理论体现了中医施治的原则，中医治病不是头疼医头，脚疼医脚，而是根据病人的体质、体征，结合天时、地利、病史等诸多因素确定症结和治疗方案，这就是《内经》'因人、因时、因地'的三因理论。"

斯蒂芬微笑着说："中药煎制缓慢，起效慢，容易延误病情，且入口难。而西药治疗服药简便，还可以通过注射让药直达病处，见效快，迅速消除病症。"

翁泉海对此有不同看法，说道："见效快是好的，就怕病来病去，反反复复，而中医讲究整体治疗，根据患者病情的轻重，加减药味和药量，达到辨证论治，从根本上祛除疾病。"

斯蒂芬说："没错，但如果能保证从根本祛除疾病，还是速效为好。"

翁泉海最后总结说："所以，中西医结合，标本兼治，才是为医祛病之道。"

课讲完了，众人觉得耳目一新，对这种形式都很喜欢。

这事传到上海中医学会齐会长的耳朵里，他一直都很赏识翁泉海，认为有必要提醒他一下，就找到翁泉海说询问情况："泉海，你怎么请西医来讲学了？我听说你把自己的患者介绍给西医院治去了？"

翁泉海解释道："齐会长，我通过这次中西医擂台赛，发现西医有所长，所以想请西医来讲讲，也是促进中西医的交流。西医有西医的长处，它更加精细直观，可补中医之不足。至于我把患者介绍到西医院，那是因为他们的病适合西医治疗，这都是为了患者能早日痊愈。"

齐会长颇为不满地说："泉海，我们的老祖宗是中医中药，这是我们的根啊！眼下，西医不断扩张，已显露出要跟我们中医平起平坐的架势，你作为著名中医，还是上海中医学会的副会长，怎么能带头推动西医的发展呢？这对于保护我们中医的地位没有益处。这些日子，学会的中医纷纷找上门来，问我这到底是怎么回事。我只能说我不清楚，等问问你再说。泉海，这个场你让我怎么圆啊？你做这事之前，总得跟我商量商量吧？"

翁泉海说："您说的我都考虑过，我觉得我做得没错。中西医各有所长，目的都是治病，不能因为中西医之争，忽视了治病的最终目的。"

齐会长摇摇头说："泉海，绝大多数中医对西医还是有偏见的，你的做法已经引起了他们的不满，你就不怕……"

翁泉海坚持己见地说："我所做的一切，是推动中医之进步。同行们可以去评说，我更看重的是患者们怎么说。我推崇中西医并举，只要能治好病，只要患者们能说出个好字，我就什么都不怕。齐会长，如果再有人来为难您，只管让他们去找我，我应承得过来。如果大家觉得我这个副会长有损学会颜面，有损中医颜面，尽可卸我的职，我绝没一句埋怨。齐会长，中医西医一定要融合，只要我们为医者能治愈更多的病，即使他日见到老祖宗们，咱们心里也是踏实的！"

齐会长见翁泉海如此固执，难以说通，只得摇头叹息离去。

为了进一步了解西医，翁泉海在岳小婉的陪同下，观摩斯蒂芬给患者做手术。

斯蒂芬说："这个患者的乳腺肿瘤已经长得很大了，如果不割除，就像在体内放了一颗定时炸弹，所以必须迅速手术割除。"岳小婉在一旁翻译着。

翁泉海说："但是割除后，依然可能会长出数枚肿块。手术前我对她进行了诊查，脉象左寸数关弦，右寸滑而数、关濡，舌质红绛，舌苔剥脱，乳岩肿硬已久，阴液亏而难复，肝阳旺盛而易升，肝血不养筋脉，营卫经血不得流通，所以睡醒则遍体酸疼，腰腿尤甚。"

岳小婉翻译说："手术前翁大夫对患者进行了体格检查，她左脉寸数关弦，右脉寸滑而数、关濡，舌质红绛，舌苔剥脱，表明乳腺肿瘤得病时间较长，已经增生硬化。主要因为患者肝阴血不足，肝阳旺盛，筋脉失去濡养，如有时睡醒后会发觉周身疼痛，腰腿部明显等症状。"岳小婉突然捂住嘴，转身欲呕吐。

翁泉海关切地说："小婉，要不你还是回避吧。"岳小婉转过身说："你接着说吧。"

翁泉海继续说："中医讲'治病必求于本'。'见肝之病，当先实脾'，治病以先安未受邪之地，故投以滋阴柔肝，清热健脾安神之剂。其病虽不可速愈，但可获安。"

岳小婉翻译给斯蒂芬说："中医治疗疾病讲求从病因上治疗，如治疗肝病就先治疗脾胃病，注重防病于未然。本患者应用滋阴柔肝、清热健脾安神之剂。虽然疾病不一定会立刻痊愈，但一定会获得短期缓解的疗效的。"

斯蒂芬想了想说："中医果然有独到的地方。"翁泉海说："西医也有独到的地方，应互相借鉴。"

手术观摩后，翁泉海和岳小婉在西餐厅就餐。

翁泉海问："小婉，你好些了吗？也难怪，你不是大夫，见不得血腥东西。"

岳小婉一笑："看多了就好了。"

翁泉海说："我没想到你的外语竟如此之好，真是深藏不露啊！中医专业词汇是怎么翻译的？"岳小婉说："有些西洋人喜欢昆曲，交流多了，我也学会了外语。就像你说治病必求于本，见肝之病，当先实脾。我翻译过来就是中医治疗疾病讲求从病因上治疗，如治疗肝病就先治疗脾胃病。"

翁泉海赞叹道："你的中医学习，长进太大了。还是你既有灵性又肯下功夫，我能顺利地推进中西医结合，多亏你的引荐和翻译，来，我敬你。"岳小婉笑着说："还是你教得好，如果你教不好，我怎么会懂中医呢。"

翁泉海说："这段时间真是痛快，跟西医交流，开了不少眼界，我想，今后中西医交流的事，还得做大。"岳小婉说："翁大哥，像你这么开明的大夫，又有多少呢？你不能强求所有人都跟你一样。"

翁泉海说："我不是强求，是希望，是号召。中医要发展，就必须摆脱门户之争，更要不断融合各家所长，吸收先进技术。中医要守住本，也要朝外看，看得多了，就衡量出自己的尺寸。只有这样，中医才能进一步发扬光大。"

岳小婉站起伸手摘掉翁泉海嘴边的面包渣说："翁大哥，你讲得太好了，接着讲吧。"翁泉海尴尬地笑了。

翁泉海开西医讲堂的事惊动了远在家乡的老父亲，老父带着翁二叔、翁三叔来到上海兴师问罪。翁泉海请三位老人进正房堂屋，翁父让关门，开始"三堂会审"。翁二叔和翁三叔分左右站立两旁。翁父打开包裹，拿出一个卷轴让翁二叔和翁三叔展开。那是翁家祖先的画像。

翁父威严地说："跪下！逆子，翁家祖先在上，你做了什么愧对祖先的事，讲讲吧！"翁泉海跪在祖先画像前问："爸，您让我讲什么啊？"

"你还装糊涂吗？既然你不清楚，我就让你清楚清楚！"翁父从包裹里抽出戒尺抽在翁泉海后背上。翁泉海喊："爸，您就是打死我，我也不明白啊！"

翁父斥责道："请西医讲学，去西医院参观，还要推动中西医交流，取长补短，我们中医有短要补吗？用得着跟西医取长吗？"

"原来是这事啊！"翁泉海望着祖先画像，"祖先在上，翁家后人翁泉海叩拜祖先。"他给祖先磕了三个头，"祖先容禀，我从小继承祖先遗志，严守医道，精研医术，誓把翁氏医派乃至中华医药发扬光大。数载之中，我辗转南北，摸爬滚打，历尽艰辛，终于学成一点本事，扎根上海滩，这些年也做了几件自以为光宗耀祖的事。前不久，我应邀同一名西医比试医术，通过比试，我发现中医西医各有所长，只有走中西医结合的道路，才能真正解除患者的痛苦。中医要想进步，要想经久不衰，必要补短扬长，要有一颗包容的心，要向西医学习……"

"闭嘴！你还向着西医说话，中医赔不住你了？还跟祖先辩上理了，数典忘祖之辈，该打！"翁父抽了翁泉后一戒尺，"你认不认错？"

翁泉海高声说："我无错可认。中医不能故步自封，要打开眼界，敞开胸怀，只有这样，中医才能朝前走。我想这也是我翁家祖先所期望的！"

"你还说，我打死你！"翁父用戒尺抽翁泉海。翁泉海望着祖先画像无语。

葆秀一直在门外听着，这会儿赶紧推门进来说："爸，二叔、三叔，你们来了就忙，都没坐下喘口气，来，喝杯茶，歇歇。"葆秀说着，端着茶杯依次来到翁父、翁二叔、翁三叔面前，请他们喝茶。三个人都不喝茶。"喝口茶也不耽误事，喝透了再慢慢聊，泉海，你这张嘴嘎巴嘎巴没停过，喝口水润润嗓子。"葆秀把茶杯递到翁泉海面前。

"以茶代酒敬祖先！"翁泉海把茶喝了，"爸，我所做之事，问心无愧。等我终老那一天，见到祖先们，我还是这些话，如果祖先们不满意，打我骂我，我全受着。如果祖先们为此要除了我的名，那我也认了。"

"你可气死我了，我今天就打死你！"翁父又挥起戒尺。

葆秀机灵地正话反说："爸，您打得太对了，翁泉海太不是东西，他打小吃翁家的，穿翁家的，还学了翁家的医术，到头来翅膀硬了，翻脸不认人不说，还天不怕地不怕，净惹祸了……"

葆秀看着翁泉海挨打，好像那戒尺打在自己身上，所有的怨气委屈顷刻烟消云散，一股对翁泉海的爱恋和敬佩之情油然回归心海，她自己都不明白，怎么能掏心掏肺、倾心倾意、滔滔不绝地打开了话匣子，说了那么多："……远的不说，就说他来上海这些年惹了多少祸，为给人治病，两回差点坐了牢；为了给一个得狂症的人治病，还差点连累了晓嵘和晓杰。其实那些病他可以不治，可他这人的脑袋有问题，明知道可能会摊上祸事，他就是非治不可，还说什么大医精诚，要先发大慈恻隐之心，誓愿普救生灵之苦。那回矿山发生霍乱，跟他有什么关系？他非得屁颠屁颠跑去伸把手，打假药得罪药商，拉了仇恨，人家都恨死他了，背后没少了给他下绊子。还有，废止中医的事，那些老大夫们都没动静，他倒先咋呼起来，又是召集全上海的中医开大会，又是召集全国中医开大会，后来还当了代表去南京请愿，跟国民政府和卫生部顶上了。爸，您说他这忙活来忙活去的，图的什么啊？这一说就多了，那回洋参降价，要打倒中华参，本来那是药商的事，跟他当大夫的有什么关系？可他又伸上手了，为了保住中华参，带头要把房子卖了。爸，您说他要是真把房子卖了，我和孩子不得睡大街上吗？这几年，他为了中医的事，为了中药的事，是什么都不顾啊，不顾自己的命，也不顾我和两个孩子的命啊！"葆秀已是声泪俱下，"眼下，他又跟西医搅和在一块了，弄什么中西医交流，推进中医进步，他就是一个普通的大夫，中医能不能进步，是他一个人能推得动的吗？这下好了，还没推动呢，倒是先把舌头们都扯来了，你一言我一语，说的全是他的不是。爸，您说他这人是不是傻了？中医是进是退，跟他有什么关系，进了能多他一文钱吗？退了又能少他一文钱吗？天下还能找到这种白忙活不赚钱的傻子吗？就算他干了惊天动地、老天爷都竖大拇指的事，咱翁家稀罕吗？爸，我跟您这傻儿子算过够了，您今天来得正好，咱们把话当面说清楚了，我……我不想跟他过了！"

在场的翁父、二叔、三叔都听得明明白白，这哪是数落翁泉海，这是在给翁泉海评功摆好啊！翁泉海更是惊奇，他好像才认识这个他并不心爱的女人！

翁父想不到葆秀会说出这样一番话来，只好就坡下驴说："你俩的事先放放，我跟你二叔、三叔都饿了，先弄点吃的吧。"葆秀抹了一把眼泪做饭去了。翁父收起祖先画像，让跪着的翁泉海起来。

翁泉海回到卧室，龇牙咧嘴趴在床上，葆秀一边给他敷药一边说："你说你非得顶着那口气干什么？咱爸那么大年岁了，老小孩小小孩，得哄着。"翁泉海说："我也是一时上了脾气，把不住嘴了。可那些话早晚得说，不说这事完不了。""你说了事就完了？我看就是打得轻。""总之说完就轻快了。葆秀，今天这事多亏你。你要是不帮我解围，就咱爸那脾气，不把我打死也得扒一层皮。"

葆秀一笑："我是告你的黑状呢，恨不得咱爸把你打趴下才好。"翁泉海也笑了："你不用嘴硬，我全明白。"

葆秀说："你那么傻的人，能明白？我是怕咱爸把你打残了，我还得照看你。好了，起来吧。"翁泉海起身穿上衣服说："咱爸他们都回屋了？你出去望一眼。"葆秀抿嘴道："你躲一时还能躲一辈子吗，爷俩的事，没要命的仇。"

翁泉海忽然有了依赖感，说道："我要是喊你，你可得马上过来帮忙。"他从卧室走出来，朝周围望了望，又走到门口，朝外望去。见院里没人，才朝书房走去，推开书房门，老父坐在桌前闭着眼睛。翁泉海刚要关门，老父睁开眼睛说："要进来就进来，这是你家！"翁泉海走到桌前说："爸，您要是累了，就回屋睡会儿。"

翁父问："想明白了？看明白了？"翁泉海说："爸，您说的我不懂啊。我该说的都说清楚了，中西医就得结合……"

翁父打断道："我说的是葆秀！多好的媳妇，满眼睛装的全是你，你可得对人家掏心掏肺，实心实意啊！我老了，也活不了几年了，医的事，我管不了你，也帮不上你，你有多大本事就使多大本事吧。家的事我得管，要不我抱不上孙子。"

翁泉海说："爸，您看我都年过半百，孩子也不是说要就能要上的。""能要上就要上，要不上也没招，我就当是个念想了。"翁父站起朝外走去。

皓月当空，秋风习习。高小朴想出去买点东西，翁晓嵘从东厢房走出来，也要跟着他出去。葆秀提着菜篮子从院外走进来问："你俩这是要去哪儿啊？""我帮您拿。"高小朴接过葆秀手里的篮子朝厨房走去。翁晓嵘说："妈，我回屋了。"葆秀望着二人的背影自语："怎么？都不出去了？"

翁泉海刚进家门，葆秀迎头就说："你回来就没动静，可是我想听琴了，说话不算数？""怎么不算数，弹！"翁泉海说着就要去弹琴。葆秀一把拽住翁泉海笑了："开玩笑呢，有这句话就行。"翁泉海摇头说："谁知道你哪句真哪句假！"

葆秀盯着翁泉海问："哎，你觉得那个高小朴怎么样？"翁泉海说："我身边这几个年轻人，顶数他机灵。江湖走出来的人，野性。""那就是不中你的意？""你这话什么意思？"

葆秀说："我看你没收他为徒，随便问问。"翁泉海说："你也不是不清楚，我不会轻易收徒的。"

葆秀说："我看高小朴和翁晓嵘挺好的？"翁泉海奇怪了，问道："话留一半是什么意思，你倒是说清楚啊？你看到什么了？"

葆秀说："没看到什么，就是那俩孩子挺熟悉的。在一个院住着，出来进去的，能不熟悉吗？没毛病。"

不光葆秀，就连翁晓杰都看出姐姐对高小朴有意思，就试探着说："姐，我问你个事，你觉得高小朴那人怎么样？我怕看错人啊！"翁晓嵘反问："妹子，你这话什么意思？"

翁晓杰故意低下头说："就那意思呗。姐，你就说他到底好不好？"翁晓嵘说："好啊。"翁晓杰说："好就行，那我就放心了。"

翁晓嵘问："你喜欢他？"翁晓杰笑了："我不喜欢啊。你不是喜欢吗？"

翁晓嵘伸手抓翁晓杰，她闪开身笑着说："姐，你别火啊，我支持你！"翁晓嵘说："你支持我有什么用？"

"终于说实话了，你就是喜欢他。"翁晓杰笑着跑出去。翁晓嵘追她。俩人从东厢房跑出来，被翁泉海碰上，他问："你俩干什么呢？""我找我妈有点事。"翁晓杰说着进了堂屋。

翁晓嵘欲回东厢房，被翁泉海叫到书房问话："你俩怎么回事？"翁晓嵘说："我俩闹着玩呢，没事。"

翁泉海语重心长道："晓嵘啊，你和你妹妹都不小了，姑娘家得稳当，哪能疯疯癫癫的。咱们翁家是正门正派，凡事得有规矩。说得远点，就包括你们的婚姻，也要讲门当户对，不能胡来。"

翁泉海想不到，他会被一个记者敲诈。那记者让翁泉海看一张照片，照片上是"西餐厅内，岳小婉给翁泉海摘嘴边面包渣"的画面。

记者说："翁大夫，您是大名人，而岳小婉岳小姐也是大名人；您成家了，而岳小姐单身一人，你俩这样不妥吧。我把您请到这来，全是为了您好。"

翁泉海气愤道："有话直说，请不要因此玷污岳小姐的名声。七天之内我把钱全部付清。你要想拿到钱，这件事你得保密，绝不能告诉岳小姐；照片不能露出去，如果你背信弃义，我必会鱼死网破！"记者诡笑："没问题，钱能堵嘴。"

翁泉海回到家里，赶紧关上门，打开衣柜门翻找着。凑巧这时葆秀进来了。翁泉海忙问："你怎么回来了？"葆秀说："这话问的，我还不能回来了？"

翁泉海关上衣柜门解释说："不是，我听说你买菜去了。"葆秀说："出门忘带钱，你翻什么呢？""想换套衣裳。""你这衣裳不是今早刚换的吗？""是啊，今早换的，可……可穿着不怎么舒服。""还长毛病了。"葆秀说着走出去。

贪婪的记者用同样方法敲诈岳小婉。岳小婉说："这件事你不要再跟翁大夫说，所有钱我出。只是这事若传出去，你一毛钱都得不到。"

记者说："我全听您的。七天之后，我们一手交钱，一手交照片，到时拿不出钱来，或者动了其他心思，可别怪我不讲情面！"

七天以后，记者掏出照片和底片，放在桌子上。岳小婉把一张银票交给记者。

记者以同样的方法把照片和底片给翁泉海放在桌子上。翁泉海从怀里掏出银票。这时，葆秀闯进来，她拿起照片看，然后放下照片一言不发地走了。

葆秀回到家里有气无处发泄，就从厨房里往外扔东西，于是，碗啊、盘子啊、水舀子啊、菜刀啊，一个接一个地从厨房里飞出来。接着就是锅碗瓢盆摔碎的声音。翁泉海站在旁边并不阻止，只是说："事出有因，我都跟你讲明白了。我也是被奸诈之人逼迫，才走此下策！你还想怎么样？"

葆秀说："你慌慌张张翻衣柜，我一看就有名堂！把家里的钱全拿出去，问过我吗？"翁泉海说："这事我怎么问你啊？"葆秀说："那是你心里有鬼！"

翁泉海说："葆秀，不管怎么说，这事已经过去，你砸也砸了，这一篇就翻过去吧。你还想接着折腾？"葆秀哈哈大笑。

翁晓嵘和翁晓杰认为，爸爸和妈妈不和，就是岳小婉造成的，姐俩商量好，要"收拾"她。这天，她俩来到岳小婉家门外，见门外停着汽车。不一会儿，岳小婉和女用人从家里出来要上汽车。翁晓嵘把一碗水泼在岳小婉脸上，岳小婉猛地捂住脸惊声尖叫。

司机跳下车，跑上前来大声呵斥："你们要干什么？"翁晓嵘和翁晓杰指着岳小婉齐声高喊："臭不要脸！"警察跑过来问清事由，要把姐俩带走。岳小婉问了姐俩的姓名就说："警察先生，我认识这两个姑娘，我们之间有些误会。您忙您的，让我们自己解决吧。"警察走了。

岳小婉让姐俩到屋里说话。二人跟着岳小婉进了客厅。

翁晓嵘一点也不怯场地说："我爸为了赎回照片，跟我妈打起来了，这都是你造成的！"岳小婉说："都是我不好，给你们带来这么大的麻烦，我向你们道歉。我保证从今往后，不会再出现这样的事。你俩可以走了。"

女用人说："小姐，那个人的心是真黑啊，来了个两面敲诈。翁大夫要是提前跟你说一声就好了。"岳小婉苦笑，她的眼睛有些湿润了。

夜晚，翁泉海走进正房卧室，葆秀躺在床上，她见翁泉海进来，就翻身面朝里。翁泉海说："葆秀，你别这样，这件事不是你想的那样的。"葆秀说："我想的跟你是一样的。我都明白，树大招风，是那个记者有意害你。另外，岳小姐给你做翻译，你请她吃饭，也是礼尚往来。还有你倾家荡产赎照片，是为了怕玷污岳小姐的名声，其实你俩之间什么事都没有，就是朋友。我不知怎么了，脑袋一热就犯了糊涂，没吓着你吧？"

翁泉海见葆秀如此深明大义，内心既愧疚又感动。

葆秀嘴上说理解了翁泉海，但是，内心深处还是过不去那个坎，于是就做出家里人感到离奇的怪事。

全家人坐在桌前吃，葆秀来吃饭，穿一身大红的新旗袍，还化了浓妆。吃过早饭，葆秀到诊所前厅擦抹桌案，她换了一身大绿旗袍，浓妆艳抹，头上还戴着花。上午，翁泉海给患者切脉，葆秀婀娜多姿地走进来给翁泉海倒茶。晚上，葆秀在厨房炒菜，她烫着时髦的发型，穿着白衬衫、背带裤。

没多久，翁泉海发现葆秀居然破罐子破摔，开始吸毒。

这天，翁泉海和老沙头坐着黄包车来到一家大烟馆内，俩人快步走进烟馆，见葆秀正躺在烟榻上吞云吐雾。翁泉海上前一把夺过烟枪说："快跟我回家！"葆秀哼唧着说："我不走。家里没这舒坦。"

翁泉海说："你疯了吗？"葆秀眯着眼睛说："疯了早去大街上跑了，还能被你逮到吗？再说你名气那么大，医术那么高，身边怎么会有疯子呢！"

翁泉海一把抓住葆秀的胳膊，葆秀和翁泉海撕扯着高喊："快来人啊！救命啊！"烟馆打手跑过来吼道："干什么！给我住手！"

翁泉海松开葆秀说："这是我夫人，我要带她回家！"葆秀喊："我不认识他！"

翁泉海说："葆秀，你别闹了，走，咱们回家说。"葆秀躺在烟榻上不动。老沙头和翁泉海两人硬把她架出烟馆，上了黄包车回家。

夜晚，葆秀躺在床上，背对着翁泉海。翁泉海坐在床上说："你抽大烟，不是作践自己吗？还要不要命了？哪里想不开有疙瘩，跟我说说行吗？你能不能说句话啊？你想急死我吗？"葆秀说："困死了，你能不能别絮叨了？管好你自己的事就行，别再让人抓到把柄。"

翁泉海说："你还有完没完了，我都解释清楚了，你还让我怎么办？葆秀，你再这样下去，就没命了！""我死了也不用你管！"葆秀说着用被子蒙住头。

翁泉海、翁晓嵘、翁晓杰坐在桌前准备吃午饭。翁泉海说："叫你妈来吃饭。"

翁晓嵘说："叫了，她说不饿。"

以后几天，葆秀面色蜡黄地坐在堂屋当门，一针一线做着装老衣裳。翁泉海拿起装老衣裳走进厨房，要把衣裳塞进灶坑。葆秀上前抢夺衣裳，翁泉海拦着葆秀："还做装老衣裳了，你想死吗？"他拉起风匣，把装老衣裳塞进灶坑烧了。

为了让她戒毒，葆秀被绑在床上。葆秀挣扎着，可挣脱不开。翁泉海端着药碗进来坐在葆秀身旁说："药煎好了，喝几服就能把烟戒掉。"他说着用小勺盛药递到葆秀嘴边，可她紧紧闭着嘴。

翁泉海说："你已经人不人鬼不鬼了！"葆秀说："我就想做鬼！赶紧放开我！"

翁泉海无奈道："你难道让我跪下求你吗？"葆秀冷笑："行，你跪吧。"

"我跪了，你喝药行吗？把大烟戒了行吗？"翁泉海起身欲下跪。葆秀知道，男人膝下有黄金，我自己有错，怎能让他下跪！高声喊道："不可！我喝药。"

第二十三章
心有千千结

傍晚，诊所来了位奇怪的患者。翁泉海给他切脉、看舌苔后说："这是中毒的病症。先生，你今天中午吃了什么？"

患者说："和朋友吃了一桌菜，喝了酒。"翁泉海问："你触摸过什么东西？"患者说："喝醉就睡了，没摸过什么。"翁泉海说："这些都不可能引起中毒，毒有千种，要是不说清楚，我不知道该用什么药来解你的毒。"

患者朋友催着赶紧治，再拖下去命就没了。翁泉海说："毒这东西，得对症下药，否则也会要命。"

患者朋友说翁泉海"一根筋"，搀着患者去找别的大夫。翁泉海在后面喊："你们一定要搞清楚是中了什么毒，切不可胡乱用药！"

高小朴觉得有些奇怪，就跑出去赶上说："先生，他都病成这样了，怎么走啊，来，我背他。"他背起男患者，"大哥，你病之前干什么了？睡觉之前呢？吃饭之前呢？去哪儿了？"他一连串的问话让患者烦了，他呻吟道："我好难受啊，你不要再跟我说话了。"高小朴就问患者的朋友，朋友回答说去游玩了。

高小朴问："你们游玩的时候，他都挺好的？"患者说："我拉了半天肚子，肚子疼就找地儿方便。"

高小朴问："山上有茅房吗？在树林里方便？你不会被蛇咬了吧？那可说不定，咱回去看屁股。"高小朴背着患者回到诊所。

患者趴在床上说："当时方便完了，我没带纸，就拿漆树叶子擦了屁股。"翁泉海点头："对了！漆树叶子有毒，你中毒就是因它而起。解此毒不难，杉树皮煎水，服用即可。"

患者朋友笑道："多亏这位小兄弟背着他刨根问底，要不还真弄不明白。"高小朴忙摆手说："话可不能这么说，我就是看他病得挺重，帮着跑个腿而已。"患者朋友称赞："太谦虚了，看徒弟知师父，翁大夫您果然名不虚传啊！"

晚上，高小朴从外面走进来，翁泉海说："出去吃了？晚上别吃太多，撑得太饱睡不着觉。"多心眼的高小朴回到自己的屋里，一直琢磨着先生说的这句话，难道先生对我追患者的事不满？

夜深了，翁泉海还在书房看书，高小朴提着暖瓶走进来说："先生，我给您添点水。"他一边倒水一边解释，"我确实看他病得挺重，怕他走不动，就帮了个忙。当时没跟您说清楚，就是怕他们走得快，转眼没影了。先生，我……"翁泉海不置可否："我还得看会儿书，你先去睡吧。"

高小朴回到自己的房间，仰身躺在床上又琢磨开了。

冬天里，诊所安静多了，家里也安静了，翁泉海准备和葆秀商量一下，好好过个大年。想不到葆秀竟然留了一封信回孟河老家了，信上说：

> ……想一个人待一段日子，也想让你好好考虑一下我们的婚姻。不要急着去找我，你一定要想好了，想清楚了，这对于你，对于我，都有好处。我的身体已经康复了，勿念……

翁晓嵘和翁晓杰认为，既然妈妈回老家了，爸爸也应该回去看看。翁晓嵘说："爸，您回老家吧，我和晓杰把您的行李箱都收拾好了，家里有我和晓杰照看，您尽管放心。"翁泉海只好同意回去。

临行前，翁泉海把高小朴、来了、泉子、斧子、小铜锣都叫来说："我最近要回一趟老家，这段时间你们要用功学习。书不熟则理不明，理不明则识不精，切不可懒惰怠慢。我还要说说高小朴的事。小朴，上回那个患者漆树叶子中毒了，你去追赶他，探究病情，我想让你跟大家讲讲为何这样做。为医者，医德高尚，医术高超是根本，还应省病诊疾，至意深心，详察形候，纤毫勿失。小朴用实际行动给我们展现了这种可贵的精神，我们应该向小朴学习。"

高小朴诚惶诚恐道："先生，我没您说的那么好，只是……"翁泉海说："好就是好，应该表扬，不必谦虚。高小朴，从今天开始，我收你为徒。"

高小朴愣住了。来了喊："小朴，还愣什么呢，赶紧拜师啊！"高小朴这才醒悟，激动地说："师父，您请坐，我给您磕头！"

翁泉海说："繁文缛节就免了，高小朴，希望你日后能专心学医，无愧医道，无愧你老母亲对你的期望。"高小朴使劲点着头，已是泪水盈眶了。

翁泉海对众徒弟说："救人之命是医者之至高追求。如果你们能用学到的医术治好更多人的病，救更多人的命，那是我最高兴的事，也不枉我们师徒一场。"高小朴等众人高声说："谨遵师命！"

自从师父走了以后，来了就以大师兄自居，对师弟们颐指气使，吆五喝六，别人稍有异议，他就说："我是大师兄，师父不在家，都得听我的！"

上午，高小朴从外面走进来问："怎么不把开诊的牌子挂出去啊？"来了说："师父没在家，当然不能开诊。"

高小朴说："咱们不也能治吗？"来了说："你真是不怕风大闪了舌头，我们跟师父学了这么久都不敢说能坐堂治病，你倒是敢口出狂言！""怎么叫口出狂言呢，大病治不了，小病还治不了吗？要学以致用，否则学了也是白学。师父说你们要跟我学，我怎么做，你们就怎么做，明白吗？"高小朴说着拿起开诊的牌子朝外走。

来了喊："师父没说让咱们开诊，你擅自开诊，师父回来会生气的！赶紧把诊所收拾干净，咱们回去念书。"说着跑出去换上停诊的牌子。

这时一个男患者进来："原来屋里有人啊，还挂停诊的牌子干什么？"来了说："先生，对不起，翁大夫出门了，诊所停诊，要不您过几天再来吧。"男患者正要走，高小朴在门口拦住问："先生，您哪儿不舒服啊？"患者说："受风寒发烧，全身酸痛。"

"发烧就得退烧啊，这病简单，跟我来。"高小朴说着走进诊室桌前坐下。来了急忙走过来低声说："小朴，你要干什么？赶紧起来！"高小朴也低声说："师兄，你不要担心，出了麻烦我担着。先生，过来坐。"

高小朴给男患者切脉说："头痛，发热，身疼，腰痛，骨节疼痛，恶风，无汗而喘者，麻黄汤主之。麻黄一钱！"他把药方单递给患者，"照方抓药，按时服药，服用后不退烧拿我是问。"

接着又有几个患者进来，高小朴都给把脉开方了。

夜晚，高小朴在自己住屋喝酒，听到有人敲门，赶紧把酒壶藏在床下，这才打开门。翁晓嵘进来问："你喝酒呢？"高小朴说："没喝啊。""听说你坐我爸的位子上去了？""不坐那儿，怎么诊病啊？""可我爸没说让你诊病啊！""那患者来了，还能不诊吗？"

翁晓嵘说："来了哥他们跟我爸学好久，都没说敢给人家诊病，你凭什么？"

高小朴自负道："来了他们能跟我比吗？""高小朴，你不能看不起同门师兄弟！""我不是看不起他们，是跟他们比，我比他们的脑子灵。"

翁晓嵘问:"你就不怕我爸回来责怪你?"高小朴说:"我高小朴做事,既然做了就不怕。我想师父回来后,知道我替他老人家分忧,还赚了不少诊金,他一定会高兴。"

翁晓嵘好心提醒道:"给人治病担着风险,一定要小心!少喝点酒,喝多了容易犯错。"高小朴看翁晓嵘出去了,就关上门从床底下拿出酒壶喝起来。

这几天,来翁泉海诊所的患者还真不少。高小朴说:"大师兄,你看我从早上来一直忙到现在,嗓子都说哑了,腰都坐酸了,腚也坐疼了,而你们呢,一个个闲得都快长绿毛了。别人我管不着,你是大师兄,得带头帮我忙活啊。"来了说:"师父没说让我帮你忙活。"

高小朴说:"我知道你心里不服气,可不服气你来治啊!师父不在家,我们得拧成一股绳,让诊所热乎起来,师父回来看收了这么多诊金,该多高兴啊!你是大师兄,我应该尊重你,可治病这东西,是能者多劳……算了,不说了。"

夜晚,高小朴喝醉了,摇摇晃晃地走到院门前,院门上了锁,他拍打院门,没人答言。他只好翻墙跳进院里。

早晨,高小朴睡眼惺忪出屋,院里一个人都没有,他进厨房,见灶台空荡荡,就舀了一碗水喝。他见翁晓嵘走进来,就问:"你们都吃过了?"翁晓嵘说:"没吃,等你做饭呢。""为什么是我做?""五个徒弟你排名最小,你不做饭谁做饭?"

高小朴很委屈地说:"我又得坐堂,又得出诊,还得做饭,活全让我一个人干?"翁晓嵘说:"谁让你坐堂了?谁让你出诊了?你这是自找的!""我为诊所赚钱有错吗?""就算你为诊所赚钱,也不该欺负人!对同门师兄弟吆五喝六,你没错吗?坐堂开诊,算你有治病救人之心,可晚上私自出诊,醉得不成样子,高小朴,这些我没说错吧?"

高小朴不服地说:"喝点酒而已,用得着大惊小怪吗?再说我晚上出诊,也是人家有急病相求,师父教导说'人身疾苦,与我无异,凡来请召,急去无迟',我见病能不治吗?人家感谢我,请我喝酒,我能不给人家面子吗?还有,我可没欺压师兄弟,人有什么本事,就干什么事,这有错吗?"

翁晓嵘说:"高小朴,你以为就你会诊病啊?"高小朴自负道:"在我们师兄弟五个人里面,你说谁的医术最高?治病不论辈分高低、年龄大小,谁本事大谁治,这没错啊。"

翁晓嵘说:"高小朴,你太骄傲了,这样会害了你的。"高小朴说:"我不是骄傲,是量力而行,学有所用。这几天来诊所就诊的,哪个不是拧着眉头进来，舒展眉头出去？"

翁晓嵘说："高小朴，我一直高看你一眼，谁想你是这样的人！就当我看错人了！"高小朴说："翁晓嵘，你对我好，我都记得，可你不能以势压人！"翁晓杰走过来说："高小朴，你凭什么说我姐，我姐哪里对不起你了吗？""你们亲姐妹都姓翁，我姓高，我说不过你们还躲不过吗？"高小朴气呼呼走了。

翁晓杰说："姐，等咱爸回来好好告他一状，让咱爸收拾他！"翁晓嵘说："不准告。往后我的事，你少掺和。我的事不用你帮。"

傍晚，高小朴进屋关门，从棉衣里掏出酒壶喝了两口。有人敲门，高小朴赶紧把酒壶藏在床下打开门，翁晓嵘走进来："今天没酒喝了？"高小朴说："哪能天天有酒喝啊！"

"天天喝，骨头都让酒给泡酥了。"翁晓嵘走到床前，沿着床边走，"小朴哥，我不是有意找你毛病，都是为你好。"她踢倒了床下的酒壶，"什么声音？"床下的酒壶倒在地上，酒淌出来。"你忙一天了，挺辛苦的，吃饱饭就早点睡吧。"翁晓嵘开门走出去。高小朴从床下掏出酒壶，酒洒没了。

且说翁泉海回到孟河老家，老父问道："我还没去找你，你倒先回来了，你和葆秀到底是怎么回事，还能不能过了？"翁泉海说："爸，不能过我能急匆匆回来找她吗？""那她怎么又回来了？""她回来散散心呗。"

老父说："我这脖子下边都埋进土里了，就眼睛和鼻子还露在上面，看得见，闻得着，你不用糊弄我。"翁泉海说："爸，居家过日子，哪有不吵架的，这事您就别操心了，我应对得来。"

老父笑了："不行就说一声，我给你支招。上阵父子兵嘛。"

翁泉海的攻势开始了。夜晚，他来敲葆秀房间的门，葆秀打开门，他欲进屋，葆秀挡住不让进。

翁泉海低声说："咱爸看着呢，别闹了。"葆秀说："那你住这屋，我搬出去。"

翁泉海硬往里走，说道："分开住还是一家人吗？""我就想一个人住，不行吗？"葆秀把翁泉海关在门外。翁泉海敲门说："葆秀，有事开门说。"葆秀说："明天说吧。""是悄悄话，不能等。"

葆秀拉开窗帘，打开窗户说："有话快说。"翁泉海走到窗前说："天真冷啊，用不用给你添床被子？"葆秀说："不用。""屋里透不透风啊？""开窗就透风。"

"褥子厚不厚？暄腾不暄腾？""又厚又暄腾，舒坦着呢。"

翁泉海说："舒坦就好，葆秀啊，我睡不着，咱俩聊聊天吧。"葆秀说：

"还有什么可聊的。""说说话呗，聊困了我就走。""那你说吧。""进屋说。""大黑天的，你进来，说道不好。"

翁泉海说："都是老夫老妻了，哪还有什么说道啊！""我要睡了。"葆秀欲关窗，翁泉海挡住窗问："你就让我进去待一会儿不行吗？"葆秀说："屋里就一个枕头，你回屋拿枕头去吧。"

翁泉海去拿枕头，葆秀立即关上窗户，拉上窗帘。翁泉海走了两步又回到门前敲门。葆秀说："有事明天说，睡了。"屋里的灯熄了。

第二天一早，翁泉海就对老父讲了昨晚的"遭遇"："比治病还难。"老父问："她是什么脉啊？"翁泉海说："没切出来。"

翁父摇头说："脉都没切明白，如何下药？年过半百的人了，还是青瓜蛋子一个，我教教你。先来个投石问路，探探底：乌药顺气芎芷姜，橘红枳橘及麻黄。僵蚕炙草姜煎服，中气厥逆此方详。"

翁泉海说："这是乌药顺气汤啊！爸，您是让我给她煎这服药？"老父皱眉说："你这是什么脑子啊，直接拿去，她收下就是和好了。"翁泉海连连点头。

下午，葆秀走进自己住的屋子，见桌上放着一个中药包，她打开药包，拿起一味味中药琢磨着。

晚上，翁泉海发现自己住的房间桌上放着两味中药，他把两味药拿给老父看。翁父接过两味药说："十八反，藻戟遂芫俱战草，芫花和甘草不和啊！"翁泉海说："相须、相使、相畏、相杀、相恶、相反，她偏偏选了个相反，她就是死心了？"翁父打气道："只要命还在，心就死不了，这回来个猜字。"

两个纸团放在桌子上。翁泉海说："一个写着'合'字，一个写着'分'字，葆秀，咱俩的事就让老天爷定吧。"葆秀想了想说："定下来可就不能改了。"翁泉海说："保证不改。"

葆秀拿过一个纸团，展开看着说是分字。翁泉海要看看，葆秀诡笑："你看那个不就清楚了。""我看你的就行。"翁泉海伸手夺葆秀手里的纸团。

"桌上那个纸团写着'合'字，不信你看。"葆秀说着拿起另一个纸团展开，放在桌子上。纸团上写着"合"字，翁泉海无奈，他的计谋失败了。

翁泉海爷俩又在商量对策。老父说："此计不成，还有下一计——苦肉计。"

翁泉海说："爸，您要打我？我都多大岁数了，您就别打了，让葆秀看见多丢人。"

老父说："为了媳妇，丢点人算什么？男人在外面不能丢人，可在家里不怕丢人，要把脸留在外面，丢在家里，这样才能把日子过好。"

翁泉海只好同意了。苦肉计开始上演。翁泉海趴在院里的长条凳上。

老父提着棍子站在一旁高声说："有好饭你不吃，有好日子你不过，折腾来折腾去，早晚我得被你气死！"他抡棍子打翁泉海的屁股。翁泉海喊道："爸，我错了，您别打了。""错了也不行，该打！"老父继续打着。

苦肉计并没有把葆秀招引出来，爷俩只好回到屋里。翁泉海从屁股后面抽出厚厚的垫子问："爸，您还有招吗？"老父说："你去东屋门外跪着，她不出来，你就别起来。"翁泉海摇头说："这招就算了吧，我也年过半百了，能说跪就跪吗？"

葆秀从外走进来说："都在屋呢。睡了一觉刚醒，这觉睡得，一会儿梦见林冲棒打洪教头，一会儿梦见金玉奴棒打薄情郎，又一会儿武二郎棒打老虎了，打了个乱哄哄啊。对了，爸，您今晚想吃什么，我给您做去。"

翁父想了想说："我想吃……全家福。"葆秀说："全家福？爸，这道菜可讲究，用料甚多不说，火候也得掌握好。不过，只要您想吃我就给您做，只是怕我做得不好，到头来看着是全家福的样，可吃着不是全家福的味儿。"

"先不管味不味的，看着是全家福的样也行。我老了，不知道能活几年，看一眼少一眼，吃一口少一口，葆秀啊，泉海啊，你们就让我好好看看这全家福吧，让我好好吃上这一顿全家福吧……"老父说着眼睛湿润了，"泉海，你还愣什么，跟你媳妇给我做全家福去！色香味，一样不能少，少了一样，我拿你是问！"

俩人从正房堂屋走出来。翁泉海说："葆秀，我们先去买菜吧。"葆秀问："色香味一味不能少，你能做到吗？"

翁泉海说："能做到，凭我一颗诚心。"葆秀问："要是做不到呢？""你说怎么办就怎么办，连骨带肉一百多斤任凭你处置。"葆秀说："走，买菜去。"

傍晚，高小朴从外面回到自己住的房间准备关上门，翁晓嵘拿着笤帚走进来："你看你这屋也不打扫打扫，地面上全是灰，我给你扫扫。"她扫到床下，"你看看，男人过日子，就是懒得收拾。算了，哪天有空再收拾吧，我走了。"

高小朴关上门得意地笑了，他搬开床，床头板遮挡的墙上有个洞，洞里有一坛酒。他抱出酒坛想着点子。第二天，翁晓嵘趁高小朴不在悄悄进来关上门，她搬开床，墙洞里的酒坛露出来。她抱出酒坛，打开酒坛盖，看到里面有一只活老鼠，吓得扔了酒坛，酒坛摔碎了。

高小朴用老鼠吓翁晓嵘，翁晓嵘很生气，拿棍子追打他。他跑出来高喊："有话好好说，你打我干什么？"翁晓嵘追出来说："我为什么打你，不是为了你好嘛!"

高小朴说:"我不用你为我好还不行吗?"翁晓杰跑出来叫道:"高小朴,你良心让狗吃了,我姐哪里对不住你,她处处为你着想,心里想的全是你……"翁晓嵘阻止道:"晓杰,你给我闭嘴! 满嘴胡说八道,回屋去!"

翁晓杰说:"姐,咱俩可是一伙的,你怎么调矛头冲我来了?"她忽然看见翁泉海和葆秀站在不远处,高兴地喊叫,"爸,妈,你们回来了!"

高小朴被翁泉海叫到书房问话,他站在桌前低着头不语。翁泉海问:"晓嵘为何打你啊?"高小朴嗫嚅着:"我俩……闹着玩呢。""拿棍子打你,是闹着玩?""就是闹着玩,才没打着。"

翁泉海说:"晓嵘要是欺负你了,尽管跟我说。但是,往后不要再开这种玩笑了! 旅途劳顿,我有些乏累,你回屋吧。"

高小朴犹豫着说:"师父,您走的这段日子,我替您坐诊了。那天我们收拾诊所,来患者了,我一看,他的病我能治,就给治了,然后就不断有人来。师父,要是您觉得我做得不对,我下回不敢了。"

翁泉海说:"能帮患者解除病痛之苦是好事。"高小朴笑道:"师父,您有这话,我就安心了。对了,诊金都在来了师兄那里。"

东厢房内,葆秀在盘问翁晓嵘:"你和小朴真是闹着玩?"翁晓嵘点头。葆秀转脸问翁晓杰:"你说,到底怎么回事?"翁晓杰含糊其词:"像闹着玩吧。"

葆秀说:"晓嵘,高小朴要是欺负你,你跟妈说,妈给你做主。"翁晓嵘笑道:"他真没欺负我,他敢欺负我吗? 就这么点事,妈,您就别操心了。"

"也是,我和你爸看了一会儿,你打他,他没还手。"葆秀扫视姐俩正色道,"你俩都不小了,女孩子嘛,不能疯疯癫癫的!"

葆秀和翁泉海交流盘问的结果。翁泉海说:"都老大不小了,男男女女的,哪有这么开玩笑的,不成体统!"葆秀一针见血地说:"你也老大不小了,怎么还看不明白呢? 我看小朴和晓嵘有意思,是晓嵘的意思多了点。"

翁泉海摇头说:"这事可不能胡说!"葆秀试探着问:"要是晓嵘真有那意思,你答应吗? 俩孩子都正当年,何去何从,作长辈的得把握好,否则等俩小树捆在一块扎了根,想分开都难了!"

翁泉海说:"我都提醒过晓嵘,说翁家正门正路,婚姻之事得门当户对,难道她没听明白吗?"葆秀说:"提醒有什么用,感情这东西,有了就收不住腿了,就像你跟……怎么还说跑了,继续说那俩孩子。这……他们……"

翁泉海担忧道:"高小朴聪明伶俐,医术进步很快,如果他不走歪路,数年之后，必成大器。但他闯荡江湖多年，沾染一些恶习，并且性情不定。他趁我不在家，坐堂行医，虽然理由很充分，但也不免有急功近利之嫌。说到底，我对此人不放心。翁家世世代代，没铃医的脉。"

葆秀说："小朴毕竟年轻，需要调教，等调教好了就能长成个人。"

吴雪初对自己的刺血疗法一直信心百倍。这天，一个女患者来就诊，吴雪初给她切脉后说："左寸脉濡数，为热伤心神，治以清热养阴安神。"患者丈夫问："吴大夫，您的意思是说此病能治好？我们就是为您的大名来的。"

吴雪初点头说："我吴家祖传的刺血疗法有多高明，你只管看看墙上的那些照片，照片里那些人都是上海滩有头有脸的。"患者丈夫说："我找了不少大夫，都没能治好我夫人的病，我们投奔您就是信得过您，求您治好我夫人的病吧。"

吴雪初说："你夫人的病甚重，可对于我来说不难，尽可放心。"

第二天，吴雪初站在照片墙前，拿毛巾擦抹相框。门被撞开了，患者丈夫背着女患者走进来，患者浑身沾满血迹。

患者丈夫说："吴大夫，你给我夫人刺血后，她倒是清醒不少，半个时辰后，热退了，汗也止住了，可睡了一宿觉，她满身冒血，这到底是怎么回事啊？"

吴雪初说："先生，您不要急，我这就给您夫人止血。"患者丈夫问："吴大夫，这血你到底能不能止住了？""怎么不能，您少安毋躁，容我想想。""还想什么，等血流光了，你想出办法又有什么用？！"患者丈夫说着背起患者走了。

这天上午，吴雪初带小梁刚出门，遇到患者丈夫提着篮子走过来。吴雪初问："先生，您夫人的病怎么样了？""好多了，我特意过来感谢你。这一篮子鸡蛋你收着吧。"患者丈夫说着从篮子里掏出鸡蛋，抛向吴雪初诊所的牌匾。

吴雪初喊："先生，请您把话讲清楚，不要乱来！"

患者丈夫说："我夫人到你这治病，你用那几根破针乱扎，给我夫人放了不少血，还说肯定能把我夫人的病治好。我夫人被你扎得血止不住，我们赶到西医院，西医说我夫人得的是白血病，就怕出血，一旦出血就止不住。庸医，你碰上不能出血的病还放血，这是要杀人啊！我非让警察把你抓起来不可！"

吴雪初解释道："先生，病这东西，西医有西医的治法，中医有中医的治法，您不能偏听偏信。您进屋，我们把这事的前前后后彻底讲清楚，您看行吗？"

二人进屋后，患者丈夫说："有话你赶紧说吧，我那一篮子鸡蛋还没扔完呢。"

吴雪初说:"先生,您夫人病重不假,我的祖传刺血术也不假,您没等我诊治完就走了,这事不能全怪我啊!"

患者丈夫说:"你给我夫人放完血止不住,到头来是人家给止住的,要是没有人家,我夫人的血不是早淌光了?这笔账还得算在你头上!"

吴雪初辩解:"谁说我止不住血,我不是没来得及吗?您怎么就想不明白呢?""算了,我不跟你说了,等着报纸上见吧!"患者丈夫说着欲走。吴雪初喊道:"先生,您等等。您夫人遭受病痛之苦,我深感同情。如今,您夫人已经住进医院,花费肯定少不了。医者仁心,我给您拿些钱,也算尽点微薄之力。"

患者丈夫点头同意了。

没过几天,患者丈夫又来了。吴雪初急忙站起说:"先生,您夫人的病好些了?那种病不好治,急不得。"

患者丈夫重重地叹了口气:"治病花了那么多钱,能不急吗?吴大夫,我夫人的病,你可是插了一手,这账你不能不认。这段日子,不少记者来找我,追根刨底,我只字未提你的大名。可是人穷志短,逼急了就怕我这张嘴兜不住。你是名医,赚钱对你来说是伸手就有的事。好人做到底,你再帮帮忙吧!"

吴雪初赔笑道:"先生,您一定想错了,我就是个大夫,哪能伸手就来钱呢?赚的那点钱也只能养家糊口罢了。"

患者丈夫指着墙上的照片说:"这些人都不简单啊,他们哪个不得供着你!你不用跟我假哭穷,我拿钱就走,绝不废话,你看着办吧。不行咱们还是报上见,我让你出个大名!"

吴雪初气极了,怒道:"你想得美!我吴雪初行医大半辈子,病看得多,人见得也多,要是扛不住事,能在这把椅子上坐到今日吗?你想讹我钱,没门;你想让我上报,尽管弄去,我等着看报上的大名!"

吴雪初因为那女病人的事很不开心,就来到赵闵堂这里闲聊。赵闵堂说:"雪初兄,我早就劝过你,医之为道,非精不能明其理,非博不能至其约。病在翻新,医术就得跟着朝前走。祖传的东西可用,但也不能全用。你就是不听,如今惹出这么大的麻烦,如何是好?"

吴雪初不乐意地说:"闵堂,你这是宽我心呢还是给我添堵呢?"赵闵堂说:"雪初兄,我这是肺腑之言,是为了你好。"

吴雪初说:"你就不用操心了,那人说要把我弄报上去,都几天了,一点动静没有,吓唬人的手段,在我面前不好使。此事已经过去,不要再议了。"

赵闵堂提醒说:"你就不怕他们再使出什么手段来?"吴雪初说:"就算他

们告到法院，我也不怕。法院吕副院长是我的朋友，私交好着呢。"

　　吴雪初嘴上那么说，可心里还在打小鼓。于是，他在一个饭店请吕副院长。吕副院长对他说："人家还没告呢，怕从何来啊？他们要是敢无理取闹，我能坐视不管吗？"吴雪初放心了。

　　可是，烦人的事没完。吴雪初诊所牌匾上被扔上了鸡蛋，黄蛋液滴落下来，诊所门上写着大红字"庸医害人"。

　　吴雪初来到赵闵堂家诉说烦人的事："你说这破裤子缠腿，可怎么办啊？"赵闵堂说："你不是认识满墙的人吗？"吴雪初说："墙上是挂着的人，是敬着的人，都是老神仙，不到万不得已下不来。"

　　赵闵堂说："你要叫警察抓他们，那就是彻底撕破脸了，对谁都没好处。他们之所以没把你弄报上去，就是想再敲诈你的钱。"

　　吴雪初说："我难道就让他们敲诈不成？闵堂，那天你说的那些话，我后来才品过味来，我知道那都是兄弟话，我打心里感谢你。眼下那人敲诈我，你要帮帮我啊！"赵闵堂说："你没找齐会长问问？"

　　吴雪初说："齐会长说这事最好找副会长翁泉海，翁泉海主要负责维护学会中医的权益事宜。"赵闵堂说："没错，翁泉海那人脑瓜好使，有号召力，你找他讨讨办法吧。"

　　吴雪初说："可我跟翁泉海不熟，多年前秦仲山的案子上有宿怨。"赵闵堂说："那都是多久的事了，都是一个学会的，他应该会帮忙。"

　　吴雪初说："就怕他不给我面子。闵堂，要不你先去给我搭个桥？我记得你说你帮过他。"赵闵堂答应帮忙探探路。

　　赵闵堂为了吴雪初，亲自登门来求翁泉海了。翁泉海说："做大夫的，这种事不鲜见，谁碰上都挺闹心的。可既然事来了就得应对，想办法解决。"

　　赵闵堂点头："你说得极是，要不我叫他过来，当面请教？"翁泉海说："不必，等我抽空去找他吧。"

　　赵闵堂向吴雪初回复前去拜访翁泉海的结果。吴雪初冷笑说："他说抽空就来找我？搪塞之词，你也信了？"赵闵堂说："不能吧，他不是那样的人。"

　　吴雪初说："闵堂，我发现你怎么处处恭维上他了？好，我就等着，看他何时来。"赵闵堂建议吴雪初主动登门拜访。吴雪初说："就算去拜访，也得先摸清门路，他要是本不打算帮忙，我就算去了也是白去，弄不好还得鼻子不是鼻子，脸不是脸的。"

第二十四章
家风门风

翁泉海约定与吴雪初在一家茶楼见面。吴雪初进来，翁泉海立即站起打招呼，还给吴雪初倒茶。吴雪初说："翁大夫不要客气。你是上海中医学会副会长，管着我啊！"翁泉海笑道："这是茶楼，咱们都归伙计管，喝茶。"吴雪初笑了。

翁泉海说："你的事我已尽知，那患者借机敲诈勒索，着实不当。对待这种人，必须强硬起来，绝不能软弱，否则就得被欺负到底。"

吴雪初点头说："我就是这意思，那人不依不饶，三天两头跑我那胡闹，弄得鸡飞狗跳，乌烟瘴气。我说也说不得，骂也骂不得。此事我想请你帮我想想办法。"

翁泉海说："办法倒是有，只是不管怎么说，那患者差点丢了性命。吴大夫，你是有责任的。"吴雪初脸色难看，生气地说："你是想训教我吗？如果你找我来就是想说这些，那我可以走了。"

翁泉海坦率地说："看来这件事还没引起你足够的重视。"吴雪初不服地说："我吴家祖传的刺血疗法经历几百年的考验，治愈无数人，却不曾害过一人！"

翁泉海说："可那人患的确实是白血病，不能刺血治疗。"吴雪初辩解："好，就算他不能刺血，难道这一个病例就能摘掉我吴氏医派几百年的招牌？"

翁泉海提醒说："千里之堤溃于蚁穴，如果不重视，早晚会倒了牌子。"吴雪初生气了，说道："这不是训教我是什么？翁泉海，你不要以为你是中医学会副会长，就拿上句压我，我吴氏医派自成一路，不用外人说道！"

翁泉海缓和语气说："吴大夫请息怒，我绝没有训教之意，也没有资格训教。在中国几千年的中医血脉上，我只能低头，不敢抬头！"吴雪初见状，气哼哼走了。

事情还不算完，白血病患者的丈夫又来了，他对吴雪初说："吴大夫，你说我这官司该打不该打呢？该怎样打呢？"吴雪初说："你喜欢怎么打就怎么打，我奉陪到底！""这算彻底撕破脸了？""你把我的诊所闹了个乌烟瘴气，我难道还给你留着脸面吗？"

患者丈夫说："我可是没让你上报纸，就这一点来说，我给你留着脸面呢。"吴雪初说："我这张脸不用你给留，能不能扒下去，就看你的本事。""看来一点活口没有了，那咱们官司上见吧。"患者丈夫点点头走了。

患者的丈夫状告吴雪初，因为有法院副院长的周旋，原告败诉了。吴雪初赢了官司，无事一身轻，很是高兴。

但是，吴雪初高兴得太早了，那得白血病的女人死了，她家人说全因吴雪初先前诊治失误，拖延了病情，才导致那女人不治身亡。吴雪初有错在前，人家说如果没有吴雪初的刺血治疗，那女人说不定能活多久呢。这个把柄抓住了，吴雪初是百口难辩，被抓进牢里。吴雪初的妻子派人去找法院吕副院长，去了几次，都没见到人。老婆急得病倒了。徒弟小梁找到赵闵堂，请他赶紧帮着再想想办法。

赵闵堂找到翁泉海，把吴雪初坐牢的事讲了："要说吴大夫的官司，是清清楚楚。患者家属因敲诈钱财不成，心生报复，上告法庭，其心险恶，不言而喻。虽然吴大夫诊治有误，可也不能把患者亡故的直接责任全算在吴大夫身上，那白血病本来就是不治之症。翁大夫，你这副会长是负责维护咱们学会众中医的权益，这个时候，你得出头啊！"翁泉海道："你说的没错。"

赵闵堂望着翁泉海，不知道他葫芦里卖的什么药。这时候泉子过来说吴雪初大夫求见。赵闵堂愣住了。

头发花白、面容憔悴的吴雪初走进来拱手施礼道："翁大夫，吴某多谢了！"他说着眼睛含泪。

原来早在吴雪初被陷害入狱的时候，翁泉海就代表上海中医学会全体中医之意见，搞了一张联名状送交法院院长，上面写道："吴雪初刺血虽有失误，但刺血并未直接导致患者死亡。白血病属于不治之症，现在中西医都无法治愈，所以患者死亡，责任不在大夫；还有，吴雪初曾被患者家属反复敲诈勒索，拒之则祸事缠身，甚至可能连命都保不住，长此以往，谁还敢安心行医呢？"院长了解情况以后，主持正义，敲诈勒索者没有得逞，吴雪初无罪释放。

赵闵堂问："那联名状怎么把我落下了？"翁泉海说："去找你，可听说你出门了。"

吴雪初说:"闵堂,我也得谢谢你,紧要时候,还得是好兄弟啊!"赵闵堂笑道:"嘴上说有什么用,赶紧摆酒吧。"

吴雪初回到诊所,赶紧让徒弟小梁把墙上的照片都摘下来塞进柜子里。

这天,翁泉海翻阅一厚沓已经泛黄的药方单,身旁桌上还摆着几沓药方单。高小朴站在翁泉海身后,给他按摩肩膀。

翁泉海问:"小朴啊,你这些偏方攒了多久了?"高小朴说:"自打从家出来,就一路走一路攒,攒了好多年了。""你不但攒下来,还有提炼分析,不错啊!""我就是胡琢磨,想到哪儿写到哪儿,也不知道写的对不对。"

翁泉海说:"这些偏方,有的确实精妙,可谓是醍醐灌顶;有的是故弄玄虚,不宜医用。这也没什么,古籍名著尚有糟粕,何况你呢。你再攒一攒,我也给你掌掌眼,等攒得差不多了,你就可以出本书了。"高小朴说:"师父,就算要出书,也是您跟我一起出。"

翁泉海说:"不,你的就是你的,我绝不沾一个字。对了,你这些偏方都是怎么讨的呀?人家怎么会给你呢?"高小朴说:"想办法讨呗。就说我讨一个骨科方子吧,我骨头要是没病,人家肯定不给我治,我也就讨不到方子,所以我把自己的胳膊弄骨折了,然后再找骨科高人看病开方,这样不就讨来了吗?我这也是没招逼的,您别笑话我,要是有名师教我,我也不用费那劲了。"

下午,高小朴走进药房说:"师父,刀磨好了。"翁泉海接过刀,摸着锋刃,从水盆里捞出一根白芍切着说:"这东西切得越薄,煎得就越透,药铺切的猪皮一样厚,就是反复煮也不能尽其药性。"他看一眼高小朴,"小朴,你在我这儿还好?"

高小朴说:"师父,我自打到您这儿,不光是吃好喝好,还能跟您学医术学做人,好得不得了。""你学成之后,有何打算啊?""给人治病呗。""坐堂开诊?""那得需要钱,现在还不敢想。日子还长,我慢慢赚,等赚够了再说。"

翁泉海追问:"要是赚不够呢?"高小朴说:"赚不够……街边摆张桌子,也能诊病。"

翁泉海说:"要不到时我出钱给你开诊所吧,另外,我再帮你吆喝吆喝。"高小朴忙摆手说:"师父,我哪能用您的钱呢,也不能让您帮我吆喝啊!那样别人会说我是冲着您的名望和家业来的。"翁泉海点头说:"这是句爷们话,我记下了。"

翁泉海诊所来了个得头痛病的林长海,疼起来痛不欲生,抱着头疯了一般撞倒椅子又撞墙，然后倒在地上头冒鲜血。翁泉海先以几味中药浓煎，趁热敷在他的头上，再配制中药煎汤服用。但是这样只能缓解病情，却不能根治。

夜晚，葆秀坐在灯前缝衣裳，翁泉海一脸愁苦的样子走进来坐在旁边。葆秀知道他是在为林长海的病发愁，就劝慰道："你也不是神仙，哪能什么病都治好啊，这样为难自己，早晚得把你为难病了。"翁泉海说："多年前我在南京见过一个大夫，在头痛病上研究颇深，我打算去找他求教。明天就走。"

第二天夜里，晓嵘突发急症，她面色苍白，大汗淋漓，捂着肚子蜷缩在床上。师父不在家，几个徒弟站在院中干着急没办法。

葆秀坐在床前给翁晓嵘切脉。翁晓杰问："妈，我姐得了什么病啊？"葆秀说："这病我治不了，铜锣，你叫来了赶紧备车，我去找齐会长。"

小铜锣说："师母，这大半夜的，就怕齐会长已经睡了。"葆秀着急道："那也得找，快去！"小铜锣快步走出来喊："大师兄赶紧备车，师母要去找齐会长给晓嵘治病！"

这时候，高小朴醉醺醺地回来了，他说："齐会长家不近啊，估计这时他已经睡了，等师母过去叫他起来穿好衣服再回来，那得多少时间！万一他不在家怎么办？要不还是我先看看吧。"

来了说："小朴，你脑袋被酒泡糊涂了，师母都为难的病，你能治得好吗？"葆秀在东厢房喊："小朴，你进来吧！"

高小朴急忙跑进东厢房，他给翁晓嵘切脉后说："师母，晓嵘的病很重，要是拖延太久，必有性命之忧！"葆秀着急道："这病你能不能治，赶紧给句痛快话！"

高小朴看着葆秀问："师母，您信得过我？"葆秀心急火燎地说："你要说能治，我就信得过你。"高小朴肯定地说："我能治。""好，那你尽管放开手脚。"

高小朴迟疑道："师母，治这病得针刺几个穴位，有的穴位……为了方便下针，需要脱掉衣服。"葆秀犹豫着。高小朴说："要不还是另请高明吧。"葆秀决心道："另请高明也还是男的。治病不能讳疾忌医，就按你说的办！"为了壮胆，高小朴抱着酒坛喝了半坛酒，才给翁晓嵘针灸……

针灸后，翁晓嵘病情趋缓，躺在床上睡了三天才缓缓睁开眼睛。翁晓杰喊："我姐姐醒了！"翁泉海和葆秀快步走进来。

翁晓杰说："爸，您怎么才回来啊，我姐差点没了命！"翁泉海说："闭嘴，休要胡说！"他赶紧给翁晓嵘切脉："晓嵘，你的病已经无大碍了，只是身体虚弱，还需静养，等我给你好好调理调理。"

翁泉海在厨房煎药，葆秀走进来说："你回屋歇吧，我看着。泉海，是我让小朴给晓嵘治病的。当时大半夜，我想病人看病不能讳疾忌医。不过，这样小朴跟晓嵘也算有了肌肤之亲，这事来了、泉子他们也都知道，要是传出去恐怕不好听。再说都在一个院里住着，晓嵘也没脸见人。我是看你的意思。"翁泉海不置可否，端起药汤外溢的药锅一语双关地说："赶紧撤火！"

翁晓嵘坐在床上喝药。葆秀问："感觉身子好多了吧？"翁晓嵘说："好多了，妈，是谁把我的病治好的？""我治的呗。""妈，您这医术是越来越高了！"

高小朴自从给翁晓嵘针灸治好了病，总是躲着她。她感到奇怪，这天，她特意到高小朴住的屋里问究竟，可是，她还没有开口，高小朴的脸就忽然通红，连脖子都红了。

翁晓嵘关切道："你发烧了？赶紧找我爸给看看。"说着一把拽住高小朴的胳膊，"走吧，让我爸看一眼，也不掉块肉。"高小朴死活不去。翁晓嵘说："我这病刚好，你要是把我累犯病了，可全算在你头上！"高小朴只好答应去。

二人来到翁泉海书房。翁晓嵘说："爸，小朴哥病了，您赶紧给他看看。他这脸一会儿红一会儿白，脖子也是一会红儿一会儿白，这是什么病啊？"

翁泉海说："晓嵘，你出去吧，我给小朴看看。""您只管看您的，我不打扰您。"翁晓嵘说着坐在一旁。

翁泉海切脉后用锐利的目光盯着高小朴说："这是心虚之症，心虚则神不定，神不定则面目游弋。此病该服什么药，你应该明白！"

冬夜，月光笼罩，庭院静悄悄的。高小朴轻手轻脚地朝茅房走去。翁晓嵘从屋里走出来说："屋里太闷，还是外面风凉啊！"说着朝高小朴走来，"你为什么总躲着我？说，到底是怎么回事？我哪里得罪你了？"高小朴低声地说："尿憋不住了，明天说行吗？"翁晓嵘说："这可是你说的，明天我等你回信。"

第二天午后，高小朴对翁晓嵘说，有些话他要喝了酒才敢说。翁晓嵘就陪他去一家酒馆。到了酒馆，翁晓嵘催促道："你倒是说话呀！"高小朴说："先喝点再说。"他一杯接一杯地喝起来。翁晓嵘夺过酒杯说："你赶紧说，说完再喝。"

"哎哟，这酒劲真大，上头了。"高小朴伏在桌上。"算了，我不问了。"翁晓嵘欲擒故纵，起身走了。

高小朴微微睁开双眼，翁晓嵘不见了。他坐直身倒了一杯酒刚要喝，感觉后脖颈有股热气。原来是翁晓嵘正朝他后脖颈吹气。

高小朴捂住头说："晕死了。"他又要伏在桌上，只见一根筷子竖在桌上，直对着高小朴的眼睛。翁晓嵘拿着筷子问："清醒了吗？那就说吧。""我可没想说，是你逼我说的，我说了你可别后悔。"高小朴喝了酒以后，终于壮着胆子把他给翁晓嵘针灸的事情说了。

翁晓嵘回到家里，躺在床上蒙着被子，晚饭也不去吃，她的内心五味杂陈，说不上是什么味道。葆秀来叫她去吃饭，她裹紧被子不吭气。葆秀关切地问："晓嵘，你到底怎么了？有不顺心的事，跟妈讲讲。"翁晓嵘说："妈，我没脸见人了！"

葆秀心说，坏了，纸终究包不住火。火苗一旦燃起，就很难扑灭。

翁晓嵘约高小朴来到黄浦江边，她望着滔滔的江水说："你给我治病的事已经不是秘密，院里的人都知道，早晚会传出去。"高小朴说："我当时就是为了治你的病，并无非分之想。"

翁晓嵘说："不管怎么说，我是个姑娘，你让我往后怎样见人？"她用火热的目光盯着高小朴问，"小朴哥，你心里有我吗？"高小朴说："我……说不清楚。"

翁晓嵘说："有就是有，没有就是没有，有什么说不清楚的。"高小朴低着头说："怎么说啊？我想说，就是没有那个胆。"

翁晓嵘推一把高小朴说："把我的胆借给你，说啊！"高小朴抬起头说："你早就在我的心里扎根了！"翁晓嵘笑着，眼泪一下涌了出来。

葆秀到书房告诉翁泉海，翁晓嵘知道她的病是小朴治的，也知道小朴是怎么治的了。是她逼小朴说的。她说她没脸见人。翁泉海皱眉说："这有什么没脸见人的，有病还能不治吗？"

葆秀埋怨道："晓嵘是个大姑娘，让外人看个精光，她心里能过得去吗？你不在家，晓嵘得了急病，小朴才伸手的。""撑得慌。"翁泉海起身欲走。"一提这事你就躲，还能躲到天上去？留句话吧，这俩孩子怎么办啊？""先放着吧。"翁泉海说着出去了。

早晨，几个徒弟在晾晒被褥。翁泉海走到被褥前摸着，又掀开被子望着闻了闻。他走进徒弟们住的屋子，俯身把地上散乱的鞋摆整齐。有纸从一张床的床板缝里露出来。他抽出纸，看到纸上的字工工整整很漂亮，那是来了写的。翁泉海掀开床板，床板下压着一排本子，他翻开本子，看到来了写着：

良药善医，道无术不行，术无道不久。所谓道，指医道而言；所谓术，指医术而言，术不能走歧途。很多古传的医书是名著，需要我们后辈躬下身来，仔细地研究体会，但是我们也不能盲目地推崇古籍，应取其精华，去其糟粕……

……不管干哪一行，都有规矩，无规矩不成方圆，做大夫也一样……为医之法，不得多语调笑，谈谑喧哗，道说是非，议论人物，炫耀声名，訾毁诸医……

翁泉海回想起来了初到的情况，顿时起了疑心，就单独找到来了问："你不是有尿床的毛病吗？可被褥上没有半点尿味；你的字不是写得很丑吗？可这字如此漂亮，没有十几年的勤学苦练是不可能的。来了，你到底是谁？如果你不说实话，我逐你出门！"来了知道瞒不过去了，只好承认说："师父，实不相瞒，我是江铁桥的儿子，叫江运来。"

翁泉海点头："江铁桥，誉满齐鲁的一代名医，他最拿手的是治肺病，他的三个治肺秘方在中医界名气甚大，无不称奇。我听说他染上大烟败了家，无奈把媳妇典给了别人。"

来了说："没错。后来我爹重病不治，临走时跟我说，爹不能再教你了，爹这一辈子在中医界狂妄不羁，得罪人太多，如今又臭名远扬，恐怕你将来行医立身，没人会帮扶你。爹走后你去江苏孟河找翁泉海吧，此人医术高明，心地良善，胸怀广阔，你要把真实身份藏起来，装愚充傻，在他身边悄悄学做人，学本事，或许将来能有碗饭吃。你要是暴露出你的真实身份，恐怕他不会收留你，因为我曾经在报上攻击过他，他一定还记得。我爹说全国中医界，能值得让他说道的人没有几个，师父您就是其中之一。"

翁泉海盯着来了问："你尿床的毛病呢？"来了跪在地上说："是我装的。师父我错了，不该欺骗您。已经错了就回不了头了，我没脸留在这儿。这些年来，您对我就像对待自己的孩子一样，我感谢您。"他磕了三个头站起身，"师父，我要走了。"

翌日早晨，来了背着包裹朝院门走去，看见翁泉海站在院门外，就低着头从翁泉海身边走过。翁泉海伸手按住来了的肩膀说："你这个苦命的孩子啊，留下来吧！"

夜晚，外面下着雨。翁晓嵘端着汤碗走到高小朴屋里低声说："羊肉汤，给你留的，赶紧喝，别让他们看见。"高小朴说："你别这样。那天……我没想清楚，其实我们不能这样。对不起，我错了，给你道歉。"翁晓嵘笑了笑，把汤碗扣在高小朴头上。

翁晓杰一觉醒来，发现姐姐没在屋里，赶紧去告诉葆秀，葆秀不敢怠慢，立马到书房告诉了翁泉海。翁泉海问："晓杰没说她晚上有什么反常的举动？"葆秀道："晓杰说她俩吃完饭就回屋了，后来晓嵘出去喝了碗羊肉汤回来脸色不太好，她没说什么就上床睡了。"

翁泉海皱着眉说："脸色不太好，那就是心情不好呗，喝碗汤怎么就心情不好了？难不成谁欺负她了？"葆秀说："跟喝汤有什么关系？是她跟小朴闹起来了？说不定小朴知道她去哪里了，我得去问问。"

葆秀来到高小朴住的屋里问："小朴，你觉得晓嵘怎么样？"高小朴嗫嚅着说："晓嵘，挺好啊。师母，我绝不敢有非分之想……"

葆秀问："不敢是什么意思？就是喜欢不敢说了？"高小朴低下头说："我不能让外人说我是冲着师父的名望和家业来的。""可我看晓嵘挺喜欢你的。""师母，今晚我已经跟晓嵘说清楚了。"

葆秀追问："她怎么说的？"高小朴吞吞吐吐地说："她……她没说什么啊。师母，我真不敢有非分之想，您得相信我啊！"

葆秀说："就因为你的不敢，才把她气跑了！"

高小朴一愣，立刻跑了出去。他在雨中跑着高声喊叫："晓嵘！翁晓嵘！你在哪儿啊……"雨鞭在风的裹挟下抽打在他的身上……

雨渐渐小了，全身湿透的高小朴在雨中走着，他抹了一把脸，张望着，呼喊着。他想到了黄浦江，就急忙跑到黄浦江边，翁晓嵘果然站在他俩曾经约会的地方。他激动地喊："翁晓嵘——"

高小朴喘着粗气来到翁晓嵘面前，翁晓嵘看到高小朴，伸手给他了一记耳光。高小朴深情地望着翁晓嵘，泪水和着雨水无声地流淌下来。翁晓嵘一把抱住高小朴，她紧紧地抱着，浑身颤抖着大哭起来。高小朴抹去翁晓嵘脸上的泪水说："晓嵘，你冷吗？咱们找个地方避避雨去！"

雨又下大了……

早晨，阳光射进书房，翁泉海坐在桌前，闭着眼睛。有开门声，翁泉海缓缓睁开眼睛，高小朴和翁晓嵘站在门口，二人的衣服粘着泥垢……

翁泉海望着二人，扶桌缓缓站起，踉踉跄跄走进卧室，一头倒在床上……

树叶绿了，春天来了。

翁泉海坐在桌前看书，林长海走进来跪在地上说："翁大夫，您救了我的命啊！滴水之恩，涌泉相报，我知道，您不收钱财，不收礼物，那我只能给您磕头了！"翁泉海挽起林长海说："林先生，我是大夫，治病是我的本分，这有什么好谢的。您要想磕头的话，应先给您父母磕个头，再给您媳妇磕个头，因为他们这些年遭的罪不比您少，回家好好过日子吧，这就算对我最好的报答了。"

林长海拱手抱拳说："翁大夫，我们后会有期！"

晚上，葆秀来到书房关上屋门，对翁泉海说："我有天大的悄悄话，说完你可别急。晓嵘有喜了！"翁泉海面如死灰地问："什么时候的事啊？"

葆秀说："就是那晚晓嵘出去了，小朴去找，找到后俩人躲雨，然后就……"翁泉海低声吼道："胡闹！"

葆秀说："那俩人本来就缠在一起了，我还提醒过你，你说放放再说吧。这一放，放出动静了。"翁泉海怒火难忍地说："我找那高小朴去！"他刚要站起身，敲门声传来，高小朴进来了。

葆秀看了翁泉海一眼，叮嘱说："有话好好说。"走出去关上门。

高小朴羞愧地低头说："师父，我对不住您。"

翁泉海怒火中烧地训斥道："对不住之前你想什么了？这是你的阴谋，告诉你，你俩绝无可能，不要跟我来生米煮成熟饭这一套！"

高小朴抬起头说："师父，我没阴谋，我们是真心相爱的。您就因为我是铃医出身吗？师父，您就成全我们吧，我一定会对晓嵘好。"

翁泉海说："高小朴，你跟我说过，你不能让旁人说你是冲着我的名望和家业来的，我们有君子约定！"

高小朴说："我确实说过，可就算我跟晓嵘在一起，也不会靠师父您来成全我。"翁泉海冷笑："这话有志气，可我不答应！"

夜晚，翁泉海坐在堂屋喝闷酒。葆秀坐在旁边劝道："种都种上了，干脆就答应了吧。"翁泉海闷声道："我凭什么答应！有失门风，祖宗不容！""你说怎么办？"

"给我赶出去！"

葆秀忧虑道："那晓嵘也不是姑娘了啊，往后还怎么嫁人？"翁泉海赌气说："嫁不出去我养着！"

葆秀说："这不是气话嘛，你活着能养着，你走了谁养着？"

翁泉海喝一杯酒说："我不管，翁氏医派正门正路，没有铃医的脉，我不能愧对翁家祖宗。我收这几个徒弟，就没有看透他，不能把翁家招牌交到他手里。"

翁晓嵘来求葆秀，葆秀说："你的心思妈全了解，只是你爸没松口，这事还不好说，你先别急，妈再想想办法。"

翁晓嵘低着头说："妈，我都怀了他的孩子，爸还挡什么啊？您就把底交了吧。"

葆秀说："你也清楚你们翁家的根在哪儿，自古以来，婚配讲究门当户对，既然有这个讲究，那就不能不循。"

翁晓嵘说："可是我已经怀上他的孩子了啊！"葆秀说："这事来得太突然了，你得容你爸缓缓神啊！""他能缓过来吗？""谁知道呢！"

这几天，翁泉海诊所对门的商铺外，有几个风水师测风水。老沙头说："看来对面要搬来个讲究的主。"翁泉海冷笑道："靠风水能发财？"他刚进诊所坐下，范长友拄着拐杖走过来。

翁泉海忙站起来问："长友，你怎么还拄上拐了？"范长友坐在桌前说："泉海，我这段时间浑身难受，又酸又疼，没精神，没气力。"

翁泉海给范长友切脉后说："你的病不轻。别紧张，我是说此病不好治，但没说不能治。"范长友说："我这辈子就信得过你，棺材长短宽窄，全由你衡量。"

翁泉海说："这是什么话，治病医患双方都得有信心。我先开个方子你服用试试。你这病不可能药到病除，我要不断调整方药，尚需时日，你要有耐心。"范长友点头说："我有耐心，你只管治吧。"

夜晚，翁泉海为了范长友的病，站在书架前翻书。葆秀走进来说："吃完饭就躲书房里，碰上难病了？"翁泉海说："范长友来找我了，他的病重，能不能治好我也说不好，尽力而为吧。"

葆秀刚要说晓嵘的事，翁晓嵘站在门外喊："妈，我爸在屋里吗？"翁泉海说："进来吧。"

翁晓嵘走进来说："妈，你去忙吧。""好，你俩聊，都别急得火上房。"葆秀给翁泉海使眼色，关上门走了。

翁泉海说："我还没找你，你倒先找我来了，有话就说吧。"翁晓嵘跪在地上哀求道："爸，我一时糊涂做了错事，惹您生气了，我对不起您。"翁泉海说："你就是跪死在这里，我也不答应你！"

翁晓嵘说："我和高小朴是真心相爱。我知道，您因为高小朴是铃医出身，有辱翁家脸面，所以才不想成全我俩。爸，铃医也是医，铃医也有大人物，您不能看不起铃医啊……"

翁泉海说："这是高小朴给你讲的吧？就算你俩有感情，也得先跟我讲清楚，也得让我明白明白，亮堂亮堂啊！"翁晓嵘问："爸，您是绝不答应了？"

翁泉海铁了心说："绝不答应！你现在只有两条路，一是跟高小朴断绝来往，并把那孩子……就是留着，我也认了；另一条路是你我断绝父女关系，你改姓出门。两条路你选吧。"

春夜，外面小风微拂，酒馆内热气腾腾。高小朴喝醉了，趴在桌上。赵闵堂过来敲敲桌子。高小朴埋着头说："催什么啊，差不了你的钱！"赵闵堂说："是我差了你的钱。"

高小朴抬头看见赵闵堂："啊，您怎么来了？""朋友请吃饭，正好碰上你了。"赵闵堂问，"是不是碰上难事了？"

高小朴低下头说："哪有难事！"赵闵堂说："小朴啊，这些年你一个人在上海滩闯荡，能说上话的又有几个人啊？不管怎么说，我们也曾师徒一场，虽然分开了，可情分还在，你有难处尽管说，我能帮的一定帮忙。"

高小朴低着头，眼泪滴落下来，他把和翁晓嵘的事从头到尾详详细细讲了出来。赵闵堂甚是同情，答应前去劝说翁泉海。

赵闵堂约翁泉海在茶楼见面，他先灌甜米汤："翁大夫，我此番是想问你件事，为什么要问你呢？因为你德才兼备，又见多识广……"翁泉海一笑："打住，赵大夫，你还是挑要紧的说吧。"

赵闵堂绕着弯子说："我儿子赵少博留洋，我听说他喜欢上一个洋女人，这事可把我愁坏了。"翁泉海说："赵大夫，全国各地，要说别的地方娶个洋人媳妇挺新鲜，可咱这大上海林子这么大，什么鸟没有，这不算什么。"

赵闵堂一本正经地说："你说得简单，我赵闵堂也是正门正派，还是学中医的，家里要是冒出个金毛蓝眼的人来，有辱门风啊！"翁泉海说："赵大夫，你也是留过洋的人，应该比我开明，我都不在乎，你还在乎什么呢？"

赵闵堂问："那你女儿要是找个洋小伙，你答应啊？你都不答应的事，怎么能让我答应呢？翁大夫，你这心可不诚啊！"翁泉海说："谁说我不答应了？我答应！""不在乎人家的出身和家境？""不在乎，只要我女儿喜欢就行。""这话你敢再说一遍！""有什么不敢说的，只要是好孩子，喜欢就行。"

赵闵堂笑了："那你怎么不答应你女儿翁晓嵘和高小朴呢？"翁泉海迟愣一下，猛地站起身说："恕不奉陪！""你看你，心口不一了不是。""你心口不一在先，我跟你学的！"

赵闵堂说："翁大夫，其实高小朴那孩子不错，他……"翁泉海说："闭嘴，你再多说一句，请字没了！"

赵闵堂笑着说："翁大夫，我看你家二姑娘不错，给我儿子留着吧。"翁泉海说："你妄想！"

堂屋桌上摆着饭菜，只有翁泉海和葆秀坐在桌前，晓嵘、晓杰都不在。

葆秀说："这两天小朴一声不吭，跟变了个人一样。"翁泉海说："不吭声就对了，他不占理，吭什么声！"

葆秀说："雷声大雨点小，大雨之前，都是没动静。"翁泉海说："我倒是想来场大雨，让我好好痛快痛快！前些天那两人风风火火，车轮般围我转，这会儿又没动静了。好，那就憋着，熬着，不怕他不现原形！"

其实，这时候高小朴和翁晓嵘坐在黄浦江边正商量一个重大的行动。

翁晓嵘说："都坐这么久了，你还没想好吗？"高小朴说："我们走吧，走了就可以一辈子在一起，我也不用顶着攀高枝和谋财的名声了。你不想跟我走？"

翁晓嵘问："会走很远吗？"高小朴说："你想去哪儿我们就去哪儿。你累了，我背你；你饿了，我给你找吃的；你什么都不用做，我养你。"翁晓嵘的眼泪流淌下来说："我没看错人。"

春夜静悄悄，夜幕笼罩着庭院。翁晓嵘背着包裹从东厢房走出来，轻轻关上屋门。高小朴背着包裹走过来，他朝翁晓嵘招招手，二人朝院门走去。

正房的灯已经熄了。翁晓嵘跪在地上，朝正房磕头。高小朴也跪在地上，朝正房磕头。

正房堂屋的门开了，翁泉海走出来。

第二十五章

天降"神医"

翁泉海截住高小朴和翁晓嵘，把他俩叫到书房内。他俩低头不语。翁泉海说："事到这一步，我不想说什么了，你们自己酌量吧。"高小朴问："师父，您不管我们了？"

翁泉海说："你让我怎么管啊？山高水长，脚下的泡是自己碾的，今后有苦对着石头哭去，我听不见！"高小朴信誓旦旦地说："师父，我绝不贪图您的名望和家业，我会自己闯出一片天地，让晓嵘过上好日子。"

翁泉海说："就冲着能带晓嵘私奔，你算是有担当的爷们。但是，如果你想娶晓嵘，得答应我一件事，戒酒。"高小朴立即回答："我决定了，谨遵师命！"

翁泉海给翁晓嵘和高小朴办了个不张扬的婚礼。大红的喜字贴在东厢房窗户上，翁晓嵘穿一身大红的衣服。没有请外人，只有自家人和几个徒弟推杯换盏，倒也颇为喜庆。

翁泉海说："今天是喜日，喝点酒没关系。晓嵘，倒酒。十年陈酿，尝尝。"

高小朴不语，望着酒杯舔了舔嘴唇。葆秀说："既然小朴不想喝，你就别劝了，我陪你喝点。"

翁泉海说："小朴，我知道你要戒酒，可戒酒也不差这一天，今晚咱爷俩好好喝一顿，明天你再戒。"翁晓嵘端起酒杯，递给高小朴说："咱爸让你喝，你就陪他喝点吧。"

翁晓杰说："就是呀，姐夫，喝完这顿可就没得喝了，能喝多喝点。"葆秀说："喝那么多干什么，咱就喝这一杯，今天喜庆，给我也满上。"

"你们要是再劝我，我就喝一样东西。"高小朴起身出去，提着尿壶回来了。

翁泉海笑道："看来这回是真戒了，好，都不喝了，以饭代酒，吃！"

翁泉海诊所对面的店铺正在装修。一个装束奇异的人擎着一把桃木剑，在店铺前挥舞着，嘴里念念有词。过了一会儿，舞剑人挥舞着桃木剑指向翁泉海诊所，闭眼叨念着。

斧子实在看不过去，走上前一把握住桃木剑问："你拿这东西指我干什么？"舞剑人说："我没指你，我在驱邪物。""我是邪物？""我何时说你是邪物了？"

斧子说："我不是邪物，你指我作甚！""懒得理你。"舞剑人使劲抽桃木剑，可抽不回来。斧子猛地松开手，舞剑人被闪了个趔趄，他火了："我看你是欠打！"

斧子从腰间抽出斧子说："咱俩就打上三百合！"舞剑人迟愣一下，忽然大喊："孽畜，你往哪里走！"他挥舞着桃木剑跑了。

翁泉海出诊回来，问斧子怎么回事。斧子说："师父，那人是驱邪，他拿剑指咱们诊所，那就是说咱们诊所有邪物呗，这事不能闭眼不管！"

翁泉海一笑说："正气存内，邪不可干，只要咱自己正了，就不怕邪。"

泉子报告说："师父，丛万春老板找您来，说他儿媳妇病了，您没在，他急三火四地走了。"翁泉海正要带着老沙头前去看看，浦田寿山坐着汽车来了，他笑道："翁先生您好，我可以进去吗？"

翁泉海犹豫一下说："我正要出诊，不过，既然浦田先生来了，那就里面请。"二人进了诊所。

浦田说："真没想到，翁先生的诊所如此简单。翁先生，您如今拥有这么大名望，没想成立一个中医院吗？如果您有这个想法，我们可以合作，建院出钱全由我负责，您负责医院的管理，可出任院长一职，您看如何？"

翁泉海一笑："浦田先生，我这身骨肉几斤几两清清楚楚。我没那么大的本事，所以心也就没那么大。能开好我的小诊所，能在有生之年治好几个病人，我就知足了。"

浦田说："如果这个中医院建成了，一定会救治更多的患者，这对于医者来说，可是大大的功德。"

翁泉海摇头说："治好了是功德，治不好是罪孽，此消彼长，到头来薄厚长短都差不多。浦田先生，我想您还是另选他人吧。"

翁泉海和老沙头坐黄包车进丛万春家院子，看见院内放着一口棺材。丛万春从正房堂屋迎出来悲痛地说："泉海啊，我儿媳妇得了急症，你不在家，我找了几个大夫前来诊治，用了不少药，可还是回天无望，一个时辰前走了……"

翁泉海沉思一会儿问："我可以看看人吗？"丛万春说："当然可以，把棺材盖打开。"可是，丛万春的儿子丛德厚从东厢房跑出来，不同意开棺。

翁泉海说："德厚，我只是想看看你夫人的病症，如有冒犯之处，请你见谅。"

丛德厚抹了一把眼泪说："翁叔，我夫人活着的时候，就喜欢安静，如今她走了，我不能再为她做什么，只能让她安安静静地睡吧。"翁泉海说："德厚，人死不能复生，望节哀顺变。"

丛德厚点了点头："爸，天这么热，不要按规矩来了，还是早点入土为安吧。"丛万春犹豫片刻说："抬走吧。"

四个人抬起棺材朝院门走去，丛德厚跟在后面。

翁泉海突然高喊："等等！"他快步走到棺材前，"先把棺材放下。德厚，我想再看看你夫人的病症，我看最后一眼，看完你们就走。"

丛德厚坚决不同意，丛万春走过来说："德厚，你就让你翁叔再看一眼。"

丛德厚说："我夫人最喜欢安静，活的时候我不打扰她，死了，我也得让她安安静静地走！再说了，现在看有什么用？能让我夫人起死回生吗？"

翁泉海不语。丛万春说："泉海，这……不看也罢，我们回屋说话去。"翁泉海坚持说："我还是想看一眼。"丛德厚说："她已经死了，看了还有用吗？走！"

翁泉海按住棺材说："我一定要再看一眼。开棺！"丛德厚瞪眼道："开棺就是对我夫人不敬，我看你们谁敢开！"

丛万春劝说："泉海，你的好意我心领了，可这是我的家事，不是病事，还是放他们走吧。赶紧抬走！"

众人再次抬起棺材，棺材里传来咚咚咚声。"棺材里有动静！"翁泉海跑上前趴在棺材上听着，"万春，你来听听！"

丛万春跑过来，趴棺材上一听，忙喊："快抬走，诈尸了！"翁泉海叫道："什么诈尸，是人活了！"

翁泉海随丛万春到堂屋坐下，他看着面容木讷的丛万春说："人活了是大喜事，你该高兴。"丛万春问："你怎么知道她还活着啊？"

翁泉海实话实说："我不知道她活着，但是，病人咽气才一个时辰就入棺，未免太急了，我顿生疑窦。况且自古就有人入棺后又复活的记载。再者，我想看清楚她的病症，作为医案收藏，用于医学研究。"

丛万春点头说："哦，原来是这样，泉海啊，幸亏你来了，要不就得闹出杀人害命的乱子了！"翁泉海说："赶得巧罢了，万春，你儿媳的病很重，但可治。我这就回去开方煎药，秘方出不了门。你派个人跟我去拿。"

半个月后，丛万春来见翁泉海说："我儿媳妇服了你的药，一直挺好的，可突然又不行了！你赶紧跟我走一趟吧！"翁泉海说："万春，我的药没问题。"

丛万春着急道："我没说药的事，是人不行了！你到底跟不跟我走啊？"翁泉海不急不火地说："我都说了，我的药没问题，既然药没问题，我就没必要出诊了。要不……你找别的大夫吧。"

丛万春真心实意地说："泉海，我们曾经是有过节，可后来我看你是个难得的正人君子，心生佩服，所以也帮过你，就为了帮你，我得罪了一帮朋友，可我不后悔。这几年，我一直把你当朋友，当兄弟，在我心里，你我二人的情谊深着呢。眼下我儿媳病了，我来找你，是信得过你。上海中医界我就认你，你要是治不好的病，旁人也治不好，所以你尽管放手去治，就算治不好我也绝无埋怨。可如今你说出这样的话，扎我的心啊！"

翁泉海认真地说："万春，我也非常珍惜我们的情谊，深怕惊起波澜，把这情谊断了。"丛万春皱眉："这话前后不搭啊，见病不治，推给旁人，是在珍惜我们的情谊？哦，我明白了，你是怕治不好她的病，再摊上埋怨，砸了招牌。既然是这样，那我无话可说，告辞了！"

翁泉海无奈，只好带着老沙头去丛万春家。三人刚进丛家院门，就见丛德厚走在前面，四个人抬着棺材朝外走。丛德厚抹着眼泪说："爸，她走了！您出门后没过一会儿，她就断气了。咱家离翁叔诊所那么远，不知道您什么时候能回来，天这么热，怕在屋里放久了，所以……"

丛万春说："此等大事，你得等我回来啊！这回看准了？"丛德厚说："我就近找了个大夫，说确实没气了。"

翁泉海走上前说："打开棺材我看看。"丛德厚拦住，说道："翁叔，棺燕尾楔子已经砸上了。"

翁泉海坚持道："砸上再打开呗，也不费劲。万春，我既然来了，那就让我看一眼吧。我能让她死而复生！"丛万春这才让开棺。

当然，棺材里的人并没有真死。

丛万春请翁泉海进正房堂屋内悄悄问："泉海，你能不能给我交个底啊？人生了死，死了生，到底是什么病？你反复强调你的药没问题，你还说你小心呵护我们之间的情谊，怕情谊断了。你小心指的是什么？那波澜又是什么？"

翁泉海掂量再三，闭眼不语。

丛万春更加怀疑，低声说："屋里就咱两人，上有天，下有地，容不得半句假话，你就把底交了吧！"翁泉海郑重地说："万春，你非逼我说出来不可吗？我说了，你我二人的情谊就到此为止了，你明白吗？"

丛万春着急道："我不明白，泉海，只要你说实话，我们还是好兄弟，好朋友。你赶紧说了吧，快憋死我了！"

翁泉海只好说："万春，你儿媳患病不假，但绝不致命，至于为何生生死死，这里面必有缘由。你应该去问问你儿子，毛病出在他身上。我言尽于此，你自己掂量吧。"他说完带着老沙头走了。

夜晚，丛万春把儿子叫进书房说："德厚，我问你一件事，你要如实回答，如有半句假话，我不饶你，可如能全盘托出，我必念父子之情。你媳妇生生死死，是怎么回事？"丛德厚眨巴着眼说："爸，我也纳闷呢，可能是病得太重吧。也可能是用药的问题，治病用药，再高明的大夫也不可能总是药到病除，所以病情反复，不足为奇。"

丛万春冷笑说："翁泉海从来不说大话，他说能治好的病，就保准能治好，除非有人暗中作梗！儿子，你非逼我带你去见翁泉海，当面对证不可吗？到了那时，路人皆知，如果翁泉海再把这事捅到警察那儿，你就脱不了身！"

丛德厚猛地跪在地上哀求："爸，我错了，您饶了我吧！"

丛万春知道是儿子作了孽，急忙来找翁泉海求情："泉海，你真是活神仙啊，什么事都瞒不过你的眼睛。犬子疏于管教，在外拈花惹草，为结交新欢而谋害发妻，天理不容。可我就这一个儿子，还指望他给我养老送终。我今天舰着这张老脸来，求你不要把这件事说出去，给他留条活路好吗？"

翁泉海说："万春，我已经给你儿子留过路了，可他不知悔改，再次犯错，你让我该如何是好？"丛万春说："他现在已经承认了过错，说一定悔改。"

翁泉海劝说："那是他被逼无奈，不得不为之。万春，既然已经真相大白，还是让他主动投案，以求得从宽处置，这对于他来说，是最好的出路了。"丛万春问："泉海，你就不能把这件事捂过去吗？"

翁泉海说："我的手可以捂着，但我的心捂不住，我怕半夜被噩梦惊起！犯了错，得认，得改，得承受，否则对受害者不公道。医者仁心，医者更得讲良心，万春，我不能昧着良心啊！"

丛万春沉默良久，他缓缓站起身走了。

这日，翁泉海站在药柜前称药。高小朴站在一旁说："爸，您积累了这么多年的经验，为何不写本书呢？"翁泉海一笑说："书是流传百世的东西，哪能说写就写。要写书，首先得有感觉，也可说是厚积薄发；再就是得有深厚的文化功底；然后还得有时间。"

高小朴说："爸，您的从医经验这么丰富，文化功底肯定没得说，时间我有啊，我可以帮您写。"他看翁泉海只是称药不表态，就问，"爸，您信不过我？"

翁泉海说："往后在家里，你可以叫爸，在诊所还是叫师父为好。至于写书的事，我倒是早有打算，既然你说了，那咱爷俩就做吧，我说你写。白天诊病，晚上写书，是很辛苦的。"高小朴高兴道："我不怕辛苦。"

说干就干，师徒俩开始写书。晚上，翁泉海在书房里边走边口述，高小朴坐在桌前奋笔速记。

夜晚，高小朴回到东厢房整理着记录稿，翁晓嵘腆着大肚子走过来，用大肚子撞了撞高小朴。高小朴抬起头，他摸着翁晓嵘的大肚子，幸福地笑着。

日月如梭，翁晓嵘生了。葆秀这个当外婆的稀罕得了不得，她抱着孩子舍不得撒手，翁泉海凑过来望着孩子。

葆秀笑问："不眨眼地盯了半天了，看出什么来了？"

翁泉海俯身亲了亲孩子的小脸说："能长成个人就行。"

翁泉海日夜操劳，积劳成疾，患了眼病。高小朴、泉子、斧子、小铜锣坐在一间屋里等候着师父来讲课。来了搀着眼睛缠着白纱布的翁泉海从外走进来说："师父今早偶得眼疾，什么也看不清了。"

泉子说："师父您应该好好休息。"

"嘴没坏，能讲。"翁泉海开始讲课，"今天，我们从痰饮一症讲起。诊脉左寸、左关、右寸、右关，四部俱现软短，欠有神韵。左尺、右尺动跃且滑，按至尺泽穴之外，其滑抟之势转甚……"

来了认真记着笔记；斧子支着头，望着窗外，打着哈欠；泉子偷偷把一个糖豆放在小铜锣桌上，小铜锣拿起糖豆，塞进嘴里。

高小朴东瞧西望，然后轻手轻脚地走出去。他来到东厢房，对抱着孩子的翁晓嵘笑着说："来，把孩子给我，让我稀罕稀罕。"翁晓嵘问："还没下课，你怎么出来了？""今天讲的那些我都明白。""那也得坐那装装样子，要不咱爸该生气了。"

高小朴说："我悄悄溜出来的，咱爸眼睛蒙着纱布看不见，让我抱抱孩子。"

翁晓嵘说："抱一下行了，赶紧去听课。"

讲课结束，来了搀着翁泉海来到书房，翁泉海说："你去忙吧，有事我叫你们。"来了倒一杯茶，拉住翁泉海的手摸茶杯："师父，茶倒好了，在桌上。"

来了走出去关上门。翁泉海缓缓摘掉白纱布睁开眼睛走到窗前，从窗帘的缝隙向窗外看。窗外，高小朴和翁晓嵘正哄着孩子玩。翁泉海摇头，长叹一口气。

这天，高小朴抱着孩子在诊所前厅内玩，翁晓嵘及来了等众人围在一旁逗孩子。翁泉海进来问："你们干什么呢？"翁晓嵘说："爸，您外孙子看您来了。"

翁泉海皱眉说："晓嵘，这是诊病治病的地方，你怎么能带孩子过来呢？"翁晓嵘说："孩子在家哭闹不止，我以为他想爸爸，就带过来了。"

翁泉海板着脸训斥说："你这么说，往后这孩子让小朴带得了！"翁晓嵘说："不就是来看一眼吗，您看您，一脸的不高兴。"

翁泉海说："不是我不高兴，是这事不合规矩。两条路，一是你把孩子抱回去，不准再带到诊所来；再就是小朴回去看孩子，你俩选吧！"

高小朴赶紧把孩子交给翁晓嵘说："回去吧，再别来了。"

翁泉海诊所对面的店铺终于要开张了，门脸富丽堂皇，悬挂的牌匾用红绸布遮掩着。十几条大挂鞭从店铺房顶铺到地上，火红耀眼。

一辆汽车驶来，停在那店铺外。数辆黄包车停住，几个黑衣人跳下黄包车一字排开。有黑衣人打开汽车门，黑帮老大下了车。一辆车接一辆车驶来停在店铺外。官员、富商等头面人物从车里走出，大家站在店铺外等候着。

一辆汽车稳稳停在店铺当门，白须飘摆、仙风道骨的御皇医下了车。人群中立刻爆发出热烈的掌声。御皇医摆了摆手："多谢各位贵客捧场，老朽不胜感谢。各位都是大忙人，啰嗦话不多说，揭匾！"红绸布缓缓揭起，"御皇医国医堂"六个镏金大字露了出来。御皇医高声说："天时开张喜迎门，地利人和吉绕梁，宾朋满座齐增色，兴隆祥和福运来！燃炮！"

十多挂鞭炮一起点燃，鞭炮声大作。房顶上，御皇医的傻儿子擎着风车，欢呼雀跃着。御皇医赶紧朝徒弟示意，俩徒弟去追傻小子。傻小子跑过来围着人群转圈，一个徒弟抓住傻小子的衣领，傻小子咬了徒弟的手一口，跑到御皇医面前，紧紧抱住他的胳膊不撒手。御皇医搂住傻小子。鞭炮渐渐燃放殆尽，有一挂鞭炮不响了。御皇医走上前，伸手一指喊道："响啊！"鞭炮又响了。众人热烈鼓掌。

御皇医诊所刚开业，真是门庭若市，很多患者拥挤在门外。

一个患者从诊所走出来，突然转身跪在地上磕头高喊："多谢御皇医！多谢老神仙！老神医，我这病谁也治不好，可到了您手里，一服药就把病除了，您救了我的命，我感谢您！"御皇医从诊所走出来说："起来吧。我这一辈子治了太多病，救了太多人，要是都给我下跪磕头，我不成皇上了？赶紧走吧。"他说完扫了翁泉海诊所一眼，然后走进自己诊所。

高小朴、泉子、斧子站在门口向对面看。斧子说："咱师父也是名医，名气大着呢，怎么就没他人多呢？"泉子问："小朴，你说这是怎么回事？"高小朴说："我看这事鬼着呢！"

赵闵堂听说了御皇医的事，就来到翁泉海诊所探虚实，他开口就说："翁大夫，我听说你诊所对面来了个神仙，特来开开眼。"翁泉海一笑说："没进去沾沾仙气？""这不找你来了嘛，要不一块去？""就怕仙气太重，我这点道行赌不住。"

赵闵堂问："你知道那个御皇医是什么来头吗？"翁泉海摇头说："没打听。那个御皇医到底是什么来头，你给我讲讲？"

赵闵堂还真讲了，说道："他叫武齐峰，曾是个隐士，在山林之中钻研中医中药多年。据说，有个大臣病在山林，随身大夫无力医治，一息尚存之时，巧遇武齐峰。武齐峰三味草药治好了那大臣的病，大臣回京后，对此人念念不忘。后来某皇子病重，众御医束手无策，那大臣请来武齐峰，又是数味普通草药，治好了皇子的病。此事传到皇上耳朵里，他把武齐峰留在宫中。自打他当了御医后，倒是真治好不少疑难杂症……"

翁泉海问："赵大夫，你这都是从哪查证的啊？""书里有记载。"赵闵堂说着，从怀里掏出一本书，"武齐峰的照片在此，他的诊病经历和药方都在书里，你先扫两眼。"

翁泉海翻着书说："我虽孤陋寡闻，但也知道宫中太医院有太医、御医、吏目、医师、医员等，未闻有什么御皇医呀？"赵闵堂说："这有什么，御医太医，不如御皇医响亮呗。如今他自己出来闯荡，当然得叫个响亮名。翁大夫，你就是太老实了，不会炒热自己，你要是把你干的那些事全写下来，装裱好挂在门外，那你这诊所早就门庭若市啦。如今你俩是门对门开诊所，难免要分个高低出来。实在不行，你换个地方？"翁泉海笑道："算了，我还是安心在这开我的小诊所吧。"

赵闵堂说得没错，自打"御皇医国医堂"开业以来，翁泉海诊所来的患者很少，收入也少多了。老沙头把账本拿给翁泉海看，说道："大哥你看，现在大家吃饭倒不成问题，可这样下去，日子久就难说了。""有钱吃肉，没钱吃菜，不行就喝汤，日子总得过。"翁泉海把账本递给老沙头，"你这账记得是真清楚，有你给我管账，我最放心不过。"

老沙头提议说："大哥，咱们这诊所巴掌大地方，人又不少，进进出出也挺挤的，要不咱们换个宽敞地儿？"翁泉海笑道："你是担心我这门庭冷落吧？为医者重医术，若医术不行，搬到哪儿都一样。人家诊所人多，那是人家的医术比咱高明，名气比咱大，越是这样，咱越不能走，咱要多跟人家学习，这样才能进步。"

翁泉海带老沙头出诊，刚出门，就见一辆黄包车停在御皇医诊所外。范长友下车望见翁泉海，犹豫一下，朝翁泉海走过来打招呼："泉海，你这是去哪儿啊？"

翁泉海说："出诊。长友，数日不见，你这气色不错，腿脚也稳当了。"

范长友不好意思地说："泉海啊，实不相瞒，我在你这治了多日，不见明显起色，有些着急。正好御皇医来了，我就去他那看了看，又吃了他的药，这身子日渐好转。我本不想让你知道，可既然碰上，也就不必隐瞒了。"

翁泉海一笑说："多心了。你的病我虽然尽力，但没能治愈，我心里也很惭愧。那御皇医能给你解除病痛之苦，我高兴还来不及呢。为医者都是盼着病好啊！"

范长友说："泉海，难得你心平如坻。我还得去他那服药，有空再聊。"翁泉海问："看来用的是秘方？"

范长友点头："应该是吧，御皇医从来不开药方，要想服药，就得到他那去，说实话，着实麻烦了点，可为了治病，麻烦就麻烦吧。泉海，你这的情形我都看到了，其实你没必要当面锣对面鼓的，还不如早些换个地方。"

翁泉海有点言不由衷地说："我这确实清静了不少，可也挺好的，那御皇医如真能把病全都治好了，我就是关门也高兴。"

老沙头怀疑道："药不开方，诊所内服用，就是说用的全是秘方了？可也不能全是秘方啊？"翁泉海说："不管什么方，能治好病就是良方。"

翁晓嵘抱着孩子和翁晓杰从家里出来，御皇医的傻儿子摇着风车跑过来，差点撞到翁晓嵘。翁晓杰说："你乱跑什么？没长眼睛啊！"傻儿子笑了笑，手掏进裤裆："痒痒，挠挠。"

翁晓杰喊："臭不要脸，你给我上一边去！"傻儿子问："上哪边去？"翁晓嵘拉着翁晓杰说："走吧，别搭理他。"二人走了。

傻儿子跟着二人。翁晓杰站住问："你跟着我们干什么？"傻儿子说："跟你们上一边去。"

翁晓杰逗傻儿子问："你怎么这么傻啊？"傻儿子说："我不傻。"翁晓杰说："傻子揪住自己的耳朵，伸不出舌头来。你试试。"傻儿子揪住自己的两个耳朵，伸出舌头，看着翁晓杰说："你看，我不傻。"

翁晓杰指着翁泉海诊所说："你去那边。"傻儿子就朝翁泉海诊所跑去。翁晓嵘说："他是个傻子，你这不是给咱爸诊所添乱吗？"翁晓杰笑道："你看好戏吧。"

傻儿子笑着跑到翁泉海诊所外。泉子走出来问："你要干什么？"傻儿子说："找你玩。""谁有空陪你玩，上一边去。""上哪边去？"

正好翁晓杰走过来，就小声对泉子说："你就说，斧子去哪边，我就去哪边。"泉子把翁晓杰的话对傻儿子讲了，傻儿子大喊："斧子去哪边，我就去哪边。"斧子一听，对傻儿子瞪起眼睛说："你说什么？再不走我揍你！"傻儿子吓跑了。翁晓杰哈哈大笑。

傻儿子端着饭碗站在诊所门外吃。泉子走出来说："傻子，你能不能去你家那边吃去？""我不是傻子，我等傻子呢。就是那天有两个女的来你们这了，没抱孩子的那个女的是傻子。她好可怜啊！"傻儿子抹起了眼泪。他一看翁晓杰走过来，立即破涕为笑，"傻子，你可来了，我等你呢。你是傻子，你太可怜了！"

翁晓杰不理傻子，笑着走了。傻儿子跟在后面。翁晓杰站住说："你跟着我干什么？"傻儿子说："你去哪边，我就去哪边。"翁晓杰突然跑了。傻儿子在后面追赶。翁晓杰问："你到底要干什么？"傻儿子说："你是傻子，多可怜啊，我得跟着你，保护你。"

翁晓杰生气道："你才是傻子呢，滚远点！"傻儿子哇的一声哭了。翁晓杰哄他："好了别哭了，你等着，我给你买糖球吃去。"傻儿子破涕为笑。翁晓杰走了，傻儿子站在那里傻等。

御皇医诊所外停了不少的汽车、黄包车。各色人等进进出出，非常热闹。高小朴、来了、泉子、小铜锣站在对面看。

翁泉海过来说："你们要是好奇，就过去看看吧，那边热闹，都过去长长见识。"来了说："那边太闹了，没什么好看的。"泉子、小铜锣也说不想看。高小朴却喊着："看，送匾来了！"

原来是富商老七、老九都给"义父"御皇医送匾来了，匾上罩着红绸布。御皇医从诊所走出来。红绸布掀开，两块大匾上都是"神医济世"四个大字。于是，老七、老九争吵起来。

老七说:"我比你先来一步,要挂就挂我的匾。"老九说:"挂匾还分先来后到吗? 得看字。你匾上那四个字是柔弱无力,毫无生气,还好意思亮出来?!"

老七说:"你看你那四个字,老鼠身子野驴头,猪眼睛鲇鱼嘴,不堪入目!"争吵中俩人竟然动手厮打起来。

御皇医喊:"老七、老九都给我住手,不要打了! 两块匾都抬屋里去,一左一右,挂上!"说着走进自家客厅坐下。老七、老九也急忙赔笑跟着进屋。

三人刚刚坐定,傻儿子从外跑了进来:"爸,我回来了! 我有事跟你说。"御皇医说:"我这里有客人,以后再说吧。"傻儿子喊:"不行! 说晚了该忘了! 我想娶媳妇。不用你找,我自己找。"他拽着御皇医的衣袖,"跟我走。"

御皇医说:"客人在呢,我不能走。"傻儿子一屁股坐在地上哭闹开了。

御皇医只好让傻儿子前面带路,去找媳妇。傻儿子拉着御皇医来到翁泉海诊所外一指说:"就在那呢,爸,我要她做我媳妇。"正巧翁晓杰快步走过来,傻儿子高兴地跳着:"就是她!"他跑去围着翁晓杰转,边跑边抻耳朵吐舌头。翁晓杰没搭理傻儿子,快步走进翁泉海诊所。

傻儿子说:"你要是不让她做我媳妇,我就自己搬过去住。"御皇医拉住傻儿子问:"人家能让你搬过去吗?""你到底能不能让她做我媳妇?""儿子,好姑娘有的是,等我抽出空闲,给你找个好的。"

傻儿子又扭又蹦说:"我就要她,你要是不答应,我就天天拔你胡子,把你的胡子全拔光。"御皇医只好哄着他说:"好了好了,这事交给我了。"

第二十六章
江湖邪巫

　　翁泉海的父亲素有头晕头痛之疾，不久前，他突发卒中，卧床不起，日渐萎靡。他先是给自己治了一遍，不见效，后找孟河有名的大夫会诊，还是不见效，且病势日重。他的两个弟弟觉得还是应该去找翁泉海，到大上海碰碰运气，于是，兄弟三人就来到翁泉海家。

　　老父口齿不清，难以讲话。翁泉海给老父切脉后说："爸，请您老人家放心，这病即使中医治不好就找西医，总会有办法治的。"老父手攥成拳头砸床。

　　葆秀问："爸，您要干什么？是不是因为泉海说西医了？"老父点点头。翁泉海说："爸，不管中医西医，能治好病就行。"老父又使劲砸床。翁泉海道："不说了，咱就用中医治。"老父重重地点头。

　　翁泉海和葆秀回到卧室，商量如何给老父治病。翁泉海说："这段日子，得辛苦你了。人马全归你调遣，都可以给你搭把手。"葆秀一笑说："什么话啊，自家的事，还叫辛苦吗？别的事不用你操心，赶紧研究爸的病吧。"

　　翁泉海长叹一口气说："这些年我东奔西跑，跟他老人家聚少离多，孝道未尽，他却得此重病，我深感愧疚。爸的病甚重，我凭己之能无力医治啊！"

　　葆秀建议找其他的大夫，中医学会有的是能人。翁泉海担心别人明哲保身，不愿接手。他决定找赵闵堂一试。

　　赵闵堂来给翁父切脉后说："老人家放心吧，此病可治！"翁父脸上微微露出笑容。赵闵堂欲起身，翁父一把抓住他的衣袖。翁泉海问："爸，您有话说？"老父张嘴咕哝着。"我明白了，他想问我的姓名。"赵闵堂脸凑到翁父近前，"老人家，我叫赵闵堂！"

　　翁父忽然抽了赵闵堂一耳光。翁泉海赶紧拉着赵闵堂走出去。赵闵堂捂着脸问："他抽我一巴掌是什么意思？"翁泉海赔着笑脸："咱不能跟病人一般见识，赵大夫，对不起，我替老爷子给你赔礼了。"

赵闵堂大度地摆手说:"算了,我还是说说病症吧。脉弦而数,津血亏耗,筋失所养,筋脉挛急,日久痿痹不用,犹树木之偏枯,无滋液以灌溉也,此乃不祥之兆啊。此病须三焦同治,拟滋下焦之阴,清上焦之热,化中焦之痰,活经腧之血,复方图治,或可延年。"

翁泉海点头说:"赵大夫,我就说治我老父的病,非你莫属,看来正是如此。"

赵闵堂说:"你我都是行医之人,我就直说了吧,此病甚危,极难治愈。治好了皆大欢喜,如果治不好,责任谁担?你也清楚,没有大夫愿接诊这样的患者。"

翁泉海说:"赵大夫,人活一世,树招牌不易,谁愿意担着砸招牌的风险?我爸的病情我清楚,求你只管放手医治,就是他老人家走了,也是人命天定,绝不会把责任推到你身上,我可以立下字据。"赵闵堂点点头说:"如此甚好。"

翁泉海送走赵闵堂,葆秀走过来告诉翁泉海,老爸打了赵闵堂一巴掌,就是因为当年秦仲山的案子。翁泉海恍然大悟,决定赵闵堂下回来,请他换个装扮。

赵闵堂这次来给翁父看病戴着墨镜,贴着胡子,而且不说话。他轻轻抬起翁父的手,给翁父切脉,翁父突然睁开眼睛。赵闵堂吓得欲起身,翁泉海一把按住赵闵堂的肩膀说:"爸,这是李大夫。"

翁父点了点头闭上眼睛。赵闵堂探身要看舌苔,翁父突然抡起巴掌要抽赵闵堂,赵闵堂猛地躲开身。

二人回到正房堂屋,翁泉海倒茶:"赵大夫,实在不好意思,喝点茶压压惊吧。"赵闵堂说:"我就弄不明白了,老爷子是怎么看出来的?"

翁泉海说:"可能因为你的防备之心,露了马脚。他一睁眼睛,你就要躲,我爸是老中医,眼睛刁着呢。"赵闵堂说:"这病没法看了,你还是另请高明吧。"

翁泉海说:"下回我给他看,看完跟你汇报,这样总行了吧?"赵闵堂说:"我再给他换个方子试试,但你要提前做好心理准备。"

这日,范长友拄着拐杖从御皇医诊所走出来,翁泉海看到他,就主动上前打招呼:"长友,你怎么了?"范长友走到翁泉海近前说:"我挺好的。"

翁泉海请范长友进屋,问起他的病情,范长友说:"御皇医说这只是暂时的,过了这段日子就好了。御皇医哪儿都好,就是药太贵,越来越贵,要不是我有些积蓄,早就倾家荡产了。"

翁泉海劝道:"你要立刻停药,不能再治下去了。"范长友说:"人家御皇医说我这病很快就能治好,怎么能停药呢?"

翁泉海说:"你这病已经非常重了,得换个治疗方案。"范长友说:"我这病是暂时看起来重了点，御皇医说，大病若想根治，服药期间病情会有所反复，但这都是正常反应，不必惊慌。"

翁泉海问："长友，我们认识也有好些年了，我骗过你吗？"范长友点头说："你确实没骗过我，可治病这事，要是今天听这个大夫的，明天听那个大夫的，不是乱套了？我知道你是为了我好，兄弟情义我心领了。那御皇医说我的病能治，就一定能治好；再说我花了那么多钱，不能前功尽弃啊。泉海，你就放心吧。好了，我得回去了。"

高小朴走过江湖，对御皇医感到好奇，就假装患者来到御皇医的诊室。他看到御皇医走到一个高个子患者跟前伸出手，手跟患者的胸口保持半尺的距离，片刻，御皇医拍打患者的后背喊："出！"患者吐血了。御皇医说，"服药。"

御皇医走到高小朴面前说："跟我来。"高小朴和御皇医走进内室。

御皇医问："哪里不舒坦？"高小朴说："看来我这病挺重啊！旁人的病您一眼就看明白了，而我的病您没看出来，不就是病重吗？""说吧，找我什么事？""找您诊病啊。""是你师父让你来的？""是我自己来的，跟我师父无关。"

御皇医一笑说："小伙子，你帮我捎句话，你师父有空的话，可以过来坐坐，我这好茶软座候着，门儿对门儿的，都是缘分，得有个热乎气儿！"

高小朴回来对翁泉海说："爸，我今天去御皇医诊所了，我就是好奇，您不会埋怨我吧？"翁泉海笑道："碰上不懂的事就得去看，看了就懂了，这叫学习。""可我没看懂。那御皇医拿眼睛扫了扫，就知道患者该吃什么药，他伸手一摸，也能摸出病来。"高小朴说着表演起来。

翁泉海说："着实有点意思。"高小朴说："爸，我觉得他身上有一股气，说不上是什么气，就是神神道道的。"

翁泉海说："国家这么大，什么高人都有。人家是御皇医，给皇上医病的，见过大世面，肯定非比寻常。"高小朴说："确实不一般。他认出我了，还邀请您去他诊所坐坐。"

翁泉海听了这话，微微一笑，没有当真。

作为朋友，翁泉海对范长友的病不放心，就特地过来看望。范长友家的情况很不妙，因为看病花光了积蓄，用人解雇了，夫人带着孩子回娘家了。翁泉海给范长友切脉。范长友讲御皇医是如何看病的："他先切脉，然后服一种药，服药期间不准说话，不准提问，服完药，药碗马上收走并刷洗干净，连漱口水都要收走，牙缝里的药渣也要剔出来。在治病过程中，不准吃饭。"

翁泉海问："为何不准吃饭？"范长友道："说是叫饥饿疗法，光服药，不吃饭，就能把病饿死。"

翁泉海切完脉说："长友，你不能在他那继续治下去了，你搬到我那儿去，我给你治，吃喝我也全包了。"范长友说："你有这话我就知足了，咱们兄弟一场没白交。可我还是对御皇医抱有希望，总觉得就差一点，再治一段日子病就能全好。""长友，你信得过我吗？""你说话我当然信。"

翁泉海解释道："据我多年的行医经验，他下的可能是虎狼药！中医把药物分为无毒、小毒、常毒和大毒。无毒即平性药，小毒是药的毒性小，常毒是药的毒性大于小毒，而大毒是药物毒性最为剧烈的，我们称此药为虎狼药。《内经》说，'大毒治病，十去其六；常毒治病，十去其七；小毒治病，十去其八；无毒治病，十去其九'。虎狼药治病可能会起到一定疗效，但是副作用极大。"

范长友说："人家可是御皇医啊，怎么会用虎狼药治病呢？再说去他那诊病的哪个不是有头有脸的精明人？如果他没真本事，那些人能众星捧月一样擎着他？泉海，这事你就别管了，我信得过他。"翁泉海长叹一口气。

翁泉海从未听说过什么饥饿疗法，就问高小朴："你走的地方多，听说过饥饿疗法吗？就是患者只吃药，不吃饭，可以把病饿死。"高小朴摇头说："病还能饿死？没听说过。"

翁泉海又去赵闵堂那里询问饥饿疗法。赵闵堂也说没听说过什么饥饿疗法，西医好像也没有。他说："我没听说过不代表没有，宫中秘术多着呢，很多都没有记载，也可能有饥饿疗法这一说。翁大夫，你来上海好些年了，吃的亏还少吗？咱退一步说，就算那个御皇医的饥饿疗法是玄术，可就凭围他转的那些人，也能把假的变成真的。"

翁泉海还是不死心，他要亲自去御皇医那里看看。他走进御皇医诊所，御皇医的徒弟让他站在一旁先候着。

御皇医出来了，一个徒弟高喊："老神仙要发功了！"众患者纷纷跪倒，顶礼膜拜。翁泉海站在人群中，显得格外突兀。御皇医眯着眼睛扫了一眼翁泉海，然后闭上眼睛，伸出双手，呈普度众生状。一个拄拐的患者突然扔了拐杖，胡乱跳起舞来；一个躺在地上的患者爬起来练起了拳脚。过了一会儿，御皇医收回手，转身朝内室走去。

一个徒弟引导翁泉海进了内室。御皇医说："请坐。孟河名医，扎根上海，赴宁请愿，力挺中华参，中西医擂台战，威震上海滩，扬名中西医两界。翁大夫，您可是当今风云人物啊！"翁泉海一笑说："误打误撞，得了一点小名而已。""您过谦了。""不是我过谦，在您这御皇医面前，我充其量只是个民间小医。"

御皇医说："医无大小，能治好病就是良医。翁大夫，我对您敬仰已久，本想去拜访您，可又怕冒昧惊扰。正好您来了，我们可以好好叙一叙。"

翁泉海点头说："我也正有此意。"御皇医说："能跟翁大夫您做邻居，实为幸事。相邻则是缘分，望我们能做个好邻居。"

翁泉海说："武老先生，您太高看我了，跟您比，我什么都不是。我此番前来，是想请教您。"诊室某屋传来摔打东西的声音。御皇医说："那是孩子玩耍，请勿介意。翁大夫有话请讲。""武老先生，请问刚才您发功是何医术？""调心祛疾功。宫中秘术，不可详解，但速见成效，即为术之上品。"

翁泉海问："我听说您治病用的是饥饿疗法，恕我才疏学浅，请问患者为何要饿着肚子呢？"御皇医说："夫病之一物，非人身素有之也，或自外而入，或由内而生，皆邪气也。撖气加诸身，速攻之可也，速去之可也。而这种撖气只有靠饥饿才能把它们彻底饿死。""那为何还要服药呢？""撖气灭了，留在体内无益，服药就是要把撖气排出来。""请问是何撖气？"千万种之多，一句两句说不清啊。"

翁泉海追问："武老先生，请问您的饥饿疗法也是宫内秘术？"御皇医说："凡秘术秘方，必不会载于书内，但可流传坊间，信则有，不信则无，仅此而已。"

这天，一个男患者来到翁泉海诊所。翁泉海翻着患者记录本问："先生，您曾经到我这里就诊过，后来怎么不来了？"

男患者有气无力地说："我确实在您这里就诊过，可总觉得病好得慢了。那御皇医来了后，我听说他医术高超，便去试试运气，刚开始还好，服了他的药身轻气爽，浑身舒坦极了，可舒坦完病又重了，然后再服他的药，又舒坦了，这样反反复复。现在感觉身子越来越差，浑身酸痛难忍，还饿得扛不了。"

翁泉海问："服药不准吃饭？"男患者说："对，说病是撖气，不吃不喝，就能把撖气饿死，再服用他的药，把撖气排出来。"

翁泉海给男患者切脉："先生，您在他那治病，花了不少钱吧？"男患者说："岂止不少钱，可以说倾家荡产啊！我现在实在没钱再治下去了。"

翁泉海说："您要是信得过我，就在我这儿治，但您的病已经很重，我不敢保证能把您的病完全治好。"男患者说："能治一点是一点，我实在太痛苦了。"

男患者从诊所走出来，突然呕吐了，他尴尬地笑了笑。翁泉海让泉子赶紧把呕吐物收拾掉。

御皇医站在窗前看到这些，脸色很是难看。他想了想，决定拉拢翁泉海，介绍几个患者过去。翁泉海听一个患者说是对面的御皇医让他过来的，觉得有必要再会一会这位御皇医。他来到御皇医诊所说："武老先生，我是感谢您来了。"

御皇医高兴道："因为我来了，您的诊所冷清不少，我心里非常不安。所以帮了点小忙，举手之劳而已，不必客气，相邻而居，和睦生财嘛。"翁泉海正色道："武老先生，我虽然感谢您，但也希望您能给我起码的尊重。"

"翁大夫，您多虑了，我着实没有恶意，只想求个和谐为上。"内屋传来摔打声。御皇医高喊，"不要再吵闹了，肃静！"他接着说，"翁大夫，上海滩风急浪高，需要互相帮衬，利人利己，百益而无一害。"

翁泉海单刀直入地说："武老先生，我想请教您，为何我的朋友和我熟悉的患者到您这就诊，病情会出现剧烈的反复呢？"

御皇医一笑说："翁大夫，您问这话，说明您对宫里的事所知甚少。给皇上诊病要的是一个字，快。不管皇上患了什么病，御医用药，得让皇上先看到疗效，这样皇上才能信服，继续接受诊治。如果用药谨慎，不慌不忙，皇上怎会有耐心呢？就算御医名望再大，医术再高，也是不堪重用。宫里御医多着呢，想得到皇上的赏识和看重，就得求个快字。速见疗效后，御医才有机会继续诊治，在诊治过程中，还要不定时地让皇上看到明显疗效，这样皇上就更有耐心了。如此治疗，病情必然会有所反复，但最终还会治好。这就是御医在宫中的生存之术。"

翁泉海说："看来是我孤陋寡闻了。武老先生，请您不要再为我费心，患者找大夫诊，全凭自己选择。您这样做，我受之不起，并深感耻辱。"

御皇医说："既然您不喜欢，那就算了。翁大夫，上海滩吵闹不堪，嘈杂之声不绝于耳，多一事不如少一事，能清静些是难求的福气。你我如不能相安为邻，就各行其道，最好也求个和字，和为贵嘛，我们都这把年纪，经不起大浪了。"

翁泉海笑了笑："为医者，应该互相交融，也应该讲究个道字，医之为道，必先正己，然后正物，道不同，不相为谋。"

夜晚，翁泉海坐在书房看书，葆秀走进来说："我一直为咱爸的病犯愁，要不到御皇医那看看？"翁泉海摇头说："去他那送命吗？我总觉得那御皇医有点不对味儿。人就是人味儿，都练成仙了，味儿能对吗？"

葆秀说："人家什么味儿，跟咱有什么关系？人家动不动就能在报纸上露脸，难道写他的记者都是傻子？他要治不好病，早就有人跳出来了，还轮得到你琢磨？泉海啊，咱管好自己的诊所，治好自己的患者就行了。那御皇医的傻儿子总在咱院门外转悠，晓杰一出门，他就跟着屁股跑，弄得晓杰都不敢出门了。"

翁泉海问："他俩是怎么认识的？"葆秀道："晓杰说她看那傻小子傻乎乎的，就逗他玩，逗了几回，那傻小子被逗上瘾了，不逗都来找逗。"

翁泉海生气道："胡闹！"葆秀说："这事你就别管了，御皇医的事你也别管。范长友的事，先放放再说。眼下咱爸的病你和赵大夫多研究研究。好了，不早了，走，睡觉去吧。"

御皇医的傻儿子为娶媳妇的事闹开了，每天就吃一顿饭。

御皇医说："娶媳妇也不是一天两天的事，急不得。"傻儿子扭着身子说："我就急，不给娶媳妇，我一天就吃一顿饭，饿死算了。"

御皇医赶紧给傻儿子找媳妇，一次找来三个姑娘，站成一排让傻儿子选。傻儿子逐一打量三个姑娘后说："这里面没有对门那女的。"御皇医说："就这三个姑娘，哪个都比对门那姑娘强。"

"不行，我就要对门的！"傻儿子说着伸手掏裤裆，"我要撒尿！"三个姑娘吓得急忙掩住脸。

范长友的病很严重，他躺在小板车上由车夫推着来到御皇医门外。车夫对站门的徒弟说："他在你们诊所看过病，赶紧抬进去！"徒弟说："不对，来我们诊所看过病的人，都是躺着进来，站着出去！"

车夫说："他叫范长友，不信你去查查，看看有没有这人！"

徒弟摸了摸范长友的鼻息后走进诊所，过了一会儿，徒弟出来说："我查过了，此人没来我们诊所就诊过，赶紧推走！"

范长友的手指向翁泉海诊所，车夫推着他走过来。高小朴和泉子从诊所走出来，车夫说："这是范长友范老板，病得起不来了，赶紧抬屋里去吧。"泉子说："小朴，来，抬范老板。"

高小朴给范长友切脉，来了恰好走过来，高小朴拉着来了走进诊所说："我切了他的脉，他活不多久了。师父不在家，大师兄你做主吧。"来了说：

"你是女婿，师父的半个儿子，师父不在家，还是你说的算。"

俩人互相推让，高小朴琢磨片刻说："师父不知道什么时候回来，要是那人死在咱们诊所，不但给师父脸上抹黑，还会砸了诊所的招牌。来了说："对，再说他是御皇医诊治的，要死也得死在他诊所。"俩人商定，不能让范长友进门，等师父回来再说。

小推车停在路中间，范长友躺在推车上。御皇医的俩徒弟站在御皇医诊所外，泉子和斧子站在翁泉海诊所外。双方形成对峙的状态。

下雨了，范长友躺在雨中，雨水浇打在他脸上。高小朴拿了一把伞遮在范长友脸上。翁泉海和老沙头冒雨回来，看到范长友的情况，惊呆了。高小朴说："师父，您回来了！对面的人不让他进去。"

翁泉海朝御皇医诊所走去，老沙头、高小朴、来了、泉子、斧子跟在身后。

翁泉海对御皇医的门徒说："我要见你师父！"御皇医的大徒弟带着几个师弟从门里拥出来，个个杀气腾腾。

翁泉海冷笑："好气派，这是要全武行吗？请问武老先生在吗？"大徒弟说："我师父出门了。""街上躺的那个患者是你们诊所诊治的吧？""纯属谣传！"

翁泉海说："他叫范长友，在你们诊所就诊多日，散尽家财，病没治好不说，命且危在旦夕。如今他病重不起，你们拒之门外，让他遭受风吹雨淋之苦，却无动于衷，于心何忍？敢问你们是医者仁心还是丧尽良心？"大徒弟抵赖说："请您不要血口喷人！您说他在我们诊所就诊过，有证据吗？"

翁泉海说："他亲口说的，我看见他从你们诊所门里出来过。"大徒弟说："我们诊所的门脸宽绰，每天出来进去的人多了，不能说这些人都是到我们诊所就诊的吧？我们已经仔细查过诊所的患者记录，上面绝无此人。"

翁泉海沉思片刻，转身朝范长友走去，雨中，他俯身抱起范长友到自己诊所，把范长友放在床上。高小朴、来了、泉子、斧子等众人站在一旁。

翁泉海问："他在外面待多久了？"来了说："有一个时辰了吧。"翁泉海又问："你们为何不把他抬进来？"高小朴说："范老板来了后，御皇医诊所不收他，我给他切脉，得知他的病甚重，而您又不在家，我怕……所以就没抬进来。"

翁泉海怒吼："愚蠢至极！亏你们跟我学了这么多年，全白学了！学医为了救人！怕引火烧身？如果大夫瞻前顾后，见死不救，那还做什么大夫？"来了说："师父，您别生气，我们下回知道怎么做了。"

范长友醒了，他握住翁泉海的手颤声说："都是我的错，孩子们也是为你好，别责怪他们了。谁都年轻过，都有拿不准事的时候。就像我，一时鬼迷心窍，没听你的话，现在后悔莫及。可你不但不怪我，还把我接进来。"

翁泉海吩咐几个徒弟赶紧去烧水，拿一套干净衣裳给范老板换上。范长友突然呕吐，翁泉海赶紧拿起痰盂接了呕吐物。

范长友换了一身干净衣裳躺在床上，翁泉海坐在床前喂药。范长友说："我刚才梦见阎王爷了，他说范长友，你是不是个傻子啊？我说阎王爷，我这辈子是真的傻，可天下没有后悔药啊！阎王爷说就凭你这句话我再让你活一段，出去尝尝聪明的滋味吧。然后，我就活过来了。"

翁泉海点头："阎王爷够意思，可活一段哪行！长友啊，你这病可治。跟我说说，到底怎么回事？"

范长友说："我今天上午在御皇医诊所喝了药，回到家感觉非常不舒服，越来越难受，实在抗不了，就找人把我推来了……"

御皇医看到翁泉海把范长友抱进自己诊所，就觉得此事不简单，赶紧让大徒弟把与范长友有关的记录材料全烧了，并且交代，今后凡事要倍加小心！

秋雨淅淅沥沥，翁泉海打着雨伞在街上走，御皇医迎面走来问："翁大夫，要去哪儿啊？"翁泉海站住反问："去哪里我有必要跟你讲吗？我倒是想问，范长友到底在没在你诊所就诊过？"

御皇医说："我的患者记录里没有此人。你从医多年，经手的患者应该数不胜数，他们都治愈了吗？"翁泉海说："没有任何大夫敢说自己诊治的患者都能治愈，除非像你这样的神仙。"御皇医说："我可不是神仙，你高看我了。"

翁泉海质问："你为何不敢承担？范长友说他在你诊所就诊过，可你说你那里没有他的就诊记录，这难道不奇怪吗？我更好奇的是他到底服了什么药，那药怎么那么好，那么贵，能让他如此着魔，倾家荡产？"

御皇医避而不答，反问："看来你是要揪着这事不放了？"翁泉海冷笑："我这人好奇心强，碰上不明白的事，非得弄明白不可，否则，我就是躺进棺材里也得睁着眼睛。""好奇之心人皆有之，可过分好奇，必会带来灾祸。""暴雨惊雷，可过后就是晴朗的天！"

御皇医的语气软了，说道："翁大夫，你是一代神医，我也在江湖行走，路这么宽，井水不犯河水，各给个方便吧。"翁泉海道："你说错了，中医无江湖，更无神无仙，对那些自称神医者我从来就警惕，那些自称大师者都不是什么正路货！拨云见日，水落石出，生也好，死也罢，总得弄个明白。"

御皇医心生一计，说道："翁大夫，既然你把话都说绝了，这样吧，我们就拿范长友做赌注，我要是败了，所有的事我承担，杀剐存留，悉听尊便。你要是败了，我不要你承担任何责任，只要把你的二姑娘嫁给我儿子，如何？""你妄想！"翁泉海走了，烟雨渐渐朦胧了他的身影。

翁泉海打着雨伞来到浦慈医院院长办公室外，他发现，一辆汽车跟随他驶进院内，御皇医下了车。翁泉海见到院长就问："我拿来的呕吐物标本化验结果出来了吗？"院长说："急需化验的项目非常多，您要耐心等待。""我希望快一点拿到化验结果。""我们是老朋友了，您的事我一定重视。"

翁泉海把御皇医的作为提交到上海中医学会，赵闵堂、吴雪初、齐会长、陆瘦竹、霍春亭、魏三味等人都在，大家听了都很气愤。陆瘦竹说："着实可恶，就算为了名节，也不能做如此勾当！"魏三味说："还自称御皇医，真给我们中医丢人。"霍春亭说："咱们得想办法把他的丑恶嘴脸公布于众！"

翁泉海说："我在尽力收集证据，等证据充足了，我们再商议对策。通过这件事，我感受到很多奇门异术混迹于中医界，鱼龙混杂，歪风邪风充斥，我希望上海中医学会能拟份报告，提交政府，让政府出公文，整顿当下混乱的中医诊所，让中医与神学、玄学、邪术、巫术区分开来，还中医的本来面目。"

在座的中医都赞同翁泉海的建议。赵闵堂说："扶正祛邪，那邪也得找个靶子，我看还是先把御皇医的事弄清楚再说。"

第二十七章
驱邪打鬼

这天，翁泉海在街上走着，一辆汽车驶来，车窗打开，御皇医从车里探出头说："翁大夫，你这几天出来进去的，忙得很啊！"翁泉海边走边说："看来你也没闲着啊！"

御皇医说："我虽把诊所开在你对门，可也不是有意为之，是我的一个义子有空闲房子，我拿来用而已。我们各开各的诊所，互不干涉，我也没用手段招揽患者，全凭患者自己选择。我们无冤无仇，没必要非得撕破脸不可，礼让一寸，得礼一尺，互相帮衬，和气生财不好吗？"

翁泉海站住说："打着中医的幌子行邪术巫术，在患者身上诈骗钱财，贻误病情，草菅人命。武老先生，这不只是你我的冤仇，更是你和中医的冤仇！"

御皇医打开车门走出来说："既然你执意如此，我也没有办法。翁大夫，彩礼我已经准备好，只等你一句话了。"翁泉海冷笑："你是在做梦吗？"

御皇医说："不是我做梦，是你在做梦。你嫉妒我的本事，想找借口打压我，用心险恶！"翁泉海说："武老先生，你简直太可笑了。""你怎么不敢跟我打赌？""我有必要打赌吗？"

御皇医说："不敢打赌，是因为你心虚，你怕输！翁大夫，良言一句三冬暖，恶语伤人六月寒，别把自己抹得太干净了，心怀鬼胎可以，你不露别人不知道，你要想露出来，就得有底气。明白吗？"

翁泉海听御皇医这么一说，真是气得七窍生烟。他明白对方用的是激将法，不能上当，但是他灵机一动，何不将计就计，以麻痹对方呢！于是就决定和御皇医打赌，并且签字画押。

回到家里，翁泉海、葆秀、高小朴、翁晓嵘在等着翁晓杰回来吃饭。翁泉海说："整天疯疯癫癫的，哪像个姑娘样！"话音刚落，翁晓杰回来了，她一进门就问："爸，你跟那个御皇医说什么了？"翁泉海说："晓杰，我们进书房说去。"翁晓杰喊："就在这里说，我就问这是不是真的？！"翁泉海说："晓杰，你放心，爸心里有数。"

翁晓杰盯着翁泉海，猛地把桌子掀了。葆秀赶紧把翁泉海拉到书房问情况，翁泉海只好老实说了。葆秀吃惊地瞪大眼睛："还立了字据？泉海，你糊涂了吗？！"翁泉海说："我也是一时之气，就应承下来。你没看到当时的情形，那御皇医咄咄逼人，我要是不答应，实在透不过这口气来。"

葆秀失声埋怨道："那也不能拿孩子的终身大事赌啊！"翁泉海说："葆秀你放心，那个御皇医一定有问题，我非让他的丑事见天不可！"

葆秀气愤道："说来说去，这都是你自己的事，跟孩子无关。你的事我管不了，可我能管孩子的事。你就是上天入地，也不能扯到孩子身上。今天我把话放这，如果你赌输了，人家过来要人，我就是死也决不答应！"翁泉海无言以对。

翁晓杰坐在西厢房床上哭，翁晓嵘劝道："别哭了，咱爸做事稳当，他能这样做，肯定心里有底。"翁晓杰抹了一把眼泪："就算他有底，也不能拿我来赌啊！他还把我当亲女儿吗？"

翁晓嵘说："咱爸这事是做得不对，既然话已出口，收不回来，那就先放着。你看咱爸这些年做的事，哪件事没成啊？你得相信咱爸。""我绝不能嫁给那个傻子，就算这辈子一个人过我也认了。要是非逼我嫁给他，我宁可去死！"翁晓杰抱住翁晓嵘又哭开了。

翁泉海来到浦慈医院会客室等候院长，浦田寿山走进来。翁泉海问："院长先生呢？"浦田说："他出门了，临走前说如果您来了，由我负责接待。""请问化验结果出来了吗？""非常抱歉，您拿来的标本被弄丢了。"

翁泉海质问："怎么会弄丢了？！"浦田解释说："医院对您拿来的标本非常重视，可化验室的一个大夫喝醉酒，把标本当垃圾扔了。翁先生，我代表院长对此事表示歉意，如果您还有标本的话，可以再拿过来。"

翁泉海郑重地说："我知道，医院的制度非常严格，化验标本是不可能弄丢的！我的标本不是丢了，而是被人做了手脚。那天我来这的时候，一辆汽车也来了，御皇医下了车。浦田先生，我没看错人吧？"浦田一笑："那又如何？"

翁泉海说："当时我也想那又如何，现在我终于明白了。如果我没说错的话，他来是想收买你，让你把我拿来的标本毁掉，可你没答应，因为你对金钱不感兴趣，你对我们的中医中药痴迷已久，于是你们达成了合作协议，是吗？"浦田不急不躁，笑道："翁先生，您想多了。"

翁泉海义正辞严地说:"浦田先生,你身为医者,助纣为虐,和他一起举刀杀人,这有违医德医道!你自以为抱上了中医的大树,可是你错了,所谓的御皇医是假的,他能给你的都是江湖骗子那一套,是中医所不齿的!不信你就等着看他原形毕露的那一天吧!"

浦田根本听不进翁泉海的话,他打定了主意,跟那个御皇医结盟。

翁泉海回到诊所,得知范长友快不行了,忙去探视。范长友躺在床上缓慢低语:"泉海,这段日子,多亏你伸手相助,这辈子能有你这样的朋友知足了。我不能死在你这里,把我推出去吧!"

翁泉海说:"长友,你要活着,我一定给你和那些上当受骗的无辜患者讨个公道!"范长友用尽力气说:"谢谢……"说完,就永远地闭上了眼睛。翁泉海决定对范长友的丧事特别处理,就在诊所外高搭灵棚,隆重厚葬。

灵棚搭起来了。泉子和斧子一左一右站在灵棚外。灵棚正中悬挂横批"友厚天长",左右是一副对联"千难驱邪正本清源,万险逐恶问心无悔"。

御皇医的大徒弟说:"师父,翁泉海在自己诊所门外摆灵棚,我叫人把灵棚掀了去!"御皇医说:"人家死了人,搭灵棚不犯毛病,咱们掀灵棚讲不出理来。"

"可他们不能让咱们顶着丧气啊!""你还没看明白?翁泉海是有意为之。"

翁泉海在自己诊所外搭灵棚的事很快传开了。出于好心,赵闵堂、吴雪初前来劝说。赵闵堂道:"翁大夫,你这是吃错药了吗?哪有大夫在自己诊所门口搭灵棚的,这不是自打脸面吗?"翁泉海说:"有人在我诊所送了命,我给他摆灵堂,合情合理。"

吴雪初道:"翁大夫,你心里是怎么想的我们都清楚,可想归想,不能这么做。如果你认为武齐峰的医术有不当之处,可以通过其他办法取证,诉诸法律解决。这样顶着来,两虎相斗,必有一伤,就算你赢了,也是伤敌一千,自损八百。"

赵闵堂说:"雪初兄说得没错,赶紧把灵棚拆了吧,非得等上了报,让全上海的人都知道你翁泉海的诊所死人了吗?"

翁泉海诚心地说:"二位对翁某之事如此费心,翁某多谢了。翁某做事向来做了不悔,悔了不做。患者死在我这里,并且无人料理后事,我就得承担起来,不管从医事上还是从人事上讲,都合情合理。人在做,天在看,是非曲直,老天爷拿捏得最准。我翁泉海无愧于心,上对得起天,下对得起地,也对得起医字,对得起人字。灵棚高耸,见天见地见众神,我要让小鬼脸红心跳,坐卧不宁，连做鬼都做不舒坦！"

赵闶堂道："说得挺响亮，可你的证据没有了，怎么办？就算你能再拿到证据，他们肯定已经把上海能化验的几家西医院都握在手里了。"翁泉海说："邪不压正。天无绝人之路，总会有办法的！"

御皇医看到对面的灵棚，真是坐卧不宁。他想，还是得主动会一会翁泉海，于是就"屈尊"来到翁泉海诊所，笑道："翁大夫，忙着呢？我正好有空闲，找你说说话。"翁泉海说："屋里太闷，去外面说吧。"二人走出诊所。

御皇医讨好地说："翁大夫，我那里有好茶，不妨去我那坐坐？"翁泉海一笑："吃人嘴短，不必了。天热，得找个遮阳的地儿，走，进灵棚里面说。"

御皇医问："喜事适合进去讲吗？"翁泉海说："喜事丧事都是人的事，无妨。"二人走进灵棚。御皇医看到，一口棺材摆放着，范长友的遗像高悬，香案上香烟缭绕。

翁泉海道："说吧，何事？"御皇医说："人一生活着有干不完的事，死了是一了百了啊！""没留下尾巴可以了了，要是留下尾巴再让人抓住，还能了吗？""何时发丧？缺人手尽管讲。""多谢，水不落石不出，就放在这里，谁也不能动！""天燥啊！""心不燥就好。"

御皇医扭转话题说："翁大夫，我此番前来，是想跟你谈谈喜事。"翁泉海说："可以，只是谈之前先上炷香吧。不管你认不认得他，他毕竟躺在这了，你也赶上了，上炷香不为过吧？"

"其实你不用说，我也得上炷香，毕竟是死人了，得敬着。"御皇医上香后说，"翁大夫，我儿子不小了，你家二姑娘也不小了，好事得抓紧。你是上海中医界鼎鼎大名的人物，朋友肯定少不了，摆多少桌提前告诉我，我肯定给你留足面子，我这边摆的桌一定会比你的少。另外呢，这大喜事得按规矩来，我先带儿子到你这提亲，你得当着大家的面应承下来，然后我再把彩礼奉上，至于彩礼是什么，你尽可放心，肯定比你想的丰厚。证婚人和司仪，你看好谁尽管说，我必尽力请来。你跟我去看看新房吧，独门独院，小两口可以在里面撒着欢地跑。过几年添三五个小崽子，照样跑得开。翁大夫，你闺女能嫁给我儿子，是她的福分。我得再去看看还缺什么，赶紧叫人添上。"御皇医说完摇摇晃晃走了。

翁泉海连气带怒，回去就躺倒在床上，一天米水不进。葆秀、高小朴、翁晓嵘愁眉不展。

翁晓嵘说："妈，您别着急，我爸就是一时气大，急火攻心，缓一缓就好了。"

葆秀说："我才不急呢，他这些年没停地折腾，老了还更能折腾了。我要是跟他急，早就急死了。我急的是晓杰，她还真嫁过去吗？就算她同意我也不答应！"

翁晓嵘说："小朴，你主意最多，帮着想想招。"高小朴挠头道："要我说，干脆来个装死。就像我那回，装死骗走了坏人。""她哪会装死啊？""我可以教她。""死完了怎么活啊？""那是后面的事，先把眼前的坎迈过去再说。"

翁晓嵘问："妈，您看这招行吗？"葆秀叹气说："愁死人了！"

这时，翁晓杰从外走进来，径直进了堂屋卧室，走到床前坐下，轻轻握住翁泉海的手说："爸，您别上火了，我理解您。这事想开了也不算什么。女人嘛，嫁汉嫁汉，穿衣吃饭，有吃有喝有穿的，也就行了。"

翁泉海轻声道："晓杰，爸对不起你。"翁晓杰说："爸，您千万别这么说，我妈走得早，您能把我养大，就是最大的恩情，我知足了。爸，我全听您的了，您得保重身子啊！"

翁泉海心里堵得慌，御皇医看着对面的灵棚，也是心神不定。大徒弟安慰道："师父，天虽然过了伏，可也不凉快，那人放久了非臭不可，臭了就得拉走。您不要担心，再等两天也就没事了。"御皇医似乎在自语："要是不拉走呢？"

大徒弟说："不拉走还能烂在那儿？就是他想留着，卫生局也不答应。要不咱们通报卫生局，把尸体拉走？"御皇医皱眉说："面儿上的事动静大，先另想办法。"

于是，一群黑衣人出马了，黑帮老大拄着拐杖来到诊所外，指名道姓要找翁泉海。翁泉海在诊所内喊："我在，请进！"

黑帮老大走进诊室说："翁大夫，我是慕名而来。"翁泉海问："您的腿不好？"

"何以见得？""看您四十有余，可拄着拐杖，想必腿脚不灵便。"

黑帮老大微微一笑把拐杖扔了，伸手抬腿练起武来，似乎满身功夫，他练了几式收功坐到桌前说："翁大夫，我这腿脚灵便不？人在道上走，两条腿能站稳，可不如三条腿更稳当。"翁泉海冷笑道："也得看那是一条什么腿，要是一条病腿，还不如没有。""病腿治好照样是条好腿。""要是烂到骨头治不好还不如割了。"

黑帮老大说："翁大夫，多个朋友多条道，这个道理没错吧？"翁泉海说：

"要全是正道，多几条当然好，要是邪道，还是少为妙，万一走错，掉沟里就出不来了。""那也得看没有人擎着，要是擎住了，不管正道邪道，照样能走得风生水起！""看来我们是道不同不相为谋，我是大夫，不问道，只问病。"

黑帮老大露出狰狞面目，威胁道："翁泉海，我是什么人，想必你也能看出个一二来；你是什么人，我也早有耳闻。你的名头不小，结交也广，可在我眼里，你就是个普通大夫。泉海堂想在这条街上安安稳稳的，得看我的脸色，看我成不成全你。我让你好，你就能好，我不让你好，你想好也好不了，明白吗？"

翁泉海针锋相对地说："我相信你的本事。我是个普通的大夫，在哪儿不能活啊？全中国的地面大了，我总能找到一个安生地。我靠本事讨生活，没人擎着，也饿不着。你是想砸了我的诊所？还是想要我的命啊？如是这样，请你稍等片刻，我到对面的御皇医诊所走一趟，跟武老先生道个别。"

黑帮老大黔驴技穷，转身走了。御皇医从对面看到黑帮老大和众黑衣人从翁泉海诊所出来，黑帮老大上车走了，颓丧地摇头说："滚刀肉！"

御皇医一招不成，又来一招，他买通了卫生局卢局长。这天，卢局长带着秘书找上门来。翁泉海客气地问："卢局长，您此番前来，是找我诊治吗？"卢局长说："翁大夫，久闻大名，今天路过，特来拜访。"翁泉海一笑说："卢局长，您太客气了，我们做大夫的，名气不重要，重要的是能把病看好。"

卢局长点点头说："翁大夫真是太谦虚了。您这诊所开了有些年了吧？您要是有个大事小情的，尽管跟我讲，虽不能说路路通，可总能有点官面子。除了诊所的事，您家里的事也行，只要有难处，我都能帮您通融通融。"翁泉海说："我家里都挺好的，没有难处。"

卢局长说："翁大夫，我觉得我们挺投缘啊！"翁泉海摆手说："您是官，我是民，您位高权重，我小民可高攀不起。"

卢局长含沙射影地说："不管是官还是民都是人，既然戴上官帽子，个头就高了点，看得也远些，知道哪里有坡，哪里有坑。有时候，我看有些人就要踩沟里去了，就赶紧上前提醒他，让他绕开走，保他化险为夷。有些人，我看他要招灾引祸，也赶紧上前提醒他，可他就是不听，到头来一脚踩进泥坑里，轻的崴了脚，重的把腿扭断了。他为何不听我良言相劝呢？"

翁泉海装糊涂说："卢局长，治崴脚断腿的事我最在行，再有这事，麻烦您把他们叫到我这来，我保他们拄着拐进来，跑着出去。"

卢局长图穷匕见，直截了当地说："翁大夫，您是聪明人，我说的话您不会听不懂吧？您不听我的劝告，就不怕找来灾祸？"

翁泉海单刀直入地说："您的劝告需要花钱吗？堂堂政府高官，竟然为几个臭钱替一个江湖骗子说情，我瞧不起！"

卢局长带着秘书走了。看到这一招失败，御皇医气急败坏，决心孤注一掷，下一步险棋。

夜幕笼罩。灵棚内透出隐隐烛光。高小朴坐在灵棚内椅子上，抱着胳膊闭着眼睛。来了和泉子靠着棺材拄着头。斧子靠在椅背上仰着头，鼾声阵阵。

翁泉海诊所房顶上出现两个黑衣蒙面人，他们提着桶，把桶里的油倒在灵棚上。瞬间火光冲天，高小朴等人从灵棚里跑出来。灵棚大火熊熊，火借风势，难以扑灭。几个徒弟满脸黑灰、狼狈不堪地站在翁泉海面前，翁泉海打量着众人说："都没伤到吧？这事都怪为师，不该把这么危险的事让你们承担，为师向你们道歉。"

来了忙说："师父，这事怎么能怪您呢，要怪就怪他们的心太恶毒了！"翁泉海说："你们没受伤就好，都去洗洗吧。咱下一步静观其变。"

御皇医自以为阴谋得逞，就主动去找翁泉海挑衅。他来到翁泉海诊所说："翁大夫，我刚出诊回来，听说你这里着火了，特来探望。太可惜了，还没水落石出呢，人就烧没了，咱俩这赌还怎么打呀？要不咱们两家抓紧办正事吧。"翁泉海冷笑："还没论出输赢呢，那正事办不了。"

御皇医觍着脸说："翁大夫，你就别拖了，字据清楚，你家二姑娘早晚是我家的人。"翁泉海说："那可不一定。""这盘死棋你还能翻？""你心虚了？怕时间久了藏不住尾巴？"

御皇医说："我没尾巴，不用藏。"翁泉海坦然道："武老先生，请你放心，我既然立了字据，就是板上钉钉，绝不改口！""翁大夫，我想你还是抓点紧，我儿子有些等不及了。""我也有些等不及了。"

御皇医从翁泉海诊所出来，看到来了他们抬来一个木箱子，冒着一股寒气，就猜到尸体没有被烧，就决定再次买通卫生局的人，来硬的。

不久，卫生局的两个工作人员来到翁泉海诊所宣称：有人举报你们诊所有尸体腐烂味道，为防止传染病，要立刻把尸体拉走。

翁泉海问："先生，请问举报者为何人呢？"高个工作人员说："这个当然不能告诉你，我们是奉命行事。你这里到底有没有尸体？"

翁泉海说："我这里确实有一具尸体。但这位死者死因不明，我正在调查，望给我一段时间，等调查结果出来，我必会把他安葬。"

矮个工作人员说："等你调查清楚，尸体早烂了，要是弄出什么传染病，你可担待不起！我们先看看尸体再说。"

翁泉海带着两个工作人员走进停尸间。高小朴、来了、泉子打开棺材盖。两个工作人员看见，棺材内的范长友被冰块包裹着。

高个工作人员说："即使你把尸体冷藏起来，可就怕一不留神冰化了，病就传出去了。"翁泉海说："请放心，天天有人看着，保证尸体一直处在冰藏状态。"

矮个工作人员说："翁大夫，我们今天来，就是要把尸体拉走。如果你不让我们拉，那你现在就把尸体拉走葬了。"翁泉海道："我说过，此人死因未明，我不能把他葬了，也不能让你们把他拉走！"

两个工作人员要强行抬走尸体，翁泉海阻拦，被工作人员推了个趔趄。高小朴和来了扶住翁泉海。斧子抽出斧子喊："你们再敢对我师父无理，我这把斧子不认人！"两个工作人员愣住了。

翁泉海义愤填膺地说："真是热闹啊！先是恶棍开路，接着贪官说情，现在是政府来人抢尸，好大的能耐，好大的排场，好大的面子！政府官员竟然和江湖骗子一个被窝里热乎！等着吧，骗子的银子能喂饱你们，我就能让你们把银子叮当作响地吐出来！今天你们要想把尸体抬走，就先把我抬走！"

两个工作人员无言以对，灰溜溜地走了。

这一招失败，御皇医气急败坏。大徒弟宽慰道："师父放心，全上海能化验的那几家西医院我们都已经控制住了，他留下尸体没用。"御皇医摇头说："只要那尸体还在，我就闹眼睛，心里也扎得慌。"大徒弟献计说："师父，我觉得咱们应该再给他施加压力，乱他阵脚。"御皇医点头："只能如此了。"

翌日，一队响器班子敲敲打打，到翁家院外。葆秀擎着扫帚站在门口严阵以待。御皇医大徒弟站在门外，几个人抱着大大小小的礼盒。翁泉海、老沙头、高小朴、来了走出来。

大徒弟说："翁大夫，我师父让我代他给您送聘礼来了，本来我师父应该亲自前来，只是他出诊了。望您体谅。"翁泉海说："病比天大，武老先生去出诊，我没有话说。只是此等大事，你们没打招呼就突然造访，着实不当！"

大徒弟说："我们看您诊务繁忙，也不好打扰。再说成婚之事板上钉钉，彩礼早晚得送，这不为过。"

翁泉海怒斥道："板上钉钉！板在哪儿，钉又在哪儿？要说板上钉钉，那是你师父的丑恶勾当终会见天日！彩礼拿回去，不想拿就放在门外，送给乞讨者也算你师父做了善事。"闹剧无果,大徒弟灰溜溜地走了。

翁泉海走进西厢房,见翁晓杰正站在镜子前试穿新娘衣服,她问:"爸,您看我这套衣裳好不好看?您看这婚鞋好看吗?"翁泉海凄然道:"晓杰,爸对不住你,你放心,爸不会委屈你的!"

翁晓杰努力装出笑的样子说:"爸,您说什么呢?您做的一切都是为了扶正祛邪,是正义的事,我理解您。"

翁泉海嘴唇颤抖着来到书房关上门,捂住脸,眼泪从指缝涌出来……

御皇医担心事情拖得越久对自己越不利,决定改变策略,以退为进。他又来见翁泉海,劝道:"翁大夫,我本不想与你为敌,可事到如今,也只能如此。但事是死的,人是活的,想拨云见日、把手言欢不是不可能。我退一步,你开条件,我照做就是。至于孩子的婚姻之事,如你有不同意见,我们还可以再商榷,那字据是人写的,只要人还在就可改。"

翁泉海直视着御皇医说:"武老先生,你要早说这话,这事不就好办多了?我就要你一颗良心,一是厚葬范长友,二是投案自首!"御皇医盯着翁泉海问:"别无他路?""仅此二路。"

御皇医咬牙道:"你凭什么?翁泉海,你太高看自己了,既然你非要跟我撞一撞,我们就撞到底,看谁的头硬!"

赵闵堂担心翁泉海是鸡蛋碰石头,又来劝告说:"你要决一死战吗?狗急跳墙,人急就会捅刀子!我看应暂缓一步。武齐峰既然说字据可改,你就先把人葬了,把字据改了,孩子的婚约解除了。至于武齐峰到底是神还是鬼,等日后慢慢说。"

葆秀道:"赵大夫说得对,不能顶着来。"翁泉海说:"范长友的眼睛还没闭上,他想看到光亮啊!"赵闵堂说:"你这么撑下去,能撑到何时?你抓不到人家的把柄啊!"

翁泉海痛心疾首道:"扬子江不会倒流!这群恶人就是我们这些善良软弱的人把他们养肥的!他们的胆子就是我们给他们壮大的!老天爷给我们这双眼睛是让我们睁着的!虱子顶不起枕头,蟑螂不能穿着我们的鞋跑!赵大夫,我有些激动,对不起。"

赵闵堂说:"你这脾气一辈子改不了。说说老爷子吧,他的病我治不好了,你能请到高人就治,请不到我只能尽力维持,能维持多久就看老爷子的造化。"

翁泉海点点头说:"我明白,赵大夫,让你劳心了。"

翁泉海送赵闵堂出来。一辆车驶来停住，西医斯蒂芬下车，他看着翁泉海，面带微笑点了点头。谁都不知道斯蒂芬是翁泉海的"秘密武器"，握有撒手锏。

一切安排妥当，翁泉海大步走进御皇医诊所院内，御皇医正练太极拳，就像没看见翁泉海。翁泉海说："太极拳讲究意气形神，你形有了，神不对。心定则神聚，心乱则神散。"

御皇医说："我这心确实不安定，知道为何吗？俩孩子的婚事万事俱备，只欠东风了。""说东风，东风来了！"翁泉海从怀里掏出一张纸，"看看吧，化验单，罂粟壳！"

御皇医惊问："哪来的证据？"翁泉海冷笑："我去浦慈医院，你也去了，无奈之下，我只好留一半证据。就怪你心太急，晚点下车，不就没事了？还有，你把证据弄丢，让我更有底气了。""为何迟迟不出手？""吃一堑长一智嘛！"

御皇医问："为何用了偷梁换柱、掩人耳目这一招？"翁泉海说："因为我得让范长友睁着眼睛，也得让你闭上眼睛，你的眼睛闭上，这事就好办多了。"

"这个故事讲得好，带彩儿，可那又如何？""给患者服用罂粟壳，这是谋杀！武老先生，你该伏法了！"

御皇医走到翁泉海近前哈哈大笑，他收住笑声："翁大夫，你怎么突然变得像个孩子啊？别说是罂粟壳，就是砒霜又如何？谁能证明那死人是在我这里服的药？谁又能证明那药是出自我的诊所？"

翁泉海凛然道："武老先生，我知道你排场大、义子多，黑道白道你都走得通，可一旦正义战胜邪恶，大势之下，还会有人擎着你吗？早就树倒猢狲散了！"

御皇医朝周围望去，果然不见一个徒弟，他绝望地高喊："快来人！"

高小朴、老沙头、来了、泉子、斧子走过来。

翁泉海说："你的人不但跑了，而且在跑之前还把你的罪恶勾当写得清清楚楚，为了避免惹祸上身，他们还说如果打官司，可出庭作证。"

御皇医知道大势已去，跪在地上哀告："翁大夫，我一把年纪，活不了几年了，您大人大量，给我留条活路吧！"翁泉海一针见血道："武齐峰，宫中确有其人，可他不是你，带我去看看他老人家吧。"

御皇医诊所的一间昏暗的屋内，床上躺着个白发苍苍的老人。他形体枯瘦，手脚被捆在床上，嘴里塞着布。翁泉海拔掉老人的堵嘴布，松开老人的手脚说："武老先生，您受苦了。"老人问："你是谁？""我是翁泉海。"

老人说："翁先生，那人是我弟弟，我俩是双胞胎。自从我瘫痪在床，他就打着我的旗号到处行骗，害了许多人，我只能躺在这里，什么也做不了。翁先生，感谢你为民除害，清除混进中医界的败类。"翁泉海说："这是我应该做的。"

老人滚落床下，抱住翁泉海的腿："翁先生，我替我弟弟给你认罪磕头了，求你放他一马，让我们远走他乡，我保证他从此不再作恶，从善做人！"

翁泉海把老人扶躺在床上，转身欲走。

老人大声说："中医界风气异味，为师为神者成灾，忽而清高，老虎屁股摸不得，忽而不如泼妇，披头散发相互吵骂，大旗林立，猴孙满山。更有甚者，师之前面还要加个大字，什么大师？那是叫后人贻笑千古的笑话！中医千载不衰，靠的是医家的大医精诚。应该多几位像您这样熟读经典、扎实诊病的良医，为中医守住一方净土。医者舍方书，何以为疗病之本？中医之为书，非《素问》无以立论，非《本草》无以主方，不通《内经》《难经》《本经》《脉经》《伤寒》《金匮》《温病》《热病》，不足以言医。更应恬淡虚无，耐住清贫，活人之心不可无，私己之欲不可有，千万不能唯名利是务。中医不神不仙，多在这里下点功夫，少点热闹，人多的地方咱不去。"

翁泉海躬身施礼道："老先生，您的谆谆教诲我记下了！"

翁泉海履行诺言，厚葬了范长友。

老沙头赞叹道："大哥，我真没想到你还留了一手。"翁泉海说："没有三把神沙不敢倒反西岐，我敢把自己的女儿押上，就是心里有底！""我看你这段日子也没轻松啊？""松劲儿不就让那个御皇医看出来了？我紧张了，他就放松了，他一放松，事就好办了，这就叫虚虚实实。"

老沙头竖起大拇指夸道："高，实在是高。"翁泉海说："其实我也不是一点都不紧张，那御皇医都能把我的证据弄丢，我就算还有证据，也怕一时半会儿拿不出去。可只要我有证据在手，早晚能扳倒他！"

翁晓杰忽然跑过来说："早了还行，晚了怎么办？要是晚了，我是不是得嫁过去？！"翁泉海笑道："字据上没写期限，我肯定不能让你嫁过去啊！"

翁晓杰瞪眼说："他们闹得沸沸扬扬的，我的脸都丢没了，这笔账怎么算？！"

　　翁泉海说："爸错了，你说怎么办就怎么办，爸全听你的，保准不赖账。"翁晓杰扑到翁泉海怀里哭起来。

　　翁泉海抚摸着翁晓杰的秀发说："刚刚还是大老虎呢，怎么一下变成小猫了？"翁晓杰流着泪说："跟您学的，虚虚实实呗。"

第二十八章

祖传秘方

"文章千古事，得失寸心知。"

自从翁泉海动了写书的念头，他就把它当成了人生的一件大事来做。每天夜晚，高小朴都不辞辛苦地和翁泉海一起在书房合作写书。

这晚，高小朴说："爸，我有个疑问。治胃病用平胃散，里面含有茅苍术、川厚朴、陈皮、甘草，主要起到燥湿运脾，行气和胃的功效。但是如果里面再加入砂仁、白豆蔻，可以起到健胃消食、止呕、消胀的作用，疗效会更好。"

翁泉海一边踱步思考，一边说道："砂仁有芳香化湿，醒脾开胃的作用，白豆蔻在理气宽中、和胃化湿方面与厚朴的功效有重复，所以可以减去白豆蔻，只留砂仁，此方更加完美。用药如用兵，不多一味，不少一味，不重一味。我在翻阅祖传秘方的时候，会按照秘方煎药，并且反复体味拿捏。我对祖上传下来的强肾固本汤这一秘方始终把握不准，但此药在翁氏医派中已经使用几百年了。"

高小朴想了想又问："爸，祖上传下来的东西，都几百年了，应该没毛病吧？"翁泉海说："可是，我体味这么多年，每次服用后，总觉得药劲差了点，好像少点什么，所以我决定弄出个究竟。中医不能固守老本，应该敢于纠偏创新。祖宗留下的东西，也未必都是十全十美的好东西。你往后有疑问尽管直言，无须顾虑。"高小朴点头说："我知道了。"

赵闵堂来探视翁老爷子，出于好意，翁泉海把祖传的药方强肾固本汤拿给他，对他说："赵大夫，我这个方子你用用试试，看怎么样。你最近挺累的，补补好。"赵闵堂看着药方说："这方子的配伍严谨得当没毛病，你到底何意？"

翁泉海笑道："有毛病能给你拿来吗？赵大夫，这可是我翁家祖传的秘方，几百年了。你为我家老爷子的事费了不少心，我感谢你。收下吧，早服用早见效。"赵闵堂笑道："那就多谢了。老爷子最近如何？"

正说呢，来了从外面急匆匆走进来喊："师父，师爷不行了！"

翁泉海神色凝重，快步走向父亲的房间，赵闵堂紧随其后。只见高小朴、葆秀、翁晓嵘、翁晓杰围在床前，翁父嘴翕动着，似乎在说什么。

翁泉海扑到床前说："爸，我听明白了，您让我遵医道，重医德，精医术，要把翁氏医派发扬光大。"

翁父好像还在诉说。翁晓嵘说："爷爷，您是想看您重外孙吧？小朴，赶紧把小宝抱来！"高小朴忙抱来孩子，翁父望着孩子，嘴唇又在翕动。

翁晓杰说："爷爷，您放心，我会嫁个好男人的。"翁父点点头，又望着葆秀。葆秀说："我知道了，爸，您是让泉海好好吃饭，好好睡觉，不熬夜，不劳心，少管闲事，过好日子……"

翁父的嘴闭上，眼睛也闭上了……

赵闵堂回到家里，有些闷闷不乐。老婆说："我知道你的心思。翁泉海他爸那病本来就不好治，就因为都治不好才找你，你尽力了，眼下人走了怪不得你，你烦啥心？"赵闵堂说："终归是我治的，心里还是有点不舒服。""你怕他们找你麻烦？""我有字据，怕什么！"

话音刚落，翁泉海、翁二叔、翁三叔和四个中年人进了院子。

赵妻吃惊地问："咋来这么多人？不会是来找麻烦的吧？当家的别怕，躲一边去，我会会他们！"夫妻俩心心相印，手拉手从堂屋迎出来。

翁泉海说："赵大夫，这是我二叔，这是我三叔，这几位是我本家的兄弟。"赵妻跨前一步问："人来得不少啊，想干什么？"翁泉海说："大家听说我老父的病是赵大夫治的，所以……"

赵妻一张嘴就口若悬河，不容别人插话："翁大夫，当初是你上门求我家闵堂给你老父治病的吧？我家闵堂说此病难治，不想接手，是你非让他治不可的吧？我家闵堂自打给你老父治病后，茶不思饭不想，睡觉都瞪着一只眼睛琢磨你老父的病。我家闵堂为了治你老父的病，脑门子都瘦了三圈。不管咋说，我家闵堂是用心尽力了。眼下你老父走了，这不能怪我家闵堂吧？你带这么多人过来是啥意思？"

翁泉海真诚地说："刚才我的话还没说完呢！是这样，大家听说我老父的病是赵大夫治的，都很惊奇，说这病能维持数月之久，已经不容易了，所以他们都想过来看望赵大夫，表示感谢。"

赵妻愣住了，赵闵堂喊："还愣什么，进屋沏茶去！"

翁泉海等人喝了茶，极力夸赞赵大夫医术高明，再说一番感谢的话走了。

赵妻收拾着茶壶茶碗："满嘴感谢，手里空着，老翁家是真抠门啊！"赵闵堂说："这叫君子之交淡如水。你不问青红皂白，就一阵雷烟火炮，往后遇事弄清楚再说。"

老婆一笑说："当家的，刚才我看你俩挺热乎啊，泉海长闵堂短的，你还想跟他拜把子吗？"

赵闵堂认真地说："翁泉海言出必行，做事讲究，干什么成什么，实乃当今豪杰，值得一交。物以类聚，人以群分，我们这种英雄豪杰就应该聚在一块。"

父亲去世后，翁泉海很快就振作起来，一心扑在中医事业上。他认为，中医的营养在民间，高人卧虎藏龙在民间。于是决定外出一段日子寻医问药，走时带上来了和泉子，高小朴也想跟着去。翁泉海说："小朴，我不在家，诊所需有人打理。你的医术小有所成，我出门这些天你坐堂吧。只是你要多加小心，毋矜所能，饰所不能，能医则医，不能医则不医，切不可图名图利，贻误病情。"

可是，高小朴开始坐诊很不顺利。来了几个患者，一问不是翁大夫，扭头就走。他坐在桌前生闷气。老沙头给他倒茶说："坐堂行医切忌动气。万事开头难，急不得，来，喝口茶，顺顺气。"

好不容易来了一个男人抱着一个小孩。高小朴急忙问："先生，这孩子怎么了？"男人问："翁大夫在吗？""有什么病跟我说吧。""没想到翁大夫这么年轻。我儿子的嗓子疼得受不了，又哭又闹。"

高小朴把脉后说是小病，给开了桔梗汤的方子。可是，高小朴第二天坐诊，那男人抱着孩子一进来就着急地说："你不是说这是小病，药到病除吗？怎么吃了你的药，病没好还发烧了？"高小朴说："先生别着急，我再给孩子看看。"

男人说："越看越重，还看什么？赶紧把诊费和药费退给我！"高小朴耐心地说："先生，诊费和药费可以退还给您，可退了孩子的病也好不了啊！您再让我给孩子看看嗓子。"孩子张开嘴，高小朴见他的嗓子有些发炎红肿，便想着用什么药好。

男人不耐烦地说："翁大夫，你到底能不能治这病啊？能治就治，治不了赶紧说，我另投高明。"高小朴说："先生，再高明的大夫也不是神，不可能碰上任何病就能立马治好。您给我一炷香的时间，容我三思。""一炷香？"男人犹豫一下，"行，你赶紧吧！"

高小朴急忙到书房翻书。他想，病人不就是嗓子疼吗？桔梗汤对症啊，怎么会发烧了呢？这病着实奇怪。已经接手，哪能说治不了啊，我不能砸了爸的招牌，得想办法。小铜锣跑来说："小朴，香快燃完了，人家叫你呢！"

高小朴没办法，回到诊室。男人抱怨说："香都烧没了，病怎么治啊？"高小朴说："我再看看孩子的嗓子。"男人不满道："还看？等半天白等了，你把诊费药费给我退了吧。"男人走到床前，抱起孩子，小孩闭着眼睛没动静了。高小朴上前摸了摸孩子的鼻息，又给小孩切脉。

男人大声问："我儿子到底怎么了？"高小朴说："这孩子烧得太重，可能烧晕了。"男人火了，抓起桌上的镇纸朝高小朴砸去，高小朴躲闪不及，镇纸打在头上。他捂着头，血从指缝间淌出来。

翁晓嵘、老沙头、斧子、小铜锣跑进来，几个人上前拦住男人。翁晓嵘喊："你怎么能打人呢！"男人气哼哼道："庸医害人，我儿子要是有个三长两短，得要他偿命！"说着抱起孩子走了。

高小朴让斧子赶紧跟着他，看他去哪儿。老沙头给高小朴包扎头："开了这么大一个口子，淌了好多血，疼吧？"

高小朴说："这些年出来学医，我浑身上下开的口子多了，淌的血也多了，可淌再多的血有什么用，不还是治不好病吗？"老沙头安慰道："谁说治不好病？你不是也治好过很多病吗！"

高小朴摇头："那些病都简单，懂点医的人就能治好。要做一个大医，就得能治疑难杂症，能治别人治不了的病。要怪就怪我学艺不精。"老沙头说："我年轻的时候，有一回让饭粒呛了肺管子，把我咳嗽的，痰中有血丝，胸口也隐隐作痛，把我吓坏了。我找大夫看，他用旱烟喷我的鼻孔，我一个喷嚏接着一个喷嚏，竟然把饭粒给顶出来了。"

高小朴忽然醒悟："老沙叔，您是说他嗓子疼另有原因？"他赶紧和斧子来到那患孩家门外。

不一会儿，男人抱着孩子提着药包回来了。高小朴上前问："先生，孩子的病看明白了吗？"男人看高小朴头上缠着白纱布，也不好再发火，只是说："你别管了，我急着煎药呢！"

高小朴耐心道："这孩子是不是吃什么东西卡到嗓子了？先生，你不要烦，我问这是为了给孩子治病，您能不能好好回答我？要是因卡到嗓子而嗓子疼，会引发高烧的症状。"男人这才说："几天前我儿子吃鱼，被鱼刺卡过嗓子，后来吃了一个烧饼，又喝了醋，把鱼刺吞下去，嗓子就不疼了。"

高小朴点头："这就对了。现在嗓子又疼还发烧，说明那鱼刺可能还卡在嗓子里！这样，您抓的药先不用吃，大蒜瓣用醋顺服，能把鱼刺化掉，病根去了，再进行医治，病自然就好了。"男人面露微笑说："这么简单？那我就先试试。"

第二天上午，高小朴刚到诊室坐下，那男人笑嘻嘻地提着一包点心过来，又是道歉又是感谢，说了许多话。高小朴比那男人还高兴，说道："先生，孩子病好了，比什么都好，点心你拿回去给孩子吃。"

爸爸出门了，翁晓杰感到从没有过的轻松和自由。没事逛逛街，看看戏，好不快活。她来到一家商铺的柜台前，打量着柜台上的两瓶香水。

老板殷勤地过来说："这款是法国的，薄荷味；这一款是意大利的，茉莉味。这两款香水每款只有一瓶，如果您喜欢的话，全都买了吧。"翁晓杰笑道："我看你恨不得让我把店里的香水全买了。"

这时，头发抹着发蜡，一身洋派打扮的赵少博走进来。老板笑脸相迎道："先生，请问您要买香水吗？我这里有世界各国的香水，您喜欢什么味尽管说。"

赵少博不理老板，倒是对翁晓杰说："薄荷味和茉莉味，小姐，你选的这两款香水都很好，很有眼光。"翁晓杰一笑说："看来你很懂了？你说这两瓶香水哪个好？""这就看你的喜好了。""我都喜欢。"

赵少博笑了，说道："小姐，我觉得茉莉的味道不错。时珍曰，茉莉原出波斯，移植南海，今滇、广人栽莳之。有千叶者，红色者，蔓生者。其花皆夜开，芬香可爱。女人穿为首饰，或合面脂。"翁晓杰惊讶地说："看来你不但懂香水，还懂医。""略知一二。""我也喜欢薄荷味。"

赵少博盯着翁晓杰说："薄荷味确实也不错，疏散风热，清利头目，利咽透疹，疏肝行气，还有驱虫的功效。"翁晓杰拿起薄荷味香水说："一个大男人，怎么会懂香水呢？你是想买薄荷味的吧？薄荷味的我买了！"

翁晓杰付了钱，笑着获胜似的走了。

翁晓杰在前面走，赵少博从后面追过来说："小姐，其实我当时就希望你能买薄荷味的。"翁晓杰站住问："你明明希望我买茉莉味的，你看好薄荷味的。对吧？"

赵少博说："小姐，你错了，我妈喜欢茉莉味香水，我从国外给她买了一瓶，可旅途中不慎摔碎了，所以我才打算再买一瓶。但是看你举棋不定，又脾气太拧，所以只能欲擒故纵，反其道而行之。"翁晓杰不高兴了："原来我中了你的圈套！"

"薄荷味好，还能驱虫，一举两得。""我再把茉莉味的买来！"

赵少博笑着说："茉莉味的那瓶我买了。不过，看你这么喜欢，我可以忍痛割爱，要不咱俩换换？"翁晓杰问："为什么忍痛割爱？"

赵少博认真地说："成人之美呗，再说我一个男人，对香水没兴趣，买了也是送人，你不愿意换也无所谓，再见。""换。"翁晓杰掏出香水递给赵少博。

赵少博接过香水笑道："太好了，它终于回到我手了。其实我就喜欢薄荷味的香水，可它被你买走了。现在它又回到我手里，多谢了。"

翁晓杰无可奈何，气得跺脚，噘着嘴往家走。

来了跟着师父寻医问药回来，在院里晒衣服，翁晓杰走过来说："来了哥，我有事找你。"来了忙问："什么事？说吧。""我受气了，你帮不帮我出气？""肯定帮啊！谁气你，我揍谁！"翁晓杰说："不用打人，把东西要回来就行。走，我先带你认认门去。"

赵少博在街上走着，来了从后面追过来说："先生，你这面色不好啊！我是学医的，看你面色苍白，耳廓发黄，中医讲'有诸内必形诸外，观其外可知其内'，你这是气血不足之征象，必有内疾在身。"赵少博站住说："看来你还真是学医的，我确实气血不足。"

来了说："这就对了，用不用我给你调理调理？"赵少博问："我打小就这样，中西医都治不了，你能行？""天下尽是能人奇方，病治不好，是因为没碰上能治病的人。""有点意思，你说说你打算怎么治？"

来了一本正经道："我知道你信不过我，这也难怪，街上偶遇，怎么会轻易相信呢？咱俩打个赌，你看行吗？"赵少博笑道："更有意思了，请问怎么赌？""我能让你的脸色很快红润起来。""赌什么？"

来了靠近赵少博闻了闻："你身上好香啊，是薄荷味吧？我喜欢，能否就赌你身上的这瓶香水？"赵少博犹豫了一下说："当然可以。"

来了领赵少博进了一家饭馆，点了几个菜。赵少博吃着菜说："味儿不错，好吃。我今天真是碰上好人了，又请吃饭，还给我治病。你为何请我吃饭啊？"来了一笑道："不吃饱能治病吗？"

赵少博自负道："你这治病的方式我还是头回见识。你请我吃饭，你花钱，然后从诊费药费上找回来，羊毛出在羊身上，我都明白。"来了摆手说："什么诊费药费，咱不用那些，就是吃。"

伙计端着一盆汤放在桌上。来了盛汤说："喝完病就好了，以汤代酒，喝！"赵少博喝完汤，抹了把额头的汗说："这汤不错，给个名吧。"来了说："当归红枣汤，补中益气，活血舒筋。照照镜子去。"

赵少博站在包间的镜子前一看，果然面色红润，就说："食补之法不错。往后我得多吃好吃的。"来了说："心主神志，其华在面，吃好吃的心情愉快，面色也就好多了。先生，这赌算我赢了吧？"赵少博点点头说："当然，我把香水送给你。"

来了高高兴兴地回家，把香水送给翁晓杰问："是这瓶吗？"翁晓杰接过一看笑道："就是这瓶。来了哥，你是怎么弄到的？"来了高兴地说道："小菜一碟，往后有难事尽管说，来了哥这饭不是白吃的。"

这天，翁晓杰在街上碰巧遇到赵少博，笑道："呦，是你啊！"赵少博一愣，想了想说："你是……哦，我想起来了，茉莉小姐。""错了，是薄荷小姐。""不对，是茉莉小姐。"

翁晓杰从包里掏出香水瓶说："看仔细了，薄荷味儿的。还想跟我耍心眼，我让你一个脑袋。"赵少博笑着说："我就一个脑袋，怎么让啊？"

翁晓杰说："你这臭脑袋不要也罢，摘下来扔了。"赵少博讥笑说："小姐，你好有趣啊！你的鼻子是不是病了？怎么连味儿都闻不明白？你闻闻你那瓶香水是什么味儿的。"翁晓杰拧开瓶盖一闻，竟然是茉莉味！脸色顿时变了。

"想治鼻子尽管找我，我精通着呢。"赵少博笑着走了。翁晓杰气急败坏地喊："你给我等着！"

翁晓杰把丢丑的事对来了讲，来了挠头说："奇怪，我也没露破绽，他怎么能看出来呢？"翁晓杰说："他要是没看出来，怎么会用薄荷味香水瓶装别的味香水呢？""这人可够狡猾的。""是你太傻了。"

来了说："你怎么不提前闻闻？"翁晓杰生气了，说道："你还怪我？他气我，你也气我，不理你了！"来了赔罪说："你别生气啊，我错了还不行吗？"

翁泉海寻医问药一回来，高小朴就向师父汇报了他坐堂的情况，特别讲了他治好那个病孩的经过。翁晓嵘说："爸，我本来劝小朴别治了，可小朴怕砸了您的招牌，非治不可。"翁泉海说："小朴不是咱家的人吗？是一家人，这招牌怎么能是我的呢？是咱全家人的，咱家的每一个人都得为擎住这块招牌出力！"

高小朴连连点头说："爸说的太对了，咱们都是一根绳上的蚂蚱。"翁晓嵘朝高小朴瞪眼："说的什么话！谁是蚂蚱！"翁泉海说："话糙理不糙，我和你妈是大蚂蚱，你们是半大的蚂蚱，我外孙是小蚂蚱，一根绳穿下来，这个家才稳当。"

为了欢迎翁泉海归来，晚饭做得很丰盛，摆满了一桌上，葆秀、高小朴、翁晓嵘、翁晓杰坐在桌前等着翁泉海就座。

翁泉海拿着一摞书稿走过来说："好事一定得放在前面，说完才吃得香。"葆秀催促道："赶紧长话短说，菜都快凉了。"

翁泉海说："头一件，我出门寻医问药这段日子，小朴坐堂开诊，总体讲是不错的，值得表扬。下一件喜事，是我打算出本书，在此期间，小朴出了不少力，如今书稿已经初步完成，你们都看看吧。"

葆秀、翁晓嵘、翁晓杰聚在一块翻看书稿。翁泉海问："小朴，你怎么不看啊？"高小朴说："爸，这书稿是我跟您一块弄的，早都看过了。"

"咱爸让你看，你就看看呗。"翁晓嵘把书稿递给高小朴。高小朴接过书稿翻阅，书稿最后一页上，只署了翁泉海的名，没署高小朴的名。高小朴面无表情，把书稿递给翁泉海说："很好。"

翁泉海笑道："初稿而已，疏漏多着呢，慢慢修正。好了，吃饭吧。"

夜深了，高小朴坐在桌前看书，一脸的不高兴。翁晓嵘从里屋走出来，催高小朴睡觉。高小朴说："你别没事找事了，赶紧去睡吧。"翁晓嵘关切地问："什么事烦心了？"高小朴生硬地说："没事了，你还问什么啊！"翁晓嵘无故受了委屈，眼圈红了。

早晨，翁泉海从正房堂屋走出来，看见翁晓嵘站在东厢房门口，眼睛有些红肿，就问："眼睛怎么肿了？"翁晓嵘说："孩子昨晚闹觉，没睡好。""小朴呢？""睡觉呢。爸，您今天不是休息吗？"

翁泉海心想，一定是小朴给女儿气受了，他回到堂屋对葆秀讲："晓嵘眼睛肿了，说昨晚孩子闹没睡好，她瞒不过我，那是眼泪浸的。看来那俩孩子闹别扭了，你去问问，看看是怎么回事。"

葆秀来到东厢房，对高小朴说："太阳老高了，看你们一家三口没动静，过来看看。快，抱孩子出去晒晒太阳。"

高小朴抱着孩子出去。葆秀进了里屋，见晓嵘躺在床上，眼睛上敷着毛巾。

翁晓嵘说："妈，我昨晚没睡好，眼睛肿了，小朴给我敷眼睛呢。"葆秀一笑说："还想瞒我？你俩到底怎么回事啊？"

翁晓嵘这才告诉葆秀缘由。原来昨晚高小朴闷闷不乐地看书，翁晓嵘催他赶快睡觉，他对晓嵘发脾气，晓嵘难过得流泪。高小朴抱着孩子进来，解释说："咱爸说他出书有我的功劳，我心里高兴，我老母要是活着会乐得合不拢嘴。可她不在了，想起来我心里难过。我发脾气不对，我改。"

葆秀笑道："小两口过日子，难免磕磕碰碰的，要互相谅解，不要动不动就抹眼泪。"

翁泉海为强肾固本汤的事来找赵闵堂，一见面他就问："我上回给你的那个强肾固本汤，用着怎么样？"赵闵堂盯着翁泉海反问："你那方子确实是祖传的？""传几百年了，此方不灵？""不能说不灵，只是……"

翁泉海问："只是什么？有话直言无妨。"赵闵堂说："把盖揭了吧。"

翁泉海点头："实不相瞒，那个强肾固本汤确实是我翁家祖传秘方，可我体味拿捏多年，总觉得哪里不对劲，所以请你帮着掌掌眼。"赵闵堂咂巴咂巴嘴说："算了，这事你爱找谁找谁，我不掺和。我怎么能帮你改你们翁家的秘方？"

翁泉海问："有何不可？"赵闵堂认真地说："翁家祖传秘方，传几百年，用几百年，就算有纰漏，谁敢改？改得动吗？你们翁氏医派弟子众多，传人甚广，谁敢改秘方就是欺师灭祖，唾沫星子都会把人淹死。我可不想跟着吃挂落。"

翁泉海诚心诚意道："赵大夫，咱们为医是治病救人，不管什么药，是神明咱得供着，是糟粕咱得剔除，中医中药世代相传，靠的就是推陈出新，激浊扬清，清者更清。如一代代不加鉴别地传承，不仅贻害患者，更误导后人。再说这是我让你帮着体味拿捏的，就算改也是我改的，跟你无关。"

赵闵堂真心劝告："翁大夫，这可是惊动你们翁家祖坟的大事，你这副肩膀担得起来吗？说句老实话，你要是这样坚持，说不定会被宗谱除名啊！"

翁泉海凛然道："几千年来，世人大都以传统为经典，不敢碰传统一毛一发，中医界更是如此，否定一个祖传秘方，如丧考妣，甚至有欺师灭祖之嫌。该有人出来振臂一呼了。如能避免谬误贻害千年，就是宗谱除名，我也心甘情愿！我的名可以不留在宗谱上，能留在医之正道上，留在患者心里也就无愧了！"赵闵堂还在犹豫。翁泉海说，"赵大夫，你要是担心受到牵连，我可以写个字据。望你助我一臂之力，因为你有这个本事。"

赵闵堂这才说："强肾固本汤着实有纰漏……"

翁泉海回家把要修改秘方的打算对葆秀讲了，葆秀担心地问："你铁了心要改秘方？你们老翁家人打上门来怎么办？"翁泉海说："有你在，我不怕。"

"我能干什么？""上回我推进中西医交流的时候，咱爸带着二叔、三叔来了，你不是帮我解围了吗？这回你还得帮忙啊！"

葆秀撇嘴说："我可帮不上忙，你别指望我。"翁泉海开玩笑说："我不管，这屋里就咱俩，不指望你指望谁！""还黏上我了！""黏上不好吗？"

葆秀含情脉脉地说："快六十岁的人了，还腻乎什么呢？"翁泉海柔声道："六十岁怎么了？人到中年啊！"

葆秀笑看翁泉海："才中年？那我还得累多少年啊！"翁泉海认真道："不闹了，葆秀，我打算回趟孟河老家，当面说清楚去。""用不用我跟着？""不用，我擎得住。"

翁泉海回到孟河老家，请求二叔召开一个家族会。翁二叔、翁三叔坐在正房堂屋椅子上，翁泉海站在屋中，翁家众传人站在一旁。

翁泉海说："二叔、三叔，各位本家兄弟，我此番回来，是想就翁家祖传秘方强肾固本汤提点修正建议。"翁二叔问："修正是什么意思？"翁泉海说："是改正改进的意思。"

翁二叔皱眉道："泉海，强肾固本汤是咱翁氏医派传了几百年的秘方，几百年来，受益的人数不胜数，你凭什么说改就改？"

翁泉海词强理直地说："二叔，这些年来，我曾对此方反复体味拿捏，发现服用后，强筋骨药效并不十分明显，后来我拜访了行内人，他们体味后，也有同感。经研究，发现强肾固本汤中的巴戟天和杜仲药效相似，但杜仲比巴戟天补肝肾、强筋骨功效好，结合多年的临证经验，我认为在配伍上可以去掉巴戟天，另加入川断，与杜仲配伍，二药同入肝肾经，可增强补肝肾、强筋骨、定经络之功效。我觉得如果这样改一下，强肾固本汤的药效会更好。"

翁二叔质问："泉海，你说我做得了这个家的主吗？"翁泉海说："我爸不在了，这个家当然是您做主。""你听我的吗？""当然听您的。"

翁二叔斩钉截铁道："此方不改！"翁泉海问："二叔，这方子的毛病都弄清楚了，为何不改？"

翁二叔说："这是祖宗留下来的，几百年用过来没人挑毛病，挑毛病就是打祖宗的脸！难道我们翁氏医派几百年来用错药了？此事如传讲出去，岂不是臭了我们翁氏医派的名声？这罪名谁也担不起！"

翁泉海解释说："二叔，这秘方没错，我只是想把它改良改进，让它的药效更好。"翁二叔说："不要再说了，我不会答应！"翁三叔说："你要想改，等我们都死了再改吧！"

翁泉海坚持道："二叔、三叔，各位本家兄弟，你们不答应我也要把此方改了，请你们谅解。"翁二叔怒斥："放肆！翁泉海，你敢把此事对着祖宗们说吗？"

　　翁泉海凛然道："敢！"翁二叔说："那就去祠堂跪着说，不吃不喝说三天三夜，祖宗们能让你活着出来，就是答应了！"

　　翁家祠堂内香烟缭绕，翁泉海跪在祖先牌位前。两个看门人摇着扇子，翁泉海揉着膝盖，又抹了把脸上的汗。深夜，看门人换了，翁泉海还在跪着，他舔着嘴唇，肚子咕噜作响。祠堂外，两个看门的睡着了，翁泉海跪在香案前，饥渴难忍，一个小篮子从上面吊下来。翁泉海抬起头，看见房上顺下来一根绳子，绳子拴着篮子，篮子里有茶水，还有卤鸡腿。翁泉海吃饱喝足，继续跪着。

第二十九章

劳燕分飞

翁二叔和翁三叔走进祠堂，见翁泉海跪在香案前，低头睡着。

翁二叔说："睡得挺香啊？"翁泉海抬头笑了笑。翁二叔打量着翁泉海，"精神头还不错。"翁泉海说："挺得住。""服个软，好吃好喝都在桌上呢。""等出去了再吃。"

"把手给我，我给你把把脉，看你能不能活到明天。"翁二叔握着翁泉海的手，另一只手给翁泉海切脉，一会儿，他放下翁泉海的手，揉了揉鼻子，转身朝外走去。

翁三叔问："二哥，这就走了？"翁二叔说："不走你还想陪他？"

翁三叔跟着出去问："二哥，咱都把水和鸡蛋拿来了，怎么不给他啊？"翁二叔说："满手鸡腿味儿，还给他什么？背后有人啊！"

翁三叔问："二哥，你又罚他，又给他送吃的，什么意思啊？"翁二叔说："老三啊，不瞒你说，我也早就发现那个秘方有纰漏，只是不敢说出来。如今泉海能说出来，并执意要改，是他的勇气。咱翁氏医派要想发展，就得有泉海这样的人。当着大家的面，我心里赞成他，嘴上不能答应，所以只能用这种方式，来安抚翁家族人，给他们个交代。"

三天三夜了，翁泉海还跪在香案前。翁二叔把翁家众传人召集到翁家祠堂说："众位翁家后人，大家都看到了，翁泉海跪在这儿，三天三夜不吃不喝，居然还能活着，你们说是他的命大还是祖宗们护佑他呢？三天断粮水，即使能活，也只能是伏地而卧，一口气撑着。而如今翁泉海还能跪着不倒，一定是祖宗们护佑他。翁泉海，你应该跟祖宗们掏掏心里话了。"

翁泉海慷慨陈词道："列祖列宗在上，翁氏不肖子孙翁泉海叩拜堂上。恕晚辈斗胆妄言，经过多年尝试体味，我发现翁家祖传秘方强肾固本汤有纰漏，行医至今，每每用方，自感不能尽善尽美。我深知，此方乃先祖几代人呕心沥血而成，来之不易，在流传的几百年中，医人无数，恩泽一方。但不管是《本草纲目》，还是《内经》《伤寒论》等医学著作，只要有纰漏，尚可改，何况我们一姓一派一医一方呢？望列祖列宗体恤我意，容我对强肾固本汤加以修正，我想修正后，此方疗效必会更加显著，也必将壮翁氏医派之名，泽天下百姓之身！"

在二叔、三叔的支持，族人认可了翁泉海的胆大妄为，他那颗悬着的心放进了肚子里。

翁泉海回到上海家里，见葆秀擦抹桌椅，就说："呦，你回来得比我快多了。"葆秀装糊涂说："你说什么？我不明白。"

翁泉海笑道："篮子里放水和鸡腿不是你还能是谁？"葆秀抿嘴说："我才懒得答理你的事呢。赶紧把脏衣裳都脱下来，我就手洗了。"翁泉海拍拍葆秀的肩头说："晚饭请你出去吃？"葆秀一笑："该忙什么忙什么去，少烦我。"

这天，翁晓杰出院门没走多远，来了跑过来问："晓杰，你要出去啊？"说着从兜里掏出一个玻璃瓶子打开瓶盖，"你闻闻。"

翁晓杰闻着："薄荷味，哪儿来的？"来了笑着："我做的。水煮薄荷，不就是薄荷味香水吗？你倒点试试，要是嫌味儿不够浓，我再多加点薄荷叶。"

翁晓杰说："来了哥，香水不是这么做的，你别费心思了。再说我也不是非得要薄荷味香水不可，只是跟那人置气罢了。"

来了说："置气啊，那好办，我有三个办法让你出气。第一个办法，你把他引到没人的地方，我用麻袋套住他的头，揍他一顿。"翁晓杰摇头说："这招不行，手脚没轻重，万一打坏了怎么办？"

来了说："那就用第二个办法，你还是把他引到没人的地方，那地方得有个墙，我提前准备好一桶墨水，在墙上等着，他来了，我就把墨水全倒他脑袋上。"

翁晓杰摆手说："上哪里找那样的地方啊，再说万一有人来，就不好弄了。"

来了说："那只能用第三个办法了，我提前买两挂鞭炮，围成个圈，埋在土里，你把他引进圈里，然后我在不远处点燃引信，鞭炮爆炸，炸不伤人，但能把他吓个半死。"翁晓杰拍手笑道："这招好，就用这招了。"

过了几天，翁晓杰瞅着赵少博在街上走，就跟上来说："买香水去啊？"赵少博站住说："呦，是你啊！"

翁晓杰伸手指着赵少博说："你个大男人，欺负我一个小女人，心里一点不愧疚吗？"赵少博一本正经道："是有点愧疚，可那香水就一瓶，要是再多出一瓶来，我肯定不跟你抢。"

翁晓杰说："废话，多出一瓶你当然不会抢了。"赵少博逗她说："话说回来，那薄荷味香水适合你，也适合我，但茉莉味香水只适合你，你又喜欢茉莉味，所以你也不吃亏。"

翁晓杰说："不管怎么说，你把我骗了，这笔账怎么算？请我吃顿饭吧。放心，肯定不去大饭店，我喜欢吃小吃。"赵少博笑道："行，我请。"

翁晓杰在前面走，赵少博在后面跟。走了一阵子，赵少博问："喂，我还不知道你叫什么名呢！"翁晓杰边走边说："等吃上再说。"眼看着到了预定的地方，她突然站住，捂着腹部说："好像岔气了，疼啊！"她低头望着地面，寻找埋伏圈。

不远处的地面上有一块白色石头，白色石头周围是个被土埋着的鞭炮包围圈。翁晓杰捂着腹部朝白色石头走去。

赵少博跟着翁晓杰问："你要是难受就别吃了吧？"翁晓杰走到白色石头附近，赵少博跟了过来。翁晓杰佯作难受状伸出手说："哎哟，扶我一把。"

赵少博走进鞭炮包围圈，搀住翁晓杰的胳膊说："怎么个疼法？我是大夫。"翁晓杰皱眉说："也说不出怎么个疼法，一会儿针扎，一会儿拧劲儿，一会儿酸痛……"她说着偷眼望来了隐藏的地方，这时来了点燃鞭炮引信。

赵少博着急道："小姐，我是大夫，可以给你看看。"翁晓杰不耐烦地说："别说话，马上就好了。"

鞭炮引信燃烧着，翁晓杰突然朝圈外跑，可她的胳膊被赵少博拽住了。

翁晓杰喊："你放开我！"赵少博说："你别跑，越跑越疼！"

鞭炮响了，烟尘滚滚。赵少博吓得猛地把翁晓杰拽到怀里，紧紧搂住她，把她的头按在他的胸前。翁晓杰吓坏了，一动不动地瘫软在赵少博怀里。

赵少博此时恍然大悟，这姑娘为了香水的事情，动了这么多心思捉弄他。唉，看来冤家路窄啊！

翁晓杰回到家里，喘息着坐在床边，心还在怦怦乱跳，脑海里闪现着赵少博把她紧紧搂在怀里的那一幕……

岳小婉得了伤寒病，住在西医医院里，主治大夫是斯蒂芬。可是，治疗半个多月，效果不显著，病人和医生都很着急。

斯蒂芬带着翻译来见翁泉海，恳求道："翁大夫，有件事我想请您帮忙。岳小婉小姐染上了伤寒病，住在我们医院里，我治疗半个多月效果不显著。我知道您曾经在中西医擂台赛上展示过中医治疗伤寒病的良好效果，希望我们可以来个中西医结合治疗岳小姐的病。岳小姐是我们的朋友，我想我们应该尽全力为她医治。"

翁泉海答应立刻过去，就对正在洗衣服的葆秀道："我跟你说件事。岳小婉得了伤寒病，为她治疗的西医找到我，说西医的治疗效果不是很显著，想让我去帮忙看看。"葆秀爽快地说："治病救人是大事，赶紧去！我跟你一块去打个下手吧？""老沙跟我去。""不让我去？"

翁泉海说："怎么不让？我不但愿意，还欢迎呢！"葆秀笑着说："给女人诊病，老沙去多不方便啊！"

翁泉海点头："是，你说得全对。""等我一会儿，我换身衣裳去。"不一会儿，化了妆穿了件色彩鲜艳旗袍的葆秀出来了，"把诊箱给我。谁拿谁是跟班的。"

翁泉海说："我给你当跟班。"葆秀夺过诊箱说："别闹了，给我，你安心做你的大夫，诊你的病，这些小事我负责。走！"

翁泉海和葆秀进了病房，见岳小婉闭着眼睛躺在病床上。翁泉海拉了把椅子坐在床前说："拿脉枕。"葆秀递过脉枕。

岳小婉睁开眼睛问："翁大哥，你怎么来了？我没请你来啊。""是斯蒂芬先生请我来的。"翁泉海说着抬起岳小婉的手，岳小婉收回手。

翁泉海说："来，我给你看看。"葆秀看到岳小婉犹豫的样子就说："小婉，你翁大哥既然来了，就让他给你看看，要不岂不是白来了！"

岳小婉这才伸出手让翁泉海给她切脉。翁泉海切脉看完舌苔说："小婉，我需要看看你身上是否有红斑。"岳小婉闭眼不语。

"还是我看吧。"葆秀走上前，欲掀被子，又望着翁泉海。翁泉海赶紧转过身，背对二人说："先看胸口，再看腹部，最后看四肢。"

葆秀依次看完说："都没有红斑。"翁泉海似乎不放心："你看仔细了吗？"

葆秀说："那你看吧。"翁泉海刚转过身，葆秀就把被子盖在岳小婉身上，"你还真想看啊？"翁泉海尴尬道："好了，我回去开方子。"

翁泉海回到自家书房急忙写药方。葆秀连珠炮似的问："她病得重吗？你能治好吗？打算用什么方子啊？"翁泉海有些不耐烦地说："你别问这问那了，我正琢磨呢！"葆秀阴沉着脸走了出去。

翁泉海在厨房煎药，葆秀走进来说："你怎么一个人把活都干了？让他们伸把手啊！"翁泉海拉着风匣说："我自己弄，手头有准。"

葆秀话里有话地说："平时煎药，哪回不是旁人帮你忙活？"翁泉海起身揽拌着药锅说："你赶紧出去吧，我忙得过来。"

葆秀问："晚饭还出去吃吗？你说过晚上请我吃饭的。"翁泉海说："正忙活治病的事呢，哪有时间出去吃！改天再说吧。"脸上布满阴云的葆秀出去了。

翁泉海煎完药，马不停蹄地抱着药罐赶往医院，急匆匆走进岳小婉的病房，见面就说："小婉，我来了。"岳小婉躺在床上问："翁大哥，你吃饭了吗？给翁大哥拿点心。"

"我不饿。来，喝药吧。"翁泉海扶起岳小婉，给她喂药。岳小婉突然咳嗽，药喷了出来，翁泉海用手抹去岳小婉嘴边的药。

翁泉海给岳小婉喂完药，扶她躺在床上，给她盖好被子，摸了摸她的额头说："小婉，你这病要治好不是很容易。不过你放心，我和斯蒂芬先生已经会诊过了，我们中西医联合治疗，一定能治愈你的病。"

岳小婉细声细语："翁大哥，我又麻烦你了。"翁泉海说："这有什么麻烦的。说到这儿了，我还得埋怨你一句，你得病后应该早些跟我说。伤寒病会出现发热、疲劳无力、便秘、腹痛、腹泻、皮疹、肝脾肿大等症状，你有这些症状的时候不要害怕，也不要着急。"

岳小婉说："病情严重时还会出现肠出血、肠穿孔，甚至有性命之忧。"翁泉海安慰道："尽胡说，怎么会有性命之忧呢！只要有我在，保你平安无事。"

岳小婉说："翁大哥，这可不像你说的话。已经这么晚了，你赶紧回家吧。往后的药我让人去取，你不用来送。""还是我来送才放心。"翁泉海说着又摸了摸岳小婉的额头，坐在椅子上。

岳小婉问："翁大哥，你怎么还不走啊？"翁泉海说："你刚服完药，我再观察观察。"岳小婉皱眉说："不用管我了，你赶紧回去吧，要不我着急！""好好好，我走了。"翁泉海这才起身朝外走。

这些情景，葆秀站在病房门外，透过门窗都看在眼里。

翁泉海在街上走着，总觉得不放心，就又回到病房问女用人："她喝完药后，说感觉怎么样？"女用人轻语："没说什么，您走后不久，她就睡了。"翁泉海摸了摸岳小婉的额头说："还是有些热啊。"

女用人问："翁大夫，小姐的病能治好吗？"翁泉海说："我会尽力的。我们都要有信心，这样的话，小婉就有信心了。我明天再来送药，你辛苦了。"

岳小婉并没有睡着，她闭着眼睛，眼泪流淌出来。

夜深了，葆秀躺在床上，睁着眼等翁泉海，可是，总没有动静。她轻手轻脚地从卧室走出来，看见书房透出隐隐的灯光。她走到书房外，透过门缝，看见翁泉海拿着一本书翻看，就无声地回卧室睡下。

早晨，翁泉海醒来，见葆秀背对他躺着，就喊葆秀起床。葆秀说她浑身不舒服，再躺一会儿。

"哪不舒服啊？我给你看看。"翁泉海给葆秀切脉后说，"没毛病啊，你躺着吧。""我浑身难受怎么办？""多歇歇就好了。"

翁泉海在书房捧着书研究，葆秀过来喊："准备吃饭了，吃完饭再研究吧。"

翁泉海看着书说："我不饿，吃不进去。你们先吃吧。"葆秀生气道："我看你不是吃不进去，是塞得太满了！""什么塞得太满了？""塞了那个唱戏的呗！"

翁泉海说："你这是什么话，岳小婉她病得那么重……就是任何人病得那么重，又迟迟不见好转，我不得多上上心，好好研究研究吗？"葆秀说："可你给别人诊病，从来没研究得觉都不睡，饭也不吃了！"

翁泉海皱眉说："你这不是鸡蛋里挑骨头，没事找事吗？葆秀，你就别烦我了，我已经够烦的了。"

葆秀冷笑："我烦你了？是你自己心烦。自打去给她治病，你就跟丢了魂着了魔一样，茶不思饭不想，枕边放个本子，摸黑都能在上面写两笔。还练成说梦话的本事，闭着眼睛给我讲课，什么中医治伤寒，要扶正祛邪，固本守元，什么施治上，应采用伤寒辨六经与温病辨卫气营血相结合的办法，在方药上则经方与时方合用，打破成规，方能见奇效。"

翁泉海奇怪道："这你都背下来了？"葆秀说："半夜三更不停念叨，傻子也能背下来！"翁泉海解释说："命比天大，我这不是急的嘛。"葆秀质问："我浑身难受，你怎么不急？回来你问过我吗？我早饭吃不上，你管过我吗？"

翁泉海一时语塞。

月光笼罩着庭院，翁泉海在厨房煎药，他忽然内急，就出去方便，完事后他急忙回到厨房，见葆秀站在药锅前搅拌药汤，就喊："你干什么？往锅里放了什么？"葆秀气呼呼地说："我下毒了！我就是不想叫她好！怎么，你想杀了我？"

翁泉海怒火中烧，骂道："你给我滚！最毒不过妇人心，说的就是你！"葆秀舀了一勺药汤欲喝："你不是怀疑我下毒了吗？我喝给你看！"

翁泉海挥手打落汤勺，吼道："葆秀，你到底要干什么啊？"葆秀颤声道："你没睡，我过来看你不在，怕药糊了底，就随手搅了搅！怎么？你就这么不相信我？”翁泉海愣住了。

早晨，翁泉海来到客厅，见桌上摆着丰盛的饭菜，就说：“呦，弄了这么多菜。”葆秀说：“你熬夜伤身，得吃点好的。”

翁泉海笑着说：“还是你对我好。伤寒病最难治，我碰上也挠头，所以得多花些心思。御皇医那事，多亏斯蒂芬帮忙，这回人家有难处找到我，我也得帮忙，否则人情交往上说不过去。我昨夜里一时糊涂，以小人之心度君子之腹，说错了话，你千万别往心里去。”葆秀平静地说：“大半夜我也迷迷糊糊，记不清了。”

吃过饭，翁泉海放下筷子说：“吃饱了就犯困，我睡个回笼觉去。”葆秀从怀里掏出一封信递给翁泉海：“我想好了，是认真的，你签字吧。”

“困得眼都花了，看不清字，等我睡醒了再看。”翁泉海看了一眼，把信扔进汤盆里，“呦，怎么掉汤盆里去了？迷糊了。”转身进了卧室。他走到床边，看见一封信放在床上，拿起信看过随手撕了。

但是，葆秀已经铁了心，她对翁泉海说：“我意已决，你就成全我吧。如果不能协议离婚，我只能去法院起诉了。”翁泉海说：“我都认错了，还不行吗？你到底要干什么啊？”“我不想跟你过了，难道不行吗？”“你跟我讲清楚为何不过了？”

葆秀痛心疾首道：“我知道当年我们结婚是我一厢情愿，但那时我想得开，只盼着相处久了，你会从心里接受我。自从你跟我分开住，我就有离开的想法，那时晓嵘和晓杰还小，你又忙于诊务，我担心孩子受苦，所以没走。后来我知道你和岳小婉产生了感情，我想走又不甘心，想和她斗一斗，看到头来谁能夺走你的心。这么多年过去，你从来没说要我给你生个孩子，我知道你的心根本不在我身上。既然我们不合适，就没必要非得捆在一块。这些年，日子过得没滋没味儿的，人也没滋没味儿的，我很痛苦，可总是狠不下心来，也不想给咱爸添堵，就将就过下来了。眼下咱爸走了，咱俩也该有个了断，离了吧，离了我们都解脱了。泉海，我求求你，签字吧。”

翁泉海哀求道：“自古以来，都是男休女，哪有女休男的？你给我留点面子行吗？”葆秀冷笑道：“原来是面子的事啊，那好办，你写休书，我签字。”“不写！”翁泉海扭头走了。

夜晚，葆秀坐在桌前纳鞋垫。翁泉海端着一盆水进来，要给葆秀洗脚。葆秀说：“用不着，你有这闲工夫，赶紧写休书去吧。”翁泉海说：“我写休书也没用，这婚离不了，法律不答应。”葆秀问：“哪条法律不答应？”

翁泉海去书房拿了一本书过来，说道："这是《中华民国民法》。离婚的方式有两种，两愿离婚和判决离婚。民法规定，一方有下列情况之一者，重婚者；与人通奸者；受他方不堪同居之虐待者；虐待公婆和公婆虐待妻致不堪为共同生活者；恶意嫌弃他方者；有精神病者；生死不明已逾三年者或被判处徒刑者，另一方可向法院请求离婚。以上这些情况，咱们都没有，不符合离婚要求，不能离婚。"

葆秀说："你虐待我了。你跟岳小婉产生了感情，就是虐待我！赶紧写休书吧，我不能再等了，再熬下去，我就老了！"

中午，翁泉海在堂屋桌上摆好酒菜，等葆秀回来。葆秀一进屋就说："这么多菜，是庆祝岳小婉病愈出院吗？"翁泉海赔笑："这都是你爱吃的菜，我特意给你做的。""你还知道我爱吃什么菜？""多少年了，哪个菜你筷子伸得多，我还看不明白吗？坐。""休书写好了吗？""那东西，提笔就能写。"

葆秀说："你趁着还没喝迷糊，赶紧写吧。"翁泉海说："不对，李太白都是喝迷糊了才能写出好诗来，我也得迷糊了才能写出好休书来。我一个人喝不醉，得有你陪着。"

葆秀坐下说："好，那我就帮你一把。"翁泉海给葆秀倒了一杯酒："这些年，你为这个家忙里忙外，不得消停。来，我敬你。"

二人你一杯我一杯地喝酒。翁泉海给葆秀夹菜，感叹道："葆秀，我这人有什么毛病？尽管说，让我明白明白。"葆秀吃着菜说："你真的没毛病。""那你为何揪着我不放？我确实对岳小婉有过感情，可那都是过去的事，我早都想明白了。""我也确实对你有过感情，可那也都是过去的事，我也都想明白了。"

翁泉海问："葆秀，我们好好过日子行吗？"葆秀反问："泉海，你让我好好过日子行吗？""我们可以好好过日子啊！""我们不合适好好过日子了。"

翁泉海说："葆秀，我往后不气你了行吗？我往后全听你的行吗？你让我给谁诊病，我就给谁诊病，你不让我诊病，我就在家陪你，行吗？"葆秀说："那就不是你翁泉海了。""只要你高兴，我做牛做马做猪，做什么都行！"

"别说胡话了，我意已决，离了婚，我们就都轻松了。"

翁泉海倒酒，酒没有了。他放下酒壶说："我迷糊了，提不动笔了。"说着趴在桌子上。葆秀的眼泪缓缓流出来。

枝叶随风摆动，不时有树叶飘落下来，一晃就是秋天了。

翁晓嵘要给老爸做六十大寿，征求他的意见。翁泉海说："这事得问你妈，我全听她的。"葆秀说："我哪能管得了你爸啊，还是让他自己说吧。"

翁晓嵘笑着说："看你们二老，大喜的事还推来推去的。"高小朴提议，大家一人提个方案来，然后再商定。

翁晓杰拍手说："这个办法好。爸，您这可是大寿，得隆重点，大寿字不能少，大寿桃不能少，千响大挂鞭不能少，还得做一套富富态态的喜庆衣裳。"

翁泉海看着葆秀问："夫人，你看行吗？"葆秀说："我看鞭炮就别放了，用不着弄那么大的动静。"翁泉海点点头说："说得对。"

翁晓嵘提议道："早点把寿帖发出去，好确定能来多少人，得摆多少桌，到时候请几个好手艺的师傅，咱们就在这院里祝寿。"

翁泉海征求葆秀的意见："夫人，你看行吗？"葆秀说："请人来，那不是叫人家送礼吗？我看算了，就咱们家这些人，凑成一大桌，挺好的。"翁泉海说："此言正合我意。"

高小朴说："光有好菜不行，还得有好酒啊，爸，您把您那珍藏多年的好酒都拿出来吧。"翁泉海问："夫人，你看行吗……不对，小朴，就算拿好酒出来，你也喝不到，我还是把好酒留着自己喝吧。"

葆秀说："最重要的事你们都没想到，你爸最喜欢听戏，得叫个戏班子过来。"

"累了，躺会儿去。你们商量吧，我全听你妈的。"翁泉海说着走了。

给翁泉海做六十大寿，院里搭了戏台子，戏台上，演员唱昆曲《牧羊记·庆寿》："昨日宿醒犹未醒，今朝绣阁又排筵。华堂深处风光好，别是人间一洞天……"

翁泉海身着喜庆衣裳抱着外孙看戏，葆秀、高小朴、翁晓嵘、翁晓杰、老沙头、来了、泉子、斧子、小铜锣坐在两旁。过了一会儿，翁泉海发现葆秀不在座位上，就让翁晓嵘去找。翁晓嵘找遍各屋不见人，急忙告诉老爸。高小朴让大家赶快分开去找。

翁泉海孤零零地坐在椅子上，呆呆地望着空空的戏台，戏台渐渐模糊了……

黎明，道乐隐隐从山林中传出。葆秀挎着包裹走上山来，她站住身，抬眼向上望，灵霞观若隐若现。葆秀沿着长长的台阶走进灵霞观。

殿堂内，十几名道姑手持鼓、罄、铃子、木鱼、铛子、铍、笛子、箫、扬琴等各色乐器奏乐，静慧住持带领众道姑吟唱。葆秀站在殿堂外等候。

吟唱结束，葆秀向静慧住持求告："我想出家，您就收下我吧。"静慧看着葆秀说："施主，我不收徒弟。"

葆秀说："我可以在您这干杂活，出苦力。"静慧道："我道观中人皆自食其力，无须旁人伺候。"

葆秀说："我家世代行医，我也学了些医术，可以为道观所用。"静慧不语。葆秀继续说："我不怕脏不怕累，干什么活都行。"静慧仍不语。

葆秀哀求道："我一定会尊师重道，一心跟您学习。"静慧问："施主，请问你为何要出家？""我已经无牵无挂了。""你的心受伤了？"葆秀点点头。

静慧说："还能记住伤痛，皆因六根未净，尘缘未了。"葆秀蹙眉颤声道："我的心已经死了……"

静慧问："心死了还如何学道？如何修心？施主，请下山去吧。"葆秀站着没动。静慧说："执于一念，将受困于一念；一念放下，会自在于心间。"

葆秀问："我什么时候能来？"静慧说："该来的时候自然会来，该走的时候自然会走，一切随缘吧。""多谢住持。"

人家不肯收留，葆秀无奈，只好悻悻然地走了。

葆秀不辞而别，一下子击垮了翁泉海，他病恹恹地躺在床上，老沙头端着药碗坐在床前劝道："大哥，这是小朴精心给你煎的药，喝点吧。"

翁泉海说："我的病我清楚，用不着旁人伸手。老沙，你说你嫂子能去哪儿呢？她没回老家，就是怕我去寻她，她是有意躲着我啊，她是彻底死心了。"

老沙头说："嫂子是个泼实人，去哪儿都吃不了亏。她可能是一时没顺过气来，等出去溜达溜达，心宽绰了，说不定转眼就回来了。"

翁泉海伤感道："在身边的时候是个人儿，可真走了就成了影儿，那影儿在屋里晃来晃去，一会儿炒菜呢，一会儿缝补衣裳呢，一会儿又跟我吵上了，她是嘴里吐豆子，我一个字也吐不出来，可等我能吐出话来，她就没影儿了。老沙，我难受啊，我心疼啊，我想跟她说说话啊……"说着眼睛湿润了。

岳小婉坐着汽车来到翁家，走进堂屋。翁泉海从卧室缓缓走出来，看着岳小婉说："看你脸色，康复得不错。"岳小婉说："可是你瘦多了。翁大哥，都是我不好，一定是我伤了嫂子的心，我对不起你。"

翁泉海说："这事跟你无关。我给你治病是尽我的本分。就算是旁人，我也会这样做的。"岳小婉问："嫂子为何走了？"

翁泉海摇头说："看不上我，不想跟我过了呗。你千万不要多虑，我和你嫂子的事，都是我不好，没照顾好她。"他说着递过一个信封，"药方在里面，照方抓药，按时服药，对你有好处。我能做的也就这点事了。"

岳小婉接过信封说："多谢翁大哥。你要保重身体，碰上难处尽管跟我说，不要客气。"翁泉海说："我一个老人家，孤孤单单的，哪有什么难处，再说我也打算歇着了，诊所交给年轻人去打理。我累了，回屋睡会儿去。"

岳小婉起身朝外走。翁泉海望着岳小婉的背影，直到看不见。

汽车行驶着，岳小婉从包里拿出信封，抽出信纸展开：

　　小婉你好，多谢你来看望我。我老了，也无趣了，只想清清静静地走完余生，请你不要担心我，不要惦念我，也不要再来了……

岳小婉的眼泪一滴一滴落在信纸上……

翁泉海一个人心情烦闷，就到老沙头屋里来闲聊，他坐到床前，发现一只破袜子，前后都有洞，就说："这么个破袜子扔了吧。"

"别扔，补好了一样穿。"老沙头拉了把椅子让翁泉海坐，自己坐在床上说，"大哥，你别小看这破袜子，它也有讲究。我听人讲，有个男人在外面拈花惹草，把钱都花在一个女人身上。一次，他的袜子有个洞，就让那女人给补一下。那女人撇嘴道，谁给你补那臭袜子！那个男人回到家里，媳妇发现他的袜子破了，不声不响把那破袜子补好，用嘴咬断线。男人感动了，心想还是自己媳妇好。从这以后，他再也不花心了。"

翁泉海说："这媳妇真好，那个男人太可恶。"老沙头说："人吃五谷杂粮，谁能不犯错？错了能改就是好人。"

翁泉海说："我知道你是在拐弯抹角地敲打我！"老沙头一笑："哪能呢！大哥你不要多心。"

翁泉海说："老沙，我六十了，得立遗嘱了，老家就是这规矩。如今两个女儿都已长大，晓嵘结婚生子，晓杰找婆家也不难，她俩我都不担心。只是谁来接我的班扛我的旗，我还没考虑好，你帮我定夺定夺。"老沙头说："这是大事，你先讲，我琢磨琢磨。"

翁泉海说："好，我先说说。我这五个徒弟，来了憨厚老实，可胆子太小；泉子人品不错，但资质有限；斧子胆大鲁莽，不堪重任；小铜锣是女的，不用考虑。高小朴聪明伶俐，肯下苦功夫，这几年医术进步非常之大，只是来路不正，身上总有些江湖气，我怕他日后走歪门邪道。"

老沙头说："听你这么讲，还是来了和小朴最合适。"翁泉海点点头说："也只能是他们二人中选一个了。""其实也不能这么说，万一晓杰找了个更合你心意的人呢？""我怎么把这事给忘了，多亏你提醒我。"

第三十章
逐出师门

翁泉海在考虑接班人的时候，发现了一个大漏洞，他药房里的砒霜被人动过！

他从腰间掏出小钥匙插入锁孔，打开药箱，见装砒霜的药箱门板上，有一点散落的砒霜粉末。他查看锁孔，锁孔上有磨痕。

翁泉海摸着磨痕想，这肯定不是外人干的。可是院里的这些人，是谁动这剧毒的砒霜呢？动砒霜干什么？他首先想到的就是小朴。于是一连串的测试开始了。

一家人坐在桌前准备吃晚饭，翁泉海望着饭碗问："谁给我盛的饭啊？"翁晓杰说："爸那碗是姐夫盛的。"

"小朴，你给我盛这么多干什么？我吃不了，来，分给你点。"翁泉海说着给高小朴拨饭。高小朴端着饭碗说："拨这么多啊。"翁晓嵘说："小朴，你要是吃不了分给我点，我盛少了。"

高小朴刚要给翁晓嵘拨饭，翁泉海说："饭哪能拨来拨去的？不合规矩！你要是不够吃自己盛去。"翁晓嵘只好说："好了好了，先吃着吧。"

高小朴心里不畅快，只吃菜不吃饭。翁泉海吃着菜说："小朴，你光吃菜不咸啊？"高小朴说："这菜不咸。"

翁晓杰笑着说："爸，我姐夫爱吃什么吃什么呗，你管人家干什么？再说您的饭也一口没动呢。"翁晓嵘说："晓杰别说了，咱爸也是为你姐夫好。"

高小朴端起碗吃饭，翁泉海也端起碗吃起来。

饭后，翁泉海在书房看书，高小朴提着暖壶进来给水杯倒水。翁泉海说："小朴，你陪我坐会儿。"高小朴坐在一旁，翁泉海让他喝水。高小朴说他不渴。

翁泉海拿暖壶欲倒水，高小朴忙接过暖壶给自己倒了一杯水。翁泉海端起水杯说："喝吧。"高小朴说："水太热，等晾凉再喝。"

翁泉海把高小朴的水倒进自己水杯里，倒了几遍说："这样就不热了，喝吧。"

高小朴端着水杯说："爸，我真不渴。"翁泉海说："都倒上了，喝吧。"高小朴只好喝水。翁泉海假意喝水，偷眼望着高小朴。

高小朴喝完放下水杯问："爸，您有事找我？"翁泉海说："小朴啊，我老了，往后这个家你要多担待担待了。"

高小朴说："爸，你才六十岁，怎么都得活上一百啊！"翁泉海一笑："我要活上一百，那不成精了？你们还有出头之日吗？"

高小朴诚心地说："什么出头不出头的，家有一老如有一宝，您在是我们的福气，我们心里有底啊！"翁泉海点点头："这话热乎人，行了，你回屋吧。"

高小朴提着暖壶走了。翁泉海急忙走进药房，抱出装砒霜的药箱察看锁孔，掏钥匙打开药箱，拿起小铜戥子称砒霜。

翁泉海的身体时好时坏，高小朴给他开方煎药。煎好药，高小朴端药走到床前说："爸，药煎好了。"翁泉海躺在床上说："放床边吧，你去忙。药太热，等晾凉我再喝。"

高小朴催促说："不热了，现在喝正好。等您喝完药，我把碗刷了。"翁泉海大声道："我想什么时候喝就什么时候喝，不用你管。快走！"高小朴无奈地走出去。

早晨，高小朴扫地，见翁泉海从卧室出来，就问："爸，身子感觉好点了吗？"翁泉海说："好多了。"

高小朴笑道："看来药对症了，等我再给您煎去。"翁泉海摆手说："病好了还煎什么！小朴，我怎么没看见你妈呢？"

高小朴一怔说："我妈她……她不是走了吗？"翁泉海愣了一下问："走了？去哪儿了？对，是走了，我怎么给忘了？"

一连几天，全家人和徒弟们都发现翁泉海脑子好像出了问题。

翁晓嵘知道赵闵堂赵大夫治疗这类病很有一手，赶紧把他请来给爸爸看病。

赵闵堂来了，他对翁泉海说："伸过手，切脉。"翁泉海瞪眼问："你是谁啊？看着有些面熟。"

赵闵堂说："连我都不认识了？再想想。"翁泉海打量着赵闵堂说："你是乔大川？谁得狂犬病了？我想起来了。"他猛地掐住赵闵堂的脖子，"你贿赂法官，陷害我坐大牢，我掐死你！"高小朴和老沙头赶紧上前拉开翁泉海。

翁晓嵘说："爸，他是赵闵堂赵大夫！"翁泉海皱眉说："赵闵堂？不对，赵闵堂怎么会长得跟头老山羊一样？你来干什么？赶快滚蛋！"说着走进卧室。

翁晓嵘说："赵大夫，我知道您在神经科上研究颇深，望您一定把我爸的病治好。"赵闵堂说："此事不急，先让他再折腾几天，等把精力耗尽再说。"

赵闵堂回家说起翁泉海患病的事，老婆感到奇怪，问道："那翁泉海是多精明的人啊，怎么突然傻了呢？"赵闵堂说："谁知道他哪根弦搭错了地方。菩提本无树，明镜亦非台，本来无一物，何处惹尘埃。我饿了，弄饭吃吧。"

这天，一只脖子上挂着铃铛的小狗跑进翁家院里。来了、泉子等几个人追不上，小狗跑到翁泉海面前不动了。翁泉海蹲下身伸出手，小狗舔着翁泉海的手。翁泉海抱起小狗说："小铃铛，看来你跟我有缘分啊！留下吧。"

夜晚，翁泉海发现书房的门缝透出灯光，他走进书房，看到高小朴坐在桌前看医书《神经学》。

翁泉海问："为何不回你屋看去？"高小朴说："屋里孩子闹，看不进去。爸，我不看了，回屋睡觉去。"翁泉海冷笑道："别，想看就看，这屋子早晚是你的，你得拢拢自己的气儿啊！"

高小朴回到自己屋里对翁晓嵘说："看了《神经学》，也没有闹明白爸的病。"

翁晓嵘说："别着急，脑子的病是慢病，得慢慢治。咱爸的身子还是挺虚弱的，要不你先弄点药给他补补吧。"

高小朴点了点头说："这倒没问题，就怕咱爸不喝我的药。"翁晓嵘说："你只管弄你的，我让他喝。"

早晨，翁泉海抱着小狗坐在堂屋椅子上给小狗梳毛，翁晓嵘端药碗进来说："跟小铃铛聊得挺好？爸，小朴给您煎了碗大补汤，您喝吧。"

翁泉海摇头说："我身子骨好着呢，不用补。"翁晓嵘说："用不用补就这一碗，喝了总比不喝强。再说这是小朴的一片孝心，您得喝。"

翁泉海看着小狗问："小铃铛，你想喝吗？晓嵘，要不你让小朴给小铃铛煎碗大补汤吧，它确实需要好好补补。"

翁晓嵘无奈道："这……行，我叫小朴给它弄。您赶紧喝药，一会儿就凉了。"

"那我回屋喝。"翁泉海放下小狗，端药碗进了卧室。

上午，翁泉海把高小朴叫进药房关上门，指着装砒霜的药箱说："你看看它少没少？"高小朴愣住了，说道："我得称称才知道啊。"

翁泉海一字一顿道："一天少三分，已少二钱七分！"高小朴蹙眉道："怎么可能少了呢？钥匙在您手里啊！"

翁泉海双目利剑般盯着高小朴说："锁孔有磨痕，一定有人撬开了锁！撬锁，就是为了不想让别人知道，可拿砒霜出来干什么？这可是剧毒的东西！砒霜每天少三分，已经少二钱七分，一钱砒霜就会要命，这样分散开来，就是想让毒素积攒在我的血液里，等攒足量之后，我的心肾功能就会衰竭，我会死得无声无息，好高明的手段啊！"

高小朴瞪眼说："爸，您说得太吓人了，谁会这么干啊？"翁泉海厉声道："那就看谁给我煎的药了！高小朴，话都说到这儿，你还不认账吗？"

高小朴呆若木鸡："爸，您难道怀疑是我干的？！"翁泉海说："因为你想置我于死地！"

高小朴惊恐道："爸，这话您可不能乱说，我……我怎么会……爸，您冤枉死我了！"翁泉海声色俱厉地说："我医了大半辈子病，见了太多的人，红心黑心，我什么心没见过。高小朴，我冤枉你了吗？你低下头，看看你自己的心吧！"

高小朴把此事赶紧告诉翁晓嵘，翁晓嵘对翁泉海说："爸，您怎么能冤枉小朴呢？！"翁泉海说："我没冤枉他，我早就看出来他的狼子野心，他想谋害我，然后霸占我的名望和财产！"

翁晓嵘喊："爸，您说话得有证据！"

翁泉海不动声色地一一道来："当然有证据，其一，他跟我说不会贪图我的名望和财产，可到头来跟你生米煮成熟饭，娶了你！其二，他趁我外出，私自坐堂开诊，野心毕露。其三，因为我在书稿上没署他的大名，他怀恨在心。其四，我多次装病考验他，他在我病前和病后的嘴脸完全两样，可以说我病前他是小猫，我病后他就变成大老虎！其五，这几天他天天在我书房待着，我知道他是等不及了。其六，我病的这段日子，诊所药房的砒霜一天少三分，已经少二钱七分，他每次给我煎药放三分，想无声无息要我的命！你还要为他狡辩吗？！"

翁晓嵘说："爸，我觉得这都是您猜测的，证据不足。再说药您都喝了，不也没事吗？"翁泉海冷笑道："我会喝他的药吗？他的药我都攒着呢！"

翁晓嵘说："您可以拿药去西医院化验，如果正如您所言，那再说不迟。"翁泉海语重心长道："晓嵘，你以为我糊涂了？你才糊涂呢！我之所以没拿药去西医院化验，是看在你的面子上，是看在我外孙的面子上，我是给他留了一条退路和悔过的机会。如若真拿去化验，这事可就见天了，证据确凿，他好得了吗？关进大牢，你们娘儿俩怎么办？苦守一辈子？"

翁晓嵘沉默良久说："爸，我觉得您冤枉小朴了，他不是那样的人。"翁泉海说："当局者迷，旁观者清。晓嵘，你醒醒吧！""爸，如果你说的都是真的，我求您不要捂着，就让它见天日吧！""你就是不见棺材不落泪，见了天日，你们俩的日子就到头了！"

见女儿"执迷不悟"，翁泉海把他对高小朴的怀疑讲给老沙头听。老沙头琢磨片刻说："大哥，恕我多句嘴，听你说的这些，还不能确定此事就是高小朴做的。"翁泉海肯定道："不是他还能是谁？来了、泉子、斧子还是小铜锣？这几个人中，也就他来路最邪，野心最大！"

老沙头说："可他这么做图的什么呢？他是大女婿，只要他做得好，稳稳当当日后当家做主，是早晚的事。我说句不好听的，就是你百年之后，他可以名正言顺地直起腰来，没必要急于一时。"

翁泉海摇头说："话不能这么说，万一我活得比他长呢？再说自古争权夺位之事还少吗？哪个皇子不想早点当皇上？"

老沙头说："大哥，不管这事是不是他做的，都得弄清楚，咱不能冤枉了好人，也不能放走恶人。"

翁泉海固执己见地说："这事就是高小朴干的，错不了，我敢拿脑袋说话！老沙，这屋里除了我那两个女儿，我最信任的就是你，你得帮我拿拿主意。你说高小朴如何处置，何去何从啊？"老沙头蹙眉不语。

翁泉海咬牙切齿道："高小朴心怀鬼胎，屡教不改，这样的人留在外面就是祸害，应该关进大牢！"老沙头说："他进去了，晓嵘和孩子怎么办？"

翁泉海叹气说："就是有他们娘儿俩牵着，我这心才狠不下来。家里的男人没了，家就不是个家，他们娘儿俩得苦守一辈子啊……"

老沙头劝道："大哥，如是这样的话，还是放他一马吧，孩子不能没爹。"翁泉海长叹不语。

翁泉海把他的决定告诉翁晓嵘："赶走他，这已经是最轻的了。"翁晓嵘说："我可以给他担保，他绝没有害您之心！他还让我跟您说，事出必有因，要小心。"

翁泉海冷笑道："贼喊捉贼的把戏，就你能信！姑且不是他，你说是谁想要我的命？他不走我寝食难安，我今天活着，明天就可能死了！"翁晓嵘还想挽回，翁泉海决绝道，"他不走我走，我们两个人只能留一个，你选吧。"

"当然是他走。只是我想跟他一块儿走。"翁晓嵘跪在地上，"爸，求您成全我……"

翁泉海的身子颤抖着喊："滚！你给我滚！有多远滚多远！"翁晓嵘重重地磕头。翁泉海闭上了眼睛。

高小朴和翁晓嵘带着孩子要走了，来了、泉子、斧子、小铜锣站在院里看着。翁晓杰拉着翁晓嵘不让走。

翁晓嵘说："等我们安顿下来，我会把住址告诉你。晓杰，你要照看好咱爸，有事一定尽快通知我。"翁晓杰流泪了。

高小朴环顾众人道："各位师兄，我没什么可说的，日子长着呢，我高小朴是人是狼，早晚能弄清楚。师父，您老保重！"

翁晓嵘背着孩子朝外走，孩子哭了。高小朴紧跟着翁晓嵘走出院子。

姐姐一家走后，翁晓杰心里烦闷，刚走出院子，赵少博闪出身说："走，我找你有好事，边走边说。"翁晓杰犹豫片刻，跟着赵少博走了。两人走在街上，赵少博从兜里掏出一瓶香水说："这是那瓶薄荷味香水，送你了。不信你闻闻。我有必要骗你吗？"

翁晓杰问："你为什么要把香水送我？""你不是喜欢薄荷味吗？我是男人，你是女人，我得让着你。"赵少博笑着说，"小姐，上回我……其实我不是有意的，那鞭炮突然响了，我怕你被炸伤，所以才……"

翁晓杰瞪眼说："你闭嘴！我也不是非要这瓶香水不可，就因为你诡计多端，我才赌这口气。当时要是你直说喜欢薄荷味香水，我肯定会让给你。"

赵少博看着翁晓杰说："既然能让给我，说明这瓶香水对你来说可有可无，我放心了。小姐，我跟那香水店的老板说，只要再来货，他会第一个通知我，我一定买下来送你。"

翁晓杰摇摇头说："用不着，我不要！"赵少博大声说："我非买不可！给你花钱我高兴！"翁晓杰愣住了。

赵少博在西餐厅请翁晓杰吃饭，他说："右手拿刀子，左手拿叉子，左手的叉子按住牛排，右手的刀子切牛排。"翁晓杰切牛排没切动，她使劲切，刀子和盘子发出摩擦声，就撂下刀子说："太费劲，我不吃了。"

"看你，又耍脾气。"赵少博端过翁晓杰的牛排，切了一块说，"尝尝，好味道。你不用动手，尽管吃。来，张嘴。"翁晓杰犹豫了一下，张嘴吃了，品味道："挺好吃的。我还不知道你叫什么名字呢。""我叫赵少博，你呢？""我叫翁晓杰。"

饭后，两人来到黄浦江边，望着江水谈心。

翁晓杰问："你为什么请我吃饭啊？"赵少博说："我想吃西餐了，自己吃没意思，就找你了呗。""原来我是陪吃的。""当然不是陪吃，是……"

翁晓杰说："我得回家了。""我送你。万一碰上坏人怎么办。"赵少博突然说了句英语，"我喜欢你。"

"你也够怪的，挺简单的一句话，还得用英语说！我也是念过书的人！"翁晓杰撇撇嘴走了。赵少博望着翁晓杰的背影笑着说："原来你听明白了啊！"

翁泉海牵着小铃铛在路上遛，小铃铛见一个人牵着一只小母狗走过来，突然挣脱绳子，朝小母狗跑去，缠住小母狗做交配状。

小母狗主人喊："赶紧把你家狗牵走！"翁泉海一本正经道："两只小狗碰上了，亲热亲热有何不可？"

小母狗主人赶紧抱起小母狗说："能随便亲热吗？万一怀上了，算怎么回事！"

翁泉海也抱起小铃铛，小铃铛对着小母狗一个劲地叫。回到家，小铃铛趴在地上一动不动，满骨头的肉它也不吃。

老沙头说："大哥，你别带它出去了，看不见发情的母狗，它的心也就慢慢收回来了。"翁泉海说："还能总不出去吗？在家不是憋傻了？再说了，它也是个公的，总不能一辈子这样吧？"

老沙头说："要不就给它找个媳妇？"翁泉海笑道："好，这事就交给你了。"

翁泉海牵着小铃铛在街上走，遇见赵闵堂。他迎面走过来打招呼："呦，翁大夫，病好了？"翁泉海说："你赵大夫出手，能不好吗？"

赵闵堂说："我可没出手。一双老虎爪子，差点把我掐死！出去办点事，正巧碰上你了，遛狗呢？"翁泉海说："准备给它找个媳妇。"

赵闵堂打开话匣子说："狗这东西，我最懂了。公狗碰上发情的母狗，就想成亲，如果不让它成亲，它就会憋得难受，时间久了，没准就得憋出病来。可谁又愿意让自家的母狗没事就怀崽子啊？所以说这事麻烦着呢。我跟你讲，要想让公狗安安分分的，最好是快刀斩乱麻，断子绝孙。把刀磨利，也就是风凉一下。"

翁泉海喊道："你这么清楚，难道你风凉过？老赵头，你心肠太恶毒了！"

赵闵堂觉得翁泉海病后脑子出问题了，变得不可理喻，摇摇头叹气离去。

翁泉海和老沙头牵着小铃铛来到一家大百货商店前，看见岳小婉从店里出来，朝一辆汽车走去。小铃铛忽然挣脱绳子追赶岳小婉，岳小婉打开车门上了车。小铃铛跑到汽车前狂叫。汽车远去，小铃铛朝汽车不停地叫着。

翁泉海赶紧抱起小铃铛回家，没想到小铃铛绝食了。翁泉海让老沙头把小铃铛还给岳小婉。可是，岳小婉的房子卖了，至于她去哪里了，新房主不清楚。

翁泉海说："老沙，要不……你去给他找个媳妇吧，把它憋病了更麻烦。小铃铛的事就是我的事，你看着办吧。"

高小朴一家人搬到一个小弄堂里，开了一家小诊所。翁泉海和老沙头来到高小朴家门外，把两袋米面、一套小孩的衣服和一双小孩的鞋放在门口走了。

翁泉海摇头说："放着好日子不过，跑这破地方窝着，都是自找的啊！"老沙头说："怎么说也是你闺女，要不你给他们租个好点的房子吧。大哥，你要是想外孙子，进去看看也无妨。"翁泉海瞪眼说："我理亏吗？还得看他脸色？"

翁晓杰来到翁晓嵘家对姐姐讲："眼下那小狗不吃不喝，咱爸也跟着吃不进喝不进，时间久了怕他身子扛不住。人老了还让狗给拴住了，这事都怪那个岳小婉，没她就没这狗的事！"

翁晓嵘说："埋怨人家干什么，人家也是一片好心。咱妈走后，爸一个人孤孤单单的，精神头都没了，亏得有这只小狗陪他。说句掏心话，咱得感谢小狗，感谢岳小姐。"

翁晓杰说："好，我感谢狗，感谢岳小姐，可眼下咱爸怎么办？我姐夫怎么说的？"翁晓嵘说："他说不行把小狗偷走，就说丢了。"

翁晓杰点点头说："这办法不错，长痛不如短痛。"翁晓嵘担心地说："就怕短痛咱爸也扛不住，你知道，咱爸的心思重着呢。他年岁大了，万一再为这事得了大病，咱们就是不孝。"

赵少博约翁晓杰在黄浦江边散步，翁晓杰无意中说出那只小狗惹出的麻烦。赵少博出点子说："你姐说得对，你爸对那只狗看得那么重，就像自己的孩子一样，要是突然没有了，他受得了吗？急火攻心要命啊！我看那狗还是阉了吧。"

翁晓杰站住身说："那多疼啊！"赵少博说："也就一刀的事，然后一了百了。"

翁晓杰把要阉狗的意思对姐姐讲，翁晓嵘吃惊道："阉了？那咱爸不得疯了？"翁晓杰说："要疯也就疯一阵，起码狗还在身边，并且一辈子都不会为给它找媳妇烦心。姐，这是目前最好的办法，我就等你一句话。到时候咱爸怪罪下来，我一个人势单力孤，你得护着我啊！"

翁晓嵘问："这事谁来做？"翁晓杰说："好人做到底，我做！我有帮手。"

这事对于赵少博来说，是手到擒来的事情。一个多小时后，他就把阉了的小铃铛抱着交给翁晓杰。翁晓杰把小铃铛藏在桌子下。为了给翁晓杰壮胆，翁晓嵘特地回家一趟。

翁泉海和老沙头出诊回来了。翁泉海一进正房堂屋就喊："小铃铛，小铃铛？"

小铃铛趴在桌子底下不出来。"今天怎么没出来迎接我啊？你病了？"翁泉海说着抱出小铃铛。

翁晓嵘拉着翁晓杰走进来说："爸，您回来了。"翁泉海问："没饭吃了？"翁晓嵘笑着说："看您说的，我回来看看您。"翁泉海噘嘴道："用不着你看我。"

翁晓杰走上前说："爸，我姐回来看我还不行吗？""行，你们说什么都行！"翁泉海突然高喊，"谁干的？小铃铛的命根子哪儿去了？"

姐妹俩互相看看，异口同声地说，是自己干的。

翁晓嵘说："爸，我们这样做全是为您好，为小铃铛好。您想啊，小铃铛配种配不上，它多难受啊！您也跟着着急上火。而且这事不是一年两年的事，年年这样，年年遭罪。我们这样做，也是一了百了啊！"

翁泉海沉默良久，问道："是谁给它做的手术？"翁晓杰说："找人做的呗。"

翁泉海压住怒气问："晓杰，到底是谁做的？今天你必须跟我讲清楚！讲清楚这篇就翻过去了。我就想看看哪个人的手法这么高明！"

翁晓杰小心翼翼道："原来是这样啊，那我说……他叫赵少博，留洋回来的。"翁泉海扬眉道："好啊！叫他来见我！"

赵少博听说要去见翁泉海，不免有点胆怯。

翁晓杰不高兴了，说道："你要不愿意见就算了，没人求你！"赵少博忙说："谁讲不愿意了？早晚的事！哪天见，你说。"

翁晓杰笑了，说道："正好我爸今天在家，要不咱们一会儿就去吧，早说清楚早利索。"赵少博拍手说："行，就听你的。"

翁晓杰带着赵少博走进正房堂屋，赵少博躬身施礼道："伯父，您好。"翁泉海打量着赵少博，客气地说："请坐。"

翁泉海让晓杰去烧水沏茶，然后问："你贵姓啊？"赵少博恭敬道："我姓赵，叫赵少博。""小伙子，你几天没洗头了？怎么满头冒油呢？""伯父，这是发蜡。头发抹蜡，能固定发型，看起来更有光泽。您要是喜欢，我可以送您一罐发蜡。""算了，我怕睡觉脑袋打滑，闪了脖子。""伯父，您真风趣。"

翁泉海吸鼻子闻了闻问："你身上是什么味儿啊?"赵少博说："薄荷味香水。""男人也抹香水?""男人当然可以抹香水了。洋人都会抹一点，这也是礼仪。"

翁泉海问："你是洋人?"赵少博尴尬地笑着说："伯父，您真会开玩笑，我一直留洋，刚回国不久。""原来如此，你留洋学的是兽医?""伯父，我学的是西医。"

翁泉海撇嘴说："怪不得给小铃铛的手术做得有板有眼呢!"赵少博老实说："多谢伯父夸奖，其实那是家父操的刀。""你父亲也是大夫?""家父是中医，他在上海开的诊所。他叫赵闵堂。"

翁泉海盯着赵少博，面无表情。

第三十一章
原形毕露

翁泉海心想，赵闵堂欺人太甚，居然干出让小铃铛断子绝孙的事情来，这事情不能算完。他气呼呼来到赵闵堂家兴师问罪："赵闵堂，你为何阉我家的狗？今天你若不说清楚我就不走了。你吃饭，我跟着吃；你睡觉，我就躺你身边，等你睡着了，我给你来一刀，让你也风凉风凉。"

赵闵堂一脸苦相地说："泉海，冤枉啊，我真不知道那是你家的狗，我要早知道，能让它断子绝孙吗？再说那狗怎么会跑我家来了呢？"

翁泉海说："这就是你做的局！"赵闵堂指天指地诅咒："我无缘无故做这个局干什么？上有天，下有地，我赵闵堂要是做了亏心事，天打五雷劈！"

翁泉海怒气冲冲地问："我问你，你儿子怎么搭上我女儿了？"赵闵堂吃惊道："他搭上你女儿了？这事我怎么不知道？"

"一问三不知，行，这两笔账咱俩算记下了！"翁泉海说着走了。

回到家里，翁泉海对翁晓杰说："赵闵堂那儿子油头粉面，一副骨头架子弱不禁风，往后少跟他凑合！"翁晓杰低着头说："爸，您不能拿外表衡量人，其实他人挺好的。我也不多说了，就一句话，我喜欢他。"

翁泉海说："好小伙不有的是，爸给你找更好的。"翁晓杰开导说："爸，我知道这些年来您和赵叔见面就闹，可越闹不是越热乎吗？我爷爷的病，还是您请赵叔帮着治的呢，您要是信不过他，肯定不会请他来。再说，赵家也是正门正派，高小朴您都答应了，赵少博比高小朴强多了。爸，您就成全我俩吧。"

翁泉海沉思良久，就是不表态。

中午的饭菜很丰盛，可翁晓杰坐在桌前不动筷子。翁泉海问："你怎么不吃？惦记那小子呢？"翁晓杰说："爸，要不您去跟赵叔提……"

翁泉海把筷子拍在桌上，怒道："我看你是中病了，并且病得不轻！自古以来，哪有女方去男方家提亲的，那不得让人笑掉大牙吗？你只顾着想自己的事，就没想想你爸我这张脸往哪儿放！"

翁晓杰吓了一跳，还是大着胆子说："爸，我没说让您去提亲，我的意思是……是让您去找赵叔聊聊天。"翁泉海瞪眼说："少跟我绕圈子！你跟那小子的事我可以不管，但是想让我上门去求老赵头，我就是死了也不答应！"

"不答应就不答应呗，爸，您别生气了，吃饭。"翁晓杰给翁泉海夹菜，也大口吃起来。

这边赵闵堂也在质问儿子："你说你认识谁不好，非认识他女儿干什么？"赵少博说："爸，我真不知道她是翁泉海的女儿，再说她是翁泉海的女儿又如何？难道您和翁泉海……"

赵妻插嘴说："你爸跟翁泉海是好兄弟，亲着呢。"赵闵堂摇头说："陈年往事，说不明白。总之你离她远点，好姑娘有的是。"

赵少博说："挺好的姑娘，为什么离远点啊？爸，不瞒您说，我挺喜欢她的。任凭弱水三千，我只取一瓢饮，谁让我先碰上她了。"

赵闵堂摇头说："你可气死我了！就算她喜欢你，你也喜欢她，这事也得先放放再说。"赵少博着急道："还放什么啊，我也该成婚了。"

赵妻拍手笑道："太好了，我就盼着这句话呢，早成婚早给妈生个大胖孙子。当家的，咱家和翁家是门当户对，翁家二闺女长得也水灵，咱儿子眼光不错，得支持啊！"赵闵堂只好说："二打一，我吵不过你们还不行吗？只是我得把话放前面，那翁泉海可不是个省油灯，这事得看他翁家的意思。"

赵妻倒还明理，说道："婚嫁之事，哪有让女方主动的？"赵闵堂说："谁让他看好的是翁家姑娘，要是别人家的姑娘，我就主动登门提亲去。这事绝不商量！"

老沙头知道翁泉海为晓杰的事犯愁，就劝他去找赵闵堂摸摸底，探探对方的意思。摸清了他的底，是进是退都可早做打算。翁泉海觉得，都过了半个月，赵闵堂不来摸底，那就是他不愿意。

老沙头说："赵闵堂那人你也不是不清楚，他肯定端着呢。"翁泉海说："那我也端着，看谁端得过谁。"

老沙头劝道："大哥，咱家可是闺女啊，就怕你端久了……晓嵘的事可摆在前面呢，万一又煮成熟饭了，更麻烦。"

无奈之下，翁泉海只好主动约赵闵堂在雅居茶楼小聚。他在茶楼外转来转去，好一阵子才一咬牙进去了。赵闵堂笑嘻嘻地迎上问："找我什么事啊？"翁泉海说："怕你闲着难受，陪陪你。"

赵闵堂一本正经道："我整天忙得脚打后脑勺，哪有工夫跟你闲聊，告辞了。"翁泉海一把拽住赵闵堂说："都来了，喝口茶再走吧。""谁花茶钱？""这还用问吗？当然是你啊。你把我家小铃铛的命根子弄没了，这笔账你不认吗？"

赵闵堂说："原来是兴师问罪来了，好，我把茶钱交了，咱俩的账就算了了，你自己喝吧。"翁泉海撇嘴说："小心眼子，成不了大事！"赵闵堂笑道："我是成不了大事，可我儿子能成大事。"

翁泉海暗示道："老赵头，你说咱俩的账怎么算？就要看你的心诚不诚了。心诚的话，你自己就清楚这账该怎么算了。"

赵闵堂也暗示说："老翁头，我心诚啊，要是不诚我也不会来。只是我真不清楚这账该怎么算，要不你划道，我来走，行吗？""我划出道来，你肯定走？""那也得看是什么道，你若是要我的命根子，我能给你吗？"

翁泉海笑道："你真是把自己看高了，你那东西还好使吗？泡酒都浪费酒钱。"

赵闵堂反刺儿："好不好使先不说，我是没闲着，可有人闲得都成风干的腊肠了。"

翁泉海说："老赵头，你去我家帮工吧，干一年活，咱俩这笔账就算消了。"

赵闵堂摇头说："年岁大了，手脚不灵便，干不了活。""可以父债子偿。""转来转去，到底是转到我儿子身上了。"

翁泉海问："你就说你答应不答应。"赵闵堂琢磨片刻说："不答应。""欠账不还，这还了得，老赵头，今天你休想出去！""你还想杀人不成？"

赵闵堂朝屋门走，翁泉海起身挡住赵闵堂。二人对峙着。

屋门开了，翁晓杰和赵少博站在门外齐声喊："爸，干什么呢？"

两个老头尴尬地笑了，各自甩手离去。

这天，老婆告诉赵闵堂，她的小花怀上了老翁家小铃铛的崽子。原来就在赵闵堂洗手做手术前准备的时候，小铃铛就和小花黏糊上了。

翁泉海从翁晓杰嘴里知道老赵家的狗怀上小铃铛的种了，哈哈大笑："这个老赵头，让你气我，看这回是谁气谁？小铃铛，好样的！"

正笑呢，赵闵堂和赵少博来了。翁泉海说："呦，是闵堂啊，别来无恙乎？"赵闵堂故意冷着脸子说："乎什么乎，这笔账咱俩怎么算？你家小铃铛霸占了我家小花，害得我家小花得受生产之苦，什么也别说了，拿钱来吧。""要钱没有，要命一条。""你这个蒸不熟煮不烂的老东西！"

赵少博望着翁晓杰。翁晓杰点点头。赵少博跪在地上说："爸，求您成全我和晓杰，我俩是真心相爱的！"翁晓杰也跪在地上说："爸，求您成全我和少博吧！"

翁泉海和赵闵堂相对无语。这时，来了提水壶进来，他看到眼前的情景，一下子愣住了。翁泉海打破僵局喊："快沏好茶！"

春天刚到不久，眨眼就到了夏天。礼拜二又到了，上午，翁泉海摇着扇子，闭着眼睛坐在院内树下乘凉。他想，翁晓杰和赵少博订婚了，再过一个月就是喜日子，这喜事得好好张罗一下。只是赵少博打小就体弱，身子骨亏，翁泉海每个礼拜都会给他配制好调理气血、强身健体的药，让他每个礼拜二都来翁家取药。可是，眼看快中午了，还不见赵少博的影子。翁泉海就让翁晓杰把药送过去。翁晓杰回来说少博没在家，他爸妈说他来咱家取药来了。父女俩感到很奇怪。

当天夜晚，赵少博还没有回家，赵闵堂两口子急了。老婆说："当家的，我这心慌得不行，都快跳出来了。咋办啊？！"赵闵堂说："报警吧。"

两口子正着急呢，翁泉海和老沙头来了。翁泉海说："少博还没回来？闵堂，我知道你着急，我也着急啊，但急也没办法，咱俩一块等着。"

到了下半夜，警察来了说："赵先生，请您跟我们走一趟。我们发现一个人，那个人的相貌和衣着打扮，跟您儿子赵少博有些相似，我们想请您确认一下。"翁泉海和赵闵堂一同上了警车。赵闵堂浑身发抖，翁泉海紧紧握住赵闵堂的手。警车驶到一条小巷口，警察带着翁泉海和赵闵堂走进小巷，来到一间破屋门口。

警察说："我们进去吧。"赵闵堂颤抖着问："我儿子在里面干什么呢？怎么不出来啊？"警察说："赵先生，请您做好心理准备。"

赵闵堂的腿软了，差点跪在地上，翁泉海一把扶住他说："闵堂，你先别急，说不定不是少博呢。要不你在外面等着，我进去看看。"

赵闵堂说："不，我进去。"翁泉海搀着赵闵堂走进去。二人一看，死者果然是赵少博！赵闵堂凄惨地高喊："儿啊！你可疼死我了！"

赵闵堂回到家里，躺在床上睁着眼睛，目光呆滞。老婆坐在床边抹眼泪说："当家的，你可得挺住啊！"赵闵堂轻声问："你能挺得住吗？"

老婆哽咽着说："我这不是坐着呢吗？咱俩要是都倒了，谁来给咱儿子报仇啊！"赵闵堂说："你说得对，我得留命给我儿子报仇！"二人抱在一起痛哭。

夏夜，翁泉海和老沙头坐在堂屋议论赵少博的事。

老沙头说："大哥,你说能不能是赵少博得罪了仇家呢?"翁泉海摇头说:"我问过赵大夫了,他说少博年少留洋,又刚回来,在上海没有熟悉的人,更别谈仇家了。"老沙头说:"难道是夺财害命?"

翁泉海痛心道:"出门能带几个钱啊,夺财没必要夺命。赵少博身中十三刀,是刀刀要命啊!就算夺财,中了刀无力反抗也就算了,不至于下这么狠的手。这事绝不是巧合,一定是有人早就盯上他了。""可杀他图个啥呢?""等查到凶手,就全清楚了,少博不能白死,杀人得偿命!"

谁都想不到,这事居然跟高小朴有关系。

高小朴在穆小六的指认下,被警察抓走了。在警察局讯问室内,警察让高小朴如实交代赵少博是怎么死的。高小朴问:"我怎么知道他是怎么死的?凭什么怀疑我?"

警察说:"因为我们有证人证明,是你花钱叫他跑腿,说有个人每个礼拜二上午会从家里出来,碰上此人后,就让此人去一个地方,说翁晓杰在那里。"高小朴说:"警察先生,您不能单听一面之词,我根本没做过找人跑腿报信的事!我也没杀人,我是被冤枉的!我想见举报我的人,他陷害我!"

警察冷笑说:"我们怎么可能暴露证人身份?高小朴,礼拜二那天上午,你在哪儿?"高小朴说:"我在诊所,我媳妇能证明我在诊所待了一整天。"

警察问:"谁能证明你一直待在诊所里?"高小朴说:"诊所门开着呢,我要是不在诊所,肯定不能开门啊!警察先生,上有天,下有地,我高小朴要是说假话,不得好死!"

警察找到翁泉海说:"翁先生,我们经过调查,得知死者赵少博从他家出来后,去您家取药,可半路得知翁晓杰去了其他地方,所以他去寻找。到底是谁叫赵少博去找翁晓杰,这至关重要。如果高小朴是杀人凶手,他的杀人动机是什么呢?就这个问题,您有什么要说的吗?"

翁泉海沉思一会儿说:"我想,赵少博通过联姻进入我家,他有可能成为我翁家医派的接班人,这就对高小朴产生了威胁。"

警察问:"翁先生,您是否跟高小朴说过或表现出来要把接班人之位传给赵少博呢?"翁泉海摇头说:"我没有直接说过,但他早有做我接班人之心,就因此事,我和他产生了隔阂,并把他赶出家门。"

翁晓嵘叫苦道:"爸,小朴被关起来,这个时候,您不能因为个人恩怨说假话啊!"翁泉海说:"我没说假话!他谋害我的事我都没说,我给他留着情面呢!"

翁晓嵘顿足道："谋害您的事就没有弄清楚，您不能确认就是他做的！"

翁泉海说："高小朴要谋害我，那事你可以不信，但如今赵少博死了，并且有人指证是高小朴做的手脚，两件事合起来，你难道还不信吗？翁晓嵘，我看你是病入膏肓了！我已经给了他一次机会，他不知悔改，如今又做出伤天害理的事，这都是他自己作的孽！"

这天，穆小六来找赵闵堂，告诉他说："赵大夫，我对不起您。要不是我去跑腿报信，您儿子就不能得了这个果儿，我心里有愧啊！"

赵闵堂说："穆先生，您何谈此话，要不是您，就抓不到杀人凶手，就不能给我儿子报仇雪恨。要怪只怪那高小朴，我一定要让他血债血偿！穆先生，我谢谢您。"穆小六说："对，他非得偿命不可！"

赵闵堂说："穆先生，我有一事不明，想请教您。您是此案的证人，做证人的大都会藏起来，生怕旁人知道，您为何敢出头露面呢？"

穆小六拍着胸脯说："赵大夫，我之所以敢声张，就是我不怕恶人。那高小朴利用我差点害了我，我跟他也有仇，我也得报仇啊，我要让全上海的人都知道他是杀人凶手，我跟他不共戴天！"

赵闵堂竖起拇指说："一身正气，勇气可嘉。穆先生，赵某佩服您。"穆小六一笑说："您过奖了。赵大夫，听您这一说，我还真有些担心，万一我被人报复了怎么办？"

赵闵堂说："您最好还得藏起来。"穆小六装出可怜相说："可我已经露头了。要不我还是跑了吧，有腿就能跑，容易得很。可总得吃喝啊，手里没钱跑不动啊。赵大夫，我出头露面全是为了您，为了您儿子，您得帮帮我。"

赵闵堂琢磨片刻说："穆先生，您不说我也得感谢您。本来想先请您吃饭，再深表谢意，可既然讲到这了，那您稍候，我去去就来。"

过了一会儿，赵闵堂拿了一张银票过来放在桌上说："穆先生，我听说这官司之所以迟迟不了结，是证据还有些不足。我儿子被他害死了，血海深仇，不共戴天，他必须偿命。为了尽快结案，穆先生，我想请您帮我忙再找个证人，证明高小朴和您确实见过面，这样证据就更充足了。事成之后，这些钱就是您的了。"

穆小六面露难色，他望着银票说："他是个杀人犯，早晚得死，那就死得早一点吧。再找个证人没问题！"

翁晓杰知道姐夫被抓，来到翁晓嵘家劝解道："姐，你要是心里难受就哭出来，别憋着。这事跟你没关系，我不怪你。"

面容憔悴的翁晓嵘说："妹子，你能说出这话姐姐感谢你，可你姐夫是被冤枉的，他没害人！"翁晓杰埋怨说："到了这个时候，你还替他说话？"

翁晓嵘说："我不是替他说话，是他真的不会害人，我相信他。晓杰，你也要相信他！"翁晓杰说："真是一家人护着一家人啊，我算彻底看清楚了！他是你男人，他要死了你当然护着他，可赵少博也是我男人，活生生的一个人，说没就没了，我能善罢甘休吗？杀人偿命，欠债还钱，谁也跑不掉！这些天，我都不知道是怎么过来的，都快被这口气堵死了，我又怕你想不开，所以来劝劝你，陪陪你。可没想到，你不但不安慰我，还居然说他是冤枉的！"

翁晓嵘说："晓杰，你误解我了，我……""不用再说了，我全明白，姐妹情分抵不过你那个作恶多端的男人！"翁晓杰打开房门要走，看到翁泉海站在门外，她迟愣一下，还是走了。

翁泉海走进来对翁晓嵘说："跟我回家吧。"翁晓嵘颤声道："爸，小朴是被冤枉的，他不可能害人！我求您救救他！"

翁泉海说："不能冤枉好人，也绝不能放走恶人，他是不是被冤枉的，自有公断！"说罢转身走了。

月光笼罩着庭院。来了从自己屋走出来，朝周围望了望，走到院门前欲打开院门，院门上了锁。他迟愣片刻，转身朝院墙走去。

翁泉海忽然走到来了近前说："这不是来了吗？大晚上的，你要去哪儿啊？"来了说："师父，我睡不着，出来走走。"

翁泉海沉吟说："我正好有事找你，本来想明天跟你说，既然你睡不着，就说了吧。我该找个传人了。走，进屋。"

来了跟着翁泉海走进正房堂屋。翁泉海从抽屉里拿出一封信，抽出信纸，展开放在桌子上。信纸上写了两个名字，高小朴，江运来。

翁泉海问："我的传人，两个人选，你觉得还应该有谁？"来了试探道："不应该少了赵少博吧？""我对他了解不多，怎么会轻易让他做我的传人呢？""他是您未来的女婿啊！"

翁泉海正色道："女婿又如何？我的传人必须是跟随我多年，我了解且信任的人。此人的医术暂不求有多高明，因为只要有灵性，且勤于一艺，持之以恒，早晚会成器。重中之重的是，此人的医德医道要正，也就是心术要正，这才是根本。看到你名字下面那个黑点了吗？来了，我本想让你做我的传人啊！你是我的大徒弟，我怎么会不记挂你呢？"来了说："多谢师父。"

翁泉海厉声道："别谢我，我的话还没说完。可心狠手辣、狼子野心的人，怎么能做我的传人呢？杀人真凶，嫁祸于人，罪该万死！"

来了似乎很平静地说："原来你都知道了。"翁泉海说："我怎么也想不到，你的心和你的脸不是一个人啊！"

来了问："可以告诉我你是怎么查出来的吗？"

翁泉海冷峻道："当然可以。赵少博死了，死因不明，那穆小六大可以不必来自首，不来也没人知道他涉案。可他来了，那说明他一是极为胆小之人，再就是栽赃嫁祸。我让赵闵堂再试穆小六，穆小六为了钱财，居然答应作伪证，由此看来，穆小六是有意作证，想置高小朴于死地。可事出必有因，穆小六跟高小朴无冤无仇，他为何这样做呢？我想他必是受人指使。那指使人又是谁呢？据我了解，高小朴没有和任何患者有生死之仇，那可能还是跟我的传人有关。有可能成为我传人的人，就是高小朴、赵少博和你，而最有可能当我传人的只有你。

"赵闵堂刚跟穆小六说完作伪证之事，当晚你就向我借钱，我在钱上做了记号。穆小六收了你的钱去烟馆，我叫警察找借口去盘查，穆小六身上揣的就是我做记号的钱。要是穆小六不向你要钱，你还能多活一段日子。但穆小六是见利忘义的人，他逮到敲诈的好机会，怎么舍得失去呢？再说就算穆小六不敲诈你的钱，在高小朴的官司上他敢作伪证，就凭这一点来说，穆小六所说的话不可信。"

来了苦笑说："既然你已经全明白，我也就没必要隐瞒了。你说的没错，我杀了赵少博，再嫁祸高小朴，他们要是都死了，我作为大徒弟，不但顺理成章、稳稳当当地成为你的传人，还可能娶翁晓杰，你的名望和家业就都是我的了。只是没想到你心里装的就是我。这叫鸡飞蛋打两头空。"

翁泉海问："偷砒霜嫁祸高小朴的事也是你干的吧？来了，即使我看到那几张做了记号的钱，也不愿意相信杀人凶手是你，我是多么希望那个人不是你啊！"

来了摇头说："晚了，一切都晚了，算了，不说了，告辞。"翁泉海问："杀人偿命，你还想一走了之吗？"

来了瞪眼说："难道你想拦我不成？屋外全是警察吗？"翁泉海冷静道："错！屋外一个人都没有，我之所以没叫警察来，是想给你留个自首的机会，让你像个人一样走出去！"

来了看着翁泉海说："没想到这个时候你还为我考虑，我太感动了。师父，我对不起你，我听你的去自首，临走前我得给你磕个头。"来了跪在地上磕头。翁泉海站起身说："做错事敢于承担，不枉人这两撇，走，我陪你去。"

　　翁泉海开门走出去，来了起身跟着走了出去。翁泉海和来了一前一后走着。来了缓缓从腰间拔出尖刀，猛地朝翁泉海刺来。翁泉海猛地闪身躲过，抄起椅子挡住刀。来了打开门跑出去。小铜锣赶巧路过，她吓得高声喊："来人啊！来人啊！"来了提刀刺向小铜锣的胸口，然后翻身上墙，跳到院外。翁泉海扶起小铜锣。泉子跑到小铜锣近前。小铜锣望着泉子，嘴里无声地说着什么，慢慢闭上了眼睛。泉子颤抖着，高声地哭号起来。

　　小铜锣的死让翁泉海十分痛心，他以为他教出的徒弟做错事会主动认错，会主动投案自首，他痛恨自己太自以为是了。

　　事情过去了，翁泉海总感到特别内疚，终日闷闷不乐。老沙头劝他把小朴一家人接回来。可是，翁泉海碍于脸面，张不开嘴。

　　丛万春后背上长了个肉瘤，在一家西医医院把肉瘤割掉一个月了，总是不收口，一动就疼，非常痛苦。一个朋友劝他换个大夫，西医不行就找中医，不妨找翁泉海试试。丛万春说："别跟我提他！就因为他，我儿子才被关进大牢，此仇不共戴天。"

　　朋友说："有个叫高小朴的大夫不错，要不找他试试？虽说他是翁泉海的徒弟，可已经跟翁泉海一刀两断，如今是自立门户。"

　　于是，丛万春让朋友把高小朴请来了。高小朴看过伤口说此病可治。

　　丛万春说："哪个大夫看过后都说可治，可治来治去，没一个能治好的。空口无凭，让我如何信你？怎么也得赌点什么吧？"高小朴认真道："大夫为患者治病，是解患者病痛于水火，此事怎么能拿来赌呢？"

　　丛万春说："你就直说想从我身上赚钱得了，还废这么多话干什么！治不了就别逞能了，走吧。"高小朴正色道："丛先生，您想赌什么？我就这一百多斤肉，可以全押上。"

　　丛万春乜斜着高小朴说："一百多斤肉放我这没用，我就要你三根手指，行吗？"高小朴脑子一热说："丢了三根手指永不行医，是吗？一百多斤肉都给您了，还在乎这三根手指？拿纸笔来！"丛万春冷笑说："丛某用不着字据，是我的东西跑不掉！"

　　翁晓嵘知道了高小朴跟人家赌三根手指，埋怨道："你傻了吗？跟他赌这个干什么？就算你能治好，也没必要赌啊！"高小朴说："他已经找了很多大夫，有中医也有西医，既然他们都治不好，我要是能治好，不就一炮打响了吗？"

翁晓嵘生气道："万一失手，不是落了个残疾？你今后还怎么行医？你可气死我了！我不管你了！"高小朴故意说："我要是掉了三根手指，不能行医赚钱了怎么办？"翁晓嵘说："我就把你赶出家门！"高小朴笑了，说道："坏话哪有明着说的，一听就是反话。"

高小朴接了这个活儿，自然不敢怠慢。几天后，他到丛万春家复查伤口，丛万春问："高大夫，我这伤口怎么还没愈合啊？"高小朴说："伤口不愈合，需要托疮生肌，这回我把龙骨、血竭、红粉霜、乳香、没药、海螵蛸、赤石脂……"

丛万春不耐烦地说："你用什么药我不管，我就问何时能收口！"高小朴说："这服药用完之后，应该就能收口了。"

丛万春说："高大夫，我身体不便，想请你帮我个忙，打开那个抽屉。"

高小朴走到桌前，打开抽屉，看到里面有一把锃光瓦亮的匕首。

丛万春说："高大夫，那把匕首有些钝了，烦劳你帮我磨磨，磨得越利越好，刀快不疼。"高小朴琢磨片刻说："丛先生，您家有磨石吗？我就在您这磨，磨到您满意了我再走。"

丛万春摇头说："那我还得供你一顿饭，岂不是亏了，赶紧给我弄药去吧。"高小朴关上抽屉走了。丛万春自语道："果然有点翁泉海的架势，好！"

高小朴回到家里坐在桌前翻着书。他奇怪，此病见过，不难啊，为何方子都不好用了呢？

翁晓嵘建议他去找爸爸问问。高小朴说："我还能一辈子指望他老人家吗？说句不好听的，等他老人家不在了，我还指望谁去？碰上这事，不得自己赌着吗？我一定得把此病治好！"

高小朴再次来到丛万春家，丛万春说："高大夫，你到底能不能行？能行就说一声，不行也说一声，我好再另请高明。不要为赚更多的诊费药费故意延误病情。"高小朴解释说："我没故意拖延，丛先生，您的病要是能很容易治好，那不早就治好了？还用找我吗？我已经给您用心治疗了。"

丛万春紧盯着高小朴说："用心了还是治不好，只能说你是医术不精。算了，你还是认输吧。我知道你舍不得你那三根手指头，我也不是砸人家饭碗的人，这样，你去街上给我磕三个头，第一个头说你是翁泉海的徒弟，第二个头说你的医术不济，第三个头说翁泉海徒有虚名，三个头磕完，咱俩的账也就了了。"

高小朴郑重道："丛先生，这是我的事，请不要扯到我师父身上。"丛万春追问："师父和徒弟是一根绳牵着的，难道你的意思是说不认你师父了？"

高小朴字字千钧："一日为师，终生为师！"丛万春紧逼道："你当着你师父的面，说跟他恩断义绝，咱俩这账也可以了了。"

高小朴大声说："丛先生，我再说一遍，这是我的事，跟我师父无关！"丛万春说："我也再说一遍，今天你就把你的三根手指留下！你不会想跑吧？你进了我家的门就出不去！"

高小朴哀求道："丛先生，请您再给我点时间，我一定能治好您的病。"丛万春走到桌前打开抽屉，拿出匕首说："我已经被这病折磨得没有耐心了，是你自己动手还是我的人动手？"

高小朴毫无惧色地说："我自己动手！""不愧是翁泉海的徒弟，有点胆色。"丛万春把匕首扔在高小朴脚下。

高小朴望着匕首说："丛先生，我想回家跟我媳妇说句话，看看我儿子。"丛万春说："完事后回去呗。"

高小朴说："你给我纸笔，我想给我师父留句话。"他坐在桌前，提笔在纸上写好后说，"丛先生，请您把这封信交给我师父翁泉海。中医靠三根手指走天下，没了三根手指，就永不能行医，既然不能行医了，我生不如死！"他拿起匕首欲刺自己。丛万春忙喊："且慢！"

这时，翁泉海从外面跑进来，猛地撞在高小朴身上，把高小朴撞了个趔趄。他走到高小朴近前一把夺过匕首，然后狠狠抽了高小朴一个耳光。丛万春愣住了。

翁泉海说："万春，你的病我来治！"丛万春缓和道："这样吧，你要是能治好我的病，我和高小朴的账就了结了。"

翁泉海察看丛万春的伤口后说："万春，这是发背之疾呀。肝气内郁不舒，郁火内炽，背发痈疽，肝阳已伤矣！"他说着从怀中取出一蓝色瓷瓶，在伤口上撒上少许红色粉末。

丛万春说："翁大夫出手，诊金肯定少不了。"翁泉海一笑说："诊金不是已经付过了吗？"

第三十二章

日寇狂吠上海滩

从丛万春家出来，翁泉海在前面走着，高小朴跟在后面。翁泉海停住脚步，高小朴忙站住，并胆怯地后退一步。翁泉海继续朝前走，高小朴小心地跟着。翁泉海若有所思地又站住，高小朴见状，也急忙收住脚步。

翁泉海回头问道："你躲来躲去，还能躲我一辈子吗？"高小朴怯怯地说："我……我怕您抽我。"

翁泉海语重心长地说道："怕抽还做蠢事！你死了，你媳妇和孩子怎么办？一个人，命是自己的，有了一家人，命就不只是自己的了，是全家人的。就你这熊样，见到你老母，她也得抽你！"高小朴说："我当时糊涂了，差点做傻事，现在清醒，知道错了。"

翁泉海招手说："你过来。"高小朴走到翁泉海近前。翁泉海摸着高小朴的脸说："没巴掌印儿，看来是抽轻了。挨揍要让媳妇看出来，她该心疼了。"

高小朴笑了笑说："我皮儿厚，抗抽。"翁泉海说："晚上来家吃吧。想吃什么？去把媳妇和我外孙都接过来吧。"

高小朴诚恳地说："爸，我既然出来了，就得混出个人样来，否则我没脸回去。"翁泉海问："咱俩之间还用讲脸面的事吗？"

高小朴说："我不能一辈子借您的光，不能一辈子顶着您的名头过日子。我说过，我娶晓嵘不是为了您的家业和名望，我得自己闯出一片天地来。爸，我想这也是您所期望看到的。"

翁泉海点点头，心说，这小子尽管野性，却也有点骨气。

三天后，翁泉海来到丛万春家，他看过伤口对丛万春说："你的病表面上看是伤口没有愈合，其实另有原因。"

丛万春冷笑说："治不好就说治不好，没必要找借口。你翁泉海风风火火，亮堂了大半辈子，是怕晚节不保吗？"

翁泉海犹豫片刻说："要是能留住你的命，我宁可晚节不保！万春，实不相瞒，你患了绝症，就是治不好的病，早做打算吧。""我还能活多久？""不长于一个月。"

丛万春突然高声喊："不可能，这只是一个小伤口，怎么会要了我的命呢！翁泉海，你到底是何居心？"

翁泉海眼泪充满眼眶，感慨道："数年过往，老酒香醇，我们兄弟没喝够啊！"

丛万春的眼睛也湿润了。

没过一个月，翁泉海正在书房读书，老沙头拿着一封信交给他：

　　泉海，我是万春，你接到这封信的时候，我已经走了。感谢你提前查出我的病情，让我有时间来料理后事。泉海，我一时心窄，轻了你我的情义，非常后悔，可我又没脸见你，所以谨以此信表明心迹。如今你我二人恩怨已了，我走得轻快了。后附高小朴给你留的信。

翁泉海心潮起伏，平复了一下心情后，他接着看高小朴的信：

　　师父，我跟您学医数载，得了您的真传，娶了您的女儿，有了一个家，这都是您赐给我的，我感谢您。只是我未成大器，有愧您的教诲，深感内疚。虽然我们之间有了些隔阂，但是我不恨你，我永远是您的学生，永远是您的儿子。

正好，高小朴进来了，他从怀里掏出一个信封："爸，丛万春给我送来一封信，说他一时糊涂，为难了我，还送来一张银票，这笔钱应该是您的。"翁泉海说："他把钱送给你，说明在他心中，这笔钱应该是你的。"

高小朴忙摇头说："不，我没能查出他得了绝症，无功不受禄，不能收他的钱。"

翁泉海情深意长地道："不管是父子亲情还是师徒情分，我们之间还需论钱的事吗？小朴，我年岁大了，你该接我的班了。你都说了你不恨我，你永远是我的学生。"高小朴真心实意地说："爸，我已经自立门户，请您等我闯出一条路来再说吧。"

炮声隆隆传来,街上行人步履匆匆,难民纷纷拥来,店铺挂上了停业的牌子。日本军队进攻上海了。

翁泉海坐黄包车来到家门口刚下车,岳小婉就坐汽车赶来。

翁泉海惊奇地望着岳小婉,岳小婉征询着问:"车里说?"翁泉海说:"屋里说无妨。"

二人走进正房堂屋,小铃铛扑到岳小婉怀里,岳小婉抚摸着小铃铛说:"翁大哥,我去诊所找你,看诊所关门了。"

翁泉海告诉岳小婉,他去上海中医学会开会去了,他们要组建医疗队伍,为抗日战士做好医疗保障服务。岳小婉悲戚地说,她丈夫在外经商,被炮弹炸死了。如今日军攻打上海,估计上海也保不住。1931年日军侵占了中国东北,今年7月他们又在北平卢沟桥炮击宛平城。中国守军虽然奋起抵抗,但于事无补,如今北平和天津都已经沦陷,上海还能守得住吗?

翁泉海热血沸腾地说:"谁说上海保不住?只要我们军民一心,就一定能守住上海!"

岳小婉说:"翁大哥,我打算去美国。我想让你跟我一起走。"翁泉海摇摇头说:"我不走。这是中国人的地盘,这是中国人的家,要走也是日本小鬼子走!再说我还想看看日本小鬼子是什么人模狗样呢!"

岳小婉着急道:"翁大哥,你就听我一句行吗?我这全是为你好啊!"翁泉海说:"用不着,能为国家而死,我心甘情愿!"

岳小婉抱着小铃铛转身欲走,又站住身,把小铃铛放在地上。

翁泉海说:"小婉,谢谢你把爱犬送给了我,有了它,我确实感觉屋里热闹多了,也添了不少乐趣。但它终归是你的,你既然要走,就把它带走吧,如今你是孤身一人,日后漂泊他乡,它能给你做个伴。"

岳小婉说:"翁大哥,也许我们下回相见是数年后的事了,那时候我已经人老珠黄,你还能认得我吗?"翁泉海说:"若真有那一天,我就算活着,也老态龙钟了。可你放心,我不用睁眼,你不用说话,便能认得。"

岳小婉猛地转身朝外走去,翁泉海望着她的背影,眼睛湿润了。

1937年11月11日,历时三个月的淞沪会战结束了,上海市长发表告市民书,沉痛宣告上海沦陷……

为了养家糊口,翁泉海在诊所给患者看病。患者说:"翁大夫,您已经六十多岁了,还亲自上阵,您这样的好大夫,能活一百,就是我们的福分。"

翁泉海说："活多久是老天爷赏的，我不指望能活一百岁，只要能让我看到小鬼子被打跑的那一天，我这眼睛就可以闭上了。"

这时，浦田寿山走进诊所，坐在桌前说："翁先生，您好啊！"翁泉海问："浦田先生，你是来找我诊病吗？""翁先生，我赶巧路过，进来看望您。""来了就是有病，没病就不要来，来了我也没空接待。"

浦田说："翁先生，我知道您有收集医学资料的爱好，我这几年收集了很多医学资料，可以带您去看看，如果有您喜欢的，我可以送给您。"翁泉海冷笑道："连我的爱好你都摸透了，着实用心啊！我的确喜欢收集医学资料，可君子爱财，取之有道，医学资料也是一样，我要看是谁收集的，是怎么收集的，如果是夺来的抢来的，我宁可不看。""翁先生真是风趣。""你没事的话，我要诊病了。"

浦田这才说："翁先生，我打算成立日中汉方研究所，这是一个专门研究中医药的机构。既然研究中医药，就需要有专业性极强的中医来做顾问。我们经过反复筛选，觉得您最适合，所以我们想请您……"翁泉海连连摆手道："浦田先生，你太高看我了，我的学识和资历都不够。我有自己的诊所，并且诊务繁忙，没有时间。""此事没有一丝回旋余地吗？""没有。"

浦田说的事，像一块大石头压在翁泉海的心头，他将心里的郁闷向老沙头倾诉。老沙头说："如今日本人在上海是横冲直撞，气头足着呢，他们要想做的事，怕是翻江倒海也得做成，说不定他们会逼你就范。"

翁泉海说："如果真如你所说，我是死不答应！老沙，我们不是一个胎里的兄弟，可跟一个胎里的一样亲。这些年，你伴我左右，虽然我们没说过几句正经话，可亲人之间，不就是这样吗？有你陪着，我不管碰上什么难事，心里都有底，就算我没了命，心里也有底，因为我知道，你会把我的后事办了，也会把我的家人照看好，包括小铃铛。"

老沙头说："谁说我会把你的后事办了？谁说我会把你的家人照看好？我还等着你把我的后事办了呢。大哥，你要是想提前溜之大吉，我可不干，你前脚走，我后脚跟着，咱俩这辈子的嗑还没唠完呢，得换个地方慢慢唠去。"

翁泉海担心的事还是来了，他被抓到了日本宪兵队。翻译官带着翁泉海走进日本宪兵队德川大佐办公室。翁泉海看到坐在桌前的德川大佐眉心处有一个疤痕。

德川用日语问，翻译官翻译说："翁泉海，你知道我为什么叫你来吗？"翁泉海摇头说："我不知道。""我们得知上海中医学会有个中医是抗日分子，我们正在捉拿他。你是上海中医学会的副会长，你们学会里有抗日分子，你这副会长就有可能是同谋，难辞其咎。""欲加之罪，何患无辞，我无话可说。"

德川让翻译官带翁泉海到日本宪兵队审讯房。翁泉海在那里看到，有人被上酷刑，鼻孔灌水，坐老虎凳，拔指甲，满目的鲜血淋淋，凄惨的哀号声不绝于耳。

翻译官问："翁大夫，你招不招啊？"翁泉海说："我没什么可招的。""你可提前想好了，等上了刑，见了血，就算招了也亏得慌。""人各有命，躲不过，就既来之，则安之吧。"

翻译官摆了摆手，行刑者把翁泉海捆在柱子上，拿起烧红的烙铁。翁泉海闭上了眼睛，心情紧张地等待着皮开肉绽的酷刑。等了片刻，没有动静，却传来一阵开门声，翁泉海睁开眼睛，看到一个宪兵从外走进来，对翻译官低声说着什么。翻译官对翁泉海说："今天先让你初步体验一下，有人替你说情，暂且放你一马。"

原来是浦田接翁海泉出来的。浦田拉他坐进汽车里说："翁先生，对不起，让您受惊了。"翁泉海笑道："惊着我了吗？浦田先生，你小看我了。""翁先生，我们是老朋友，我不能让您丢了性命啊。您是难得的人才，死了太可惜了。""我的命跟你有关吗？"

浦田说："翁先生，我再次邀请您加入我的日中汉方研究所，我会保证您的安全，当然也包括您家人的安全。"翁泉海说："我说过，我没有时间。我可以下车了吗？""当然可以。翁先生，你们中国号称礼仪之邦，我救了您的命，您应该对我表示谢意。""羊毛出在羊身上，我有必要感谢吗？"

隆隆炮声中，禅宁寺大殿内香烟缭绕，法善主持上着香，心事重重。他想，上海沦陷，禅宁寺肯定也保不住。日军来了，必会烧杀抢掠。如果他们得知禅宁寺藏着宝物，肯定不会放过，所以得想办法把宝物提前运走。未雨绸缪，防患未然，万一此宝被日本人夺去，我们不但愧对历代先人，也愧对国家。灵霞观离禅宁寺不远，在丛林之中，清静隐蔽，如果将此宝藏在那里，比较稳妥。只是禅宁寺和灵霞观百年来素有恩怨，几代不合，至今也鲜有往来，就怕他们不答应。法善想来想去，觉得此事重大，还是得亲自去灵霞观试探一下。

夜晚，香烟缭绕中，静慧住持和法善主持坐在灵霞观会客室桌前，二人沉默着。良久，法善说："深信因果，则不生迷惑，一切恩怨皆因果所致，无迷则无嗔。可百年恩怨，百年因果，又不是一句两句话能解得开的。只是恩怨归恩怨，国事归国事，我希望静慧住持能分解开来。"静慧说："法善主持，请您不必再说了。""既然不可留，就不勉强了。""可留。净地不讲诳语。"

法善说："多谢静慧住持成全。"静慧说："国难当头，前方战士血洒疆场，我们也应该为国家做点事。只是此事还需商议，因为灵霞观不是我一个人的。如果此事商定，您何时送来？""我会尽快处置，为掩人耳目，一次只能送来一缸。"

法善走后，静慧立即和十几名道姑商议此事。她告诉大家，禅宁寺的宝物是明代禅宁寺的僧人所发明，已经流传了几百年，受益数代人。如今日寇兵临城下，如失守，此宝有可能被日寇夺去，所以我打算把此宝藏在我们灵霞观。此宝藏在灵霞观，如果不传出去，没人会知道，如果传出去了，可能会引来杀身之祸。我把此灾此难带进灵霞观，带给了你们，你们不怨恨我吗？众道姑纷纷表示，会跟师父一条心保守秘密，即使有灾祸绝不怨恨！

两天后，法善再次来到灵霞观，对静慧住持说："我感谢您的大度如海，那宝物有可能会把日寇引到灵霞观，如真是那样，灵霞观必遭受大劫大难。想到此处，我深感不安，我不能连累你们。"

静慧大义凛然道："国难当头，此时说连累二字，太轻巧了。那宝物出自你们禅宁寺，是你们禅宁寺的宝物，也是中国人的宝物，作为中国人，都应该义不容辞保护它，如能保护好它，灵霞观即使粉身碎骨，万劫不复，也在所不惜！"

法善的眼睛湿润了，问道："您真的不怕吗？"静慧说："怕，可我们的抗日战士没有因为怕字而畏缩不前，我们也不能因为怕字而畏首畏尾。你们禅宁寺的宝物是老祖宗们留下来的，是你们的，也是我们的，更是中国人的，它们得留在我们中国，不能被外人夺走。"

德川大佐的眼睛出了毛病，眼皮抬不起来。他让浦田找了好几个大夫，治来治去，越治越重！他就很生气地埋怨浦田，浦田无奈道："大佐，您的眼皮抬不起来，一定是神经出了问题。我知道上海有个中医赵闵堂擅长神经科，我把他叫来为您治疗。"德川着急道："赶紧把他叫来！"

浦田找到赵闵堂说："赵先生，德川大佐在战场上被弹片打中眉心，经过治疗，恢复得挺好，这几天他上眼皮抬不起来了，我想一定是神经出了问题。据我了解，您在神经科上是独树一帜，所以想请您去给他看看。"赵闵堂连忙推辞道："浦田先生，德川大佐的病我是闻所未闻，见所未见。我是徒有虚名，这两下子也就能混口饭吃，他的病我治不了。"

浦田笑了，说道："赵先生，您的心思我非常清楚，只是不管您愿意不愿意，都得跟我走一趟。您可以不去，万一大佐生气了，就怕您的命保不住啊！其实也不一定，万一大佐不生气，您也就没事了。"赵闵堂沉思半天才说："我不会日语啊。"浦田说："德川大佐来中国好几年了，他的汉语越说越好。"

赵闵堂只得来给德川切脉，他的手在不停地发抖。

德川问："我的病能不能治啊？"赵闵堂说："大佐，我医术不精，治不好您的病。"德川用双手抬着上眼皮怒道："医术不精还做什么大夫，枪毙！"

赵闵堂忙说："也不是医术不精，只是您的病很难治，我不能保证一定能治好。"德川说："治不好还治什么，枪毙！"

赵闵堂的身子哆嗦起来，哪还有心思诊病。

浦田用日语说："大佐，此人胆子小，请您不要惊吓他，他不害怕，才能安心治病。中医可是很神奇的。"

德川换了温柔的语气说："赵先生，不管你能不能治好我的病，只要用心，我就很感谢。你放心，从治疗开始到治疗结束，我不会亏待你的。"赵闵堂点头说："大佐，我一定尽力而为。"

赵闵堂亲自抓药，亲自煎熬，亲自送药上门。德川抬着眼皮，指着赵闵堂，又指了指药碗说："你喝！"赵闵堂明白德川是怕他在药里下毒，就先喝了一口。德川看赵闵堂很顺溜地喝了一口，这才把一碗汤药喝了。

几天后，赵闵堂来见德川大佐，他把一碗药放在桌上给德川切脉，说道："大佐，您的病好多了。"

"赵先生，你知道我杀了多少人吗？"德川说着拉开抽屉，拿出一个铁盒子，放在桌上，"我杀的人都在这盒子里呢，想看看吗？"

赵闵堂说："我不想看。大佐，您本来是气虚血瘀，中气不足，才导致上眼皮抬不起来，经过这段时间的治疗……"

德川说："你猜猜，我这盒子里装的是什么？这盒子里的每一根手指，都是一个中国士兵，我杀掉他们，切掉他们扣动枪支扳机的手指。现在这盒子里有26根手指，我打算凑成100根，然后把他们陈列起来，作为我的收藏品，这是多么大的光荣，我引以为豪！"

"大佐，您该服药了。"赵闵堂颤抖着端起药碗，喝了一口。德川这才接过药碗喝药。

赵闵堂坐黄包车回到诊所，看到诊所大门被砸倒，窗户被砸破。屋里一片狼藉，桌子被掀翻，椅子倒了，杂物散落一地。

小龙抹着眼泪说："师父，您可回来了，刚才来了一帮人，进来就砸，还打我！他们说您要是继续给日本鬼子治病，就一把火把诊所烧了！"赵闶堂轻声道："烧就烧了吧，烧了就解气了，不气了就安稳了。"

翁泉海从外走进来喊："你就知道安稳！"赵闶堂问："你是来羞臊我的？"

翁泉海说："你都到了这般田地，我还有必要羞臊你吗？多虑无益，还是安心治你的病吧，早治完早了心思。"赵闶堂说："可是我治不好他的病啊！"

翁泉海说："能治则治，不能治则不治，没那本事，就算枪顶脑门，也是无能为力。"赵闶堂说："可要是治不好，我的命就保不住了。"

翁泉海大义凛然道："我知道你怕死。谁能不怕死呢，就算怕死，我们的抗日战士不也在奋勇杀敌吗？国家的命危在旦夕，我们的命又何尝不是呢？不管今天死还是明天死，我们在死的时候，绝不能让日本小鬼子看出我们的胆怯和恐惧，我们就算死，也得挺直腰板！挂着笑脸！"

赵闶堂说："泉海，我要是到了那一天，你一定得帮我把后事办了。咱俩今天就说好，谁后走，谁办后事。"翁泉海说："一言为定。"

晚饭不错，有荤有素，赵闶堂闷头吃饭。

老婆说："看样子病治得不错？前两天你是恨不得把一粒米掰成两半吃，今儿个是甩开腮帮子吃。能把那个大佐的病治好，我就放心了。"赵闶堂说："什么都瞒不过你的眼睛。夫人，你好多年没回东北老家了，不想回去看看？咱家现在就没事，你回老家吧。""我回去了谁照看你啊？""我饿不着渴不着的，你不用担心我。"

老婆想了想说："也行，那我回去看看？"赵闶堂说："要走赶紧走，明天就走吧，多年没回去，回去了就多待一段日子。""不对，你为啥急着赶我走啊？""早走晚走都得走，还不如早点走，早走早回来嘛。"

老婆盯着赵闶堂问："那个大佐的病是不是治不好了？你怕连累到我，让我躲出去是吗？"

赵闶堂说："谁说治不好？我出手还有治不好的病吗？你动不动就欺负我，我倒是想连累你，可那病我能治好，我想连累你也连累不上。你看这事闹的，算了，你要不想回去，就别回去了。"

老婆的眼圈红红的，哽咽道："当家的，我知道那病难治，你心里没底，怕连累到我，才唱了这出戏。这戏唱得不错，唱到我心窝里了，唱得我浑身热乎乎的。可这戏唱得再好我也不夸你，相反，我还要揍你一顿！"她说着站起身，抓住赵闵堂的后衣领子。

赵闵堂说："夫人，我不能让你跟着我遭罪受苦，不能让你跟着我丢了命啊！"

老婆的眼泪流淌下来，说道："当家的，你这话我不爱听。我今天把话放这儿，真到了那一天，我就是泼了命也得挠那个日本小鬼子一把，我得给你出气！"

赵闵堂抱住老婆，脸埋在她腰间。

赵闵堂又被带到日本宪兵队大佐办公室，他忐忑不安地说："大佐，我说过，您的病很重，我只能尽力医治。如今病症有所反复，也属正常，等我再研究研究，换个药方。"德川大佐双手抬着上眼皮："赵先生，你是否尽力我不清楚，但我清楚的是，经过你的治疗，我的病加重了！""怎么会加重呢？只是时好时坏而已。我确实已经尽力了。"

"病在我身上，难道你比我清楚？！看来你是个没用的废物，废物留着还有什么意义呢？应该彻底清除！"德川打开抽屉，拿出手枪，拉开枪机，推弹上膛，黑洞洞的枪口对准赵闵堂。赵闵堂低下头，闭上眼睛。

浦田赶紧用日语和德川大佐交谈，他告诉德川，他的病很难治，但是经过赵闵堂的治疗，还是有了一定起色。病时好时坏有所反复，也属常情，希望他能理解，再给赵闵堂一些时间，说不定他真能治好呢。德川想了想同意了。

赵闵堂回到家里，一直心神不定，睡到半夜，他突然被噩梦惊醒。老婆想了一会儿，下床穿着赵闵堂的衣服走出院门，朝周围望了望走上街道。她看到街上空荡荡的连个人影也没有，就赶紧回到家里告诉赵闵堂，周围没有人看着，现在逃跑是个好机会。赵闵堂点头称赞道："还是夫人有智谋，抓紧收拾，快马轻裘。"

夫妻俩悄悄地轻装出行，轻轻打开院门来到街上。然而，赵闵堂迈不动步了，他发现，就在不远处，有一个黑衣人站在那里。他急忙拽着老婆进了院门。

两口子回到卧室，赵闵堂喘息着说："我身上粘着眼睛呢，你刚出门，人家就把你认出来了，只是没理你。"老婆跺脚道："把老娘耍了，这日本小鬼子的心眼真多。当家的，要不我去找那个大佐唠唠？就说我男人已经尽力了，你还没完没了吗？还想逼死人吗？"

赵闵堂摆手说："就你这话，还没讲到一半脑袋就得开花！这是我的事，不用你管，要是再敢插手，小心我休了你！"

"好了好了，我不管还不行吗？千万别休我，休了就没吃没喝掉斤两了。睡觉！"老婆说着上床躺下。

赵闵堂紧紧搂住老婆。老婆说："大半夜的你要干啥？"赵闵堂说："我怕你惊着。"万籁俱寂，夜幕笼罩着庭院，两颗心在怦怦地跳着。

然而，世事真是难以预料，德川大佐忽然接到命令，要临时回日本办事，想不到他上船后病情发作，也不知道怎么折腾的，竟然掉到海里送了命。赵闵堂总算免除一劫。

这天，一个戴着低檐帽子的男人走进翁海泉的诊所，问道："请问您是翁泉海翁大夫吗？"翁泉海点点头说："正是，您请坐。"男人说："翁大夫，我的病不能在这看，还是找间屋子。"

翁泉海把那男人领进诊所内屋问："哪里不舒服？"男人摘掉帽子说："翁大夫，我叫郑春明，是苏北抗日游击队的。我知道您不会轻易相信我，我也没法证明我的身份。组织派我来找您，是想请您帮我们筹措一批奎宁。""你们为何找到我？""因为我们了解您，信得过您。"

翁泉海摇头说："此药控制甚严，市面严重缺货，我弄不到。"

男人说："翁大夫，只要您想弄到，就一定会弄到。我们听说当年您曾给一个叫林长海的患者治过病。当年那人得的是头疼病，发起病来，以头撞墙。林长海是日军军医，他可能有办法，您可以找他试试。眼下日寇侵我中华，抗日战争处在水深火热之中，我抗日战士血洒战场，伤者无数，他们都等着此药来救命啊！时间紧迫，求翁大夫出手相助。如果您能帮忙，我可以让您找到他。"

翁泉海说，给他点时间，他要好好考虑一下。

夜晚，翁泉海坐在桌前看书，老沙头抱着小铃铛走进来说："大哥，这小铃铛叫个不听，估计是想你了。"

翁泉海抱过小铃铛，对老沙头说："不瞒你说，碰上难事了。苏北抗日游击队派人来找我，说让我帮着弄一种药。先不说那药好不好弄，就是那人的身份我拿不准。浦田一直想让我加入他的汉方研究所，我被带进宪兵队，后来他又救了我，这一切都是他要的手段。眼下，这也可能是他的手段，他想抓我的把柄，然后就可以威胁我。"

老沙头说："大哥，你说浦田要是想抓你的把柄，还用这么费劲？还不是他一句话的事吗？我觉得找你的那个人说的是真的。"

翁泉海说："你说得有道理，他确实没必要费这心思。一句话点醒梦中人，亮堂了。不管那药好不好弄都得弄，我得为我们的战士出力。"

得知翁泉海的态度后，联络人告诉翁泉海，林长海只要有空，就会在下午到一品香茶楼喝茶。翁泉海就按时到一品香茶楼外等候。林长海从茶楼出来，翁泉海迎上去喊："林先生？"林长海站住，迟愣一下叫道："翁大夫！"

翁泉海说："林先生，我们多年未见，没想到在这里遇到了，您挺好的？"

林长海惊奇道："翁大夫，没想到您还能记得我。"

翁泉海说："大夫嘛，眼睛好使着呢。再说您那头疼病犯起来就撞墙，我能记不住吗？"林长海说："翁大夫，其实我一直想去看望您，但是每次都因为有急事而错过了，对不起。"

翁泉海笑着说："大夫治病，不指望回头客，不来就对了。林先生，您的头疼病后来犯没犯过？"林长海说："要是犯了，我肯定得去麻烦您。翁大夫，我还有事，等空闲时一定去拜访您。"

翁泉海忽然问："你是日本人？当年找我治病的时候，你为何不亮明你是日本人呢？"林长海坦诚道："因为我怕您得知后，不给我看病。翁大夫，对不起。""林先生您多虑了，能问一句，您是做什么的吗？""我是军医。"

翁泉海说："没想到我们还是同行。如果您明天有空，我们可以坐下来聊聊。"

林长海犹豫一下说："翁大夫，我明天去看望您，请您吃饭。"翁泉海说："不必客气，我们明天就在这个茶楼聊聊吧。"

第二天下午，二人在一品香茶楼雅间聚会。林长海擎着茶杯说："翁大夫，您治好了我的头疼病，救了我的命，您的大恩我一直记在心里，永远不会忘记。今天我就以茶代酒敬您。"翁泉海说："林先生您太客气了，我们都是大夫，碰上病就得治，这不都是应该的嘛。"

林长海说："翁大夫，您不但医术高超，医德也是如此高尚，我对您除了感谢，还有崇拜。能在中国结识您这样的大夫，是我的荣幸。翁大夫，您要是有什么难处，尽管跟我说，我能做到的，一定会尽力帮忙。"

翁泉海说："尺有所短，寸有所长，我会的您不会，您会的我不会，切勿妄自菲薄。我一介草民，能有什么难处。可话也不能这么说，要说这难处，还真就有一个。我平生没向患者开过口，今天开口就破例了。"

林长海说："翁大夫，您是我的恩人，我理应报答您。如今您有难处，正是我报答之时，请跟我讲明吧。"

翁泉海这才讲明："林先生，我需要一种药，想请您帮我进点货。就是奎宁。"

林长海默默地喝着茶说："翁大夫，您救过我的命，又是头一回张嘴，这事不管多难，我也一定得帮您办了，但只此一回，事成之后，我们永不要相见。"

第三十三章
带血的药方

1942年春，日军入侵缅甸。中国应英军要求，派远征军入缅支援英军作战。日军士兵因水土不服而发生各种奇怪的病，尤其以腹泻最为严重，急需药物治疗。日军本部对此非常关切，命驻上海的特务机关头目高桥大佐负责研制治疗腹泻的药物。

高桥大佐把这项任务交给了浦田寿山，他说："我听说中国的中医很神奇，不妨在中药上想办法。我希望你们日中汉方研究所立刻研究并制出成药，运往前线。"

浦田摇摇头说："仅靠我们日中汉方研究所，是研制不出这种药的。"

高桥大佐冷冷地说："我不管你用什么手段，如何解决问题，我只需要结果！"

浦田点点头说："我懂了。"

来了卖国求荣，投身到日中汉方研究所工作，并堂而皇之地用起本名江运来。浦田因为江运来是翁海泉的高足，就把这项重任交给了他来完成。江运来知道自己几斤几两，他对浦田说："所长，我虽然跟翁泉海学医，但是此等大事凭我一人之力怕难以完成。我觉得应该召集上海有名望的中医，让他们一块商量出个药方来。只是我位卑言轻，恐怕召集不起来。那些名中医都在上海中医学会，我可以陪您走一趟，让中医学会出人。"

于是，江运来就陪浦田来到上海中医学会齐会长办公室。浦田把研制药物的事情对齐会长讲了："您要是有难处尽管说，我们会想办法解决的。"

齐会长看着浦田说："您也是大夫，知道诊病得查病因，看病症才能对症下药。我们没见过您说的腹泻病，就怕开具的药方不好用。"

浦田说："齐会长，腹泻症状我已经说得很清楚了，你们中医不是很神奇吗？一定可以根据这些症状配制出良药来。您是会长，只要振臂一呼，全上海的中医就都会来帮忙。你们只管开具药方，我负责制成药，等治愈了我大日本皇军的病，就是大功一件，你们会得到无上的光荣和丰厚的报酬。否则，后果您是知道的。我的要求是三日内开具药方，超出一日，格杀勿论！"

齐会长为难地说："浦田先生，我想先召集我们学会的中医商议一下，您看如何？此事重大，又如此紧急，请您给我一点时间。"

浦田说："为大日本皇军尽忠，还需商议吗？多此一举。不过我还是答应您，明天我就要知道商议的结果！"

浦田想不到，齐会长竟然连夜逃走了。他气得大发雷霆，江运来出馊主意说："翁泉海是中医学会的副会长，最有威望，要不您去找他？他要是敢不答应，那就把他一家老小全抓起来。"

惦记翁泉海的不仅是日本人，就连国民党军统也想到了他。这天，翁泉海的诊所来了两个自称是军统的人，他们一个叫小赵，一个叫小钱。小赵向翁泉海展示了盖有军统官印的公函，然后烧掉，他说："中国远征军在缅甸与日军作战，得了一种怪病，腹泻不止，已经有很多士兵病死，没死的也失去战斗力。已经试过很多种止泻药都不见效，希望翁大夫能配制一种药解燃眉之急。"

翁泉海神情凝重地说："国难当头，我中华国民责无旁贷。可我只听你们说了病症，却没见过患者，这药方不好开啊。"

小钱说："路途遥远，并且到处都是日军，我们实难把患者安全运来。翁大夫是大医、名医，经验丰富，我们信得过您。您也知道，救人如救火，如今战事正紧，晚一天就关系到多少条人命啊！所以请您务必抓紧。"

翁泉海说："好吧，我会尽力，只是此药方着实需要好好研究。我马上跟上海中医学会的齐会长打声招呼，立刻召集学会的人，集思广益开具药方。"

小赵说两天后再来。翁泉海站起刚要送他们，老沙头忽然从外跑进来说："大哥，浦田、江运来他们来了！"

翁泉海忙说："事不宜迟，你们赶紧从后门走吧。"小赵说："日本人肯定也是为药的事来的。我们正想知道日本人的打算，他们要是问起，您就说我是您的徒弟，小钱是患者。"

翁泉海担心这样风险太大了。

小赵问："翁大夫，您害怕了？"翁泉海一笑说："我要是这点胆子，还会接待你们吗？"小赵说："好，翁大夫，让他们进来吧。"

江运来或许心里有愧，没敢进来。浦田一个人大摇大摆走进翁家正房堂屋。

翁泉海说："浦田先生，没想到你对我家是熟门熟路啊。""只要我想去的地方，都是熟门熟路。"浦田望着两个军统人员问，"他们是谁？"翁泉海说：

"这位是我的徒弟,这位是患者。"

浦田慎重地说:"外人在这儿,说话不太方便吧?"

小钱站起身说:"翁大夫,那我先走了。"翁泉海嘱咐说:"记得照方抓药,按时服药。"

浦田说:"翁先生,我有秘事要跟您相谈,您这个徒弟……"翁泉海说:"这是我贴身的弟子,如同一家人。"

浦田犹豫片刻道:"翁大夫,我大日本皇军在缅甸作战,腹泻不止,急需止泻的药物,我想请您带领上海中医学会的众中医,开具药方。"翁泉海说:"浦田先生,你高看我了,我哪有本事带领中医学会的中医们呢。"

浦田说:"翁先生,我已经找过齐会长,可是他逃走了,对于我来说,他已经死了。您是上海中医学会的副会长,这个担子理应由您挑起来。"

翁泉海说:"不对,我前年就已经辞去中医学会副会长的职务。浦田先生,你还有事吗?"

浦田说:"翁先生,不管你是不是中医学会副会长,只要你是大夫,你就得听我们的话,给我们出药方!"翁泉海冷冷地反问:"如果我不答应呢?"

浦田说:"只怕你全家老小不会都不答应吧?翁先生,识时务者为俊杰,我想翁大夫你应该最清楚不过了。"翁泉海说:"我确实非常清楚,只是事发突然,我需要时间考虑。你也是医生,应该明白,药方不能随便开,万一有误,不但不能治好病,还会要了命,我谨慎考虑是应该的。"

浦田说:"你说得没错,这样,请你跟我走吧。一个适合思考的地方。"翁泉海犹豫着,小赵微微点了点头。翁泉海说:"前面带路。"小赵忙说:"我跟师父去吧。"

浦田把翁泉海和小赵带进上海中医学会会议室,翁泉海惊奇地看到,江运来和两个日本宪兵站在一旁,赵闵堂、高小朴、吴雪初、陆瘦竹、魏三味、霍春亭等十几位中医坐在桌前。桌子正中有一把空着的椅子,众中医坐在空椅子的对面。翁泉海找了一个座位,高小朴走到他身旁坐下,小赵站在翁泉海身旁不远处。会议室的气氛相当紧张,大家心里都忐忑不安。

浦田说:"各位大夫,本来我提前找了齐会长,想让他把你们召集过来,可如今齐会长已经死了,所以我只能亲自派人把你们都请来。我大日本皇军在缅甸战场得了腹泻不止的顽疾,我需要你们同心协力开具药方,治好他们的病。"他走到那把空椅子旁,扶着椅背说,"这原先是齐会长的座位,可他已经死了,会长位置空缺,就需要副会长来主持工作,请问谁是副会长啊?"

众中医望向赵闵堂，赵闵堂低下头。

浦田问："赵闵堂赵大夫，你是副会长吗？"赵闵堂说："我……我是刚选上没多久的副会长，椅子还没坐热呢。"

浦田说："不管怎么说，你是副会长，就请坐到这来吧。"赵闵堂说："浦田先生，这会长可不是说当就能当上的，得换届的时候靠选举产生，这是规矩，不能不遵从，否则就乱了，也不足以服众。"

浦田说："你的意思是说现在得选出个会长出来？好吧，各位大夫，我今天必须在你们当中选个带头人出来，你们先自己决定，谁愿意做会长，我立马批准。"

众人沉默不语。赵闵堂低着头，抹了一把额头的汗水。浦田说，"我想你们当中一定有很多人对会长这个位子期待已久了，这正是一个难得的好机会，会长位置不能空着，就是死人也得坐在这儿，你们明白我这句话的意思吗？"

翁泉海等人还是不语，浦田朝日本宪兵使了个眼色。日本宪兵拽起一个中医朝外走去。不久，屋外传来狗叫声和人的惨叫声。翁泉海闭上了眼睛，赵闵堂低着头，浑身哆嗦。浦田面带微笑，一个个地扫视众人。

良久，日本宪兵拖着中医血肉模糊的尸体走进来，放在会长座位上。

浦田说："各位大夫，你们想好了吗？"

会议室里一片死寂，众人在恐惧中绝望地等待。

浦田走到吴雪初近前说："看你的年纪不小了，要不你来当会长？"

吴雪初低着头说："我想跟翁泉海说几句话。"

浦田点点头说："时间不要太久。"

翁泉海和吴雪初走到院内，日本宪兵跟在后面不远处。吴雪初边走边说："泉海，我一直想请你喝顿酒，可你总不给我面子，拖到今天，想喝都喝不成了。"翁泉海说："雪初兄，等出去了咱俩好好喝一顿。"

吴雪初问："泉海，你说我这辈子活得怎样？"翁泉海说："你的刺血疗法独树一帜，治好那么多人的病，功德无量。"

吴雪初站住说："可我不甘心啊！我这一辈子确实治好很多病，但也贻误过病情。这都是我顽固且自恃过高使然，其实也不光是这些，还有一个压在头顶上的'名'字。为名生，为名忙，为名奔波一辈子，为名累了一辈子。"翁泉海说："其实我也一样，有时候也为名所累。"

吴雪初摇摇头说："你不一样，你治病不是为了名，是为了人，为了病。从根上讲，你的根是扎实的，不管暖风冷风，大风小风，都摇晃不动你；而我的根扎得浅，随风飘摆，利欲所诱之时，也苟且。我这一辈子没沉下来，这也是我不甘心之处。"翁泉海说："谁都有不甘心的地方，咱们做大夫的只要能把病治好，能让患者解脱病痛，就算没枉为医一场。"

吴雪初说："听了你的话，我心里宽松不少，要是早能跟你为友，我也就能活得轻快了。"翁泉海说："我也不轻快，这大半辈子也惹了不少祸，只是老天爷开眼，让我活到今天。"

吴雪初说："那是因为你惹的祸不是为了你自己，是因为你心诚，你有一口气擎着。人活一世，得有气擎着，得有筋骨支撑着才能走得干净，走得豪迈。"

翁泉海说："雪初兄，筋骨和肉都是娘胎里带来的，气是在浪里滚出来的，是在火里淬出来的，都是憋出来的。憋到时候，火气，勇气，胆气，豪气，杀气，就都冒出来了。不光有气，气头还足着呢。雪初兄，我们得把气憋住了，一出气，就得来个惊天动地的响亮，得把恶人们的耳朵震聋了，把他们的心震碎了，让他们看到我们中国人的骨气！"

吴雪初望着翁泉海笑了，说道："可是我憋不住了。我想去方便。"翁泉海说："雪初兄，会长我来当。"

翁泉海回到会议室，大家在等吴雪初。江运来急匆匆从外走进来说："所长，吴雪初在厕所上吊自杀了！"众人大惊失色，面面相觑。

浦田摇头说："我没想拿他去喂狗啊，怎么自己把自己吓死了？"翁泉海大声说："那是吴雪初吴大夫的骨气！"

浦田说："真没想到，找个会长这么难，可不管多难，今天也一定要有个能说话的会长坐在这把椅子上！"

一个日本宪兵走到陆瘦竹身后，抓住陆瘦竹的后衣领子。翁泉海望一眼小赵，小赵点了点头。翁泉海站起高声说："我来当会长！"

浦田笑着说："等的就是这句话，老朋友，你果然没有让我失望，给翁会长让座！江运来，抬走尸体，把血擦干净！""不必了，早晚一身血。"翁泉海稳稳当当地坐到会长椅子上。

浦田微笑着说："现在已经有会长了，大家都要听会长指挥，立刻商议，三日内开出药方。我相信，只要你们尽心尽力，定能配制出一个绝妙的药方来。翁会长，为了能给你们提供更好的服务，我打算请你们到另一个地方去，那里可比这里舒服多了。"

翁泉海、赵闵堂、高小朴、小赵等被日本宪兵押上一辆军车，来到日中汉方研究所。浦田对翁泉海等众人说："各位大夫，这是我的日中汉方研究所，作为所长，我非常欢迎你们的到来，我已经为你们安排好了舒适且安静的房间，一日三餐按时供应。如果你们有什么额外需求尽管说出来，我会酌情考虑。希望你们能在这里吃好睡好，尽早商议出药方。"

翁泉海等人在日中汉方研究所的院子里走着，赵闵堂低声说："给刽子手递刀，给杀人魔王送子弹，大汉奸！"翁泉海说："你大点声。"

赵闵堂低声地骂："大汉奸，我就不听你的话。"翁泉海说："你满脑门都是汗，赶紧擦擦吧。我不能看你们一个个去送死，不管怎么说，我们先活着吧。"

高小朴走到翁泉海身旁低声说："爸，您用得着我的时候说一声。"翁泉海低声说："一定要保住你的小命。"

翁泉海、赵闵堂、高小朴、小赵等坐在日中汉方研究所会议室桌前。

翁泉海说："大家都说说吧，是一人开个药方，然后汇总起来统一研究，还是现场讨论，直接出方呢？既来之则安之，都说说吧。"霍春亭说："我们给日本小鬼子治病，这不是汉奸所为吗？能对得起子子孙孙，对得起先人吗？"

鲁大夫说："依我看，不能给小鬼子配药，就算配了，也得少放一味，糊弄小鬼子，让他们吃了不见效！"

翁泉海说："可是这样做我们一个都活不了。我们的命在自己的国家里是金贵的东西，可在日本人眼里如草芥一般，分文不值。我们已经被关进笼子里，外面是一群狼在盯着我们，如果大家想活着出去，就得安心配制出一个好用的药方来，否则这里就是我们的坟地。"

陆瘦竹说："翁大夫，我们没看到患者，只是听说相关病症，要想以此来配制出特效药来，实属不易。"翁泉海说："我也知道此事甚难，可命就一条，刀架脖子上，再难也得试试。"

赵闵堂说："翁大夫，这可不像你嘴里冒出的话啊。"翁泉海说："我吃五谷杂粮，什么话都能冒得出来。"

傍晚，食堂的桌上摆着饭菜，翁泉海、赵闵堂、高小朴、小赵等众人围坐在桌前，鲁大夫不见了！翁泉海让高小朴去叫鲁大夫。小赵突然站起身，快步走到窗前，朝外望去。窗外，鲁大夫被吊在电线杆上。众中医惊恐万分，面无人色。

翁泉海说："隔墙有耳，大家千万不要乱说话，谨言慎行，少说多做，安心配药。"

三天后，药方出来了，翁泉海让众大夫一一过目后，把方子交给浦田去制药。

在翁泉海房间内，小赵悄声问："翁大夫，那药方出来了，能治好腹泻病？"翁泉海说："我们已经尽力了，至于那方子能不能行，只有试过才知道。"

小赵说："那就按我们之前说好的，等浦田制好成药后，我出去报信，把药夺走。至于如何出去，我还没有想好，这是我的事，您无须多虑。万一我身有不测，求您去找小钱，帮我完成这个任务。他在万岁巷15号，您找到他后，他会想办法把药夺走。"

"我记住了。这不光是您的任务，也是我的任务，我来到这里配制药方，只为了等到这一天。"翁泉海走到床前，掀开床板说，"这里可以出去。"

为了稳妥，浦田请高桥大佐从缅甸前线空运来10个日军伤兵，他们吃了翁泉海们处方配制的药，没有任何作用。浦田十分怀疑，就把众中医叫到会议室，他拿着药方呵斥道："各位大夫，请问这是你们开的药方吗？"说着把药方放在翁泉海眼前，"翁会长，我想你该确认清楚。"

翁泉海望着药方面无表情道："看清楚了，是我们开的药方。"浦田说："我这有缅甸来的10个伤兵，他们吃了你们的药没有任何作用。翁会长，你能就此事做一个合理的解释吗？"

翁泉海说："浦田先生，我们在配制此药方之前，只有你们口头的病症陈述，而没有患者供我们实地诊断，所以药方不见效也情有可原。既然你们有患者在场，实不该隐瞒，如果我们能提前看到患者，有据可循，那样配制出的药才会对症。"

浦田吼道："你这是在埋怨我吗？翁会长，我倒是觉得这是因为我对你们太好了，好到你们敢做手脚，欺骗皇军！"

翁泉海沉默不语，赵闵堂低着头。浦田走到小赵身后站住，两个日本宪兵走过来，分左右架起小赵。

翁泉海说："浦田，你要干什么？他是我的徒弟，你放开他！"浦田冷笑道："需要给你们加把劲儿。我可以放过他，只是需要一个代替他的人，请你为我推荐一位吧。"

翁泉海问："我可以吗？"高小朴站起来说："我替他！"翁泉海说："你没资格，坐下！"浦田拍着巴掌说："有趣，太有趣了，把他带走。"

晚上，翁泉海来到赵闵堂房间，他盯着赵闵堂："闵堂，你瘦了。也是，吃饱了就动歪心思，瘦得有道理。"赵闵堂说："什么歪心思？你说谁呢？"

"还打算闷着葫芦吗？"翁泉海猛地抽了赵闵堂一个耳光，"偷改药方，害死好人，你坏了大事！说，你为何改药方？"

赵闵堂说："就是我改的，怎么了？我不让日本小鬼子好，有错吗？再说谁知道他们手里有患者啊？谁知道能试药啊？他们把你徒弟……那也不怪我啊！""赵闵堂啊赵闵堂，你就是成事不足败事有余的祸根子！你等着，这笔账咱俩得算清楚！"翁泉海说着朝屋门走去。

赵闵堂拦住他说："你要干什么，去跟浦田告发我吗？你就算告也是空口无凭！残害同胞是汉奸所为，是我们国家的罪人，天理不容！"

"那就试试吧。你残害了同胞，你就是汉奸，你就是罪人，不除掉你，才天理不容！"翁泉海走到门口打开门。赵闵堂跑过来一把关上门说："泉海，你听我说。我这是一片忠义之心啊，你怎么就不理解呢？"

翁泉海说："你把好人害死了，让我怎么理解你？""泉海，不管怎么说，你打也打了，骂也骂了，就别去告发我了，自家事，咱们自己解决。"赵闵堂拉着翁泉海，把他按坐在椅子上，"泉海，你怎么知道是我改的？"

翁泉海说："望而知之，浦田说药方的时候，就你变毛变色，小脸煞白，神色不安，贼眉鼠眼！闵堂啊，你为何不提前跟我打声招呼呢？不管干什么事都得有根有底，不能胡来。我们这么多人进来干什么？我们为何要在日本小鬼子的枪口下卑躬屈膝，苟延残喘？因为我们不光是为了活着走出去，更重要的是得配制出好用的止泻药来！"

赵闵堂说："可配制出止泻药就是帮了小鬼子的忙啊，就成汉奸了，这帽子一扣上，就是一辈子啊！出去后还怎么活？身败名裂，房倒屋塌啊！""即使是这样，咱也得受着。早晚你会明白的。"翁泉海说着朝外走去。

翁泉海重新修改了药方，浦田拿去制药，经过试药，这次配制的中药疗效很好。浦田在日中汉方研究所食堂摆上丰盛的酒菜，请众中医吃饭。

他倒了一杯酒说："来，我敬大家一杯。美酒佳肴还不足以表达我的谢意，江运来，让他们进来吧。"10个日本士兵列队走进来，他们满面红光，精力充沛。

浦田说："各位大夫，这10个士兵来自缅甸战场，本来他们已经只剩下一口气了，可服了你们的药，转眼就变得生龙活虎，是你们治好了他们的病，让他们可以重新回到战场上继续战斗。来，你们逐个汇报一下光荣的战斗成果。"

日本士兵们一个接一个地说开了。

"我总共击毙7名中国士兵！"

"我徒手杀死3名中国士兵！"

"我一炮炸塌中国防御堡垒，据说里面有5具尸体！"

"我是狙击手，击毙9名中国士兵！"

接着，10个日本士兵唱起了日本国歌。

翁泉海脸色铁青地问："浦田先生，我们可以回家了吗？"浦田笑着说："翁会长，请你不要着急，等我们把成药运到前线战场后，你们就可以回家和亲人们相聚了。"

10个日本士兵唱完歌，浦田和江运来带着众士兵走出去，门关闭了。赵闵堂擎着酒杯走到翁泉海近前："翁会长，我得敬你一杯酒啊，你的功劳太大了，用日本话说，叫功劳大大的。"他说着把酒喝了，又一口酒喷在翁泉海脸上，"不好意思，这酒顶得慌，没咽下去。"

翁泉海一动不动，任凭着酒水从脸上滴落下来。

翌日，赵闵堂躺在床上缓缓睁开眼睛，又捂住头琢磨事情。他使劲拍了拍脑袋说："酒后误事，言多必失啊！"

翁泉海走进来说："昨天喝得挺痛快啊？"赵闵堂说："确实喝多了，常言道，酒后无真话。泉海，你来得正好，我还想找机会谢谢你呢。""谢我什么？""你给我留条命啊！"

翁泉海说："打算怎么谢我啊？帮我办件事吧。"赵闵堂说："泉海，还是把这人情换成钱，我还你钱吧。你的事肯定不好办。"

翁泉海低声说："闵堂，你知道我为何要带头给小鬼子配制药方吗？我们中国远征军正在缅甸跟小鬼子作战，小鬼子得了病，我们的战士们也同样得了病啊，他们也急需治病的药物。随我同行的那个人是军统的人，他来的目的是潜伏在敌人内部，等我们把药配制出来后，他出去报信，争取把小鬼子要运往缅甸的药截获。本来这一切计划都在有条不紊地进行着，就因为你擅自改了药方，他才丢了性命。现在你明白我为何抽你了吗？"

赵闵堂愣住了，说道："你怎么不早点跟我说？泉海，我是真想不到还有这个茬，要是知道，我肯定不能那样做。"

翁泉海说："这是秘密，多一个人知道就多一分风险。现在说什么都没用了，如今，那个人已经死了，这个任务就落在我身上。我本想出去报信，可无奈浦田盯我太紧，他总找我探讨中医药的事，我着实难以脱身，所以打算让你替我把这事办了。你送完信后得赶紧回来，否则被小鬼子察觉到了，不但药劫不成，我们也都得死在这儿。"

赵闵堂问："这里守卫森严，我怎么出去啊？"翁泉海说："这个老宅的主人我认识，我曾给他诊过病。这里有个下水道可以出去，我选的那个房间的床下，就是下水道的入口。"

赵闵堂琢磨片刻道："这是一件英雄事、光荣事，你能把它交给我是对我的信任，我深感荣幸。只是我年岁也不小了，就怕跑不快，再耽误了大事啊！"翁泉海说："慢点没事，稳当就行。""可我脑子也糊涂了，容易忘事。""闵堂，在这个鬼地方，除了你，我没人可信任了。"

赵闵堂说："高小朴是你女婿，且年轻力壮，他腿快，办这事最合适了。"翁泉海摇头说："事关重大，性命攸关，我信不过他。"

赵闵堂的腿抖动着，他按着腿说："泉海，我这段日子也不知道怎么了，腿不大好使，一紧张就抖，站都站不住，你看，又抖起来了。"

翁泉海摇摇头走了。

深夜，翁泉海把高小朴叫到他的房间里，悄悄说："我想让你帮我办件事，你去万岁巷 15 号找个叫小钱的人，通知他药已经配制成功，这几天就会运走。事情重大，办完你就不要回来了，一定要带着晓嵘、晓杰和我外孙远走他乡。"

高小朴说："即使要走，大家也得一块走啊！"翁泉海说："人多动静大，万一惊动了小鬼子，一个都走不了。"

高小朴从床底下露出头说："爸，我走了，要不您跟我一块走吧。"翁泉海摆手道："时间紧迫，你赶紧走！"

高小朴刚走不久，赵闵堂一瘸一拐地进来说："泉海，我决定替你办那件事！"

翁泉海说："小朴已经去办了。你说得对，他比你年轻，跑得快。闵堂，在我翁泉海有难处的时候，你能挺身而出，我很感动。"

赵闵堂埋怨道："你这不是向着自家人，偏心眼儿吗？"翁泉海说："闵堂，你留下来陪我聊聊天，我的心能安稳一点。"

"想英雄一把都英雄不成，唉，老天不公，难尽人意啊。"赵闵堂说着，一瘸一拐地走了。

夜深人静，翁泉海坐在桌前毫无睡意，他担心高小朴能否及时找到小钱，完成任务。天快亮的时候，高小朴竟然回来了。翁泉海问："你怎么又回来了？"

高小朴说："我已经找到小钱告知消息，我怕您担心，心想还是得回来报告。再说，恩师如父，我又是您的女婿，不能抛下您不管，要活一块儿活，要死咱们一块儿死。"

翁泉海深情地拍了拍女婿的肩膀，热泪竟然奔涌而出。

次日，一辆军车停在日中汉方研究所院内，浦田站在军车前对众中医说：

"各位大夫，你们辛苦了，我代表大日本皇军感谢你们的无私帮助。你们可以回家了。"

翁泉海说："不用谢了，这是我们应该做的。"浦田笑道："我想天皇陛下要是听到这句话，会非常高兴的。请上车吧。我送你们回去。"

"不必了，我们想出去走走。"

翁泉海、赵闵堂、高小朴等众中医从研究所大门走出来。

翁泉海回到自家院门外，看到老沙头靠着院门睡着了。小铃铛趴在老沙头脚前，它看到翁泉海，猛地站起跑过去。狗绳的另一端拴在老沙头裤腰上，把老沙头拽醒了。老沙头站起身说："大哥，你回来了。"翁泉海轻轻抱起小铃铛问："怎么不回屋睡啊？"

老沙头说："自打你走后，小铃铛吃得少喝得少，还不消停，总往门外拱，一出来它就老实多了。"翁泉海说："你把它拴在门口不就行了？"二人说笑着走进院门。

这天，浦田被高桥叫到办公室，他一进门就看到高桥大佐脸上布满阴云，于是，小心翼翼地问："大佐，我……我做错事了吗？"高桥大佐问："浦田君，中国军方是怎么知道我们制好药并运往前线的事呢？"

浦田说："他们怎么会知道呢？这不可能啊！那些配制药方的中医一直被我关在研究所里严加看管，等我们的药运走后，我才把他们放走。还有，那药方在我的保险柜里没人知道。另外，混进研究所的国民党军统早就被我除掉了，所以说中国军方不可能知道我们的事啊！"

大佐说："可结果是我们的药在半路被调包了！不可否认的是，一定有人提前透漏了消息！"浦田说："大佐，药方在我们手里，我们还可以再制造成药。"

大佐怒气冲天道："混账，中国远征军服了我们的药病好了，已经把我们的联队消灭了！"

第三十四章
甘洒热血献中华

翁泉海和老沙头出诊回来，小铃铛汪汪汪冲厨房狂叫。"小铃铛，你叫什么呢？"翁泉海说着走到厨房门外看，厨房内蒸汽腾腾，一个背影叮叮当当地切着菜。翁泉海迟愣片刻喊："是人是鬼啊？"背影像是没听见，默然不语。

翁泉海破口大骂："没心没肺的东西，天上掉下来的还是土里冒出来的？想吓死我吗？我是牛胆子，吓不住！眨眼儿工夫，跑没影了，跑了我也不找，爱去哪儿去哪儿！白眼狼，没良心……"骂够了，翁泉海在嘈杂的炒菜声中走进堂屋。

翁泉海坐在书房看书，其实他根本看不进去。葆秀在窗外喊："吃饭了。"翁泉海赌气道："吃什么饭，我还没骂够呢。""什么时候能骂够？""再骂个三天三夜也骂不够！"

葆秀说："吃饱有力气了再骂吧。"翁泉海忍不住问道："你这些年去哪儿了？"

"想去哪儿就去哪儿，满眼好风光。""你还回来干什么？我是房主，你到我这一亩三分地得跟我打声招呼，得看我的脸色。"

翁晓杰走过来说："爸，我妈刚回来，您能不能别为难她？都是好几年前的事了，现在嚼着不放，还有味儿吗？""晓杰，咱们去那边。"葆秀拉着翁晓杰走到院内说，"晓杰，这是我跟你爸的事，你别管。"翁晓杰说："妈，我可是替您打抱不平呢。"

翁泉海起身拉上窗帘，站在窗前抹了一把老泪。

秋夜，月明星稀，葆秀在缝补衣裳。翁泉海从书房走出来说："别点灯熬油了。"葆秀说："你去睡吧，我不困。"

翁泉海走到葆秀近前说："你看你缝的，跟狗啃的一样，别缝了。"葆秀一笑："几年没见，眼皮儿抬得挺高啊。"

翁泉海说："没办法，碰上能人了呗。有个大姑娘，她那针线活可是一绝。那大姑娘人样子好，嘴也甜，家务活干得特利索。她还说喜欢我呢，要嫁给我。可我都这把年纪了，哪还有心思。但她不依不饶啊，哭着喊着往我怀里奔，我是使劲往外推啊，到底给推出去了。就为这事，那大姑娘死活不嫁了，还等着我呢。行了，歇着去吧。"

小铃铛跑过来，葆秀问："这不是岳小婉的狗吗？怎么？她出远门了？"翁泉海说："去美国了。你何时走啊？"

葆秀说："你要是不嫌弃，我就在这住一阵子，给你打打下手。"翁泉海说："诊所确实人手不够，要不你先帮着忙一阵吧。"

"缝好了，我回屋。"葆秀起身说。翁泉海说："哪儿缝好了？再多缝一会儿，急什么！"葆秀头也没有回出去睡觉了。

次日上午，几个患者坐在翁泉海诊所前厅长条椅上候诊。葆秀拿着抹布擦着窗户说："都排好队，不要急。"

这时，一个高个患者抄着兜从外走进来，他坐在长条椅上，手从兜里无意间拿出来，一个小纸团掉在椅子下。"人太多了，我一会儿再来。"他说着走了。葆秀若无其事地悄悄捡起纸团。她急忙走进内屋关上门，掏出纸团展开看，又提笔在纸上写着。

第二天上午，一个小个子患者走进来。葆秀赶紧擦抹椅子说："先生，您请坐。"说着把一个纸团放在椅子上。小个子患者点点头，很自然地把纸团坐在身下。

傍晚，翁泉海从诊室里走出来。葆秀说："累坏了吧，正好趁着没人，今天就到这，早点回去吧。"翁泉海捶着腰说："确实老了，精神头顶不住了。诊所有规矩，哪能说走就走，既然来了，就得待够时间，不能让患者白跑一趟。"

一个6岁左右的孩子从诊所门外探进头来，他看着葆秀刚要张嘴，被门外的人拉走了。葆秀看到这些，就说："不早了，我得回去做饭。"这时，一个青年男人背着精瘦的患者走进来说："大夫，腿摔伤了，请您看看。"葆秀眼睛一亮忙说："赶紧里屋请。"

精瘦患者躺在里屋床上，青年男人站在一旁。翁泉海让青年男人把患者的裤腿挽起来，那腿上沾满血迹。青年男人问："大夫，他的腿能保住吗？"

"能保住，只是伤得很重，日后走路会有些不便。"翁泉海说着扫了葆秀一眼。"我得回去做饭了。"葆秀说完急忙走了。

第二天傍晚，翁泉海和老沙头出诊走在街上，

老沙头说："大哥，葆秀回来，看样子是不打算走了。误会都过去这么多年了，要不你俩……"翁泉海叹气说："老沙，我还有几年活头，哪还敢想那些事。"

老沙头说："谁说不能想，就看你想不想。"翁泉海说："一个巴掌拍不响。""要不我撮合撮合那个巴掌？""好意心领了，可这两个巴掌的事，谁也弄不了，算了吧。"

二人回到院外，翁泉海看到那个6岁的孩子正站在院门外，透过门缝朝院里望着。一个中年女人站在一旁，那女人看见翁泉海，赶紧上前拉着孩子走了。

晚饭时翁晓杰问："爸，您这几天怎么回来得这么晚啊？您都这么大年岁了，累了就歇，别硬撑着。"翁泉海瞄一眼葆秀说："我倒是想歇着，可有病人不让。"

翁晓杰说："全上海的大夫多了，您让他们找旁人去，不能让您一个人累。"

翁泉海说："累我是信得过我，要是信不过，请人家都请不来，葆秀，你说是不？"

葆秀一笑说："你名声在外，是越老越金贵，不来找你找谁？赶紧吃饭吧。"翁泉海说："名是靠人捧的，我得感谢捧我的那个人。"

葆秀在厨房内洗碗筷。听到孩子的哭声，葆秀的眼泪涌出来，她发现翁泉海站在一旁，赶紧擦抹眼泪，佯装笑道："这眼睛怎么痒上了。"

翁泉海拿起碗欲洗。葆秀说："就这点碗筷，你就别沾手了。"翁泉海说："自从你把我抛弃后，碗筷我天天洗，习惯了，一顿不洗觉都睡不踏实。"

"正好我还不爱洗呢，那你洗吧。我最喜欢成人之美了。"葆秀朝外走。翁泉海忙说："你这人倒是让一让啊！把孩子接过来，一块过吧。"

葆秀惊奇道："你是吃饱撑糊涂了吗？满嘴胡话！"翁泉海一笑："我是老中医，有望而知之的本事，人在我眼前晃个影，我就能看个八九不离十。非得让我亲自把他接来不可吗？"

葆秀望着翁泉海老实承认说："他是我的孩子，叫传宝。"翁泉海真诚地说："孩子那么小，哪能跟妈分开过，多遭罪，赶紧接过来！这就是他的家！"葆秀的眼泪又涌出来。翁泉海说，"你不是说这家里除了满屋的中药味儿，没有别的味儿吗？咱这回再来点奶味儿。"

葆秀哽咽着说："泉海，谢谢你。"翁泉海摆手："当年我说这个'谢'字

你不爱听,今天我也不爱听了,往后少跟我提这个字!"葆秀破涕为笑。

传宝被带来,但是他看到翁泉海有些害怕,躲在葆秀身后,怯生生地露出头。

翁泉海笑着说:"躲什么啊,我又不是大老虎。"葆秀拉过孩子说:"传宝,快叫大伯。"

翁泉海摇摇头说:"我看还是叫爷爷吧。"葆秀不好意思地说:"管你叫爷爷,那我……这差辈了啊。"

翁泉海认真道:"这孩子才几岁啊,管我叫大伯我听着不舒服,出门碰上熟人,人家都得听笑了。江湖大乱道,我俩论我俩的,你俩论你俩的,咱俩论咱俩的,就这么定了。叫爷爷可掩人耳目。"葆秀这才笑着说:"对,传宝,叫爷爷。"

自从葆秀回来,翁泉海诊所的患者明显多起来,而且不少是"红伤"。翁泉海心知肚明,从不多问,总是悉心治疗。还有人通过葆秀暗暗传递消息,翁泉海看在眼里,他总是尽量提供方便。

这天,诊所又来一个外伤患者,翁泉海急忙把患者接进里屋,小心翼翼地从患者后背取出一颗子弹,放进盘子里。老沙头托着盘子转身欲走,患者的朋友拿起子弹揣进兜里。

翁泉海说:"我先给他用外敷药,然后再给他开个内服的方子,半月后可愈。"

一个雨天的上午,一个戴着破帽子面容憔悴的患者走到诊所门外,抬头望了一眼牌匾,然后走进诊所。

葆秀看到他,急忙示意道:"先生,请坐。大夫去方便了,请稍等。"患者坐在长条椅上点了点头,热切地望着葆秀。

翁泉海走过来,葆秀对破帽患者说:"大夫回来了,先生,里面请。"

翁泉海坐下打量着患者提笔问:"贵姓啊?"患者回答:"杨志坚。45岁。"

翁泉海先给他把脉,然后看舌苔说:"你的病我会尽力。世无难治之病,有不善治之医,只要药对症了,就能治好。"

傍晚,翁泉海从诊所回来,葆秀忙迎上去说:"回来了?我正要洗衣服,把外衣脱了吧。"翁泉海说:"今早刚换的干净衣裳,不用洗。"

葆秀说:"诊所里都是病,沾上不好,还是洗了吧。""我大半辈子都是这么过来的,哪回沾上了?无妨。"翁泉海说着堂屋走。

"我说洗就洗,赶紧脱下来!"葆秀快步追上翁泉海,扒翁泉海的衣服。翁泉海躲闪着说：“你这是干什么，男女授受不亲……别扯破了……”葆秀还是提着翁泉海的外衣去洗了。

秋夜，皓月当空。翁泉海站在书架前翻书。葆秀提水壶从外走进来，给翁泉海倒水，问道：“碰上难治的病了？”翁泉海叹了口气说：“肺痨。就是今天戴破帽的那个人。”葆秀忙问：“那人的病能治好吗？他还能活多久啊？”翁泉海看一眼葆秀说：“我不是神仙啊，尽力吧。”

翁泉海在药房内称药配药，葆秀站在一旁拿着药方问：“这个方子能见效？”

翁泉海说：“一病一方，试试吧。”“你不是说那人的肺痨病治不好吗？”“治不好难道就不治了吗？”

葆秀眼一亮问：“你是说还有治愈的希望？”翁泉海反问：“你为何对此病如此上心啊？”“看你正治这病，就随便问问呗。”葆秀放下药方说。

翁泉海说：“病难治，药难吃，命难活，即使难上加难，我也得竭尽全力啊，谁让……我是大夫呢！”葆秀说：“这肺痨病传染啊，你得小心点。”翁泉海说：“有你在，我还用小心吗？天天追着我换衣裳，我这衣裳都快被你洗烂了。”

葆秀回到自己屋里，坐在床上拍着传宝的后背哄他睡觉。她看孩子睡着了，就悄悄从东厢房出来，轻轻关上门朝院外走。她来到一个弄堂的破房子外，朝周围望了望，然后敲门，没人答言。她推开门走进去，月光中，屋里破乱不堪。她走进里屋，床上空无一人。她摸着被褥，又环视着屋子，然后走了。

葆秀回到翁家院子，吃惊地看到翁泉海正站在院中，就忙掩饰道：“我晚上吃多了，撑得睡不着，出去走走。”翁泉海笑了笑：“我晚上喝多了，憋得睡不着，出来方便方便。”葆秀微微一笑，正要朝东厢房走，翁泉海说：“我把他接来诊所里住下了。”

葆秀急忙来到杨志坚住的屋子，杨志坚说：“翁大夫让我上他家里住，我本不想来，可他说要想治好病，就得过来住。我实在推辞不过，可我这病传染，又不好住他家里，就到诊所来了。”

葆秀说：“他是大夫，听他的错不了。他能让你过来住，就是心里有底。”杨志坚说：“这样给他添的麻烦就太多了。”“没事，欠的债我来还。在他家做仆人，伺候呗。”“秀，我让你受苦了。”

葆秀说：“这不是一家人该说的话，再说我这点苦算什么，你比我苦多了。”杨志坚的眼睛湿润了，说道：“秀，翁大夫肯定看明白我们之间的关系了，所以他才把我接过来。”

"看明白就看明白了吧。"葆秀拿起一个破枕头摸着，良久，她的手停住，"这破枕头你也带过来？枕头里藏什么了？"杨志坚说："留着防身的。""小心点，别让头发缠上了，再拉了弦儿。"葆秀说着走了。

杨志坚靠在诊所一间屋的床上喝药。葆秀站在一旁，手里拿着毛巾。

杨志坚问："咱儿子干什么呢？"葆秀说："除了吃就是玩呗。我把他带来你看看？""别带来，光看摸不着，更想得慌。""那你就赶紧喝药，争取早点把病治好。"

杨志坚说："他长这么大，也没见过我几回，能认得我吗？"葆秀宽慰道："你的骨肉，血脉连着呢，能不认得你嘛！"

杨志坚突然剧烈咳嗽，药喷了出来。葆秀拿毛巾要擦，杨志坚捂着嘴不让她擦，他自己擦干净嘴上和手掌上的血和秽物。

这时，翁泉海进来给杨志坚切脉，沉吟着说："杨先生，你无须担心，我再给你开个方子。"

杨志坚说："翁大夫，我知道我这病难治，请您不要为难。"

翁泉海说："谁说你这病难治？轻看我吗？不必说了，安心养病。"

早晨，杨志坚不见了，翁泉海让葆秀赶紧去找。但是，葆秀把能想到的地方都找遍了，都没有找到，回来只好对翁泉海说："腿长在他身上，他想去哪里就去哪里吧。""这是什么话！算了，我去找。"翁泉海说着欲走。

葆秀喊："你给我站住！这是我的事，不用你管。你找不到他的！""他是病人，病是我的事，也不用你管！"翁泉海走了出去。葆秀心里一阵感动，眼泪不争气地涌出来。

天黑了，为了寻找杨志坚，老沙头挽着翁泉海走在乡间路上。翁泉海拄着一根棍子，累得气喘吁吁。二人来到乡间空地上，翁泉海指着不远处的一个窝棚说："那不是人家吗？走，问问去。"

两人走到窝棚外，见窝棚口用破门板挡着。翁泉海喊："有人吗？"没人答言。翁泉海敲了敲破门板，还是没人说话。他俯身望地上的泥里有脚印，就伸手衡量着地上的脚印，然后直起身说："杨先生，我知道你在里面，把门打开，我们大远跑来找你，总得给口水喝吧，这是待客之道啊。"

破门板挪开了，杨志坚从窝棚里钻出来问："翁大夫，您怎么知道我在这儿？您又怎么知道我在这窝棚里？"翁泉海说："杨先生，你这事做得可不讲究啊！"

杨志坚歉疚道:"翁大夫,我知道不辞而别非君子所为,但是我要是跟您说了,您会让我走吗?多谢你们过来找我,可是我既然决定走,就是想好了。"翁泉海说:"等把病治好了,你想去哪儿就去哪儿,我肯定不留!只要你的病没好,我就不能放过你。"

杨志坚说:"我的病治不好,您就别为难自己了。"翁泉海说:"我在上海中医界也有一号,到你眼前怎么就不中用了呢?你太小看我了。只要你还有一口气在,这病就没治完,没治完怎能说我治不好呢?"

杨志坚执拗道:"翁大夫,您误解我了,不管您怎么说,我就是不能跟您回去。"翁泉海坚持道:"这可由不得你,我今天就是背也得把你背回去!跟我回家吧,都等着你呢。"

杨志坚拗不过翁海泉,没办法只得跟他回来。翁泉海换了个方子,亲自煎药端来让杨志坚服用。

杨志坚说:"翁大夫,您要是不跟我说清楚为何知道我在那个窝棚里,我决不喝药。"翁泉海俯身拿起杨志坚的鞋说:"尺码我清楚,鞋跟外侧磨得不轻,我也清楚。你这双鞋太旧了,我给你买了一双新的,谁想你倒先跑了。"杨志坚接过药碗说:"您不该做大夫。该去做侦察员。"

翁泉海说:"你是英雄,为国为民出生入死,不惜凛凛一躯,我只是英雄脚下的几缕尘土而已,可尘土也有骨气啊,也希望能粘在英雄身上借点光亮。我知道你怕给我带来晦气,你想错了,就算真到了那一天,你的英雄气也得留在我这里,这是求都求不来的啊!我翁泉海活了大半辈子,能在入土前有你这英雄气擎着,也不枉活一回。所以说是你成全了我,我得感谢你。杨先生,我没摸过枪,可摸过抬过枪的手,那手可是不一样啊!外寇入侵,举国动荡,你们一家人在为国家和民族抗争,颠沛流离,不能相聚,我看在眼里,疼在心里。我只是一个大夫,不能骑马扛枪血战沙场,能做的只是尽一己之力疗你们的伤,治你们的病,为你们分一点忧。"

听完翁泉海发自肺腑的话语,杨志坚激动地说:"翁大夫,我想叫您一声大哥。"翁泉海笑道:"你叫我大哥,传宝叫我爷爷,不是差辈了?"

杨志坚说:"咱俩论咱俩的,你爷俩论你爷俩的。"翁泉海说:"好,我认你这个老弟。你要有信心好好活着,留着命看到日本鬼子被赶出中国那一天。"

杨志坚说:"我会尽力活到那一天,就算提前死了,也一定会有个响动,绝不会寂静无声!"

　　白天，杨志坚戴着破帽子和口罩坐在院内小板凳上削一把木剑，传宝站在东厢房门口望着他。他把木剑递给传宝，传宝没动。翁泉海走过来拉着传宝走到杨志坚近前让传宝拿着。传宝迅速拿过木剑躲在翁泉海身后。

　　葆秀在厨房内炒菜，翁泉海走进来说："你忙完了去书房，我跟你说点事。"葆秀继续炒菜，叮叮当当声更大了。翁泉海一把按住铲子。葆秀的眼泪涌出来问："他还能活多久？"翁泉海低声道："该做准备了。"

　　葆秀把饭菜端进杨志坚住的屋子，让他起来吃，杨志坚缓缓从床上坐起身说："放这就行，你陪传宝吃去。"葆秀欲搀扶杨志坚起来，吃力地走到桌前坐下。杨志坚说："不用搀，我也不是动不了。秀，我觉得这几天我的病好多了。"他端碗提筷子，大口吃了起来。

　　"这是大好事啊，见亮了。"葆秀坐在桌前说，"慢点吃，喝口汤。"杨志坚说："病好了胃口就好，慢不下来。咱儿子没找我？"

　　葆秀说："跟他爷爷玩疯了，连我都不找。自打他懂事起，你爷俩就没怎么见过面，也不怪你，要怪就怪日本小鬼子，他们要是不来……"杨志坚说："他们要是不来，我上哪儿认识你去？秀，我对不起你。"

　　葆秀说："这不是爷们话，你要是有本事就把病养好，对得起我。病好一切就都好了。杨志坚同志，这是组织交给你的任务，你必须完成任务。"杨志坚站起敬礼："是！我一定会把病养好的。"

　　翁泉海和传宝各拿一把木剑在院内打斗。老沙头站在一旁笑。翁泉海佯装不敌，传宝拿木剑砍翁泉海的大腿。翁泉海喊："哎哟，我受伤了，传宝，你背爷爷回屋吧。"传宝背对翁泉海，翁泉海假意趴在传宝后背上。传宝"背"着翁泉海朝堂屋走。

　　杨志坚戴着破帽子和口罩缓缓走过来望着二人的背影。翁泉海扭头看见杨志坚，传宝也看见杨志坚，吓得连忙躲在翁泉海身后。老沙头拉着传宝走了。

　　翁泉海让杨志坚到屋里坐，杨志坚说："大哥，你的药真好用，我感觉我的病好多了。谢谢您。"翁泉海说："这有什么可谢的，我是大夫，不就得治病吗！咱得趁热打铁，抓紧治。"

　　杨志坚说："我欠您太多，不知该如何报答。"翁泉海说："我要是指望你报答，那不是赚患者的人情吗？志坚，你只管安心养病，什么都不要想，等你病好了，我们好好喝上一杯。"

　　杨志坚笑着说："行，到时候咱们不醉不休。"翁泉海呵呵笑道："三十年的老黄酒还没开封。赶紧把病养好就能喝到嘴里了。"

翁泉海和杨志坚从屋里出来，传宝挥舞着扫帚扫着院子，他见翁泉海，喊着爷爷，扔了扫帚扑进翁泉海怀里。

翁泉海笑着说："迎面来个秤砣，谁能招架得住啊！看这小老虎爪子，多厚实，志坚，你摸摸。"

杨志坚犹豫着，伸手欲摸传宝。传宝一脸不情愿地缩回手。杨志坚见状，心里一阵苦涩，缓缓朝自己屋里走去……

早晨，葆秀来给杨志坚送药，见屋里没人，床上有一封信。葆秀急忙看完信，又摸着破枕头，枕芯里的那东西不见了。葆秀赶紧把信交给翁泉海，翁泉海打开信看：

> 翁大哥，请恕我再次不辞而别。上一次，我是不想给您添晦气，而这一次，我是要完成自己的心愿……翁大哥，就算您不说，我也知道我活不成了，我等不到胜利的那一天了。其实我看得出，您和葆秀曾是一家人……可您明知道我和葆秀在一块了，却还对我照顾有加，甚至把我接到您家里来，让我在最后的日子里能和家人们相聚在一起。翁大哥，您的大恩大德让我如何报答啊！写到这儿，我想对葆秀说，秀啊，翁泉海是个敞亮人，是个硬气人，是个厚实人，是个值得信任且值得依靠的人，这样的人太难得了，值得珍惜。翁大哥，请您不要去找我了，就让我在走之前，做我该做的事，完成我的心愿吧……

杨志坚戴着破帽子，喘着气在街上走着。下雨了，行人奔跑着躲雨，街上只剩下杨志坚一个人，他抱着膀子埋着头，任风雨击打。太阳出来了，杨志坚坐在街边抱着膀子埋着头，浑身湿透了。忽然，一缕强光刺到他的眼角上，他缓缓睁开眼睛抬头望去，枪反射着阳光，两个日本宪兵背着枪走来。杨志坚的眼睛闪亮了。两个日本宪兵从杨志坚身边走过，他们斜眼望着杨志坚。杨志坚缓缓站起身，他抄着袖子摇摇晃晃地走到日本宪兵近前，袖子里冒烟了。日本宪兵面露惊恐，随之一声巨响，日本宪兵顿时毙命。杨志坚的破帽子飞上天空……

翁泉海看着摆在桌上的一顶破帽子，心里既难过，又钦佩，这个杨志坚才是铁骨铮铮的中华男儿。传宝从外面跑进来问："爷爷，这是谁的帽子？"翁泉海对传宝也对自己说："这是英雄的帽子。英雄是一种人，他只要有一口气，也会与敌人同归于尽。英雄不留名，更不留尸骨，这是英雄的最高境界。"

传宝拿过破帽子戴在自己头上，嘎嘎笑了。

葆秀告诉翁泉海，她得走了。翁泉海说："去吧，你们身上背负的是中国之希望，历史之重托，人民之心愿，去哪儿都是一团火，一个雷，一个响晴的天。自打你回来后，诊所里就热闹开了，别的不说，来的人大都受的是枪伤，没有人担保，他们怎会来找我诊治？而那个担保人，应该是最了解我、最信任我的人，此人非你莫属。"

葆秀点点头说："是的。泉海，我加入了苏北抗日游击队，此番离开是去执行任务。我想把传宝留在你这儿，可以吗？"翁泉海说："一家人，何出此言？有难处了，没地儿去了你也回来，这里永远是你的家。诊所那我盯着，该来的尽管来，也尽管走，除了病，我什么都看不见，也听不见，但保证会尽平生所能，把他们的伤治好。"

江运来把禅宁寺藏宝的传闻告诉浦田。浦田十分高兴，立刻让江运来赶紧去禅宁寺打探，并告诫他千万要小心谨慎，切不可打草惊蛇。可是，江运来去了一趟禅宁寺什么也没有打探出来。他告诉浦田，禅宁寺的老住持已经病故，新住持和僧人们都说不清楚那宝贝的下落，有人说那宝贝早已失传多年了。浦田认为无风不起浪，只要有人听说过，就一定有此事。他让江运来一定要想尽办法继续查，实在不行，可以动用军队去搜查禅宁寺，甚至把那座山头翻个遍。

转眼就是冬天了。浦田问江运来，禅宁寺宝贝的事打探得如何。江运来告诉他，听说皇军攻打上海的时候，禅宁寺住持曾去过灵霞观，后来经常有禅宁寺的马车赶往灵霞观。浦田让江运来还得继续打探，不能忽略任何一个可能性。

浦田向日本宪兵队伊藤大佐汇报了禅宁寺藏宝的事，伊藤大佐说："把那些僧人和道姑都抓来严刑拷问，不信他们不说实话！"浦田说："大佐，如果大动干戈，我们寻找宝物的消息会透漏出去，对我们今后的行动极为不利。所以还是小心谨慎，探听虚实，一点一点摸出踪迹来。"

伊藤说："好吧，你尽管放手去做，需要我帮忙只管说。"浦田说："多谢大佐，我一定要找到那宝贝运回国内，健壮我大和民族的体魄。"

葆秀再次来到灵霞观，静慧住持很痛快地接纳了她。静慧住持知道自己患了绝症，将不久于人世，就告诉葆秀，她要把灵霞观托付给葆秀。

葆秀说："师父，我是新来的，怎么能担此重任呢？"静慧住持说："我知道你是做什么的，也知道你来灵霞观的目的，更知道你是值得托付之人，望你能接受我临终的请求。"葆秀点了点头说："我接受，一定不负师父重托。"

静慧住持说："其他的事我都可以放心，只是禅宁寺留在我们这的宝贝还去留未卜。"葆秀说："师父，我会尽全力保住那些宝贝，即使搭上我这条命也在所不惜。"静慧点头："这样我就放心了。"

静慧住持召集灵霞观全体道姑，正式宣布葆秀为灵霞观住持，然后香汤沐浴，更衣禁食，闭门不出，三天后羽化升天。

灵霞观大殿内香烟缭绕，几个香客在上香。一身道姑打扮的葆秀和妙清站在一旁。一个中年香客突然倒地。葆秀给他切脉后安慰他，病不重，一服药可愈。

香客说他是远道来的穷苦人，如今病了走不了，希望在观内住几天。

葆秀告诉他，灵霞观内住的全是女性，男性不能在观内居住。那香客悻悻地走了。葆秀告诉妙清，此人绝非香客，一定另有企图，今后要多加小心。

转眼半年了，灵霞观那边还没有消息，浦田认为江运来用人不利，没有办事的能力。江运来告诉浦田，他用的是心腹之人，信得过，多给点时间，一定会摸出个究竟来。

这天，一条狗顺着山路走来，它走着闻着跑到灵霞观院内。一个道姑喂狗吃馒头。葆秀和妙清走过来，妙清看到狗腿上凝着血迹，怪可怜的。葆秀觉得这狗无家可归，就决定在灵霞观养着。可是这狗一点也不安生，总是到处跑着，闻闻这儿，闻闻那儿。葆秀起了疑心，就让妙清弄二十盏香油，摆在灵霞观内外。狗走到一盏香油前闻着，走到另一盏香油前闻着。葆秀看见，那中年香客正躲在不远处望着狗。

妙清告诉葆秀，自从摆了香油，那狗再也没来过，影儿都没了。

葆秀点点头说："那应该是日本小鬼子的狗。禅宁寺那边有人打探宝贝的事，而后灵霞观又来了一些贼眉鼠眼的香客，随后狗来了。村里的狗可以自认家门，怎么会到我们这里来！"妙清说："如果那些香客是小鬼子的眼线，我们应该立刻把他们赶走。"

葆秀摇头说："那样岂不是此地无银三百两吗？他们来了，我们不加理会，他们没有所获，也就走了。你们都准备好了吗？"妙清说："自从静慧师父把宝贝接进灵霞观的那一天，我们就已经准备好了。"葆秀双手合十说："静慧师父，我们都准备好了，您在天之灵可以安心了。"

傍晚老沙头坐在翁家厨房灶台前，握着风匣垂着头。翁泉海走进来拍了拍老沙头的肩膀说："火都快拉灭了，你要是没精神头就去睡吧，等饭好了我叫你。"老沙头猛地抬起头说："谁说我没精神头，也就是一时犯困。"

翁泉海要给老沙头把脉，老沙头说："没病把什么脉啊，我自己有没有病还不清楚吗？不服气咱俩出去比划比划，看谁的精神头足。""我还真不服气，走，出去比划比划！"翁泉海一只手抓住老沙头的胳膊，另一只手握住老沙头的手腕，他的三指落在老沙头的脉上，知道老沙头已经患了不治之症。

老沙头装作不高兴地说："你别搂我啊，松开吧，火要灭了。"翁泉海松开老沙头的手。老沙头拉起风匣，"大哥，我明天买二斤五花肉，再弄点粉条，给你好好炖上一锅。你好久没让我做这道菜了，是不是吃够了？"

翁泉海笑了笑："一辈子都吃不够，你每天跟我跑来跑去的太累了。老沙，明晚我给你炖肉，你尝尝我的手艺。你给我炖了这么多年的肉，我也得给你炖一回。"老沙头说："这事急什么，你再练个三年五载，到时候我尝尝。"

翁泉海走出厨房，抹着眼泪朝堂屋走去。

第二天上午，老沙头提着二斤肉回来对翁泉海说："肉买好了，我去炖上。"

翁泉海把老沙头拽进堂屋，一碗五花肉炖粉条摆在桌上，还有一坛酒，两只酒碗，两个菜碟，两双筷子。

老沙头一笑："大哥，你都做好了？"翁泉海说："来，尝尝我的手艺。你们东北人不是大碗喝酒吗？今天我随你，大碗喝酒。"说着抱起酒坛欲倒酒。

老沙头说："大哥，我来倒。"翁泉海说："这些年都是你给我倒酒了，我也得给你倒回酒。来，咱哥俩先干了这碗。"翁泉海端起酒碗，"干！"夹起一块红烧，放进老沙头的菜碟里，"尝尝味道怎么样？"

老沙头吃着红烧肉，咂巴咂巴嘴。翁泉海又倒了两碗酒："我知道你怕我喝多了，可你放心，我今天陪你到底，咱哥俩得喝个痛快。"老沙头说："大哥，日子长着呢，不急。"翁泉海的眼泪涌出来，他端起酒碗猛喝。

老沙头望着翁泉海说："大哥，我的病你是怎么知道的？大哥就是大哥，当弟弟的一辈子都舞弄不过。"翁泉海放下酒碗，有些醉了，说道："别叫我大哥！这么大的事都瞒着我，你还拿我当大哥吗？"

老沙头嗫嚅道："大哥，我不想给你添心思。"翁泉海说："就凭你这话，我得抽你！口口声声说我们比亲兄弟还亲，可你得了要命的病，居然说怕给我添心思，老沙啊，兄弟啊，你在扎我的心啊，你不能这样啊！"

老沙头眼含热泪说："大哥，我错了。"翁泉海真情地说："老沙，你还有何心思，尽管说出来，大哥我全给你办了！"

老沙头说："没啥心思，一片落叶，随风去吧。"翁泉海说："这十几年来，你难道就没有一件事能求到我吗？我想给你办件事就这么难吗？"

老沙头说："我真没事啊！对了，谁说你没给我办过事？你给我买过新衣裳，买过新鞋、新袜子，我这一身上下都是你的；你供我吃，供我喝，我这一身肉也都是你的。你还给我炖了一锅菜，拿出了你珍藏多年的好酒，更送了我一脸的眼泪！大哥，你为我做的这些事，都是亲人才能做的啊！大哥，我能有幸结识你，能有这十几年光阴跟在你身边，我知足了，这辈子活得值，活得痛快，活得有滋味儿！大哥，我敬你！"

第二天早晨，翁泉海不见老沙头来吃饭，他走进老沙头住的屋，见屋里收拾得很干净，被褥叠得整整齐齐，衣柜里的衣服一件都没留。

翁泉海俯身掀起床单，见床下放着一个信封。他拿着信来到书房，把信放在桌上大声宣泄着说："老东西，你把信藏床底下，就知道我会拿去看。你想错了，我就不上你的套！你一定会说不看就不看呗，看了我也找不到你。老东西，我根本就不想找你，因为我恨你！这十几年来，你吃我的喝我的，临走连声招呼都不打，这就叫狼心狗肺！你一定会说，打了招呼会给我添心思，你还是得死。老东西，我翁泉海也治了大半辈子病，医字前也带个'名'字，你居然压了半截眼皮看我，就凭这一点我也恨你！别让我看见你，否则我非把你的脸抽成猪头不可！你该说你不懂医，我说的你听不懂。老沙头，你别糊弄我了，不懂医你怎么知道你的病治不好呢？你明明什么都知道，就是装傻充愣！你为何装傻充愣呢？怕我担心你？惦记你？老东西，你想错了，我恨不得你早点死！老沙头，你不是给我留封信吗？这信里写了什么？一定全是女人话，啰里啰唆，软里软气。怎么，你不信？那我就看看我说得准不准！"

翁泉海骂完，将情绪平静下来，抽出信纸展开看："大哥，你别骂我了，骂得我耳朵都烫手了。你把话全攒好了，等咱兄弟俩见面的那一天吧。"翁泉海的嘴颤抖着。

过了两个多月，老沙头的侄子来上海找到翁泉海。翁泉海热情招待说："到这就是到家了，不必拘谨，喝茶。"老沙头侄子说："翁大伯，我叔回了东北老家，他说躺在老家的土里踏实。"

翁泉海说："故土难离，落叶归根。你家里还有什么人啊？"老沙头侄子说："都走得差不多了，没什么人了。"

翁泉海说："活在乱世不容易，好好过日子吧。家里要是有难处尽管跟我说，不要客气。"老沙头侄子点了点头说："多谢翁大伯，黑土地饿不死人，我家里还过得去。翁大伯，我叔临走前让我给您捎句话，我叔不姓沙，他叫骆北风。"

翁泉海吃惊了："骆北风，那是东北名医之后啊！我当然听说过，我还跟你叔打听过他。我听说骆北风早年成名，为人高傲，不可一世，后来被同行嫉妒并被暗地下了毒手，治死一个患者。按照骆家医规，他永不能再行医。"

老沙头侄子说："从那之后，我叔十分痛苦，曾想自杀，但他还有个心愿没了，就是他仰慕您的医德医术，想见过您之后再自行了断。可当他遇见您之后，知道如果暴露了真名真姓，您是不会收留他的，所以他改姓沙。他留在您身边，是想看看您的为人，看看您是不是如医界传言的那样。就这样，他跟了您十几年，经历了那么多大事，看清楚了您。就因为这些，他不想死了，他只想跟在您身边，成为您的朋友，您的兄弟，您的家人。除了这些，最重要的是他一直想把骆家祖上几代人和他的药方及研究留给一个值得信赖的人，而翁大伯您就是他最满意的人选。"

老沙头侄子从包裹里拿出几本陈旧泛黄的手抄书放在翁泉海面前。翁泉海急忙拿起手抄书翻看。

老沙头侄子说："我叔说中医中药不是一人一姓的，是我们国家的，只有把自己的东西拿出来，让有能耐的人去发扬光大，才是正路。翁大伯，我叔还说，他现在睡得很踏实。"

翁泉海轻声自语："老沙兄弟，你的话我听得清清楚楚，一个字都没漏……"

一滴滴热泪落在手抄书上，洇湿了一片……

第三十五章
传世良医

峰峦如聚，波涛如怒，秋光山色里的灵霞观秀美而幽静。

翁泉海一步步登上长长的石阶，走向灵霞观。

葆秀端坐在灵霞观会客室里，咯吱一声，屋门被人推开，翁泉海走了进来。

葆秀背对着大门，像是已入定。翁泉海说："葆秀，我来了。"葆秀平静地问："我这身打扮，你也认得出我来？"

翁泉海笑着说："纵使你有七十二般变化，我也认得你。"

葆秀让翁泉海把门关上，说有事情跟他商量，不知道他敢不敢听。翁泉海关上屋门，慷慨激昂地说："旁人的事我未必敢听，你的事就是天塌下来，我也敢顶上一顶，尽管讲来。"葆秀说："我这灵霞观藏着一宝，名为'陈芥菜卤'。"

翁泉海立刻接着说："陈芥菜卤，这事我听说过，是明代禅宁寺的僧人发明的一味中药。他们把芥菜装进大缸中，让芥菜霉变，长出三四寸长的绿色霉毛。然后将大缸密封，埋入泥土之中，十年后开缸，缸内的芥菜已完全化成水。陈芥菜卤专治高热病症，如肺风痰喘、肺痨病、脓胸症，等等，都能取得很好的疗效。此药乃禅宁寺的宝贝，怎么会在你们灵霞观呢？"

葆秀说："禅宁寺的法善住持防日寇贼心，把此宝托付给了静慧住持，而静慧住持临终前，把此宝托付给了我。禅宁寺曾传来消息，说经常有人打听陈芥菜卤的事，如今灵霞观也发生了很多奇怪的事，我想这很可能是日寇所为。如果真是这样的话，那此宝不得安稳了。静慧住持说，陈芥菜卤是禅宁寺的宝贝，更是中国人的宝贝。也许有一天灵霞观会因它化为火海，可这些宝贝万万不能成了千古之谜。为此我把你找来，希望你能把它传承下去，福泽后人。"

翁泉海说："你为难时第一个想到的还是我，痛快啊！葆秀，如能顶过这阵风，你还俗吧，咱们回去好好过日子。我前半辈子对不起你，如今老了，不知道还能活几年，在这有限的光阴里，我会加倍补偿你。"葆秀淡然道："人法地，地法天，天法道，道法自然。万物顺自然而行，没有谁对不起谁。""可是我想让你和孩子有个家。""此处就是我的家。"

翁泉海说："这个家有可能被毁。"葆秀凛然道："覆巢之下安有完卵！放眼苍茫大地，在日寇的枪炮下，谁又敢说自己的家安保太平？我愿意与灵霞观同生死，与先人们留下的宝贝共存亡！"

翁泉海问："等打跑了小鬼子，你能回家吗？"葆秀说："看你表现。"翁泉海点点头说："有这话就行，我这心可算敞开一道缝了！"

江运来派人死盯着灵霞观，这里的一举一动尽在他眼中。这天，他来找浦田，汇报说，灵霞观的新住持叫葆秀，曾是翁泉海的媳妇。最近，翁泉海曾到过灵霞观，他可能对陈芥菜卤的事有所了解。浦田认为，翁泉海去灵霞观不一定是为陈芥菜卤的事，也可能是探望老相好。再说，他和葆秀已经分开多年，陈芥菜卤是宝贝，葆秀又怎会轻易把此事告诉他呢？翁泉海这个人的骨头太硬，不要打他的算盘了。

不知何故，灵霞观山下周边的村庄突然流行肺热疾患，欲治此病，需陈芥菜卤。为何在此时爆发这种病？又为何各药房都没有治疗此病的药呢？葆秀觉得此事蹊跷，一定是别有用心之人想借此让陈芥菜卤公之于世，以达到他们不可告人的目的。她悄悄下山找到翁泉海，把事情的原委讲了，让他想想办法。

翁泉海知道，如果他去出诊给村民治病，一定会引起鬼子的注意，就找到赵闵堂，请他带人出诊："我着实要去外地出诊，抽不出身来，我要是能去肯定不会劳烦你。如今齐会长不在了，你是中医学会的副会长，此事理应你来带头。"

赵闵堂说："你就是会长，自打那件事之后，全中医学会的人都管你叫翁会长。"

翁泉海摆手说："我这个会长是小鬼子逼的，不算数。那是叫着玩的，你别当真。"赵闵堂坚持道："能叫就是真的，翁会长，此等大事，还得你出头。"

翁泉海正色道："少废话，赵闵堂，你到底答应不答应？！赶紧给我个痛快话！"赵闵堂笑道："你火什么啊？刚说自己不是会长，又差遭副会长。会长指示，敢不答应吗？应了。"

赵闵堂和三个中医去灵霞观山下的村子出诊，刚走到丛林边，忽然蹿出两个陌生人掏出枪把他们逼回去了。赵闵堂知道，这些人肯定是不想让他们去村庄治病。

赵闵堂胆战心惊回到家里躲了三天，不见鬼子汉奸来抓他，连诊所也不敢去。

院外传来敲门声，赵闵堂对老婆说："你就说我不在家，我得找个地方藏起来。"

老婆说："当家的不用怕，我今儿个豁出去了，谁要是敢动你一根汗毛，我跟他拼命！"说着就朝外走。

门开了，竟然是翁泉海。赵妻气呼呼说："翁泉海，你还有脸来吗？我家闵堂这辈子算搭在你身上了！"翁泉海不明白咋回事。赵闵堂喊："屋里说！"他把前去看病被拿枪的人逼回来的事情讲了，"翁泉海，我说的你难道不相信吗？"

翁泉海说："闵堂，我没说不信你，事发突然，我得琢磨琢磨。"赵闵堂说："你说他们到底是什么人？跟我同去的那几个大夫回家后都守口如瓶，对此事只字不提，就像没发生过一样。"

翁泉海安慰道："闵堂，让你受惊了。"赵闵堂瞪眼："我惊什么？当时就是腹痛难忍，否则我……我早出去跟他们理论了！"

翁泉海悄悄来到灵霞观对葆秀说："那这一切应该都是日本小鬼子干的。"葆秀点头："肯定是他们。肺病突然爆发，而市面上治此病的药又突然断货，前来治病的大夫被阻拦，其目的就是想逼迫我拿出陈芥菜卤。"

翁泉海低声说："为一己私欲而伤天害命，其心之恶毒，天理不容！当年禅宁寺的僧人发明陈芥菜卤是为了救人，如今它救不了人，还有何用呢？""你也想让我开缸？""命比天大，救人要紧！"

葆秀说："药见天日就会被小鬼子夺走。静慧师父临终前一再嘱托我，要看管保护好这些药，受人之托，忠人之事，我得遵师命！"

翁泉海问："如果此药最终还是被小鬼子发现，你有什么本事保住它们？"葆秀凛然道："药在人在，药毁人亡，宝贝绝不能让我们的敌人夺走！"

翁泉海点头："这样吧，你把病症跟我讲讲，我去配药。"葆秀说："就算你配好了药也送不进去；即使送进去了，小鬼子也不会善罢甘休。"

翁泉海皱眉道："怎么办？难道眼睁睁看那些村民病死吗？"葆秀说："你容我再想想。"

翁泉海从灵霞观走下来，迎面碰上高小朴。高小朴说："爸，我听说这里有很多人得了肺热病症，过来看看。"翁泉海说："操心的命。此事我管，你忙你的去吧。我已经接手，你就不用劳心了，回去吧！"

高小朴看着翁泉海说:"爸,您是不是觉得我医术不济,治不了这病?"翁泉海硬是说:"对,你治不了,这病也就我能治。"

高小朴坚持道:"对,您比我医术高,经验比我丰富,可我总得试试吧?您主治,我给您打下手。"翁泉海还是不同意。高小朴说:"打下手您都信不过我?我知道我是铃医出身,您打骨子里瞧不起我。瞧不起没关系,人活一辈子,脸面不是求来的,是自己给自己贴上的。这病我非治不可,您看清楚,我这两把刷子到底能不能舞起来。"

翁泉海大声说:"你可气死我了!我要是轻看你,怎么会收你为徒,让你做我女婿?小朴,这事复杂着呢,惊险着呢,说不定还得把命搭上,我是不想让你受到牵连!"高小朴感动地说:"看来是我心小了,误解您了,对不起,我给您赔礼道歉!爸,我已经自立门户,可以自己做主了,至于生死,那是我自己的事,应该由我自己决定。"

翁泉海火了,怒道:"你还没完没了啦!高小朴,你是我徒弟,是我女婿,只要你管我叫师父,管我叫爸,我就能管得着你!"高小朴沉默片刻说:"爸,您年岁大了,我不能让您一个人累,我得搀着您啊!"他搀住翁泉海,再次上了灵霞观。

葆秀对高小朴也不隐瞒,如实相告,高小朴了解了事情的原委之后,对翁泉海说:"为医者,得知人身疾苦与我无异,如坐视不理,有违医德。所以,爸,我不但得搀着您,还得把那些病人治好。"

葆秀说:"没有陈芥菜卤做药引,你治不好他们的病。"高小朴说:"那就把药引给我。"翁泉海说:"一旦取药,那就全暴露了。"高小朴问:"就不能蒙住他们的眼睛吗?"

翁泉海说:"即使能蒙住他们的眼睛取出药,那药也带不进村庄去。如果明着取药,可以带进村庄,因为他们的目的是得到陈芥菜卤,而不是要村民的命。"

葆秀下决心道:"这几天我很难熬,如同过了几年。我一直期望能想出个万全之策,上对得起先人,下对得起乡亲。我知道这是不可能的。泉海,你说得对,命比天大,发明陈芥菜卤是为救人,如果它救不了人,要它又有何意义呢?小朴,我给你一篓药引,拿去救人吧。"

回到家里,翁泉海找来翁晓嵘,郑重其事地交代说:"传宝就交给你了,你一定要把他当成你的亲人,当成翁家的血脉,千万不能亏了他!"翁晓嵘问:"爸,您不想管他了?"

翁泉海说："我不是不想管，是这小子跟个活猴子一样，我管不动了。"翁晓嵘点头："行，我把他领回去，可他管我叫什么呢？""我是他爷爷，肯定得管你叫妈了。""他是我妈的孩子啊！"

翁泉海摇摇头说："说不清楚了，就当你自己的儿子养吧。赶紧回去，把传宝带走。早走晚走都得走，走了屋里就安静了，走吧。传宝半夜憋尿不爱起来，你记得叫他。他玩心过重，吃饭不专心，你别骂他，长大就好了。这孩子喜欢登高蹦矮，你得多长点眼色，别让他摔着。"

翁晓嵘问："爸，我用不用拿个本子记下来？"翁泉海摆了摆手……

早晨，高小朴提着诊箱从里屋走了出来说："晓嵘，我去诊所了，看好传宝和咱儿子。"他抱紧翁晓嵘："你受累了……"良久，他松开翁晓嵘，走到房门口。翁晓嵘心里知道，此别一定凶多吉少，就上前挡住门。高小朴望着翁晓嵘，欲言又止。

良久，翁晓嵘让开门说："你放心吧，家里我会照看好的。""有你在，我放心。"高小朴说着走了，翁晓嵘的热泪流淌下来。

灵霞观大殿内香火很旺，烟气缭绕。

高小朴来到灵霞观，背着葆秀给他准备好的一篓陈芥菜卤药引，提着诊箱快步朝山下走去……

翁泉海这边也行动了，他走进药房，打开一个秘密的药箱，取出一包他研制的药粉揣在腰间，悄悄来到灵霞观后山，走进一个秘密的山洞。洞内有十口大缸，葆秀正站在大缸前。

翁泉海说："好香啊。"葆秀故意说："怎么哪儿都少不了你？""怕你一个人孤单，我来陪你聊聊天。""这时候想起我来了，早你干什么去了？"

翁泉海笑道："我早就想找你啊，想跟你天天从早聊到晚，可你躲着我啊，不让我看见你啊，我憋了满肚子话太多了，扯着肉连着筋，几年都说不完。"

葆秀不想让翁泉海来冒这个险，就正话反说："那就别说了，你赶紧走吧，我看你心烦……"翁泉海说："心烦也行，总比看我没滋没味儿强。""你就不能听我一回吗？""我都这么大年岁，你就别管我了。"

葆秀痛心疾首道："翁泉海，你到底要干什么啊？你折磨了我一辈子，不要再折磨我了！"翁泉海深情地说："葆秀，我什么都做不了，只能陪陪你，这样还不行吗？我已经把传宝托付好了，有没有我他都能活得好好的。你就让我好好陪陪你，就算你不说话不看我，只要让我留在你身边，我就踏实了……"

葆秀的眼泪无声地流淌下来。翁泉海说："收回去，不能让小鬼子看见咱们中国人的眼泪！"

葆秀双手合十道："静慧师父，法善主持，我有负重托，对不起你们。可我身处绝境，已无化解之策，望你们在天之灵，看得清楚，看得明白！"她抢起铁镐砸缸。翁泉海也抢起铁镐砸缸。一个个大缸被砸碎了，药汤在地上淌着。

这时，数名香客闯进来亮出手枪，把翁泉海押进一间小屋，把葆秀押进灵霞观大殿。

葆秀和十几个道姑手持鼓、罄、引罄、铃子、木鱼、铛子、铍、笛子、箫、扬琴等各色乐器在大殿内旁若无人地吟唱《大皈依》。葆秀吹着笛子。数名香客擎着枪围住众人。

浦田走到葆秀近前说："要不是我略施小计，陈芥菜卤不可能露出来。遗憾啊，宝物已经被你们毁了，太可惜了。不过这也没什么，药没了，制药秘术总还有吧？"葆秀说："陈芥菜卤，就是把芥菜封在缸里，十年后开缸，仅此而已。"

浦田狞笑道："如你所说，我还有必要如此大费周折吗？我知道，此药看似简单，其中的门道错综复杂，就像中国的茅台酒，非常神奇。禅宁寺的老住持已经死了，他把药送到这里，一定也把制药秘术交代清楚了。秘术在哪儿呢？说出秘术，我可以给你留条活路。"

葆秀从容道："从我国明代开始，此秘术代代相传。秘术在心里。"

浦田走到妙清近前问："你知道吗？"妙清吟唱着。

浦田朝江运来摆了摆手，拔出手枪，子弹上膛，递给江运来说："开始你的表演吧。"江运来擎着枪，手颤抖着说："所长，我不会开枪。"

浦田说："很简单，对准她的头扣动扳机。看看你对大日本皇军是否忠心。"

江运来说："所长，我对您对皇军是诚心诚意的啊，我把心都掏给你们了啊！"

浦田说："是吗，那应该把你的心掏出来看看。或者开枪，或者掏出你的心，你自己选吧。"江运来犹豫一会儿，还是颤抖着手擎枪对准妙清的头闭上了眼睛，缓缓地扣动了扳机。一声枪响，一声惨叫，妙清倒下了。

浦田又问："制药秘术呢？"葆秀怒视浦田说："在心里。"浦田朝江运来一摆手。江运来又射杀了一个道姑。他看着浦田，傻傻地笑着。

浦田再问："还在心里？"葆秀说："在心里。"浦田再次摆手。江运来射杀了另一个道姑，他哈哈大笑。枪声不断，一个个道姑倒下了……

　　浦田冷冷地对葆秀说："看来它真在你心里，在心里好啊，只要把心挖出来，就大功告成了。"浦田伸出手，一把匕首递过来，浦田把匕首递给江运来，江运来望着匕首傻笑。

　　葆秀突然高声说："陪我至此，已经足够，再不相欠，好好活着！"她吹起笛子……

　　翁泉海被囚禁在灵霞观院内的小屋内，两个香客擎着枪看着他。他闭着眼睛，倾听葆秀吹笛子的声音，他从那笛声中听懂了葆秀的话："陈芥菜卤的制药秘术我托付给你了，你一定要牢牢记在心里，他年临走之时，也一定要托付一个和你一样的人……"

　　葆秀吹笛子的声音消失了，翁泉海被放了出来。

　　翁泉海顺着长长的石阶缓缓走着，恍恍惚惚中，他似乎看到，葆秀站在南京市中心一座高楼的楼顶上，一杆大旗伫立着，白旗上面写了两个红色大字"冤枉"；他似乎看到，葆秀摸着角落里落满灰尘的古琴，含情脉脉地望着他；他似乎看到，葆秀夜晚在为他做新衣裳；他似乎看到，他打翁晓嵘那一巴掌竟然落在了葆秀脸上；他似乎看到，葆秀拿起剪子，想剪法国大衣，但又把剪子放下，用法国大衣捂着脸痛哭；他似乎看到，在岳小婉的戏声中，葆秀挎着包裹从院门出来走了……

　　翁泉海抹了一把老泪，他发现高小朴正站在石阶下，就问："你怎么又回来了？"高小朴给翁泉海平整着外衣搀住他说："我得搀着您啊！""药送到了？""您放心吧。"

　　江运来疯了一样跑过来，时而狂笑，时而啼哭。浦田一枪击倒江运来，睥睨地说："杀人凶手，死有余辜！"他把枪别在腰间，来到翁泉海面前说："看到了吧？你的那个徒弟背叛了你，我替你清理门户了！翁先生，你就这样走太轻巧了吧？"

　　翁泉海说："我知道你不会放过我，悉听尊便！"浦田说："山中有一个古凉亭，我看到它就顿生酒兴，我们去小酌一番。你那老相好的孩子可能会来。"

　　翁泉海说："那不是她的孩子，是她捡来的。"浦田笑道："管他是哪里来的，能助酒兴就行。全是你们中国的好酒。尽是你们中国的好菜，只看你想吃什么。"

　　翁泉海让高小朴回去，可他不走。

　　翁泉海喊："你赶紧给我回去！别逼我抽你！"高小朴一笑："吃饱喝足了，抽一顿也不亏。"说着一只手挽着翁泉海的胳膊。

浦田在前面走，几个日本宪兵押着翁泉海和高小朴去古凉亭。

就在这时，两个日本宪兵带着翻译到高小朴家。翻译问："那个孩子呢？赶紧把他交出来！"翁晓嵘说："什么孩子啊？我家这就一个孩子。我真不清楚你说的那个孩子是谁，我家里平时总有邻居家的孩子来玩，你们找的不会是他们吧？"

翻译带着日本宪兵找遍了周围的人家，根本就没有那个孩子。此时，传宝正蒙着一条破毯子，趴在房顶上。

翻译要把翁晓嵘的儿子带走，翁晓嵘挡住里屋门不让进。日本宪兵抡起枪托打翁晓嵘，房顶忽然传来声响。翻译带着日本宪兵朝外跑，一个日本宪兵上了房顶，扔下一条破毯子说："上面有人藏过的痕迹！"翻译带着日本宪兵赶紧去追！

灵霞观外，群山苍翠，山间有座古凉亭。浦田站在凉亭内，闭着眼睛吹葆秀的笛子。两个日本宪兵站在一旁。石桌上摆满菜肴，中间是一盘大闸蟹。翁泉海不客气地坐在主座上，高小朴坐在翁泉海身旁。

浦田睁开眼睛说："翁先生，你坐错位子了吧？你是客，怎么能坐主位上呢？"翁泉海正色道："这是中国的土地，我是中国人，你是日本人，我是主，你是客。""看来这桌酒菜得你请了。""等我留下命来再说吧。"

浦田坐在桌前问："翁先生，你听我这笛子吹得如何？"翁泉海说："你说好就好，你说不好就不好，好坏全凭你一张嘴。""为什么全凭我一张嘴？是因为我有枪吗？我能决定你的生死吗？""你有枪不假，可我的生死你决定不了。"

浦田狞笑道："我为什么决定不了？我可以立刻枪毙你。"翁泉海坦然道："我也可以自己死，另外，即使你求我活着，我也可以不活着。浦田，你太自大了。虽然你来中国很多年，对中国人的中医中药、饮食起居、人情往来可能都有所了解，可中国人骨子里的东西你摸不透，搞不懂，差得远着呢！"

浦田自负道："我明白，要征服中国首先要了解中国，翁先生，不是我说大话，对中国的了解，很多中国人跟我比起来都相形见绌。"翁泉海讥笑说："还是那句话，嘴在你身上，你可以尽情地痛快。"

浦田说："翁先生，我想你一定清楚，我大日本皇军如猛虎下山，攻必克，战必取，用不了多久，整个中国就都会是我们日本人的了。到那时，帮助过我们的人必会受到天皇的优待，而你这种难得的人才，更会成为大日本帝国的贵宾。好事不等人，何去何从，你还有最后的选择机会。"

翁泉海说："蟹快凉了，赶紧吃吧。""好，边吃边说。"浦田拿起一只螃蟹。

翁泉海拿起一只螃蟹说："中国人吃蟹的讲究可不少，你懂吗？先吃蟹钳和蟹爪，此时蟹盖未揭，不会走掉热气。吃过爪、钳后，再掀开蟹盖，享用蟹膏，吃光蟹肉。吃蟹需要工具，叫蟹八件，包括小方桌、腰圆锤、长柄斧、长柄叉、圆头剪、镊子、钎子、小匙，分别有垫、敲、劈、叉、剪、夹、剔、盛等多种用法……"他说着伸手摸向腰间，但是……

浦田问："翁先生，你怎么不说了？""喘口气，吃吧。"翁泉海看一眼高小朴，高小朴低头不语。

浦田说："你还没讲完呢。"翁泉海说："等讲完蟹也凉了，就不好吃了。"

"我按照你说的表演一下。"浦田把螃蟹放在石桌上，掰掉蟹钳和蟹爪，又掀开蟹壳，吃了一口蟹膏，"翁先生，我做得没错吧？我只喜欢吃蟹黄蟹膏，而不喜欢的就是废物，只能扔去喂狗。这也是我一贯的做事风格，简单、直接，甚至是粗暴，多年反复尝试，感觉非常好。翁先生，我们还是合作吧，你只要交出陈芥菜卤的制药秘术，并到我日中汉方研究所做顾问，我就会以最简单、最直接、最爽快的方式，让你拥有从没有过的舒服生活。"

翁泉海问："我要是拒绝呢？"浦田奸笑："我们是老朋友，我会满足你一个心愿，把你和你的老相好合葬在一起，包括这根笛子。"

日本宪兵把一坛黄酒端上来。浦田说："蟹虽鲜美，但性寒，多吃伤肠胃，而黄酒性温补，有活血暖胃之效，二者搭配，蟹的鲜味能提升黄酒的醇，黄酒也能去蟹的腥，绝配啊，你们中国人是真能研究。"翁泉海说："民以食为天，人活一世少不了吃喝，多研究研究也是应该的。"

浦田讥讽道："如果你们中国人能多用心研究枪炮，也不至于落得如此下场。"

翁泉海说："我中华曾经无比强大，但没有因为强大而害人性命，夺人家财，占人土地，所以说，这跟枪炮无关，跟修行有关。"

"这是软弱的最好托词。好了，我们先喝点酒，助助兴。"浦田倒酒举杯。翁泉海没举杯。

"哪来的这么多苍蝇啊，太烦人了！"高小朴挥舞着一把枝叶赶着苍蝇，"你们吃你们的，我赶苍蝇。"浦田啃着螃蟹，吃得津津有味，他对高小朴说："你也喝点吧。"高小朴说："我可不敢喝，怕你这酒不够我喝的。"

浦田哈哈大笑："看来你是海量啊，好，你尽管喝，我管够，上酒！区区一点酒而已，有本事尽管使出来。""那我就放心了。"高小朴抱起酒坛喝起来，转眼他把酒喝光了。浦田让宪兵又搬来两坛黄酒。高小朴抱着酒坛畅饮。

浦田说："果然海量！翁先生，他喝他的，我们吃。"翁泉海说："没滋没味儿，不爱吃。"

"一桌好菜，居然说没滋味，翁先生，你这个人太难伺候了。"浦田提起筷子，大快朵颐。

这时，翻译走过来，用日语告诉浦田，那个孩子没找到。浦田用日语骂了一句，让翻译走了。

高小朴把两坛黄酒全喝了。浦田问："过酒瘾了吗？"高小朴望着浦田突然哈哈大笑，他满脸醉意道："浦田，你说你对中国已经了如指掌，你为何如此自信呢？这只能说你是无知且狂妄之辈！"浦田愣住了。

翁泉海呵斥高小朴："喝点酒就满嘴胡话，一边歇着去！"

高小朴说："堂堂之中国，五千年文明史，博大精深，浦田，你所了解之中国，只不过是沧海一粟。当你说出了解中国这句话时，就已经重病在身，离死不远了！你不觉得身上哪里有些不舒坦吗？身中剧毒，命不久矣！"原来就在高小朴挥动枝叶驱赶苍蝇的时候，他的袖口散出药来，飘落到菜肴上。

浦田急忙伸手抠嗓子眼，做呕吐状。宪兵擎枪对准高小朴。

高小朴看着浦田说："此毒注五脏，贯六腑，夺命门，吐不出来！浦田，我算过了，你从这里到城里得大半天的工夫，去上海就更远了，恐怕你在路上就会暴泻不止，血脱气厥，你状如一条死狗。"

浦田狰狞道："你不要再说了，就算死，你也得死在我前面！"高小朴说："不管我何时死，你是死定了。其实你也不用太绝望，你的命还有一缓，此事跟翁泉海无关，如果你放了他，我会给你解药。"

翁泉海说："不必，我今天是顶着棺材来的，能坐在这就没想着回去！"高小朴看着翁泉海说："爸，我自打戒了酒再也没喝过，今天算破例了，我破得高兴，破得痛快！您老不要埋怨我，也不用担心我，我的身子已经被酒泡醉了，子弹打进去不疼了。"

浦田伏在桌上说："为医者不能用如此手段吧？你们这样做有违医德和仁心，会受天下人耻笑的！"翁泉海说："你还配说仁心？你还敢说'耻笑'二字？你们在我们中国杀人如麻，烧杀抢掠，卑鄙无耻，你们才会被天下人耻笑！那些道姑临死前个个平静如水，在枪口下静心吟唱，如果我翁泉海连女人都不如，那才会被天下人耻笑！浦田，你死到临头了，认命吧！"

浦田乞求道："我们做个交易吧，只要能把我的命留住，我就放你们走。"

翁泉海说："为医者治病救人，悬壶济世，从不做任何交易，更不会给畜生下良药！浦田，你可以动手了，我能随众道姑而去是我的荣幸！"

浦田绝望地喊："把他们给我带走！不要杀他们！"

浦田倚靠在小汽车的副驾驶上，他闭着眼睛，面色铁青。翁泉海和高小朴坐在后座上。后面跟着一辆军车，军车车厢内站着8个日本宪兵。两辆车行驶在林间道路上。

浦田轻声说："拿出解药，我立刻放了你们，绝不反悔。否则就同归于尽，我一条命顶你们两条命，不亏。"翁泉海说："我清楚如何解此毒，你放了高小朴。"

高小朴说："这毒是我下的，除了我，没人知道怎么解！"翁泉海说："药是我配制出来的，这是我的秘方！"

浦田说："你俩不要争了，我知道，翁泉海你是个硬骨头，你身边的这个年轻人可就不一定了，等到了地方，我会把他身上的肉一刀一刀割下来。翁泉海，你猜他能挺到第几刀呢？"高小朴说："浦田，我都说了，我身上的肉已经被酒泡醉，感觉不到疼了。""那就等你酒醒了再割你的肉。""但愿你能活到那个时候。"

汽车突然停住了。一个女村民躺在路中间，一个男村民蹲在一旁。

司机说："浦田先生，路上躺着一个人。"浦田闭着眼睛说："不管活人还是死人，都给我轧过去！开车！"

"等等！"翁泉海打开车门，"可能是有人病了，我去看看。"浦田喊："不准去，赶紧跟我走！"

翁泉海下了车。浦田拔出手枪，伸出车窗，对准翁泉海。

高小朴也跟着下了车。他俩走到两个村民近前，高小朴问："她怎么了？"男村民说："不知道犯什么病，突然就躺地上起不来了。"

翁泉海给女村民切脉，高小朴站在一旁。两个日本宪兵跳下军车走过来。

男村民低声说："翁大夫，事不宜迟，你要按我说的做……"

两个日本宪兵已经走到跟前。翁泉海站起说："按我说的，去抓药吧。"

男村民背起那女人朝军车走去，女人搂着男村民的脖子。翁泉海、高小朴及两个日本宪兵跟在后面。男村民走到车厢旁时，女人突然从他怀里拔出手榴弹，扔进军车车厢内。他俩迅速趴在地上，翁泉海和高小朴也赶忙趴在地上。

手榴弹在车厢里爆炸。同时枪声响了，两个日本宪兵中枪倒地。路边林中，四个村民打扮的游击队队员持枪射击军车内的司机和副驾驶的宪兵。

浦田高声喊："赶紧开车！"轿车司机启动汽车朝前飞奔，车胎被地上提前插好的钉子扎爆了。汽车歪歪扭扭撞向路边树丛。汽车内，浦田满脸血迹，望着窗外的游击队员。浦田深知在劫难逃，就在汽车里开枪自杀了，车窗上溅满鲜血。

游击队队长走向翁泉海，握着他的手说："翁大夫，我们是苏北抗日游击队的，受葆秀同志所托，前来接应您。本来我们在灵霞观山下等你们，可没想到浦田把你们带走了，所以我们只能在这里等你们了。"翁泉海问："你们为何不去救葆秀呢？"

游击队长说："葆秀同志没说让我们去救她，我们也是刚知道她被小鬼子杀害了。她知道我们力量有限，可能怕给我们造成更大的伤亡。我们做了两手准备，如果不能消灭在场的所有小鬼子，我们会带你们去个安全的地方藏起来。如今小鬼子全被我们消灭了，您就算回去，他们也没必要找您的麻烦。小鬼子马上就要来了，你们赶紧走吧。"

翁泉海搀着醉酒的高小朴走进翁家堂屋，翁晓嵘抹着眼泪激动地哭了。"这小子喝了顿大酒，舒服透了。没事，别哭了。"翁泉海搀着高小朴朝卧室走。翁晓嵘说："爸，小鬼子来抓传宝，我本来把他藏好，可他跑得没影了。"翁泉海的身子晃了晃，翁晓嵘和翁晓杰搀住他。

翁泉海和高小朴躺在床上。高小朴睁开眼睛咕哝着说："做了一场大梦。"翁泉海说："要真是一场梦该多好啊！"

高小朴说："是呀，前面是梦，后面是真的就好了。您既然去了，一定抱着必死的决心，您是把命掐在自己手里不会让外人碰的人。所以，我猜您一定会有所准备。"

翁泉海问："你是如何把我的药偷去了呢？"高小朴笑了，他在给翁泉海平整着外衣的时候，偷偷摸走了他腰间的药包。

翁泉海说："江湖玄术，死不悔改！胆大心细，玄术妙用，无畏杀敌，可敬可佩！往后我的事你少管，要是再敢背后插手，我绝不饶你！小朴啊，你既然回来，就别走了。"

就在这时候，赵闵堂登门拜访。翁泉海问："闵堂，你此番前来，所为何事啊？"赵闵堂调侃道："我来看看你的魂儿还在不在。老翁头，你这命是真大啊。浦田把你抓了，游击队把你救了，他死了，你活了，真是人生叵测啊！用不用我给你把把脉？开个方子压压惊？"

翁泉海笑道："我信不着旁人。"赵闵堂说："那就换个你能信得着的人，孩子，进来吧。来，叫赵爸爸。"

传宝从外走了进来喊："赵爸爸。"翁泉海问："传宝，你管我叫什么啊？"

传宝说："爷爷！"翁泉海笑着说："老赵头，听清楚了吗？我比你长了一辈。"

赵闵堂自我解嘲道："这……江湖大乱道，随便叫。"翁晓嵘拉着传宝出去了。

翁泉海问："闵堂，你这闹的是哪儿一出啊？"赵闵堂得意道："我掐指一算，孩子命里有劫。没提枪上阵，可保住了英雄的后人，我是不是英雄了一把？"

翁泉海真诚地站起说："确实英雄了一把，翁某佩服，来，我给你鞠躬。"赵闵堂站起身摆手道："算了，别闹了，其实这事也有我夫人的功劳，那母老虎要是不答应，我也不能擅自做主。我跟她说了孩子的事，她掉了眼泪，心疼孩子啊，说人家翁泉海敢跟小鬼子头对头地顶犄角，咱们没那机会，没那本事，可总能背后伸伸腿，尥尥蹄子吧。"

翁泉海说："闵堂，你不要说了，我今天把话放这儿，这孩子是我的，也是你的，你就当收个儿子吧。"赵闵堂笑着说："这话说我心里去了，我……我呸，你还是想长我一辈！"

翁泉海在郊外的一片空地上挖了一个土坑，他把葆秀的笛子和杨志坚的破帽子放进土坑里说："传宝，磕个头吧。"传宝站在一旁问："爷爷，为什么磕头？"

翁泉海说："你要记住，你妈叫葆秀，你爸叫杨志坚，他们都是英雄。磕头吧。"传宝跪地磕头。翁泉海轻声说："葆秀，葆秀，我心头的一块宝啊。"传宝说："我才是我妈心里的宝！"

翁泉海说："大宝小宝，都是宝。"他拿起铁锹，把笛子和破帽子掩埋了。

翁晓嵘搀着翁泉海走在街上散步，翁泉海说："浦田死了，小鬼子被打跑了，你葆秀妈要是在天有灵，该多高兴啊！"翁晓嵘说："我妈一定能看到。"

翁泉海叹气道："晓嵘啊，我这一辈子做错了两件半事，一是对不起你们的葆秀妈，二是在给患者诊病的时候睡着了。那半件事就是，有一个人我只看清了他一半，现在看清了另一半。看清了好，且为时不晚啊！"翁晓嵘笑了。

上午，一张大桌摆在翁家院中，上面摆着茶水和点心。翁泉海、赵闵堂、高小朴、魏三味、霍春亭、陆瘦竹等众中医坐在桌前。赵闵堂和高小朴分别坐在翁泉海左右，传宝坐在正房堂屋门槛上玩小风车。

翁泉海站起身说："各位同仁，各位老友，今天我把大家请来，一是日本小鬼子被我们打跑了，举国欢庆，我们也得喜庆喜庆。再就是好久不见，我很想念你们，想跟各位老友说说话。我翁泉海是个大夫，看了一辈子病，也经历了风风雨雨，九九八十一难。承蒙同道中人看得起我，给了我不少美誉，还给我挂了个小名叫'名医'。可我不敢担此二字，要说医术，我不敢说精通，要说医德，我不敢说高尚。其实我的毛病也不少，这些年来浮躁过，武断过，固执过，偏激过，更糊涂过，为此，伤了不少人的心，也险些铸成大错。如今我老了，得选个接班人。今天，我当着大家的面，确定我的接班人选，这个人就是高小朴。"

众人望着高小朴热烈鼓掌。高小朴站起说："师父，您请坐，我想说几句话。各位前辈，我师父能让我做他的接班人，这是他老人家对我的厚爱，而各位前辈能鼓掌喝彩，又是你们对我的支持。我感谢师父，也感谢各位前辈。可是我不想做我师父的接班人。我这样说，自有我的道理。我想先说说我爹。我爹做了一辈子铃医，走街串巷，饱受风雨。铃医有多苦？我爹说在家是个人儿，出门是条狗。去病家诊病，前脚刚出门，后脚棍子跟，一抬头，脑门还得迎上一棒子。为名医垫脚背黑锅，死了人，还得披麻戴孝摔盆扛幡，黑白两道一张饼，铃医就是卷在饼里的那根葱。

"记得我小时候，我爹给恶霸郑黑七治脱疽，他的脱疽非常严重，发黑流脓，疼起来死的心都有。郑黑七看遍了名中医都不见好，有人对他说民间有圣人，可以找铃医看看。他找到我爹说你开价吧，我先把你当神仙供着，你要是治不好，我就把你当小鬼砍了。我爹给他治病，迟迟不见好转。有一天，我爹正把我抱在腿上晒太阳，郑黑七来了，说他这脱疽折磨了他小半辈子，他也得折磨折磨我爹，他让我爹给舔他两只脚。我爹说我要是不舔呢？郑黑七说不舔你就得死，一个字都没得商量。郑黑七说罢，拔枪顶着我爹的头。我爹说黑七大哥，我一辈子没求过人，今天就求您一回，您让我老儿子出去，别叫他听见响，更不要让他看见我那难看的样子。郑黑七说一个字没得商量。我爹无奈，跪下来舔郑黑七的脚。枪响了，我爹胸口的血咕咚咕咚地往外涌，像开了一朵牡丹花。他说老儿啊，给爹拿尿壶去，爹想撒泡大尿。我两只小脚丫像两只小猫爪子，吧嗒吧嗒踩在我爹的鲜血上，留下了一串带血的脚印。我把尿壶拿到爹跟前说爹，我也憋不住了，就先撒了一泡尿。我爹就那样笑着看着我，说了句小兔崽子，你可疼死我了！然后……他走了。

"我幼年丧父，家道中落，与老母孤苦相伴，备受世人冷落欺凌。幸运的是我又找到了一个父亲，他也是我的师父。他不但传授我医道仁术，更教会了我如何立世为人。我之所以不敢做我师父的接班人，一是翁氏医派传承几百年，融汇祖宗和历代传人的心血，由我来接，如负泰山之重，我还没有这个力量，没有这个资格，没有师父的境界和胸怀，担当不起；再就是我不能有悖初衷，当年拜师父门下，我不是为了师父的财产和名望来的，当年如此，现在依旧如此。最重要的是，我觉得我做人还不够，心不够静，气不够正，利益面前止不住心动，清贫之时骨头还不够硬。我怕承此重任后会让我师父脸上蒙灰，会辱没翁氏医派几百年的心血和名誉。师父，各位前辈，希望你们能理解我。"

翁泉海从桌下拿出一本书递给高小朴说："我要送你一样东西。"高小朴接过书，看到书上写着"梁山高小朴撰，孟河翁泉海订正"。他的热泪涌了出来。

赵闵堂说："这是千载难逢的机会，你想好了。你师父是多挑剔的人，他能选中你不容易，接了吧。"众人纷纷劝他接了，都说这是大好事，是喜庆事。

高小朴拿着书，鞠躬施大礼说："师父，对不起。"翁泉海长叹一口气。

传宝走了过来喊："我接！"众人闻言大惊。翁泉海问："孩子，你接什么？"传宝说："接班啊！"

赵闵堂笑了："孩子，你会切脉吗？"传宝拉过翁泉海的手，又伸出三指，像模像样地给翁泉海切脉，他凑到翁泉海耳边说："我爷爷能活到一百岁！"

翁泉海哈哈大笑。

转眼就是冬天。翁泉海患了眼疾，他躺在床上闭着眼睛。高小朴拿脉枕坐在床前，轻轻拉起翁泉海的手。翁泉海刚要收回手，高小朴的三指落在他的手腕上。

翁泉海说："我想出去走走。"高小朴说："外面下雪了。"翁泉海说："我想看看雪。"高小朴搀着翁泉海从院门走出来，翁泉海闭着眼睛。

高小朴安慰道："爸，您不要担心，您的眼病可治。"翁泉海道："我说不可治。""我说可治就可治！""难道你的医术比我强？"

高小朴说："不敢说比您强，只能说各有所长吧。"翁泉海点头："谦逊中含着锋芒，很好。"

二人在街上走着，高小朴看到岳小婉站在不远处，停住不走了。

翁泉海问，怎么不走了？高小朴说，遇见一个多年不见的朋友。翁泉海说，那就请到家里去做客，岳小婉微笑着点点头。

翁泉海早就猜出是谁了，他没有点破。回到家里，翁泉海闭着眼睛给岳小婉切脉，他轻声而平静地说："我不用睁眼，你不用说话，便能认得。"岳小婉的泪水流淌下来。

翁泉海闭着眼睛拄着拐杖，和岳小婉走到一棵树下，他提拐杖指着树根处说："小铃铛在这儿呢。"岳小婉抹了一把眼泪。

夜晚，窗外雪花纷飞。翁泉海躺在床上，酣然大睡，鼾声不断……

2015年12月10日，音乐响起，掌声响起，屠呦呦在瑞典首都斯德哥尔摩音乐厅接受诺贝尔奖颁奖……

屠呦呦说："当年我面临研究困境时，又重新温习中医古籍，进一步思考东晋葛洪《肘后备急方》有关'青蒿一握，以水二升渍，绞取汁，尽服之'的截疟记载……

"中国医药学是一个伟大宝库，应当努力发掘，加以提高。青蒿素正是从这一宝库中发掘出来的……中医药从神农尝百草开始，在几千年的发展中积累了大量临床经验，对于自然资源的药用价值已经有所整理归纳。通过继承发扬，发掘提高，一定会有所发现，有所创新，从而造福人类……"